MICHAEL RIDPATH

Fatal Error

ROMAN

Aus dem Englischen
von Hainer Kober

HOFFMANN UND CAMPE

Die Originalausgabe erschien 2003 unter dem Titel
»Fatal Error« bei Penguin, London

1. Auflage 2004

www.hoffmann-und-campe.de
Schutzumschlaggestaltung: Büro Hamburg/Mirja Winkelmann
Satz: UMP Utesch Media Processing GmbH, Hamburg
Druck und Bindung: GGP Media, Pößneck
Printed in Germany
ISBN 3-455-06319-5

HOFFMANN
UND CAMPE

Ein Unternehmen der
GANSKE VERLAGSGRUPPE

Für Hugh Paton

TEIL EINS

1

September 1999, Clerkenwell, London

»Bist du fertig?«

Guy lächelte mich an. Ein Lächeln, in dem sich Selbstvertrauen und Angst die Waage hielten. Das Selbstvertrauen war für alle erkennbar. Die Angst sah nur ich, weil ich seit siebzehn Jahren mit ihm befreundet war.

Ich blickte mich in dem Raum um, dem großen Raum mit seinen weiß getünchten Ziegelmauern und blauen Rohren, mit den billigen Schreibtischen, auf denen kostspielige Computer standen, mit den Stühlen in Hellgrün und Lila, dem Tischfußball und dem Flipperautomaten, beide vernachlässigt und vergessen, und den Whiteboards, die mit Buchstaben und Zeichen bedeckt waren: Flussdiagrammen, Zeitplänen, Abläufen und überschrittenen Fristen. In dem Raum wimmelte es von jungen Männern und Frauen in T-Shirts und Cargohosen, die auf Tastaturen hämmerten, auf Bildschirme starrten, in Telefone sprachen, von Schreibtisch zu Schreibtisch eilten und so taten, als wäre es ein normaler Tag.

Das war er nicht.

Heute würde sich herausstellen, ob *ninetyminutes.com*, das Unternehmen, das Guy und ich erst fünf Monate zuvor gegründet hatten, eine Zukunft hatte.

»Ich bin so weit.« Ich nahm die Unterlagen, die ich für die Vorstandssitzung brauchte. »Glaubst du, er lässt sich darauf ein?«

»Klar«, sagte Guy. Er atmete tief durch, lächelte wieder, drückte die Angst weg, beschwor Selbstvertrauen herauf und mobilisierte seinen Charme. Guy hatte Charisma, und das brauchte er heute, auch für seinen Vater. Besonders für seinen Vater.

Er war einunddreißig, nur ein paar Monate älter als ich, sah aber jünger aus. Sogar jungenhaft mit seinem kurzen blonden Haar, den hohen Wangenknochen, hellblauen Augen und dem beweglichen, fein geschnittenen Mund. Und er kleidete sich hip: weißes T-Shirt unter schwarzem Designeranzug. Doch da war noch etwas anderes. Eine gewisse Härte, die sich hinter seinem einnehmenden Äußeren verbarg. Ein Hauch von Gefahr, Unberechenbarkeit, ein Anflug von Grausamkeit vielleicht oder auch Melancholie. Schwer zu sagen, was es genau war oder wie es sich verriet, ob durch einen Ausdruck seiner Augen oder einen harten Zug um den Mund. Aber alle bemerkten es. Frauen, Männer, Kinder, soweit ich es beurteilen konnte. Das zog die Menschen an, veranlasste sie, ihm zu folgen.

Das sorgte auch dafür, dass es ihm in der Regel gelang, seinen Willen durchzusetzen.

Das Vorstandszimmer war ein Glaskasten am Ende des Großraumbüros. Am Tisch war Platz für zwölf Leute – acht zu viel für unseren Vorstand. Bei Ninetyminutes gab es nur vier Direktoren: Guy, den leitenden Direktor, mich, den Finanzdirektor, Guys Vater Tony Jourdan, den Vorstandsvorsitzenden, und den vierten im Bunde, Tonys Anwalt Patrick Hoyle.

Zwar leiteten Guy und ich das Unternehmen, doch Tony hatte das meiste Geld aufgebracht und besaß achtzig Prozent der Anteile. Er hatte auch achtzig Prozent des Stimmrechts. Patrick war da, um immer, wenn notwendig, »Ja, Tony« zu sagen. Es gab noch weitere Aktionäre, alle Ninetyminutes-Mitarbeiter, einschließlich Guys Bruder, doch keiner von ihnen hatte einen Sitz im Vorstand. Ihre Interessen mussten Guy und ich vertreten.

Es war unsere zweite Vorstandssitzung. Diese fanden immer am dritten Montag im Monat statt. Um daran teilzunehmen, flogen Tony und sein Anwalt von ihren Häusern an der französischen Riviera nach London. Es kristallisierte sich schon ein Schema heraus. Zunächst skizzierte Guy den Fortschritt des Unternehmens. Und der war gut. Erstaunlich gut. Im April hatten wir *ninetyminutes.com* mit dem Ziel gegründet, die führende Fußball-Website im Internet zu werden. Irgendwie war es uns gelungen, die Site einzurichten und sie ab Anfang August zu betreiben. Sie lieferte Kommentare, Klatsch, Analysen, Spielberichte und Statistiken über jeden Verein in der englischen Premier League. Die Aufnahme beim Publikum war gut und die Presseresonanz großartig gewesen. Nach unserem ersten vollständigen Monat online zählten wir 190 000 Besucher, und die Zahlen kletterten Monat für Monat steil nach oben. Inzwischen hatten wir dreiundzwanzig Mitarbeiter und stellten ständig neue ein.

Guy kam jetzt auf unsere Pläne für den Rest des Jahres zu sprechen. Mehr Autoren, mehr Spielberichte, mehr Kommentare. Zusammenarbeit mit einem Buchmacher, damit unsere Besucher auf Fußballergebnisse wetten konnten. Und die Einrichtung von E-Commerce. Auf der Website wollten wir Fanartikel der Nationalmannschaft und der Klubs verkaufen, aber auch welche mit dem Markenzeichen von *ninetyminutes.com* anbieten. Das war Guys zentrale Idee: eine Marke im Netz zu etablieren und in ihrem Sog modische Sportartikel zu verkaufen.

Aufmerksam lauschte Tony Jourdan, als Guy sprach. In den siebziger Jahren war er ein außerordentlich erfolgreicher Immobilienmakler gewesen, hatte sich aber schon frühzeitig aus dem Geschäft zurückgezogen und in Südfrankreich niedergelassen. Zu früh. Offenbar fehlte ihm der regelmäßige Adrenalinkick des Geschäftslebens, daher nahm er seine Pflichten als Vorstandsvorsitzender von Ninetyminutes sehr ernst. Er sah seinem Sohn sehr ähnlich, war nur kleiner. Sein Blond ging allmählich in Sandgrau über. Er hatte die gleichen blauen Augen, die in einem tief gebräunten Gesicht strahlten, und den gleichen mühelosen Charme, den er nach Belieben abrufen konnte. Aber er war härter. Viel härter.

Jetzt war ich an der Reihe. Guy hatte den leichten Part gehabt. Nun war Tony warm geworden und bereit, die Zähne zu zeigen.

Ich verwies auf die vorbereiteten Unterlagen. »Wie Sie sehen können, werden unsere Verluste etwas kleiner sein als vorgesehen. Ich bin zuversichtlich, dass wir sie bis Ende des Jahres so gering halten können, zumal gute Werbeeinnahmen zu erwarten sind.«

»Aber immer noch Verluste?«, fragte Tony.

»Aber ja. Das entspricht den Erwartungen.«

»Und wann erwartet ihr, schwarze Zahlen zu schreiben?«

»Nicht vor dem dritten Jahr.«

»Dem dritten Jahr? Das ist 2001, nicht wahr?«, fragte Tony, und ein Anflug von Spott klang in seiner Stimme mit.

»Eher 2002«, erwiderte ich.

»So lange reichen unsere Mittel nicht.«

»Nein«, erwiderte ich geduldig. »Wir müssen sie aufstocken.«

»Wir brauchen Barmittel für die E-Commerce-Phase«, warf Guy ein.

»All das hat der Unternehmensplan vorgesehen«, sagte ich.

»Und woher soll das Geld kommen?«, fragte Tony.

»Dazu haben wir einen Vorschlag«, antwortete Guy.

»Ach ja?«

»Ja«, sagte ich. »Seit einigen Monaten sind wir mit der Risikokapitalfirma Orchestra Ventures im Gespräch. Ihnen gefällt, was wir tun, und sie wollen zehn Millionen Pfund investieren. Das reicht, um unsere Wachstumspläne zu finanzieren und uns über das nächste Jahr zu bringen.«

Tony hob die Augenbrauen. »Zehn Millionen, nicht schlecht. Und was wollen sie für ihre zehn Millionen?«

»Das steht alles hier«, sagte ich und reichte Tony und Hoyle Kopien eines Konditionentableaus. Dort waren die Bedingungen festgelegt, unter denen Orchestra Ventures bereit war, die Investition vorzunehmen. Das Ergebnis einer mehrtägigen, zähen Verhandlung.

Tony überflog dic Papiere rasch. Dann warf er sie auf den Tisch. »Das ist Mist«, sagte er. Seine blauen Augen blickten kalt. Keine Spur des berühmten Jourdan-Charmes. »Wenn ich das richtig verstanden habe, geht mein Aktienanteil von achtzig auf zwanzig Prozent zurück.«

»Richtig«, sagte ich. »Schließlich steckt die Gesellschaft zehn Millionen Pfund in die Firma. Sie haben nur zwei Millionen investiert.«

»Aber die Aktienanteile des Managements bleiben bei zwanzig Prozent. Erwartet Orchestra Ventures von mir, dass ich einen Teil meiner Anteile an euch abgebe?«

»Na ja, ganz so ist es nicht geplant.«

»Aber am Ende läuft es darauf hinaus?«

»Ich denke, ja«, räumte ich ein.

»Warum, zum Teufel, sollte ich das tun?«

»Sie glauben, wir brauchen einen kräftigen Anteil als Anreiz.«

»Ach ja, glauben sie das?« Tony ließ keinen Zweifel daran, was er von der Idee hielt. »Aber ich durfte zahlen, als ihr betteln kamt, als keiner euch einen Penny geben wollte. Ich finde, ich habe meinen Anteil am Gewinn verdient.«

»Sie werden Ihren Gewinn machen«, sagte ich.

»Und Ninetyminutes wird die Mittel haben, um in die nächste Phase und darüber hinaus zu kommen«, ergänzte Guy.

Tony lehnte sich in seinem Stuhl zurück und verschränkte die Arme über der Brust. »Ihr habt doch überhaupt keine Ahnung, Jungs.«

Wenn Tony es darauf anlegte, mich auf die Palme zu bringen, so war es ihm fast gelungen. Nur mühsam beherrschte ich mich. »Und wieso?«, stieß ich hervor.

»Weil ihr alles dem ersten Wegelagerer in den Rachen werft, der bereit ist, euch zu unterstützen. Das ist okay, wenn *ich* der Wegelagerer bin.«

»Also, was schlägst du vor?«, fragte Guy.

»Eigenmittel«, sagte Tony. »Seht zu, dass Bares in die Firma kommt, und benutzt es, um zu expandieren. Oder besser noch, um Geld zu leihen.«

»Das dauert viel zu lange«, protestierte Guy. »Wenn wir uns auf dem Markt behaupten wollen, brauchen wir das Geld jetzt. Und noch einmal in einem halben Jahr.«

»Nicht zu diesen Bedingungen. Auf keinen Fall.«

»Woher soll das Geld denn sonst kommen?«, fragte ich.

»Nackte Haut.«

»Nackte Haut?«

»Genau. Sie wissen doch: Bilder von nackten Frauen. Und natürlich auch Männern.«

Ich zuckte zusammen.

Tony beachtete mich nicht. »Letzte Woche habe ich einen alten Freund aus den Immobilienzeiten getroffen. Joe Petrelli. Schlauer Bursche. Er hat eine Nase fürs Geldverdienen. Schon immer gehabt. Er sagt, der einzige Sektor im Internet, auf dem gegenwärtig Geld verdient wird, ist nackte Haut.«

Das hatte ich auch gehört, aber es gefiel mir nicht.

»Die Leute belasten ihre Kreditkarten bis zum Anschlag, um schmutzige Bilder runterzuladen«, fuhr Tony fort. »Das ist wie Gelddrucken.«

»Ich weiß nicht, was das mit uns zu tun haben soll«, sagte Guy. Ich war mir sicher, dass er es sehr wohl wusste.

»Das passt doch zusammen«, sagte Tony. »Ihr lockt die Kunden mit Fußball an und schleust sie dann über entsprechende Links auf Pornoseiten. Joe kann den Kontakt zu Leuten herstellen, mit denen er in LA zusammenarbeitet.«

Guy und ich saßen da wie versteinert.

»Was hältst du davon, Patrick?«, fragte Tony.

»Großartige Idee, Tony«, sagte Hoyle. »Diese Verluste beunruhigen mich. Wir müssen was dagegen tun. Kicken und F… Großartige Kombination.« Hochzufrieden mit seinem geistreichen Wortwitz, lachte er in sich hinein. Ein dumpfes Grollen, unter dem die mächtigen Schultern erbebten. Er war ein riesiger, fetter Mann mit Mehrfachkinn und ständigem Schweiß auf der Stirn. Seine Heiterkeit schien die Unappetitlichkeit des ganzen Vorschlags noch zu unterstreichen.

»Wenn wir eine Porno-Site draus machen, kriegen wir keine anständigen Investoren mehr«, protestierte ich.

»Die brauchen wir dann auch nicht«, sagte Tony. »Wir verdienen das Geld, das wir benötigen, selbst. Guy?«

Wir wandten uns alle Guy zu. Ich betete, dass er einen Weg fand, seinen Vater umzustimmen. Nichts reizte mich weniger, als die Kreditkartenzahlungen trauriger Männer zu addieren, die Computerpornografie herunterluden, mochte damit auch noch so viel Geld zu verdienen sein.

Guy starrte seinen Vater lange an. Es war ein kalter Blick, ohne Zuneigung oder auch nur Respekt. Falls er wütend war, so beherrschte er sich. Es war der Blick eines Menschen, der einen Feind abschätzt, sich dessen Schwächen vor Augen führt, die eigenen Möglichkeiten sichtet.

Schließlich ergriff er das Wort: »Überlegen wir mal«, sagte er. »Als ich dieses Unternehmen plante, war mein Ziel, es zu der wichtigsten Fußball-Website in Europa zu machen. Wenn uns das gelingt, wird sie viele hundert Millionen wert sein, geht man von den augenblicklichen Bewertungen aus. Das ist wichtiger als ein paar Hunderttausend in der Gewinn- und Verlustrechnung. Ich will ja gern glauben, dass ein Link zu einer Porno-Site unseren Einnahmen gut tun würde«, er nickte in Richtung seines Vaters, »aber wir hätten es dann sehr viel schwerer, unser Ziel zu erreichen. Es würde der Site einen billigen Anstrich geben. Deshalb sollten wir die Finger davon lassen. Wir fahren besser, wenn wir uns um Investoren bemühen.«

»Orchestra?«

»Ja.«

»Die Gauner, die mir meinen Anteil klauen wollen?«

»Tony«, sagte ich, »auf diese Weise kriegen Sie ein kleineres Stück von einem viel größeren Kuchen …«

»Hören Sie auf mit diesem Kuchenscheiß«, fuhr Tony mich an. »In meinen Immobilientagen hat man ihn mir tausendmal aufgetischt, und ich hab nie drauf gehört. Weißt du was, Guy?« Er wandte sich jetzt an seinen Sohn, und in seiner Stimme war ein stählerner Klang. Ich war für ihn gar nicht mehr vorhanden. »Ich habe den Kuchen immer behalten. Den *ganzen* Kuchen. Dadurch bin ich reich geworden. Ich glaube, das ist eine Lektion, die du lernen musst.«

»Also sagst du nein zu Orchestra?«, fragte Guy, mühsam bestrebt, höflich zu bleiben.

»Ich sage nicht nur nein. Ich sage auch, dass ihr euch an Joe Petrelli wendet und herausfindet, was er macht und wie er es macht. Wir sprechen bei der Vorstandssitzung im nächsten Monat darüber. Von mir aus auch früher, wenn nötig.«

Das war schlimmer, als wir erwartet hatten. Zwar hatten wir gewusst, dass Tony nicht gerade glücklich über die Verwässerung seines Aktienpakets sein würde, aber wir hatten nicht damit gerechnet, dass er uns die Unternehmenspolitik vorschreiben würde. Noch dazu in eine so widerliche Richtung.

»Das ist *meine* Firma«, sagte Guy leise. »Und ich entscheide, was damit geschieht.«

»Irrtum«, sagte Tony. »Ich besitze achtzig Prozent der Aktien. Ich entscheide, wo es langgeht. Du tust, was dir gesagt wird.«

Guy blickte mich an. In seinen Augen glomm Wut. »Das ist nicht akzeptabel«, sagte er.

Tony gab den Blick seines Sohnes zurück. »So und nicht anders wird es gemacht.«

Das Schweigen schien eine Ewigkeit zu dauern. Hoyle und ich beobachteten die beiden Männer. Wir hatten damit nichts zu tun. Es ging um weit mehr als die Kontrolle über Ninetyminutes.

Dann schloss Guy die Augen, langsam, bedächtig. Er atmete tief durch und öffnete sie wieder. »In diesem Fall trete ich zurück.«

»Guy!« Der Ausruf rutschte mir heraus, bevor ich ihn zurückhalten konnte.

»Tut mir Leid, Davo. Ich habe keine Wahl. Ich bin entschlossen, Ninetyminutes zur besten Site in Europa zu machen. Wenn wir kein Kapital aufnehmen, können wir es nicht schaffen. Dann sind wir einfach eine unter vielen Seiten mit einem besonders schmuddeligen Image.«

»Aber eine, die Geld bringt«, sagte Tony.

»Ehrlich gesagt, ist mir das egal«, erwiderte Guy.

Tony wog die Bemerkung ab. »Das ist dein Problem«, sagte er, »aber du solltest es dir noch mal überlegen.«

»*Du* solltest das.«

»Ich bin bis Donnerstag in London«, sagte Tony. »Bis Donnerstagmorgen hast du Zeit, dich zu entscheiden. Die Sitzung ist geschlossen, Gentlemen.«

Ninetyminutes war im vierten Stock einer umgebauten Metallfabrik in einer ruhigen Straße in Clerkenwell untergebracht. Die Jerusalem Tavern lag auf der anderen Straßenseite. Am Abend war sie gewöhnlich gerammelt voll, doch zu dieser Zeit am Nachmittag präsentierte sie sich kühl und leer. Guy holte zwei Bier für uns, ein Pint Bitter für mich, eine Flasche tschechisches Bier für sich.

»Mistkerl«, sagte er und schüttelte den Kopf.

»Er wird schon nachgeben«, sagte ich.

»Nie.«

»Er muss. Ohne dich kann er mit Ninetyminutes nichts anfangen.«

»Ihm wird schon was einfallen.«

»Es muss einen Ausweg geben«, sagte ich. »Irgendeinen Kompromiss.«

»Vielleicht«, sagte Guy. »Vielleicht ließe sich damit dieser Monat überstehen. Aber im nächsten stünden wir wieder vor demselben Problem. Er würde mir Vorschläge für die Leitung der Firma machen, von denen er genau wüsste, dass sie mir nicht gefallen. Eine Weile würde er sie mir unter die Nase reiben, dann würde er sie durchsetzen. Um zu zeigen, wer schlauer ist, wer der bessere Geschäftsmann ist, wer die Macht hat.« Er trank einen Schluck Bier. »Hast du früher *Mensch ärgere dich nicht* mit deinem Vater gespielt?«

»Ich weiß nicht. Vermutlich.«

»Wer hat gewonnen?«

»Keine Ahnung. Ich, er, ich weiß nicht.«

»Ich habe es oft mit meinem Vater gespielt, und er hat immer gewonnen. Das machte mich richtig wütend, als ich vier war. Und noch wütender, als ich älter war und mir klar wurde, dass *Mensch ärgere dich nicht* ein reines Glücksspiel ist. Nur wenn man schummelt, kann man ständig gewinnen. Ziemlich traurig, wenn ein Vater schummeln muss, um seinen vierjährigen Sohn zu besiegen.« Guy starrte auf das Etikett seiner Bierflasche, als stünde die Lösung des Problems dort geschrieben. »Ich wusste, dass es ein Fehler war, sein Geld zu nehmen.«

»Wir hatten keine Wahl.«

Er seufzte. »Vermutlich nicht.«

Zusammengesunken saß er vor seinem Bier, mit trübem Blick, fast verzweifelt; von dem Schwung, der ihn in den letzten Monaten beseelt hatte, keine Spur mehr. Eine Aura von Mutlosigkeit umgab ihn und schlug auch mir auf die Stimmung. Diese Verwandlung erschreckte mich.

Guy und ich hatten es in den letzten Monaten nicht leicht gehabt. Lange Stunden, Abende, Nächte, Wochenenden hatten wir durchgearbeitet. Und eine Menge erreicht. Die Site in einer so kurzen Zeitspanne online zu bekommen, war ein kleines Wunder gewesen. Die Mittel aufzubringen, ein Team von engagierten Mitarbeitern zusammenzustellen – das alles hatte mir viel Spaß gemacht. Und ich hatte in dieser Zeit viel über mich und Guy gelernt. Ich wollte nicht, dass das alles nun zu Ende war.

»Wir müssen kämpfen, Guy. Wir haben zu lange und zu hart gearbeitet, um einfach aufzugeben. Was ist mit unseren Plänen, die großen europäischen Fußballligen aufzunehmen? Mit dem E-Commerce? Mit den zehn Millionen Pfund, die Orchestra Ventures ausspucken will? Gestern warst du noch Feuer und Flamme.«

»Ich weiß. Gestern habe ich auch noch gedacht, Ninetyminutes sei meine Firma. Gestern habe ich meinen Vater und die heutige Sitzung verdrängt. Ich habe einfach so getan, als gäbe es sie nicht. Aber ich habe mich selbst hinters Licht geführt. Es gibt sie sehr wohl, und ich kann mich nicht vor der Wirklichkeit verstecken.«

»Wir haben doch schon vorher in solchen Schwierigkeiten gesteckt, und du hast nie aufgegeben. Du hast immer einen Weg aus dem Schlamassel hinaus gefunden. Wenn es nach mir gegangen wäre, das weißt du genau, hätten wir schon längst aufgegeben.«

Guy lächelte.

»Ich habe viel von dir gelernt«, fuhr ich fort. »Ich habe gelernt, an dich zu glauben. Erzähl mir ja nicht, dass ich mich getäuscht habe.«

Guy zuckte die Achseln. »Tut mir Leid.«

»Hat es mit deinem Vater zu tun? Wäre es jemand anders, würdest du doch nicht einfach klein beigeben.«

»Ich gebe nicht einfach klein bei«, fuhr er mich wütend an. Dann hatte er sich wieder im Griff. »Nein, du hast schon Recht. Es hat mit meinem Vater zu tun. Ich kenne ihn. Er ist entschlossen, aus Ninetyminutes meine Niederlage und seinen Triumph zu machen. Und er hat alle Trümpfe in der Hand. Wie üblich.«

»Gib nicht auf!«

»Tut mir Leid, Davo. Das hab ich schon getan.«

Ich blickte ihn an. Er meinte es ernst.

Schweigend saßen wir da. Ich hatte das Gefühl, dass um mich herum alles einstürzte, woran wir in den letzten Monaten so hart gearbeitet hatten. Als hätte Tony Jourdan den Pfeiler eingerissen, der alles hielt. Es war so verdammt unfair.

»Wir müssen unseren Leuten Bescheid sagen«, meinte ich.

»Kümmer du dich darum. Ich kann das jetzt nicht. Geh nur, ich bleibe hier.«

So ließ ich ihn zurück, in seine Stimmung wie in eine dunkle Wolke gehüllt.

2

Am folgenden Tag – Dienstag – ließ sich Guy nicht im Büro sehen. Ich rief in seiner Wohnung in Wapping an. Keine Antwort. Dreimal versuchte mein Kontaktmann bei Orchestra Ventures, mich zu erreichen, doch ich ging nicht ans Telefon.

Nervös trommelte ich mit den Fingern auf dem Schreibtisch und fragte mich, was zu tun sei, als Ingrid herüberkam. Ingrid Da Cunha kannte Guy fast so lange wie mich, war aber erst zwei Monate bei Ninetyminutes. Sie war als Chefredakteurin der Website zu uns gekommen und hatte sich rasch unentbehrlich gemacht. Sie war jemand, der das Team zusammenschweißte. Ich mochte sie und hielt viel von ihrer Meinung.

»Wir steigen also ins Centerfold-Geschäft ein?«, sagte sie.

»Du. Ich nicht.«

»Du solltest mitmachen. Wirtschaftsprüfer des Monats. Mr. Oktober. Wir könnten dich gut gebrauchen.«

»Danke.«

»Bei meinen Vorfahren bin ich natürlich die Idealbesetzung für diesen Job. Copacabana Babe. Schwedisches Aupairmädchen. Ich kann mit allem dienen.«

Ich konnte mir ein Lächeln nicht verkneifen. Ingrid hatte große blassblaue Augen, ein offenes, freundliches Lächeln und dichtes, kastanienbraunes Haar. Aber ich hatte sie schon im Badeanzug gesehen, und obwohl sie nicht schlecht aussah, hatte sie als Model keine Chance.

Das Lächeln entging ihr nicht. »Warum lachst du? Klar, mein Hintern ist ein bisschen dick. Und meine Oberschenkel! Aber ich kann mich jetzt auf Kosten der Firma operieren lassen. Es ist nur eine Frage der Umverteilung des Fetts. Tony zahlt das. Mein Vater besorgt mir einen Schönheitschirurgen in Rio. Du wirst mich nicht wiedererkennen.«

»Wie wär's mit Wachstumshormonen?«

»Was soll das heißen? Ich bin einsfünfundfünfzig. Einszweiundsechzig, wenn ich die richtigen Schuhe anhab.« Sie boxte mich auf den Oberarm.

»Au!« Wenn Ingrid zuschlug, tat es weh. »Freu dich nicht zu früh. Ich denke, Ninetyminutes wird nicht mehr tun, als Links zu einem kleinen schmuddeligen Studio in Los Angeles einzurichten. Du musst deine Talente weiterhin auf den Fußball ausrichten.«

»Arbroad gegen Hamilton Ademicals null zu null«, sagte Ingrid und lieferte die verblüffende Imitation eines Radiosprechers. Ingrid hatte einen Akzent, wie ich ihn noch nie gehört hatte, obwohl sie wahrscheinlich wie jede Frau auf der Welt sprach, die eine schwedische Mutter, einen brasilianischen Vater und eine britische Erziehung hatte. Sie wurde ernst. »Ich wollte eigentlich nur sagen, dass ihr das nicht verdient.«

»Niemand von uns verdient es.«

»Tony gibt doch nicht nach, oder?«

»Ich weiß nicht. Vermutlich nicht. Aber wir wollen versuchen, ihn umzustimmen. Wir können nicht kampflos das Feld räumen.«

»Auf keinen Fall. Aber selbst wenn alles den Bach runtergeht, solltest du stolz darauf sein, was du erreicht habt. Ohne dich wäre Guy nie so weit gekommen. Er muss die Probleme klären, die er mit seinem Vater hat. Du bist da einfach reingezogen worden. Dafür kannst du nichts.«

Sie hatte Recht. Ich wusste, dass sie Recht hatte. Und es tat gut, das zu hören.

»Ich habe mit den anderen gesprochen«, sagte sie. »Niemand hat Lust zu bleiben, wenn ihr geht, Guy und du.«

»Das ist doch nicht nötig. Ihr habt euer ganzes Geld hineingesteckt. Wenn ihr bleibt, könnt ihr immer noch was aus der Site machen.«

»Aber wenn wir gehen, ist Tony auch fertig.«

»Ich weiß nicht.«

»Überleg mal: kein technischer Support, keine Autoren, nur ein Haufen Computer, ein paar klapprige Schreibtische und eine Website, die binnen einer Woche veraltet ist.«

Ich dachte nach. Da war etwas dran.

Nach einem Blick in die Runde, auf die eifrige Crew, fragte ich: »Würden sie das wirklich tun?«

Ingrid nickte. »Klar. Ich denke, Tony sollte das wissen. Meinst du nicht?«

Ich lächelte. Tony war zwar ein sturer Hund, aber einen Versuch war es allemal wert. Ich nahm den Hörer auf, wählte die Nummer seines Apartments in Knightsbridge und bat um ein Treffen. Er klang sehr geschäftsmäßig und war einverstanden, sich für den folgenden Abend um neun Uhr mit Ingrid und mir zu verabreden.

Gegen Mittag tauchte Owen Jourdan auf, einen großen Becher Kaffee in der Hand. Ich war überrascht, ihn zu sehen: Da sein Bruder blaumachte, hatte ich das auch von ihm erwartet. Owen und Guy hatten ein merkwürdiges Verhältnis, das ich erst im Lauf der Jahre verstehen gelernt hatte. In normalen Zeiten sprachen sie kaum miteinander, doch wenn einer von ihnen in Schwierigkeiten steckte, war der andere für ihn da. Immer.

Owen ging zu seinem Rechner, schaltete ihn ein und beachtete niemanden, wie üblich. Ich trat an seinen Schreibtisch, zog einen Stuhl heran und setzte mich. Er sagte kein Wort, starrte auf den Bildschirm, während der Computer hochfuhr, und nippte an seinem Kaffee.

Obwohl Owen Guys jüngerer Bruder war, hatte er überhaupt keine Ähnlichkeit mit ihm. Man hatte den Eindruck, irgendein verrücktes hormonelles Ungleichgewicht hätte das Wachstum einiger Teile seines Körpers übermäßig gefördert und andere vernachlässigt. Er war weit über einen Meter achtzig groß und sicherlich mehr als hundert Kilo schwer. Dabei war er nicht fett, sondern nur massig, und hatte einen zu großen Kopf, der den Eindruck eines gewissen Stumpfsinns vermittelte. Seine winzigen Augen lagen tief unter buschigen Brauen. Der weiß gefärbte Haarschopf war ungekämmt und sah aus, als käme Owen geradewegs aus dem Bett. Er trug, was er immer trug: Bermudashorts und eine Baseballmütze mit der Aufschrift *ninetyminutes.com*. Wir hatten schon September, und es wurde kühl. Owen würde sich bald nach einer anderen Hose umsehen müssen.

»Wie geht's Guy?«, fragte ich.

»Scheiße.«

»Scheißbesoffen oder scheißsauer?«

»Wahrscheinlich beides.« Seine Stimme war hoch, fast quäkend. Die Mutter von Guy und Owen war Amerikanerin, und sie hatten beide einige Zeit drüben gelebt, aber Owens Akzent war viel ausgeprägter als der seines Bruders.

»Und wie geht's dir?«

»Mir?« Zum ersten Mal wandte sich Owen mir zu. Seine kleinen Augen musterten mich überrascht. »Was kümmert dich, wie es mir geht?«

»Er ist dein Bruder. Du hast so hart wie wir alle gearbeitet, um die Firma auf die Beine zu stellen. Und es ist dein Vater, der sie kaputtmachen will.«

Owen wandte sich wieder seinem Rechner zu und begann, Passwörter einzugeben. Eine ganze Minute beachtete er mich nicht, bis er endlich den Mund öffnete. »Ich denke, mir geht's auch ziemlich scheiße.«

»Guy scheint aufgegeben zu haben«, sagte ich. »Die anderen nicht. Ingrid sagt, sie wollen kündigen, wenn er geht. Da muss dein Vater doch einlenken, oder?«

Owen gab keine Antwort. Er bearbeitete seine Tastatur.

»Oder?«, wiederholte ich aufgebracht.

»Dad lenkt nicht ein«, sagte er.

»Aber warum nicht? Ihr seid seine Söhne. Er hat die Möglichkeit, euch beide zu unterstützen.«

»Weil er ein Riesenarschloch ist«, sagte Owen. Seine hohe Stimme stand in merkwürdigem Gegensatz zu seiner Größe und seinen Worten. »Er schert sich einen Dreck um uns. Hat er immer getan und wird er immer tun.«

Offenbar merkte er, wie überrascht ich über den unerwarteten Ausbruch war.

»Früher habe ich ihn angebetet. Guy genauso. Dann hat er uns sitzen lassen. Allein mit diesem Miststück von Mutter. Hat sich nie wieder um uns gekümmert, nie nach uns gefragt. Als wir zu ihm nach Frankreich gingen, hat er uns noch immer nicht beachtet. Vor allem mich nicht. Und als ich dann die Schlampe sah, für die er uns verlassen hatte, konnte ich es nicht glauben. *Du* weißt, dass sie eine Schlampe war«, sagte er.

Ich spürte, wie ich rot wurde.

Owen bemerkte es und lächelte in sich hinein. »Nach dieser Zeit in Frankreich wusste ich, dass er ein totaler Flachmann ist. Guy hat ein bisschen länger gebraucht, um es zu merken. Ich glaube, Dad hat Angst vor ihm.«

»Angst vor Guy? Ist doch Blödsinn.«

»Nicht für Dad. Guy steht für alles, worauf er mal stolz war. Frauen aufreißen, Geld machen. Dad muss sich beweisen, dass er das immer noch kann. Deshalb legt er Frauen flach, die halb so alt sind wie er. Und deshalb macht er Ninetyminutes platt.«

»Aber er hat doch viel mehr Geld verdient als Guy.«

»Als er jung war, ja. Aber das ist lange her. Ich weiß, dass er sich in den letzten Jahren mit ein paar Investitionen böse die Finger verbrannt hat. Kein Wunder – er konzentriert sich nicht darauf. Aber es wurmt ihn. Ich merke, dass es ihn wurmt. Nun möchte er beweisen, dass er es noch nicht verlernt hat.« Dunkel glühten Owens Augen unter den Brauen. »Mein Dad ist ein egoistisches Schwein. Er hasst uns. Uns beide. Deshalb wundert es mich überhaupt nicht, dass er Ninetyminutes kaputtmachen will.«

Seine abgrundtiefe Bitterkeit erinnerte mich an mein Anliegen. »Wo ist Guy?«, fragte ich.

»Ich weiß nicht«, sagte Owen. Er hatte sich mit seinem Bruder in Wapping ein kleines Apartment geteilt, doch als Ninetyminutes gut anlief, war er ausgezogen und hatte sich eine eigene Wohnung irgendwo in Camden Town gesucht.

»Schaut er heute noch rein?«

»Keine Ahnung.«

»Glaubst du, er wird seine Meinung ändern?«

»Sinnlos, ich hab's dir gesagt. Hör mal, ich hab hier eine Programmzeile, die muss ich unbedingt hinkriegen.«

Ich verließ Owen und stellte fest, dass dies das längste Gespräch war, das ich je mit ihm geführt hatte, dass es aber an meiner Meinung über ihn nicht das Geringste änderte.

Er war merkwürdig. Sehr merkwürdig.

Auch am Mittwoch gab es kein Lebenszeichen von Guy, und ich machte keinen weiteren Versuch, Owen nach ihm zu fragen. Ingrid und ich arbeiteten bis 19 Uhr 30, dann fuhren wir mit der U-Bahn nach Knightsbridge. Sie war viel zuversichtlicher als ich und bis an die Zähne bewaffnet mit Argumenten und Rechtfertigungen, die Tony vor der Frist am nächsten Morgen umstimmen sollten. Ich wollte es auch versuchen, war aber weitaus skeptischer hinsichtlich der Erfolgsaussichten. Merkwürdigerweise machte mir Guys Defätismus weniger Sorgen als Owens erbitterter Hass auf seinen Vater. Das war keine Familie, in der man vergab und vergaß.

Mit Hilfe eines Stadtplans führte ich Ingrid durch ein Labyrinth kleiner Straßen nördlich von Harrods, wo Tonys Apartment liegen sollte. Unter einer Laterne blieb ich stehen, um noch einmal einen Blick auf die Karte zu werfen. Ich war mir ziemlich sicher, dass es die richtige Stelle war, die Mews, eine kleine Stallgasse. Ich suchte nach einem Straßenschild. Vor hundert Jahren hatte man in den Häusern Pferde untergebracht. Jetzt wohnten Menschen darin, die sich dieses Privileg mindestens eine Million Pfund kosten ließen.

Schließlich erblickte ich das Schild; es wurde von einem Wagen auf der anderen Straßenseite verdeckt. Ich trat ein paar Schritte zurück, um es besser zu sehen: Wir waren am Ziel. Einen Augenblick kreuzte sich mein Blick mit dem eines Mannes, der in dem Auto saß. Er schaute gleich wieder fort. Ich fragte mich flüchtig, was er bei Dunkelheit in einem Auto tat. Wahrscheinlich wartete er auf jemanden. Dann fanden wir Tonys Apartment, das sich als das obere Stockwerk einer der ehemaligen Stallungen erwies.

Wir klingelten, Tony öffnete.

»Aha, die Abordnung«, sagte er. »Kommen Sie herein. Leider kann ich nicht lange. In einer halben Stunde bin ich mit ein paar Freunden zum Dinner verabredet.«

In dem luxuriös eingerichteten Wohnzimmer nahmen wir auf blassen Ledersesseln Platz. Offenbar war sonst niemand da. Insgeheim hatte ich gehofft, Guy bei dem Versuch einer Einigung mit seinem Vater anzutreffen.

Ingrid kam sofort zur Sache. »Wir sind gekommen, um Sie zu bitten, Guy zu behalten.«

Tony hob die Augenbrauen. »Okay, ich kann versuchen, ihn zum Bleiben zu überreden, aber es ist seine Entscheidung. Da kann ich leider nur wenig machen.«

»Hören Sie, Tony«, sagte ich. »Wir wissen alle, warum Guy kündigen will. Sie wollen nicht, dass wir Geld für die Expansion von Ninetyminutes aufnehmen. Ich weiß, wovon ich rede. Ich war dabei.«

Abwehrend hob Tony die Hände. »Es ist sinnlos, jetzt darüber zu diskutieren. Warten wir ab, was morgen früh geschieht. Dann können wir darüber reden.«

»Nein«, sagte Ingrid. »Wir sprechen jetzt darüber. Hören Sie, wenn Guy geht, kündigt auch der Rest des Teams.«

»Das ist Ihre Entscheidung«, erwiderte Tony ruhig.

»Und wie wollen Sie die Website betreiben, wenn wir alle gehen?«

»Ich stelle neue Leute ein.«

»Das klappt nicht«, sagte Ingrid. »Sie brauchen Mitarbeiter, die über den Inhalt, das Design und die Software Bescheid wissen. Da können Sie sich nicht irgendwelche Leute von der Straße holen.«

»Wollen Sie mich erpressen?«

»Nein«, sagte Ingrid. »Ich versuche Ihnen nur zu erklären, was mit Ihrer Zwei-Millionen-Pfund-Investition geschieht, wenn Guy morgen kündigt.«

»Sie versuchen doch, mich zu erpressen«, sagte Tony, und ein überhebliches Lächeln spielte um seinen Mund. Dann veränderte sich sein Ausdruck: Jede Spur von Heiterkeit verschwand aus seinem Gesicht, als er sich vorbeugte. Er sprach mit leiser Eindringlichkeit, von der eine fast hypnotische Wirkung ausging. »Lassen Sie sich eines gesagt sein: Drohungen ziehen bei mir nicht. Mir hat noch niemand ungestraft gedroht. Egal, was geschieht, Ingrid, Sie sind ab morgen ohne Job. Und Sie genauso, David. Und nun sollten Sie beide gehen.«

Ich konnte erkennen, dass Ingrid kochte, warf ihr aber einen beschwörenden Blick zu. Wir standen beide auf und verließen das Haus.

»Was für ein Arschloch!«, murmelte Ingrid, als wir die Mews in Richtung Knightsbridge und Taxis entlanggingen.

»Macht nichts«, sagte ich. »Es war einen Versuch wert.«

»Guy hatte Recht«, sagte sie. »Wir hätten sein Geld nie nehmen dürfen.«

»Nein. Das war ein Riesenfehler.«

Mein Fehler.

Am Ende der Straße kamen wir wieder an dem Mann im Auto vorbei. Es sah aus, als sei er eingeschlafen. Plötzlich fuhr er hoch und ließ den Motor an. Als wir um die Ecke bogen, blickte ich zurück und sah Tony aus dem Haus treten.

»Ich konnte den Kerl nie ausstehen«, sagte Ingrid. »Seit wir bei ihm in Frankreich waren, ist mir klar, dass er ein Dreckskerl ist. Ich kriege jedes Mal eine Gänsehaut, wenn ich ihn sehe. Er glaubt, er sei ein toller Hecht, dabei ist er nur ein schmutziger, alter Mann. Das war er immer. Weißt du, was ich am liebsten mit ihm täte?«

Ich erfuhr nicht mehr, was Ingrid am liebsten mit Tony getan hätte. Stattdessen vernahm ich von der Mews her das Aufheulen eines Motors und einen Aufschrei, der jäh abbrach.

Ich warf Ingrid einen Blick zu und lief los.

Als ich in die Mews einbog, sah ich auf der Fahrbahn direkt vor Tonys Haus einen Körper mit verrenkten Gliedmaßen liegen. Beim Näherkommen wurde mir klar, um wen es sich handelte. Ich erkannte die Kleidung, die Gestalt und die Größe, aber das Gesicht war nicht mehr vorhanden. Der Kopf war nur noch eine blutige Masse.

Einen Augenblick später tauchte Ingrid neben mir auf. Sie blickte hinab und stieß einen Schrei aus.

Ninetyminutes hatte seinen Vorstandsvorsitzenden verloren.

TEIL ZWEI

3

Zwölf Jahre früher, Juli 1987, Dorset

Ich startete von der Strafraumlinie, als Guy auf den langen Pfosten flankte. Gleichzeitig mit Phil, dem Torhüter, sprang ich hoch. Der Ball drehte sich zwei Zentimeter über Phils Fingerspitzen hinweg, traf meinen Kopf, segelte zwischen den Pfosten hindurch und landete in der Brombeerhecke, die den Graben hinter dem Tor säumte.

»Klasse, David!«, rief Torsten. »Fünf zu vier. Wir haben gewonnen!«

Ich blickte zu Guy hinüber, der zufrieden in sich hineinlächelte. Mit perfektem Timing schien er den Ball an jede beliebige Stelle des Spielfelds schießen zu können. Ich holte den Ball aus dem Brombeergebüsch, sammelte wie die anderen meine abgelegten Kleidungsstücke auf und schlenderte nach Hause. Es war ein herrlicher Abend. Während wir spielten, hatte der Himmel eine tiefblaugraue Färbung angenommen, und die kleinen Wolken waren tintenschwarz geworden. In dem Wäldchen, das unser Spielfeld säumte, veranstaltete ein Schwarm Krähen ein Heidenspektakel, während wir Mill House zustrebten, der umgebauten Wassermühle, die vierzig Schülern als Internat diente. Die weitläufigen modernen Gebäude der Broadhill School erhoben sich zweieinhalb Kilometer weiter östlich hinter einer Weide mit friedlich grasenden Kühen.

Bis zu dieser Woche waren wir Abend für Abend mit Prüfungsvorbereitungen beschäftigt gewesen, jetzt hatten wir endlich wieder Zeit für spontane Fußballspiele. Das Abitur war fast vorbei. Ich hatte nur noch das schriftliche Matheexamen vor mir und fand, dass mein Kopf eine Verschnaufpause verdient hatte. In drei Wochen war meine Zeit in Broadhill vorüber. Der lange Weg vom dreizehnjährigen Neuling bis zum achtzehnjährigen Erwachsenen war abgeschlossen. In diesem Augenblick bedauerte ich es fast.

Ich beschleunigte meinen Schritt, sodass ich Torsten und Guy einholte. »Saubere Flanke«, sagte ich.

Guy zuckte die Achseln. »Dein Kopf ist kaum zu verfehlen, Davo.«

Nebeneinander gingen wir über das kleine Rasenstück vor dem Haus.

»Ich habe vorhin mit meinem Vater gesprochen«, sagte Torsten. Torsten Schollenberger war ein hoch gewachsener, gut aussehender Deutscher, dessen Vater in ganz Europa Beteiligungen an Zeitschriftenverlagen besaß. »Er möchte, dass ich den Sommer über in seinem Büro in Hamburg arbeite.«

»Was? Das ist unmenschlich«, sagte Guy. »Nach den Prüfungen und dem ganzen Stress?«

»Ich weiß. Und im September gehe ich in Florida aufs College. Ich brauche eine Pause.«

»Dann kommst du also nicht mit nach Frankreich?«

»Sieht nicht so aus.«

»Mann, das ist doch scheiße. Warum sagst du ihm nicht, er kann dich mal? Du bist achtzehn. Du bist volljährig. Du kannst machen, was du willst.«

»Du kennst doch meinen Vater, Guy. Er macht, was er will.«

Ich ging schweigend neben ihnen her. Meine Eltern überlegten, ob sie im Sommer wieder mit dem Wohnwagen nach Devon fahren sollten. Sie hofften, dass ich mitkam. Wahrscheinlich würde ich es tun. Im Wohnwagen war es zwar ziemlich eng, aber ich mochte meine Eltern, und ich mochte Devon. Es machte mir Freude, mit meinem Vater über die Heide zu wandern. Auch er hatte mir einen Sommerjob in seinem Büro angeboten, der kleinen Vertretung einer Bausparkasse in einer Kreisstadt in Northamptonshire. Er wollte mir sechzig Pfund die Woche zahlen. Ich würde das Angebot wohl annehmen. Ich brauchte das Geld.

Doch ich fand, das war nichts, worüber man mit Guy und Torsten reden konnte.

Broadhill war eine Schule der besonderen Art. Es war eines der teuersten Internate Englands mit hervorragenden Einrichtungen. Es bot besonders begabten Schülern aber auch Stipendien, und zwar nicht nur aufgrund von überragenden Schulleistungen. Ich hatte das Stipendium zwar meinen Erfolgen in der Schule zu verdanken, aber Phil zum Beispiel, der Torwart, war ein hochbegabter Cellist aus Swansea. Ich wusste, dass Guys Vater das volle Schulgeld bezahlte, obwohl Guy bei seinen Leistungen in Fußball, Kricket und Tennis sicherlich ein Stipendium bekommen hätte. Torsten zahlte wahrscheinlich den doppelten Beitrag.

Das Ergebnis war eine bunte Mischung von Jungen und Mädchen, in der einfach alles vertreten war: Superreiche und Bedürftige, Genies und Dummköpfe, Leistungssportler und Konzertpianisten. Natürlich gab es auch den üblichen Anteil an Idioten, Faulenzern und bösen Jungs. Alkohol und Tabak erfreuten sich großer Beliebtheit. Gelegentlich zirkulierten auch andere, noch strengeren Verboten unterliegende Stimulanzien. Obwohl im Internat Mädchen und Jungen wohnten, gab es aus irgendeinem Grund kaum Sex.

Ich habe nie herausgefunden, warum. Meine eigenen zaghaften Versuche, diese Situation zu verändern, waren von wenig Erfolg gekrönt. Natürlich gab es eine Schulordnung, die alle Aktivitäten dieser Art verbot, doch es schien eher, als sei das Zölibat von den Schülern selbst gewollt. Schließlich legte ich mir eine Theorie zurecht, eine Art Verallgemeinerung von Groucho Marx' Diktum, dass er keinem Klub angehören wolle, der ihn selbst als Mitglied akzeptiere. Unter den Jungen und Mädchen der Schule gab es eine strenge und genau festgelegte Hierarchie. Kein Schüler und keine Schülerin, die auf sich hielten, ließen sich mit einem Vertreter des anderen Geschlechts sehen, der unter ihnen oder auf derselben Stufe der Hierarchie stand. Wir mussten alle nach Höherem streben. Das bedeutete ein erhebliches Maß an Frustration für neunundneunzig Prozent der Schüler und die Qual der Wahl für das glückliche restliche Prozent.

Und wer stand an der Spitze der Hierarchie? Nun, Torsten saß fast ganz oben auf der Leiter, aber über allen thronte natürlich Guy.

In diesem Jahr waren wir Zimmergenossen. Der Valentinstag ist in jeder Schule peinlich, war aber in diesem Februar besonders demütigend für mich. Ich hatte nur eine einzige Karte bekommen –

von einem bedauernswerten Mädchen mit dicker Brille in meinem Mathekurs, die später eine Top-Analystin in einer Investmentbank wurde. Guy bekam dreiundsiebzig. Die meisten stammten vermutlich von Dreizehn- oder Vierzehnjährigen, die er gar nicht kannte, aber auch so … Im letzten Sommer hatte er die Hauptrolle in einer privaten Aufführung von *Grease* gespielt und dabei einen so nachhaltigen Eindruck bei der weiblichen Hälfte der Schülerschaft hinterlassen, dass die Wirkung noch im Februar zu spüren war. Groß, dunkel und unauffällig, wie ich war, wusste ich zwar, dass ich keine Konkurrenz für Guy sein konnte, doch mein Ego war angeschlagen, und das nicht zum ersten Mal. Wirklich ärgerlich fand ich allerdings, dass er sich noch nicht einmal zu freuen schien. Er hielt das alles für selbstverständlich.

Obwohl ich mit Guy ein Zimmer teilte, war er sehr diskret, was sein Liebesleben anging. Ich vermutete zwar, dass er »es schon wirklich getan« hatte, doch er prahlte nicht damit. Allerdings schien es in seinen Beziehungen ein bestimmtes Muster zu geben. Man sah ihn mit irgendeinem hinreißenden Mädchen von sechzehn oder siebzehn, das er belagerte, bezauberte, zum Lachen brachte, wochen- oder sogar monatelang, bis er es dann plötzlich fallen ließ. Zwei Tage später war er hinter jemand anders her.

Gegenwärtig galt sein Interesse einem Mädchen namens Mel Dean, die ebenfalls im letzten Jahr war. Sie war keine klassische Schönheit wie seine anderen Eroberungen, aber mir war schon klar, was ihn anmachte. Mit engen Pullovern und Schmollmund signalisierte sie ständige Bereitschaft, galt aber als eiserne Jungfrau. »Heiß, aber frigid«, wie es in unserem Jargon hieß. Eine unwiderstehliche Kombination für Guy.

An diesem Abend blieb ich lange auf, weil ich noch ein paar Seiten *Krieg und Frieden* schaffen wollte. Heute frage ich mich, wie ich so dumm sein konnte, das Buch im Abiturhalbjahr in Angriff zu nehmen. Aber ich glaubte es meinem Selbstverständnis als Intellektueller schuldig zu sein.

Guy kam ins Zimmer gepoltert und zog sich aus. »Hör zu, Davo. Es ist nach elf. Ich bin vollkommen erledigt. Kann ich das Licht ausmachen?«

»Von mir aus«, sagte ich in gespielter Enttäuschung. Tatsächlich hing ich seit zehn Minuten auf derselben Seite fest. Es war höchste Zeit, sie von ihrem Elend zu erlösen. Wie ein Stein fiel das Buch zu Boden. Guy machte das Licht aus und warf sich auf sein Bett.

»Davo?«

»Ja?«

»Hast du Lust, im Sommer mit zu meinem Vater zu kommen?«

Zunächst traute ich meinen Ohren nicht. Dass Guy mich zu seinem Vater nach Südfrankreich einlud, war eine Überraschung, fast ein Schock. Wir mochten uns, achteten einander auch, doch zu Guys Freunden hatte ich mich nie gezählt. Jedenfalls nicht zu dieser Art von Freunden. Guy war mit Leuten wie Torsten oder Faisal zusammen, dem kuwaitischen Prinzen, oder mit Troy Barton, dem Sohn des Filmstars Jeff Barton. Mit Jungs, deren Eltern viele Millionen Pfund und Häuser in der ganzen Welt besaßen. Mit Jungs, die sich in Paris oder Marbella trafen. Nicht mit solchen, die im Wohnwagen nach Devon fuhren.

»Davo?«

»Oh, ’tschuldigung.«

»Was ist? Es wird dir gefallen. Er hat ein tolles Haus auf den Klippen mit Blick über Cap Ferrat. Ich bin noch nicht selber dort gewesen, aber es soll phantastisch sein. Er hat gesagt, ich soll ein paar Freunde mitbringen. Mel und Ingrid da Cunha kommen auch mit. Hast du Lust?«

Warum nicht? Er meinte es ernst. Zwar wusste ich nicht, woher ich das Geld für den Flug nehmen sollte, aber ich wusste, dass ich mitmusste. »Willst du das wirklich?«

»Natürlich.«

»Okay«, sagte ich, »dann komme ich gern mit. Danke.«

4

Ich führte die Champagnerflöte an die Lippen und blickte aus siebentausend Metern Höhe auf die alten Vulkane des Massif Central hinab. Wie sich herausgestellt hatte, musste ich kein Geld für das Flugticket zahlen. Wir hatten uns in Biggin Hill getroffen, einem Flugplatz im Süden von London, und waren an Bord des Jets geklettert, der Guys Vater gehörte. Wenige Minuten später waren wir in der Luft gewesen und hatten Kurs auf Nizza genommen.

Mel Dean und Ingrid Da Cunha saßen hinter mir, Guy ihnen gegenüber. Mel trug enge Jeans, ein weißes T-Shirt, eine Jeansjacke und viel Make-up. Eine blonde Strähne zog sich durch ihr langes dunkles Haar, das sie sich um den Nacken gelegt hatte, sodass es ihr über die Schulter auf die Brüste fiel. Und was für Brüste! Ihre Freundin Ingrid trug Baggy Trousers und T-Shirt. Ich kannte die beiden. Mel ging seit fünf Jahren auf die Schule, aber wir waren nie im selben Kurs gewesen, und ich hatte während der ganzen Zeit kaum ein Wort mit ihr gesprochen. Ingrid war erst seit anderthalb Jahren in Broadhill.

Als ich die beiden Mädchen begrüßte, hatte Mel kaum eine Miene verzogen, während Ingrid mit freundlichem, offenen Lächeln reagiert hatte. Ich überließ Guy den Small Talk: Nach Ingrids heiserem Lachen zu urteilen, machte er seine Sache gut. Genüsslich ließ ich mich in die dunkelblauen Ledersitze sinken. Ich saß zum ersten Mal in einem Flugzeug. Das war das Leben.

Guy setzte sich neben mich. »Kennst du meinen Vater?«

»Nein«, sagte ich. »Ich glaube nicht, dass ich ihn schon mal gesehen habe. Abgesehen von den Zeitungsbildern natürlich.« Tony Jourdan war ein Wunderkind des Londoner Immobilienmarktes gewesen. Mein Vater wusste alles über ihn, doch zu der Zeit, als ich mit dem Zeitunglesen anfing, war der größte Wirbel schon vorbei. Zweimal hatte ich in *Private Eye* etwas über ihn gelesen: dass er einen Stadtrat wegen der Planung eines Einkaufszentrums geschmiert und dass er einen Partner rücksichtslos aus der Firma gedrängt habe. Doch meistens tauchte sein Name auf den Klatsch- und nicht den Wirtschaftsseiten auf.

»In Broadhill ist er nur zweimal gewesen. In den letzten Jahren habe ich ihn nicht oft gesehen. Aber er wird dir gefallen. Er versteht zu leben.«

»Wunderbar. Hat er wieder geheiratet?«

»Ja, vor einigen Jahren. Dominique, eine französische Schlampe. Ich habe sie nie kennen gelernt. Vergiss sie. Du sollst dich amüsieren.«

»Das werde ich.« Ich zögerte. Eigentlich freute ich mich auf den Besuch von Bars und Restaurants. Ich war jetzt achtzehn und wollte von meinem legitimen Recht Gebrauch machen: trinken bis zum Abwinken. Allerdings gab es da ein Problem. »Guy?«

»Ja?«

»Ich hab nicht viel Geld dabei. Ich meine, ich muss mich wohl hin und wieder ausklinken. Das verstehst du doch, oder?«

Guy grinste breit. »Nee, das gibt's nicht. Dad zahlt. Glaub mir, er tut's gern. Er ist immer großzügig, vor allem, wenn es darum geht, Spaß zu haben. Wenn du knapp bei Kasse bist, frag mich. Echt!«

»Danke.« Ich war erleichtert. Fünf Jahre lang war es mir gelungen, mit einem Bruchteil dessen auszukommen, was viele meiner Mitschüler in Broadhill benötigten. Ich befürchtete jedoch, dass es in der Welt draußen sehr viel schwerer sein würde. Und auf die Vorzüge eines Studentenkredits musste ich noch einige Monate warten.

Der Jet glitt über die schmalen, grünen Falten im Hinterland der Riviera hinweg, überflog ein Städtchen, das von zwei ungewöhnlichen Apartmenthäusern überragt wurde – sie sahen aus, als wären sie aus Legosteinen gebaut –, erreichte das tiefblaue Mittelmeer und wandte sich schließlich nach Osten, um den Flughafen Nizza anzufliegen, ein ungewöhnlich flaches, unregelmäßiges Rechteck: ein Stück trockengelegtes Land, das ins Meer hinausragte.

Tony Jourdan erwartete uns am Terminal. Er musste mindestens fünfundvierzig Jahre alt sein, wirkte aber jünger. Mir fiel die Ähnlichkeit mit Guy auf, nicht nur, was das Aussehen betraf, sondern auch die Art, wie er sich bewegte. Er hieß uns mit dem gewinnenden Lächeln seines Sohnes willkommen und bugsierte uns alle auf die Rücksitze seines offenen gelben Jeeps.

Er kutschierte uns durch Nizza, auf der Promenade des Anglais entlang, die auf der einen Seite von Hotels, Apartmentgebäuden und Fahnenmasten gesäumt wird, auf der anderen von Palmen, Strand, Sonnenanbetern und Meer. Dann ging es Richtung Inland, und wir zwängten uns durch den dichten Verkehr zur Corniche, der berühmten Küstenstraße, die sich nach Monte Carlo schlängelt. Doch unsere Fahrt ging noch höher hinauf, hinter uns das Mittelmeer und über uns die maritimen Alpen, und führte durch einen Tunnel, von wo aus wir eine schmale, gewundene Straße erreichten. Es ging noch ein gutes Stück hinauf, bis Tony vor einem drei Meter hohen Eisentor hielt. *Les Sarrasin*s stand auf einem der Torpfosten. Er betätigte eine Fernbedienung, und das Tor schwang auf. Wenig später hielt der Jeep vor einem rosa getünchten Haus.

Tony sprang aus dem Wagen. »Kommt rein. Dominique erwartet uns schon.«

Wir gingen ein paar Steinstufen hinauf, die um eine Seite des Hauses herumführten, und standen dann vor einer Aussicht, die uns den Atem verschlug. Auf drei Seiten dehnte sich das intensive, tiefe Blau des Mittelmeers dem verschwommenen Horizont entgegen, wo es mit dem blasseren Blau des Himmels verschmolz. Wir schienen hoch in der Luft zu schweben, dreihundert Meter über dem Meer, und hörten, wie sich die Brandung unten auf dem Strand brach. Mir war seltsam zumute, schwindelig, als müsste ich jeden Augenblick das Gleichgewicht verlieren. Unwillkürlich trat ich einen Schritt zurück.

Guys Vater bemerkte es und lächelte. »Das passiert vielen Leuten, vor allem, wenn sie nicht darauf gefasst sind. Kommt und werft einen Blick in die Runde.« Wir traten an eine niedrige weiße Marmorbalustrade. »Unter uns liegt Beaulieu, und das dort ist Cap Ferrat«, sagte er und zeigte auf kleine Stadt mit dicht gedrängten Häusern und einer üppigen, grünen Halbinsel dahinter. »Dort drüben ist Nizza, und in dieser Richtung«, er zeigte nach Osten, »liegt Monte Carlo. An einem klaren Tag, wenn der Mistral allen Dreck aus der Luft geblasen hat, kann man Korsika sehen. Allerdings nicht im Juli.«

»Was ist das?«, fragte Guy und zeigte auf eine zerfallene Mauer aus dünnen grauen Ziegelsteinen, die auf einem Felsen am Ende des Gartens neben einem einsamen Olivenbaum balancierte.

»Ein Wachturm. Es heißt, er sei von den Römern. Jahrhundertelang haben die Einheimischen ihn benutzt, um nach räuberischen Sarazenen Ausschau zu halten. Daher heißt das Haus auch *Les Sarrasins*.« Tony lächelte seinen Sohn an. »Na, was hältst du davon?«

»Hübsch, Dad. Sehr hübsch«, sagte Guy. »Aber nicht sehr günstig zum Strand, oder?«

»Aber ja doch. Spring über die Brüstung, und du bist in zehn Sekunden unten.« Wir beugten uns nach vorn und blickten hinunter. Weit unten konnten wir einen schmalen Streifen Sand sehen, gleich neben der Küstenstraße, der Basse Corniche.

»Allo!«

Wir wandten uns um. Ein paar Schritte von der Brüstung entfernt befand sich ein Swimmingpool, und daneben lag eine Frau im Liegestuhl. Oben ohne. Ich starrte sie an. Ich war achtzehn – ich konnte nicht anders. Sie winkte uns zu, setzte sich langsam auf, griff nach ihrem Bikinioberteil und legte es an. Dann stand sie auf und kam mit schwingenden Hüften näher. Lange blonde Haare, dunkle Sonnenbrille, aufregende Figur. Ich starrte sie immer noch an.

»Dominique, das ist mein Sohn Guy. Endlich lernt ihr euch kennen.«

»Hallo, Guy«, sagte Dominique und reichte ihm die Hand. Sie sprach seinen Namen französisch aus, mit langem *i* am Ende.

»Hallo, Mum«, sagte Guy und bemühte sein charmantestes Lächeln.

Sie lachte. Dann machte Guys Vater sie mit Mel, Ingrid und mir bekannt. Mir fiel nicht mehr ein als ein armseliges »Ich freue mich, Ihre Bekanntschaft zu machen, Mrs. Jourdan«, was sie ebenfalls zu amüsieren schien.

»Solange ihr hier seid, bin ich Tony, und das ist Dominique«, sagte Guys Vater lächelnd. »Nennt mich *Sir*, und ich schmeiß euch die Klippe hinunter.«

»Okay, Tony.«

»Also, David und Guy wohnen in dem Gästehaus dort drüben.« Er zeigte auf ein kleines Gebäude hinter einem Beet hoher Lavendelblüten auf der anderen Seite des Pools. »Die Mädchen schlafen im Haus. Bringt eure Sachen hinein, und kommt dann raus zu einem Drink, wenn ihr mögt.«

Eine Stunde später versammelten wir uns am Pool. Ein kleiner grauhaariger Mann in einer gestärkten weißen Jacke schenkte uns Pimm's aus einem Krug ein, in dem Zitronen, Gurken und Minze schwammen. Die Mädchen hatten sich leichte Sommerkleider angezogen, Dominique hatte sich in etwas Undefinierbares gewickelt, Guy und Tony trugen weite weiße Hosen, ich schäbige Jeans, die ich immer noch meiner einzigen Alternative vorzog, einer alten schwarzen Kordhose.

Die Sonne hing über Cap Ferrat, und die Luft war vollkommen unbewegt. Ich hörte das Summen der Bienen im Lavendel und natürlich das Meer unten.

»Traumhaft«, flüsterte Ingrid neben mir.

»Das ist es«, stimmte ich zu.

»Nicht es. Er!«

Mir wurde klar, dass sie einen Gärtner meinte, der einige Werkzeuge ins Haus zurücktrug. Er war jung, vermutlich Nordafrikaner, und die Muskeln auf seiner nackten, glatten Brust zeichneten sich in der Spätnachmittagssonne deutlich ab. Er blickte Guy an und lächelte.

»Du gefällst ihm, Guy«, sagte Ingrid, als der Gärtner um die Hausecke verschwunden war.

»Red keinen Quatsch«, sagte Guy. »Er hat uns alle angelächelt.«

»Ich wollte, du hättest Recht, aber leider, leider … Er hatte nur Augen für dich.«

Guy machte ein finsteres Gesicht. Mit seinem Aussehen zog er nicht nur die Blicke der Frauen auf sich, sondern auch die der Männer, und ich wusste, dass er das hasste. Doch was sollte er dagegen tun?

»Was gibt's da so blöd zu grinsen?«, knurrte er mich an.

»Oh, ich grinse gar nicht«, sagte ich und wechselte einen Blick mit Ingrid. »Lass uns was trinken.«

Obwohl wir alle furchtbar blasiert taten, war keiner von uns wirklich an Alkohol gewöhnt, und das Getränk zeigte rasch seine Wirkung. Ich beobachtete die anderen, während ein angenehmer Nebel die Ränder meines Bewusstseins eintrübte. Es war klar, dass Guy seinen Vater nicht besonders gut kannte, aber ebenso klar war, dass beide sich große Mühe gaben, nett zueinander zu sein. Tony hatte die beiden Mädchen rasch zum Kichern gebracht, besonders Mel, die von ihm sehr angetan zu sein schien.

In diesem Augenblick schlurfte Guys Bruder Owen ins Bild. Er war sehr groß für einen Fünzehnjährigen. Seine ungewöhnlich kräftig entwickelte Muskulatur und sein großer Kopf schienen zu einem viel älteren Mann zu gehören. Er ging zögernd und krumm, als versuche er, seine Größe zu verschleiern. Was natürlich nicht gelang. Sein schmutzigbraunes Haar klebte in fettigen Löckchen am Schädel. Er trug ein T-Shirt mit Apple-Computer-Aufdruck und schwarze Rugbyhosen. Niemand beachtete ihn.

»Hi, Owen«, sagte ich, um höflich zu sein.

»Hi.«

»Bist du schon lange hier?«

»Zwei Tage.«

»Toll hier, nicht?«

»Ganz nett«, sagte er und ging davon. Ende der Konversation.

Tony erschien mit einem neuen Krug Pimm's in den Händen. »Wollt ihr noch was?«

»Gern, Sir.«

»Ich habe dich gewarnt, Dave. Noch einmal, und du gehst über die Klippe!«

»Tut mir Leid, Tony.«

Er füllte mein Glas auf. »Nicht schlecht das Zeug, oder?«

»Geht gut runter.«

»Ja, die einzige englische Angewohnheit, die man nach Frankreich mitnehmen kann. Sogar Dominique mag es.« Er blickte zu Owen hinüber, der sich eine Cola eingoss. »Du bist mit Guy und Owen im Internat, nicht?«, fragte er mich.

»Ja, Guy und ich sind Zimmergenossen.«

»Wie kommt Owen zurecht?«

»Schwer zu sagen, ehrlich. Ich glaube, er ist okay. Von einigen Computerfreaks abgesehen, hat er zwar nicht viele Freunde, scheint aber ganz zufrieden zu sein. Die meiste Zeit verbringt er im Computerraum. Außerdem liest er viel und ist oft allein. Aber er wird in Ruhe gelassen, dafür sorgt Guy.«

»Ja, Guy hat sich immer um ihn gekümmert«, sagte Tony. »Owen kam schwer mit der Scheidung zurecht. Ich glaube, seine Mutter interessiert sich nicht sehr für ihn, abgesehen davon, dass sie sich bemüht, ihn von mir fern zu halten. Und ich genieße den traurigen Ruhm, der schlechteste Vater der Welt zu sein. Er hat wirklich niemand anders als Guy. Was war mit der Rugby-Geschichte? Hast du davon gehört?«

»Ja.«

»Hat er es getan?«

Ich rutschte unbehaglich auf dem Stuhl herum. Vermintes Gelände. »Ich weiß nicht, Sir. Ich meine, Tony.«

»Tut mir Leid. Das war eine unfaire Frage. Aber was sagt man so? Glauben die anderen, dass er es war?«

Owen war gut im Rugby, ein Erste-Reihe-Spieler der Junior Colts. Doch Anfang des Jahres hatte es Ärger auf dem Platz gegeben. In einem Gedränge hatte ein Junge von einer anderen Schule einen Teil seines Ohrs verloren. Man fand Zahnabdrücke. Owen geriet in Verdacht, und einige Tage lang war sein Verbleib an der Schule gefährdet, aber die Verdachtsmomente reichten nicht für einen Schulverweis aus. Trotzdem hatte man ihn von der Mannschaft ausgeschlossen.

»Niemand weiß was Genaues.«

»Ist das nicht typisch für Owen?«, fragte Tony. »Nie weiß man was Genaues.«

»Das stimmt.« Owen war ein Rätsel, doch im Unterschied zu seinem Vater ließ ich es gern auf sich beruhen. Die meisten taten es.

»Irgendwelche Mädchen?«

»Owen?«, fragte ich und konnte ein Lächeln nicht unterdrücken.

»Du hast wohl Recht. Was ist mit Guy?«

»Das ist eine ganz andere Geschichte, eine, die sich ständig verändert.«

Tony lachte. Tausend Fältchen umgaben seine hellblauen Augen. Anerkennend betrachtete er Mel, die hingerissen lauschte, während Guy ihr eine abenteuerliche Geschichte über ein Missgeschick auf der Cresta-Skeleton-Bahn in Sankt Moritz erzählte. »Ist sie seine Aktuelle?«

»Nein …«, ich hielt inne. »Zumindest noch nicht.« Doch als ich sie so betrachtete, war ich sicher, dass sie Feuer gefangen hatte. Das hatte auch Tony, dachte ich.

»Na ja, ich freue mich, dass mein Sohn einen guten Geschmack hat.« Er lächelte. »Dieses Haus wurde gebaut, um Frauen zu beeindrucken. Ich hoffe, auch Guy kann davon profitieren.«

»Ich denke, das wird er sicher.«

»Was ist mit dir? Gefällt dir Broadhill?«

Zu meiner Überraschung stellte ich fest, dass ich Tony ausführlich antwortete. Meine eher bescheidene Herkunft störte ihn überhaupt nicht, und er schien sich ehrlich für die Schule und die Verhältnisse dort zu interessieren. Natürlich war es nicht so, wie wenn ich mit meinen Eltern sprach, aber es war auch nicht wie eine Unterhaltung mit einem Gleichaltrigen. Die Fragen waren nicht so oberflächlich, und es fand auch nicht der krude Abgleich von Status oder Image statt, zu dem es unvermeidlich kommt, wenn sich zwei Achtzehnjährige unterhalten, die sich nicht kennen. Es war sehr angenehm. Ich fand ihn ausgesprochen liebenswürdig.

Als der rote Sonnenuntergang über den Hügeln in Richtung Nizza die See in einen goldenen Glanz tauchte, gingen wir ein paar Stufen zu einer Terrasse über dem Pool hinauf, wo das Dinner auf uns wartete. Ein Ziegenkäsesalat und Kochfisch in köstlicher Soße, dazu der beste Weißwein, den ich je getrunken hatte – die Fülle der Sinneseindrücke überwältigte mich. Außerdem war mir intensiv bewusst, dass Dominique neben mir saß, so intensiv, dass ich sie kaum anzusehen wagte, aus Angst, ich würde sie wieder anstarren.

Schließlich richtete sie das Wort an meine Schulter. »Sie sind sehr still heute Abend.«

»Wirklich? Tut mir Leid.«

»Sind Sie mit allem zufrieden?«

»Aber ja.« Widerstrebend wandte ich ihr den Kopf zu. »Das ist alles so … Ich weiß nicht. Traumhaft.«

Zum ersten Mal hatte ich Gelegenheit, sie richtig zu betrachten. Ihr Gesicht war schmal, und ich bemerkte feine Linien um den Mund. Vermutlich war sie schon Ende Dreißig. Aber immer noch phantastisch. Absolut phantastisch. Obwohl die Sonne bereits fast untergegangen war, trug sie noch ihre Sonnenbrille, daher hatte ich keine Ahnung, wie ihre Augen aussahen. Doch ihre vollen Lippen lächelten. Der Körper, den ich vorhin selbstvergessen angestarrt hatte, war nun unter einem sicheren Umhang verborgen.

»Ist das Ihr Buch?« Sie nickte in Richtung meiner abgegriffenen Ausgabe von *Krieg und Frieden*, die ich überflüssigerweise mit an den Pool genommen hatte.

»Ja.«

»Langweilig.«

»Gar nicht so schlecht, sobald man hineingekommen ist«, sagte ich.

»Puh! Ich fand's langweilig. *Anna Karenina* gefiel mir besser. Ihnen nicht? Na ja, wenn es um eine Frau geht, sind mir auch tausend Seiten nicht zu viel.«

»Ich habe es nicht gelesen«, sagte ich überrascht.

»Oh, das müssen Sie unbedingt.« Sie lachte. Ein heiseres, kehliges Lachen. »Sie sehen schockiert aus. Warum darf ich *Anna Karenina* nicht lesen?«

»Äh, ich weiß nicht.«

»Sie glauben, ich sei nur ein dummes Model?«

Genau das hatte ich gedacht. »Nein«, sagte ich.

Sie lachte wieder. »Natürlich haben Sie das geglaubt. Nun, ich habe Philosophie an der Universität Avignon studiert. Das Modeln war als … wie sagen Sie? … Nebenbeschäftigung gedacht. Doch dann wurde mein Studium zur Nebenbeschäftigung.«

»Wie schade«, sagte ich, ohne nachzudenken.

»Warum?«

»Äh … ich weiß nicht«, stammelte ich wieder und hatte Angst, ins Fettnäpfchen getreten zu sein.

Sie lachte. »Ich könnte in diesem Augenblick in einem Versicherungsbüro sitzen und hübsche kleine Briefe in Aktenordner heften. Meinen Sie das?«

»Nein«, sagte ich. »Aber bedauern Sie es nicht ein bisschen?«

»Manchmal. Aber nicht oft. Ich habe Spaß gehabt. Ziemlich viel. Haben Sie Spaß, David?«

»Na ja, ich denke, schon.«

»Ach ja?«

Ich nahm einen großen Schluck Wein und gewann einen Teil meiner Geistesgegenwart zurück. »Machen Sie sich über mich lustig?«

Sie lachte. »Ja. Engländer zu verderben ist meine Lieblingsbeschäftigung. Leider war Tony schon verdorben, als ich ihn kennen lernte. Mir scheint, sein Sohn tritt in die Fußstapfen des Vaters.«

Am anderen Ende des Tischs schmolz Mels Coolness sichtlich unter der gebündelten Charmeoffensive von Vater und Sohn dahin. Auch Ingrid lächelte strahlend. Ihre Augen glänzten.

»In der Schule genießt er einen bestimmten Ruf. Ich nehme an, er ist ein Naturtalent.«

»Das glaube ich gerne. Abdulatif schien großen Gefallen an ihm zu finden.«

»Ist das der Gärtner?«

»Ist er nicht zum Anbeißen? Ich sehe ihn zu gern ohne Hemd herumlaufen.«

»Steht er nicht eher auf Männer?«

»Ich glaube, Abdulatif steht auf alles, was schön ist.«

Ich wusste nicht recht, was ich darauf antworten sollte.

»Und Sie?«, fragte sie. »Sind Sie auch eine Naturbegabung bei den Frauen?«

»Sie machen sich ja schon wieder über mich lustig.«

»Das stimmt nicht. Aber Sie und Guy scheinen sehr unterschiedlich zu sein.«

»Das sind wir. Wir teilen uns ein Zimmer im Internat, daher kennen wir uns wohl ziemlich gut. Trotzdem war ich nur zweite Wahl für die Einladung.«

»Richtig. Tony sagte, Guy würde Helmut Schollenbergers Sohn mitbringen.«

»Genau. Torsten.«

Sie schauderte. »Ich hasse diesen Mann. Und um Ihrer Frage zuvorzukommen: Ich habe mich für seine Zeitschriften fotografieren lassen. Dabei hatte ich weniger an, als vielleicht gut war. Nach meiner ersten Heirat entdeckten Journalisten ein paar alte Bilder.« Sie lachte. »Mir hat das nichts ausgemacht. Aber Henri? Oohhh!«

»Wer ist Henri?«

»Ein Politiker. Ein schrecklicher Langeweiler. Ich hatte mich in seine Augen verliebt. Er hat Schlafzimmeraugen – oder hatte sie zumindest, bis wir verheiratet waren. Dann veränderten sie sich.«

»Sind Sie ihn wieder losgeworden?«

Sie zuckte die Achseln. »Wir sind uns gegenseitig losgeworden.«

»Und dann haben Sie Tony kennen gelernt?«

»Genau.« Sie lächelte. Ein verhaltenes Lächeln. Keines, in dem sich Freude ausdrückte, wie mir schien, eher Traurigkeit oder sogar Schmerz.

»Wie lange kennen Sie ihn schon?«

»Oh, oh. Das darf ich Ihnen nicht sagen.«

»Warum nicht?«

»Die Scheidung. Guys Mutter würde es nur zu gern wissen.«

»Oh, Verzeihung. Ich wollte nicht neugierig sein.«

Sie lachte. »Klar wollten Sie das.«

In diesem Augenblick schob Owen, der den ganzen Abend nichts gesagt hatte, seinen Teller beiseite, stand auf und schickte sich an, ins Haus zu gehen.

»He, Owen! Willst du nicht noch ein bisschen bleiben?«, rief sein Vater hinter ihm her.

Owen blieb stehen und drehte sich um. »Nein«, sagte er, ohne auch nur den Versuch zu machen, sich ein Lächeln abzuringen.

»Na gut. Dann wünsche ich dir eine gute Nacht.«

Owen grunzte etwas und wandte sich wieder um.

»Gute Nacht, *Chéri*«, rief ihm Dominique hinterher.

Owen ging weiter, als hätte er nichts gehört.

»Er ist merkwürdig«, sagte Dominique. »Jetzt ist er seit zwei Tagen hier und hat kaum ein Wort gesagt. Er tut so, als wäre ich gar nicht vorhanden. Tony versucht immer wieder, ein Gespräch mit ihm anzufangen, kriegt aber nie mehr als ein oder zwei Worte aus ihm heraus. Ich glaube, inzwischen hat er es aufgegeben.«

»Guy und Owen haben ihren Vater wohl nicht oft gesehen?«

»Nein«, sagte Dominique. »In Tonys Leben passen keine Kinder. Und Robyn, ihre Mutter, möchte unter allen Umständen verhindern, dass sie ihn besuchen. Nicht mal zu unserer Hochzeit durften sie kommen. Heute habe ich Guy zum ersten Mal gesehen. Ich glaube, Tony hat ein schlechtes Gewissen, deshalb hat er Robyn überredet, sie für zwei Wochen herkommen zu lassen. Jetzt, wo Guy älter ist, haben er und Tony eine ganze Menge gemeinsam.«

Der Butler räumte unsere Teller ab, und Dominique füllte ihr Glas wieder auf. »*Mon Dieu*, mein Mann amüsiert sich ja glänzend.«

Mel und Ingrid lachten schallend über etwas, das er gerade gesagt hatte. Beschwichtigend legte Tony die Hand auf Mels Arm und schien sie dort zu vergessen. Sie zog ihren Arm nicht weg. Guy bemerkte offenbar nichts.

Ich antwortete nicht auf Dominiques Feststellung.

»Zwei schöne junge Mädchen, die einem an den Lippen hängen – kann sich ein Sechsundvierzigjähriger etwas Schöneres wünschen, Davy?«

»Ich weiß nicht«, sagte ich neutral.

»Oh.« Sie warf ihr Haar zurück. »Miguel, noch eine Flasche Wein.«

Schließlich ging der Abend zu Ende. Ich war ziemlich betrunken. Alle anderen auch, ausgenommen vielleicht Ingrid. Etwas mühsam legten Guy und ich die etwa zwanzig Meter zum Gästehaus zurück.

Als ich auf dem Bett saß, drehte sich das Zimmer vor meinen Augen. Ich konzentrierte mich darauf, die Fenster an Ort und Stelle zu halten. Wunderbarerweise gelang es mir.

»Ich glaub, diese Woche funkt es«, sagte Guy, als er sich aufs Bett fallen ließ.

»Mit dem Gärtner? Er heißt übrigens Abdulatif.«

»Sehr witzig! Mit Mel natürlich, du Idiot. Obwohl ich auch Ingrid mag. Die ist bestimmt 'ne Granate im Bett. Vielleicht mit beiden.«

»Guy!«

»Okay. Mit Mel. Weißt du, ich bin ziemlich sicher, dass sie noch Jungfrau ist.«

»Das erzählt man sich auch in der Schule.«

»Ja, aber woher wollen die das wissen? Du kannst dir nie sicher sein, bis du es, na ja, herausgefunden hast.«

»Kann schon sein.«

»Aber sie ist reif. Eindeutig reif.«

»Wie schön für dich«, sagte ich ohne rechte Begeisterung.

Warum waren die Mädchen immer nur für Typen wie Guy da? Warum lachten Mädchen wie Mel und Ingrid nicht über meine Witze? Weil ich nicht das Selbstvertrauen hatte, welche zu machen, lautete eine Antwort. Weil ich nicht so gut aussah, eine andere. Zweifellos gab es noch viele andere. Mel, Guy, Tony, Dominique, Ingrid, sogar der Gärtner Abdulatif: lauter schöne Menschen. Alle nutzten ihre natürlichen Gaben für einen raffinierten Tanz aus Anziehung und Verführung, dessen Schritte aus einer witzigen Bemerkung, einem gut getimten Blick, einer Berührung bestanden. An Abenden wie diesen, wenn erotische Versprechungen wie schweres Parfüm in der Luft hingen, empfand ich Neid, Frustration und ein schreckliches Gefühl der Unzulänglichkeit.

Ich musste wohl eingeschlafen sein, doch nur für eine Stunde. Als ich aufwachte, fühlte ich mich aufgekratzt, betrunken und verkatert – alles gleichzeitig. Mein Magen revoltierte, und ich hatte einen fürchterlichen Druck auf der Blase, aber meine Beine waren so schwer, dass ich nicht wusste, ob sie mich tragen würden, wenn ich aufstand.

Als ich befürchten musste, dass meine Blase gleich platzen würde, überwand ich meine Schwäche, kroch aus dem Bett und wankte zur Toilette. Anschließend ließ ich mir kaltes Wasser übers Gesicht laufen und trank einen kräftigen Schluck. Mir war übel. Ich ging hinaus in der Hoffnung, die Nachtluft würde mir gut tun.

Sie half. Eine sanfte, kühle Brise strich mir übers Gesicht. Um mich herum tobte der eifrige Nachrichtenverkehr Tausender von Insekten. Als ich an die Brüstung trat, erblickte ich die schwarze Silhouette von Cap Ferrat, die sich vom unruhigen Grau der See abhob. In der Dunkelheit konnte ich neben dem einsamen Olivenbaum den zerfallen Wachturm erkennen, der das Haus schweigend behütete, wie er es schon seit Jahrhunderten tat. In der Luft mischte sich der Geruch von Salz und Pinien. Ich beugte mich über die Brüstung und blickte hinab auf die kleine Brandung auf dem Strand. Langsam ging es mir besser.

Ich weiß nicht, wie lange ich so über der Brüstung hing. Vielleicht schlief ich sogar ein. Doch langsam drangen mir Stimmen ins Bewusstsein, die hinter mir im Haus erklangen. Wütende Stimmen. Ich richtete mich auf und lauschte. Es waren Tony und Dominique. Sie sprachen Französisch. Ich konnte nicht genau verstehen, was sie sagten. Bis Dominiques Stimme so laut wurde, dass ich sie auch im Garten deutlich verstand. *»Salaud! Une gosse! Tu as baisé une gosse!«* Eine Tür fiel krachend ins Schloss, und der Garten wurde wieder beherrscht vom Geräusch der Grillen, der rauschenden Bäume und der Wellen.

»Salaud! Une gosse! Tu as baisé une gosse!« Mein angeschlagenes Gehirn kratzte die wenigen Brocken Französisch zusammen, über die es verfügte. Das Ganze war ein bisschen zu umgangssprachlich für mich gewesen. Was, zum Teufel, war eine *gosse*? Eine *goose* vielleicht, eine Gans? Dann erinnerte ich mich an das Wort *baiser* aus einem Molière-Stück, das wir in der Schule gelesen hatten. Küssen. Tony hatte jemanden geküsst, den er nicht hätte küssen dürfen. Und irgendwie bezweifelte ich, dass es eine Gans gewesen war. Hm.

Ich ging zum Gästehaus zurück, kroch in mein Bett und fragte mich, ob das alles wirklich geschehen war. Vielleicht hatte ich es ja auch nur in den falschen Hals gekriegt, wie damals, als ich in einem französischen Diktat das Wort für Vikar – *vicaire* – mit dem für Jungfrau – *vierge* – verwechselt hatte, mit höchst nachteiligen Folgen. Wild purzelten die Wörter in meinem Verstand durcheinander, der allmählich jeden Zusammenhang verlor, bis er schließlich in Bewusstlosigkeit versank.

5

April 1999, The City, London

In den siebzehn Jahren, die ich Guy kannte, war ich mir nie ganz sicher gewesen, ob ich ihm trauen konnte, und war es auch jetzt nicht. Er forderte mich auf, meine Karriere, meine Ersparnisse, meine ganze Zukunft in seine Hände zu legen, und wusste das, wie so oft in der Vergangenheit, äußerst verlockend darzustellen.

So war Guy eben.

Als er mich an diesem Nachmittag aus heiterem Himmel angerufen hatte, hatte ich seinen amerikanisch gefärbten Public-School-Ton sofort erkannt. Er lud mich zu einem Bier ein. Sieben Jahre war es her, seit ich beschlossen hatte, ihm lieber aus dem Weg zu gehen. Sieben Jahre sind eine lange Zeit. Außerdem langweilte ich mich und war neugierig. Daher willigte ich ein, ihn im Dickens Inn am St. Katherine's Dock zu treffen.

Ich war zu früh da. Ich hatte es eilig gehabt, dem Büro zu entkommen, und der Fußweg von der Gracechurch Street hierher hatte weniger Zeit in Anspruch genommen, als ich gedacht hatte. An der Bar holte ich mir ein Pint of Bitter und drängte mich durch die dichte Menge der Banker, Wertpapierhändler und vereinzelten Touristen zur Tür. Die Abendsonne glänzte auf dem ruhigen Hafenwasser, das träge gegen die vertäuten Motorboote und die Edelhölzer der Segeljachten klatschte. Die Luft war kühl, doch nach einer Woche Regen tat es gut, sich wieder im Freien aufhalten zu können.

»Davo!«

Es gab nur einen einzigen Menschen, der mich so nannte. Ich wandte mich um und sah, wie sich Guy durch die Menge drängte, eine schlanke Erscheinung in schwarzer Jacke, T-Shirt und Jeans. »Wie geht's dir, Davo?«

»Sehr gut«, sagte ich. »Und dir?«

»Toll, Davo, toll.« Seine blauen Augen zwinkerten mir zu. Er warf einen Blick in den überfüllten Pub. »Himmel, arbeitet denn um diese Zeit keiner mehr?«

»Ich dachte, um sieben bist du schon breit.«

»Nicht mehr.«

»Warte, ich hole dir ein Bier.«

Ich kämpfte mich durch die Menge und kehrte mit einem tschechischen Bier der Marke zurück, die Guy früher bevorzugt hatte. Ich sah, dass er sich ein paar Schritte von der Menschentraube vor dem Pub entfernt hatte.

»Aha«, sagte ich. »Soll wohl niemand mithören?«

»Wenn du schon fragst, nein«, erwiderte er und nahm einen Schluck Bier. »Du bist also ein waschechter City-Typ geworden? Leipziger Gurney Kroheim. Ist das so nobel, wie es sich anhört?«

»Nicht seit der Fusion«, sagte ich. »Viele Top-Manager haben Gurney Kroheim verlassen, und die Leipziger gehört eher zu den konservativen deutschen Banken.«

»Ist aber immer noch eine Handelsbank, oder?«

»Wir nennen uns jetzt Investmentbanker.«

»Gefällt's dir?«

Ich antwortete nicht gleich. Vor vier Jahren war ich stolz gewesen, dass mich das altehrwürdige und immer noch einflussreiche Bankinstitut Gurney Kroheim genommen hatte. Doch nachdem es von der Leipziger Bank, der drittgrößten Bank in Deutschland, geschluckt worden war, wurde es etwa alle sechs Monate einer Umstrukturierung unterzogen. Und die Projektfinanzierung, bei der ich gelandet war, hatte sich als eine Art Abstellgleis erwiesen. Gegenüber Außenstehenden gab ich mich zwar immer optimistisch, doch nicht bei Guy.

»Nicht wirklich. Viel Arbeit und wenig Anerkennung. Die Geschichte meines Lebens.«

»Aber sie zahlen gut?«

»Ich denke, schon. Doch heutzutage verdienst du am meisten an Bonussen, und von denen sehe ich nicht viel. Bis jetzt jedenfalls.«

Guy lächelte mitfühlend. »Warte mal ab, in ein, zwei Jahren sieht es ganz anders aus.«

»Vielleicht. Ich bin nicht so sicher. Die Leipziger steht im Augenblick nicht besonders gut da. Aber was ist mit dir? Was macht die Schauspielerei? Ich hab im Fernsehen immer nach dir Ausschau gehalten.«

»Dann guckst du dir offenbar nicht jede Folge von *The Bill* an.«

»Du als Cop? Kann ich mir nicht vorstellen«, sagte ich überrascht.

»Ich war noch nicht mal ein Bösewicht. Eher ein Passant. Doch dann kam der Anruf aus LA.«

Jetzt fiel mir auf, dass die amerikanische Färbung in seinem Akzent ein bisschen stärker als früher war.

»Hollywood? Und Brad Pitt bekam das große Flattern?«

»Er ist damit fertig geworden. In dieser Stadt ist genug Platz für Brad und mich. Viel Platz. Sie wollten mich für den Film *Fool's Paradise*. Hast du ihn gesehen?«

»Nein.«

»Hat ziemlich schlechte Kritiken bekommen. Jedenfalls brauchten sie einen englischen Schauspieler, der drei Sätze sagt und Sandra Bullock abknutscht. Ich war ihr Mann.«

»Du hast Sandra Bullock geküsst?«

»Habe ich. Das war der Höhepunkt meiner Karriere.«

Ich konnte nicht anders, ich musste es einfach wissen: »Wie war's denn?«

Guy lächelte. »Was soll ich sagen? Es war eine leidenschaftliche Szene. Sie ist eine tolle Schauspielerin. Die schlechte Nachricht ist: Ich wurde zwei Minuten später umgebracht.«

Sandra Bullock. Ich war beeindruckt.

»Danach bin ich zwei Jahre in LA geblieben und hoffte auf den großen Durchbruch, doch es passierte nichts. Also bin ich nach London zurückgekehrt, um hier mein Glück zu versuchen.«

»Und? Hast du welches gehabt?«

»Nicht sehr viel.«

Ich war nicht allzu überrascht. Guy sah zwar aus wie ein bestimmter Schauspieler-Typus, und ich vermutete, dass sein Charisma auch auf der Leinwand rüberkam, aber als ich ihn vor sieben Jahren zum letzten Mal gesehen hatte – er war gerade mit der

Schauspielschule fertig geworden –, war seine Berufseinstellung nicht gerade professionell gewesen.

»Fliegst du noch?«, fragte ich.

»Leider nein. Ich kann es mir nicht mehr leisten. Dad ist nicht mehr so verständnisvoll wie früher. Du?«

»Ja, hin und wieder, wenn es das Wetter zulässt. Immer noch in Elstree.« Guy hatte mich dazu überredet, mit dem Fliegen anzufangen. Ein teures Hobby, aber eines, das mir Spaß machte. »Wie geht es deinem Vater? Siehst du ihn noch manchmal?«

»Nicht oft. Sagen wir mal, wir haben uns auseinander gelebt. Weit auseinander.«

»Wie schade«, sagte ich, meinte es aber nicht. Nach allem, was in Frankreich geschehen war, sollte es mir recht sein, wenn ich Tony Jourdan nie wieder sah.

Ich trank einen Schluck Bier und wartete ab.

»Wir haben uns nicht mehr gesehen seit … seit der Isle of Mull, nicht?«, begann Guy zögernd. »Vor wie vielen Jahren war das? Sechs?«

»Vor sieben Jahren«, sagte ich.

Unbewusst fasste sich Guy an die Nase. Ich bemerkte einen kleinen Höcker, der einzige Makel, der die Symmetrie seines Gesichts störte. Eine Erinnerung an jenen Tag, jedes Mal, wenn er in den Spiegel blickte.

»Ich wollte nur sagen …« Er hielt inne und blickte mir in die Augen. »Es tut mir Leid. Das, was damals geschehen ist.«

»Mir auch«, sagte ich. »Aber es ist lange her.«

Er lächelte erleichtert. »Ja, es ist lange her.« Guy hatte sich nicht verändert. Jetzt war er warm geworden.

»Du willst doch etwas von mir«, sagte ich.

»Du bist ein Zyniker«, sagte Guy. Dann grinste er verlegen. »Aber du hast Recht. Ich will tatsächlich was von dir. Wahrscheinlich hast du dich gewundert, wie ich dazu komme, dich so einfach anzurufen.«

»In der Tat.«

»Es gibt etwas, worüber ich gern mit dir sprechen würde.«

Ich lehnte mich zurück. »Schieß los.«

»Ich möchte eine Internet-Firma gründen.«

»Du und tausend andere.«

»Da ist Geld zu verdienen.«

»Komisches Geld. Es ist kein echtes. Bisher verdient niemand etwas mit dem Internet.«

»Ich werde es.« Ein zuversichtliches Lächeln spielte um seine Lippen.

»Ach ja?« Auch ich musste lächeln, als ich mir Guy als dynamischen Unternehmer vorstellte.

»Ja. Und du kannst es auch, wenn du möchtest.«

»Ich?« Jetzt verstand ich endlich. »Hör zu, Guy, ich arbeite zwar für eine Handelsbank, aber ich habe nicht viel Geld. Und das, was ich habe, beabsichtige ich nicht in den Cyberspace zu werfen.«

»Nein, das meine ich nicht. Ich meine, dass ich dich gern in meiner Firma hätte.«

»In deiner Firma?« Ich lachte. Aber ich sah, dass er es ernst meinte. »Eine Firma zu gründen, Guy, selbst ein Internet-Unternehmen, ist kein Kinderspiel. Du brauchst eine Finanzierung, du musst Leute einstellen, du musst arbeiten und vor zwölf Uhr mittags aufstehen.«

»Ich kann vor zwölf Uhr aufstehen«, sagte Guy. »Tatsächlich arbeite ich seit einem Monat an diesem Projekt. Ich ziehe es durch. Und es wird klappen.«

Ich hatte ein schlechtes Gewissen. Vielleicht war ich doch eine Spur zu überheblich gewesen. Ich dachte nicht im Traum daran, bei Guy einzusteigen, aber die Höflichkeit gebot, ihn anzuhören. »Okay, dann erzähl.«

»Du kriegst die Fahrstuhlversion.«

»Die Fahrstuhlversion?«

»Ja. Du musst in der Lage sein, deine Geschichte in der Zeit zu erzählen, die du mit einem Venture-Kapitalisten im Fahrstuhl fährst. Du hast nur dreißig Sekunden Zeit, um sein Interesse zu wecken.«

»Gut. Dann komm rüber mit der Fahrstuhlversion«, sagte ich, unfähig, den Sarkasmus ganz aus meiner Stimme zu verbannen.

Guy nahm ihn nicht zur Kenntnis. »Das Unternehmen heißt

ninetyminutes.com. Das wird *das* Markenzeichen für Fußball im Netz werden. Wir stellen die beste Fußball-Website ins Internet. Sobald wir richtig bekannt sind, verkaufen wir auf der Site Sportkleidung, einschließlich unserer eigenen Marke. Fußball ist Big Business. Und Sportkleidung ist weltweit ein Dreißig-Milliarden-Dollar-Markt. Wir werden für Fußball das sein, was Amazon.com für Bücher ist.«

Er blickte mich an, während sich langsam ein erwartungsvolles Lächeln auf seinem Gesicht breit machte.

»*Die* Marke? Du meinst die führende Marke?«

»Die einzige Marke.«

Ich riss mich zusammen und tat so, als nähme ich ihn ernst. »Das wäre ein verdammt großes Unternehmen.«

»Ein Riesenunternehmen, ein Irrsinnsunternehmen.«

»Verstehe«, sagte ich, eisern um Fassung bemüht. »Dafür brauchst du aber auch ein bisschen Geld.«

»Fünfzig Millionen Dollar. Später mehr.«

»Hm.«

»Deshalb brauche ich dich«, sagte Guy.

Das war zu viel. Ich brach in schallendes Gelächter aus. »Du hast Glück, wenn du fünfhundert Pfund aus mir rausschlägst.«

»Sei nicht blöd. Du sollst mir helfen, Geld aufzutreiben.«

»*Du* hast doch die reichen Freunde.«

Diese Bemerkung versetzte Guys Enthusiasmus sichtlich einen Dämpfer. »Natürlich werde ich mein Glück bei ihnen versuchen«, sagte er. »Aber ich weiß nicht, auf wie viele von ihnen ich noch zählen kann. Die meisten haben mich bereits auf die eine oder andere Weise finanziert.«

»Oh, verstehe. Und sie haben nicht viel zurückbekommen?«

»Nicht viel.«

Wir wussten beide, was Guy meinte. Er führte ein ziemlich aufwändiges Leben, während die Unterstützung durch seinen Vater und der eigene Verdienst immer spärlicher wurden. Daher hatte er jeden angepumpt, den er kannte. Und die Schuldner hatten eigentlich nie erwartet, ihr Geld wieder zu sehen. Für Guy gab man Geld aus, man investierte es nicht in ihn.

»Warum ich?«

»Ich brauche jemanden, der was von Finanzen versteht. Der solide ist. Jemanden, dem ich vertraue. Den ich seit langem kenne und der mich kennt. Mit einem Wort: dich.«

Ich blickte ihn an. Er meinte es ernst. Ich war geschmeichelt. Ich konnte mir nicht helfen, ich war geschmeichelt. Seit der Schulzeit wünschte ich mir, Guy würde mich als einen seiner Freunde betrachten, war mir aber nie sicher gewesen, ob er es tat. Jetzt sagte er, dass er mich brauche. Mich ganz allein.

Schließlich riss ich mich zusammen. »Du erwartest von mir, dass ich dafür eine sichere Stellung in einer der führenden Banken der City aufgebe? Du musst verrückt sein.«

Guy lächelte. »Du kannst deinen Job nicht ausstehen, das hast du selbst gesagt. Und sicher ist er schon gar nicht. Heute werden alle gefeuert. Woher willst du wissen, dass du nicht bei der nächsten Umstrukturierung dran bist?«

Ich antwortete nicht, rutschte aber auf meinem Stuhl hin und her. Damit hatte er eine wunde Stelle getroffen. Ich sah ihn an. Er wusste es.

»Okay, wer ist noch mit von der Partie? Du hast keine Ahnung von Computern.«

»Ein bisschen inzwischen schon. Aber Owen macht mit. Er wird mir helfen.«

»Owen?« Ich erinnerte mich an Guys Bruder. Egal, was er für Fehler hatte, mit Computern kannte er sich aus.

»Ja. Er war sechs Jahre lang in Silicon Valley und hat sich an einem Start-up beteiligt, das pleite gegangen ist. Dann war er freiberuflicher Programmierer. Hat für ein halbes Dutzend Internet-Ventures gearbeitet. Er hat echt Ahnung.«

»Okay. Aber was ist mit dem Fußball? Ich weiß, du bist Chelsea-Fan, aber deshalb ja wohl kaum ein Fachmann. Und was ist mit dem Marketing? Und dann die Geschichte mit der eigenen Sportkollektion. Wer entwirft sie? Wer produziert sie?«

»Ich stelle die Leute ein. Das ist meine Aufgabe. Ich finde die Leute. Gute Leute.«

»Wen?«

»Ich finde sie schon. Vergiss nicht, ich fange mit dir an.«

Wieder eine Schmeichelei. Trotzdem musste ich zugeben, dass Guys Zuversicht beeindruckend war. Doch ich war geschult, die Lücken in den überzeugendsten Plänen aufzuspüren, und seiner war voll davon. »Was ist mit der Konkurrenz? Es muss doch schon ein paar Fußball-Websites geben. Und was ist mit den Fernsehsendern? Den Kabelkanälen?«

»Wir werden schneller sein. Während sie noch ihren Marketing-Etat oder was auch immer zusammenstellen, haben wir unsere Seiten schon fertig und stechen unseren Kunden ins Auge.«

Ich lachte. »›Ins Auge stechen‹ – klingt schmerzhaft. Geht es hier um *augenstechen.com*?«

»Tut mir Leid. Ich hab wohl zu viele Bücher über E-Commerce gelesen.«

»Offensichtlich. Und die fünfzig Millionen Dollar? Woher willst du die kriegen? Benötigst du überhaupt fünfzig Millionen?«

»Diese Summe ist nur eine Vermutung. Deshalb brauche ich dich ja. Damit du mir sagst, wie viel ich tatsächlich benötige und woher ich es kriege.«

»Ich weiß nicht, ob ich das kann«, sagte ich.

»Klar kannst du das.« Gelassen blickte er mich an. Er meinte es ehrlich. Guy glaubte wirklich, ich könnte das Geld auftreiben, das er brauchte, um seine Firma aufzuziehen.

»Weißt du, was an der Idee wirklich gut ist?«, fragte er.

»Was?«

»Die Amerikaner können es nicht. Es geht um Fußball. Das Spiel werden die Amerikaner nie begreifen. Alles andere im Internet können sie sich unter den Nagel reißen, aber nicht den Fußball. Wenn es jemals eine globale Fußball-Site im Internet geben sollte, dann kommt sie aus Europa.«

»Das stimmt vermutlich.«

»Gib's schon zu: Die Idee ist gut!«

»Womöglich«, räumte ich ein. Sie war tatsächlich gut. Es ließ sich nicht leugnen, dass das Internet exponentiell wuchs. Und Fußball war Unterhaltung für Millionen Menschen in aller Welt. Doch ich konnte mir nicht recht vorstellen, dass Guy der richtige Mann für die Sache war.

»Du hast ja vollkommen Recht«, fuhr Guy fort. »Es kann nur klappen, wenn jemand einen Haufen begabter Leute überredet, sich auf ein vollkommen ungewisses Projekt einzulassen. Und ich spreche hier nicht nur von Mitarbeitern. Wir brauchen Partner in allen Bereichen – Technik, Marketing, Content, Merchandising, Finanzen. Und da komme ich ins Spiel. Ich kann Leute dazu überreden, Dinge zu tun, die sie eigentlich gar nicht tun wollen.«

»Kannst du das?«, fragte ich.

»Etwa nicht?«

Ich leerte mein Glas. Ich merkte, dass ich schon fast an seinem Haken hing, und wollte weg, bevor es zu spät war. »Tut mir Leid. Ich muss los.«

»Sieh es doch mal so: Wenn es klappt, verdienen wir Millionen. Und wenn es in die Hose geht, haben wir wenigstens 'ne Menge Spaß gehabt.«

»Mach's gut, Guy.«

Aus einer Umhängetasche zog er einen braunen DIN-A4-Umschlag und warf ihn mir zu. »Ich ruf dich morgen an.«

Ich ließ ihn am Tisch zurück und drängte mich durch die angeheiterten Gäste zur Tower Hill Station. Es war kein Papierkorb da, in den ich den Umschlag hätte werfen können, daher stopfte ich ihn in meinen Aktenkoffer.

Für Guy arbeiten? Nie im Leben.

6

Ich ließ mich auf den einzigen freien Sitz im Abteil fallen. Ein Wunder. Normalerweise machte es mir nichts aus zu stehen, aber an diesem Morgen hatte ich das Gefühl, die Welt schulde mir etwas. Nicht viel. Vielleicht eine Fahrt im Monat, bei der ich für den Preis meiner U-Bahn-Karte einen Sitzplatz bekam. Der Weg zur Arbeit war immer ein Alptraum. Zurück war es nicht ganz so schlimm: Meist verließ ich das Büro erst, wenn sich der Andrang gelegt hatte.

Ich öffnete den Aktenkoffer, um die *Financial Times* hervorzuholen, und sah den braunen Umschlag. Richtig, Guy hatte ihn mir am Vorabend in die Hand gedrückt. Ich zögerte, eigentlich hatte ich ihn ja wegwerfen wollen. Aber ich war neugierig. Neugierig zu sehen, was Guy da ausgearbeitet hatte, und neugierig, wie er es realisieren wollte. Guy war bestimmt kein Geschäftsmann, daher erwartete ich nicht viel, als ich den Umschlag herausholte und öffnete. Darin befand sich ein sauber gebundener Unternehmensplan von ungefähr zwanzig Seiten. Ich begann zu lesen.

Zunächst kam ein zweiseitiges Abstract, das im Wesentlichen Guys »Fahrstuhl-Version« entsprach. Ausführlicher ging es dann um den potenziellen Markt, Einnahmen schaffende Modelle, Technologie und Durchführung. Abgerundet wurde das Ganze durch einige sehr skizzenhafte Passagen über Management und Finanzanalyse. Von den beiden letzten Abschnitten abgesehen, war der Plan gut. Sehr gut. Jedes Mal, wenn ich eine Frage hatte, wurde sie auf der nächsten Seite beantwortet. Wie bei einem guten Roman las ich mich fest. Der Plan war sorgfältig recherchiert und, von zwei vollmundigen Versprechungen auf der ersten Seite abgesehen, stapelte er eher tief, was ihn umso glaubwürdiger machte. Ich war überrascht von der Qualität der Arbeit und ein bisschen beschämt, weil ich den Autor unterschätzt hatte.

Zu drei Vierteln hatte ich den Plan durch, als die Bahn in die

Station Bank einfuhr. Ich suchte meinen Weg durch Londons labyrinthischste U-Bahn-Station an die Oberwelt und begab mich in mein Stammcafé. Statt den Cappuccino wie üblich mitzunehmen, entschied ich mich, ihn auf einem Hocker am Fenster zu trinken und den Bericht zu Ende zu lesen.

Die meisten Start-ups schaffen es nicht, das wusste ich. Das Internet war größtenteils Hype, auch das wusste ich. Ich war Banker, kannte mich in meinem Job aus und war für gute Arbeit bekannt. Daher konnte ich die Risiken aufzählen und den Finger auf die Schwachstellen legen. Das war kein Geschäft, auf das sich Gurney Kroheim, pardon, *Leipziger* Gurney Kroheim, eingelassen hätte. Wenn ich vernünftig war, würde ich das Angebot höflich ablehnen.

Ich legte den Bericht zur Seite, trank meinen Cappuccino und beobachtete die immer dichter werdende Menge, die sich draußen über den Bürgersteig schob. Der Haken an der Sache war, dass ich gegenwärtig keine Lust hatte, Banker zu sein. Guy sprach über einen Traum, über den Funken einer Idee, aus der eine Vision werden konnte, dann eine kleine Gruppe hoch motivierter Leute, ein richtiges Unternehmen und schließlich … wer wusste schon?

Eine Marktchance gab es zweifellos. In den 1990er Jahren hatte sich der britische Fußball in eine Gelddruckmaschine verwandelt. Schuld daran waren die Umwandlung der First Division in die Premier League, der Börsengang einiger Vereine und vor allem die enormen Investitionen privater Fernsehsender. Jeder wusste, dass das Internet alles verändern würde, wenn auch noch nicht genau, wie. Guys Plan, aus dieser Chance Kapital zu schlagen, erschien durchaus sinnvoll. Hätte ich als gewissenhafter Gurney-Kroheim-Banker Bill Gates einen Kredit bewilligt? Oder Richard Branson? Oder einem der Milliardäre, die im Silicon Valley überall aus dem Boden schossen? Nein. Weil David Lane, Vizepräsident Projektfinanzierung, für Visionen und Phantasien dieser Art keinen Sinn hatte.

In Broadhill hatte ich Gelegenheit gehabt, als Zaungast einen Blick in eine Reihe aufregender Lebensverhältnisse zu werfen. Die Kinder von Schauspielern, Sportstars, millionenschweren Unternehmern vermittelten mir eine Ahnung davon, dass das Leben mehr zu bieten hatte als einen Beruf, eine Frau und eine Hypothek. An der Uni verengte sich die Perspektive wieder. Mein Examen fiel in eine Zeit der Rezession, als die besten und begabtesten Absolventen um die wenigen Jobs als Wirtschaftsprüfer konkurrierten. Ich beteiligte mich an diesem Wettbewerb, hatte Erfolg und bekam ein Stipendium am Institut für Wirtschaftsprüfer. Anschließend trat ich bei einer Handelsbank ein. Die City hatte glänzende Karrieren zu bieten, gewiss, aber nicht in der Abteilung für Projektfinanzierung bei Gurney Kroheim. Zwar konnte ich reisen und fand die Arbeit interessant, aber wohin führte das? Zu einer Frau, die bisher noch auf sich warten ließ, und einer Hypothek auf ein Haus in einem langweiligen Vorort? War das so schlecht? War es nicht das, wofür ich seit Beendigung der Schule gearbeitet hatte?

Guy hatte Recht, es würde Spaß machen, mit ihm zusammenzuarbeiten. Zwar hatten wir uns in Frankreich nicht besonders gut verstanden, auch später in London nicht, als er ein angehender Schauspieler und ich ein in Bälde diplomierter Wirtschaftsprüfer war. »Nicht besonders gut« war sehr beschönigend. Trotzdem reizte mich der Gedanke, die nächsten Jahre mit ihm zu verbringen. Natürlich hatte er mich in der Vergangenheit enttäuscht, natürlich kam er aus einer ganz anderen Welt, aber genau das war es. Ich konnte ihm die Stabilität geben, die er brauchte, und er konnte mir, nun ja, Aufregung liefern. Theoretisch führte meine Karriere zwar stetig bergauf, tatsächlich aber sah es ganz und gar nicht so aus. Weit eher schien sie nirgendwo hinzuführen. Mit Guy würde endlich etwas passieren. Etwas, das frischen Wind in mein Leben bringen würde. Ob zum Guten oder Schlechten, wusste ich nicht. Aber ich wollte es herausfinden.

Es gibt eine Prämisse, die fast jeder Finanztheorie zugrunde liegt: Ein vernünftiger Investor vermeidet Unsicherheit. In diesem Augenblick empfand ich ganz und gar nicht wie ein vernünftiger Investor.

Ich trank meinen Cappuccino aus und schlenderte langsam in Richtung Büro. Auf beiden Seiten wurde ich von Kollegen überholt, die es eiliger hatten als ich, an ihren Schreibtisch zu kommen.

Als man das Bürohaus in den 1960er Jahren in der Gracechurch

Street gebaut hatte, war Gurney Kroheim eine einflussreiche Bank in der City gewesen. Seither hatte sich seine Bedeutung auf null reduziert. Als ich durch die Eingangshalle ging, suchte mein Blick instinktiv nach Frank, dem Portier, der diesen Eingang seit meinem ersten Tag in der Firma – und schon einige Jahrzehnte zuvor – bewacht hatte. Sein Gedächtnis für Namen und Gesichter war legendär und stellte jede Datenbank in Personal- oder Marketingabteilungen in den Schatten. Doch vor einer Woche war er pensioniert und durch einen schwarzen Sheriff mit Tätowierung und Ohrring ersetzt worden, der aussah, als hätte er seine letzten Jahre nicht als Wache, sondern unter Bewachung verbracht.

Auch das dritte Stockwerk, mein Stockwerk, hatte sich im letzten Jahr verändert. Die Abteilung für Projektfinanzierung bestand jetzt aus vier Schreibtischen, die man am Ende eines größeren Bereichs zusammengeschoben hatte. So war eine neue Einheit für Sonderfinanzierung entstanden, in der Spezialteams für die Finanzierung von Schiffen, Flugzeugen, Filmen, kommunalpolitischen Projekten sowie Öl und Gas eine ungeliebte Koexistenz führten. Früher einmal hatte Gurney Kroheim auf allen diesen Gebieten eine führende Rolle gespielt. Doch seit der Fusion waren die meisten der guten Leute gegangen und nicht durch Deutsche, sondern entweder durch Neueinstellungen oder Mitarbeiter einer zweitklassigen US-Investmentbank ersetzt worden, die Leipziger einige Monate nach Gurney Kroheim geschluckt hatte. Meine eigene Gruppe, Projektfinanzierung, hatte einmal aus zehn Leuten bestanden. Die besten sechs waren gegangen, sodass jetzt nur noch mein netter, aber unfähiger Chef Giles und eine Rumpfmannschaft von drei Personen übrig waren. Seit einem halben Jahr hatten wir kein Geschäft mehr abgeschlossen.

Ich fuhr meinen Rechner hoch und machte mich, da ich meinen Kaffee schon getrunken hatte, gleich an die Arbeit. Die »Arbeit« war eine riesige Tabellenkalkulation, ein Computermodell all der Ströme von Gas, Dampf, Elektrizität und Geld in einem geplanten Kombikraftwerk in Kolumbien. Das Modell war ein Ungetüm, das buchstäblich aus Tausenden von Zahlen bestand, die alle miteinander verbunden waren und dem Versuch dienten, sämtliche Variablen zu erfassen, die beim Bau, der Finanzierung und dem Betrieb des Kraftwerks eine Rolle spielten. Den Grundstein zu dem Modell hatte ich vor einem halben Jahr auf meinem Laptop gelegt, als wir die Schweizer Firma besucht hatten, die sich an der Ausschreibung zum Bau des Werkes beteiligte. Seither wucherte das Ungetüm – wucherte, ohne meiner Kontrolle zu entgleiten. Jemand wollte den Wechselkurs von Dollar und Peso für 2002 verändern? Ich konnte es. Ein Ölpreisrückgang im Jahr 2005? Kein Problem. Ein Kredit in Schweizer Franken mit Festsatz statt in zinsvariablem Dollar? Ich brauchte eine Minute, um sechs Seiten mit Analysen der Ergebnisse auszudrucken.

Nachdem ich schon so lange an diesem Computermodell arbeitete, hatte ich ein sicheres Gefühl für die Schlüsselvariablen des Projekts entwickelt – für die Risiken, die eine Rolle spielten, und die Risiken, die es nicht taten. Giles und ich hatten, wie wir glaubten, eine hochintelligente Finanzstruktur entwickelt, die unserem Klienten ermöglichen würde, den Auftrag mit dem niedrigsten Angebot zu bekommen, das möglich war.

Giles betrat die Szene – rosa Hemd, greller Schlips und Nadelstreifenanzug unter einem stumpfen Hirn.

»Morgen«, sagte ich.

»Oh, hallo, David«, sagte er nervös.

Ich sah ihn scharf an. Vorgesetzte sollten nicht nervös sein, auf jeden Fall nicht um halb neun morgens.

Sein Blick wich mir aus und wanderte zu seinem Computer.

»Giles?«

»Ja?«

»Was ist los?«

Er sah mich an, blickte wieder auf seinen Computer, erkannte, dass von dort keine Hilfe zu erwarten war, und ließ die Schultern hängen.

»Giles?«

»Sie haben ihr Angebot zurückgezogen.«

»Was soll das heißen?«

»Die Schweizer haben ihr Angebot zurückgezogen. Sie sind davon überzeugt, dass sie den Auftrag nicht kriegen. Offenbar haben die Amerikaner die besten Partner vor Ort, und unsere Jungs haben das Vertrauen in ihre eigenen Leute verloren. Du weißt ja, wie es in Kolumbien zugeht.«

»Ich glaub's einfach nicht.« Ich starrte auf meine Tabellenkalkulation, auf die Ordner, die sich einen Meter hoch und einen halben Meter breit neben meinem Schreibtisch stapelten. »Wir lassen das Projekt also einfach fallen?«

»Tut mir Leid, David. Du weißt, wie es ist. Wir kriegen nur Geld, wenn wir einen Gewinner unterstützen.«

»Also hatte ich Recht. Erinnerst du dich an Basel? Ich hab dir gleich gesagt, dass mit denen was nicht stimmt. Die hatten nie die ernsthafte Absicht, ein Angebot zu unterbreiten.«

»Das wissen wir nicht. Hör zu, mir ist klar, dass du eine Menge Arbeit in das Projekt investiert hast, aber du musst dich daran gewöhnen, dass aus solchen Sachen manchmal nichts wird.«

»Oh, ich gewöhne mich allmählich daran. Der wievielte Flop ist das in ununterbrochener Reihe? Der fünfzigste?«

Giles machte ein gequältes Gesicht. »Das gibt uns die Möglichkeit, uns um das Abwasserprojekt in Malaysia zu kümmern. Am Freitag fliegen wir nach Düsseldorf und machen das Geschäft perfekt.«

»Das Geschäft perfekt machen! Sieh doch den Tatsachen ins Gesicht, Giles, du hast noch nie ein Geschäft perfekt gemacht.«

Ich war zu weit gegangen. Ich hatte Recht, gewiss, aber gerade weil ich Recht hatte, hätte ich es nicht sagen dürfen. Giles schien eher verletzt als wütend zu sein.

»Tut mir Leid«, sagte ich.

Giles schloss einen Augenblick lang die Augen, sichtlich mit sich und der Situation beschäftigt. Dann öffnete er sie wieder. »Sag Michelle, sie soll die Flüge buchen, okay?«

Wir saßen da und blickten uns an. Wir würden das malaysische Geschäft nie unter Dach und Fach bringen. Ich wusste es, und Giles wusste es. Plötzlich war alles ganz klar.

»Giles.«

»Ja?«

»Ich kündige.«

7

Juli 1987, Côte d'Azur, Frankreich

Gegen neun Uhr morgens wachte ich mit dem schlimmsten Kater auf, den ich in meiner kurzen Alkoholkarriere je erlebt hatte. Guy schlief noch, und ich versuchte, im Bett zu bleiben, doch nachdem ich aufgewacht war, gab es keinen Weg mehr zurück. Im Übrigen musste ich irgendetwas für meinen Kopf tun. Ich war mir nicht sicher, was – Wasser, Kaffee, Essen, Tabletten –, doch irgendetwas musste passieren.

Ich zog T-Shirt und Shorts an und wankte aus dem Gästehaus hinaus. Die Morgensonne war gnadenlos hell, und ich stand, leicht schwankend, eine ganze Minute mit geschlossenen Augen da. Als ich sie vorsichtig öffnete, sah ich, dass der Tisch, an dem wir gestern zu Abend gegessen hatten, jetzt fürs Frühstück gedeckt war. Ingrid saß schon bei Kaffee und Croissants. Ich schlurfte hinüber.

»Morgen«, sagte sie.

»…« Ich öffnete den Mund, kriegte aber keinen Laut heraus. Ein zweiter Versuch. »Morgen.« Es war ein erbärmliches Krächzen.

Ingrid versuchte, ein Lächeln zu unterdrücken. »Bist du morgens immer so munter?«

»Himmel«, sagte ich. »Nie wieder ein Tropfen Pimm's. Wie kommt es, dass du so gut aussiehst?«

Das tat sie wirklich. Sie trug einen leichten Jeansanzug. In der Morgensonne hatte ihre Haut einen goldenen Schimmer, und ihre blassblauen Augen lächelten mich an.

»Übung.«

»Echt?«

»Nicht wirklich. Ich glaube, ich hab den richtigen Kopf dafür. Ich hab mich letztes Jahr durchs Trinken in 'ne Menge Schwierigkeiten gebracht, daher versuche ich, die Finger davon zu lassen.«

»Schwierigkeiten? Was für welche?«

»Große Schwierigkeiten. Ich bin aus dem Cheltenham Ladies' College geflogen.«

»Tatsächlich?« Das erklärte, warum sie kurz vorm Abitur zu uns gekommen war. Ich blinzelte sie im grellen Morgenlicht an. »Eigentlich hast du wenig Ähnlichkeit mit einer Cheltenham Lady.«

»Findest du? Du hast mich noch nicht in meiner Uniform gesehen.«

»Das ist wahr.« In Broadhill gab es keine Schuluniform. Oder eigentlich doch, aber eine, die von den Schülern verordnet wurde und die viel zu komplizierten Regeln gehorchte, als dass man sie schriftlich hätte festhalten können. Ich war mir nicht sicher, ob ich sie begriff. Guy tat es, natürlich. Mel auch. »Ich wette, deine Eltern waren verdammt stolz auf dich.«

»Ich glaube, meine Mutter fand es eher lustig. Doch mein Vater war wütend. Und da meine Mutter nicht mehr mit meinem Vater spricht, hat mir ihre Unterstützung wenig genützt. Es war ein bisschen ungerecht. Schließlich war es mein erstes Vergehen, und es passierte an meinem Geburtstag.«

»Und Broadhill machte es nichts aus?«

»Erinnerst du dich an den Spendenaufruf für die neue Bibliothek?«

»Ja.«

»Die Schule hat eine ziemlich große anonyme Spende erhalten.«

»Ach so.«

Der nordafrikanische Gärtner tauchte auf der anderen Seite des Pools auf und begann, Unkraut zu jäten. Mit nacktem Oberkörper. Hingebungsvoll beobachtete Ingrid ihn. Ich schloss die Augen. Rosa sickerte die Sonne durch meine Lider. Ganz in der Nähe begann eine Grille zu singen. Ich zuckte zusammen. »Ist schon jemand auf?«

»Mel. Aber sie ist noch mit Restaurationsarbeiten beschäftigt. Auch ihre Verfassung ist nicht die beste. Tony und Dominique habe ich noch nicht gesehen. Owen auch nicht. Was ist mit Guy?«

»Schläft. Woher kommen die denn?«, fragte ich mit Blick auf die Croissants.

»Von Miguel. Hier ist er schon.«

Da war er wirklich. »Orangensaft, Monsieur?«, fragte er, einen großen Krug in der Hand.

»Ja, bitte.«

Er goss mir ein Glas ein, und ich leerte es in einem Zug, wobei mir klar wurde, dass ich mich genau danach gesehnt hatte. Das kalte, süße Getränk brachte ein bisschen Linderung. Miguel begriff wortlos und füllte mein Glas ein zweites Mal.

Er bemerkte, dass Ingrids Glas fast leer war. *»A senhorita aceita um pouco mais?«*

»Sim, por favor.« Er schenkte ihr ein. *»É o suficiente. Obrigada.«*

»De nada.«

»Was, zum Teufel, war das denn?«, fragte ich, als er sich zurückzog.

»Miguel ist Portugiese«, sagte sie.

»Na klar, ich bin ja blöd.« Ich trank noch ein bisschen Saft. »Ich kann es einfach nicht fassen. Kannst du das? Ich meine, dass dir am Morgen jemand das Frühstück serviert und all das?« Ich hielt inne. Was wusste ich über Ingrids Herkunft? »'tschuldigung. Vielleicht bist du ja an so was gewöhnt. Wahrscheinlich habt ihr Dutzende solcher Häuser.«

Sie bemerkte mein Zögern und lachte. »Du hast vollkommen Recht. Das ist ein sehr schöner Besitz.«

»Wo wohnst du?«

»Das ist schwer zu beantworten. Und du?«

»Das ist ganz leicht. Northamptonshire. England. Wie kann die Antwort schwierig sein?«

»Du setzt voraus, dass man nur eine Familie hat. Ich habe mehrere. Und jede hat mehrere Häuser.«

»Hört sich gewaltig an.«

»Es nervt gewaltig.«

»Ah. Ingrid da Cunha, was ist das eigentlich für ein Name? Hört sich nach einer Insel vor der schwedischen Küste an.«

Ingrid lachte. Ein bisschen zu laut für meinen Kopf. »Genauso fühle ich mich auch. Eine Insel vor der schwedischen Küste. Vielleicht trifft das die Sache ganz gut. Genau genommen heiße ich

Ingrid Carlson Da Cunha. Meine Mutter ist Schwedin, mein Vater Brasilianer. Ich wurde in London geboren, deshalb habe ich einen britischen Pass. Gelebt habe ich in Tokio, Hongkong, Frankfurt, Paris, São Paulo und New York. Broadhill war meine neunte und hoffentlich letzte Schule. Glaub mir, ich wäre froh, wenn ich sagen könnte, ich hätte die letzten achtzehn Jahre an einem einzigen Ort verbracht.«

Ich glaubte es ihr nicht. Für mich hörten sich ihre Familienverhältnisse ausgesprochen beeindruckend an. Ich rieb mir die Schläfen. »Wie lange dauert es, bis ein Kater vorbei ist?«

»Eine Woche, schätze ich.«

»Das ist nicht lustig. Wenn das eine Woche dauert, bin ich tot.«

Ingrid lächelte belustigt, wenn auch mit einer Spur Mitgefühl.

Dann erinnerte ich mich an das Gespräch, das ich in der Nacht zuvor mitgehört hatte. »Ich nehme an, du spricht viele Sprachen?«

»Ein paar.«

»Wie sieht es mit Französisch aus?«

»Sollte ich eigentlich können. Ich hatte Leistungskurs Französisch.«

»Weißt du, was *gosse* heißt?«

»Ja. Das ist Umgangssprache und bedeutet ›Kind‹.«

»Ach so. Und nur, um sicher zu sein, dass ich nichts in den falschen Hals bekommen habe: *Baiser* heißt doch ›küssen‹, oder?«

Ingrid lachte. »Früher mal. Heute nicht mehr.«

»Nicht mehr?« Plötzlich erinnerte ich mich an das Kichern, das Madame Renards Worterklärung vor zwei Jahren im Französischunterricht gefolgt war. »Himmel! Es heißt ›vögeln‹, stimmt's?«

Sie nickte.

»Oh.« Das war weit schlimmer, als ich gedacht hatte.

Das Lächeln auf Ingrids Gesicht verflüchtigte sich. »Warum fragst du?«

»Ich hab es gestern Nacht gehört.« Ingrid blickte mich groß an. »Hast du nichts gehört?«

»Nein«, sagte sie. »Aber ich nehme an, einige Leute haben nicht nur davon gesprochen.«

»Ja.«

Einen Augenblick saßen wir schweigend da.

»Also, wo hast du es gehört?«, fragte sie.

»Es war mitten in der Nacht. Wie du weißt, hatte ich ein bisschen zu viel getrunken, daher bin ich in den Garten gegangen, um etwas frische Luft zu schnappen. Ich hörte eine aufgeregte Stimme. Es war Dominique. Sie schrie Tony an: ›*Salaud! Une gosse! Tu as baisé une gosse!*‹« Ich zögerte. Im Grunde genommen blieb nur ein Schluss.

Ich warf Ingrid einen Blick zu, mochte meinen Gedanken nicht aussprechen. Hatte sie es erraten? Schwer zu sagen. Ihr Gesicht war ausdruckslos. Aber sie sah mich ebenfalls an.

»Tony hat gestern Nacht mit Mel geschlafen, oder?«, fragte ich.

Sie nickte langsam.

»Ich kann es nicht glauben. Was für ein perverser Kerl!« Halbwüchsige glauben gern, in Sachen Sex könne sie nichts mehr schockieren. Doch Tony war der Vater von einem von uns, ein Elternteil. Das war unnatürlich. Unmöglich. »Und seine Frau war im selben Haus!«

»Ich weiß«, sagte Ingrid. »Anscheinend hat sie geahnt, was er im Schilde führte. Schluss jetzt«, flüsterte sie. »Mel kommt.«

Unsicher trat Mel aus dem Haus auf die Terrasse. Sie sah schrecklich aus. Ihr Gesicht hatte eine Schattierung zwischen Kalkweiß und Aschgrau, und ihre Augen waren rot und verquollen. Lippenstift und dunkler Lidschatten machten die Sache nicht besser, im Gegenteil.

»Hi«, sagte ich.

»Hi.« Sie setzte sich zu uns und beschäftigte sich mit ihrer Kaffeetasse. Ich wusste nicht, was ich sagen sollte. Sie sagte nichts. So schwiegen wir zu dritt.

Da mich das Frühstück ein bisschen regeneriert hatte, raffte ich mich auf und sprang in den Pool. Das kalte Wasser tat gut. Es gab also noch ein Leben nach dem Alkohol. Ein energiegeladener Tony gesellte sich zu mir und legte dreißig Bahnen in entmutigender Geschwindigkeit zurück. Einige Minuten später tauchte Guy auf. Er machte einen Kopfsprung ins Wasser und nahm das Tempo seines Vaters auf, Zug um Zug. Ich fand es obszön, dass sie sich im Wasser miteinander maßen, nach all dem, was sich in der Nacht zuvor zwischen Tony und Guys Freundin abgespielt hatte. Es war fast so, als hätten die nächtlichen Aktivitäten Tony unnatürliche Energien zugeführt. Ganz im Gegensatz zu der benommenen und übernächtigten Mel, die sich auf der Terrasse immer noch an ihrer Kaffeetasse festhielt.

Ich überließ die beiden ihrem Schicksal, kletterte aus dem Becken, streckte mich in einem der Liegestühle aus, schloss die Augen und ließ die Sonne ihre Arbeit tun.

Gegen Mittag weckte mich Guy. »Komm, zieh dich an. Wir fahren in ein Restaurant in Monte Carlo. Am Nachmittag gehen wir an den Strand.«

Ich grunzte und tat, wie mir geheißen, nicht ganz sicher, ob ich einem opulenten Mittagessen und dem Alkohol, der sicher dazugehörte, gewachsen sein würde. Alles wartete in der großen Diele. Dominique trug ihre große Sonnenbrille und verhielt sich, als wäre in der Nacht zuvor nichts geschehen. Nur Owen fehlte. Guy sagte, er hänge vor seinem Laptop und habe keine Lust mitzukommen. Darüber war niemand traurig.

»Also los«, sagte Tony, »wir können uns alle in den Jeep quetschen.«

»Ich nehm mein Auto«, sagte Dominique.

»Wie du willst.«

»Ich kann jemanden mitnehmen.« Sie wandte sich mir zu. »David?«

Ich war ein bisschen überrascht, dass sie mich aussuchte. Lieber wäre ich mit den anderen gefahren, da hätte ich auf dem Rücksitz vor mich hindösen können. An diesem Tag war mir eigentlich nicht nach Konversation mit Dominique zumute. Aber ich wollte nicht unhöflich sein. »Okay«, sagte ich.

Wir verließen das Haus, Tony fuhr mit dem Jeep vor, und alle außer mir zwängten sich hinein. Dominique war noch einmal ins Haus zurückgegangen, um etwas zu holen. Tony wartete einen Augenblick, murmelte dann etwas in sich hinein und ließ den Wagen an.

»Tut mir Leid, David, sie ist niemals pünktlich. Wir sollten jetzt fahren. Willst du nicht doch mit uns kommen?«

Ich zögerte einen Augenblick. »Nein, ich glaube, es ist besser, wenn ich auf sie warte«, sagte ich schließlich, nachdem ich zu dem Schluss gekommen war, dass das unter den gegebenen Umständen die am wenigsten unhöfliche Lösung war.

»Okay. Sag ihr, wir sind in unserem Stammlokal. Bis dann!« Der Jeep schoss die Auffahrt hinunter.

Ich wartete noch zwei Minuten, dann ging ich ins Haus.

»David!«

Dominiques Stimme kam aus dem Wohnzimmer. Ich trat ein. Sie trank eine klare Flüssigkeit aus einem großen Kristallglas.

»Möchtest du auch etwas?«

»Was ist das?«

»Wodka. Eiskalt.«

Ich schüttelte den Kopf. »Nicht nach der letzten Nacht.«

Sie lachte. »Hast du Kopfschmerzen?«

Ich nickte.

»Dann trink ein Glas. Das tut gut. Ich verspreche dir, dass du dich danach viel besser fühlst.«

»Das glaube ich nicht.«

Sie goss einen kräftigen Schluck Wodka in ein Glas und reichte es mir. »Hier. Versuch es!«

Zweifelnd blickte ich sie an. Was soll's, dachte ich schließlich und stürzte einen Teil der Flüssigkeit hinunter. Der eiskalte Schnaps wurde zu Feuer, als er meine Rachenwände passierte. Ich verzog das Gesicht.

»Warte einen Augenblick«, sagte sie lächelnd. »Es dauert nicht lange.« Sie beobachtete mich, während ich das Glas ungeschickt in der Hand behielt.

Sie hatte Recht. Mir wurde etwas besser, als der Wodka ins Blut gelangte.

»Trink noch ein bisschen. *Santé!*« Sie leerte ihr Glas und füllte es wieder. Unter ihren wachsamen Augen trank ich noch einen Schluck aus meinem.

»Müssen wir nicht los?«

»Das hat keine Eile. Wir sind in Frankreich. Tony wird sich sowieso beklagen, dass ich zu spät komme. Das tut er immer.«

»Okay«, sagte ich unsicher.

Wir standen einen halben Meter voneinander entfernt. Sie trug ein weites weißes Kleid und hatte das Haar im Nacken zusammengebunden. Die Sonnenbrille hatte sie abgenommen. Versonnen blickte sie mich an, während sie trank. Ich wusste nicht, was ich tun oder wohin ich schauen sollte. Ich spürte, wie mir die Hitze ins Gesicht stieg, und hatte keine Ahnung, ob der Wodka daran schuld war oder die Verlegenheit oder beides. Ich nahm wieder einen Schluck. Schließlich fand mein Blick keine neutralen Stellen mehr, an denen er sich festhalten konnte, und begegnete dem ihren. Ihre Augen waren blau. Etwas war seltsam an ihnen, aber ich hatte keine Zeit, es herauszufinden.

Sie trat einen Schritt vor.

Regungslos erwartete ich sie. Ihre Lippen strichen über meinen Mund. Dann schlang sie die Arme um meinen Hals und zog mich zu sich hinab. Ihre Zunge war rau. Sie roch nach Parfüm und Rauch. Für mich war das ein berauschender, erwachsener Duft. Schließlich löste sie sich von mir.

»Komm«, sagte sie.

Sie nahm mich an die Hand wie ein Kind und führte mich die Treppe hinauf. Wir durchquerten ihr riesiges Schlafzimmer, das von einem großen ungemachten Bett beherrscht wurde, und traten auf einen Balkon hinaus. Uns umgab das Blau von Meer und Himmel. Ich spürte mein Herz hämmern. Mein Mund war trocken.

Ihre Augen, diese merkwürdigen Augen, ruhten unverwandt auf mir. Ihre Hände verschwanden hinter dem Rücken und nestelten an etwas herum. Dann wand sie sich kurz, und ihr Kleid fiel auf den Boden. Bis auf ein winziges Höschen war sie nackt. Noch nie war ich einem realen, atmenden, dreidimensionalen Frauenkörper so nahe gewesen, und schon gar nicht einem wie diesem. Ich konnte kaum atmen. Ich streckte eine Hand nach ihr aus. Sie legte sie auf ihre Brust. Ich spürte, wie die Brustwarze unter meinen Fingern hart wurde und sich aufrichtete.

»Komm zu mir, David.«

8

April 1999, The City, London

Oben auf der Treppe hielt ich inne und blickte auf den traditionell rot-weiß gestreiften *Barber's Pole*. Ich stand in einer engen Gasse hinter der Bank of England. Vor mir, in einem Kellerraum, befand sich der Friseur, den ich seit drei Jahren alle sechs Wochen aufsuchte. Doch dieses Mal war mein letzter Besuch erst vierzehn Tage her.

Ich atmete tief durch, ging die Stufen hinab und öffnete die Tür.

Fünf Minuten später saß ich auf dem Stuhl und betrachtete mein Haar im Spiegel. Kurz, etwas gelockt. Weder besonders modisch noch besonders altmodisch.

»Wie üblich, Sir?«

»Nein, George. Zwei Millimeter rundum.«

Den ganzen Morgen hatte ich den Satz geübt. Einen Millimeter hatte ich als ein bisschen zu endgültig verworfen.

Der Zyperngrieche hob die dichten Augenbrauen, sagte aber kein Wort und griff nach seiner elektrischen Haarschneidemaschine. Er schob den Stecker in die Dose und schaltete das Gerät ein. Bei dem Geräusch bekam ich Herzklopfen. Im Spiegel sah ich die vibrierende Maschine dicht über meinem Haar schweben. Er fing meinen Blick auf und lächelte. Schweiß lief von meinen Achseln hinunter. Reiß dich zusammen, sagte ich mir. Es geht nur um die Haare. Sie wachsen nach. Ich lächelte zurück.

Er setzte an. Ich schloss die Augen. Das Geräusch wurde lauter. Ich wappnete mich für den Schmerz, den ausgerissene Haare verursachen, doch es fühlte sich eher wie eine kurze, intensive Massage an. Als ich die Augen wieder öffnete, sah ich dort, wo eben noch mein Scheitel gewesen war, einen stoppeligen Streifen. Wie das Negativ eines Irokesenschnitts. George grinste breit.

Es gab keinen Weg zurück.

Eine Hauptstraße, wie der Name besagte, war Wapping High Street eigentlich nicht. Eher eine Gasse zwischen umgebauten Lagerhäusern – modernen Apartmenthäusern, denen man den Anstrich von umgebauten Lagerhäusern zu geben versuchte. Wenig Verkehr, keine Fußgänger, aber viel Lärm von den Baustellen hinter Zäunen.

Schließlich fand ich Malacca Wharf und fuhr mit dem Fahrstuhl in den zweiten Stock.

»Geiler Haarschnitt«, sagte Guy, als er die Tür öffnete.

»Wusste ich doch, dass er dir gefällt.« Ich folgte ihm in die Wohnung. Die Hälfte des kleinen Wohnzimmers wurde von einem Kieferntisch eingenommen, der unter der Last der Computer und Aktenstapel ächzte. Owens massiger Oberkörper war über eine Tastatur gebeugt, auf die er einhämmerte. Er sah fast noch genauso aus wie vor einigen Jahren, abgesehen von den Haaren, die unter seiner Baseballmütze hervorquollen und eine sehr künstliche weißblonde Färbung hatten.

»Hallo, Owen.«

Er blickte kurz auf. »Hi«, erwiderte er mit seiner hohen Stimme.

»Was sagst du nun? Das ist die weltweite Firmenzentrale von *ninetyminutes.com*.«

»Beeindruckend. Und wo ist mein Büro?«

»Genau hier.« Guy wies auf einen Stuhl am Tisch, vor einem Stapel Papiere.

»Sehr hübsch.«

»Aber eine schöne Aussicht, findest du nicht?«

Ich ging zur Glastür, die auf einen kleinen Balkon führte. In braunen Strudeln strömte die Themse vorbei, und vom gegenüberliegenden Ufer blickten weitere umgebaute Lagerhäuser zurück.

»Warum wohnst du hier? Hier ist doch nicht viel los.«

»Das Gebäude gehört Dad. Ein Anlageobjekt, das er sich vor einiger Zeit gekauft hat. Er versucht, mich rauszuschmeißen, aber ich gehe nicht.«

»Du hast gesagt, ihr versteht euch nicht.«

»Überhaupt nicht. Wir gehen uns nach Möglichkeit aus dem Weg.«

»Aha.« Das hieß wohl nicht nur, dass Guy sein persönliches Geldverhalten ändern musste, sondern auch, dass die naheliegendste Finanzierungsmöglichkeit für *ninetyminutes.com* entfiel. Darüber sollte ich gleich mehr erfahren.

Guy ging in die kleine Küche und machte Kaffee. »Wie haben sie es bei Gurney Kroheim aufgenommen?«

»Meinem Chef hat es ganz und gar nicht gefallen«, sagte ich. »Ich war wirklich gerührt. Zunächst versuchte er mich umzustimmen, gab aber nach ein paar Minuten auf. Er sagte, ich täte genau das Richtige. Armer Kerl. Ich gebe ihm nicht mehr lange in der Bank.« Giles war Geschichte, und er wusste es. Bei der nächsten Umstrukturierung würde man ihn aus dem Organigramm für Sonderfinanzierung streichen. Hoffentlich fand er eine andere Stellung.

»Hier ist die Arbeitsplatzsicherheit viel größer«, sagte Guy.

»Klar«, entgegnete ich mit trockenem Grinsen. Ich zog das Jackett aus und hängte es über die Rückenlehne des Stuhls. »Also. Was machen wir?«

Guy begann zu reden. Und wie er redete. Es war wie ein Dammbruch. Offenbar beschäftigte er sich in seinen Gedanken seit Wochen mit nichts anderem, und nun brauchte er einfach jemanden, dem er sich mitteilen konnte. Owen war dafür nicht der richtige Mann, ich schon. Guy freute sich ganz offensichtlich, dass er mich im Boot hatte. Das gab mir das Gefühl, gebraucht zu werden und sofort dazuzugehören.

Als Erstes galt es, *ninetyminutes.com* ins Netz zu stellen und in Betrieb zu nehmen. Guy hatte ziemlich klare Vorstellungen darüber, was er auf die Site haben wollte. Zunächst einmal das Übliche: Spielberichte, Nachrichten, Fotos, Spielerporträts, Statistiken, für jeden Verein einen eigenen Abschnitt, also die Dinge, die jede Fußballseite braucht. Dann aber auch Inhalte, von denen Guy hoffte, sie würden Ninetyminutes ein etwas anderes Gepräge geben: Klatsch, Chatrooms, Humor, Cartoons. Später Wetten, ein virtuelles Fußballspiel, Videoclips und als Krönung: E-Commerce. Sobald die Site Besucher anlockte, würden wir mit dem Verkauf von Fanartikeln beginnen: Kleidung, Kaffeebechern, Postern, allem, was das Herz begehrte. Phase drei sollte der Entwurf einer eigenen Sportkollektion und anderer Produkte sein, die wir über die Site vertreiben wollten.

Es war erstaunlich, in welchem Maße diese Arbeiten Außenstehenden überlassen werden konnten. Owen sorgte dafür, dass die Site die nötigen technischen Eigenschaften aufwies, vor allem, dass sie »skalierbar« war, das heißt, dass sie mit den Anforderungen durch steigende Besucherzahlen und Aufgabenvielfalt wachsen konnte. Doch andere Firmen konnten uns die Soft- und Hardware liefern, die wir brauchten, während uns ein Webdesigner half, die Site so zu gestalten, dass sie unsere Klientel auf die richtige Art ansprach. Nachrichten, Fotos und Statistiken konnten wir uns von Presseagenturen digital herunterladen und sie dann in jeder gewünschten Form präsentieren.

Blieb die alles entscheidende Frage.

»Wer soll das alles schreiben?«, fragte ich. »Die Kommentare, die Glossen, den Klatsch? Überlassen wir das Owen?«

»Ha, ha«, sagte Owen. Sein bislang einziger Gesprächsbeitrag.

Guy lächelte. »Schau mal hier.«

Er drückte einige Tasten auf seinem Keyboard, und vor einem blasslila Hintergrund zeichnete sich in grünen, kunstvoll windschiefen Lettern die Inschrift *Sick As A Parrot* auf dem Computerbildschirm ab.

»Hübscher Titel«, sagte ich. »Und eine ansprechende Optik.«

»Sicher, sicher. Aber schau doch.«

Und ich schaute, indem ich Hintergrundgeschichten über neue Fußballmanager anklickte, über einen Arsenal-Stürmer, der das Tor nicht mehr traf, das Gerücht vom bevorstehenden Transfer eines französischen Nationalspielers nach Liverpool. Es gab Artikel über Stadien, Kommentatoren, bekannte Fans, die Sponsoren hinter den Vereinen, über das Abschneiden der Stars bei der Weltmeisterschaft in Frankreich. Es gab einen ganzen Abschnitt, der die verschiedenen Taktiken der Klubs in der Premier League verglich, und zwar so, dass sogar ich ihn verstand. Er war brillant geschrieben. Teilweise witzig, manchmal etwas dogmatisch, doch immer schlüssig, klar und interessant.

»Der weiß, wovon er schreibt«, sagte ich. »Vorausgesetzt, es gibt nur einen Autor.«

»Aber ja.«

»Wie heißt er? Gaz?«, fragte ich, während ich auf den Bildschirm starrte.

»Sein richtiger Name lautet Gary Morris, und er wohnt in Hemel Hempstead.«

»Aber wer steht hinter ihm?«

»Niemand. Er macht es allein. Es ist eine private Site. Wahrscheinlich geht er einem ganz normalen Beruf nach, doch den Rest seines Lebens verbringt er damit, sich Fußball anzuschauen und darüber zu lesen und zu schreiben.«

»Also, was machen wir?«

»Das ist der erste Kauf unseres Unternehmens. Wir werden *Sick As A Parrot* erwerben.«

»Für wie viel?«

»Weiß nicht. Ein Pint Lager und eine Tüte Erdnüsse? Das werden wir erfahren, wenn wir Gaz fragen.«

»Und wann wird das sein?«

Guy blickte auf die Uhr. »In ungefähr zwei Stunden.«

Paget Close war ein weißes, roh verputztes Reihenhaus zwischen lauter weißen, roh verputzten Reihenhäusern. Wir öffneten die niedrige Gartenpforte aus Holz und gingen vorsichtig durch einen winzigen, überaus gepflegten Vorgarten. Eine gelb-braune Plastikkatze bewachte die Haustür. Guy betätigte die Klingel. Ein melodisches Läuten ertönte.

Eine kleine, füllige Frau mit dichten grauen Dauerwellen öffnete.

Guy zögerte einen Augenblick, fasste sich aber rasch. »Mrs. Morris?«, fragte er mit seinem charmantesten Lächeln, das selten seine Wirkung verfehlt.

Die Frau strahlte. »Ja?«

»Ist Ihr Sohn da?«

»Sind Sie die Leute von der Internet-Firma?«

»Stimmt«, antwortete er. »Ich bin Guy Jourdan, leitender Direktor, und dies ist mein Finanzdirektor David Lane.«

»Treten Sie ein, treten Sie ein. Fühlen Sie sich ganz wie zu Hause. Gary ist noch auf Arbeit. Muss aber gleich kommen. Jede Minute.« Sie führte uns in ein kleines Wohnzimmer. »Möchten Sie etwas trinken?« Um Missverständnisse auszuschließen, fügte sie hastig hinzu: »Vielleicht eine Tasse Tee?«

Guy und ich sanken in ein tiefes Chintzsofa, während Mrs. Morris in der Küche beschäftigt war. Dann hörten wir die Haustür gehen und eine männliche Stimme rufen: »Hi, Mum!«

»Die Internet-Leute sind da, Gary, und wollen dich sprechen.«

Gaz erschien. Ein hagerer Mann Anfang zwanzig. Seine Kleidung verriet, dass er Postbote war. Guy trug schwarze Jeans und ein leichtes Polohemd, ich ein altes Jeanshemd und eine zerknitterte grüne Hose. Wir nahmen auf der Sitzgarnitur Platz, und die Übernahmeschlacht begann.

Gaz war nicht dumm. Guy begann ihm eine großartige Geschichte aufzutischen über die führende Rolle, die *ninetyminutes.com* als europäische Holdinggesellschaft im Internet-Geschäft spielte, doch Gaz unterbrach ihn schnell.

»Kommt, Leute, erzählt mir keinen Scheiß. Ich kenne alle Kicker-Sites im Netz, und *ninetyminutes.com* gehört nicht dazu.« Er hatte einen vorspringenden Adamsapfel, der auf und ab hüpfte, während er sprach, und eine leichte Cockney-Färbung. Aber er hatte Recht. »Also, wie viel zahlt ihr mir für *Sick As A Parrot*? Bar auf die Hand?«

Guy lächelte. »Das habe ich heute Morgen mit meinem Finanzdirektor besprochen, und wir haben ein Eröffnungsangebot ausgearbeitet.«

Er blickte mich an. Wir hatten unterwegs über den Preis diskutiert, doch ich hielt den Zeitpunkt noch lange nicht für gekommen, um das Angebot auf den Tisch zu legen. Ich beschloss, Guy die Entscheidung zu überlassen, und nickte viel sagend.

»Ein Pint Lager und eine Tüte Erdnüsse«, sagte Guy lächelnd. »Natürlich nur als Anzahlung. Da ist mehr drin.«

Gaz sah ihn verblüfft an. Dann lächelte er. »Damit sind wir im Geschäft. Wechseln wir den Schauplatz und klären die Sache.« Er stand auf und rief in den Flur: »Wir gehen noch mal weg, Mum.«

Mrs. Morris eilte zur Tür, um sie für uns aufzuhalten, und richtete sich mit einer fast koketten Handbewegung die Dauerwellen, als sie Guy anblickte.

»Hübsche Katze, Mrs. Morris«, sagte Guy, als er an dem Plastiktier vorbeikam.

»Oh, danke. Ich mag Katzen. Wir hatten eine echte, aber Gary ist allergisch.«

»Bye, Mum«, sagte Gaz und flüchtete durch die Gartenpforte.

Wir setzten unsere Diskussion im Pub um die Ecke fort. Guy holte Gaz das versprochene Pint Lager, außerdem brachte er noch je eins für sich und seinen Finanzdirektor mit.

»Tut mir Leid wegen des Unsinns, den ich dir aufgetischt habe, Gaz«, sagte er. »Ich sag dir sofort, was wirklich anliegt. Aber vorher erzähl uns ein bisschen über die Site.«

Das ließ sich Gaz nicht zweimal sagen. Er war stolz auf seine Arbeit und hatte allen Grund dazu. »Ich habe vor zwei Jahren mit einer Homepage angefangen. Dann wurde quasi wie von selbst eine richtige Website daraus, einer erzählte dem anderen davon, und schon hatte mich die Sache im Griff.«

»Wie viele Besucher hat die Site?«

»Nach dem letzten Stand rund 100 000 im Monat.«

»Wow. Muss 'ne Menge Zeit kosten, sie auf dem neuesten Stand zu halten.«

»Das tut es. Fast meine ganze Freizeit geht dabei drauf. Viel Schlaf krieg ich nicht, aber es macht Spaß.«

»Sie ist sehr gut«, sagte Guy.

»Ich weiß«, sagte Gary.

»Ich habe festgestellt, dass du Arsenal-Fan bist. Warum machst du nicht einfach eine Arsenal-Site?«

»Es gibt zwei Arten von Fußballfans«, erwiderte Gary. »Den tribalistischen Typ, der die Gruppe braucht, die ihm das Gefühl von Gemeinschaft und Identität vermittelt, und den anderen Typ, der einfach das Spiel liebt. Klar, die Sache wird interessanter, wenn man für das eine oder das andere Team ist, aber ich schreibe genauso gern über andere Mannschaften. Sogar noch lieber als über Arsenal, weil ich dann objektiver bin.«

»Und du machst das Design der Site selbst?«

»Ja. Das ist kein Problem. Ich habe Physik und Philosophie studiert, da komme ich mit einem Computer klar. Zuerst habe ich alles selbst in HTML gemacht, doch heute kriegt man fertige Web-Editoren wie Dreamweaver, die es dir ganz leicht machen. Versteht mich nicht falsch«, sagte Gaz. »Ich bin kein Computerfreak. Mir geht es um Fußball. Ich kenne mich halt ein bisschen mit Computern aus und benutze sie, um den Leuten was über Fußball zu erzählen.«

»Wie kommt es, dass du Postbote bist, wenn du einen Universitätsabschluss in Physik und Philosphie hast?«, fragte ich.

»Ich bin gerne Postbote«, antwortete Gary abwehrend. »So habe ich Zeit, das zu tun, wozu ich Lust habe. Und merkwürdigerweise lassen sich Personalchefs mit Wittgenstein und der Teilchentheorie nicht beeindrucken.«

»Das ist dumm von ihnen«, sagte ich.

»Okay, okay«, sagte Guy. »Aber wo hast du gelernt, so zu schreiben?«

»Ich schreibe seit meiner Kindheit. Es kommt ganz von selbst, besonders, wenn es um Fußball geht. Als wäre ich zwanghaft. Ich muss es einfach aufschreiben.« Er trank einen Schluck Bier. »Und was ist mit euch? Erzählt mir, worum es wirklich geht.«

Guy berichtete ihm über seine Pläne für *ninetyminutes.com.* Er räumte ein, dass die Site viel Geld brauchen würde, um in Schwung zu kommen, dass wir aber noch nichts aufgetrieben hätten.

Gaz hörte aufmerksam zu.

»Was hältst du davon?«, fragte ihn Guy.

»Hast du meine Site gelesen?«

»Ja.«

»Dann weißt du doch, was ich von der Kommerzialisierung des Fußballs halte.«

»Ja.«

»Und?«

»Lebst du gern zu Hause?«

»Das ist ganz okay.«

»Hättest du nicht gern eine eigene Wohnung, nur ein paar Schritte vom Arsenal-Stadion entfernt? Und würdest du deine Artikel nicht lieber während der Arbeitszeit schreiben als nachts oder an Wochenenden?«

»Ja. Aber ich habe keine Lust, mich zu verkaufen. Alle kommerziellen Sites sind Mist. Sie machen Werbung – hier für einen Fernsehsender, da für ein Fußballtrikot. Du kannst dem großen Boss nicht sagen, dass er ein Wichser ist, wenn er dein Gehalt bezahlt. Oder dass sein bester Kumpel einer ist.«

»Genau das ist es«, sagte Guy. »Die kommerziellen Sites sind Mist. Genauso wie die privaten. Sogar deine?«

Gaz hob die Augenbrauen. Das hatte er nicht erwartet.

»Das Design ist Mist. Tut mir Leid, aber so ist es nun mal.«

Gaz stieg die Röte in die mageren Wangen. Er setzte sein Glas so heftig ab, dass ein paar Tropfen auf den Pub-Tisch spritzten. »Was hast du gegen das Design?«

»Gaz, wir sind nicht hier, weil wir finden, dass du besonders gut mit Farben umgehen kannst oder einen gesteigerten Sinn für Perspektive hast, sondern weil du innerhalb und außerhalb des Netzes am besten über Fußball schreibst. Aber du brauchst eine bessere Plattform, das heißt besseres Webdesign, bessere Werbung und besseres Marketing, damit du ein Millionenpublikum erreichst. Du brauchst eine Hardware, die dem Besucheransturm gewachsen ist, Leute, die für dich arbeiten und die Geschichten, die du dir vorstellst, so schreiben können, wie du sie dir vorstellst. Du brauchst jemanden, der diese Leute bezahlt und der dich bezahlt. Du brauchst ein Büro, einen Computer, Zeit, um nachzudenken, und Zeit, um Fußball zu gucken. Diese Site wird das sein, was du aus ihr machst, Gaz. Es wird ein Riesending. Und, tut mir Leid, du wirst damit auch ein Scheißgeld verdienen.«

Gaz hörte ihm zu. Ich beobachtete sein Gesicht und konnte sehen, wie Guys Zauber seine Wirkung tat. »Okay. Wie sehen die Bedingungen aus?«

»Zwanzigtausend Pfund auf die Hand und fünf Prozent der Aktien.«

Gaz blickte von Guy zu mir. Wir ließen ihm Zeit.

»Dreißig.«

»Fünfundzwanzig.«

»Abgemacht.« Gaz streckte die Hand aus, Guy schüttelte sie. »Und noch ein Pint Lager.«

»Na, wie findest du das, Davo? Erst sechs Stunden im Geschäft und schon den ersten Deal im Sack.« Wir befanden uns auf der Überholspur der M1 in Guys metallicblauem, zehn Jahre altem Porsche, mit offenem Verdeck und Musik und Wind laut in den Ohren.

»Ehrlich gesagt ist das mehr, als ich bei Gurney Kroheim im letzten Jahr geschafft habe«, antwortete ich. »Aber ich hab nicht begriffen, warum du ihm zu Anfang so einen Mist erzählt hast. Auf so was fallen die Leute doch nicht rein, Guy.«

Er lächelte. »Eben. Er hat diesen Unsinn erwartet, also hat er ihn gekriegt. Nachdem er ihn durchschaut hatte, konnte ich ihm die echte Geschichte besser verkaufen.«

»War das nicht ein bisschen riskant?«, fragte ich. »Wir wollten doch, dass er uns vertraut.«

»Oh, er vertraut uns jetzt. Aber vergiss nicht, was er von uns erwartet. Er will, dass wir genau diese Sprache sprechen. Er kann das nicht. Ich wollte ihm zeigen, dass wir diesen Mist für ihn verzapfen könnten. Hat es nicht geklappt?«

»Doch. Nicht schlecht.«

»Ein paar Vorteile hat die Ausbildung zum Schauspieler schon.«

»Verstehe.« Es war klar, dass Guys Geschick im Umgang mit Menschen uns in den kommenden Monaten sehr zupass kommen würde.

Er ging mit dem Tempo herunter, als er einen Polizeiwagen auf der inneren Spur erblickte.

»Weißt du«, sagte ich, »irgendwann müssen wir über Geld sprechen.«

»Geld?«

Ich beugte mich vor und drehte Oasis ein bisschen leiser. »Ja. Wo du schon davon angefangen hast. Wie viel haben wir?«

»Mein Konto ist leer. Und Owen hat, glaube ich, noch dreißigtausend auf seinem.«

Unwillkürlich zuckte ich zusammen. »Und das würde er Gaz geben?«

»Auf jeden Fall. Owen ist bereit, jeden Penny in die Sache zu stecken. Das sind wir beide. Tatsächlich haben wir es schon getan. Owen hat bereits mehr als zwanzigtausend investiert.«

»Und du?«

»Wie du dir denken kannst, nicht so viel. Aber alles, was ich hatte, ist ebenfalls ins Projekt gewandert. Wie steht's mit dir?«

»Ich denke, ich kann vierzigtausend aufbringen.«

Guy verlangsamte die Fahrt etwas und wandte sich mir zu. »Vierzig? Ist das alles? Hör zu, Davo, wenn du dabei bist, bist du dabei. Du kannst keinen Penny für schlechte Zeiten beiseite legen.«

»Vierzigtausend sind meine gesamten Ersparnisse. Oder fast. Mir bleiben nur noch ein paar Tausender, um die nächsten Monate über die Runden zu kommen. Ich hab dir gesagt, dass ich nicht an die fetten Bonusse bei Gurney Kroheim rangekommen bin. Und mein Haus in Notting Hill ist bis zum Dach mit Hypotheken belastet.«

»Okay, Davo, ich glaub dir ja«, sagte Guy. »Und die vierzig sind gut. Sehr gut sogar.«

»Aber wir brauchen mehr Geld.«

»Richtig.« Er bremste ab, als er auf die Autobahnabfahrt einbog. Der Verkehr wurde dichter.

»Was ist mit deinem Vater?«

Guy schüttelte den Kopf. »Nein.«

»Heißt das, du fragst ihn nicht oder er sagt nein?«

»Beides.«

»Du musst es versuchen.«

»Das kann ich nicht, Davo. Ich habe ihn in der Vergangenheit zu oft um Geld angehauen. Anfangs hat er es mir gegeben. Ich glaube, ihm gefiel der Gedanke, dass ich mein Leben genoss. Außerdem hatte er ein schlechtes Gewissen wegen der Geschichte in Frankreich. Keiner von uns ist wirklich drüber hinweggekommen. Das weißt du ja.«

Guy schwieg, in Gedanken versunken. Ich ließ ihn. Frankreich war ein Thema, auf das ich unter keinen Umständen eingehen wollte.

Dann kam er wieder auf die Gegenwart zu sprechen. »Dad hat

meine Wohnung in London bezahlt, die Schauspielschule, meinen Abstecher nach Hollywood. Erinnerst du dich an die Cessna, die ich früher flog? Auch dafür hat er gezahlt. Und für tausend andere Dinge.«

»Aber das hier ist was anderes.«

»Genau das ist es. Es *ist* was anderes. Dieses Mal würde ich wirklich was aus dem Geld machen. Aber ich habe ihm in den letzten Jahren zu viele Storys aufgetischt. Diese Sache hier soll nicht einfach eine weitere von meinen Geschichten sein. Wenn ich ihm erzähle, dass ich ein Internet-Unternehmen aufmache, lacht er mich aus. Schlimmer noch, er würde nicht mal lachen. Er wäre einfach enttäuscht. Und ich könnte ihm keinen Vorwurf daraus machen. Ich weiß, dass ich die letzten Jahre vergeudet habe. Klar, ich hatte viel Spaß, aber ich habe nichts erreicht. Ich dachte immer, Dad sei cool, weil er sein Leben genießt, aber immerhin hat er das Geld, das er ausgibt, vorher verdient. Er hat was auf die Beine gestellt, ich nicht. Bis jetzt. Aber von nun an wird sich alles ändern, du wirst sehen. Kein Alkohol. Keine Frauen. Ich weiß, dass ich aus Ninetyminutes etwas machen kann, Davo. Aber ich muss es ohne meinen Vater schaffen.«

»Okay«, sagte ich, »wenn du dir da sicher bist.«

»Ich bin mir sicher.«

»Hast du es schon bei anderen versucht? Freunden? Kontakten? Beziehungen? Deiner Mutter?«

»Hab ich. Bei vielen. Es war demütigend. Die Wahrheit ist: Sie glauben, dass ich ein Loser bin. So wie du, als ich dir im Dickens Inn zum ersten Mal davon erzählt habe. Du hast zum Schluss wenigstens zugehört. Die meisten tun noch nicht mal das. Auf jeden Fall hab ich jeden, der bereit sein könnte, mir Geld zu leihen – ohne große Aussichten, es jemals wieder zu sehen –, bereits angepumpt.«

»Was ist mit Torsten Schollenberger?«

»Der ist einen Versuch wert. Ich habe ihn schon eine Zeit lang nicht gesehen, aber er ist immer dafür zu haben, mal um die Häuser zu ziehen. Und sein Vater hat 'ne Menge Kohle. Ich fliege nach Hamburg und versuche mein Glück.«

»Kann nichts schaden.«

»Was ist mit Venture-Kapitalisten?«, fragte Guy. »Reißen die sich nicht um so ein Geschäft?«

»Das bezweifle ich. Jedenfalls jetzt noch nicht. Ich glaube, sie denken darüber zunächst wie Gaz: zwei Typen, die heiße Luft verzapfen und nichts vorzuweisen haben.«

»Aber du hast gesagt, der Unternehmensplan ist gut.«

»Der Plan ist gut. Und sobald wir wieder in deiner Wohnung sind, mach ich ihn noch besser. Aber es ist noch zu früh, um zu den Risikokapitalgebern zu gehen. Die wollen eine Website sehen, die von realen Menschen besucht wird. Von vielen realen Menschen.«

»Wir müssen irgendwo Geld herkriegen«, sagte Guy. »In der nächsten Phase, wenn wir uns an die Web-Berater wenden, müssen wir mit echtem Geld zahlen. Und wenn wir Leute einstellen, brauchen wir ein Büro. Außerdem benötigen wir Geld fürs Marketing, für Fernsehwerbung und solche Sachen.«

»Vielleicht müssen wir erst mal kleinere Brötchen backen, Guy«, sagte ich.

Er schlug mit der Hand aufs Lenkrad. »Nein! Wir müssen Tempo machen. Wenn wir es zu langsam angehen lassen, kriegen wir gar nichts gebacken. Wir müssen gleich am Anfang an die Spitze und dann zusehen, dass wir dort bleiben.«

Ich war nicht sehr zuversichtlich. »Schauen wir mal, was wir tun können«, sagte ich.

9

Ich hatte noch nie so hart gearbeitet. Mein soziales Leben war zu Ende. Ich hatte keine Zeit mehr fürs Fliegen, was ein richtiges Hobby von mir geworden war. Selbst zum Fernsehen hatte ich kaum noch Gelegenheit. Jeden Morgen tauchte ich vor acht in Guys Wohnung auf. Von der U-Bahn-Station gegenüber dem Tower ging ich an der Tower Bridge und dem St. Katherine's Dock vorbei in die Wapping High Street und schaute unterwegs in die missmutigen Gesichter der Banker, die in ihren konservativen Anzügen auf dem Weg in die Ausbeutungsbetriebe der City waren. Wenn ich kam, saß Guy schon an der Arbeit. Owen tauchte erst gegen elf aus seinem Zimmer auf.

Während der ersten zwei Tage fand ich seine schweigsame massige Gegenwart einschüchternd, gewöhnte mich aber bald daran. Er verständigte sich lieber durch E-Mail als durch das gesprochene Wort. Manchmal erörterten Guy und ich eine halbe Stunde lang irgendein Problem und fanden, wenn wir an unsere Rechner zurückkehrten, eine E-Mail vor, in der uns Owen seine Ansicht zu der Frage mitteilte. Sehr seltsam. Aber man konnte den ganzen Tag anderthalb Meter entfernt von ihm arbeiten, ihn nicht beachten und sicher sein, dass er damit vollkommen einverstanden war.

Mit der Architektur der Website machte er gute Fortschritte. Doch stillschweigend trug Guy dem Umstand Rechnung, dass Owen ein Problem mit Menschen hatte. Wenn er ein Meeting hatte, wurde er deshalb entweder von Guy oder von mir begleitet. In groben Zügen begriff ich bald, was unsere Website ausmachen würde: Die Host-Server in ihren feuerfesten, bombensicheren Hochsicherheitstrakten, die Internetverbindungen, die Router, die Proxy-Server, die Firewalls, die Datenbanken. In diesem Stadium war alles noch ziemlich einfach, doch sobald wir anfangen würden, Artikel über das Web zu verkaufen, würde sich der ganze Vorgang auf verwirrende Weise beschleunigen. Owen verstand genug von der Sache, um vorausplanen zu können.

Ich verbrachte viel Zeit mit den Finanzen. Eben noch machte ich mir Gedanken darüber, ob die Einnahmen 120 oder 180 Millionen Pfund betragen sollten, im nächsten Augenblick suchte ich nach einer Möglichkeit, ein paar Pfund an Druckertoner zu sparen. Guy hatte sich in kurzer Zeit viel Wissen über das Internet-Geschäft angeeignet, doch die finanzielle Seite war ihm verschlossen geblieben. Ich kaufte eine Buchhaltungssoftware und gab sorgsam lange Zahlenketten ein. Dann richtete ich Dateien und kleine Programme ein. Auch ein Geschäftskonto eröffnete ich. Eingehend beschäftigte ich mich mit der Unternehmensstruktur, mit der Frage, wer welchen Anteil von wie vielen Aktien besitzen sollte, wie viele Aktien für künftige Topleute zurückbehalten werden sollten und wie das Unternehmen jetzt und in Zukunft bewertet werden sollte.

Sorgen machte mir die Gesellschaftervereinbarung. Ich war kein Jurist, aber sie schien mir Löcher aufzuweisen. Mit wachsender Anzahl von Aktionären würde die Vereinbarung an Bedeutung gewinnen. Guy hatte eine Kanzlei an der Hand, die auf Film- und Fernsehverträge spezialisiert war. Erst bekam ich keinen Termin, und als ich einen hatte, antworteten sie nur mit Allgemeinplätzen auf meine Bedenken. Den Gedanken, uns an eine der City-Kanzleien zu wenden, die ich kannte, ließen wir gleich wieder fallen, weil die in diesem Stadium viel zu teuer für uns waren. Daher beschlossen wir, uns mit Guys Anwälten abzufinden, bis wir uns kompetentere leisten konnten.

Ninetyminutes würde zwar nicht wirklich ein »virtuelles« Unternehmen sein, dem aber ziemlich nahe kommen. Besonders in den Anfangsstadien. Wir hatten weder die Zeit noch das Geld, um eigene Fachleute für alle Bereiche einzustellen: Wir mussten Beratungsfirmen in Anspruch nehmen. Am wichtigsten war der Webdesigner. Mandrill hieß die Firma, die Guy ausgewählt hatte. Eines Tages erhielten wir ihren Anruf, dass unser Design fertig sei.

Das Büro von Mandrill befand sich in einem Loft über einem Textilhändler in einer der kleinen Straßen nördlich der Oxford

Street. Ziegelmauern, Rohre, Oberlichter, kostbare kleine Möbelstücke, keine Zwischenwände. Ein zusammengeklappter Miniscooter lehnte neben einer Cappuccinomaschine an der Tür. Drei Gruppen von Mitarbeitern arbeiteten an Computern auf großen schwarzen, geschwungenen Tischen. Zwei Männer und eine Frau begrüßten uns. Die Männer trugen kurz geschorene Kinnbärte, Cargohosen und T-Shirts. Auch die Haare waren kurz geschnitten. Seit neuestem war ich ja zum Anhänger geschorener Köpfe mutiert, aber keiner der beiden Männer hatte die Haare einfach kurz geschoren. Die Frau, deren schwarze Haare mindestens zwei Zentimeter länger als die der Männer waren, trug eine Silberkugel in einer Augenbraue und mindestens sechs Ringe in jedem Ohr. Dagegen sahen Guys schwarze Klamotten und drei Zentimeter langen Haare schrecklich nach 1998 aus. Owen und ich konnten sowieso nicht mithalten.

Wir drängten uns um einen kleinen Tisch, auf dem ein Projektor stand. Der Leiter der Gruppe, einer der Kinnbärte – er hieß Tommy –, ließ das Licht abdunkeln und schaltete das Gerät ein. Die Seite einer Suchmaschine erschien auf der Leinwand. Wir sahen zu, wie Tommy die Buchstaben www.ninetyminutes.com eintippte. Ein Klick, und da war es, unser neues Logo auf hellblauem Hintergrund. Noch ein Klick, und wir waren auf der Site. Sie hatte überhaupt keine Ähnlichkeit mit den anderen Fußball-Sites im Web. Die meisten sahen aus wie Zeitschriftenseiten, die man ins Internet übertragen hatte. Mandrills Site – oder vielmehr *unsere* Site – bestand aus einer Reihe dunkelblauer Blasen, die vor einem hellblauen Hintergrund schwebten. Man verspürte unwillkürlich den Wunsch, die Blasen anzuklicken, um zu sehen, was sich dahinter verbarg. Wir klickten. Und klickten. Und klickten.

»Hübsch«, sagte Guy. »Was hältst du davon, Gaz?«

»Geil, echt geil.«

»Schauen wir uns das Logo noch mal genauer an.«

Tommy klickte wieder die Startseite an. Die Frau mit der Ohrringkollektion gab ein T-Shirt mit dem neuen Logo herum.

»Die richtigen Hemden sehen nachher natürlich besser aus«, sagte sie. »Aber so kriegt ihr ’ne ungefähre Vorstellung.«

Auf dem T-Shirt standen die Ziffern Neun und Null. Durch ein paar Striche war eine Stoppuhr in der Null angedeutet. Es folgten ein winziger Fußball und das Wort »com« in schräg abfallenden kleinen Buchstaben.

»Sieht aus wie eine Mischung aus Ralph Lauren und Adidas«, sagte Guy.

Tommy blätterte eine neue Seite auf. Das Bild eines Whiteboards erschien, das mit handschriftlichen Notizen bedeckt war. Ich erkannte Guys Schrift. Tommy vergrößerte das Bild, und wir lasen die Wörter »Adidas« und »Ralph Lauren«.

Guy lachte. »Ihr gebt mir einfach meine Ideen zurück.«

»Exakt«, sagte Tommy. Das Licht wurde wieder hell. »Na? Was haltet ihr davon?«

Guy blickte mich fragend an.

Mandrill verlangte dreißigtausend Pfund plus ein Prozent unserer Aktien. In dieser Phase von Ninetyminutes waren dreißigtausend Pfund viel Geld. Doch eine gut gestaltete Website war von entscheidender Bedeutung. Ich nickte Guy zu. »Ich bin einverstanden.«

»Was hältst du davon, Owen?«

»Zuckerwatte. Rosa aufgeplusterte Zuckerscheiße.«

»Ist es technisch in Ordnung?«

»Ich sage es doch immer: In diesem Land hat keiner eine blasse Ahnung von der Technik.«

»Nett von dir, Owen, dass du sie nicht als totale Trottel bezeichnet hast«, sagte Guy und lächelte Tommy und sein Team beruhigend an.

»Kein Problem.«

»Gaz?«

»Gefällt mir. Ist geil.«

Guy lächelte. »Mir gefällt es auch. Tommy, wir sind im Geschäft.«

Dann kam der Samstag. Morgens waren wir alle an der Arbeit, aber Guy teilte mir mit geheimnisvoller Miene mit, ich hätte am Nachmittag einen Termin. Mit der U-Bahn fuhren wir bis Sloane Square. Dort nahmen wir ein Taxi.

»Zum Stadion Stamford Bridge«, sagte Guy beim Einsteigen.

Ich lächelte. »Ich wusste gar nicht, dass du noch hingehst.«

»Zu jedem Heimspiel von Chelsea, wenn ich in London bin«, sagte er. »Und ich habe die Absicht, es auch weiterhin zu tun. Darum geht es schließlich.«

»Wohl wahr.«

Als Junge hatte mein Herz für Derby County geschlagen, und ich war dem Verein bis ins Studium treu geblieben. Zweimal im Jahr hatte ich die Reise von Northamptonshire auf mich genommen, um mir ein Spiel anzusehen. Doch nachdem ich berufstätig geworden war, schien keine Zeit mehr dafür da zu sein. Das aktive wie das passive Fußballinteresse schien sich langsam und unbemerkt aus meinem Leben zu verabschieden. Zum letzten Mal war ich vor sieben Jahren bei einem Spiel gewesen, mit Guy.

Dann wurde das Stadion Bramford Bridge gründlich renoviert. Die Arbeiten waren noch nicht abgeschlossen, aber ich war verblüfft über die Verwandlung. Der Weg ins Stadion führte durch das aufgemotzte »Chelsea Village«, eine Passage voller Läden und Kneipen. Hin und wieder war eine Familie in der hereinströmenden Menge zu sehen, aber auch manch Furcht erregende Figur. Schläger vermutlich, aber mit Kohle. Überall wurde Geld ausgegeben. Eine Menge Geld. Ich blickte auf meine Eintrittskarte. Fünfundzwanzig Pfund. Wucher. Als wir ins Stadion gelangten und uns in die warme Frühlingssonne setzten – es gab nur Sitzplätze –, zusammen mit fünfunddreißigtausend anderen Besuchern, die mindestens genauso viel für ihre Samstagnachmittagsunterhaltung hingeblättert hatten, begann ich zu begreifen, wie viel Geld mit Fußball zu verdienen war.

Chelsea spielte gegen Leicester City. Zehn Minuten nach dem Anpfiff waren alle Gedanken an Websites und Geld verflogen, und ich feuerte Chelsea mit der Menge an. Nach einer halben Stunde jubelte ich, als Gianfranco Zola den Ball abgezockt über Leicesters Torwart lupfte. Noch einmal jubelte ich, als ein Leicester-Verteidiger Chelsea durch ein Eigentor mit zwei Toren in Führung brachte. Und ich blies mit den übrigen Fans Trübsal, als Leicester in den letzten zehn Minuten erst ein Tor und dann noch ein zweites machte.

Nach dem Unentschieden im eigenen Stadion konnte Chelsea seine Hoffnungen auf die Meisterschaft begraben. Guy kochte vor Wut. Aber es war ein tolles Spiel gewesen, und als ich in Londons knarrendem und knirschenden Nahbeförderungssystem den Heimweg antrat, musste ich in mich hineinlächeln. Die Geschichte versprach Spaß zu machen.

10

Juli 1987, Côte d'Azur, Frankreich

Ich wurde gegen die Innenseite der Wagentür gepresst, als der offene Alfa Romeo die Haarnadelkurve mit quietschenden Reifen nahm. Viel zu schnell. Dominique war eine aggressive Fahrerin. Gewiss, sie hatte gesagt, ich solle mir keine Sorgen machen, sie kenne die Straße wie ihre Westentasche. Und tatsächlich war es tröstlich zu wissen, dass sie diese Strecke schon viele Male hinter sich gebracht hatte, ohne sich umzubringen.

Ich konnte es einfach nicht fassen. Da saß ich auf dem Beifahrersitz eines Sportwagens, eine schöne Blondine neben mir, das Mittelmeer unter mir, die Sonne über mir und den Fahrtwind in den Haaren, während wir die Corniche entlangjagten. Das war einer jener Augenblicke, die ich gern in meinem Gedächtnis eingefroren hätte, damit ich sie, zurück im grauen England, jederzeit hätte herausholen und auftauen können.

Und ich hatte zum ersten Mal in meinem Leben mit einer Frau geschlafen.

Am liebsten hätte ich die Arme hochgerissen und ein Triumphgeheul angestimmt. Aber mit Dominique an meiner Seite riss ich mich zusammen. Trotzdem konnte ich nicht verhindern, dass sich ein blödes Grinsen auf meinem Gesicht breit machte.

Dominique entging es nicht. *»Ça va?«*

»Ça va bien.«

Mit einer Frau schlafen war wohl kaum die richtige Bezeichnung für das, was tatsächlich passiert war. Es war eher eine Explosion adoleszenter Libido gewesen und dürfte kaum länger als zwei Minuten gedauert haben. Dominique hatte das offenbar nichts ausgemacht. Tatsächlich schien sie die ganze Sache eher amüsant zu finden, was mich nicht im Geringsten störte. Hinterher war sie kurz fortgegangen, um sich eine Zigarette zu holen. Sie setzte sich mir gegenüber hin, nackt, die Beine übereinander geschlagen, und zündete sie sich an. Dann hielt sie sie mir hin. Ich hatte noch nie geraucht. Um ehrlich zu sein, wusste ich überhaupt nicht, wie ich es anstellen sollte, aber ich nahm die Zigarette und machte einen tiefen Zug. Sie fand den heftigen Hustenanfall, der folgte, äußerst lustig und küsste mich, woraufhin sich bei mir wieder etwas rührte.

Sie bemerkte es und hob die Augenbrauen. »So schnell?«, fragte sie.

Ich zuckte mit den Achseln und lächelte. »Sieht so aus, als wenn du zwei für den Preis von einem kriegst.«

Sie kicherte. »Was für ein Geschäft.«

Das zweite Mal dauerte länger und war schweißtreibender. Ich blieb erschöpft auf dem Balkon liegen, während sie rasch unter die Dusche sprang.

»Mach zu«, sagte sie. »Ich weiß, wir kommen sowieso zu spät, aber wir wollen wenigstens versuchen, da zu sein, bevor sie gehen. Das verlangt die Höflichkeit.«

Die Steigung ließ nach, und wir bogen auf eine belebtere Straße mit Häusern und Apartmentgebäuden zu beiden Seiten. Wir näherten uns Monte Carlo, dem Mittagessen mit Guy und seinem Vater, näherten uns den Blicken, den Fragen, den Entschuldigungen. Von dem Augenblick an, da Dominique mich an der Hand genommen und die Treppe hinaufgeführt hatte, hatte ich jeden Gedanken an die Folgen ausgeblendet. Doch jetzt trennten mich nur noch fünf Minuten von diesen Folgen.

Ich hatte mit der Frau eines anderen Mannes geschlafen. Ich hatte mit der Stiefmutter meines Freundes geschlafen. Das war Unrecht, und ich wusste, dass es Unrecht war. Natürlich gab es viele Rechtfertigungen, die ich anführen konnte und wahrscheinlich auch würde. Ihr Mann hatte sie in der letzten Nacht betrogen. Sie wusste sehr gut, was sie tat. Ich hatte sie in keiner Weise ermutigt. Ich war eher Komplize als Anstifter gewesen. Wir waren in Frankreich. Hier hatten verheiratete Leute Affären, das wusste jeder.

Doch auch nachdem ich alle Entschuldigungen bemüht hatte, hatte sich nichts geändert: Ich hatte Unrecht getan.

Trotzdem hätte ich mich wieder so entschieden. Ich konnte

nicht anders. Kurze Zeit durfte ich vom Leben in einer anderen Welt kosten, einem Leben voller Geld, Sonne, Sex, schönen Frauen. Eine Ahnung davon hatten mir Schulkameraden in Broadhill vermittelt, doch selbst erlebt hatte ich es nie. Vielleicht würde ich es nie wieder erleben. Carpe diem.

Wie sollte ich mich Guy und seinem Vater gegenüber verhalten? Ich musste nicht lügen, nur irgendwas murmeln. Sie würden es nie herausfinden. Dominique würde es ihnen nicht erzählen. Ich brauchte nur den Mund zu halten, und niemand würde etwas merken.

Dominique lenkte den Alfa durch die engen Straßen von Monte Carlo, die nach allen Seiten hin von hohen orangefarbenen und gelben Apartmenthäusern überragt wurden, und parkte verkehrswidrig am Hafen, wo sie einen gelben Rolls blockierte. Das Restaurant befand sich auf der anderen Straßenseite. Guy, Tony, Ingrid und Mel saßen an einem Tisch im Freien. Ein korpulenter Mann hatte sich zu ihnen gesellt.

»Tut mir Leid, Darling, dass wir uns verspätet haben«, sagte Dominique und ging mit strahlendem Lächeln zu Tony. Er stand auf und erwiderte ihre Küsse. Die Reste eines Mahls bedeckten den Tisch. »Patrick! *Comment vas tu*?«

Mühsam erhob sich der Fremde, wobei er den Tisch mit seinem Bauch fast umstieß, und küsste Dominique auf beide Wangen.

»David, das ist Patrick Hoyle«, sagte Dominique. »Er ist Tonys Anwalt. Ein sehr kluger Mann. Er lebt hier in Monte Carlo, dadurch spart er Millionen Francs an Steuern. Patrick, das ist David Lanc, ein Schulfreund von Guy. Ein *ganz reizender* Freund.«

Ich schüttelte Hoyle die Hand. Sie war feucht. »Freut mich, dich kennen zu lernen, David«, dröhnte er. Sein großer, runder Schädel war von einem Kranz schwarzer Haare umgeben. Er trug eine Brille mit rosafarbenen Gläsern und war ziemlich blass für jemanden, der an einem so sonnenverwöhnten Fleck lebte. Außerdem war er fett. Richtig fett.

Ich murmelte eine Antwort. Das *»reizend«* fand ich ziemlich überflüssig, und ich versuchte, nicht rot zu werden.

»Wir bestellen einfach einen Salat«, sagte Dominique.

Die anderen wirkten verlegen, irgendetwas schien ihnen Unbehagen zu verursachen. Mel sah elend aus, Ingrid souverän, Guy leicht gereizt und Tony nachdenklich. Nur Hoyle wirkte vollkommen unbefangen, während er sich noch ein Glas Rotwein eingoss.

Dominique blickte zu den millionenschweren Motorjachten hinüber, die dicht gedrängt im Hafen vertäut lagen. »Ach, Tony, ist das nicht ein herrlicher Tag?«, sagte sie und bedachte ihn mit einem hinreißenden Lächeln.

Tony ließ einen Augenblick das Visier herunter. Ich wusste, dass sie sich letzte Nacht angeschrien hatten, und hatte mitbekommen, dass sie sich vor dem Mittagessen kaum beachtet hatten. Fragend blickte er Dominique an, dann wandte er sich mir zu. Einen Sekundenbruchteil lang begegneten sich unsere Blicke, dann schaute ich rasch wieder in die Speisekarte. Doch dieser Sekundenbruchteil genügte.

Er wusste Bescheid.

Ich wünschte mir, der Erdboden unter meinem Stuhl würde sich öffnen und mich verschlucken.

Er wusste Bescheid.

Und was noch schlimmer war: Mir wurde klar, dass Dominique die ganze Sache eingefädelt hatte, um diesen köstlichen Augenblick der Rache an ihrem Mann zu genießen. Wenn er ein Kind vögeln konnte, konnte sie das schon lange!

Ich sah sie an. Sie plauderte, rauchte eine Zigarette und zeigte ihr triumphierendes Lächeln. Ich konnte nicht hören, was sie sagte, aber es hatte auch keine Bedeutung. Nur Guy schien halbherzig darauf zu antworten. Ich bekam von all dem gar nichts mit. Ich vergrub mich in die Speisekarte und wünschte mir, ich wäre woanders.

Ich fühlte mich benutzt. Benutzt und beschmutzt. Aber ich wusste, dass ich kein Mitleid verdiente. Denn vor allem kam ich mir unendlich dumm vor. Mir hätte klar sein müssen, worum es Dominique ging. Dass sie nur ihren Mann verletzen wollte, dass es nichts mit mir zu tun hatte. Mein Selbstbewusstsein hätte sich damit abfinden können, dass es für sie nur ein Spaß war, aber nicht damit, dass ich ein tolpatschiges Instrument boshafter Rache war.

Was war ich für ein Idiot!

Das Mittagessen war ein Alptraum an Peinlichkeit. Hinterher gingen wir an den Strand und ließen Hoyle dankbar in sein Büro zurückkehren. Ich sorgte dafür, dass ich dieses Mal in den Jeep kam. Ingrid fuhr mit Dominique.

Der Strand war ein kleines Stück Sand in einer felsigen Bucht unter den Klippen, auf denen *Les Sarrasins* thronte. Es war schwierig, dorthin zu kommen. Wir mussten einen steinigen Pfad hinabklettern, und die Brecher waren heftiger als in Beaulieu. Auf der einen Seite hatten sich Nudisten, auf der anderen Schwule eingerichtet. Andere Badegäste gab es kaum, und in besserer Stimmung hätte es mir sicherlich gefallen. Aber auch so verschaffte mir der Strand wenigstens die Gelegenheit, mich hinzulegen, die Augen zu schließen und niemanden zur Kenntnis zu nehmen.

Ich breitete mein Handtuch auf einem glatten Felsen neben Ingrid aus, legte mich mit dem Gesicht nach unten darauf und schloss die Augen. Ich konnte das lebhafte Treiben hören, das sich rund um mich her entfaltete. Guy und Tony hatten eine Kühltasche voller Bier mitgebracht und widmeten sich ihr. Es hörte sich an, als kämen sich Vater und Sohn darüber näher, doch sonst schien niemand an dem Bier interessiert zu sein.

Es machte mich krank. Tony hatte gerade die Freundin seines Sohns gevögelt, fühlte sich dadurch aber nicht gehindert, mit ihm zu trinken und Witze zu reißen. Guy hatte keine Ahnung, was geschehen war. Mel war sehr still, ungeachtet aller Versuche von Guy, sie ins Gespräch zu ziehen.

Als ich ein leichtes Kitzeln am Oberschenkel fühlte, wandte ich mich um und öffnete ein Auge. Dominique lag neben mir, auf einen Ellbogen gestützt. Ihre nackten Brüste lagen auf dem glatten Fels. Mir fiel ein Fleck auf der Innenseite ihres Unterarms auf, als wäre dort eine Stelle mit Make-up, an der Sand klebte. Merkwürdig.

»Ça va?«, fragte sie mit einem Lächeln, das verführerisch sein sollte oder spöttisch oder beides.

Ich drehte mich zur anderen Seite. Das mochte unhöflich sein, aber es war die einzige Möglichkeit, die mir zu Gebote stand, um meine Ansicht zum Ausdruck zu bringen.

Die andere Seite, das war Ingrid. Auch sie sonnte sich oben ohne wie jede Frau hier am Strand, Mel ausgenommen. Zwar hatte Ingrids Haut einen herrlichen goldenen Ton, aber ihre Brüste waren lange nicht so voll wie Dominiques, und sie hatte auch nicht die Kurven der Französin. Ingrid sah ganz normal aus, real. Doch plötzlich erschien mir ein Mädchen in meinem Alter viel attraktiver als Dominique mit all ihrem vermeintlichen Glamour.

Ich bemerkte, dass Ingrid mich hinter ihrer dunklen Sonnenbrille beobachtete. Sie grinste.

»Tschuldigung«, sagte ich und schloss die Augen. Ich fühlte mich zu elend, um verlegen zu sein. Die Sonne brannte mir auf den Rücken, und ich schlief wohl ein.

Einige Zeit später hörte ich das Zischen eines Biers, das neben mir geöffnet wurde. Dann spürte ich den Schock des kalten Aluminiums auf dem Rücken. Ich fuhr hoch. Tony saß an der Stelle, wo Dominique gelegen hatte.

»Auch eins?«, fragte er.

»Nein, vielen Dank«, sagte ich.

Er nahm einen Schluck aus der Dose. Er saß einen halben Meter von mir entfernt und hatte die Augen aufs Meer gerichtet.

»Wenn du meine Frau noch einmal anrührst, bringe ich dich um«, sagte er ruhig und sachlich.

Meine Kehle wurde trocken. Ich schluckte. »Verstanden.«

»Gut. Morgen rufst du deine Eltern in England an. Sie werden dir mitteilen, dass es einen Notfall in der Familie gibt und dass du sofort nach Hause musst. Was es für ein Notfall ist, bleibt dir überlassen. Ich fahre dich zum Flughafen, und du nimmst den Vier-Uhr-Flug nach Heathrow. Keine Sorge, das Ticket bezahle ich.«

»In Ordnung«, sagte ich. Ich war mehr als einverstanden.

»Gut. Und damit eines absolut klar ist: Ich möchte dich hier nie wieder sehen.« In seinen Augen lag ein gefährlicher Ausdruck. »Falls Guy dich je wieder hierher oder in eines meiner anderen Häuser einladen sollte, sagst du nein. Hast du verstanden?«

»Vollkommen.«

»Sehr schön. Dann werde ich mich jetzt zu den anderen gesellen.«

Ohne hinzusehen, goss er den Rest des Biers über meinen Bauch.

Ich schoss hoch, als die kalte Flüssigkeit auf meine Haut traf, aber ich ließ ihn gewähren. Ich sah zu, wie er ins Wasser hinabkletterte: ein reicher, einflussreicher Mann, der beweisen wollte, dass er noch genauso jung war und genauso gut aussah wie sein Sohn. Was ihm natürlich nicht gelingen konnte. Egal, wie viel Einfluss er hatte, wie viel Geld er ausgab, wie viele junge Mädchen er verführte, er würde immer achtundzwanzig Jahre älter sein als Guy. Es war traurig zu beobachten, dass sich jemand, der so erfolgreich im Leben war, mit dieser unausweichlichen Wahrheit nicht abfinden konnte.

Ich haderte nicht mit dem Umstand, dass ich so bald fortmusste. Die Aussicht, noch sechs weitere Tage bleiben zu müssen, hatte mir ziemlich zu schaffen gemacht. Jetzt hatte Tony Jourdan mir einen perfekten Ausweg eröffnet. Ich würde den Mann nicht vermissen.

Sobald wir wieder auf *Les Sarrasins* waren, entschuldigte ich mich und sagte, ich wolle mich ein bisschen hinlegen. Guy kam mit zum Gästehaus.

»Was haben die bloß alle, Davo?«

»Keine Ahnung«, sagte ich.

»Sie sind so komisch. Mel zeigt mir die kalte Schulter. Irgendwas ist da los.«

Ich gab ihm keine Antwort.

»Dad wenigstens scheint gut drauf zu sein. Du solltest dich mehr mit ihm unterhalten. Er ist schwer in Ordnung. Es ist cool, wenn du mit deinen Eltern ganz normal reden kannst, findest du nicht? Man kann kaum glauben, dass er sechsundvierzig ist. Ich wünschte mir, ich hätte ihn in den letzten Jahren öfter gesehen.«

»Aha.«

»Ich weiß nur nicht, was er an der französischen Schlampe findet. Klar, sie ist 'ne heiße Nummer, aber ich finde, Dad hat was Besseres verdient. Was meinst du? Du hast dich länger mit ihr unterhalten als ich.«

»Weiß nicht«, murmelte ich.

»Himmel, Davo, nicht auch noch du! Sei nicht so sauertöpfisch. Was hast du? Und warum seid ihr so spät zum Mittagessen gekommen, Dominique und du?«

Nun musste ich doch lügen. Ich fixierte meine Fußspitzen. »Sie hat gemerkt, dass ich einen Kater hatte, und hat mir Wodka gegeben. Eine Zeit lang half das ganz gut, aber nun fühle ich mich noch schlimmer als zuvor.«

»Du Blödmann. Ich dachte, du wolltest nie wieder einen Tropfen Alkohol anrühren.«

»Werde ich auch nicht«, sagte ich und blickte ihn zum ersten Mal an. »Jedenfalls nicht in absehbarer Zeit. Und jetzt muss ich in die Kiste.«

Guy überließ mich meinem Elend.

Ich konnte mich nicht für immer im Bett verkriechen, also zeigte ich mich zum Abendessen wieder. Auf der Terrasse wurden Wein und Bier ausgeschenkt, aber ich wollte nichts. Genauso wenig wie Ingrid und Owen, der ebenfalls aufgetaucht war, nachdem er den ganzen Tag an seinem Laptop verbracht hatte. Guy und Tony tranken wieder Bier, Ersterer mit einer gewissen Entschlossenheit.

»Wie geht's dir?«, fragte ich Mel, die ein fast leeres Weinglas in der Hand hielt.

Sie blickte überrascht auf, als hätte sie nicht mit der ehrlichen Anteilnahme in meiner Stimme gerechnet. »Noch ein bisschen angeschlagen«, sagte sie.

»Ich auch.«

»Kopf hoch, Mel!«, sagte Guy, legte ihr den Arm um die Schultern und füllte ihr Glas auf. »Hier lässt sich's doch aushalten, oder?«

»Aber ja doch«, sagte sie und zwang sich zu einem Lächeln. »Es ist herrlich.«

»Morgen fahren wir wieder nach Monte und suchen uns ein Kasino.«

»Hört sich super an«, sagte Mel ohne große Begeisterung.

Ich ging weiter und ließ sie mit Guy zurück, der sich mächtig ins Zeug legte. Ich schlenderte zur Marmorbrüstung und starrte aufs Meer, das sich weit unter mir ausbreitete. Es war so weit unter mir, dass sich das Geräusch der Wellen, die sich an den Klippen brachen, nicht mit dem Rhythmus der Wellen deckte, den ich beobachten konnte. Ein langer Weg hinab.

Neben mir hörte ich eine Stimme. »Ist es nicht schrecklich?«

Es war Ingrid.

»Mel sieht schlecht aus«, sagte ich. »Hat sie mit dir darüber gesprochen?«

»Ein bisschen.«

»Wie ist es dazu gekommen?« Ich hatte zwar gesehen, dass Mel den ganzen Abend über Tonys Scherze gelacht hatte, aber ich hätte nie gedacht, dass das Ganze so enden würde.

»Alle verzogen sich ins Bett. Dominique war schon gegangen. Offenbar hatte Tony Mel von den Römern und dem Wachturm erzählt. Jedenfalls ging er im Mondlicht mit ihr hinüber, um ihn ihr zu zeigen. Dann küsste er sie und …«

Ich schüttelte mich. »Warum hat sie das getan? Er ist über vierzig, mein Gott!«

»Er ist ein charmanter Typ. Auch wenn er über vierzig ist, ist er sexy, und er weiß das. Für manche Frauen sind Männer wie er ungeheuer anziehend. Mel ist sehr romantisch, und Tony hat sie in die romantischste Situation manövriert, die man sich vorstellen kann. Er ist ein Profi, sie eine blutige Anfängerin. Sie hatte keine Chance.«

»Aber es war doch keine Vergewaltigung, oder?«

»Nein, Mel war durchaus einverstanden, zumindest gestern Nacht.«

»Meinst du, sie bedauert es?« Ich hatte bei Mel den ganzen Tag über kein Anzeichen dafür entdeckt, dass es sie zu ihrem Liebhaber zog.

»Aber ja. Sie bedauert es unendlich.«

»Und was will sie jetzt machen?«

»Es durchstehen, denke ich. Was soll sie sonst tun?«

»Nach Hause fahren.«

»Vielleicht.«

»Sie sieht nicht besonders glücklich aus.«

»Du auch nicht«, sagte Ingrid.

Ich gab keine Antwort.

»He, was macht ihr beiden hier? Wollt ihr nicht zu uns rüberkommen?« Es war Dominique, die jetzt enge weiße Jeans trug und ein schwarzes Top unter einer weißen Jacke. Sie lächelte fröhlich. »Komm schon, David. Erzähl mir ein bisschen was.«

»Vielen Dank, ich glaube, ich bleibe noch ein bisschen. Es ist so schön hier.«

»Wie du möchtest«, erwiderte Dominique und fuhr sich mit der Zunge über die Lippen.

»Was war das denn?«, fragte Ingrid und betrachtete Dominiques schwingende Hüften, als diese die Terrasse verließ.

»Frag nicht«, sagte ich. »Bitte.«

Ingrid warf mir einen Blick zu. »Das wird ja immer merkwürdiger.«

Der Abend war öde. Ich vermied es nach Möglichkeit, mit irgendjemandem zu sprechen, vor allem mit Dominique. Niemand amüsierte sich richtig, und Tony wirkte noch immer ärgerlich. Um zehn Uhr löste sich die Gesellschaft auf. Zusammen mit Guy ging ich ins Gästehaus zurück. Er fragte sich noch immer, warum alle so lahm waren.

Lange Zeit lag ich in einem merkwürdigen Dämmerzustand im Bett. Bilder der nackten Dominique wirbelten mir durch den Kopf und lösten Wellen der Erregung und Scham aus, bis meine Augen brannten und die Lenden schmerzten. Mir war höchst seltsam zumute. Meine Kehle war eng. Wie rasend schlug mein Herz. Von Zeit zu Zeit öffnete ich die Augen und versuchte, mich zu beruhigen. Dann begann wieder alles von vorn. Ich hatte keine Ahnung, was ich vom ersten Sex erwarten konnte, aber das ganz gewiss nicht. Irgendwann in der Nacht gaben die Bilder endlich Ruhe, und ich sank in tiefen Schlaf.

Lautes Klopfen an unserer Schlafzimmertür weckte mich. Einen Augenblick später wurde die Deckenbeleuchtung angedreht. Als ich mich aufsetzte, sah ich Tony in der geöffneten Tür stehen. Im künstlichen Licht wirkte sein Gesicht hager.

»Wie spät ist es?«, krächzte Guy.

»Vier Uhr.«

Guy und ich blinzelten ins Licht. Was, zum Teufel, fiel Tony ein, uns um vier Uhr morgens zu wecken.

»Ich habe schlechte Nachrichten«, sagte er. »Sehr schlechte Nachrichten. Es geht um Dominique. Sie ist tot.«

11

April 1999, The City, London

Man muss früh bei Sweetings erscheinen, um noch einen Tisch zu bekommen. Es handelt sich um ein überfülltes kleines Fischrestaurant in der Nähe von Mansion House, in dem ein Italiener mit üppigem Schnurrbart ein strenges Regiment über seine Gäste führt. Schnell rein, schnell raus und eine gewaltige Rechnung, die vor dem Verlassen an der Kasse zu begleichen ist. Das Lokal erinnert fast an den Speisesaal einer Schule mit Alkoholausschank. Und ausgezeichnetem Fisch. Aber ich denke, es ist vor allem der Fruchtpudding und der warme Kuchen mit Vanillesoße, der die Leute anlockt. Mein Vater jedenfalls war verrückt danach.

Alle paar Monate, seit ich bei Gurney Kroheim angefangen hatte, traf ich mich dort mit ihm zum Mittagessen, wenn ihn eine seiner Geschäftsreisen nach London führte. Er äußerte sich nie sehr genau darüber, und ich habe nie wirklich genau verstanden, was der Leiter einer kleinen Bausparfiliale in London zu tun hatte, aber ich habe ihn auch nie danach gefragt. Ich vermute, er wollte einfach mal aus unserer Kleinstadt herauskommen, ein oder zwei alte Freunde treffen, zwei Stunden lang durch die Metropole schlendern und mit mir zu Mittag essen. Ich mochte diese Mittagessen und er auch.

Ich kam fünf Minuten zu spät, aber er hatte schon zwei Hocker an einer der Bars besetzt, die zum Mittagessen gedacht waren. Hinter der Bar hantierte ein pickliger Teenager herum. Mein Vater widmete sich einem kleinen Guinness in einem Zinnkrug. Für mich stand auch schon eins bereit. Er strahlte, als er mich erblickte, und schüttelte mir begeistert die Hand.

Mein Vater war ein großer, freundlicher Mann mit Glatzenansatz und einer Brille, die auf halber Höhe der Nase saß. Es war ein kleines Wunder, dass er sich in seiner Branche noch behauptete, obwohl er schon über sechzig war. Der Grund war sein Scharfsinn, den er gut zu verbergen wusste, und seine Weigerung, Beförderungen zu akzeptieren, die ihn in das politische Minenfeld der überregionalen Zentralen verpflanzt hätten. Er machte seine Arbeit ausgezeichnet. Man kannte ihn in der kleinen Kreisstadt, in der meine Eltern lebten, und vertraute ihm. Die Konkurrenten mochten es mit innovativen Marketingkampagnen, höheren Einlagezinsen und jungen, dynamischen Filialleitern versuchen, doch nichts von alledem vermochte ihm seine treue Klientel abspenstig zu machen. Bislang war der Bausparkasse, für die er arbeitete, die Demutualisierung – die Umwandlung in eine öffentliche Bank – erspart geblieben, und seine Vorgesetzten erkannten, dass es keine Vorteile bringen würde, ihn von seinem Posten zu entfernen, sondern nur Nachteile. Während der Rezession Anfang der neunziger Jahre hatte es einen heiklen Augenblick gegeben, als ihn die Zentrale kritisiert hatte, weil er keinen härteren Kurs gegenüber den Kunden einschlug, die mit ihren Hypothekenzahlungen in Verzug geraten waren, aber er hatte auch diese Zeit überstanden. Er hatte noch zwei Jahre bis zum Ruhestand.

»Setz dich, David. Ich hab ein Guinness für dich bestellt. Danke, dass du hierher gekommen bist. Eigentlich hätte ich ja auch nach Wapping ...«

»Aber nein, Dad. Mach dir keine Gedanken. Hier ist es wunderbar.«

»Ich hab mich schon die ganze Woche auf meinen Pudding gefreut. Deine Mutter kocht so was ja nicht mehr.« Er rieb sich seinen stattlichen Bauch. »Dabei würde sie ein Pfund mehr oder weniger gar nicht bemerken.«

Wir bestellten eingelegte Garnelen, Seezunge und eine Flasche Sancerre.

»Dein Haarschnitt gefällt mir«, sagte mein Vater. »Erinnert mich an meinen Wehrdienst. Jedenfalls siehst du damit ganz anders aus.«

Ich lächelte. »Ich glaube, ich fühle mich auch ganz anders.«

»Wie denn? Ist es kühler am Kopf?«

»Nein. Diese Sache, die ich mit Guy Jourdan aufziehe. Sie ist ganz anders als alles, was ich vorher gemacht habe.«

Ich war etwas nervös, als ich das sagte. Mein Vater hatte sich sehr gefreut, als ich Wirtschaftsprüfer geworden war, und war außerordentlich stolz, als ich bei einer angesehenen Handelsbank angefangen hatte. Meine Entscheidung, bei Guy einzusteigen, hatte ich nicht mit ihm besprochen, stellte nun aber fest, dass mir doch an seiner Zustimmung gelegen war.

»Ein folgenreicher Schritt, Gurney Kroheim zu verlassen«, sagte er.

»Stimmt. Aber es hat sich so viel verändert, seit die Bank von der Leipziger übernommen wurde.«

»Du hast keine Lust, für die Krauts zu arbeiten, was? Kann ich verstehen.«

»Nein, das ist es nicht. Es sind gar nicht viele Deutsche da, und die, mit denen ich zu tun hatte, waren ganz in Ordnung. Es ist die ganze Branche. Die Hire-and-Fire-Kultur, die Fusionen, Umstrukturierungen, die Unternehmenspolitik. Das alles macht einfach keinen Spaß mehr.«

»Und die Sache mit Guy Jourdan macht Spaß?«

»O ja. Bis jetzt jedenfalls. Tatsächlich habe ich in meinem Beruf noch nie so viel Spaß gehabt. Ich meine, wir arbeiten zu dritt in Guys Wohnung und haben nichts mehr als ein leeres Stück Papier. Aus dem Nichts bauen wir etwas aus eigener Kraft auf. Das ist etwas ganz anderes, als für eine große Organisation zu arbeiten.«

»Wie soll das Ganze funktionieren?«

Ich erklärte es ihm. Beim ersten Gang, dem Fisch und dem größten Teil der Flasche Wein. Er hörte zu. Er war ein guter Zuhörer.

Der Kellner räumte unsere Teller ab und drückte uns die Dessertkarte in die Hand. Mein Vater brauchte lange, um sich für den Fruchtpudding mit Vanillesoße zu entscheiden. Ich nahm den Brot-und-Butter-Pudding.

»Wie geht es Guy?«, fragte er.

»Gut. Sehr gut sogar.«

»Vertraust du ihm?«

Ich zögerte. »Ja.«

Mein Vater hob die Augenbrauen.

»Ja«, wiederholte ich entschiedener.

»Ich dachte, ihr beiden hättet euch vor einigen Jahren entzweit. Irgendwas mit einem Mädchen?«

»Deswegen und aus anderen Gründen.« Ich hatte meinem Vater nicht viel davon erzählt.

»Und dann war da diese Geschichte in Frankreich.«

»Ja.« Auch davon hatte ich ihm nicht viel berichtet.

»Tony Jourdan war ein bisschen rücksichtslos, meine ich mich zu erinnern. Erfolgreich, aber rücksichtslos.«

»Das stimmt.«

»Und?«

»Ich glaube, Guy hat sich verändert«, sagte ich.

»Glaubst du?«

»Ich bin ziemlich sicher.«

Mein Vater sah mich prüfend an. »Gut«, sagte er schließlich. Als der Pudding kam, strahlte er. »Na, dann wollen wir mal.« Er ließ sich den ersten Löffel auf der Zunge zergehen. »Köstlich. Nun, ich glaube, es war eine sehr gute Entscheidung.«

»Ehrlich, Dad?«

»Ja. Für jeden kommt einmal die Zeit, wo er ein Risiko eingehen muss. Ich habe meine Chance irgendwann verpasst. Aber es hört sich so an, als wäre dies die deine. Ich freue mich, dass du den Mumm hast, sie zu ergreifen.«

»Danke«, sagte ich und versuchte, ein Lächeln zu unterdrücken. Ich wollte den Eindruck erwecken, erwachsen genug zu sein, um mich nicht um das Urteil meines Vaters zu kümmern. Tatsächlich aber freute ich mich wie ein Schneekönig, dass mein rebellischer Akt den väterlichen Segen erhalten hatte.

Dann sprachen wir über meine Mutter und meine Schwester. Meine Schwester war vor kurzem mit ihrem Freund in eine Wohnung in Petersborough gezogen. Meine Mutter hatte Schwierigkeiten damit. Auch mein Vater war nicht begeistert, was aber eher an dem Freund lag, den er für beschränkt hielt, als an der gemeinsamen Wohnung. Kaum hatte er die letzten Reste Vanillesoße im Mund, wurden unsere Teller abgeräumt, und wir standen auf der Straße.

»Weißt du was, Dave? Schick mir doch den Unternehmensplan. Ich würde gern mal einen Blick darauf werfen.«

»Gern, Dad. Und vielen Dank für das Essen. Liebe Grüße an Mum.«

Ich trennte mich vor dem Restaurant von ihm und verschwand in der U-Bahn, um die drei Haltestellen bis Tower Hill zu fahren. Der Wein und die Bestätigung meines Vaters wärmten mir das Gemüt.

Sobald ich nach Wapping zurückgekehrt war, schickte ich ihm den Unternehmensplan. Vier Tage später fand ich in meiner Wohnung einen Brief vor, der die Handschrift meines Vaters trug. Als ich ihn öffnete, fiel ein Scheck heraus. Ich hob ihn auf und las ihn. *Fünfzigtausend Pfund zahlbar an ninetyminutes.com.* Himmel! Ich hatte keine Ahnung, dass mein Vater so viel Geld verfügbar hatte. Als ich den Brief las, zitterten meine Hände.

Lieber David,
das Mittagessen gestern mit Dir in unserem alten Stammlokal hat mir viel Freude gemacht. Was Du mir über ninetyminutes.com erzählt hast, hat mich sehr beeindruckt. Gleiches gilt für den Unternehmensplan, den Du mir geschickt hast. Es hört sich nach einer enormen Chance an. So enorm, dass ich selbst gern in die Firma investieren möchte. Ist das möglich? Beigefügt findest Du einen Scheck über 50 000 Pfund. Ich habe größtes Vertrauen in Dich, David, und bin sehr stolz auf das, was Du tust.

In Liebe
Dad
PS: Bitte erzähl Deiner Mutter nichts davon.

Ich blickte lange auf den Brief in meinen Händen und konnte ein Lächeln nicht unterdrücken. Das war der Beweis, dass er an mich glaubte. Unwiderleglich. Fünfzigtausend Pfund.

Mir war sofort klar, dass ich das Geld nicht annehmen konnte. Zwar hatte ich keine Ahnung, wie hoch die Ersparnisse meines

Vaters waren, aber viel Geld hatte zu Hause nie zur Verfügung gestanden. Daher war ich mir ziemlich sicher, dass dieser Scheck einen Großteil seiner Ersparnisse darstellte. Er brauchte das Geld für den Ruhestand. Klar, ich glaubte an *ninetyminutes.com*, aber ich wusste auch, dass es eine riskante Angelegenheit war. Keine Anlage für das Geld, das man sich für den Ruhestand zurückgelegt hatte.

Die Bitte, meiner Mutter nichts davon zu erzählen, war ein weiteres Problem. Wenn ich den Scheck einlöste, war die Katastrophe nur noch eine Frage der Zeit. Ich nahm den Telefonhörer und wählte die Nummer meiner Eltern. Nach einem kurzen Gespräch mit meiner Mutter hatte ich meinen Vater am Apparat.

»Hör zu, Dad, das ist ja ungeheuer, was ich heute mit der Post bekommen habe. Bist du übergeschnappt?«

»Keineswegs«, sagte er. Ich konnte das Lächeln in seiner Stimme hören, die leise war – wahrscheinlich, damit meine Mutter ihn nicht hörte. »Ich bin sicher, dass es eine ausgezeichnete Investition ist.«

»Aber Dad! Es ist ein Start-up. Innerhalb eines Jahres kann es pleite gehen. Das ist ein enormes Risiko.«

»Genau darum geht es, David. Erinnerst du dich? Wir haben bei unserem Mittagessen darüber gesprochen. Ich finde, es ist höchste Zeit, einmal ein Risiko einzugehen. Und gibt es eine bessere Möglichkeit als diese? Das Internet ist im Begriff, unser Leben umzukrempeln, das merke sogar ich. Und ich habe Vertrauen zu dir. Ich wüsste niemanden sonst, dem ich vertrauen würde, wenn er täte, was du tust. In meinem Alter kann ich nicht mehr alles aufgeben und selbst ein Unternehmen gründen. Aber ich kann in eines investieren.«

»Tut mir Leid, Dad. Ich kann das Geld nicht annehmen.«

»Was soll das heißen, du kannst es nicht annehmen? Sind fünfzigtausend zu wenig? Wo liegt das Problem?« Seine Stimme begann ärgerlich zu klingen. Mein Vater wurde selten ärgerlich.

»Das ist es nicht. Aber wenn ich dein Geld in den Sand setzen würde, wäre das schrecklich für mich.«

»Und wenn *ninetyminutes.com* ein Riesenerfolg wird? Wenn ich mein Geld verzehnfachen könnte und du mir die Chance verbaut hättest? Wie würdest du dich dann fühlen?«

»Hör mal, Dad …«

»Nein, du hörst mir zu. Du musst zugeben, dass die Sache aussichtsreich ist, oder?«

»Ja.«

»Also?«

»Ich kann das einfach nicht zulassen, Dad.«

»David, das ist ja nicht zu glauben.« Die Stimme meines Vaters war noch immer leise, damit meine Mutter nichts mitbekam, doch sie klang nun richtig wütend. »Ich bin durchaus in der Lage, selbst zu entscheiden, welche Investitionen ich vornehme. Ich weiß, dass das Risiko hoch ist. Aber ich möchte ein Risiko eingehen, genau wie du. Und genau so, wie ich dir nicht dareinrede, wenn du deine Karriere aufs Spiel setzt, erwarte ich von dir, dass du mir nicht dareinredest, wenn ich riskiere, was immer noch mein Geld ist.«

Ich atmete tief durch. »Okay, Dad, ich lasse es mir durch den Kopf gehen.«

»David …«

»Ich habe gesagt, ich lasse es mir durch den Kopf gehen. Mach's gut, Dad.« Ich legte auf. Ich hatte so gut wie nie Streit mit meinem Vater und fühlte mich elend: Ich wusste, die richtige Entscheidung war, das Geld nicht anzunehmen.

Andererseits brauchten wir es. Guy hatte Schwierigkeiten, eine Verabredung mit Torsten in Hamburg zu treffen, und was seinen Vater anging, zeigte er sich noch immer unnachgiebig. So blieben uns nur die Venture-Kapitalisten.

Risikokapitalgeber, wie sie richtig heißen, investieren in neu gegründete oder expandierende Unternehmen. Bis in die späten 1990er Jahre waren sie vorsichtig und umsichtig. Es kam nicht selten vor, dass sie ein Start-up-Unternehmen monatelang durchleuchteten, bevor sie sich entschieden, doch nicht zu investieren. Ich wusste sehr genau, worauf sie Wert legten: erfahrenes Management, gesetzlich geschützte Technologie und eine bewährte Methode, Geld zu verdienen. Nichts dergleichen hatten Guy und ich zu bieten. Das war auch der Grund, warum ich nicht an sie herantreten wollte, bevor wir nicht wenigstens eine Website hatten, die zeigte, dass wir es ernst meinten.

Doch Guy konnte nicht so lange warten. Und in dem Boom während des letzten Jahrzehnts des ausgehenden Millenniums konnten es auch die Venture-Kapitalisten nicht. Es machten Geschichten von Risikokapitalgebern die Runde, die sich schier umbrachten, um Jungunternehmer zu unterstützen, die kaum die Business School hinter sich hatten. Boo.com, ein Online-Shop für Mode, war nichts als eine Idee. Trotzdem war es den beiden umtriebigen schwedischen Gründern, die gerade einen Internet-Buchhandel ins Leben gerufen und verkauft hatten, gelungen, vierzig Millionen Pfund aufzutreiben. Wir brauchten nur drei Millionen, um in Schwung zu kommen, und Guy sah keinen Grund, warum wir sie nicht bekommen sollten.

Daher gab ich unserem Unternehmensplan trotz meiner Zweifel den letzten Schliff. Jetzt brauchte ich nur noch eine Adresse, an die ich ihn schicken konnte.

12

Der Raum war brechend voll. Es war Dienstag, der *First Tuesday* im Mai, und für mich war es der allererste Dienstag überhaupt, *das* Ereignis für jeden in der Internet-Welt. Begonnen hatte das Ganze vor einem halben Jahr, als eine Gruppe von Unternehmen übereingekommen war, sich einmal im Monat zu treffen, um Kriegsgeschichten von der Internet-Front auszutauschen. Und dann hatten sich die Treffen immer mehr ausgeweitet. Nun war es die Gelegenheit schlechthin, um Beziehungen zu knüpfen, Mitarbeiter zu suchen, Büroräume aufzutreiben, Kunden und Zulieferer zu finden und sich den wichtigsten Rohstoff überhaupt zu verschaffen: Geld. Ich war dort, um Kontakte zu Venture-Kapitalisten herzustellen, ihnen die Dreißig-Sekunden-Fahrstuhl-Version zu präsentieren, ihre Karten einzusammeln und ihnen unseren Unternehmensplan zuzuschicken. Wirklich ganz einfach! Ich trug ein grünes Abzeichen, das mich als Unternehmer auswies. Die Venture-Kapitalisten trugen rote Abzeichen.

Der Schauplatz war das umgebaute Lagerhaus einer Internet-Beratungsfirma in der Nähe der Oxford Street, nicht weit von Mandrills Büro. Es mochten etwa zweihundert Leute anwesend sein, die alle aufgeregt durcheinander redeten. Die meisten waren in meinem Alter oder jünger, trugen T-Shirts oder Fleecejacken. Es waren fast nur Männer da, und fast alle trugen grüne Abzeichen.

Ich atmete tief durch und stürzte mich ins Gewühl. Mein Interesse galt den roten Abzeichen. Sie waren spärlich vertreten, aber ich hatte bald heraus, wie sie zu finden waren: Es waren die Leute, die im Mittelpunkt der dichten Gruppen standen, die alle gleichzeitig redeten. Lass dich nicht einschüchtern, dachte ich und drängelte mich zu einer solchen Gruppe durch. In ihrem Zentrum stand ein ziemlich jung aussehender Mann im Anzug. Er wurde von einem eloquenten Amerikaner bedrängt, der eine Idee hatte, wie man Hochzeitsgeschenke übers Internet verkaufen konnte. Es war klar, dass er nicht wanken und weichen würde, bevor ihm der Venture-Kapitalist seine Karte gegeben und ihn aufgefordert hatte, ihm einen Unternehmensplan zu schicken. Vor mir stießen sich die grünen Abzeichen gegenseitig zur Seite, in dem Bestreben, selbst an die Reihe zu kommen. Die meisten von ihnen verkauften irgendetwas Triviales übers Internet – von *babyloves.com*, das Geschenke für Babys anbot, bis zu *lastrest.com*, das vorausbezahlte Begräbnisse offerierte. Ich fragte mich, welche Zielgruppe *lastrest.com* hatte – vielleicht Leute, die mitten in der Nacht mit Schmerzen in der Brust aufwachten und an ihren Computer wankten, um Vorsorge zu treffen, bevor es zu spät war. Einige Ideen klangen sehr technisch und unverständlich. Ein oder zwei erschienen ganz sinnvoll. Doch der Venture-Kapitalist hatte keine Möglichkeit, die eine von der anderen zu unterscheiden.

Ich versuchte, die Aufmerksamkeit der roten Abzeichen zu erregen, hatte damit aber keinen Erfolg. Mit Müh und Not gelang es mir, die Geschäftskarten mit einer gestressten Frau auszutauschen, bevor ich von dem Amerikaner mit den Hochzeitsgeschenken beiseite gestoßen wurde. Ansonsten Fehlanzeige. Man musste schon sehr aufdringlich sein, um die nötige Aufmerksamkeit zu bekommen. Die meisten grünen Abzeichen waren Experten auf diesem Gebiet. Ich konnte da nicht mithalten.

Ich ging auf die Toilette. Neben mir stand ein Mann im Anzug. Ich sah nicht in sein Gesicht, sondern aufs Revers. Ein rotes Abzeichen. Wäre ich ein richtiger Unternehmer gewesen, hätte ich keine Bedenken gehabt, mich vorzustellen und ihm meine Fahrstuhl-Version anzudienen, während er sein Wasser abschlug. Doch in diesem Augenblick lernte ich eine Wahrheit über mich: Ich war kein echter Unternehmer. Ich blickte stur nach unten.

Der Anzug neben mir bewegte sich. »David? David Lane?«

Ich blickte ihm ins Gesicht. »Henry! Wie geht es dir?«

Wie sich herausstellte, kannte ich den Eigentümer des Abzeichens. Henry Broughton-Hones hatte mit mir die Ausbildung zum Wirtschaftsprüfer absolviert. Er war ein hoch gewachsener Mann mit sich lichtendem Haar, das er über eine hohe Stirn nach hinten gebürstet trug. Sein Vater war Gutsbesitzer in Herefordshire, und man hatte immer den Eindruck, dass Henry besser in die Landwirtschaft gepasst hätte als in eine große Wirtschaftsprüferfirma, doch am Ende hatte er sich sehr gut gemacht. Als ich die Firma verließ, war er einer der Hoffnungsträger, die man für eine künftige Partnerschaft aufbaute.

»Drangsaliert«, sagte er. »Ziemlich drangsaliert. Ich war noch nie auf so einer Veranstaltung. Ich dachte, es sei eine gute Gelegenheit, um Geschäfte anzubahnen, aber diese Aasgeier sind zu penetrant. Komm, lass uns ein Glas zusammen trinken.«

Wir verließen die Toilette und holten uns zwei Wein. Innerhalb von dreißig Sekunden hatten die grünen das rote Abzeichen entdeckt und uns eingekreist. Henry funkelte sie an. »Bitte, wenn Sie so freundlich sein würden«, knurrte er. »Das ist ein privates Gespräch.«

»Du bist jetzt also ein Venture-Kapitalist?«, fragte ich.

»Ja. Bei Orchestra Ventures. Seit drei Jahren. Ich bin kurz nach dir gegangen. Es ist ganz lustig. Verrückt, aber lustig. Und du? Ich sehe, dass du dich unter die geisteskranken Unternehmer begeben hast.«

»Eine Fußball-Website«, sagte ich. »Sie heißt *ninetyminutes.com*.« Ein gehetzter Ausdruck erschien in Henrys Augen. Ich traf eine rasche Entscheidung. Ich wollte mir nicht meinen einzigen Freund unter den Venture-Kapitalisten vergraulen. »Keine Sorge. Im Augenblick brauchen wir kein Geld. Ich bin nur hier, um zu ›networken‹, was auch immer das heißen mag.«

»Gott sei Dank«, sagte er und entspannte sich sichtlich.

Wir unterhielten uns noch einige Minuten. Er erzählte, dass er verheiratet war und zwei kleine Kinder hatte. Er stand im Begriff, sich ein Landhaus in Gloucestershire zu kaufen. Ich erzählte ihm vom Niedergang bei Gurney Kroheim und dass ich froh war, weggegangen zu sein. Dann unterhielten wir uns über gemeinsame Bekannte, doch schließlich konnte er das grüne Abzeichen nicht mehr ignorieren. Im Fortgehen drückte er mir seine Karte in die Hand.

»Hier. Wenn ihr mal Geld braucht, ruf mich an.«

»Mach ich, Henry. War schön, dich zu treffen.«

Ich betrachtete seine Karte, lächelte zufrieden und holte mir noch ein Glas Wein.

Nach ungefähr einer halben Stunde kletterte ein Amerikaner chinesischer Abstammung in kariertem Hemd und akkurat gebügelter Khakihose auf einen Tisch und hielt eine bombastische Rede darüber, dass wir die Speerspitze einer großen Entwicklung seien. Der wichtigsten technischen Veränderung in der Welt des neuen Jahrtausends. Exakt hier. Exakt jetzt. Die Leute, die die Welt von morgen bewegen und prägen würden, seien in diesem Raum versammelt. Doch kaum jemand hörte ihm zu. Das Gedränge und Stimmengewirr hielt unvermindert an.

Ich ging ihm aus dem Weg und suchte nach einer sehr seltenen Spezies – einem unbeachteten roten Abzeichen. Ich konnte keines entdecken, dafür aber ein weiteres Gesicht, das mir bekannt vorkam. Ich trat einen Schritt näher.

Sie sah wie fünfunddreißig aus und trug ein blaues Kostüm, das Haar glatt zurückgekämmt. In den Mundwinkeln zogen sich zwei Falten abwärts, doch ihre Lippen bildeten noch immer den vertrauten Schmollmund.

»Mel?«

Sie wandte sich um und kramte einen Augenblick in ihrem Gedächtnis, bevor sie mich unterbringen konnte. »David!« Sie lächelte und hielt mir ihre Wange zum Kuss hin. »Was, um Himmels willen, machst du denn hier?«

»Ich arbeite für ein Start-up, ein Internet-Unternehmen. Fußball-Website.«

»Das kann doch nicht sein! Der Wirtschaftsprüfer?«

»Ich«, erwiderte ich grinsend. »Mit Guy.«

»Genau! Das glaub ich nicht!«

»Stimmt aber. Und es läuft gut. Obwohl wir dringend Investoren brauchen.«

»Geht das nicht allen so?« Mel deutete auf die Menge. »Ich bin erstaunt, dass du mit Guy zusammenarbeitest. Ich meine, nach allem, was in Frankreich passiert ist, und überhaupt.«

»Das war vor sieben Jahren.«

»Ja, aber trotzdem.«

»Er hat sich verändert.«

»Ach ja?« Sie sah mich zweifelnd an.

»Hat er wirklich. Hast du ihn in letzter Zeit gesehen?«

»Nein, nicht seit damals. Tatsächlich habe ich ihn mehr oder weniger vergessen.«

»Ist wahrscheinlich auch das Beste«, sagte ich. »Und was machst du? Immer noch Anwältin?«

»Ja. Die meisten Leute, die hier Kostüme und Anzüge tragen, sind Anwälte. Immer noch bei Howles Marriott. Es läuft ganz gut. Noch bin ich zwar nicht Partnerin, doch möglicherweise werde ich es bald.«

»Ich hätte nie gedacht, dass du Wirtschaftsanwältin wirst.«

»Na ja, dich hätte ich mir auch nicht als *Dot-Commer* vorgestellt. Es ist überhaupt ein Wunder, dass ich dich mit dem Haarschnitt erkannt habe.«

»Du hast dich nicht sehr verändert«, sagte ich. Das war eine Lüge. Mel war mehr als die sieben Jahre gealtert, die inzwischen verstrichen waren, aber das sagte man natürlich nicht bei einem solchen Wiedersehen. Guy würde ich es allerdings erzählen.

»Quatsch«, sagte sie. »Ich bekomme sogar schon graue Haare.«

Das stimmte. Ich erinnerte mich noch an ihr Haar, als sie achtzehn war. Dunkel, mit einer blonden Strähne. Jetzt waren die Strähnen grau.

»Hast du noch Kontakt zu Ingrid?«, fragte ich.

»Nein, seit damals nicht mehr«, sagte sie, und ihre Stimme verlor hörbar an Farbe.

»Oh.«

Wir schwiegen einen Augenblick und hingen unseren Erinnerungen nach.

Mel atmete tief ein und stieß einen Seufzer aus. Sie hatte immer noch bemerkenswerte Brüste, an denen ich nicht vorbeisehen konnte. Noch etwas, das ich Guy zu berichten hatte.

»Hast du Mandanten hier?«, fragte ich.

»Zwei oder drei.«

»Können sie ihre Rechnungen bezahlen?«

Sie grinste. »Bisher schon. Ich wette, das Internet wird der nächste wichtige Markt für Anwälte. Im Augenblick habe ich ein halbes Dutzend Internet-Mandanten. Ich rechne damit, dass mindestens einer von ihnen es schaffen wird. Und das könnte viel juristische Arbeit für die Zukunft bedeuten.«

»Hört sich nach einer guten Strategie an«, sagte ich. Wir nippten an unserem Wein. »Hmm. Ich frage mich …«

»Ja?«

»Es hört sich vielleicht etwas unverschämt an. Aber würde es dir etwas ausmachen, einmal einen Blick auf unsere Gesellschaftervereinbarung zu werfen? Die Kanzlei, die sie aufgesetzt hat, kommt aus der Unterhaltungsbranche. Guy kennt sie aus seiner Zeit als Schauspieler. Ich habe so meine Zweifel.«

»Kein Problem«, sagte Mel. »Fax sie mir morgen zu. Ich sage dir dann, was ich davon halte. Umsonst. Hier ist meine Karte.« Sie reichte mir eine.

Ich gab ihr meine. »Leider aus einem Copy-Shop«, grinste ich. »Komisch, dass ich dich getroffen habe. Du bist der zweite Mensch, den ich hier kenne.«

»Ich finde es nicht komisch«, sagte Mel. »Fast jeder in unserem Alter ist auf den Zug aufgesprungen. Wahrscheinlich sind hier noch zwei oder drei andere Bekannte von dir, die du noch nicht entdeckt hast. Wie der Typ auf dem Tisch eben gesagt hat: Es ist der richtige Ort zur richtigen Zeit.«

»Hat er das wirklich gesagt?«

Mel hatte sich auf die Zehenspitzen gestellt, um über die Köpfe der Umstehenden hinwegzusehen. »Oh. Da ist einer meiner Mandanten. Wir reden morgen weiter, ja?« Damit verschwand sie im Gewühl.

Ich versuchte wieder, mich durch die Menge zu drängen, kam aber nicht sehr weit. Als ich nach einer halben Stunde nur eine weitere Geschäftskarte von einem Venture-Kapitalisten ergattert hatte, reichte es mir.

Ziemlich niedergeschlagen trat ich in die kühle Abendluft hinaus. Es gab einfach zu viele, die dasselbe versuchten wie Ninetyminutes, und sie waren alle wesentlich hartnäckiger als ich. Natürlich hatte ich in der Zeitung von der Internet-Revolution gelesen, aber ich hatte sie noch nie gesehen, noch nie am eigenen Leib gespürt. Und es war kein angenehmes Gefühl. Dem vorsichtigen

Gurney-Kroheim-Banker in mir gefiel das ganz und gar nicht. Es gab ein paar Leute mit guten Ideen, etwa die beredte Blondine, mit der ich gesprochen hatte. Sie hatte ein Unternehmen gegründet, das preiswerte Last-Minute-Reisen verkaufte. Aber das meiste war Mist. Und der Mist wurde finanziert.

Während der letzten Wochen hatte ich mich wie ein richtiger Unternehmer gefühlt. An der vordersten Front einer brandneuen Technologie. Jetzt fühlte ich mich eigentlich mehr wie ein Wirtschaftsprüfer mit Rosinen im Kopf. Anders als der chinesische Amerikaner, der die Rede gehalten hatte, fürchtete ich, zur falschen Zeit am falschen Ort zu sein.

13

Juli 1987, Côte d'Azur, Frankreich

Fassungslos starrte Guy seinen Vater an, der in der Tür unseres Schlafzimmers stand. »Tot? Dominique ist tot?«

»Das habe ich eben gesagt.«

»Wie ist das passiert?«

Tony seufzte und rieb sich die Augen. »Eine Überdosis.«

»Drogen … Mein Gott.«

»Die Polizei ist da. Sie wollen mit allen sprechen. Ihr zieht euch besser an.«

Wir stolperten aus den Betten, und ich versuchte, etwas Ordnung in die wilden Gedanken zu bringen, die mir durch den Kopf schossen. Tot? Selbstmord? Polizei? Drogen? Dominique? Ich? Sex? Untersuchung? Guy? Tony?

Als ich Guy in den Garten folgte, der von den ersten kühlen Spuren der Morgendämmerung erhellt wurde, hatte ich das schreckliche Gefühl, dass alles herauskommen würde. Alles.

Wir gingen durch den Garten, und ich blickte zu Dominiques Schlafzimmer hinauf und zu dem Balkon, auf dem wir gestern Mittag miteinander geschlafen hatten. Ich sah Lichter und Schatten, die sich hin und her bewegten, und die Blitzlichter eines Fotografen. Schritte waren zu hören, Stimmen, Anweisungen und ein Fahrzeug, das die Auffahrt heraufkam.

Wir folgten Tony ins Wohnzimmer. Ingrid, Mel, Owen, Miguel und zwei Hausangestellte saßen dort, ohne zu reden. Alle sahen betroffen aus. Mel hatte geweint. Zwei uniformierte Polizisten standen nur wenige Schritte entfernt und behielten die Gruppe gleichmütig im Auge. Es war ein großer Raum, Fliesen, die mit teuren Läufern bedeckt waren, abstrakte Plastiken hier und da, große Leinwände mit hellen Farbflecken an den Wänden. Ein Raum, der dafür gedacht war, dass sich elegante, kultivierte Leute hier entspannten, nicht, dass eine Gruppe Achtzehnjähriger, die gerade die Schule hinter sich hatten, auf ihre Vernehmung durch die Polizei warteten. Nicht zum ersten Mal fragte ich mich, was ich hier zu suchen hatte.

»Die Polizei wird euch einzeln befragen«, sagte Tony mit müder Stimme. »Es ist nur eine Formalität. Also macht euch keine Sorgen.« Er sah erschöpft aus, wie erstarrt. Ich roch den Alkohol, den er am Abend zuvor getrunken hatte.

»Was ist passiert, Dad?«, fragte Guy.

Tony wandte sich seinem Sohn zu. »Ich habe sie vor etwa einer Stunde gefunden. Sie lag im Bett. Auf dem Nachttisch war eine Spritze. Heroin.«

»Bist du sicher?«

Tony nickte. Seine ganze Vitalität war dahin.

Er wusste, dass sie Heroin genommen hatte, dachte ich. Wahrscheinlich rührte der merkwürdige Ausdruck in ihren Augen daher. Und das Make-up in ihrer Armbeuge sollte die Einstichspuren verdecken.

Ich blickte den bewegungslosen Ventilator an der Decke an. Eine Drogenabhängige. Ich hatte Sex mit einer Drogenabhängigen gehabt. Und jetzt war sie tot. Die entscheidende Frage lautete, was ich der Polizei erzählen sollte?

Mein erster Impuls war natürlich zu lügen. Oder zumindest nicht zu erwähnen, was gestern Mittag geschehen war. Doch im Moment schien mir das eine schlechte Idee zu sein. Ich hatte nichts Schlimmes getan, nicht Ungesetzliches. Erst wenn ich die Polizei belog, verstieß ich gegen das Gesetz. Und sie konnte es auf so viele Arten herausfinden. Die Autopsie, Tony, vielleicht auch Ingrid. Abgesehen davon war ich selbst in Bestform kein guter Lügner. Und im Augenblick hätte ich von meiner Bestform nicht weiter entfernt sein können. Ein fähiger Polizist würde mich im Handumdrehen durchschauen.

Die Tür öffnete sich, und zwei Beamte in Zivil traten ein. Einer von ihnen machte Tony ein Zeichen. Sie flüsterten erregt miteinander. Was der Inspektor berichtete, schockierte Tony. Besorgt blickte er zu uns herüber. Nun kam der Polizist zu uns.

Er war groß und kräftig und trug einen ausgebeulten Zweireiher. Irgendwie sah er müde und wach zugleich aus.

»Ich heiße Sauville. Inspektor Sauville«, sagte er in gutem Englisch, aber mit starkem Akzent. Wir warteten. »Ich muss Ihnen mitteilen, dass es sich unserer Meinung nach um einen Mord handelt. In einigen Minuten werden wir Sie einen nach dem anderen verhören. Sie müssen heute unbedingt hier im Haus bleiben. Und halten Sie sich bitte vom Schauplatz des Verbrechens fern. Verstanden?«

Wir nickten. Ein Mord. Kein Wunder, dass Tony so schockiert war. Er schien sehr bestürzt zu sein.

Sauville sprach mit seinen Beamten und verschwand im Esszimmer. Einen Augenblick später rief er Tony zu sich. Der andere Inspektor begann Ingrid zu vernehmen. Sie teilten sich die Arbeit.

Die Verhöre dauerten lange. Besonders Tonys. Als er herauskam, sah er benommen aus. Er wechselte ein paar rasche Worte mit Guy und verschwand.

»Was hat er gesagt?«, fragte ich Guy.

»Sie glauben, Dominique sei mit einem Kissen erstickt worden. Sie hatte Heroin genommen, aber die Polizei sieht keinen Anlass zu der Annahme, dass es sich um eine Überdosis handelte. Mit Sicherheit weiß sie es aber erst nach der Autopsie. Dad sagt, sie glauben, dass er es gewesen sei. Er ruft Patrick Hoyle an.«

Guy sah verzweifelt aus. Ihm machte beides zu schaffen: dass seine Stiefmutter ermordet worden war und dass sein Vater verdächtigt wurde.

Es trafen noch mehr Polizisten ein. Ich sah, wie sie draußen den Garten systematisch durchkämmten. Im Flur herrschte Unruhe. Als wir aus dem Wohnzimmer traten, sahen wir, wie Dominiques Leiche aus dem Haus gebracht wurde. Man hatte sie natürlich zugedeckt, aber wir konnten ihre Gestalt unter dem Laken unschwer erkennen. Ich erschauerte und blickte Guy an. Er war aschfahl. Ingrid stöhnte leise auf, und Mel begann zu weinen. Ich legte ihr den Arm um die Schultern. Für Mel waren die beiden Tage besonders schlimm gewesen.

Dann rief Sauville sie ins Esszimmer. Sie wischte ihre Augen trocken und versuchte sich zusammenzureißen. Aber sie sah verängstigt aus. Mir wurde klar, dass sie sich den Kopf darüber zerbrochen hatte, ob sie von der Geschichte mit Tony erzählen sollte. Ebenso wie ich hatte sie keine Wahl. Ich hoffte, ihr war das klar. Inzwischen vernahm der zweite Inspektor die anderen Zeugen. Ängstlich wartete ich auf mein Verhör. Wir sagten wenig, tranken aber viele Tassen Kaffee. Ingrid kümmerte sich um Mel und brachte sie auf ihr Zimmer, als ihre Vernehmung beendet war. Guy sah aufgeregt und ängstlich aus. Owen saß ungerührt in seinem Sessel, als befände er sich in einer Arztpraxis und warte auf eine Routineuntersuchung. Nach Guy war ich endlich an der Reihe.

Inspektor Sauville rief mich zu sich. Er saß am Kopfende des Tisches, einen Beamten neben sich, der sich Notizen machte. Mit einer Handbewegung forderte er mich auf, Platz zu nehmen.

»Sie heißen David Lane?«

»Ja«, flüsterte ich.

»Comment?«

»Ja«, sagte ich etwas lauter. Er hatte mich nur nach meinem Namen gefragt, aber meine Handflächen waren schon feucht. Das versprach, ziemlich unangenehm zu werden.

»Wie alt sind Sie?«

»Achtzehn.«

»Und Sie sind ein Freund von Guy Jourdan?« Er sprach Guy mit langem »i«, wie Dominique es getan hatte.

»Stimmt. Wir waren in England auf derselben Schule.«

»Wann sind Sie in Frankreich eingetroffen?«

»Vor zwei Tagen.«

»Verstehe.« Er hielt inne und lehnte sich in dem Esszimmerstuhl zurück. Es knackte verdächtig. Einen Augenblick lang befürchtete ich, der Stuhl würde unter seinem Gewicht zusammenbrechen. »David?«

»Ja?«

Er beugte sich vor. »Was haben Sie gestern Mittag gegen ein Uhr getan?«

Er wusste es. Der Scheißkerl wusste es. Jetzt musste ich es ihm sagen. Mein Mund war trocken, und ich zögerte.

»Hein?« Er war ein großer, massiger Mann, und wenn er sich vorbeugte, wirkte er noch massiger.

»Ich war, äh … mit Mrs. Jourdan zusammen.«

Inspektor Sauville wechselte einen Blick mit seinem Adlatus. Um seine Mundwinkel zuckte es. »Und was haben Sie beide gemacht, David?«

»Ich … das heißt, nun ja …« Ich wand mich auf meinem Stuhl.

»Ja?«

»Wir hatten Sex.«

»Aha.« Ein selbstgefälliges Lächeln erschien auf seinem Gesicht. Er fand es lustig. »Erzählen Sie.«

Also erzählte ich ihm die ganze schmutzige Geschichte. Und sie hörte sich wirklich schmutzig an, als ich dem französischen Kriminalbeamten an diesem Morgen in einfachen, langsam gesprochenen englischen Worten berichtete. Wie ich Dominique in der Nacht zuvor hatte schimpfen hören. Welchen Verdacht ich bezüglich Tony und Mel und hinsichtlich Dominiques Motiv hatte, mich zu verführen.

»Haben Sie heute Nacht irgendetwas gehört?«

»Nein. Ich bin ziemlich früh ins Bett gegangen. Gegen zehn. Aber ich brauchte einige Zeit, um einzuschlafen, vielleicht zwei oder drei Stunden. Dann habe ich geschlafen, bis Mr. Jourdan uns heute Morgen geweckt hat.«

»Und Guy?«

»Er ist zur gleichen Zeit wie ich ins Bett gegangen.«

»Haben Sie gehört, ob er in der Nacht noch mal aufgestanden ist?«

»Nein.«

»Keine Geräusche draußen?«

»Nichts, bis ich vorhin geweckt wurde.«

»Aha.« Sauville schwieg und sah mich prüfend an. Vermutlich dachte er nur über die nächste Frage nach, aber mich machte die Stille nervös. Schließlich fragte er: »Als Sie gestern mit Madame Jourdan zusammen waren, hatten Sie da den Eindruck, sie könnte an Selbstmord denken?«

Ich überlegte, bevor ich antwortete. »Nein. Ganz im Gegenteil. Sie wirkte sehr lebhaft und eher aufgeregt. Ich glaube, sie genoss die Rache an ihrem Mann.«

»Und Sie? Wie war Ihnen zumute, als Sie bemerkten, dass Sie manipuliert worden waren?«

»Ehrlich gesagt, war ich ziemlich wütend«, sagte ich. Dann zögerte ich, weil ich befürchtete, etwas Dummes gesagt zu haben. »Natürlich nicht wütend genug, um sie oder sonst jemanden umzubringen.«

Der Inspektor tat meine letzte Bemerkung mit einer ungeduldigen Handbewegung ab. »Was war mit Guy Jourdan? Wie dachte er über seine Stiefmutter?«

Ich schwieg. Ich war noch jung und wollte nicht, dass mein Freund Ärger mit der Polizei bekam. Fieberhaft versuchte ich, mir über die möglichen Konsequenzen verschiedener Antworten klar zu werden.

»Beantworten Sie die Frage einfach und wahrheitsgemäß«, forderte mich Sauville auf.

Ich tat, wie mir geheißen. »Ich glaube, er ist Dominique hier zum ersten Mal begegnet. Es passte ihm offenbar nicht, dass es sie gab. Er nannte sie häufig Schlampe.«

»Aha. Nicht sehr nett, seine Stiefmutter so zu bezeichnen.«

»Nein«, erwiderte ich. »Aber er meinte eigentlich nicht sie, sondern die Idee ihrer Existenz.«

»Sehr philosophisch. Und der jüngere Bruder? Owen?«

»Ich habe keine Ahnung, was Owen über irgendetwas denkt. Und bezweifle, dass es jemand anders weiß.«

Der massige Inspektor hob eine Augenbraue. Dann lehnte er sich wieder in seinem Stuhl zurück. »*Bon*. Danke für Ihre Hilfe, David. Ich muss Sie aber bitten, hier zu bleiben, bis wir unsere Untersuchungen abgeschlossen haben.«

Ich war bestürzt. Ich wollte fort. So rasch wie möglich. Ich sehnte die Familienkatastrophe geradezu herbei, die ich auf Tonys Geheiß erfinden sollte. »Können Sie sagen, wie lange es dauern wird?«

»Ein paar Tage«, erwiderte der Inspektor. »Vielleicht auch länger.«

»Sie sagen Mr. Jourdan doch nichts von mir und seiner Frau?«, fragte ich.

»Oh, das wird sich leider nicht verhindern lassen. Doch ich

denke, Sie werden feststellen, dass er es bereits weiß.« Sauville zwinkerte mir fröhlich zu. Das hätte er sich gern verkneifen können. *»Au revoir.«*

Ich verließ das Zimmer und stieß auf Patrick Hoyle, der in fließendem Französisch verlangte, augenblicklich zum Inspektor gebracht zu werden. Er drängte sich an mir vorbei, wobei er mich mit seinem dicken Bauch an den Türrahmen quetschte, und begann auf Sauville einzureden. Ich überließ die beiden sich selbst und machte mich auf die Suche nach Guy.

Ich fand ihn im Garten, er saß auf dem Stamm des Olivenbaums neben dem alten Wachturm und blickte zwischen den Knien hindurch auf den Boden. Die Morgensonne, die goldene Glanzlichter auf das Meer vor ihm warf, schien er nicht zu bemerken. Hinter ihm summten Bienen im Lavendel. Mir wurde seltsam zumute, als ich mir vergegenwärtigte, dass dies der Ort war, wo sein Vater Mel verführt hatte.

»Guy?« Er reagierte nicht. Ich lief zum Wachturm hinüber. »Guy!«

Er wandte mir das Gesicht zu. So hatte ich ihn noch nie gesehen. Er war angespannt und leichenblass, die Augen blickten kalt und hart.

»Ja, Lane?«

»Hör zu, äh, es tut mir so Leid …«

»Was tut dir Leid?

»Na ja, das mit Dominique.«

»Was mit Dominique? Dass du mit ihr gevögelt hast? Dass du die Frau meines Vaters gefickt hast? Ist es das? Wenn es das ist, dann wird deine Entschuldigung nicht angenommen.«

»Ja. Das tut mir so verdammt Leid. Ich wollte, ich hätte es nicht getan.«

»Unsinn. Du hast jede Sekunde genossen. Wahrscheinlich bist du dir wie ein toller Hengst vorgekommen, was? Das war sicher besser, als irgendeine Schlampe bei der Schuldisco zu begrapschen – wenn dich eine gelassen hat, was ich stark bezweifle.«

Ich versuchte, die Bosheiten zu überhören. »Wer hat es dir gesagt? Die Polizei?«

»Sie hat mich danach gefragt. Aber ich habe gerade mit meinem

Vater gesprochen. Er hat mir ’ne Menge erzählt. Über dich und sie. Und über ihn und Mel.« Er beobachtete, wie ich reagierte. »Du hast es gewusst, nicht wahr?«

»Ich habe es vermutet.«

»Vermutet! Was, zum Teufel, geht hier eigentlich vor? Mein Vater vögelt meine Freundin, mein Freund vögelt meine Stiefmutter, und ich habe nicht die leiseste Ahnung davon. Und weißt du, wo mein braver Vater war, als seine Frau mit einem Kissen erstickt wurde?«

»Nein.«

»In irgendeinem Klub in Nizza. Statt Klub kannst du auch ruhig Puff sagen. Deshalb hat er sie erst um drei Uhr morgens entdeckt.«

»Guy, es tut mir wirklich Leid. Wenn es irgendwas gibt, was ich für dich tun kann …«

»Klar doch. Ich hätte dich nie einladen dürfen. Das hier ist nicht deine Welt, Lane. Du passt nicht hierher. Kehr wieder unter den kleinen, traurigen Stein zurück, unter dem du hervorgekrochen bist, und lass mich in Ruhe. Okay?«

In seinen Augen war Wut, mehr als das: Hass.

»Okay«, sagte ich und ließ ihn in Ruhe.

Ich vergrub mich im Schlafzimmer des Gästehauses und versuchte, mir über die vergangenen zwei Tage klar zu werden. Es gelang mir nicht. Ich hatte noch nie jemanden gekannt, der ermordet worden war. Und ich war mir nicht sicher, ob ich Dominique wirklich gekannt hatte. Der Körper, der mich so erregt hatte, war jetzt leblos, die Haut kalt, die Muskeln steif und starr. Aber der Mensch? Wer war sie? Die unmittelbare Gegenwart des Todes ließ mich erschauern, die gefühllose Art meiner Beziehung zum Opfer lastete schwer auf mir. Dann war da noch meine Freundschaft zu Guy: ein Scherbenhaufen, wahrscheinlich für immer. Die Wut, die er auf mich hatte, würde Jahre brauchen, um abzuklingen, wenn überhaupt. Jetzt hasste er mich, dabei hätte ich mir so sehr gewünscht, dass er mich mochte und achtete. Sogar Guys Vater gegenüber hatte ich ein schlechtes Gewissen, obwohl ich wusste, dass er sich viel schändlicher benommen hatte als ich. Ich hatte etwas sehr Schlimmes getan, und jemand war gestorben, damit würde ich leben müssen.

Ich griff nach meinem Buch. Zum ersten Mal, seit ich mit der Lektüre angefangen hatte, kam *Krieg und Frieden* zu seinem Recht. Ich wollte mich im napoleonischen Russland verlieren, das mir in diesem Augenblick weit weniger bedrohlich erschien als das Frankreich des 20. Jahrhunderts.

Doch nach zwei oder drei Stunden begann mir der Hunger zu schaffen zu machen. Ich hatte nur früh am Morgen ein Croissant gegessen, und die Angst setzte zusätzliche Magensäfte frei. Ich war achtzehn. Achtzehnjährige Jungen sind regelmäßig hungrig. Die Möglichkeit, Tony oder Guy zu begegnen, musste ich in Kauf nehmen. Ich brauchte etwas zu essen.

Ich ging durch den Garten. Hier präsentierte sich ein weiterer strahlender, wolkenloser Tag. Es war heiß, doch die Brise vom Meer sorgte für etwas Auffrischung. Auf der Terrasse war niemand, aber ich sah Bewegungen und volle Teller im Haus.

Ich ging hinein. Durch die halb geöffnete Esszimmertür erspähte ich einen Tisch, der mit Brot, kaltem Fleisch, Käse und Salat beladen war. Mel stand draußen vor der Tür und lauschte. Ich blieb hinter ihr stehen. So konnte ich hören, dass Guy Patrick Hoyle irgendetwas in aufgeregtem Flüsterton mitteilte. Ich verstand nicht, was er sagte, aber ich vernahm Hoyles Antwort.

»Abdulatif? Der Mann heißt Abdulatif?«

Guy murmelte eine Bestätigung. Plötzlich merkte Mel, dass ich hinter ihr stand. Sie wurde rot und betrat das Esszimmer. Ich folgte ihr. Guy drehte sich um und blickte uns finster an. Hoyle räusperte sich und nickte mir zu. Ich begab mich direkt zum Essen, wo sich Mel einen Augenblick später zu mir gesellte.

In verlegenem Schweigen bedienten wir uns, eine gewaltige Portion für mich und zwei Löffel für Mel. Als Guy und Hoyle das Zimmer verlassen hatten, fragte ich Mel: »Worum ging es?«

Sie warf mir einen raschen Blick zu und schüttelte den Kopf. Offensichtlich wollte sie nicht sprechen. Ich ahnte, wie ihr zumute war, wollte sie nicht bedrängen. Also setzte ich mich hin und begann zu essen.

Ingrid erschien in der Tür. »Da seid ihr ja«, sagte sie. »Ich falle um vor Hunger.«

»Ich weiß genau, was du meinst«, sagte ich. »Bedien dich.«

Ingrid machte sich über das üppige Angebot her.

»Ist die Polizei noch da?«, fragte ich, froh, dass ich mit jemandem reden konnte. »Im Garten habe ich sie nicht mehr gesehen.«

»Sie haben ihn den ganzen Morgen durchkämmt«, sagte sie. »Möglich, dass sie fertig sind. Vielleicht machen sie aber auch nur eine Mittagspause.«

»Hast du Tony gesehen?«

»Er spricht mit irgendeinem Franzosen im Anzug. Ich glaube, Patrick Hoyle hat ihm einen Anwalt besorgt.«

»Ich dachte, Hoyle ist sein Anwalt.«

»Ist er wohl auch. Aber dieser Typ dürfte ein Strafverteidiger sein. Ich nehme an, das ist was anderes.«

»Glaubst du, Tony hat sie umgebracht?«

»Ich weiß nicht mehr als du. Die Flics scheinen allerdings zu glauben, dass er es war. Pass auf, da kommt einer.«

Ich sah auf. Sauville kam auf uns zu. Mir sank der Mut, als ich sah, dass seine Augen auf mich gerichtet waren. »Monsieur Lane, wenn Sie das Essen beendet haben, brauche ich noch einmal Ihre Hilfe.«

»Wozu?«, fragte ich ängstlich.

»Wir müssen Ihr Zimmer durchsuchen. Und wir möchten Proben von der Kleidung nehmen, die Sie gestern Mittag getragen haben. Außerdem brauchen wir Ihre Fingerabdrücke. Anschließend möchte ich Sie bitten, uns auf die Polizeidienststelle zu begleiten.«

»Auf die Polizeidienststelle?« Das gefiel mir gar nicht. »Warum soll ich mitkommen?«

Sauville warf einen Blick auf Ingrid und Mel und räusperte sich. »Äh … Wir brauchen einige Proben.«

»Was für Proben?«, fragte ich, durch sein Zögern misstrauisch geworden.

Sauville warf wieder einen Blick auf die Mädchen. »Das werden Sie schon sehen.«

Wir blieben zu dritt am Tisch zurück, als er ging. Mel war mürrisch und in sich gekehrt. Aber Ingrid sah aus, als versuche sie, ein Kichern zu unterdrücken.

»Was ist?«, fragte ich.

»Ich glaube, ich weiß, was sie von dir wollen«, sagte sie.

»Was?«

»Dein Sperma.«

Ich zog eine Grimasse. »Oh Gott!«

Sauville kam zurück und trieb mich zur Eile an.

»Viel Spaß«, sagte Ingrid, als ich im Schlepptau von Sauville das Zimmer verließ.

Ich fuhr mit einem Polizisten die Serpentinenstraße zu dem properen kleinen Städtchen Beaulieu-sur-Mer hinunter. Wir kamen durch Straßen, die von hellen Markisen gesäumt waren, unter denen Parfümerien, Boutiquen, Galerien und Schönheitssalons vorbeischlendernde Touristen zum Geldausgeben einluden. Überall erblickte ich blühende Bäume. Hinter und über der Stadt wuchs ein Vorhang aus grauen Klippen auf. *Les Sarrasins* und sein Wachturm waren dort oben deutlich als Silhouette gegen den strahlend blauen Himmel zu erkennen.

Die Gendarmerie Nationale war ein schäbiges Gebäude in der Nähe des Bahnhofs. Auch drinnen sah es ärmlich aus: Linoleumfußböden, zerknitterte Plakate, nüchterne Möbel aus Metall und Spanplatten. Zum Glück hatte sich Ingrid über die Beschaffenheit der Proben, die man von mir wollte, geirrt, aber was ihren Zweck anbelangte, hatte sie vollkommen Recht. Ein Arzt entnahm mir eine Speichelprobe, eine Spritze voller Blut aus dem Arm, Haare vom Kopf und, demütigend genug, aus der Schamgegend. Hinterher setzte man mich in ein Wartezimmer, bis der Polizist, der mich heruntergefahren hatte, kam, um mich zurückzubringen.

Wir verließen gerade das Gebäude, als ein Polizeiwagen vorfuhr. Sauville kletterte heraus, gefolgt von dem anderen Inspektor und zwei weiteren Insassen – Tony und Patrick Hoyle. Tony sah erschöpft und grimmig aus. Unsere Blicke begegneten sich, als er das Polizeigebäude betrat. Die Feindseligkeit in seinen Augen erschreckte mich.

Es sah so aus, als müsse er einige unangenehme Fragen beantworten.

14

Sobald ich mich wieder auf *Les Sarrasins* befand, begab ich mich ins Gästehauszimmer und schlug *Krieg und Frieden* auf. Dieses Mal nahm mich das Buch nicht gefangen. Immer wieder musste ich an Tony denken.

Hatte er seine Frau umgebracht? Bestimmt. Er hatte ein Motiv, das ich ihm gegeben hatte. Er hatte die Leiche mitten in der Nacht entdeckt. Und ich hatte gesehen, dass man ihn zum Verhör aufs Revier gebracht hatte. Sah er wie ein Mörder aus? Ich hatte keine Ahnung, wie ein Mörder aussieht. Gewiss, er war sehr liebenswürdig. Aber genauso gewiss war, dass ich ihm nicht traute. Doch war es denkbar, dass er Dominique umgebracht hatte?

Obwohl die letzte Begegnung mit Guy alles andere als erfreulich verlaufen war, tat er mir Leid. Ich wusste, wie sehr er seinen Vater bewunderte, und nun musste er befürchten, dass Tony ein Mörder war. Das war sicherlich hart für ihn.

Hart auch für Owen, aber das kümmerte mich nicht weiter.

Leise klopfte es an der Tür. Ingrid steckte den Kopf herein. »Wie war dein Ausflug aufs Polizeirevier?«

»Scheußlich.«

»Hör mal, es tut mir Leid, dass ich dich vorhin damit aufgezogen habe. Das war blöd. Mel und ich trinken was. Hast du Lust, uns Gesellschaft zu leisten?«

Ich ließ das Buch neben dem Bett zu Boden fallen. »Und ob!«, sagte ich.

Ich folgte Ingrid auf die Terrasse, wo Mel allein an einem Tisch im Schatten einer Pinie saß. Vor ihr standen zwei Gläser, die zur Hälfte mit einer sprudelnden, klaren Flüssigkeit und Eis gefüllt waren. Ich ging mir ein Bier holen. Dem Wodka Tonic, den die beiden Mädchen tranken, fühlte ich mich nicht gewachsen. Wodka erinnerte mich an Erlebnisse, die ich lieber vergessen wollte.

»Ich habe Tony bei der Polizei gesehen«, sagte ich und nahm einen tiefen Schluck.

»Ja, sie meinten, sie hätten noch ein paar Fragen an ihn«, sagte Ingrid. »Er schien nicht besonders wild darauf zu sein.«

»Was hat Guy gesagt?«

»Nichts, aber er sah besorgt aus.«

»Das kann ich mir vorstellen.«

Allen düsteren Ereignissen zum Trotz schien die Sonne heiß und hell. Viel zu hell. Mel verbarg ihre Augen hinter einer dunklen Sonnenbrille. Ich konnte es ihr nicht verdenken. Sie trank mit finsterer Entschlossenheit.

»Alles in Ordnung?«, fragte ich sie freundlich. Ich wusste, dass es eine blöde Frage war, aber ich wollte ihr irgendwie mein Mitgefühl zeigen.

Sie schluckte und rieb sich die Nase. Sie hatte geweint. »Eher nicht. Und bei dir?«

»Eher nicht.«

Sie sah mich verlegen an. »War es das erste Mal für dich?«

Ich nickte. »Und für dich?«

»Ja.«

»Ziemlich schlechter Anfang, nicht?«

Mel lachte. »Ja. Ich hab all die Jahre nein gesagt, mich für den Richtigen aufgespart, und dann tue ich's mit einem fünfzigjährigen Perversen.«

»Ziemlich gut aussehender Perverser für seine fünfzig Jahre.«

»Darum geht es nicht. Er ist alt genug, um mein Vater zu sein. Und das ist es, was mich wirklich erschreckt. Vielleicht gehöre ich zu den bedauernswerten Mädchen, die ständig hinter doppelt so alten Männern herlaufen, weil sie ihren Vater zurückhaben wollen.«

»Sind deine Eltern geschieden?«

Mel nickte. »Mein Dad ist vor zwei Jahren mit seiner Sekretärin durchgebrannt.«

»Tut mir Leid.«

»Und deine?«

»Die scheinen ganz glücklich zu sein. Im Übrigen hatte Dominique nicht die geringste Ähnlichkeit mit meiner Mutter.«

»Nein, die hatte überhaupt nichts von einer Mutter.«

»Merkwürdig«, sagte ich. »Als sie gelebt hat, war sie irgendwie unwirklich, und jetzt, wo sie tot ist, ist sie noch unwirklicher.«

»Ja«, sagte Mel. »Man vergisst leicht, dass jemand tot ist.« Sie schüttelte den Kopf. »Was ist, wenn Tony sie *tatsächlich* umgebracht hat? Ich war noch vierundzwanzig Stunden vorher mit ihm zusammen.« Auf ihrem Gesicht drückte sich Ekel aus, wahrscheinlich ebenso vor sich selbst wie vor Tony.

»Hört auf, euch selbst zu zerfleischen«, sagte Ingrid. »Ihr seid beide zwei sehr manipulativen Menschen ins Garn gegangen. Tony wollte beweisen, dass er bei Mädchen mehr Schlag hat als sein Sohn. Dominique hat sich eine süße Rache gegönnt. Ihr hattet beide keine Schuld daran.«

»Natürlich hatte ich Schuld«, sagte Mel. »Ich habe es zugelassen. Sehr bereitwillig sogar. Er wirkte so großartig, so erwachsen. Ich dachte, ich hätte alles im Griff.« Eine Träne lief über ihre Wange. »Weißt du, was am schlimmsten war, David?«

»Was?«

»Ich mag Guy wirklich. Ich hatte gerade beschlossen, dass er derjenige sein sollte … du weißt schon. Was gestern passiert ist, hat mir erst klar gemacht, wie sehr ich ihn mag. Und jetzt bin ich natürlich für ihn gestorben.« Sie unterdrückte ein Schluchzen.

Wieder einmal staunte ich über die Wirkung, die Guy auf Mädchen ausübte. Und bei Mel war es offenbar mehr als nur körperliche Anziehung. Wusste er das? Interessierte es ihn?

»Ich bin mir ziemlich sicher, dass ich einen Freund verloren habe«, sagte ich. »Wenn er je mein Freund war. Er war wütend auf uns alle, als ich ihn heute Morgen gesehen habe: dich, mich, seinen Vater.«

»Ich sage euch jetzt, was ich von der Sache halte«, schaltete sich Ingrid ein. »Euch beiden ist übel mitgespielt worden. Aber wir sind jung. Wir können daraus lernen. Ihr dürft deswegen nicht ewig Schuldgefühle haben. Tony und Dominique sind kaputte Typen. Lasst euch nicht von ihnen kaputtmachen.«

Sie hatte natürlich Recht, aber Mel und ich hatten eine Menge Schuldgefühle, in denen wir uns wälzen konnten.

Die Polizei suchte uns an diesem Tag noch einmal auf. Sie wollte wissen, welche Schuhe wir am Vorabend angehabt hatten. Ich nahm an, dass sie einen Abdruck gefunden hatten. Viel würde ihnen das nicht nützen: Soweit ich mich erinnerte, waren wir alle überall herumgetrampelt. Aber ich gab ihnen meine noch einmal.

Tony war noch nicht wieder aufgetaucht. Vermutlich wurde er noch immer verhört. Guy ging uns am Nachmittag und Abend aus dem Weg, und Owen hatte sich mit dem Laptop auf sein Zimmer zurückgezogen. Dafür sahen wir Hoyle. Den größten Teil der Zeit verbrachte er irgendwo in den oberen Stockwerken mit Guy, doch bevor er ging, schaute er noch einmal bei Ingrid, Mel und mir vorbei.

Er trug einen ausgebeulten hellbraunen Anzug und einen Schlips. Das Treppensteigen hatte ihm feine Schweißperlen auf die Stirn getrieben. »Ich hoffe, Miguel kümmert sich gut um euch?«

»Ganz bestimmt«, versicherte Ingrid. Sie hatte den Butler mit ihrem Portugiesisch bezirzt, woraufhin er vorzüglich für uns gesorgt hatte.

»Sehr schön, sehr schön. Lasst mich wissen, wenn es irgendwelche Probleme gibt. Aber ich bin sicher, dass Tony heute Abend wieder da ist.«

»Mr. Hoyle«, sagte Ingrid, als er sich zum Gehen anschickte.

»Ja?« Er sah sie ungeduldig an. Er hatte Wichtigeres zu tun.

»Können Sie uns sagen, wie die Untersuchung vorankommt? Man lässt uns vollkommen im Dunkeln.«

»Natürlich«, sagte er widerwillig und setzte sich auf eine Sessellehne. »Wie ihr wisst, wird Tony gerade vernommen. Aber sie haben ihn noch nicht verhaftet und werden das meiner Meinung nach auch nicht tun. Er ist unschuldig, und ich bin mir ziemlich sicher, dass wir das auch beweisen können.«

»Wie?«, fragte ich. »Hat er ein Alibi?«

»Ja, aber kein sehr ehrbares.« Jemand aus dem Puff in Nizza, von dem Guy gesprochen hatte, dachte ich. »Nein, wir … äh …« Hoyle zögerte. »Wir arbeiten gerade an etwas anderem.«

»Wer hat Dominique dann umgebracht?«, fragte Ingrid.

»Es muss ein Einbrecher gewesen sein. Jemand, der sich nachts Zutritt zum Haus verschafft, Schmuck gestohlen und sie geweckt hat. Als sie ihn erblickte, hat er sie mit dem Kissen erstickt. Sie hatte Heroin genommen. Deshalb war sie wahrscheinlich vollkommen durcheinander.«

»Fehlt denn Schmuck?«, fragte ich.

»Ja. Stücke, die sie täglich trug, insgesamt einige Hunderttausend Francs wert.«

»Und die Polizei ist sich ganz sicher, dass sie erstickt wurde?«

»Sie haben eine Obduktion durchgeführt. In ihrem Blut war etwas Heroin, aber keine Überdosis. Sie ist erstickt. Und der Kissenbezug fehlte.«

»Was bedeutet das?«

»Dass der Mörder ihn mitgenommen hat, um keine Spuren zu hinterlassen. Nachdem er sie mit dem Kissen erstickt hatte.«

»Haben Sie eine Ahnung, warum sie unsere Schuhe haben wollten?«

»Nicht genau. Aber es freut mich zu hören, dass sie auch anderen Spuren nachgehen. Wahrscheinlich haben sie inzwischen gemerkt, dass sie hinter dem falschen Mann her sind.« Er schüttelte den Kopf. »Ich kann noch immer nicht glauben, dass Dominique ermordet wurde. Es ist so irreal. Tony und ich haben schon in mancher Klemme gesteckt, aber in so einer noch nie.«

Ich nickte zustimmend. Auch ich empfand das Ganze als unwirklich.

Hoyle blickte auf die Uhr. »Ich muss nach Beaulieu zurück. Ich habe Tony einen Strafverteidiger besorgt, den besten in Nizza. Aber ich will dafür sorgen, dass sie ihn nicht über Nacht dabehalten.«

Damit erhob er sich mühsam von der Sessellehne und ging.

Und tatsächlich kam er eine Stunde später mit einem erschöpft aussehenden Tony zurück. Sie beachteten uns nicht und schlossen sich im Arbeitszimmer ein. Offenbar war Tony noch nicht aus dem Schneider.

Ich ging ins Bett, lag aber noch wach und las. Guy kam gegen elf. Er überhörte meinen Gruß, zog sich rasch aus und ließ sich ins Bett fallen.

Ich las weiter.

Nach etwa einer Minute stützte sich Guy auf die Ellenbogen und blickte mich finster an. »Mach das verdammte Licht aus, Lane.«

Ich machte das Licht aus. Wieder dauerte es lange, bis ich eingeschlafen war.

Heftiges Klopfen weckte mich. Ich öffnete die Augen und sah, wie die Tür aufgestoßen wurde. Inspektor Sauville erschien in Begleitung zweier uniformierter Polizisten. Hinter ihnen ergoss sich die Morgensonne ins Zimmer.

»Was, zum …?«, begann Guy.

Sauvilles Blick suchte den Fußboden ab und entdeckte ein Paar Turnschuhe. Er nahm einen auf und schaute sich die Sohle an.

»Ist das Ihrer?«, fragte er Guy.

»Äh … Ja.«

»Ziehen Sie sich an, und begleiten Sie mich zur Polizeidienststelle. Sie sind verhaftet.«

Guy setzte sich kerzengerade auf. »Ich bin was?«

»Sie haben mich ganz richtig verstanden.«

»Das ist doch vollkommen verrückt!«, protestierte Guy. »Es gibt überhaupt keinen Grund, mich zu verhaften. Ich habe niemanden umgebracht.«

Sauville hob einige der Kleidungsstücke auf, die am Fußende von Guys Bett lagen, und warf sie ihm zu. »Ziehen Sie sich an!«

Guy stand auf und kleidete sich an, wobei er den Inspektor unverwandt anstarrte.

Leise sagte Sauville etwas auf Französisch zu dem hinter ihm stehenden Polizisten. Der Mann holte ein Paar Handschellen heraus und bedeutete Guy durch eine Geste, die Arme auszustrecken. Guy starrte die Handschellen an, als würde ihm erst jetzt klar, was mit ihm geschah, und folgte dann langsam der Aufforderung. Mit einem metallischen Klicken schlossen sich die stählernen Ringe um seine Handgelenke.

»Viel Glück«, sagte ich.

Guy wandte sich zu mir um. Einen Augenblick lang glaubte ich, er würde mich wieder demonstrativ ignorieren. Doch dann sagte er: »Das ist alles Mist. Sie können gar nichts gegen mich in der Hand haben.«

»Das werden wir sehen«, sagte Sauville, während der Polizist Guy am Ellenbogen ergriff und unsanft aus dem Zimmer schob.

15

Mai 1999, Wapping, London

»Na, wie ist es gestern Abend gelaufen?«, fragte mich Guy. Zusammen mit Owen machten wir uns wieder an die Arbeit in der Wohnung in Wapping, die inzwischen aus allen Nähten platzte. Es war der Mittwoch nach dem *First Tuesday*.

»Nicht besonders. Das reinste Chaos. Ich konnte kaum ein Wort einwerfen.«

»Wie viele Karten hast du bekommen?«

»Nur drei.«

»Drei! Das ist allerdings kläglich. Du musst dich durchsetzen, Davo. Du darfst dich nicht einfach unterbuttern lassen.«

»Ich habe einen Venture-Kapitalisten getroffen, den ich aus meinen Wirtschaftsprüferzeiten kenne. Mit dem habe ich mich ein bisschen unterhalten.«

»Hat ihm die Idee gefallen?«

»Ich habe ihn nicht gefragt. Es schien mir nicht der richtige Zeitpunkt zu sein.«

»Nicht der richtige Zeitpunkt! Was glaubst du, warum du dort gewesen bist? Warum er dort war?« Guy schüttelte den Kopf. »Wär ich doch bloß selber hingegangen«, murmelte er.

Ich spürte einen jähen Anflug von Ärger, biss mir aber auf die Zunge und versuchte, mich auf die Arbeit zu konzentrieren. Guy hatte Recht, das wusste ich, und deshalb war ich ärgerlich. Ich machte mir Vorwürfe. Ich hatte versagt. Guy hatte mich eingestellt, damit ich Geld für ihn auftrieb. Er verließ sich auf mich. Ich wollte ihn nicht enttäuschen, vor allem nicht in diesem frühen Stadium.

Guy und ich arbeiteten in verbissenem Schweigen. Natürlich schwieg auch Owen bei seiner Arbeit, aber das war normal. Die Spannung sammelte sich in der kleinen Wohnung und hing wie eine dunkle Wolke über dem Esstisch, der uns allen als Schreibtisch diente.

Entschlossen, den Fehler vom Vorabend wieder auszubügeln, schickte ich unseren Unternehmensplan an die drei Venture-Kapitalisten, die ich dort getroffen hatte, also auch an Henry. Für den Begleitbrief an ihn brauchte ich einige Zeit. Ich versuchte es zunächst mit umständlichen Entschuldigungen, in denen ich darlegte, warum wir plötzlich unseren Geldbedarf entdeckt hatten, nachdem ich ihm noch am Tag zuvor erklärt hatte, wir hätten keinen. Schließlich schilderte ich ihm jedoch die Wahrheit, die ohnehin glaubhafter klang. Er hatte eben ausgesehen, als wollte er nicht noch eine Fahrstuhl-Version hören.

Anschließend ging ich auf die Website der British Venture Capital Association, entdeckte noch drei einigermaßen Erfolg versprechende Namen und schickte den Plan auch an diese Firmen.

Nun konnte ich nicht mehr tun, als abzuwarten.

»Kaffee?«, fragte Guy, nachdem wir uns etwa eine Stunde lang angeschwiegen hatten.

»Gern«, sagte ich.

Zwei Minuten später kam er mit einem Becher wieder. »Tut mir Leid, dass ich so in die Luft gegangen bin«, sagte er. »Ich weiß, du hast dein Bestes gegeben.« Sein Lächeln sagte: ›Wieder Freunde?‹, und war unwiderstehlich.

»Nein, nein, du hast vollkommen Recht. Es wäre gut, wenn du hingegangen wärst. Du hättest es sicherlich besser gemacht als ich.«

»Das nächste Mal.« Er schlürfte seinen Kaffee. Ich war froh, dass die Spannung etwas nachgelassen hatte. Wir konnten uns das nicht leisten, dazu hockten wir zu eng aufeinander.

»Rate mal, wen ich gestern getroffen habe«, sagte ich.

»Wen?«

»Mel.«

»Mel Dean?«

»Sie ist die einzige Mel, die ich kenne.«

»Nun«, sagte Guy, »ich erinnere mich. Wie sieht sie aus? Hat sie sich sehr verändert?«

»Sie ist ein bisschen gealtert.«

»Tun sie das nicht alle? Was ist mit ihren geilen Dingern?«

»Nach wie vor in toller Form.«

»Schön zu wissen. Es waren immer zwei Musterexemplare.«

»Sie ist noch immer Anwältin«, sagte ich. »Offenbar arbeitet sie viel mit Internet-Start-ups zusammen. Ich habe ihr gerade unsere Gesellschaftervereinbarung zugefaxt. Du weißt ja, ich hab da so meine Zweifel.«

»Du hast sie Mel gefaxt?«

»Sie hat gesagt, sie wirft einen Blick darauf und ruft mich dann an.«

»Zeitverschwendung.«

»Warten wir's ab«, sagte ich und merkte, dass mir schon wieder die Galle hochkam, aber ich beherrschte mich.

Es war keine Zeitverschwendung. Mel rief mich am späten Nachmittag an. »Du hattest Recht«, sagte sie. »Ich glaube, der Vertrag hat ein paar üble Mängel. Für eine kleine Firma mit ein paar Aktionären würde er reichen, aber bei einer Gesellschaft, die zu einem Venture-finanzierten Unternehmen expandiert, hätte er katastrophale Folgen.«

»Oh, du meinst, er ist nicht skalierbar«, sagte ich, mich an einen Begriff aus Owens Wortschatz erinnernd.

Sie lachte. »Genau«, sagte sie. »Ich sehe, du hast den Jargon schon drauf.«

»Ein bisschen. Können diese Probleme im Vertrag warten, bis wir mehr Geld haben?«

»Zur Not, aber es wäre schwierig. Besser, ihr beginnt mit einer sauberen Struktur.«

»Könntest du eine bessere Vereinbarung aufsetzen?«

»Natürlich. Aber ich müsste die anderen Unterlagen des Unternehmens sehen. Und wahrscheinlich müsste ich es euch auch berechnen.«

»Glaubst du, du kannst mit Guy zusammenarbeiten?«, fragte ich so leise wie möglich.

Einen Augenblick lang herrschte Schweigen. Schließlich antwortete sie: »Du arbeitest doch auch mit ihm zusammen.«

»Das stimmt.«

»Und? Kommst du damit klar?«

»Ja«, sagte ich.

»Okay. Wenn du es kannst, kann ich es auch.«

»In Ordnung. Ich rede mit ihm. In zwei Minuten rufe ich zurück.«

»Das nenne ich eine kurze Bedenkzeit«, sagte Mel.

Ich legte auf und wandte mich an Guy.

»Ich habe das meiste mitgehört«, sagte er.

»Unsere Gesellschaftervereinbarung ist beschissen.«

»Sagt Mel.«

»Sagt Mel.«

»Und du glaubst ihr?«

»Ja.«

»Und was sollen wir deiner Meinung nach tun?«

»Die andere Kanzlei zum Teufel jagen und Mel beauftragen.«

Guy schnaubte verächtlich. »Himmel! Wir reden hier über Mel. Die ist doch vollkommen hohl. Das weiß jeder.«

»Ich meine mich zu erinnern, dass sie in der Schule ziemlich helle war. Da kam sie mir durchaus nicht hohl vor.«

»Sie hat mich betrogen.«

»Richtig.«

Guy seufzte. »Bist du dir sicher?«

Ich nickte.

Wir waren ein Team. Die Gesellschaftervereinbarung gehörte eher in meinen Zuständigkeitsbereich. Plötzlich war es mir sehr wichtig, dass er das durch sein Verhalten zum Ausdruck brachte.

Er schwieg. Dachte nach. Lächelte dann.

»Ruf sie an.«

Endlich gelang es Guy, sich mit Torsten zu verabreden. Sie trafen sich in Hamburg zu einer Besprechung, die zu einem feucht-fröhlichen Abend ausuferte. Das gehörte zum Plan.

Am nächsten Morgen holte ich Guy am City Airport ab. Ich sah ihn schon in der Abfertigungshalle. Nach den Strapazen des Vorabends sah er zwar müde aus, grinste aber.

»Hat er ja gesagt?«

»Nicht ganz, aber fast.«

»Was heißt das: ›nicht ganz‹? Hat er nun ja gesagt oder nicht?«

»Beruhig dich, Alter. Alles im grünen Bereich. Die Sache gefällt ihm. Sogar sehr. Aber er würde Geld aus dem Familienvermögen investieren. Das heißt, sein Vater muss zustimmen.«

»Wie wahrscheinlich ist das?«

»Torsten sagt, es ist kein Problem.«

»Hoffentlich hat er Recht. Über welche Summe reden wir?«

»Fünf Millionen Mark.«

»Das würde reichen.« Fünf Millionen Mark waren knapp zwei Millionen Pfund. Nicht ganz so viel, wie wir gehofft hatten, aber genug, um erst mal loszulegen. »Damit kämen wir gut hin.«

Guys Lächeln wurde noch breiter. »Ob sich in diesem Flughafen wohl irgendwo eine Flasche Champagner auftreiben lässt?«

Nachdem uns das Geld sicher zu sein schien, wollte Guy nun aufs Tempo drücken. Ich hatte so meine Bedenken. In der Schule war Torsten ziemlich unzuverlässig gewesen. Warum sollte er sich geändert haben? Doch Guy meinte, das sei ein Risiko, das wir eingehen müssten. Und wenn Torsten nicht zahlte, könnte es immer noch bei einem der halben Dutzend Venture-Kapitalisten klappen, denen unser Unternehmensplan vorliege.

Er überzeugte mich. Ich wusste, dass ich mein Risikoverhalten von Grund auf ändern musste. In diesem Stadium von Ninetyminutes ließen sich Risiken nicht vermeiden.

So begannen wir, Leute einzustellen. Wir suchten jemanden fürs Merchandising, um den Online-Verkauf in Gang zu bringen. Außerdem brauchten Owen und Gaz beide Hilfe. Um alle Mitarbeiter unterzubringen, waren Büroräume erforderlich. In der Wohnung in Wapping war nicht genügend Platz für Gaz, daher arbeitete er in Hemel Hempstead und korrespondierte mit uns per E-Mail. Das würde zu Schwierigkeiten führen, wenn unser Team wuchs. Daher begannen wir uns nach einem Büro umzusehen.

Mel setzte eine neue Gesellschaftervereinbarung auf und formulierte Zusätze zu den Satzungen. Sie hatte sich entschieden, sie persönlich vorbeizubringen. Ich war ziemlich überrascht, als ich die Tür öffnete und sah, dass sie sich die Haare blond gefärbt hatte. Sie war auch nicht mehr ganz so konservativ gekleidet wie am *First Tuesday.*

»Sehr hübsch«, sagte ich und fragte mich, ob das neue Outfit für Guy bestimmt war.

»Danke. Mir war klar, dass ich was tun musste, aber zu so einem radikalen Schritt wie du konnte ich mich nicht entschließen.«

»Wieder Zeit für eine Rasur«, sagte ich und fuhr mit den Fingern durch mein Haar, das inzwischen gut einen Zentimeter lang war.

»Hallo, Guy«, sagte sie gelassen, als sie ins Wohnbüro trat.

»Mel! Schön, dich zu sehen! Davo hat gesagt, du seist genau die Anwältin, die wir brauchen. Und den persönlichen Botendienst gibt's obendrauf.«

»Ich lege Wert darauf, meine Mandanten persönlich kennen zu lernen.«

»Gut. Ich würde dich gern im Büro herumführen, aber mehr Büro gibt es nicht. Das da drüben ist Owen. Wink der hübschen Lady zu, Owen.«

Owen hob grüßend die Hand, ohne die Augen vom Bildschirm zu nehmen.

»Hier, David«, sagte Mel und nahm einen Umschlag aus ihrem Aktenkoffer. »Ich denke, du wirst sehen, dass der Vertrag besser ist als der alte.« Ich nahm ihn entgegen.

»Möchtest du eine Tasse Tee oder so?«, fragte ich.

Mel zögerte, warf Guy einen Blick zu und schaute dann auf die Uhr. »Nein, ich habe noch eine Verabredung im Westend. Ich sollte mich lieber auf den Weg machen.«

»Ich dachte, sie hat graue Haare«, sagte Guy, als Mel fort war.

»Das war letzte Woche.«

»Was ihre Brüste angeht, hattest du Recht.«

»Ich dachte, das mit den Frauen sei vorbei.«

»Ja, aber hier geht es ja nur um Mel. Was war das eigentlich für 'ne komische Nummer? Verdammt langer Weg, um nur zwei Minuten zu bleiben. Sie hätte die Papiere auch mit einem Kurier schicken können.«

»Hm«, sagte ich.

»Macht nichts. Hauptsache, sie ist eine gute Anwältin.«

Das war sie. Die neuen Dokumente machten einen hervorragenden Eindruck auf mich. Da Torsten die ursprünglichen Papiere unterzeichnet hatte, schickte ich ihm die neuen per Kurier nach Hamburg. Guy machte sich keine Sorgen, dass er sich noch nicht gemeldet hatte, aber ich drängte ihn, dass er Torsten Dampf machte. Wir mussten sicher sein, dass wir das Geld bekamen, bevor wir in ein neues Büro zogen und mehr Leute einstellten. Guy hatte keinen Erfolg. Torsten war bis Anfang kommender Woche nicht in der Stadt.

Bei den Einstellungen war uns das Glück hold. Die Medien hatten begonnen, auf die *Dot-Com*-Welle zu reagieren, und so wollten eine Menge Leute auf den fahrenden Zug aufspringen. Gaz warb Neil an, einen jungen Sportjournalisten von einer Regionalzeitung in den Midlands. Owen trieb irgendwo jemanden auf, den er für würdig befand, mit ihm zusammenzuarbeiten: Sanjay, einen fußballverrückten Programmierer. Als Leiterin des Merchandising stellten wir Amy Kessler ein. Sie war die Freundin einer Freundin von Guy, eine amerikanische Betriebswirtin, die zwei Jahre bei Adidas in Deutschland gearbeitet hatte. Sie schien Furcht erregend kompetent zu sein.

Guy und ich stellten fest, dass wir zu viele Häuptlinge und zu wenige Indianer hatten, daher rief ich meine Ex-Sekretärin bei Gurney Kroheim an. Eigentlich war sie keine Sekretärin, sondern Faktotum für ungefähr acht Mitarbeiter. Sie hieß Michelle und war Australierin. Ich hatte ihre Sorgfalt und Fröhlichkeit in bester Erinnerung. Obwohl wir nicht befreundet waren, hatte ich immer größten Wert auf Fairness ihr gegenüber gelegt, was sich von den meisten meiner Kollegen bei Leipziger Gurney Kroheim nicht behaupten ließ. Als ich ihr erzählte, was für eine Aufgabe sie bei *ninetyminutes.com* erwartete, war sie sofort Feuer und Flamme, obwohl sie bei uns wesentlich weniger Gehalt bekam.

Wir fanden sogar ein Büro. Es lag in der Britton Street in Clerkenwell. In der Nachbarschaft schossen die *Dot-Com*-Unternehmen wie Pilze aus dem Boden. Allein in unserem Gebäude befanden sich noch vier weitere Start-ups. Wichtig für uns: Der Internet-Zugang war ausgezeichnet. Der größte Vorzug aber war der Umstand, dass wir sofort einziehen konnten. So hatten wir Platz genug, um unsere Neueinstellungen unterzubringen.

Mein Vater rief mich an.

»Du hast meinen Scheck noch nicht eingelöst.«

»Nein, Dad.«

»Warum nicht?«

Ich nahm all meinen Mut zusammen. »Ich glaube nicht, dass *ninetyminutes.com* eine gute Investition für dich ist.«

Das beeindruckte ihn wenig. »Das Urteil darüber solltest du mir überlassen.«

»Ich weiß, aber … Hör mal, wie viel hast du, abgesehen von diesen Fünfzigtausend, gespart?«

»Das geht dich nichts an. Also sei bitte so freundlich und löse meinen Scheck ein. Ich habe dir immer vertraut, David. Jetzt ist es an dir, mir zu vertrauen.«

Ich zögerte, wog das Für und Wider ab. Ich hatte Recht: Ninetyminutes war ein denkbar ungeeignetes Anlageobjekt für eine sichere Altersrente. Aber auch er hatte Recht: Er hatte einen Anspruch auf mein Vertrauen. Der Markt boomte. Natürlich konnte ich nicht dafür garantieren, dass *ninetyminutes.com* Erfolg haben würde, ich war mir noch nicht einmal sicher, dass wir die Startfinanzierung bekommen würden, aber ich glaubte an unsere Sache. Und mein Vater wollte keine Garantien.

Ich seufzte. »Okay, Dad. Wenn du dir so sicher bist, löse ich den Scheck heute Nachmittag ein. Danke.«

»Ich danke *dir*«, sagte er. »Und viel Glück. Ich vertraue dir.«

»Ich weiß.«

Mit dem quälenden Gefühl, einen großen Fehler zu begehen, legte ich auf.

16

Juli 1987, Côte d'Azur, Frankreich

Ich stand an der Haustür, als das Polizeiauto mit Guy im Fond das Grundstück verließ, gefolgt von Tony in seinem Jeep. Auf der Treppe hörte ich rasche Schritte. Einen Augenblick später gesellten sich Mel und Ingrid zu mir. Sie trugen noch die T-Shirts, in denen sie geschlafen hatten.

»Was ist passiert?«, fragte Mel.

»Sie haben ihn verhaftet.«

»Guy?«

Ich nickte.

»Oh, mein Gott!« Erschrocken riss sie die Augen auf und legte die Hand auf den Mund, als wollte sie einen Schrei ersticken. Noch ein Schock. Ich wusste nicht, wie viele sie verkraften konnte.

Ich berichtete ihnen von Guys Verhaftung.

»Ich kann nicht glauben, dass sie ihn mitgenommen haben«, sagte Mel. »David, du musst ihnen sagen, dass sie sich irren.«

»Ich kann es versuchen. Ich bin sicher, dass er unschuldig ist. Aber ich bezweifle, dass Inspektor Sauville viel auf mein Wort gibt.«

»Aber was für einen Grund können sie haben, ihn zu verdächtigen?«

»Sie müssen irgendwo einen Fußabdruck gefunden haben«, sagte Ingrid. »Guys Fußabdruck.«

»Wenn es so ist, gibt es dafür sicher eine harmlose Erklärung«, sagte ich. »Weshalb sollte er Dominique umbringen?«

»Er hat überhaupt keinen Grund dazu«, sagte Mel finster. »Es war dieser Dreckskerl Tony. Er muss es gewesen sein.« Sie ließ sich in einen Stuhl fallen und begann zu weinen, zunächst leise, dann brachen alle Schleusen, und ihre Schultern bebten unter ihrem Schluchzen.

Ingrid warf mir einen besorgten Blick zu und legte ihr den Arm um die Schultern. Mel war mit den Nerven am Ende. Ich konnte es verstehen, aber wenig tun, um ihr zu helfen. Ingrid führte sie nach draußen auf die Terrasse. Miguel, dem die Vorgänge auf dem Grundstück nicht entgangen waren, erschien zwei Minuten später mit dem Frühstück.

Dann tauchte Owen mit übernächtigten Augen auf. »Was soll der Lärm?«, fragte er, griff nach einem Croissant und stopfte es sich in den Mund.

Ich erzählte es ihm.

Er hielt im Kauen inne und starrte mich an, als habe er nicht verstanden, was ich gesagt hatte. »Scheiße«, flüsterte er schließlich.

»Ich bin sicher, sie lassen ihn bald wieder laufen«, sagte ich. Schließlich war Owen Guys jüngerer Bruder und verdiente, wie ich fand, ein paar tröstende Worte.

Owen überging sie. »Warum wollen sie ihn einbuchten?«

»Ich glaube, es hat etwas mit einem Fußabdruck zu tun.« Ich schilderte noch einmal Sauvilles Besuch.

»Scheiße«, wiederholte Owen. Er wirkte ängstlich, fast panisch. Seine Reaktion hatte überhaupt keine Ähnlichkeit mehr mit der mürrischen Gleichgültigkeit, die er an den Tag gelegt hatte, als sein Vater auf der Polizeidienststelle verhört worden war. Aber ich wusste, wie sehr er an seinem Bruder hing.

»Sie werden ihn laufen lassen«, sagte Mel, das Gesicht feucht von Tränen. »Sie müssen ihn laufen lassen.«

Owen starrte sie an. »Was geht dich das an, du Flittchen?«

Hilflos sah sie ihn an. Scham und Selbstvorwürfe hinderten sie an einer Antwort.

»Owen!«, fuhr ich ihn an. »Das ist total daneben!«

Er machte ein finsteres Gesicht und verschwand wieder im Haus.

Zäh verstrich der Morgen. Ich saß auf der Terrasse und suchte Zuflucht in *Krieg und Frieden*: Seite 900 lag hinter mir, und es ging rasch voran. Auch Ingrid hatte sich ein Buch geholt und sich neben mich gesetzt. Mel war auf ihr Zimmer gegangen, um sich hinzulegen. Und zu weinen, wie anzunehmen war.

Im Garten herrschte ein geradezu unheimlicher Frieden, eine Stille, die nur vom Summen der Bienen im Lavendel und dem fernen Verkehrsgeräusch tief unten gestört wurde. Kein Zeichen von Guy. Oder Tony. Oder der Polizei. Das Drama hatte sich gänzlich nach dort unten verlagert, in die schäbige Polizeidienststelle von Beaulieu.

Dann, kurz vor dem Mittagessen, hörten wir einen Wagen vorfahren. Ingrid und ich eilten um das Haus herum, um zu sehen, wer es war. Zu unserer Enttäuschung war es nicht Guy, sondern Tony.

Er führte uns ins Haus, ging zum Getränkeschrank und goss sich einen großen Gin-Tonic ein. »Himmel, tut das gut«, sagte er, nachdem er sich einen tiefen Schluck gegönnt hatte. »Der Zimmerservice auf dem Polizeirevier ist miserabel.«

Jemand kam rasch die Treppe heruntergelaufen. Mel erschien in der Tür.

»Irgendwas Neues?«, fragte Ingrid.

»Nein«, sagte Tony. »Sie halten ihn immer noch fest.«

»Wurde Anklage erhoben?«, fragte ich.

»Noch nicht. Patrick sagt, sie können ihn vier Tage lang festhalten, bevor sie ihn dem Haftrichter vorführen müssen. Keine Sorge. Wir kriegen ihn vorher raus.«

»Aber sie haben ihn verhaftet«, sagte Mel. »Dann müssen sie doch Beweise gegen ihn haben.«

»Konfuses Zeug wegen eines Fußabdrucks. Patrick holt ihn schon raus.«

Mel schien nicht überzeugt zu sein. »Was ist mit Ihnen?«, fragte sie.

»Mit mir? Scheint so, dass ich aus dem Schneider bin.« Tony lächelte. Was sein gutes Recht war, nehme ich an. Aber ich konnte mich des Gedankens nicht erwehren, dass seine Entlastung auf Kosten von Guys Anschuldigung ging. Ich glaubte nicht einen Augenblick, dass Guy schuldig war. Ich bezweifelte jedoch, dass die französische Polizei sich große Mühe geben würde, die Wahrheit herauszufinden, wenn sie einen Verdächtigen auf dem Tablett serviert bekam.

Tony sah uns an. Keiner von uns dreien schien im Mindesten erfreut, ihn zu sehen. Er seufzte und goss sich noch einen Drink ein.

»Ich bin im Arbeitszimmer, wenn jemand was von mir will«, sagte er und verließ uns.

»Ich wünschte, sie hätten ihn dabehalten und Guy gehen lassen«, sagte Mel.

»Hoyle wird schon was einfallen«, sagte ich so zuversichtlich, wie ich konnte. Aber ich war mir keineswegs sicher.

Gegen vierzehn Uhr kam mich ein Kriminalbeamter holen. Sauville wolle sich noch einmal mit mir unterhalten. Ich war nicht überrascht.

Während der Fahrt hinab in die Stadt zerbrach ich mir den Kopf. Über das, was ich getan hatte, und über die Frage, wem meine Loyalität galt.

Man führte mich in einen kleinen Vernehmungsraum, wo ich von Sauville und einem Helfer erwartet wurde. Mittlerweile sah der Inspektor noch erschöpfter und gereizter aus als heute Morgen. Er zündete sich eine Zigarette an und hielt mir die Schachtel hin.

Ich schüttelte den Kopf.

»Vielen Dank, dass Sie gekommen sind, Monsieur Lane.«

»Keine Ursache.« Es war nicht zu erkennen gewesen, dass ich eine andere Wahl gehabt hätte.

»Ich freue mich, Ihnen mitteilen zu können, dass sich die Version Ihrer Liaison mit Madame Jourdan, die Sie uns geschildert haben, mit den Ergebnissen der forensischen Untersuchung deckt. Sie haben mir die Wahrheit gesagt. Das ist gut. Gut für Sie und mich. Nun …« Er zog gierig an seiner Zigarette. »Ich möchte Sie bitten, auch weiterhin bei der Wahrheit zu bleiben.«

»Natürlich.«

»*Bon*. Sie erinnern sich an Dienstagabend? Den Abend, an dem Madame Jourdan getötet wurde?«

»Ja.« Ich war jetzt hellwach.

»Es ist sehr wichtig. Waren Sie allein, als Sie zu Bett gingen?«

»Nein, Guy war bei mir.«

»In Ordnung. Erzählen Sie mir, was geschah.«

»Ich war an diesem Abend in keiner besonders guten Stimmung.

Niemand war es, von Dominique abgesehen. Gegen zehn Uhr sagte ich gute Nacht und ging zu Bett.«

»Und Guy kam mit?«

»Ja.«

»Gingen Sie direkt in Ihr Zimmer?«

»Ja.«

»Sind Sie sicher? Gab es keinen Aufenthalt auf dem Weg dorthin?«

»Hm …«

»Monsieur Lane?«

»Lassen Sie mich nachdenken. Es ist zwei Tage her.«

Und ich dachte nach. Meine Gedanken überschlugen sich sogar. Die Antwort kannte ich natürlich. Guy und ich waren direkt in das kleine Gästehaus gegangen. Daran konnte ich mich genau erinnern, aber was sollte ich dem Kriminalbeamten sagen?

Mein erster Impuls war, ihm genau das zu sagen. Dass Guy die ganze Zeit mit mir zusammen gewesen war. Dass er sich unmöglich davongeschlichen haben konnte, um Dominique zu ermorden.

Aber …

Aber sie hatten einen Fußabdruck gefunden, so viel stand fest. Guys Fußabdruck. Plötzlich wurde mir klar, dass Sauville dafür eine Erklärung haben wollte. Ich musste sie ihm liefern, oder zumindest die Möglichkeit einer solchen Erklärung.

»Ich glaube nicht, dass wir auf dem Weg anhielten. Jedenfalls habe ich mich nicht aufgehalten. Aber ich glaube, ich war zuerst in unserem Zimmer, und Guy kam zwei Minuten später.«

»Zwei Minuten?«

»Ich bin mir nicht hundertprozentig sicher. Aber ich kann mich erinnern, dass er sich noch die Zähne putzte, als ich schon im Bett lag. Also können es nicht mehr als zwei Minuten gewesen sein.« Ich wollte Guy genügend Zeit geben, um einen Fußabdruck zu hinterlassen, aber nicht genügend Zeit, um Dominique umzubringen.

»Haben Sie gesehen, wohin er gegangen ist?«

»Nein.«

»Könnte er in die Büsche gegangen sein, um zu … äh …« Sauville suchte nach dem richtigen Wort. »… um zu pissen?«

»Möglich.«

»Das ist doch merkwürdig, oder nicht? In die Büsche zu pissen, wo es im Gästehaus eine Toilette gibt?«

»Nicht unbedingt«, sagte ich. »Er war ein bisschen angetrunken. Es war eine herrliche Nacht. Der Sternenhimmel. Das passt schon zu Guy.«

»Wir haben seinen Fußabdruck vor Madame Jourdans Zimmer gefunden. Der Boden wurde dort den Nachmittag über gesprengt, daher wissen wir, dass der Abdruck erst am Abend dorthin gelangt sein kann. Oder später in der Nacht.«

»Ah, ich verstehe. Das erklärt ihn dann ja wohl.« Ich hatte also Recht gehabt. Zum Glück hatte ich die Geschichte bestätigt, die Guy erzählt hatte.

»Vielleicht«, sagte Sauville nachdenklich. »Noch eine letzte Frage. Kennen Sie den jungen Gärtner, der dort arbeitet? Einen Nordafrikaner?«

»Ja. Abdulatif.«

Sauville runzelte die Stirn, als wäre er überrascht, dass ich den Namen kannte. »Richtig. Wann haben Sie ihn zuletzt gesehen?«

»Hm.« Ich dachte nach. »Am Morgen, bevor Mrs. Jourdan umgebracht wurde.«

»Und seitdem nicht mehr?«

»Nein. Seitdem nicht mehr.«

»Ist er Ihnen irgendwie verdächtig vorgekommen?«

Ich dachte an das Lächeln, das er Guy zugeworfen hatte, erwähnte es aber nicht. Es hatte wahrscheinlich nichts zu bedeuten, und selbst wenn, machte es ihn schwerlich verdächtig. »Nein«, sagte ich. »Er hat sich nur um den Garten gekümmert.«

»Wir haben versucht, ihn zu finden. Er scheint wie vom Erdboden verschluckt zu sein. Seit dem Morgen, nachdem Madame Jourdan getötet wurde, hat man ihn nicht mehr gesehen.« Sauville stand auf. Die Vernehmung war beendet. »Nochmals vielen Dank für Ihre Zusammenarbeit, Mr. Lane. Mein Kollege bringt Sie nach Hause.«

Während das Polizeiauto die Steigung hinaufkletterte, sah ich die Sonne tief im Westen stehen. Zum ersten Mal, seit Dominique tot war, war ich zufrieden mit mir. Ich hatte Guy enttäuscht, weil ich mit Dominique geschlafen hatte. Seine Verachtung für mich war schmerzlich, da sie berechtigt war. Doch jetzt hatte ich ihm geholfen.

Ich hatte keine Ahnung, wie Guys Fußabdruck an die Stelle gelangt war, wo die Polizei ihn entdeckt hatte, aber ich wusste, dass er sich dort nicht befand, weil Guy in die Büsche gegangen war, um auf dem Weg ins Bett zu pinkeln. Doch die Polizei wusste es nicht. Ich sah ehrlich aus, ich wirkte verängstigt und war sicher, dass Sauville mir glaubte.

Zu diesem Zeitpunkt ging es mir darum, meinen Freund zu decken und meinen Verrat wieder gutzumachen. An die Möglichkeit, Guy könnte in irgendeiner Weise etwas mit Dominiques Tod zu tun haben, dachte ich überhaupt nicht. Ich machte mir keine Gedanken darüber, wie oder wann Guys Fußabdruck unter Dominiques Fenster gelangt war, wenn die Polizei ihn denn tatsächlich dort gefunden hatte.

Vielleicht hätte ich es tun sollen.

Es war merkwürdig, ohne Guy in *Les Sarrasins* zu wohnen. Keiner von uns hatte das Gefühl, dorthin zu gehören. Wir waren wie Gäste, die zu lange geblieben und schon längst nicht mehr willkommen waren. Aber Sauville dachte noch lange nicht daran, uns gehen zu lassen. Ich konnte Guys Aufforderung, wieder unter meinen Stein zurückzukriechen, nicht vergessen. Natürlich hatte er Recht. Ich hatte hier nichts zu suchen. Ich hätte mit meinen Eltern im Wohnwagen in Devon sein sollen. Ich hätte nie hierher kommen dürfen.

Wir versammelten uns zu einem unerfreulichen Abendessen. Es wurde wenig gesprochen: Wir waren alle mit unseren eigenen Gedanken beschäftigt. Tony machte einen halbherzigen Versuch, eine Unterhaltung in Gang zu bringen, fand damit aber wenig Anklang bei uns. Allerdings hatte er eine Neuigkeit. Die Suche nach Abdulatif hatte sich zu einer richtigen Fahndung ausgewachsen. Von dem arabischen Gärtner eines Nachbarbesitzes hatte Miguel gehört, die Polizei hätte Abdulatifs Wohnung auf den Kopf gestellt und in allen arabischen Cafés der Umgebung nach ihm gefragt, allerdings ohne Erfolg.

Zum ersten Mal seit drei Tagen zeigte sich so etwas wie ein Hoffnungsschimmer in Mels Augen.

Am folgenden Morgen schwamm ich im Pool, als ich Gelächter auf der Terrasse hörte. Ein vertrautes Lachen. Ich hob den Kopf aus dem Wasser und sah Tony, Guy und Hoyle, ein breites Grinsen auf ihren Gesichtern. Miguel öffnete eine Flasche Champagner.

Ich kletterte aus dem Wasser und griff nach einem Handtuch. Ingrid und Mel kamen aus dem Haus.

Der Korken knallte. Tony goss ein.

»Ich habe euch doch gesagt, dass Patrick ihn raushauen würde«, sagte Tony und klopfte Hoyle auf die Schulter. »He, wo ist Owen? Sei doch so nett, Guy, und hol ihn. Er soll dabei sein.«

Guy ging seinen Bruder holen.

»Natürlich war es hilfreich, dass sie jetzt wissen, wer den Mord begangen hat«, sagte Hoyle.

»Wer war es?«, fragte ich.

»Der Gärtner«, erwiderte er. »Die Polizei sucht ihn überall. Aber an der Riviera ist ein Araberjunge schwer zu finden. Es gibt einfach zu viele Verstecke.«

»Woher weiß man, dass er es war?«, fragte ich.

»Er ist abgehauen«, sagte Tony. »Und sie haben Dominiques leere Schmuckkassette in seinem Zimmer gefunden. Ich hoffe, sie schnappen den Mistkerl.«

»Aber einen eindeutigen Beweis haben sie noch nicht?«, wollte ich wissen.

Tony musterte mich verdrießlich, genervt von meiner Hartnäckigkeit. »Für mich ist das eindeutig genug. Ah, da ist er ja!«, sagte er, als er Owen hinter seinem Bruder herkommen sah. Sein Gang hatte fast etwas Beschwingtes. Offenbar freute er sich genauso wie wir alle über Guys Rückkehr. »Champagner, Owen?«

»Ich nehm eine Cola.«

»Du trinkst Champagner«, sagte sein Vater und drückte ihm ein Glas in die Hand. »Auf die Freiheit!«

Wir tranken alle. Alle bis auf Dominique, dachte ich. Sie konnte an der Feier, die der wieder gefundenen Freiheit ihres Stiefsohns galt, nicht teilnehmen.

Mel, Ingrid und ich fuhren ab, sobald es möglich war. Weder Guy noch sein Vater schienen darüber besonders traurig zu sein, obwohl Tony höflich und freundlich zu uns war, sogar zu mir. Doch dieses Mal ließ er uns mit einem Taxi zum Flughafen bringen.

Ich packte meine Sachen und ging Guy suchen. Er saß unter dem Wachturm und blickte aufs Meer. Ich setzte mich neben ihn.

»Ich weiß, es war eine schreckliche Woche. Trotzdem vielen Dank für die Einladung«, sagte ich.

Keine Antwort. Ich wartete. Offenbar wollte er nicht antworten.

»Okay«, sagte ich und stand auf. »Auf Wiedersehen, Guy.«

Als ich mich zum Gehen wandte, sagte er: »Davo?«

»Ja?«

»Danke. Für das, was du Sauville gesagt hast.«

»Keine Ursache.« Ich überlegte, ob ich noch etwas anfügen sollte, aber Guy blickte noch immer in die Ferne und wandte mir seinen gebeugten Rücken zu. Ich war entlassen. Ich durfte gehen.

Ingrid, Mel und ich bestiegen das Taxi und fuhren ab.

»Gott sei Dank, dass es vorbei ist«, sagte Ingrid, als der Wagen das Grundstück verlassen hatte, die elektrisch betriebenen Eisentore passierte und die Corniche hinabfuhr.

»Ja, und Gott sei Dank, dass Guy aus dem Gefängnis heraus ist.«

»Das passt den Jourdans alles wunderbar in den Kram, nicht wahr?«, sagte Ingrid.

»Wie meinst du das?«, fragte ich.

»Du weißt genau, wie ich das meine.« Sie sah mich viel sagend an.

Natürlich wusste ich es. Es war in der Tat ein Glück, dass der Gärtner verschwunden war. Ich erinnerte mich, das Hoyle den Namen gegenüber Guy erwähnt hatte. Auch an den rätselhaften Fußabdruck von Guys Schuh musste ich denken. Und an Owens Reaktion, als er hörte, dass sein Bruder verhaftet worden war. Fast, als hätte er etwas gewusst.

Dann verbannte ich diese Gedanken aus meinem Bewusstsein.

»Weißt du was?«, sagte ich. »Es ist mir vollkommen egal. Ich bin einfach froh, dass ich draußen bin.«

»Hört, hört!«, sagte Mel, und ihre Stimme klang lebendiger als in den letzten vier Tagen.

Leider hatte Tony sein Versprechen nicht gehalten, mir das Geld für den Rückflug zu geben. Meine bescheidenen Mittel reichten nicht für ein Flugticket, aber Ingrid lieh mir zweihundert Francs für eine Busfahrkarte. Das Taxi setzte mich am Busbahnhof ab. Ich war traurig, von Ingrid und Mel Abschied nehmen zu müssen, aber sehr froh, als ich in den Bus stieg, um die lange Rückfahrt nach England anzutreten.

Als der Bus auf der Autobahn Kurs auf die tiefen Wolken nahm, die über Nordfrankreich hingen, dachte ich über die Lektion nach, die ich in der vergangenen Woche gelernt hatte. Ich hatte endlich mal einen Blick in das glamouröse Leben von Menschen wie Guy werfen können und gesehen, wie es wirklich war. Das hatte mir eine wichtige Erkenntnis gebracht.

Es war bei weitem nicht so erstrebenswert, wie es erschien.

17

Mai 1999, Clerkenwell, London

Es war Montagmorgen, und wir hatten die Schlüssel zum neuen Büro. Das ganze Team war gekommen: Guy, ich, Owen, Gaz, Neil, Sanjay, Amy und Michelle. Für die meisten war es der erste Arbeitstag. Alle trugen Jeans und hatten sich auf harte körperliche Arbeit eingestellt.

Die Britton Street war auf ihre Weise ganz malerisch, eine enge Gasse zwischen bescheidenen Häusern vom Anfang des 20. Jahrhunderts und umgebauten Metallfabriken wie der unseren, das alles überragt von den weißen Türmen und der goldenen Wetterfahne der St. James Church, Clerkenwell. Überall sah man die Anzeichen für die *Dot-Com*-Invasion: junge, hagere Typen in Fleecejacken mit schütterem Barthaar, gestyltere Männer und Frauen in Schwarz mit dem Handy am Ohr, Nobelimbisse und Schilder – »Büroräume zu vermieten« – an Läden, in denen einst Juweliere und Uhrmacher ihrem Gewerbe nachgegangen waren und die jetzt aufwändig saniert wurden. Doch unser Büro war ganz schlicht: eine Seite im vierten Stock eines Ziegelgebäudes mit weißen Wänden, blau gestrichenen Rohren, einem hellgrauen Teppich und ohne Möbel.

Arbeiter trugen gebrauchte Schreibtische, Stühle, Trennwände und Computerausrüstungen herein, die wir begeistert hin und her schoben. An die meisten Dinge wie Fotokopierer und Computernetzwerk hatten wir gedacht, aber uns fehlte eine Kaffeemaschine, ein Watercooler und ein Kühlschrank. Michelle wurde losgeschickt, sie zu besorgen. Gaz war mit dem Lieferwagen seines Onkels gekommen, in dem er ein Tischfußballspiel und einen Flipperautomaten herbeischaffte. Er sagte, es sei sinnlos, sie zu Hause herumstehen zu haben, wenn er doch die ganze Zeit im Büro sei. Er und Neil spielten ein paar Runden. Sie waren beide erstaunlich gut.

Owen hatte das Telefonsystem und Computernetzwerk genauestens geplant, doch es war Sanjay, der den Technikern sagte, wo sie was zu installieren hatten. Der Charakter der neuen Mitglieder begann sich rasch abzuzeichnen. Amy war ein Organisationstalent und neigte dazu, andere Leute herumzukommandieren. Sie verbrachte den größten Teil des Tages damit, mit einem Tuch und einem Eimer Wasser herumzuwandern und alles abzuwischen, dessen sie habhaft wurde. Neil war willig, aber nutzlos, während sich Gaz als überraschend praktisch erwies, besonders, wenn es um Elektrik ging. Owen konnte alles heben, und wenn es noch so schwer war. Wie durch ein Wunder war das Büro um sechzehn Uhr einsatzfähig.

Guy verschwand für zehn Minuten und kehrte mit drei Flaschen Champagner und einigen Gläsern zurück.

»Auf *ninetyminutes.com*«, sagte er.

Wir hoben unsere Gläser und tranken. Ich blickte mich um. Wir waren schmutzig und verschwitzt, aber alle lächelten, und ich merkte, wie viel wohler ich mich in dieser Gesellschaft fühlte als bei den humorlosen Bankern von Gurney Kroheim.

Wir wollten im August beginnen, rechtzeitig zur neuen Fußballsaison. Das waren nur noch drei Monate. Also mussten wir die Site Mitte Juli fertig haben, damit uns genügend Zeit blieb, sie zu testen und mögliche Fehler auszubügeln. Eine knappe Frist, aber wir waren zuversichtlich, dass wir sie einhalten könnten. Owen hatte die Architektur des Systems abgeschlossen, und wir unterzeichneten die Verträge mit der Firma, die unseren Server beherbergen und warten würde. Mandrills Design kam gut an, und Gaz stellte ein ausgezeichnetes inhaltliches Angebot zusammen.

Doch ich begann mir zunehmend Sorgen zu machen über Torsten und die Venture-Kapitalisten. Das Geld lief uns nur so durch die Finger. Wie nicht anders zu erwarten, war keiner der Lieferanten bereit, einem Internet-Start-up Kredit einzuräumen. Alles lief nur gegen Barzahlung. Ein Glück, dass wir das Geld meines Vaters hatten, sonst wären wir in Schwierigkeiten gekommen. Beunruhigt über die Schwindsucht unseres Firmenkontos, zog ich meine Cash-Flow-Prognosen zu Rate: Wenn wir nicht endlich die zwei Millionen Pfund von Torsten bekamen, waren wir in zehn Tagen zahlungsunfähig.

Drei der Venture-Kapitalisten hatten unsere Anfrage ohne weitere Begründung abgelehnt. Henry Broughton-Jones von Orchestra Ventures war bereit, sich mit uns zu treffen, aber erst in einer Woche. Auf die Antworten der beiden anderen warteten wir noch. Selbst wenn Orchestra oder eine der anderen Firmen interessiert sein sollte, würden sie wohl kaum bereit sein, innerhalb unserer Zehn-Tage-Frist zu investieren.

Wir brauchten Torsten.

Ich bekniete Guy. Mehrfach rief er bei Torsten im Büro an. Entweder erreichte er niemanden, oder er bekam von Torstens Sekretärin fadenscheinige Ausreden zu hören. Vor meinen Augen löste sich das Vertrauen, das Guy in seinen Freund setzte, in Luft auf. Ich schlug vor, er solle bis zwanzig oder einundzwanzig Uhr deutscher Zeit warten und ihn dann auf seinem Handy anrufen. Während der Arbeitszeit mochte Torsten sich verleugnen lassen, aber wer ihn kannte, wusste, dass er dafür sorgte, während der Mußestunden für seine Freunde erreichbar zu sein. Auf keinen Fall würde er es riskieren, dass eine Party ohne ihn stattfand.

Guy wählte Torstens Handynummer, und ich beugte mich vor, um möglichst viel mitzubekommen. Wir hatten unsere Schreibtische so gestellt, dass wir uns gegenübersaßen. Ich konnte Guys Gesicht ansehen, wie seine Spannung wuchs, während er darauf wartete, dass Torsten sich meldete. Es war fünf vor acht, trotzdem arbeiteten alle noch, sogar Michelle, deren Arbeitszeit offiziell um siebzehn Uhr dreißig endete.

»Ja?« Ich hörte die Stimme aus dem Hörer in Guys Hand.

»Torsten? Hier ist Guy.«

Zwar verstand ich nur einen Teil des Gesprächs, aber an Guys Gesicht konnte ich ablesen, dass die Nachrichten, die er vernahm, schlecht waren. Sehr schlecht. Außerdem war es ein kurzes Gespräch. Torsten hatte es eilig, seinen Freund abzuwimmeln.

Guy knallte den Hörer auf. »Scheiße!«

Einen Augenblick lang schloss ich die Augen. Dann öffnete ich sie wieder. »Hat er gesagt, warum?«

»Nicht genau, aber ich kann es erraten.«

»Was?«

»Daddy. Herr Schollenberger wünscht nicht, dass sein braver, blauäugiger Junge Geld in mich investiert.«

»Bist du sicher?«

»Klar. Ich kenn doch Torsten. Er hat versucht, so zu tun, als wäre es seine Entscheidung. Aber das stimmt nicht. Torsten weiß genau, dass er auf seinen Vater angewiesen ist. Wenn der sagt ›Spring‹, dann springt er. Und wenn er nein sagt, dann ...« Guy breitete die Arme in einer Geste der Hoffnungslosigkeit aus.

»Keine Aussicht, dass er seine Meinung ändert?«

»Keine. Vollkommen ausgeschlossen.«

Ich stützte das Gesicht in beide Hände. Plötzlich wurden mir all die Leute bewusst, die um uns herum tätig waren. Leute, die gut bezahlte, viel versprechende Jobs aufgegeben hatten, um zu uns zu kommen. Und nach zwei Wochen mussten wir ihnen sagen: Tut uns Leid, es war alles nur ein großer Fehler. Ihr wisst doch, dass wir eigentlich bald zwei Millionen Pfund kriegen sollten? War leider nichts. Game over.

Und was war mit meinem Vater? Zwar war mir die ganze Zeit klar gewesen, dass er sein Geld verlieren könnte, aber ich hatte nie angenommen, dass er es in weniger als einem Monat loswerden würde. Für welchen Idioten musste er mich halten? Und meine Mutter? Er hatte die Investition vor ihr geheim gehalten. Irgendwann musste er ihr beichten, dass er das Geld dem Goldjungen David gegeben hatte, der es in drei Wochen durchgebracht hatte. Junge, würde sie wütend sein. Und mit Recht!

Ich sah Guy an. »Was machen wir nun?«

»Keine Ahnung.« Er erwiderte meinen Blick. »Ich habe absolut keine Ahnung.«

Wir beschlossen, es den anderen sofort zu sagen. Sie hatten uns alle vertraut, und wir durften ihnen nicht das Gefühl geben, wir würden ihnen irgendetwas verheimlichen.

Guy trat in die Mitte des großen Raums. »Hört mal her, Leute.«

Alle wandten sich ihm zu. Ich beobachtete ihre Gesichter, als Guy ihnen die Neuigkeit mitteilte. Schock. Bestürzung.

»Wie viel Geld haben wir noch?«, fragte Amy.

Guy blickte mich an.

»Zwölftausendsechshundertvierunddreißig Pfund«, antwortete ich. »Das bringt uns über die nächsten zehn Tage. Wir haben keine Chance, die Gehälter am Ende des Monats zu zahlen.«

»Und wenn wir unser eigenes Geld reinstecken?«, fragte Michelle. »Ich habe zweitausend gespart. Eigentlich wollte ich damit verreisen, aber das kann warten. Das hier ist wichtiger.«

Guy bedachte Michelle mit seinem freundlichsten Lächeln. »Danke, Michelle. Aber wir brauchen mehr als zweitausend.«

»Schätze, ich kann meinen Bruder dazu bringen, ein paar Tausender lockerzumachen«, sagte Neil. »Er hält sich für einen gerissenen Geschäftsmann.«

»Ich kann noch zehntausend aufbringen«, hörte ich mich zu meiner eigenen Überraschung sagen. Ich hatte einen Teil meiner Ersparnisse zur Seite gelegt, für den Fall, dass sich Ninetyminutes als Flop erwies. Und als es nun tatsächlich zu floppen drohte, war ich bereit, mein letztes Hemd zu opfern. Zum Teufel damit. Schließlich war es nur Geld.

»Vielleicht können wir uns diesen Monat mit Minimalgehältern begnügen«, sagte Amy. »Gerade genug, um über die Runden zu kommen.«

Mit wieder erwachter Begeisterung blickte Guy in die Runde. »Wunderbar. Das sollte uns genügend Zeit verschaffen, um uns das nötige Geld woanders zu besorgen. Erzählt David, wie viel ihr aufbringen könnt, und ich arbeite einen Plan aus, woher wir weitere Finanzmittel bekommen können. Auf jeden Fall verspreche ich euch, dass wir euch auf dem Laufenden halten.«

Damit gingen wir auseinander.

In den nächsten Tagen wurden alle zu Geldbeschaffern. Und sie machten ihre Sache verdammt gut. Am Montagmorgen hatte ich Schecks, die sich auf insgesamt siebenundsechzigtausend Pfund beliefen. Neil hatte unglaubliche Zwanzigtausend aufgetrieben, überwiegend von seinem Bruder in Birmingham, dessen Firma für Schädlingsbekämpfung ziemlich gut ging. Dann waren da meine zehn, sieben von Owen, der damit praktisch blank war, zwei von

Michelle, drei von Gaz, zehn von Amy, fünf von Sanjay und sogar von Mel zehn. Ich nahm eine Reihe komplizierter Berechnungen vor, die sicherstellten, dass jeder einen Aktienanteil bekam, der seiner Investition entsprach. Es war schwierig, aber alle schienen mit dem Ergebnis zufrieden zu sein.

Wir mussten die Kosten reduzieren. Also folgten wir Amys Vorschlag und gaben uns in diesem Monat alle mit einem Gehalt von fünfhundert Pfund zufrieden. Zu Beginn der neuen Fußballsaison im August musste die Seite fertig und im Netz sein. Das wäre zwar auch mit eingeschränktem Budget gegangen, aber die Werbung, die wir eigentlich geplant hatten, hätte erheblich beschnitten werden müssen. Viel zu sehr beschnitten. Wenn wir nicht wollten, das *ninetyminutes.com* einfach eine aufpolierte Neuauflage von Gaz' Site *Sick As A Parrot* wurde, brauchten wir mehr Geldmittel. Und zwar rasch.

Zwei weitere Absagen trafen von den Venture-Kapitalisten ein. Fünf Nieten. Uns blieb nur noch eine Chance.

Dann kam der Tag unseres Treffens mit Henry Broughton-Jones. Orchestra Ventures war ein relativ neuer Venture-Fonds, der von drei Partnern gegründet worden war, die eine etabliertere Venture-Kapitalfirma drei Jahre zuvor verlassen hatten. Henry war einer ihrer ersten Mitarbeiter gewesen und vor kurzem zum Partner ernannt worden. Er hatte seinen eigenen Glaskasten mit Sesseln und Konferenztisch, hieß uns freundlich willkommen und forderte Guy auf zu sprechen.

Guy lieferte die Zwanzig-Minuten-Version und machte seine Sache gut. Erneut überzeugte er mich, sodass ich hoffte, es gelänge ihm auch bei Henry. Der stellte hinterher die richtigen Fragen, die Guy schlüssig beantwortete. Als Henry die Frage des Managements anschnitt, gab Guy seinen Mangel an Erfahrung zu, wies aber darauf hin, dass Amy, Owen und ich einschlägige Erfahrungen besaßen.

Dann war unsere Stunde um; Henry brachte uns zur Tür und versprach, uns seine Entscheidung telefonisch mitzuteilen.

Das tat er, am nächsten Tag.

Sie lautete nein.

Ich fluchte stumm, zählte bis drei und fragte ihn nach seinen Gründen.

»Es spricht vieles dafür. Die Idee leuchtet mir ein. Vor allem, wenn ihr tatsächlich Kleidung über das Web verkaufen könnt. So, wie sich das Internet entwickelt, brauchen Online-Händler gute Inhalte, um ihre Produkte an den Mann zu bringen, und gute Inhalte können nur angeboten werden, wenn es in irgendeiner Weise gelingt, an den Besuchern zu verdienen. Das ist die richtige Mischung. Das eigentliche Problem ist das Management.«

»Das Management?«

»Kennst du nicht den Spruch, dass es bei Entscheidungen über Venture-Kapital immer nur um Management, Management und nochmals Management geht? Nun, der trifft hundertprozentig zu. Besonders auf eure Firma. Guy Jourdan ist sehr überzeugend, aber er hat keinerlei Erfahrung in der Leitung von solchen Unternehmen. Genauso wenig wie ihr alle, obwohl ihr auf euren Spezialgebieten sicherlich sehr gut seid. Ich würde ja gerne helfen, aber wenn ich den Fall meinen Partnern vortrüge, würden die mich in der Luft zerreißen.«

»Du bist dir ganz sicher?«

»Ganz sicher. Tut mir Leid, Alter.«

Ich seufzte. »Ist schon okay, Henry. Vielen Dank, dass du dir die Sache angeschaut hast.«

»Gern geschehen. Und viel Glück.«

Ich wandte mich Guy zu, der selbst gerade den Hörer auflegte.

Er sah meine Miene. »Oh nein!«

»Leider«, sagte ich.

»Warum? Ich dachte, ich hätte ihn in der Tasche. Warum hat er nein gesagt?«

»Management.«

»Management? Also ich?«

Ich nickte.

»Zum Teufel, was erwarten diese Leute? Das ist ja wie in *Catch 22*. Sie geben dir kein Geld, wenn du keinen großen Erfolg vorzuweisen hast, aber du kannst keinen großen Erfolg landen, wenn sie dir kein Geld geben. Das ist doch absurd. Ich werde ihm das sagen.« Guy griff nach dem Hörer.

»He! Warte einen Moment. Er wird seine Meinung nicht ändern, nur weil du ihn anschreist. Er hat uns geduldig zugehört, mehr können wir nicht verlangen.«

Guy zog die Hand zurück. »In Ordnung. Was bleibt uns noch?«

»Gar nichts.«

»Na, hör mal. Es gibt doch noch 'ne Menge Venture-Kapitalisten. Lass uns in die Website der British Venture Capital Association schauen.« Er begann die Adresse einzugeben.

»Nein, Guy.«

»Davo! Wir brauchen das Geld!«

Ich nickte. »Aber wir bekommen es bestimmt nicht von Venture-Kapitalisten. Jedenfalls noch nicht.«

Guy las in meinem Gesicht wie in einem offenen Buch. Er wusste genau, was ich dachte. »Nein, Davo. Auf keinen Fall.«

»Du musst es auf jeden Fall versuchen. Es ist unsere letzte Chance.«

»Ich habe dir gesagt, ich versuche es ohne ihn oder gar nicht.«

»Das war in Ordnung, als wir vor einem Monat darüber gesprochen haben«, sagte ich. »Aber jetzt liegen die Dinge anders. Alle, die sich in diesem Raum befinden, haben fast alles, was sie haben, in Ninetyminutes gesteckt. Ich auch. Es geht nicht mehr nur um dich. Es geht um uns alle.«

»Er wird nein sagen.«

»Das wissen wir erst, wenn wir es versucht haben.«

Guy schloss die Augen und wandte das Gesicht zur Decke. Ich ließ ihn die Sache mit sich selbst abmachen.

Schließlich hatte er sich zu einer Entscheidung durchgerungen. »Okay«, sagte er. »Wir suchen ihn auf. Aber du kommst mit.«

»Er hasst mich mehr als dich.«

»Ich weiß. Trotzdem gehe ich da nicht allein hin.«

Dieses Mal holte uns Tony Jourdan nicht am Flughafen von Nizza ab. Wir nahmen ein Taxi. Auf einer breiten Hauptstraße durchquerten wir die Stadtmitte und befanden uns kurz darauf auf der steilen Corniche. Beim Anblick des Meeres, der Bäume und der felsigen Klippen war mir plötzlich die Woche vor zwölf Jahren wieder gegenwärtig. Es lief mir kalt den Rücken hinunter. Und ich dachte an Tonys Drohung mir gegenüber. Wie konnte ich mir einbilden, dass er mit mir reden würde, auch wenn inzwischen zwölf Jahre verstrichen waren?

Miguel, der noch kleiner aussah, als ich ihn in Erinnerung hatte, öffnete uns die Tür. Höflich begrüßte er Guy und führte uns durch das Haus auf die Terrasse. Wie damals verschlug mir die Aussicht den Atem. Grün, üppig und reich erstreckte sich Cap Ferrat ins Mittelmeer hinaus, mit seinen prachtvollen Villen und der Flotte von weißen, sündhaft teuren Jachten, die vor seiner Küste kreuzten. Wir hatten Frühsommer, daher prahlte der Himmel mit einem noch klareren Blau als damals. Ich konnte es mir nicht verkneifen, einen raschen Blick in Richtung Korsika zu werfen, und meinte tatsächlich einen grauen Fleck am Horizont wahrzunehmen.

Tony erhob sich zu unserer Begrüßung aus einem Stuhl. Die Fältchen um seine Augen waren tiefer geworden, und sein sandfarbenes Haar begann sich von den Rändern her grau einzufärben. Aber er sah immer noch schlank und sportlich aus. Zumindest bekundete er keine offene Feindseligkeit. Höflich lächelnd machte er mich mit der dunkelhaarigen Frau an seiner Seite bekannt. Als sie aufstand, überragte sie ihn um mindestens sieben Zentimeter. Natürlich war sie schön, wenn auch auf eine etwas zartere, subtilere Art als Dominique.

»Sabina, das ist David Lane, ein alter Schulkamerad von Guy.«

»Hallo«, sagte sie mit freundlichem Lächeln. Sie reichte mir die Hand und küsste Guy auf beide Wangen. Drinnen begann ein Baby zu schreien. Das Geräusch verblüffte mich, es erschien mir vollkommen deplatziert in diesem Ambiente.

»Ich muss nach Andreas sehen«, sagte Sabina mit deutschem Akzent. »Schau dir unbedingt deinen kleinen Bruder an, bevor du gehst, Guy.«

»Mach ich.«

Als wir uns gesetzt hatten, ließ ich meinen Blick umherwandern. Am Haus empor zu Dominiques Schlafzimmer, wo jetzt vermutlich

Tony und Sabina schliefen, dem Ort, wo ich meine Unschuld und sie ihr Leben verloren hatte. Zum Gästehaus, in dem ich auf die Verhöre durch die französische Polizei gewartet hatte. Zum alten römischen Wachturm, wo Tony Mel verführt hatte und wo mir der Hass seines Sohnes entgegengeschlagen war.

Tony beobachtete mich. »Ich dachte, ich hätte Ihnen gesagt, dass ich Sie nie wieder sehen will«, sagte er. Doch er sagte es ohne Feindseligkeit, als wolle er unseren früheren Ärger zu Protokoll geben, um ihn ad acta legen zu können.

»Ich weiß«, sagte ich. »Es tut mir auch Leid. Aber es handelt sich um keinen Anstandsbesuch.«

»Natürlich nicht. Du brauchst mal wieder Geld, nicht wahr, Guy?«

»Ja«, sagte er.

»Und warum sollte ich es dir geben?«

»Ich weiß es nicht«, antwortete Guy. »Deswegen habe ich dich ja auch nicht früher gebeten. Tatsächlich wollte ich dich überhaupt nicht fragen, aber David hat darauf bestanden.«

»Ach ja?«, sagte Tony und warf mir einen fragenden Blick zu.

»Guy wollte Sie nicht um Geld bitten, weil Sie ihm nicht schon wieder aus der Patsche helfen sollten«, sagte ich. »Aber ich will Sie auch nicht bitten, Guy aus der Patsche zu helfen. Ich biete Ihnen an, in eine Sache zu investieren, die Ihnen einen hübschen Gewinn bringen kann.«

»Hm.« Tony nahm die Zeitung vom Tisch, und darunter kam der Unternehmensplan zum Vorschein, den wir ihm am Tag zuvor durch Kurier hatten zukommen lassen. Er nahm ihn in die Hand und blätterte darin. »Haben Sie ihn geschrieben?«, fragte er mich.

»Einen Teil. Das meiste stammt jedoch von Guy.«

Tony blickte seinen Sohn an. Es war ein guter Plan, und Tony wusste es.

Dann begann er, uns Fragen zu stellen. Knallhart und schnell. Henry Broughton-Jones hatte einige ziemlich gute allgemeine Fragen gestellt, doch die waren nichts im Vergleich zu diesem Verhör. Obwohl Tony den Plan erst einen Tag lang hatte, kannte er ihn praktisch auswendig. Er forderte mich auf, die Basis einer bestimmten Finanzprognose zu erläutern, womit er mich in einige Verlegenheit brachte. Sogar mehrere Fußball-Websites hatte er sich angesehen und wollte von uns wissen, was wir von ihnen hielten. Dann sollten wir ihm erläutern, welche Absichten Champion Starsat, der große Privatsender, unserer Meinung nach in Bezug auf das Web hege.

Nach anderthalb Stunden brachte Miguel das Mittagessen, doch die Fragestunde ging weiter. Wir schlugen uns wacker. Besonders Guy machte seine Sache gut. Er hatte seine Hausarbeiten gemacht. Das konnte Tony beim besten Willen nicht leugnen.

»Okay, Dad«, sagte Guy schließlich. »Was hältst du davon?«

Tony blickte von Guy zu mir und wieder auf seinen Sohn. Er grinste. »Es ist eine gute Idee. Ich steige ein.«

Guy konnte es kaum glauben. Ihm blieb der Mund offen stehen.

»Ich kann gut mal wieder richtiges Geld verdienen«, sagte Tony. »Das alles hier muss schließlich finanziert werden.« Er deutete auf das Haus und den Garten und schien mit der großzügigen Geste auch Frau und Sohn einzuschließen. »Der Immobilienmarkt ist seit Jahren tot. Jetzt ist das Internet angesagt. Die Herausforderung wird mir gut tun. Aber«, er blickte mich an, »David hat vollkommen Recht. Ich handle aus rein kommerziellen Gründen. Mit anderen Worten, ich will eine Beteiligung für meine zwei Millionen Pfund. Eine große Beteiligung.«

Guy und ich sahen uns an. »Das ist nur fair.«

Tony hielt seinem Sohn die Hand hin, der einschlug.

»Danke, Dad«, sagte er.

»Gut, ich komme nächste Woche nach England, dann können wir mit euren Anwälten alles unter Dach und Fach bringen.« Guy machte ein betroffenes Gesicht. Tony bemerkte es. »Ihr habt doch Anwälte, oder?«

»Ja«, sagte Guy. »Wir haben eine sehr gute Anwältin.«

»Nun, ich freue mich auf die Verhandlung mit ihr.«

Ich war mir nicht sicher, ob sich auch Mel auf die Verhandlung mit Tony freuen würde. Guy zweifelte daran ebenfalls, nach seiner Miene zu urteilen.

Wir bestellten ein Taxi, das uns zum Flughafen bringen sollte, und fuhren nach einem kurzen Blick auf Guys sechs Monate alten Bruder ab.

Wir wollten beide nicht länger in diesem Haus bleiben als unbedingt nötig.

Guy schüttelte den Kopf. »Ich kann es einfach nicht glauben.«

»Ich habe dir gesagt, dass es einen Versuch wert ist«, sagte ich. »Mach ein anderes Gesicht. Wir haben das Unternehmen gerade wieder gerettet, und du machst ein Gesicht wie zehn Tage Regenwetter.«

»Irgendwas stimmt da nicht«, sagte er.

»Hör schon auf. Was willst du machen? Sein Geld ablehnen?«

»Nein.«

»Was dann? Egal, wie du es betrachtest, es ist eine gute Nachricht.«

»Warten wir ab«, sagte Guy. »Ich traue ihm nicht.«

18

Juni 1992, The City, London

Der lange, heiße Nachmittag begann, und ich würde ihn zur Gänze in der Abteilung für Nostro-Abstimmungen damit verbringen, Nostro-Konten abzustimmen. Beim bloßen Gedanken daran spürte ich, wie meine Glieder schwer und mein Kopf leer wurden, entsetzlich leer. Computerausdrucke durchgehen, Felder abhaken – mit einem Wort: geisttötender Schwachsinn. Ich war Assistent im Wirtschaftsprüfungsteam für die United Arab International Bank. Meine gegenwärtige Aufgabe bestand darin festzustellen, ob die Guthaben, welche die Bank in den verschiedenen Währungen bei anderen Banken hatte – so genannte Nostro-Konten –, mit der eigenen Buchhaltung der Bank übereinstimmten. Theoretisch konnte ich jeden Augenblick auf eine Millionen-Pfund-Geldwäsche stoßen. In der Praxis deckten sich die Beträge mit stumpfsinniger Regelmäßigkeit. Ich blickte zu dem verantwortlichen Abteilungsleiter hinüber. Ein kleiner, etwas schmuddeliger Mann, dem es ständig unter dem Kragen zu jucken schien. Er war viel zu nervös, um sich mit mir unterhalten zu können. Ich malte mir aus, dies komme daher, dass er ein Schwerverbrecher sei, der Angst habe, dass ich ihn jeden Augenblick entlarven könnte. Natürlich wusste ich, dass er nur besorgt war, mein Chef könne seine Abteilung kritisieren. Doch selbst diese Aussicht schien mir gering zu sein, während ich ein weiteres Feld abhakte.

Ich hatte versucht, in die Wirtschaftsprüfungsteams für möglichst viele Banken zu kommen, in der Hoffnung, dass mir dann die Banken erspart blieben, sobald ich das Diplom hatte. Eine hübsche Theorie, aber es war so langweilig, unendlich langweilig.

Ein einziger Gedanke hielt mich am Leben wie der Anblick einer Oase am Wüstenhorizont. Am Abend fand ein Treffen ehemaliger Broadhill-Schüler in einem Hotel in der Nähe der U-Bahn-

Station Marble Arch statt. Der Direktor würde in seiner Rede um Spenden bitten, und es würde viel zu trinken geben. Außerordentlich viel. Ich freute mich darauf.

Ich freute mich auch auf die Leute, die ich dort treffen würde. Ich hatte keinen Kontakt mehr zu irgendjemandem aus der Schulzeit. Das Leben an der Uni und als Wirtschaftsprüfer hatte mich von ihnen entfernt. Von einem oder zweien hatte ich in der Zeitung gelesen: einem stillen Mädchen aus meinem WiPo-Kurs, die eine Medaille bei den olympischen Schwimmwettbewerben in Seoul gewonnen hatte, und einem Jungen, der seine Expeditionsmitglieder gerettet hatte, nachdem sie zwei Wochen lang im Dschungel auf Borneo verschollen gewesen waren. Auch von ihren Vätern hatte ich gelesen: Torsten Schollenbergers Vater war angeklagt worden, weil er einen deutschen Minister bestochen haben sollte, und Troy Barton hatte einen Oskar gewonnen. Aber nichts über Guys Vater. Oder über Guy. Der Gedanke an beide ließ mich innerlich rot werden. Selbst fünf Jahre danach konnte ich nicht an Guy denken, ohne von Schuldgefühlen überwältigt zu werden. Ich hoffte, er würde an diesem Abend nicht da sein.

Er war da. Er war der Erste, den ich sah, als ich den bereits überfüllten Festsaal des Hotels betrat.

Ein Glas Wein in der Hand, stand er mit zwei Leuten zusammen, die mir vage bekannt vorkamen. Er hatte sich nicht sonderlich verändert: Das blonde Haar kämmte er jetzt nach hinten, und er hatte etwas zugenommen. Nervös zögerte ich, da ich nicht wusste, wie ich den Raum betreten sollte, ohne dass er mich sah.

In diesem Moment blickte er auf und schaute mich an. Ein strahlendes Lächeln erschien auf seinem Gesicht, und er kam sofort herüber. »Davo! Wo, zum Teufel, hast du gesteckt?« Freudig schüttelte er mir die Hand. »Besorgen wir dir erst mal was zu trinken.« Er blickte auf sein volles Glas, kippte es in einem Zug hinunter und zog mich zu einer Kellnerin mit einem Tablett, wo er sein leeres gegen ein volles austauschte und mir mein erstes Glas reichte. »Cheers«, sagte er.

Eine ungeheure Welle der Erleichterung überkam mich, als würde sich die Spannung, die sich irgendwo in mir zusammengekrampft hatte, endlich lösen. Ich hatte angenommen, Guy würde nie wieder mit mir sprechen, und mir eingeredet, das würde mir nichts ausmachen. Jetzt merkte ich, dass es mir durchaus etwas ausgemacht hätte. Außerdem bemerkte ich, dass Guy betrunken war. Das störte mich nicht im Geringsten, es bedeutete nur, dass ich einiges aufzuholen hatte.

»Gott sei Dank, dass du gekommen bist«, sagte Guy. »Erinnerst du dich an diese beiden Typen? Ich nicht. Aber sie scheinen sich einzubilden, dass wir in der Schule die besten Freunde waren. Elend langweilig.«

Mein erster Gedanke war, dass ihr Leben kaum langweiliger sein konnte als meins.

»Was machst du, Davo?«

»Verdeckter Ermittler.«

»Undercover-Agent? Für wen?«

»Kann ich dir nicht sagen. Wenn ich es dir sagen würde, müsste ich dich auf der Stelle umbringen. Und das würde ’ne ziemliche Sauerei geben. Weißt du, ich hab eine Spezialausbildung. Du hättest keine Chance. Was ist mit dir?«

»Ich bin ein berühmter Schauspieler.«

»Ach ja? Ein berühmter Schauspieler? Wieso habe ich dann noch nie von dir gehört?«

»Ich benutze nicht meinen richtigen Namen, aber ich habe in letzter Zeit in vielen tollen Filmen gespielt. *The Division*, *Morty's Fall*.«

»*Morty's Fall* habe ich gesehen«, sagte ich. »Aber dich hab ich nicht erkannt.«

»Da siehst du, was ich für ein guter Schauspieler bin.«

In diesem Augenblick klatschte ein großer Mann mit den breiten Schultern und dem kräftigen Hals eines Rugby-Spielers in die Hände, um die Aufmerksamkeit der Anwesenden auf sich zu lenken. Es war der neue Direktor, der über die Schule sprach und darüber, dass sie Geld für ein neues Theater brauchte. Er verstand es, seine Zuhörer auf eine sehr sachliche Art zu fesseln. Doch meine Aufmerksamkeit wurde von Guy in Anspruch genommen. Er schien eine Art stillschweigender Abmachung mit einer hübschen schwarzen Kellnerin getroffen zu haben, die uns ständig mit neuen Weingläsern versorgte.

Tapfer tranken wir sie alle leer.

»He, ist das nicht Mel Dean da drüben?«, flüsterte er.

Ich folgte seinem Blick. Es war tatsächlich Mel, in einem hübschen marineblauen Kostüm. Und neben ihr stand Ingrid Da Cunha.

»Stimmt.«

»Gehen wir hin?«

»Ja, wenn du willst.« Ich war überrascht, dass er tatsächlich mit Mel sprechen wollte, freute mich aber darauf, Ingrid wieder zu sehen.

In diesem Augenblick beendete der Direktor seine Rede. Es wurde geklatscht, und die Menge, die immer unruhiger geworden war, setzte sich wieder in Bewegung. Guy und ich drängten uns zu den beiden Frauen hindurch. Liebevoll legte Guy die Hand auf Mels Hintern. Sie fuhr herum, um den Frechling gebührend zurechtzustutzen, erstarrte aber, als sie sah, wer es war, und blickte ihn fassungslos an.

»Hi, Mel«, sagte Guy. »Du scheinst erstaunt, mich zu sehen. Ich bin in Broadhill zur Schule gegangen, weißt du. Sie mussten mich reinlassen, obwohl sie es eigentlich nicht wollten. Erinnerst du dich an Davo?«

Er küsste Mel und Ingrid auf beide Wangen. Keine hatte sich seit der Schulzeit sonderlich verändert. Mel trug wesentlich weniger Make-up, und die blonde Strähne in ihrem Haar war verschwunden. Aber sie hatte immer noch die schmollende Weichheit, die sie für Guy vermutlich so attraktiv gemacht hatte. Ingrid sah erholt und sonnengebräunt aus, als käme sie gerade aus dem Urlaub. Sie lächelte uns freundlich an.

Mel hatte ihre Fassung wiedergewonnen. »Grapschst du jede Frau im Saal an, oder ist das mein besonderes Privileg?«

»Nur dich, Mel. Obwohl ich auch Ingrid berücksichtigen würde, wenn sie mich sehr nett darum bittet.«

»Keine Chance«, sagte Ingrid.

Nach wenigen Augenblicken unterhielten wir uns wie alte Freunde, die sich vielleicht ein paar Monate nicht gesehen hatten, aber sofort an ihre alte Vertrautheit anknüpften. Begünstigt von seiner Lieblingskellnerin, sorgte Guy dafür, dass wir ständig volle Gläser hatten, und schüttete selbst riesige Mengen Wein in sich hinein. Er schien es ganz gut zu vertragen. Übung, nahm ich an. Inzwischen hatte ich mir selbst einen ganz hübschen Rausch angetrunken.

Die Zeit verging, und plötzlich gehörten wir zu den letzten Leuten im Saal. Guy blickte auf die Uhr. »Hat jemand Lust auf ein gutes Essen?«, fragte er. »Ich kenne ein nettes Lokal hier in der Nähe.«

Mel blickte Ingrid an, die zustimmend nickte. Kurz darauf befanden wir uns auf der Straße und gingen in Richtung Bayswater. Guy führte uns in ein griechisches Restaurant und bestellte Retsina. Die Gruppe schien nun in zwei Hälften zu zerfallen, denn Guy konzentrierte sich ganz auf Mel, die inzwischen ziemlich angetrunken war und hemmungslos über alles kicherte, was er sagte.

»Du arbeitest doch nicht wirklich als Undercover-Agent für die CIA?«, fragte Ingrid.

Ich schüttelte den Kopf. »Viel schlimmer.«

»Wirklich?«

»Na gut, ich sag's dir, wenn du mir versprichst, dass du den Tisch nicht augenblicklich verlässt.«

»Okay.«

»Ich mache eine Ausbildung zum Wirtschaftsprüfer.«

»Um Gottes willen«, sagte Ingrid. »Und ich muss wirklich am Tisch sitzen bleiben?«

»Du hast es versprochen.«

»Ich habe von solchen Menschen gehört, aber nicht gewusst, dass es sie wirklich gibt.«

»Doch, doch, es gibt uns. Aber man lässt uns selten raus, daher sind wir keine Gefahr für die Gesellschaft.«

»So schlimm wird es schon nicht sein.«

»Und ob«, sagte ich und dachte an meinen aufregenden Nachmittag in der Abteilung für Nostro-Abstimmungen.

»Mel ist Referendarin und will Anwältin werden. Das dürfte fast genauso langweilig sein.«

Wir schauten zu Mel hinüber, die mit zerzausten Haaren und glänzenden Augen vor Lachen quiekte.

»Sie wird bestimmt eine perfekte Anwältin. Nüchtern, seriös und zuverlässig.«

»Wir sind jetzt alle erwachsen«, sagte Ingrid.

»Und was machst du, wenn du nicht für *Vogue* um die Welt fliegst?«

»Genau genommen bin ich Redaktionsassistentin bei *Patio World*. Ein neues Blatt. Du hast wahrscheinlich noch nie davon gehört.«

»Bis jetzt nicht. Aber von nun an zähle ich zu seinen Abonnenten.«

»Dann beeil dich, denn ich glaube, sie stellen die Zeitschrift bald ein. Es gibt sie zwar erst ein halbes Jahr, aber sie ist eine mittlere Katastrophe.«

»Mein Gott.«

»Keine Sorge. Sie werden mich nicht dafür verantwortlich machen. Da finden sie schon jemand anders.«

»Ich wundere mich, dass du noch in England bist. Ich hatte gedacht, du würdest längst in viel exotischeren Gefilden weilen.«

»Aber London ist doch exotisch. Dieser Himmel mit seinen faszinierenden Grauschattierungen. Die Menschen, die ihre Herzlichkeit und Freundlichkeit so bescheiden verstecken, so ausgezeichnet verstecken. Und dieser dunkle, kalte Winter ist sehr romantisch.«

»Ein echter Fan.«

»Tatsächlich ist es sehr angenehm, endlich an einem Ort bleiben zu können. Meine Mutter ist mit ihrem neuen Mann nach New York gezogen, und ich bin unendlich froh, dass ich ihr nicht mehr durch die Welt folgen muss. London hat etwas angenehm Beständiges. Und beruflich bin ich hier bestens aufgehoben.«

»Eine ideale Gegend für *Patios* und Terrassen.«

»Wenn ich mal ein Zeitungsimperium leite, weiß ich wenigstens, wer meine Taxigebühren addieren kann.«

»Jederzeit zu Diensten«, sagte ich. »Vergiss nicht, die Quittungen aufzubewahren.«

»Ab heute lege ich eine Sammlung für dich an.«

Ich goss uns noch ein Glas Wein ein. »Schön, dich wieder zu sehen«, sagte ich. »Du warst sehr nett zu mir in Frankreich. Und ich weiß nicht, was ich ohne die zweihundert Franc von dir gemacht hätte.«

»Ich war heilfroh, da rauszukommen«, sagte Ingrid und schüttelte sich. »Das war eine der eher unerfreulichen Erfahrungen meines Lebens.«

Eine Zeit lang schwiegen wir und beobachteten Guy und Mel.

Guy bemerkte es und schien nüchtern zu werden. »Worüber zerbrecht ihr beiden euch den Kopf?«

Ingrid antwortete nicht, und ich sagte: »Über gar nichts.«

Guy beugte sich vor. »Über Frankreich, stimmt's?«

Ich nickte. Mel saß plötzlich wie versteinert da.

Guy goss den Rest der zweiten Flasche Retsina ein. »Dazu kann ich nur eines sagen: Das war vor fünf Jahren, da waren wir alle noch Kinder. Ich habe Frankreich aus meinem Gedächtnis gestrichen. Vollkommen und endgültig. Und ich finde, ihr solltet das auch tun. Abgemacht?«

»Abgemacht«, sagte ich und hob mein Glas. Ingrid und Mel folgten unserem Beispiel. So tranken wir alle auf ausgelöschte Erinnerungen.

Als wir das Restaurant verließen, war ich ziemlich betrunken. Ingrid nahm das erste Taxi, ich das nächste. Mel und Guy, der den Arm um sie gelegt hatte, blieben zurück. Sie wollten die nächsten beiden Taxis nehmen.

Die nächsten *beiden*? Ich wusste zwar nicht, in wessen Wohnung sie fuhren, doch auf jeden Fall stand für mich fest, dass sie dort gemeinsam landen würden.

Nach diesem Abend sah ich Guy ziemlich häufig. Er schien froh zu sein, mich wieder zu seinen Freunden zählen zu können, und mein Leben wurde durch ihn zweifellos interessanter. Wie sich herausstellte, war er tatsächlich Schauspieler, wenn auch einer von der Sorte, die noch um Anerkennung kämpft. Nach drei Jahren Universität, in denen er nur knapp einem Rausschmiss entgangen war, hatte er es irgendwie geschafft, von einer renommierten Schauspielschule angenommen zu werden, wo er sich nach eigenen Angaben wacker geschlagen hatte. Seither war es schwierig. Er hatte ein paar Nebenrollen an Repertoiretheatern bekommen und zwei oder drei winzige Auftritte im Fernsehen gehabt. In dem Film *Morty's Fall* hatte er als Statist mitgewirkt. Er hatte einen Agenten, der ihn nicht zur Kenntnis nahm. Seinen Mangel an Erfolg schrieb er dem Überangebot an jungen Schauspielern zu und einem unsichtbaren Netzwerk von Beziehungen und Beziehungen von Beziehungen, von dem er ausgeschlossen blieb. Zum Teil mochte das stimmen. Doch weit mehr lag es, wie ich vermutete, daran, dass er es nicht ernsthaft genug versuchte. Er ging ins Fitnessstudio oder saß vor der Glotze, statt Briefe zu schreiben und Klinken zu putzen. Von jungen Schauspielern erwartet man, dass sie hungrig sind. Guy war durstig. Und diesen Durst stillte er jeden Abend und manchmal auch schon mittags.

Ich leistete ihm dabei gern Gesellschaft. Der Nachmittag war sehr viel leichter zu überstehen, wenn ich wusste, dass ich mich nach der Arbeit mit Guy zu einem Bier traf, oder zu fünfen. Natürlich hatte ich dann morgens so meine Schwierigkeiten, natürlich litten meine Vorbereitungen auf das Examen, das meine Ausbildung zum Wirtschaftsprüfer abschließen sollte, doch wenigstens passierte etwas in meinem Leben. Guy hatte eine kleine Wohnung in der Nähe der Gloucester Road, und wir waren häufige Gäste in mehreren Pubs und Bars dort. Gelegentlich kamen andere Freunde von ihm dazu, unter anderem Torsten Schollenberger, wenn er in London war.

Worüber redeten wir? Ich habe keine Ahnung. Wahrscheinlich über allen möglichen Blödsinn. Aus unterschiedlichen Gründen brauchten wir unsere Freundschaft und hatten das Bedürfnis, der Langeweile unserer Tage zu entkommen. Zu fortgeschrittener Stunde begann Guy häufig, Frauen aufzureißen. Gewöhnlich mit großem Erfolg. Er sah gut aus, natürlich, aber er schien auch eine Aura von Gefahr und Aufregung zu vermitteln, die sie faszinierte. Ich versuchte – ohne Erfolg – herauszufinden, welche Sorte Frauen auf ihn flog. Schließlich wurde mir klar, dass es fast alle waren, vorausgesetzt, sie waren in der richtigen Stimmung. Besonders die

Neugierigen, denen nach ein bisschen Abwechslung und Abenteuer zumute war, fühlten sich von ihm angezogen. Bei Guy fanden sie Sex, Spaß, Gefahr und absolut keine Aussicht auf eine feste Bindung. Er bot guten Mädchen die Möglichkeit, eine Nacht lang schlecht zu sein.

Viele ergriffen sie.

Mit Mel war es anders. Sie war sein Notnagel, jemand, zu dem er gehen konnte, wenn er Lust auf Sex hatte, der Abend jedoch in dieser Hinsicht schlecht gelaufen war. Er schien sich selten mit ihr zu verabreden, doch häufig verdrückte er sich gegen zehn oder elf in ihre Wohnung in Earls Court. Soweit ich es beurteilen konnte, wartete sie dort ständig auf ihn.

Ganz selten ging sie mal mit uns aus. Sie war immer lebhaft und amüsant, wurde aber von Guy meist ignoriert. Nie war er unhöflich zu ihr, aber nicht selten gleichgültig, was schlimmer war. Die Situation war offenkundig: Mel war in Guy verliebt, und er benutzte sie. Da sie Angst hatte, ihn zu verlieren, beklagte sie sich nicht, sondern fand sich mit seinem Verhalten ab. Hätte ich darüber nachgedacht, wäre mir klar geworden, dass diese Beziehung zeigte, wie egozentrisch Guy war. Doch ich dachte nicht darüber nach.

Wir flogen zusammen. Sein Vater hatte ihm ein Flugzeug gekauft, eine kostspielige Cessna 182, die sich auf dem Flugplatz Elstree im Norden Londons befand. Die Zulassung lautete GOGJ. Zum Mittagessen machten wir Abstecher nach Le Toquet und Deauville in Frankreich oder zu einem hübschen Grasflugplatz auf einem Hügel gegenüber von Shaftesbury in Dorset. Guy war ein kühner Pilot, der gern fünfzehn Meter über den Wellen oder hundert Meter über Englands Landschaft dahinbrauste.

Er beschwatzte mich, den Pilotenschein zu machen. Ich lernte auf einer AA-5, einer alten Klapperkiste im Vergleich zu Guys schnittiger Maschine. Während der Ausbildung erfuhr ich, dass es sicherer sei, eine Flughöhe von sechshundert Metern nicht zu unterschreiten, und dass jeglicher Alkohol beim Fliegen strikt verboten sei. Ich war keineswegs überrascht, dass für mich andere Regeln galten als für Guy, doch je vertrauter ich mit der Materie wurde, desto nervöser machte es mich, neben ihm im Flugzeug zu sitzen.

Oberflächlich betrachtet, schien Guy ein tolles Leben zu führen, und es gefiel mir sehr, auf dieser oberflächlichen Basis mit ihm zu verkehren. Doch es ist hart, ein aufstrebender Schauspieler zu sein, sogar ein aufstrebender Schauspieler mit einem wohlhabenden Vater.

Eines Abends verließ ich Punkt fünf Uhr das Büro, um ihn in einem Pub am Leicester Square zu treffen. Er hatte in der Nähe ein Vorsprechen gehabt und vorgeschlagen, hinterher ein Bier zu trinken. Als ich kam, war er schon da und stierte auf seine Flasche Becks.

»Sieht so aus, als hättest du die Rolle nicht gekriegt.«

»Weiß nicht«, sagte er. »Sie haben gesagt, sie rufen mich an. Du musst wissen, sie rufen nur an, wenn du die Rolle kriegst. Also hör ich wahrscheinlich nie wieder was von ihnen.«

»Kopf hoch, vielleicht bekommst du sie ja doch.«

»Es ist nur eine Scheißrolle in einem dämlichen Werbespot. Das ist nicht das Wahre, Davo. Das ist erniedrigend.«

»Irgendwo musst du anfangen.«

»Ich weiß. Aber ich habe mir das ganz anders vorgestellt. Die Schauspielschule war toll. Die hat mir richtig gut gefallen. In der Mitte der Bühne stehen, jemand anders sein, die Zuschauer in den Bann der Scheinwelt zu ziehen, die *du* erschaffst, ihre Emotionen manipulieren. Das war irre. Ein echter Macht-Kick. Und gut war ich obendrein. Tschechow, Ibsen, Steinbeck, sogar den verdammten Shakespeare, ich hab sie alle richtig gut draufgehabt. Am Ende des Jahres hatten wir eine Abschlussvorstellung, und ich war einer von nur vier Absolventen der Schule, die einen Anruf von einem Agenten bekamen, weil er sie in seine Kartei aufnehmen wollte.«

»Hört sich verheißungsvoll an.«

»Und was passiert jetzt? Ich treffe mich mit Diane vom Casting, die ein Polaroidfoto von mir macht, mir ein paar Zeilen eines idiotischen Dialogs in die Hand drückt, die ich vor einer Kamera sprechen muss, und dann heißt es: ›Auf Wiedersehen, wir rufen Sie an.‹«

»Eines Tages rufen sie an.«

»Ja, aber an den restlichen Tagen tun sie es nicht. Und wenn dich Diane vom Casting ablehnt, fühlst du dich wie der letzte Dreck. Verstehst du, die lehnen *mich* ab. Was gefällt ihnen nicht an mir? Meine Stimme? Mein Gesicht? Vielleicht kann ich gar nicht spielen. Vielleicht ist die ganze Sache ein Riesenmissverständnis.«

»Hör auf, Guy. Du schaffst es schon. Du schaffst es immer.«

»Ja, genau das ist es. Ich hab immer Erfolg gehabt. War ich nicht toll in der Schule? Tennis, Fußball, Schulsprecher. Ich dachte, in der Schauspielerei würde es so weitergehen. Ich dachte, das würde sogar mein Vater anerkennen. Doch wenn es in diesem Tempo weitergeht, bekomme ich nie eine Chance. Dafür wird schon Diane vom Casting sorgen.«

»Komm, du brauchst noch ein Bier«, sagte ich und ging zur Bar, um ihm eins zu besorgen. Und wie üblich tat der Alkohol seine Wirkung. Eine halbe Stunde später quatschten wir zwei Italienerinnen an. Guy bekam die hübsche, ich musste mich mit der hässlichen begnügen. Aber es wurde noch ein lustiger Abend.

Als ich in einem Zeitschriftengeschäft nach *Private Eye* suchte, fiel mir ein Exemplar von *Patio World* in die Hände. Ich kaufte es, blätterte es ohne Interesse durch und entdeckte im Impressum eine Telefonnummer. Sobald ich wieder an meinem Schreibtisch saß, wählte ich sie, wurde zu Ingrid durchgestellt und fragte sie, ob sie Lust hätte, mit mir ins Kino zu gehen. Wir sahen uns *Der mit dem Wolf tanzt* an und suchten hinterher ein Thai-Restaurant in Soho auf.

Der Abend ähnelte weniger einem »Date« als einem Treffen zweier Freunde, die sich lange nicht gesehen hatten. Was sehr nett war, vor allem, da wir uns in Wirklichkeit kaum kannten. Ich mochte Ingrid. Sie war erfrischend ehrlich, aber auch sehr verständnisvoll. Sie schien immer zu begreifen, worum es mir ging, ohne dass ich es ihr lange erklären musste. Dabei erwies sie sich als so gute Zuhörerin, dass ich ihr mehr erzählte, als ich eigentlich wollte. Nicht, dass es da irgendetwas Schockierendes mitzuteilen gab, eher im Gegenteil. Aber auch das schien sie zu verstehen.

Wir kamen auf Guy zu sprechen. »Hast du ihn seit diesem Broadhill-Treffen gesehen?«, fragte sie.

»Ja, ich treffe ihn sogar ziemlich oft. Es ist lustig.«

»Er trifft sich auch mit Mel, nicht?«

»Von Zeit zu Zeit.«

»Oh, das hört sich nicht gut an.«

»Für Mel ist es das wohl auch nicht. Für Guy schon.«

»Egoistisches Schwein.« Ihr Kommentar überraschte mich. Ingrid bemerkte es. »Etwa nicht?«

»Vermutlich«, gab ich zu.

»Ich meine, Mel ist total in ihn verschossen. Das war sie schon immer.«

»Auch nach der Geschichte mit Tony in Frankreich?«

»Ja. Besonders danach. Du weißt ja, wie sehr sie es bereut hat. Ich glaube, jetzt will sie Guy unbedingt zeigen, dass es ein Fehler war und dass sie es weiß.«

Ich schüttelte den Kopf. »Ich verstehe nicht, was sie alle an ihm finden.«

»Oh, ich schon«, sagte Ingrid, und ein spöttischer Ausdruck tanzte in ihren blassblauen Augen.

»Du auch?«

»Versteh mich nicht falsch. Um nichts auf der Welt möchte ich seine Freundin sein. Ich versichere dir, dass ich Mel nicht beneide. Aber ich weiß nicht, irgendwas hat er, das ...«

»Ich sag's ihm.«

»Untersteh dich!«

Ich schwieg und jagte mit den Stäbchen ein Stück Curryfisch in meiner Schale umher. Nicht sehr geschickt, aber ich war hungrig. Ich bemerkte, dass Ingrid sich das Essen wie ein Profi in den Mund schob.

»Wie machst du das?«, fragte ich. »Das grenzt an Zauberei.«

»Ich habe es als Kind gelernt. Als ich klein war, haben wir in São Paulo gelebt. Da sind wir oft in japanische Restaurants gegangen. Wusstest du, dass es dort eine große japanische Bevölkerungsgruppe gibt? Anschließend haben wir eine Zeit lang in Hongkong gelebt. Auf diese Weise habe ich viel Übung gehabt.«

»Ich leider nicht«, sagte ich und spießte den Fisch auf.

»Mel hat eine schwere Zeit hinter sich«, sagte Ingrid. »Da

braucht sie wahrhaftig keinen Guy, der ihr das Leben noch schwerer macht.«

»Das tut er sicherlich nicht.«

»In der Schule hat sie oft über ihre Familie gesprochen. Anscheinend hassten sich ihre Eltern und haben sie als Waffe benutzt. Besonders ihr Vater.«

»Ist er nicht mit einer Sekretärin durchgebrannt?«

»Richtig. Ich glaube, seitdem hat Mel ein gestörtes Verhältnis zum Sex.«

»Da war Tony Jourdan sicherlich nicht sehr hilfreich.«

»Igitt!« Ingrid schüttelte sich. »Ich habe sie zweimal besucht, als sie in Manchester studierte. Für jemanden, der während der Schulzeit wahrlich kein Kind von Traurigkeit war, schien sie mir ein ziemlich zölibatäres Leben zu führen. Das hat sich offenbar auch nach dem Studium nicht geändert.«

»Bis Guy kam?«

»Bis Guy kam.« Sie nahm sich noch etwas Reis. »Was ist mit dir?«, fragte sie.

»Was mit mir ist? Fragst du mich nach meinem Sexleben?«

»Ist es ein Geheimnis? Wie dein Dasein als Wirtschaftsprüfer? Es ist doch hoffentlich etwas weniger peinlich?«

»Etwas«, seufzte ich. »Es ist nicht ganz so erfolgreich, wie ich es gern hätte, aber auch keine komplette Katastrophe. Jedenfalls ist nichts Ernstes in Sicht. Und bei dir?«

»Hör mal, ich bin Brasilianerin. Um die Frage ernsthaft zu beantworten: Ich scheine immer mit den falschen Männern zu schlafen. Aber ich habe beschlossen, das zu ändern.«

»Oh«, sagte ich. Ingrid wurde etwas rot. Ich tat so, als bemerke ich es nicht. »Dieses grüne Curryzeug sieht scheußlich aus, schmeckt aber erstaunlich gut. Du solltest es mal probieren.«

Eine Woche später gingen wir wieder aus. Ein weiterer netter Abend, der mir aber eine enttäuschende Nachricht bescherte. Ingrids Befürchtung bezüglich der Zukunft von *Patio World* erwies sich als wohl begründet. Die Zeitschrift wurde eingestellt und verschwand aus den Regalen der Händler, ein Umstand, der nur von einer winzigen Schar Leser mit halb fertigen Terrassen beklagt wurde. Doch der Verlag wollte Ingrid einige Wochen lang nach Paris schicken. Dort sollte sie bei zwei Zeitschriften arbeiten, die möglicherweise für England in Frage kamen. Ingrid war begeistert. Sie sprach Französisch, liebte Paris und machte einen Schritt auf der Karriereleiter. Ich tat erfreut, war es aber nicht.

Ich stellte fest, dass ich ihre Rückkehr mit Ungeduld erwartete.

19

In diesem Sommer sah ich Owen nur ein einziges Mal. Ich hatte gar nicht gewusst, dass er kommen würde. Eines Abends war ich in eine unserer üblichen Stammkneipen gegangen, um Guy zu treffen, und da stand er.

Guy holte Bier und redete, als wäre Owen gar nicht vorhanden. Dabei war es schwer, ihn zu übersehen, denn er hatte zugenommen. Er war jetzt zwanzig und hatte sich aus einem zu groß geratenen Kind in einen muskelbepackten jungen Mann verwandelt. Sein Lager ließ er fast unberührt, trotz Guys wiederholter Versuche, ihn zum Trinken zu animieren. Ich versuchte, Konversation zu machen.

»Was machst du so, Owen?«

»UCLA. Informatik.«

»Gefällt es dir?«

»Das College ist ätzend, das Studium okay.«

»Erzähl mir nichts. Ich weiß doch, was an den kalifornischen Colleges und in LA abgeht – Beach-Partys, Bier und Puppen.«

Misstrauisch beäugte er mich. Gewiss, ich machte mich lustig über ihn, aber auf die gutmütige englische Art. Er verstand es nicht.

»An solchem Zeugs bin ich nicht interessiert.«

»Äh, nein. Wahrscheinlich nicht.« Ich trank mein Bier. »Wie lange bleibst du?«, fragte ich und hoffte, dass es nicht zu lange war.

»Vier Tage. Ich habe meinen Vater in Frankreich besucht.«

»Wie geht es ihm?«, erkundigte ich mich höflich.

Doch Owen hatte genug von meinem Small Talk. Er strafte meine Frage mit Nichtachtung und wandte sich an seinen Bruder. »Abdulatif ist tot.«

Das interessierte Guy. Und mich. Guy warf mir einen raschen Blick zu und fragte: »Abdulatif?«

»Ja, Abdulatif. Der Gärtner. Er ist tot.«

»Oh, dann haben sie ihn also gefunden.«

»Ja, sie haben ihn gefunden. In einer Mülltonne in Marseille. Sie haben eine Woche gebraucht, um herauszufinden, wer er war. Haben seine Fingerabdrücke verglichen.«

»Weiß man, wer ihn getötet hat?«, fragte Guy.

»Nein, er war so eine Art Strichjunge. Die Polizei in Marseille sagte, die werden andauernd umgebracht.«

Gedankenverloren betrachtete Guy sein Bierglas. »Nun, ich kann nicht sagen, dass mich das traurig macht.«

»Nein.« Owen wandte sich mir mit boshaftem Lächeln zu. »Hat Guy dir eigentlich erzählt, dass ich gesehen habe, wie er Dominique gebumst hat?«

»Nein«, sagte ich, und meine Herzfrequenz beschleunigte sich merklich.

»Ja. Ein Tag bevor Guy mit dir ankam. Dad war weggefahren. Sie dachte vermutlich, ich sei am Computer. War ich nicht. Ich ging spazieren und sah sie.« Er blickte mich an und grinste.

»Oh«, sagte ich und fragte mich, was er noch gesehen hatte.

»Das war zwei Tage bevor sie dich vernascht hat. Hast wahrscheinlich nicht gewusst, dass du der Nachfolger vom Gärtner bist.«

Ich wurde langsam wütend. Natürlich hatte ich es nicht gewusst. Was für ein Kretin, dieser Owen!

»Das habe ich natürlich den Flics erzählt. Deshalb waren sie sich so sicher, dass er sie umgebracht hat.« Owen sah meine Verlegenheit und lachte. »Das wollte ich dir schon damals erzählen.«

Guy bemerkte mein Unbehagen und versuchte, das Gespräch in andere Bahnen zu lenken. »Was hat Dad gesagt, als er von dem Fund hörte?«

»Er war verdammt froh.«

»Kann ich mir vorstellen.«

»Er kommt nächste Woche her«, sagte Owen. »Er möchte dich sehen.«

»Großartig«, sagte Guy. »Bist du dann schon wieder in den Staaten?«

»Ja, aber das wird ihn nicht kratzen. Er hat sich nicht besonders gefreut, als ich bei ihm in Frankreich auftauchte.«

»Ich bin trotzdem froh, dass du dort warst.«

Owen schnaubte höhnisch in sein Bier.

Den Rest des Abends wachte Guy darüber, dass das Gespräch nicht wieder auf Frankreich und seinen Vater kam. Schließlich verließen wir den Pub und machten uns auf den Weg zu seiner Wohnung, um ein bisschen Musik zu hören und noch mehr zu trinken. Wir hatte gerade eine Straße überquert, als ein dürrer rothaariger Mann mit verwüstetem Gesicht und zerlumpter Kleidung auf uns zu torkelte.

»Haste mal Geld für Tee?«, nuschelte er mich an. Augenscheinlich war er betrunken. Das war ich auch. Ich beachtete ihn nicht.

»Was is mit dir?«, fragte er Guy und stellte sich ihm in den Weg.

»Tut mir Leid«, sagte Guy höflich.

»Komm, Mann. Gib 'n Penny. Kannste dir doch leisten, oder?« Er schob sein sabberndes Lächeln ganz dicht an Guys Gesicht heran.

Guy versuchte, ihm auszuweichen.

Der Penner ließ es nicht zu. »Yuppie-Sau!«, schrie er.

Owen bewegte sich blitzschnell. Er packte den Mann am Kragen, hob ihn in die Luft und drückte ihn gegen eine Mauer. »Lass ihn in Frieden«, zischte er.

Verwirrt blickten die benebelten Augen des Mannes umher. Dann schienen sie langsam klarer zu werden. Der Mann spuckte Owen mitten ins Gesicht.

Owen löste eine Hand von ihm und schlug ihm in den Magen. Hart. Sehr hart. Der Mann sackte zusammen und würgte.

Guy packte seinen Bruder und riss ihn zurück. Owen starrte auf den Mann am Boden. Seine schwarzen Augen glühten.

»Schaff ihn weg!«, rief ich Guy zu.

Ich beugte mich zu dem Mann hinunter, der nach Luft japste. Vorsichtig lehnte ich ihn gegen die Mauer. Als er wieder zu Atem kam, gab er einen Schwall Flüche von sich.

»Was ist mit Ihren Rippen?« Ich versuchte, seine Brust abzutasten, aber er schob meine Hand beiseite. »Soll ich einen Krankenwagen rufen?«

Es folgte eine Flut übelster Beschimpfungen. Zwei Minuten saß ich bei ihm und hörte mir seine Beleidigungen an. Er schien sich langsam zu erholen. Ich nahm eine Zehn-Pfund-Note aus dem Portemonnaie und stopfte sie ihm in die Tasche. Er bedankte sich nicht. Ich hatte es auch nicht erwartet.

Erst als ich sicher war, dass Owen zurück in Kalifornien war, traf ich mich wieder mit Guy. Wir gingen zu einem Freundschaftsspiel der Fußballnationalmannschaft im Wembleystadion. England spielte gegen Brasilien und schaffte erstaunlicherweise ein Unentschieden. Nach dem Spiel fuhr mich Guy in seinem metallicblauen Porsche nach Hause. Als wir auf dem Parkplatz des Stadions standen, U2 im Radio hörten und mit mehreren tausend anderen Fahrzeugen darauf warteten, dass sich endlich etwas bewegte, erwähnte ich Owens Besuch.

»Interessant, was dein Bruder da über den ermordeten Gärtner gesagt hat.«

»Ja«, sagte Guy, schien aber nicht besonders interessiert zu sein.

»Bist du sicher, dass er Dominique umgebracht hat?«

»Absolut.«

»Aha.«

Einen Augenblick hörte ich Bono zu, dann nahm ich meinen ganzen Mut zusammen für die nächste Frage.

»Guy?«

»Ja.«

»Erinnerst du dich, dass die Polizei einen deiner Fußabdrücke vor Dominiques Fenster gefunden hat?«

»Ja.«

»Wie ist er dahin gekommen?«

Guy ließ langsam die Kupplung kommen, weil der Wagen vor uns zwei Meter weiterfuhr. Dann antwortete er.

»Ich bin auf dem Weg ins Bett pinkeln gegangen.«

»Bist du nicht.«

»Natürlich«, sagte Guy und wich meinem Blick aus, indem er sich auf das Auto vor uns konzentrierte.

»Ich war dabei. Weißt du das nicht mehr? Wir sind direkt ins Gästehaus gegangen.«

»Nein, da hast du was in den falschen Hals bekommen. Du denkst an irgendeinen anderen Abend. An diesem Abend hab ich 'ne Stange Wasser in die Büsche gestellt. Die Polizei hat das doch alles überprüft. Es ist fünf Jahre her. Du musst da was durcheinander bringen.«

Ich öffnete den Mund, um zu widersprechen, schloss ihn aber wieder. Die Geschichte war umgeschrieben worden, soweit es Guy betraf, und die Neufassung war von der Polizei offiziell abgesegnet worden. Es war seine Version der Ereignisse, und er warf das ganze Gewicht seiner Persönlichkeit in die Waagschale, um sie zur einzig gültigen Version zu machen. Die Sache hatte nur einen Haken: Ich wusste, dass er log.

»Ich treffe mich morgen Abend mit Dad. Hast du Lust mitzukommen?«, fragte er.

»Nein, vielen Dank.«

»Warum nicht? Es wird lustig. Wir gehen abendessen und später wahrscheinlich in irgendeinen Klub. Keine Angst, er zahlt.«

»Also ehrlich, ich habe keine besondere Sehnsucht nach ihm. Und ich nehme an, er auch nicht nach mir.«

»Wegen Frankreich?«

»Wegen Frankreich.«

Die Autoschlange vor uns setzte sich langsam in Bewegung. Guy klebte an der Stoßstange des Vauxhalls vor ihm, damit sich niemand dazwischen drängen konnte.

»Ich habe mich ehrlich bemüht, aber Frankreich ist schwer zu vergessen«, sagte er. »Die Geschichte mit Mel werfe ich meinem Vater immer noch vor.«

»Das überrascht mich nicht. Trotzdem triffst du dich mit ihm?«

»Aber ja, er ist ein Spieler. Weißt du, was ich meine?«

»Nicht genau.«

»Er versteht es zu leben, sich zu amüsieren. Er nimmt sich nicht besonders ernst, und andere Leute auch nicht. Klar, manchmal verletzt er Menschen damit, Menschen wie mich oder Mel, aber die kommen irgendwann drüber weg.«

»Man kann nicht durchs Leben gehen und nur an sich denken.«

»Warum nicht?«, fragte Guy. »Die anderen kümmern sich auch

nicht um dich. Ich meine, du darfst niemanden absichtlich verletzten, aber du musst dir nehmen, was du haben willst.«

»Hast du das von deinem Vater gelernt?«, sagte ich, unfähig, meinen Widerwillen zu verbergen.

»Hör auf! So schlimm ist er auch nicht. Leben und leben lassen, das ist meine Devise.«

»Und was hält Owen von ihm?«

»Owen und Dad leben auf verschiedenen Planeten. Er redet nur mit Dad, um mir einen Gefallen zu tun.«

»Merkwürdig, dass ihr euch so nahe steht. Man hat den Eindruck, dass ihr grundverschieden seid.«

»Sind wir auch, aber wir haben uns immer gegenseitig geholfen. Seit Owens Geburt.«

Ich war versucht, Guy auf den Widerspruch zu seinen früheren Aussagen hinzuweisen, ließ es aber. Gefühle haben ihre eigene Logik, genau wie Familien.

»Mom und Dad haben hin und wieder etwas Interesse an mir gezeigt«, fuhr Guy fort, »aber an Owen nicht die Bohne. Im Prinzip war ich der einzige Mensch, der sich um ihn gekümmert hat. Und er kümmert sich um mich.«

Er lachte. »Ich weiß noch, als ich acht war. Mom und Dad waren noch zusammen, und wir lebten in LA. Wir saßen am Pool. Ich hatte irgendwas angestellt, ein Glas mit zum Pool gebracht oder so was, und mein Vater rastete völlig aus. Damals wurde er oft wütend, wahrscheinlich, weil er von Mom die Nase voll hatte. Jedenfalls ließ er es an mir aus. Das dauerte zehn Minuten.

Owen beobachtete das alles. Er war erst fünf, aber groß für sein Alter, wie du dir vorstellen kannst. Plötzlich stieß er einen fürchterlichen Schrei aus und stürzte sich auf meinen Vater. Die beiden landeten im Pool. Dad trug einen Anzug und fand es überhaupt nicht lustig. Eine Woche lang wurde Owen früh ins Bett geschickt. Aber das juckte ihn nicht. Er freute sich, dass er mir geholfen hatte. Es ist gut, wenn du einen Bruder wie ihn hast.«

»Das will ich gern glauben«, sagte ich und dachte, was für ein Glück ich hatte, eine stinknormale Schwester zu haben, die ich zwar mochte, aber kaum sah, und keinen Bruder wie Owen.

»Und du hast wirklich keine Lust, morgen Abend mitzukommen?«, fragte Guy.

»Bestimmt nicht. Amüsiert euch schön.«

Zwei Tage später war ich nach der Arbeit mit ihm im Pub verabredet. Nach meiner Arbeit. Er hatte den Nachmittag vermutlich vor dem Fernseher verbracht.

»Na, wie war's mit deinem Dad?«

Guy zog eine Grimasse. »Ein Albtraum.«

»Spät geworden?«

»Nein, nicht so ein Albtraum, ein echter. Er will, dass ich mir einen Job suche.«

»Ungeheuerlich!«

»Deinen Scheißsarkasmus kannst du dir schenken. Ich habe ihm gesagt, dass mein Job die Schauspielerei ist. Das kann verdammt harte Arbeit sein. Aber für ihn scheint das nicht zu zählen. Er sagt, ich vergeude mein Leben, und will mir den Geldhahn zudrehen.«

»Hart«, sagte ich. Ich hatte mich immer gefragt, woher Guy sein Geld bekam.

»Ja. Ich habe zwei Trusts, die Patrick Hoyle eingerichtet hat und aus denen ich mein Einkommen beziehe. Ich sagte, an die käme er nicht ran, weil sie auf meinen Namen liefen. Er versicherte mir, das würde sich schon machen lassen. Und ich glaube es ihm. Hoyle würde alles für ihn tun, auch mich daran hindern, an mein eigenes Geld zu kommen.«

»Tja, wir anderen müssen arbeiten.«

»Komm mir nicht auf die proletarische Tour, Davo. Ich kenne 'ne Menge Leute, die arbeiten müssen. Aber mein Vater gehört nicht dazu. Mich ärgert die Heuchelei. Wenn er sein Leben an den Pools der französischen Riviera verbringt oder beim Skifahren in Villars, warum soll ich dann nicht hin und wieder in den Pub gehen?«

»Er hat sein Geld immerhin selbst verdient«, meinte ich.

»Das hat er auch gesagt«, murmelte Guy verdrossen. »Es kotzt mich trotzdem an. Mein Flugzeug will er auch verkaufen.«

»Hört sich an, als würdest du in Schwierigkeiten stecken.«

»Ja.« Er trank sein Bier aus und stand auf, um sich ein neues zu holen. »Aber ich denke nicht daran, klein beizugeben. Ich weiß, dass ich ein guter Schauspieler bin. In ein paar Jahren werde ich's ihm zeigen.«

Er kam mit einer Flasche Bier für sich und einem Pint Bitter für mich zurück. »Egal. Und wie geht's dir?«

»Gut«, sagte ich. »Ingrid kommt nächste Woche nach London zurück.«

»Tatsächlich? Machst du dann endlich Nägel mit Köpfen?«

Das war eine Frage, die ich mir immer wieder gestellt hatte, seit ich Ingrid zum letzten Mal gesehen hatte. Die Wahrheit war, dass ich mir nicht darüber klar wurde. Ich war mir sicher, dass ich sie mochte, und wenn ich mich nicht täuschte, mochte sie mich auch. Aber ich wollte unsere Freundschaft nicht aufs Spiel setzen.

»Ich weiß nicht.«

»Leg endlich los«, sagte Guy, der Meisterstratege. »Ich kann Mel sagen, dass sie ein gutes Wort für dich einlegt.«

»Das wird nicht nötig sein.«

»He! Ich hab eine Idee. Warum verbringen wir nicht mit der Cessna irgendwo ein verlängertes Wochenende? Du, Ingrid, Mel und ich. Wir könnten nach Frankreich fliegen. Oder wie wär's mit Schottland? Ich wollte schon immer mal die Hebriden umkreisen. Wenn mein Vater das Flugzeug wirklich verkaufen will, sollte ich es in diesem Sommer noch mal richtig ausnützen. Was hältst du davon?«

»Hört sich gut an.«

»Auf jeden Fall ist es eine Gelegenheit, Ingrid besser kennen zu lernen ...«

»Sag mal, versuchst du, mich zu verkuppeln?«

»Klar doch. Was hast du dagegen? Willst du es denn nicht?«

Ich war ein bisschen verlegen, weil Guy versuchte, in mein Liebesleben einzugreifen, dabei war ich mir nicht einmal sicher, was für Pläne ich in Bezug auf Ingrid hatte – wenn ich überhaupt welche hatte. Außerdem wartete in der nächsten Woche ein wichtiges Examen in Wirtschaftsprüfung auf mich, für das ich viel zu wenig getan hatte. Im letzten hatte ich nach einer durchzechten Nacht mit Guy ziemlich kläglich abgeschnitten. Dieses Mal müsse ich mich »am Riemen reißen«, hatte mein Chef mir gesagt. Doch ein Flug nach Schottland versprach lustig zu werden. Um meinen Riemen würde ich mir später Gedanken machen.

»Doch«, sagte ich. »Es ist eine gute Idee.«

20

Wir trafen uns morgens um halb acht an einem regnerischen, wolkenverhangenen Freitag auf dem Flugplatz Elstree. Guy und ich zogen die Plane vom Flugzeug und überzeugten uns, dass es in einem einwandfreien Zustand war.

»Bist du sicher, dass es eine gute Idee ist?«, fragte Ingrid mit einem skeptischen Blick auf die dicke graue Wolkendecke, die gut hundert Meter über uns hing.

»Das geht schon in Ordnung«, sagte Guy. »Meine Maschine kommt da durch. Ich habe mir die Wetterdaten geben lassen, in Schottland scheint die Sonne. Wir müssen nur hinkommen.«

Ich setzte mich zu Guy nach vorn, Ingrid und Mel gingen nach hinten. Die Cessna 182 war eine der wenigen einmotorigen Maschinen, die genügend Leistung hatten, um vier Personen zu befördern, und genügend Brennstoff fassten, um beliebige Entfernungen zurückzulegen. Wir hoben ab und befanden uns wenige Sekunden später in den Wolken. Noch eine Minute, und wir schwebten über ihnen.

Guy hatte auf Autopilot geschaltet, so glitten wir fünfzig Meter über den Wolken dahin, unsichtbar darunter das Rückgrat Englands, während wir von einem Fluglotsen der Royal Air Force zum nächsten weitergereicht wurden. Wir hätten sie gar nicht gebraucht. So früh am Morgen waren wir das einzige Flugzeug am Himmel. Ich hatte erst ein paar Flugstunden hinter mir und wartete noch auf meinen ersten Alleinflug, fand es aber faszinierend, Guy zu beobachten. Er hatte mir schon viel von der Cessna erzählt und zeigte mir jetzt weitere Einzelheiten.

Als wir den Clyde erreichten, zerrissen die Wolken, und Guy ging tiefer. In dem grauen Licht folgten wir dem Firth of Clyde, flogen in geringer Höhe über ein Atom-U-Boot und den begleitenden Hubschrauber hinweg, schlüpften beim Crinan Canal durch eine Lücke in den Hügeln und kamen hinaus in strahlenden Sonnenschein. Plötzlich wechselte die Farbe des Meeres von schmutzigem Grau zu strahlendem Blau, mit türkis- und zyanfarbenen Tupfern dazwischen. Wo wir hinblickten, waren Meer, Küste, Felsen, Wasserarme und Berge. Es ließ sich kaum entscheiden, was Festland und was Insel war. Die beiden Frauen auf den Rücksitzen hörten auf, sich zu unterhalten, und schauten stumm hinaus. Das Panorama war von berückender Schönheit.

Wir erreichten die Südküste von Mull und folgten ihr, bis wir das Kloster Iona erreichten, eine Gruppe weißer und grauer Gebäude, die am Rand der Welt klebten. Guy ging noch hundert Meter tiefer, und wir rasten über die Wasseroberfläche auf die Insel Staffa mit der Fingal's Cave zu. Aus dieser Höhe konnten wir die schwarzen Basaltsäulen in der Höhle erkennen. Unter uns schaukelten zwei Ausflugsschiffe. Erschrocken stob ein Schwarm rosa Vögel auf. Wir folgten der Nordküste von Mull, glitten ganz niedrig über eine Burg von unwirklicher Romantik hinweg und kletterten dann in Richtung Oban, wo Brennstoff für Mensch und Maschine gefasst werden sollte. Guy umflog den Berg, der unserem Anflug im Wege stand, und landete die Cessna perfekt, sodass die Räder nicht das leiseste Geräusch von sich gaben.

Zu Mittag aßen wir in einem Hotel neben dem Flugplatz. Die Mädchen, die Symptome fortgeschrittener Langeweile hatten erkennen lassen, als wir über Englands Wolken dröhnten, erwachten wieder zum Leben. Wir aßen auf der Gartenterrasse, ließen uns von der Sonne bescheinen, deren Hitze durch die Meeresbrise gemildert wurde, und beglückwünschten uns, dass wir nicht in London saßen. Am Nachmittag wollte Guy mit uns zwischen den Inneren Hebriden und dem Festland nach Broadford fliegen, einem kleinen Flugplatz auf der Isle of Skye. Wir hatten vor, dort am folgenden Tag eine längere Wanderung zu machen, um abends nach Barra hinüberzufliegen, einer Insel, die zu den Äußeren Hebriden gehört, und dort den Abend zu verbringen, bevor wir am folgenden Tag den Rückflug antraten.

Etwas nervös nahm ich zur Kenntnis, dass Guy zwei halbe Liter trank. Gleichzeitig fühlte ich mich wie ein Idiot. Schließlich wusste ich, dass Guy ein erfahrener Pilot war und mit Alkohol umgehen konnte. Trotzdem war klar, dass er gegen die Regeln verstieß. Natürlich, das war der Unterschied zwischen uns beiden. Er verstieß gegen die Regeln und ich nicht. Obwohl ich als Flugschüler keine Maschine fliegen durfte, wenn nicht ein ausgebildeter Fluglehrer dabei war, begnügte ich mich mit einer Cola, als würde es etwas nützen, wenn der durchschnittliche Alkoholkonsum im Cockpit eingeschränkt wurde.

Dann kehrten wir auf das Rollfeld zurück und tankten die Maschine auf. Ich holte die Wetterdaten. Ich hatte den meteorologischen Teil des Flugkurses gerade abgeschlossen, ein Thema, das mich faszinierte. Doch was ich hier las, beunruhigte mich. Ich ging zu Guy aufs Vorfeld.

»Schau dir das mal an«, sagte ich.

Er folgte mir in den Wohnwagen, der als Kontrollturm diente, und warf einen Blick auf die Daten. Unter Inverness stand zu lesen: »PROB 30 TEMPO TSRA BKN0010CB«.

»Und?«, sagte Guy.

»Ist das nicht eine Gewitterwarnung?«

»Nein, Davo, es heißt lediglich: In Inverness besteht eine dreißigprozentige Wahrscheinlichkeit, dass es vorübergehend zu Gewittern kommt. Inverness ist an der Ostküste, und wir fliegen nach Westen.«

»Aber ist Inverness nicht auf dem Wetter-Fax der Ort, der Skye am nächsten liegt?«

Guy zögerte. »Mag sein. Aber sieh doch mal hinaus. Wo sind die Wolken? Das Wetter könnte gar nicht besser sein.« Er sah den zweifelnden Ausdruck in meinen Augen. »Im Sommer sagen sie immer, dass die Möglichkeit eines Gewitters besteht. Die Typen von der Wetterwarte haben Schiss und halten sich bedeckt. Wenn wir ein Gewitter sehen, machen wir einen großen Bogen, okay?«

»Okay.« Ich nickte und dachte, wie viel wohler mir zumute wäre, wenn ich bei diesen Flügen mit Guy mehr von der Sache verstünde.

Wir hoben ab, stiegen in einen klaren Himmel auf und flogen parallel zur zerklüfteten Küste nach Norden, vorbei an Leuchttürmen, Lochs, Vögeln, Gehöften und Burgen. Am Sound of Sleat zog

Guy die Maschine nach oben und passierte Mallaig in Richtung Kyle of Lochalsh. Zu unserer Linken wuchs das dunkle Gebirge von Skye auf, zu unserer Rechten die Highlands. Über meine rechte Schulter hielt ich Ausschau nach dem Ben Nevis, der etwa fünfzig Kilometer hinter uns liegen musste. Ich konnte ihn nicht sehen. Plötzlich war eine riesige schwarze Wolke aufgezogen, die das Gebirge überragte. Sie reichte dreihundert Meter hoch in den Himmel, verjüngte sich zu einem Turm, der eine flache weiße Kappe trug. Einen »Amboss«. Es handelte sich um einen gewaltigen Kumulonimbus, eine Gewitterwolke.

In den meteorologischen Lehrbüchern hatte ich über Gewitterwolken gelesen. Sie sind die schlimmsten Feinde des Piloten. Wind kann die Landung erschweren, Regen die Sicht einschränken, doch eine Gewitterwolke kann ein Flugzeug in Stücke reißen. In einer großen Gewitterwolke wird warme Luft in das Zentrum des Gewitters gezogen und schießt dort viele Hundert Meter noch oben, wo sie abkühlt und in einem heimtückischen Abwind zu Boden stürzt. Die daraus resultierende Turbulenz erzeugt heftige Luftstöße, denen ein normales Flugwerk nicht gewachsen ist.

Ich tippte Guy auf die Schulter und zeigte ihm die Wolke.

»Das ist schon okay«, sagte er. »Über Bergen hast du oft Wolken. Da hinten kann uns nichts passieren.«

Wir näherten uns der Schulter eines Hügels, der zum Sund abfiel. Wir passierten ihn und wandten uns nordwärts. Direkt vor uns wuchs eine schwarze Mauer auf. Das Flugzeug bebte ein wenig, wie in nervöser Erwartung.

Noch eine.

Zu beiden Seiten erhoben sich Berge. Guy hatte keine Chance, sein Versprechen wahr zu machen und die Gewitterfront zu umfliegen.

»Und jetzt?«

»Wir fliegen drunter weg«, sagte er. »Es gibt vielleicht ein paar Turbulenzen, aber wir sind schon fast da.«

»Sollten wir nicht lieber umkehren?«

»Quatsch, das klappt schon. Das Gewitter bildet sich erst. Es regnet ja noch gar nicht.«

»Bist du sicher?«

»Natürlich bin ich sicher«, sagte Guy, und Ärger flackerte in seiner Stimme auf. »Haltet euch fest dahinten, es kann jetzt ein bisschen unruhig werden.«

Guy ging auf ungefähr einhundertzwanzig Meter hinunter. Dort konnte man unter der Wolke die Küste dahinter erkennen.

Wir näherten uns der grauen Wand mit etwa hundertdreißig Knoten. Ich war nervös. Vor uns befand sich ein Ungetüm, das für mein unerfahrenes Auge verdächtig nach einem riesigen Kumulonimbus aussah, unter uns Wasser, zu beiden Seiten Berge. Nur hinter uns war Sicherheit. Doch ein Blick in Guys entschlossenes Gesicht überzeugte mich davon, dass dieser Weg für ihn nicht in Frage kam.

Die Luft wurde kabbelig, die Maschine hüpfte und stieß, und prompt hörten wir von hinten einen erschreckten Ausruf, der von Mel stammte. Ein bisschen unbequem, aber nichts Gefährliches, wenn das alles war, was wir zu erwarten hatten.

Vielleicht waren meine Ängste ja unberechtigt.

Waren sie nicht.

Plötzlich wurde die Maschine nach unten gerissen, als hätte ihr eine Riesenhand aufs Dach geschlagen. Das Wasser raste uns entgegen. Guy fluchte, gab Vollgas und versuchte, an Höhe zu gewinnen. Trotz seiner Bemühungen fielen wir weiter. Noch so ein Abwind, und wir würden nasse Füße bekommen. Schlimmer noch, das Flugzeug würde mit solcher Wucht auf die Wasseroberfläche aufschlagen, dass es zerschellen würde. Doch es kam anders. Eben noch hatte die Maschine vergeblich versucht, auch nur einen Meter an Höhe zu gewinnen, im nächsten Augenblick zog uns die Riesenhand in die Höhe. Das Wasser blieb weit unter uns zurück, und wenige Sekunden später hüllte uns die Wolke ein. Alles wurde dunkel.

»Herr des Himmels!«, fluchte Guy, während er verzweifelt mit dem Steuerknüppel hantierte. Ich hatte keine Ahnung, was er versuchte. Es gab nichts zu tun. Gegen die Kräfte, die uns im Griff hatten, vermochten die Befehle, die Guy dem Flugwerk erteilte, nicht das Geringste auszurichten. Ich warf einen Blick auf den Höhenmesser. Wir wurden auf eine Höhe von mehr als sechshundert Meter getragen. Gegenstände flogen durch die Kabine: die Karte, ein Piloten-Kniebrett, ein Flugführer. Ich fühlte einen Schlag gegen den Hinterkopf, im nächsten Augenblick sah ich Ingrids Tasche gegen die Decke prallen. Die Orientierung war mir gänzlich abhanden gekommen. Draußen fiel eine dichte Wasserdecke auf uns herab und ergoss sich über die Windschutzscheibe. Das war völlig egal. In der pechschwarzen Wolke konnten wir ohnehin nichts sehen.

Mel begann zu schreien. Ich wandte mich um. Sie war außer sich vor Angst.

»Sag ihr, sie soll das Maul halten«, knurrte Guy neben mir. Er war blass und schwitzte, während er mit dem Steuerknüppel kämpfte.

»Mel!«, schrie ich. »Mel!«

Es war zwecklos. Ich konnte das arme Mädchen nicht am Schreien hindern, aber ich konnte die Gegensprechanlage abdrehen, die für die Verständigung mit den Rücksitzen sorgte. Das half.

Plötzlich war alles in ein blendendes weißes Licht getaucht, dann folgte eine Explosion. Es war, als befänden wir uns im Zentrum des Donnerschlags. Ich schaute nach den Tragflächen. Unglaublicherweise saßen sie noch immer am Rumpf.

»Was ist mit den Bergen?«, rief ich. Wir hatten zu beiden Seiten Berge, konnten aber nichts sehen. Jeden Augenblick konnten wir rechts oder links in eine Felswand krachen.

»Ich weiß«, sagte Guy. »Aber wirf mal einen Blick auf den Höhenmesser. Wir sind fast neunhundert Meter hoch. Da befinden wir uns über den meisten Gipfeln.«

Ich tat, wie mir geheißen, und während mein Blick auf dem Instrumentenfeld ruhte, begann der Höhenmesser sich in die andere Richtung zu bewegen. Wir befanden uns in einer rasanten Abwärtsbewegung. Sechshundert. Dreihundert. Keine vier Kilometer von unserem Flugweg entfernt befanden sich viele Hügel von dieser Höhe. Ich starrte hinaus in den Regen und die Dunkelheit. Die Kuppen konnten sich direkt vor uns befinden, das ließ sich nicht entscheiden.

Dann zerriss die Dunkelheit, und wir waren draußen. Unter uns war Wasser, vor uns lag die braune Flanke eines Berges. Das Wasser teilte sich, ein Arm führte nach links, einer nach rechts. Guy hatte nur eine Sekunde, um sich zu entscheiden. Er nahm den rechten Arm.

»Gott sei Dank«, sagte ich.

»Wo ist die Karte?«, schrie Guy.

Sie hatte sich unter einem Süllrahmen über dem Instrumentenbrett eingeklemmt. Ich gab sie Guy. Er blickte sich um und dann auf die Karte. Wir befanden uns in einer Schlucht, die vielleicht drei Kilometer breit war. Vor uns und etwas höher lag eine Art Sattel, ein enger Pass zwischen zwei Bergen. Hinter uns tobte das Gewitter.

»Wir sind jetzt über Skye«, sagte Guy. »Der Flugplatz liegt gleich hinter diesem Sattel.«

Er gab Vollgas und begann zu steigen. Die Cessna 182 hat einen leistungsstarken Motor und kann normalerweise dreihundert Meter in der Minute klettern, doch wir schafften weit weniger. Mit Glück würden wir es bei diesem Tempo gerade über den Sattel schaffen. Wir stiegen nämlich gegen den Fallwind, der vom Berg herunterfegte.

Mel hatte aufgehört zu schreien.

Ich blickte hinab. Wir überflogen einen kleinen, halbmondförmigen Loch. Ich nahm die Karte und suchte ihn. Mir war klar, wo wir uns Guys Meinung nach befanden: unmittelbar südlich von Broadford auf der Isle of Skye. Dort gab es keinen halbmondförmigen Loch. Fieberhaft suchte ich die Karte ab, bis ich ihn gefunden hatte. Da war er! Auf dem Festland. Auf halber Strecke eines lang gestreckten Tals, an dessen Ende ein neunhundert Meter hoher Berg auf uns wartete.

»Guy, ich glaube nicht, dass wir über Skye sind.«

»Natürlich sind wir dort«, entgegnete er.

»Aber der Loch dort unten, der ist auf dem Festland. Wir müssen umkehren, oder wir krachen in diesen Berg.« Ich versuchte ihm die Karte zu zeigen, aber er fegte sie zur Seite.

»Auf keinen Fall fliege ich noch mal durch das Gewitter«, sagte Guy. »Und der Flugplatz ist nur ein paar Kilometer vor uns.«

»Das ist er nicht. Schau auf den Kompass. Wir fliegen in nordöstliche Richtung, nicht in nördliche.«

»Der Kompass ist hin. Der hat das Gewitter nicht überstanden. Hör zu! Ich bin der Pilot. Ich hab die Fluglizenz. Und du hältst jetzt endlich dein verdammtes Maul!«

Ich hielt es. Hinter dem Sattel lag eine Wolke. Sie konnte einen Berg verhüllen oder auch nicht. Das Tal verjüngte sich. Noch ein bisschen weiter, und wir konnten nicht mehr wenden, ohne die Hänge zu beiden Seiten zu touchieren. Langsam gewannen wir an Höhe. Es sah so aus, als würde unsere Steigung uns gerade über den Sattel tragen. Aber was kam dahinter? Wenn ich Recht hatte und es kein Flugplatz, sondern ein Berg war, befanden wir uns auf einer Einbahnstraße, die an der Bergwand endete.

Wieder blickte ich hinab. Noch ein winziger Loch, von Bäumen umstanden. Ich verglich die Karte. Genau, drei Kilometer hinter dem halbmondförmigen Loch kam ein blauer Punkt und daneben ein grüner Fleck.

»Guy, dreh um! Ich bin mir absolut sicher, dass vor uns ein Berg ist!«

»Nein! Sei endlich still!«

Guy wollte glauben, dass jenseits des Bergsattels die sichere Zuflucht wartete. Er wünschte es sich so sehnlich, dass er alles, was dagegen sprach, einfach ausblendete. Der Sattel befand sich jetzt unmittelbar vor uns. Auch die Seiten des Tals waren bedrohlich nahe gerückt. Vielleicht schafften wir jetzt gerade noch eine Kehrtwendung, aber in zehn Sekunden …

Ich tat, was ich tun musste. Ich ergriff den Steuerknüppel vor mir und riss ihn nach rechts. Guy versuchte, mit seinem Steuerknüppel dagegen zu halten, aber ich war kräftiger. Die Maschine neigte sich steil zur Seite und wendete. Einen Augenblick hielten wir auf den seitlichen Berghang zu.

»Lass los, Guy, oder wir landen im Berg!«, rief ich. Wenn es Guy gelungen wäre, die Kehrtwendung zu verzögern, wären wir direkt in die Bergwand hineingeflogen. Er ließ los.

Ich sah Felsen, Bäume, Farn, einen Wasserfall. Näher und näher. Wie waren nur noch wenige Meter von dem Fels entfernt. Obwohl die Wendung so eng war, schienen wir uns nur unendlich langsam zu drehen. Komm schon! Dann schwenkte die Nase weiter, fort von der Felswand, und wir waren wieder auf dem Weg, auf dem wir gekommen waren. Wir flogen noch immer mit Vollgas, und ich zog die Maschine hoch.

»Was fällt dir ein!«, schrie Guy. »Bist du verrückt geworden? Du hättest uns fast umgebracht!«

Ich warf einen Blick über die Schulter zurück. Über dem Sattel teilten sich die Wolken einen Augenblick. Und durch die Lücke sah man einen Berg.

Hätte ich die Maschine nicht gewendet, wären wir an ihm zerschellt. So sicher wie das Amen in der Kirche.

Guy hatte es auch gesehen. Er keuchte. »Oh, mein Gott!« Er wurde blass, und seine Lippen begannen zu zittern. »Oh, mein Gott!«

Wir stiegen weiter. Die Luft war zwar noch immer unruhig, aber ich konnte klaren Himmel zwischen Gewitter und Gebirge erkennen. Auf diese Lücke richtete ich die Nase des Flugzeugs. Ich wusste nicht, ob die Einstellungen alle hundertprozentig korrekt waren, aber das Flugzeug hielt ruhig und kraftvoll nach oben, und das war alles, was zählte.

Die Isle of Skye war in Wolken gehüllt, doch ich konnte der Küste zurück nach Mallaig folgen, wo der Himmel klar war.

»Mein Gott«, sagte Guy. »Es tut mir Leid, Davo. Himmel, ich kann es nicht glauben.«

Ich blickte zu ihm hinüber. Er war aschfahl und schien unter Schock zu stehen. Mir wurde klar, dass ich die Maschine fliegen musste. Ich hatte erst zwölf Flugstunden absolviert und noch nie etwas geflogen, das annähernd so viel Pferdestärken hatte wie die Cessna. Aber ich konnte sie steuern, und der Gashebel schien im Großen und Ganzen genauso zu funktionieren wie in der AA-5. Ich hätte die Flugsicherung über Funk anrufen können, war mir aber nicht sicher, ob meine Erfahrungen im Funkverkehr ausreichten. Ich entschied mich für das Minimalprogramm: Oban anfliegen und Guy die Landung überlassen.

Ich schaltete die Gegensprechanlage wieder an und hörte Mel schluchzen. Ingrid versuchte, sie zu trösten.

»Ist es vorbei?«, fragte sie.

»Ich glaube«, sagte ich.

Das stimmte nicht ganz. Ich hielt mich rechts von der Küste, bis ich den weißen Leuchtturm von Ardnamurchan erreichte, und folgte dann dem Sound of Mull, um so auf Oban zu stoßen. Doch was sich da vor mir auftürmte, war eine weitere drohende Gewitterwolke. In die Nähe eines solchen Ungeheuers würde ich mich auf keinen Fall noch einmal wagen. Ich erinnerte mich, dass wir vorhin an einem grasbewachsenen Behelfslandeplatz an der Nordküste von Mull vorbeigekommen waren. Nach ein paar Kilometern hatte ich ihn gefunden.

Ich wandte mich Guy zu. In sich zusammengesunken, stierte er aus dem Fenster.

»Kannst du sie jetzt landen, Guy?«, fragte ich.

»Tu du es«, sagte er.

»Aber ich habe es noch nie allein gemacht. Und ich habe keine Ahnung, wie man auf Gras landet. Du musst es versuchen.«

»Okay«, sagte er schwach. Er übernahm den Steuerknüppel und begann mit dem Gashebel und der Propellereinstellung herumzufummeln. Dann stieß er sie von sich. »Nein«, sagte er. »Ich kann es nicht. Du musst es machen.«

»Guy!«

Er gab keine Antwort und wich meinem Blick aus.

Schweren Herzens richtete ich die Maschine auf den winzigen Grasstreifen aus. Er lag direkt neben dem Meer, und in der Richtung, aus der ich landen musste, gab es einen verdammt hohen Hügel. Ich hatte schon ein paar Landungen hinter mich gebracht, einige sogar ohne zu springen, aber immer auf einer gepflegten asphaltierten Landebahn, neben mir ein Fluglehrer, der eingriff, wenn ich es vermasselte, was damals ziemlich oft passierte.

Wenn ich es dieses Mal verriss, gab es vermutlich keine zweite Chance.

Ich nahm Gas weg und fuhr die Landeklappen halb aus. Die Maschine begann an Geschwindigkeit und Höhe zu verlieren. Nun flog ich auf den Hügel zu und wendete erst im letzten Augenblick, sodass die Landebahn vor mir lag. In der Cessna hatte ich eine ganz andere Perspektive als die, an die ich gewohnt war, und alles ging sehr rasch. Ich war zu hoch und zu schnell. Verzweifelt nahm ich das Gas ganz weg, richtete die Nase nach unten und fuhr die Landeklappen vollständig aus. Immer noch zu hoch und zu schnell. Die Landebahn schien auf uns zuzurasen, doch bevor ich Gelegenheit hatte, die Nase wieder hochzuziehen, schlugen wir hart auf dem Boden auf. Mit einem gewaltigen Sprung hob sich das Flugzeug wieder in die Luft. Ich drückte es wieder nach unten, und nach zwei weiteren Sprüngen befanden wir uns auf festem Boden und jagten auf eine Hecke am anderen Ende der Startbahn zu. Panisch ging ich in die Bremsen und wartete. Wir schossen über die Startbahn hinaus ins hohe Gras. Das war viel wirksamer als meine Bremsversuche. Zwei Meter vor der Hecke kamen wir zum Stehen.

Ich schaltete den Motor aus. Stumm saßen wir da und konnten nicht glauben, dass wir tatsächlich auf festem, sicheren Boden waren.

21

August 1999, Clerkenwell, London

»Na, wie geht's, Guy?«

»Wir sind gut, wir sind online, und wir haben vierzigtausend Besucher die Woche.« Guy grinste seinen Vater an. Die hektischen Tage, die hinter uns lagen, hatten ihn förmlich mit Energie aufgeladen.

Es war die erste offizielle Vorstandssitzung von *ninetyminutes.com*, obwohl von den vier Direktoren nur Patrick Hoyle einen Anzug trug, ein riesiges zeltartiges Kleidungsstück, das seinen gewaltigen Körper umflatterte. Unser neuer Vorsitzender war ganz in Schwarz gekleidet, genau wie sein Sohn. Tony war in großartiger Stimmung: Offenbar gefiel ihm der Internet-Lebensstil.

Für achtzig Prozent von Ninetyminutes hatte Tony zwei Millionen Pfund investiert, sodass wir anderen die verbleibenden zwanzig Prozent unter uns aufteilen mussten, von denen Guy zu Recht den Löwenanteil erhielt. Es war ein schlechtes Geschäft für uns, aber wir hatten keine Wahl. Mel hatte uns bei den Verhandlungen geholfen und sich Tony gegenüber durchgehend professionell verhalten. Aber das half wenig. Tony hatte uns in der Hand und nützte das gnadenlos aus. Am schlimmsten war, dass er es zu genießen schien. Alles in allem ließ sich kein größerer Gegensatz zum Verhalten meines Vaters bei seiner Investitionsentscheidung denken.

»Überhaupt keine Probleme?«, fragte er.

»Oh, es gab welche. Aber wir haben sie gelöst. Die Site ist nicht ein einziges Mal abgestürzt, seit wir vor zehn Tagen online gegangen sind. Das ist mehr, als sich von einigen Mitarbeitern sagen lässt. Wir haben sie unheimlich angetrieben.«

»Also, was passiert, wenn ich ›www.ninetyminutes.com‹ in meinen Computer eintippe?«

»Ich wusste gar nicht, dass du tippen kannst, Dad.«

»Natürlich kann ich die Scheißtastatur bedienen!« Tony entschärfte seine Bemerkung durch ein kleines Lächeln, von Guys Begeisterung angesteckt.

»Tut mir Leid. Dann versuch's selbst«, sagte Guy und schob seinem Vater den eigenen Laptop hin. Umständlich gab Tony die Buchstaben ein, und das inzwischen vertraute Ninetyminutes-Logo erschien auf dem Bildschirm. Guy führte Tony auf der Site herum, während Hoyle ihnen über die Schulter zuschaute.

»Weißt du, dass das richtig gut ist?«, fragte Tony.

»Weiß ich«, sagte Guy. »Und es wird noch besser werden.«

»Hat schon jemand von uns Notiz genommen?«, wollte Tony wissen, während er weiter auf dem Laptop herumtippte.

»Die Pressereaktionen waren ausgezeichnet.« Guy gab ein Bündel Presseberichte herum. »Und unsere Site hat online hervorragende Kritiken bekommen. In den nächsten Wochen erwarten wir noch mehr.«

Tony sah die Kritiken durch. »›Um Längen die beste Fußball-Site im Netz.‹ Nicht schlecht für eure erste Woche.«

»Es bleibt noch viel zu tun«, sagte Guy. »Wir sind wegen der Online-Wetten mit einem Offshore-Buchmacher im Gespräch. Das könnte eine Goldgrube werden. Laufend werben wir neue Leute an. Neue Autoren, zwei Programmierer, die Owen und Sanjay helfen sollen, und einige Mitarbeiter für die Verwaltung. Außerdem hat unsere Werbeagentur angefragt, ob sie Werbeflächen der Site verkaufen kann. Überleg mal, eigentlich wollten wir das erst versuchen, wenn wir mehr vorzuweisen hätten.«

»Wär ja ganz schön, wenn auch ein bisschen Geld hereinkäme«, sagte Tony.

»Natürlich. Wir machen Fortschritte im Verkaufsbereich.«

Tony schob Kritiken und Laptop beiseite und nahm die Finanzberichte in die Hand, die den Vorstandsunterlagen beigeheftet waren. Er verzog das Gesicht.

»Amy lässt ein Team von Designern an einer Sportkollektion arbeiten«, fuhr Guy fort. »Sie hat Lieferanten in Großbritannien und Portugal aufgetrieben.«

»Wäre Fernost nicht kostensparender?«

»Wir brauchen die Flexibilität, die die rasche Umsetzung von Anweisungen und neuen Entwürfen bringt. Egal, was geschieht, wenn wir anfangen, das Zeug unter unserem eigenen Label zu verkaufen, wird es sehr schnell gehen, deshalb müssen wir auch schnell reagieren können. Außerdem steht Amy in Verhandlung mit den Lieferfirmen von Vereins- und Nationaltrikots und den Herstellern von Fanartikeln.«

»Ist das nicht ein bisschen früh dafür?«

»Die Vorlaufzeit ist lang. Wir müssen vorbereitet sein.«

»Das klingt ja alles sehr viel versprechend«, sagte Tony. »Erzählen Sie uns, was wir dafür zahlen müssen, David.«

Ich erläuterte die Zahlen, die in den Unterlagen der Vorstandssitzung aufgeführt waren. Mit großer Sorgfalt hatte ich sie zusammengestellt und war zufrieden mit dem Ergebnis.

Als ich fertig war, herrschte Schweigen. Tony blickte mich an und tippte sich geistesabwesend mit dem Kugelschreiber gegen das Kinn. Ich versuchte, seinen Blick festzuhalten, und lächelte. Seine Miene blieb steinern. Aufmerksam beobachtete Hoyle seinen Mandanten. Er kannte ihn besser als ich, und er wusste, dass etwas im Busch war.

Ich versuchte, ruhig zu bleiben, doch in meinem Kopf läuteten die Alarmglocken Sturm. Hatte ich etwas Falsches gesagt? Was hatte ich vergessen? Warum begegnete Tony seinem Sohn so freundlich und mir so ablehnend? Hatte das noch immer etwas mit Dominique zu tun?

Schließlich griff Guy ein. »Vielen Dank, David. Wie du siehst, gehen wir vorsichtig mit unserem Geld um und halten uns an die Budgetplanung.«

»Mag sein, dass wir uns an die Budgetplanung halten, aber wir verdienen kein Geld. Stimmt's, David?« Jetzt war eine gewisse Schärfe in Tonys Stimme.

»Nein, noch nicht«, gab ich zu. »Doch in dieser Phase muss Ninetyminutes erst einmal in das Unternehmen investieren.«

»Wir machen Verluste, ohne dass eine Änderung in Sicht ist. Für mich ist das nicht ›ins Geschäft investieren‹, sondern ›mehr ausgeben, als wir verdienen‹.«

Ich wurde sauer. Mein Berufsehre war gekränkt. Ich war der Buchhalter, was fiel ihm ein, mich zu belehren? »Das ist ein Start-up. Was erwarten Sie?«

Tony hob die Brauen. Langsam wanderte sein Blick zu Guy und dann wieder zurück zu mir.

»Na gut«, sagte er. »Also dann bis zum nächsten Monat. Ich freue mich, dass die Site so gute Fortschritte macht. Meinen Glückwunsch.« Das galt mehr Guy als mir. »Vielleicht können wir bei unserer nächsten Besprechung etwas genauer auf unsere Finanzstrategie eingehen.«

Das klang Unheil verkündend, trotzdem war ich nicht so besorgt, wie ich hätte sein sollen. Es war ein unangenehmes Treffen gewesen, und ich hatte mich kurzzeitig von Tony beeindrucken lassen. Aber ich würde drüber hinwegkommen. Er hatte mich nicht geröstet, sondern mir eher eine kalte Dusche verpasst. Damit konnte ich leben. Es war eine Frage der Einstellung.

Bald hatten wir unseren Vorsitzenden wieder vergessen. Ninetyminutes entwickelte sich prächtig, und für die größte Schubkraft sorgte Guy. Er war überall. Wenn er die Ideen nicht selber hatte, brachte er die anderen Teammitglieder dazu, sie zu produzieren. Er war wirklich die Inspiration des Unternehmens. Entscheidungen wurden in Sekundenschnelle getroffen, und immer von Guy. Dabei war sein Maßstab grundsätzlich die Frage: Bringt uns diese Idee unserem Ziel näher – die Nummer eins in Europa zu werden? Wenn das der Fall war, wurde die Idee verwirklicht. Wenn nicht, vergaßen wir sie und beschäftigten uns mit der nächsten.

Trotz der Anfangserfolge, die die Site erzielt hatte, war Guy unzufrieden. Gaz' Ideen waren gut, seine Geschichten glänzend und Mandrills Design besser als das aller Konkurrenten im Netz. Doch Guy fand, der Site fehle noch etwas, obwohl er nicht recht sagen konnte, was es war. Nach einer langen Diskussion bis in die späte Nacht gelangten wir zu dem Schluss, dass wir jemanden brauchten, der all die verschiedenen Elemente zusammenbringen und organisieren konnte. Doch was für ein Wundertier sollte das sein? Und wo konnten wir es finden?

Weder hatten wir die Zeit, Anzeigen zu schalten, noch das Geld für einen Headhunter. Dann fiel mir Ingrid ein. Seit sieben Jahren hatte keiner von uns beiden Kontakt zu ihr gehabt, doch sie hatte für verschiedene Zeitschriften gearbeitet. Wenn sie niemanden kannte, der in Frage kam, konnte sie uns vielleicht wenigstens sagen, welche beruflichen Qualifikationen jemand besitzen musste, der unseren Vorstellungen entsprach, und wo wir nach ihm suchen konnten. Wenn sie überhaupt mit uns sprechen würde.

Ich suchte ihre Nummer aus einem alten Adressbuch heraus und rief sie an. Sie war überrascht, von mir zu hören, erklärte sich aber bereit, sich am nächsten Tag mit uns zum Mittagessen zu treffen.

Wir hatten uns in einer kleinen Pizzeria in der Nähe unseres Büros auf der South Bank verabredet. Ingrid war kühl, beherrscht und selbstbewusst. Ein bisschen älter sah sie aus, ein paar Fältchen waren um den Mund und die blassblauen Augen hinzugekommen, Lachfältchen. Das kastanienbraune Haar trug sie jetzt kürzer, und ihr Hosenanzug war elegant, aber sportlich. An ihren Ohren hingen große Jaderinge. Sie wirkte seriös und souverän. Und amüsiert.

»Ich kann es nicht glauben«, sagte sie. »Ihr beiden habt euch zusammengetan, um *Dot-Commers* zu werden. Ein liederlicher Schauspieler und ein zugeknöpfter Buchhalter.«

»Die Kombination ist unschlagbar«, sagte Guy lächelnd, »und einzigartig.«

Ich war mir nicht sicher, ob mir die Beschreibung »zugeknöpfter Buchhalter« gefiel, aber ich ließ die Frage auf sich beruhen. »Weltläufiger Banker« vielleicht? Doch einer der Gründe, warum ich mich auf diese Sache eingelassen hatte, war natürlich der Wunsch, das Etikett »Buchhalter« loszuwerden.

»Fast hätte ich euch nicht erkannt. Guy lässt kein Anzeichen für einen Kater erkennen, und du scheinst deinen Anzug verloren zu haben, David, und deine Haare.«

»Dafür haben wir dich sofort wieder erkannt«, sagte Guy.

»Ein Glück, dass du noch dieselbe Telefonnummer hast«, sagte ich. »Nach sieben Jahren.«

»Gleiche Nummer. Gleiche Wohnung. Gleicher Job. Leider.«

»Mein Gott, wie langweilig!«, sagte Guy. Und, als Ingrid ihm einen scharfen Blick zuwarf: »Nur eine kleine Revanche.«

Sie lächelte.

Wir bestellten unsere Pizzas und erzählten uns gegenseitig, was in der Zwischenzeit passiert war. Dann stellte Guy die Frage, die uns natürlich am meisten interessierte. »Und? Was hältst du davon?«

»Von eurer Site?«

»Ja.«

Ingrid legte Messer und Gabel auf den Tisch und überlegte einen Augenblick. »Sie ist gut. Ich bin beeindruckt. Das Webdesign ist ausgezeichnet. Ich habe zwar keine Ahnung von Fußball, aber ihr habt einige ausgezeichnete Autoren. Leicht zu laden. Keine Fehler. Wirklich nicht schlecht.«

Guy sah enttäuscht aus. »Also hast du überhaupt keine Einwände?«

»Nein, für eine Amateur-Site ist sie wirklich erste Sahne.«

»Sie ist doch keine Amateur-Site!«, erwiderte er etwas zu heftig.

»Tschuldigung«, sagte Ingrid. »Ich meine das nicht negativ. Aber man merkt, dass die Site nicht von einem professionellen Medienunternehmen gemacht ist.

»Warum? Das Design ist doch okay, oder?«

»Ja. Wie gesagt, es ist sehr gut. Doch die Site bildet keine richtige Einheit. Es fehlt ihr an Geschlossenheit. Ein paar Dinge sind nicht ganz schlüssig, andere schwer zu finden. Und es fehlt die Gewichtung.«

»Was meinst du mit Gewichtung?«

»Nun, in einer Zeitschrift muss der Redakteur dem Leser mitteilen, welche Geschichte wirklich interessant und wo sie zu finden sind. Das lässt sich auch im Web machen, obwohl die meisten Leute es nicht tun. Wenn ihr euch eine gut gemachte Zeitungs-Site anschaut, könnt ihr erkennen, dass sie mit großer redaktioneller Sorgfalt aufbereitet wird. Wenn man weiß, was man sucht, findet man es auch. Will man nur browsen, stößt man auch auf die interessanten Inhalte.«

»Das ist es!«, sagte Guy und blickte mich triumphierend an. »Das ist genau das, was ich sage. Also, wie können wir das in den Griff bekommen?«

»Ihr braucht jemanden, der alles koordiniert. Einen Redakteur, einen Herausgeber, egal, wie ihr ihn nennt.«

»Und? Kennst du jemanden, der uns helfen könnte? Und auch dazu bereit wäre?«

Ingrid schwieg einen Augenblick, als brauche sie Zeit, um das Adressbuch in ihrem Kopf durchzublättern. »Vielleicht.«

»Und? Wer ist es?«

Aber sie nannte uns keinen Namen. Noch nicht. »Ich kann es immer noch nicht fassen, dass ihr beiden euch zusammengetan habt. Trotz meiner Sticheleien über Wirtschaftsprüfer bin ich bei David nicht sonderlich überrascht. Aber du, Guy? Was ist mit den langen Nächten? Den Frauen? Dem Alkohol?«

Guy trank einen Schluck von dem sprudelnden Wasser, das vor ihm stand. »Gehört alles der Vergangenheit an«, sagte er grinsend. »Frag Davo.«

Ingrid blickte mich an. Ich nickte.

»Ehrlich«, sagte Guy. »Ich habe mich verändert, seit du mich das letzte Mal gesehen hast. Irgendwann hatte ich in meinem Leben einen Punkt erreicht, wo ich mir beweisen musste, dass ich kein Loser bin, dass ich was auf die Beine stellen kann. Für diese Sache habe ich wirklich hart gearbeitet. Vierzehn Stunden, sieben Tage die Woche, keinen Urlaub, seit wir mit der Site begonnen haben. Und das ist erst der Anfang. Aber das macht mir nicht das Geringste aus. Ich will unbedingt, dass die Sache ein Erfolg wird, Ingrid. Und wenn ich etwas haben möchte, dann kriege ich es im Allgemeinen auch.«

Ingrid hob die Augenbrauen.

»Also, an wen denkst du?«, fragte ich sie. »Und glaubst du, er kommt zu uns?«

»Ich glaube, ich kenne jemanden, der in Frage kommt«, antwortete sie. »Aber ich bin mir nicht sicher, ob dieser Jemand bereit ist.«

»Sag ihm, er soll einen Tag bei uns verbringen«, schlug Guy vor. »Wenn er aus beruflichen Gründen wochentags nicht kann, bleibt der Samstag. Wir sind den ganzen Tag im Büro: Chelsea spielt auswärts.«

»In Ordnung.«

»Wer ist es?«, fragte Guy.

Ingrid lächelte. »Ich.«

Guy gab ihr Lächeln zurück. »In dem Fall sehen wir uns am Samstag.«

Ingrid kam am Wochenende. Sie war die Idealbesetzung. Gaz mochte sie. Neil mochte sie. Sogar Owen mochte sie. Mittags sprachen Guy und ich es durch. Nach dem Mittagessen mit ihr hatten wir beide einen Blick auf das Online-Magazin geworfen, das sie entwickelt hatte. Es wendete sich an berufstätige Frauen zwischen dreißig und vierzig, nicht ganz unsere Zielgruppe. Aber das Magazin war gefällig, raffiniert, interessant und professionell. Es sprach an.

Beim Mittagessen am Samstag boten wir ihr die Stellung an. Am Sonntag sagte sie zu. Den Montag brauchte sie, um ihren alten Job zu kündigen, und am Dienstagmorgen war sie bei uns im Büro.

Sie erwies sich als das *missing link*, das *ninetyminutes.com* endgültig zum Leben erweckte. Aufmerksam lauschte sie Gaz, lobte ihn und brachte ihn unmerklich dazu, seine Ideen nach ihrer Bedeutung zu organisieren. Mit Owen sprach sie über Hyperlinks und Upload-Zeiten und pflichtete ihm bei, was seine Bedenken hinsichtlich der Skalierbarkeit betraf. Und sie sagte Mandrill, was er zu tun hatte. Es stellte sich nämlich heraus, dass man undurchschaubaren jungen Männern mit Kinnbärten durchaus sagen kann, was sie zu tun haben, wenn man es ihnen auf die richtige Weise sagt.

Unter Ingrids Einfluss wurde unsere Site besser und besser. Weit besser als die anderen aufgemotzten, aber plumpen Fußball-Sites. Unsere wirkte professionell. Sie war der Star.

22

»Wir müssen schneller vorankommen.«

Ich verschluckte mich fast an meinem Bier. Guys Augen hatten schon wieder den missionarischen Glanz, den sie immer annahmen, wenn er über die Zukunft von Ninetyminutes sprach.

»Schneller vorankommen? Du bist verrückt. Wir haben die Dinge bei dem Tempo, mit dem sie sich augenblicklich entwickeln, kaum noch im Griff.«

Wir waren in der Jerusalem Tavern, dem Pub gegenüber von unserem Büro. Es war halb neun abends, das Ende eines weiteren langen Tages, doch Guy steckte noch voller Energie.

»Spielt keine Rolle. Da ist noch so viel drin. Wir können Ninetyminutes ganz nach vorne bringen. Wir müssen es nur wollen.«

»Was meinst du?«

»Erinnerst du dich an all die Pläne, die wir für das zweite Jahr hatten? Die Eröffnung von kontinentalen Büros, Online-Verkauf, Vertrieb unserer eigenen Marke?«

»Klar.«

»Damit sollten wir jetzt anfangen.«

»Aber wir haben gerade erst die Site eingerichtet.«

»Ich weiß. Aber so ist das nun mal. Jetzt werden die Claims abgesteckt. Es ist wie beim kalifornischen Goldrush. Amazon hat die Bücher in den Vereinigten Staaten und Europa. Tesco das Lebensmittelgeschäft. Egg dominiert das Online-Banking. Wir müssen uns den Fußball sichern. Wir müssen nicht nur die anderen Sites in Großbritannien hinter uns lassen, sondern auch auf dem Kontinent.«

»Aber wie sollen wir das alles schaffen?«

»Wir schaffen es schon. Dazu müssen wir nur groß denken und schnell handeln.«

Er hatte ein Rad ab, aber vermutlich Recht. Auf jeden Fall war es den Versuch wert. »Dann brauchen wir mehr Geld. Und zwar sofort.«

Guy nickte.

»Ich glaube, es ist immer noch ein bisschen früh, um zu den Venture-Kapitalisten zu gehen.«

»Wir müssen es riskieren.«

»Deinem Vater wird es nicht schmecken.«

»Ich weiß«, sagte Guy. »Doch darauf können wir jetzt keine Rücksicht nehmen. Hör zu, du rechnest aus, wie viel wir brauchen, und dann überlegen wir zusammen, wie wir es uns beschaffen.«

Er war durchgeknallt, die ganze Sache war durchgeknallt, aber ich lächelte. »Okay«, sagte ich. »Dann schauen wir mal.«

Gerade hatte ich mich in die Zahlen vertieft, als das Telefon läutete. Es war Henry Broughton-Jones.

»Ich habe mir neulich eure Site angesehen«, sagte er. »Sehr eindrucksvoll.«

»Freut mich, dass sie dir gefällt. Allerdings wusste ich gar nicht, dass du dich für Fußball interessierst, Henry.«

»Die Pferde sind mir lieber. Natürlich nur zum Zuschauen. Was hältst du von einem Lunch?«

Wenn Sie der Finanzdirektor eines Start-ups sind und ein Venture-Kapitalist Sie zum Lunch einlädt, sagen Sie ja. Vor allem, wenn er darüber erfreut zu sein scheint, dass Sie schon am nächsten Tag Zeit haben.

Er wählte ein elegantes Restaurant am Berkeley Square, einen jener Läden, in denen ich seit meiner Zeit bei Gurney Kroheim nicht mehr gegessen hatte. Ich bemerkte, dass er keinen Anzug trug, sondern eine grüne Kordhose, ein kariertes blaues Hemd und derbe, rostrote Schuhe. Eine Mischung aus Wall-Street-Freizeitlook und agrarwissenschaftlicher Fachhochschule. Nicht ganz gelungen.

»Was ist los, Henry?«, sagte ich. »Das saloppe Freitags-Outfit schon am Mittwoch?«

»Gezielt zusammengestellt, um aufstrebende Unternehmer zu beeindrucken, David. Bist du beeindruckt?«

»Ungeheuer.«

»Ehrlich gesagt, ich finde es grässlich«, sagte er und fuhr sich durchs schüttere Haar. »In Nadelstreifen, blauem Hemd und blauem Schlips fühle ich mich viel wohler. Mein jetziges Outfit bringt meine Frau jeden Morgen zum Lachen. Sie sagt, Blau und Grün vertragen sich nicht. Stimmt das?«

»Kann ich dir leider nicht beantworten. Über solche Probleme zerbrechen wir uns in unserer Branche eher selten den Kopf.«

»Ja, das glaube ich.« Er studierte die Speisekarte. »Was hältst du von einer Flasche Wein? Ich sag's auch niemandem, wenn du nicht willst.«

»Klar.«

Henry bestellte zu unserem Fisch einen teuren Montrachet.

»Raus mit der Sprache, Henry, was willst du?«, fragte ich.

Er lachte. »Ich bin proaktiv. Merkst du nicht, wie ich dich einwickle?«

»Proaktiv?«

»Ja. Vor zwei Wochen hatten wir eine große Strategiekonferenz in Gleneagles. Wir haben übers Internet gesprochen und mussten uns eingestehen, dass es boomt. In den Staaten gehen Websites mit astronomischen Bewertungen an die Börse. Drüben machen die Venture-Kapitalisten damit eine ungeheure Kohle. Hier ist das nur noch eine Frage der Zeit, und dann möchten wir dabei sein.«

»Klar.«

»Nach unserer Einschätzung haben wir zwei Möglichkeiten. Entweder geben wir dem nächsten fünfundzwanzigjährigen Unternehmensberater, der an unsere Tür klopft und Brötchen online verkaufen will, zwei Millionen Pfund, oder wir suchen uns Internet-Bereiche, die uns interessant erscheinen. Dort halten wir nach viel versprechenden Firmen Ausschau und fragen sie, ob sie unser Geld wollen. Wir sorgen dafür, dass sie bei uns sind, bevor jemand anders sie sich schnappt. Ich dachte, du wärst ein guter Anfang.«

»Das ist nicht dein Ernst!«

»Mein voller Ernst.«

»Und du willst uns das Geld so einfach geben?«

»Ganz bestimmt nicht«, sagte Henry. »Wir wollen euer Unternehmen studieren, euch über den Tisch ziehen und dann schlucken. Schließlich sind wir Venture-Kapitalisten.«

»Henry?«, sagte ich.

»Ja?«

»Deine Kundenwerbung ist scheiße.«

»Echt?« Er lächelte listig. Henry war kein Narr. Er wusste, dass er bei mir mit Offenheit weit besser fuhr als mit dem üblichen Venture-Gelaber.

»Was ist mit dem Management-Problem?«, fragte ich.

»Die Bedingungen haben sich geändert. Ihr habt die erste Zeit hinter euch. Die Site sieht prächtig aus. Und ihr habt Tony Jourdan an Bord. Der hat schon bewiesen, dass er Geld machen kann. Außerdem kenne ich dich: Du bist eine ehrliche Haut.«

Diese Bezeichnung schmeckte mir gar nicht. Sie mochte ja stimmen, aber ich wollte nicht mehr als »ehrliche Haut« firmieren. Ich wollte ein erfolgreicher, kreativer Großverdiener sein. Warte nur, Henry, dachte ich, dir werde ich's schon zeigen.

»Übrigens«, sagte er, »ich wusste gar nicht, dass Guy Tony Jourdans Sohn ist.«

»Tut mir Leid. Wir haben überlegt, ob wir es dir sagen sollten, aber Guy war strikt dagegen. Er wollte das Geld aus eigener Kraft auftreiben.«

»Nobel, wirklich«, sagte Henry und ließ den Wein mit Kennermiene auf der Zunge zergehen. »Also. Wie geht es weiter mit Ninetyminutes?«

Ich legte es ihm dar, wobei ich Guys Ideen für eine beschleunigte Expansion auf den Kontinent und den frühen Beginn des Merchandising einbezog. Als ich ihm die Besucherzahlen nannte, extrapolierte ich sie großzügig.

»Mann, David«, sagte er schließlich. »So echauffiert habe ich dich ja noch nie gesehen.«

Ich lächelte. »Wirklich?« Und nach kurzer Überlegung: »Wahrscheinlich hast du Recht.«

»Wie viel braucht ihr?«

»Um das alles auf die Beine zu stellen, brauchen wir zehn Millionen Pfund jetzt und noch mal zwanzig in sechs Monaten.«

»Okay, wenn Orchestra mit der Kohle rüberkommt, gründen wir dann im Frühjahr eine Gesellschaft?«

»Das wird gehen. Bis dahin dürften wir einen Riesenschritt weiter sein.«

»Hört sich gut an. Haben wir die Vorhand bei dem Geschäft?«

Ich musste lachen. Da bat mich ein Venture-Kapitalist um ein Geschäft.

»Hör mal, das ist nicht fair!«, protestierte er.

»Du hast ja Recht«, sagte ich. »Ich spreche mit Guy darüber.«

»Und du sagst mir Bescheid?«

»Ich sag dir Bescheid, Henry.«

Guy war einverstanden. Am nächsten Montag erschien Henry mit seiner Mitarbeiterin Clare Douglas, einer nüchternen Schottin, klein, schlank, mit strähnigem Haar und durchdringenden Augen. Sie wichen uns nicht von den Fersen und stellten Fragen zu jedem und allem. Henrys Gründlichkeit beeindruckte mich, aber Clare war noch besser vorbereitet. Offenbar hatte sie das ganze Wochenende im Internet gesurft und sich jede Site angesehen, die im Entferntesten mit Fußball zu tun hatte. Sie war eine gnadenlose Fragenstellerin, die jedes Zögern oder Ausweichen bemerkte und so lange nachfasste, bis alle Unklarheiten beseitigt waren.

Henry bat Guy, mich, Ingrid, Gaz und Owen um Referenzen, die wir ihm gerne gaben, bis auf Guy. Ich hörte mit, wie sich die beiden darüber unterhielten. Guy weigerte sich. Er sagte, da er vorher Schauspieler gewesen sei, gebe es niemanden, der einschlägige Auskunft über ihn erteilen könne. Henry gab nicht nach, im Gegenteil, er wurde noch hartnäckiger. Schließlich einigten sie sich darauf, dass Guy ihm die Telefonnummern seiner Agenten in London und Hollywood gab. Henry gab Ruhe, sah aber nicht zufrieden aus.

Ich auch nicht.

Nachdem Henry gegangen war, und während Clare noch immer Sanjay befragte, teilte ich Guy meine Befürchtungen mit. »Henry denkt, dass du ihm etwas verheimlichst.«

Guy nickte.

»Und?«

Er blickte mich an. »Machen wir einen Spaziergang?«

Wir traten auf die kleine Straße hinaus, die im sanften Sonnenlicht des Spätsommers lag, und wandten uns nach Norden, in Richtung Clerkenwell Green.

»Also?«, sagte ich.

»Die Zeit in LA war schlimm«, sagte Guy.

»Die in London war doch auch nicht besonders.«

»Ja, aber die in LA war schlimmer. Ich bin vollkommen abgerutscht. Nicht nur Alkohol, sondern auch Drogen. Jede Menge Drogen. Kaum Arbeit. Ich war down, vollkommen down. Klinische Depression haben sie es genannt. Ich bin zu einer Seelenklempnerin gegangen.«

»Was hat sie gesagt?«

»Eine Menge. Ich habe Probleme, Davo. Probleme mit meinem Vater. Probleme mit meiner Mutter. Probleme mit Dominique. Die Tussi hat sich fast umgebracht, als sie hörte, was in Frankreich passiert ist. Wenn man ihr glauben will, ist es ein Wunder, dass ich kein Psychopath geworden bin.«

»Du und depressiv, das kann ich mir gar nicht vorstellen«, sagte ich.

»Kannst du nicht?«, erwiderte Guy rasch und blickte mich an.

Er bat mich, darüber nachzudenken, also tat ich es. Guy, der Charmebolzen, Guy, der jeden zum Lachen brachte, Guy, der natürliche Mittelpunkt jeder Gesellschaft, Guy, der Anführer. Doch ich erinnerte mich auch an Augenblicke unerklärlicher Melancholie in der Schule, wenn er vor sich hin brütete, weil irgendein Mädchen seinem Charme nicht erlegen war, oder auch ohne einen erkennbaren Grund dasaß und grübelte. Ich hatte das damals einfach als Verrücktheit abgetan. Wer beneidete Guy nicht?

Aber vielleicht hatte der Schein getrogen.

»Eines Tages wachte ich in meinen Klamotten auf dem Fußboden irgendeiner fremden Wohnung in Westwood auf und fühlte mich wie Scheiße. Schlimmer als Scheiße. Ich brauchte zwanzig Minuten, um festzustellen, dass es Montagmorgen war, und weitere zehn, um mich daran zu erinnern, dass ich für eine Rolle in einem

TV-Pilotfilm vorsprechen sollte. Es hätte mein großer Durchbruch sein können. Aber es war zu spät. Ich konnte es auf keinen Fall mehr schaffen.

Der Typ, dem die Wohnung gehörte, kam rein. Er war nur ein paar Jahre älter als ich, sah aber aus wie vierzig. ›Was ist los, John?‹, fragte er. Er kannte noch nicht einmal meinen Namen! Am Samstagabend war ich gekommen. Jetzt hatten wir Montagmorgen.

Am Nachmittag hatte ich einen Termin bei meiner Therapeutin. Ich sollte über meine Mutter sprechen und über die Gefühle, die ich ihr gegenüber hatte. Das tat ich. Mein Gehirn war wie Brei.

Dann begann sie zu reden. Wie wütend ich auf meinen Vater sei, dass meine Mutter mich enttäuscht hätte und was weiß ich nicht alles. Psychokacke eben. Ich saß da, und plötzlich wurde mein Kopf klar. Sie redete Mist. Nichts als Mist. Ich war dafür verantwortlich, dass ich auf dem Fußboden dieser fremden Wohnung gelandet war. Ich war dafür verantwortlich, dass mein Leben ein Scherbenhaufen war. Und ich ganz allein hatte es in der Hand, das zu ändern.«

»Was hast du getan?«

»Ich stand augenblicklich auf und verließ ihre Praxis. Fuhr hinauf in die Berge und dachte nach. Kehrte nach England zurück und gründete Ninetyminutes.«

Schweigend gingen wir weiter, bis wir nach Clerkenwell Green kamen, wo wir uns auf eine Bank setzten. Natürlich war vom Grün keine Spur mehr, aber es war eine relativ stille Oase in einiger Entfernung vom Verkehr der Farrington und der Clerkenwell Road.

»Das hast du mir nie erzählt«, sagte ich.

»Nein.«

»Du hättest es müssen.«

»Ich hielt es nicht für wichtig.«

»Guy!«

»Ich finde das noch immer. Wahrscheinlich mag ich mir nicht eingestehen, dass es wichtig ist, und dir schon gar nicht. All diese alten Geschichten. Wirklich. Du hast mich in den letzten fünf Monaten jeden Tag gesehen. Du kannst bezeugen, dass ich mich verändert habe.« Zustimmung heischend sah er mich an.

»Klar hast du dich verändert«, sagte ich. »Glaubst du, Henry kriegt was raus?«

»Nein«, sagte Guy. »Die einzige Nummer in LA, die ich ihm gegeben habe, ist die von Lew, meinem Agenten. Er kennt die Geschichte, jedenfalls größtenteils, aber ich kenne Lew. Sein erster Impuls ist immer, zu lügen. Er wird mich decken, ohne zu wissen, warum.«

»Hoffst du.«

»Hoffe ich.«

Wahrscheinlich würde er es. Solche Dinge taten die Menschen für Guy, das wusste ich nur zu gut.

Wir saßen da und schauten auf die grimmige Fassade des Old Sessions House, Londons Freimaurerzentrum, das missbilligend auf die schicken Yuppie-Bars und Restaurants hinabzublicken schien, die zu seinen Füßen wie Pilze aus dem Boden schossen. Ein in Latex gekleideter Radfahrer kettete sein Fahrrad an das blassgrüne Geländer vor den öffentlichen Toiletten, die in der Parkmitte standen, und betrat das einzige noch in der Gegend verbliebene Café.

»Hätte ich es Henry sagen sollen?«, fragte Guy.

Ich überlegte. Meine eigene Strategie gegenüber Orchestra war, ihnen alles zu sagen. Wir würden gemeinsam noch stürmische Zeiten durchstehen, deshalb mussten wir einander vertrauen. Aber Henry hielt Guy bereits für einen Wackelkandidaten. Das machte die Sache nicht leichter. Andererseits hatte ich Verständnis für Guys Standpunkt. Er hatte sich verändert. Das wusste ich. Die Vergangenheit war nicht mehr wichtig.

»Nein«, sagte ich. »Soll er's doch selbst herausfinden, wenn er's kann.«

Henry hatte noch immer Zweifel in Bezug auf Guy, aber er hatte zweifellos einen Narren an unserem Unternehmen gefressen. Noch in derselben Woche hielten Guy, Ingrid, Gaz und ich vor Henrys Partner eine Präsentation, die gut anzukommen schien. Am nächsten Tag suchten Guy und ich Orchestra erneut auf, um einen Vertrag auszuhandeln.

Die Verhandlungen waren zäh. Wir stritten darüber, welchen Anteil von Ninetyminutes Orchestra für seine zehn Millionen Pfund bekommen sollte. Nach mehreren Stunden waren wir mit unseren Vorstellungen noch immer ein gutes Stück auseinander, als Henry die Frage aufwarf, was aus Tonys Anteilen würde.

»Mir gefällt nicht, dass dem Management des Unternehmens nach diesem Deal so wenig bleibt«, sagte er. »Egal, worauf wir uns einigen, es dürfen nicht weniger als zehn Prozent sein. Sonst wäre es nicht gut. Der Anreiz wäre nicht groß genug.«

»Dagegen habe ich nicht das Geringste«, sagte ich. »Vielleicht solltet ihr mehr zahlen.«

»Das meine ich nicht, und du weißt es«, sagte Henry. »Es geht um Guys Vater. Sein Anteil muss verringert werden.«

»Das wird schwierig werden«, sagte Guy.

»Warum hat er überhaupt ein so fettes Stück vom Kuchen bekommen?«, fragte Henry.

»Wir waren verzweifelt«, sagte ich.

»Nun, ich habe nichts dagegen, den Wert seiner Aktien hochzusetzen, aber wir müssen einen Weg finden, euch einen größeren Anteil zu verschaffen.«

»Damit wird er sicherlich einverstanden sein«, sagte Guy.

»Ich will ihm die Entscheidung erleichtern«, sagte Henry. »Wenn er nicht einverstanden ist, wird nichts aus dem Geschäft.«

»Am Montag haben wir Vorstandssitzung«, sagte Guy. »Dann reden wir darüber.«

Guy und ich brachen auf, um abzusprechen, wie wir Tony die Sache am besten verkaufen sollten. Guy hatte Henry gesagt, es würde eine schwierige Diskussion werden. Weder er noch ich hatten eine Vorstellung, wie schwierig.

23

Juli 1992, Mull

Das Rollfeld war lediglich ein Streifen gemähten Grases mit einem unbemannten Wohnwagen daneben, der eine Geldkassette für die Landegebühren enthielt. Doch wenige Schritte weiter stand ein Hotel mit einem skandinavisch anmutenden Wintergarten, von dem man einen ausgezeichneten Blick auf meine Landebahn hatte. Keiner von uns verspürte die geringste Lust, an diesem Tag noch weiterzufliegen, daher checkten wir ein. Eine halbe Stunde später saßen wir in der Bar. Zwei Stunden später waren wir alle auf dem besten Weg zu einem Vollrausch.

Wer sollte uns daraus einen Vorwurf machen? Guy war mit den Nerven völlig am Ende, und der Alkohol war seine natürliche Zuflucht. Ich hatte meine Nerven zwar behalten, aber auch mir fielen ganze Steinlawinen vom Herzen, als wir endlich gelandet waren. Mel hatte Todesangst ausgestanden. Und sogar Ingrid, die so beherrscht gewirkt hatte, war es nicht viel besser gegangen. Sie hatte ihre Furcht nur nicht gezeigt. Uns allen erschien es deshalb als die natürlichste Sache der Welt, uns zuzuschütten, und zwar möglichst schnell.

Keiner von erwähnte, was passiert war. Statt seinen Fehler zuzugeben, erging sich Guy in alkoholisierten Prahlereien. Ich ließ ihn gewähren. Ganz tief in meinem Inneren wusste ich, dass ich Guy schon viel zu lange vertraute und dass uns dieses Vertrauen fast das Leben gekostet hätte. Das war die Wahrheit, der ich mich nicht stellen mochte, oder jedenfalls noch nicht. Ich war mir nicht sicher, ob die Mädchen so genau mitbekommen hatten, was sich tatsächlich abgespielt hatte. Ich würde es ihnen jedenfalls nicht erzählen. Wie die anderen überließ ich mich einfach der Freude, noch am Leben zu sein.

Gefährlich nahe kamen wir dem heiklen Thema, als Mel ihre Cola mit Rum absetzte und sagte: »Morgen.«

»Was ist morgen?«, fragte Ingrid.

»Scheiß auf morgen«, sagte Guy.

»Morgen fahr ich mit dem Zug nach Hause.«

»Geht nicht«, sagte Guy. »Wir sind auf einer Insel.«

»Na gut. Ich nehm die Fähre und dann den Zug.«

Guy sah sie einen Augenblick an, als überlege er, ob er mit ihr streiten solle. Dann sah er ein, dass es sinnlos war. »Okay«, sagte er.

»Ich komm mit«, sagte Ingrid.

»Davo?« Nach all der Angeberei wirkte Guy plötzlich klein und verletzlich. Er brauchte meine Unterstützung.

»Wir sorgen dafür, dass die Mädchen gut wegkommen, und dann flieg ich mit dir«, sagte ich. »Aber ich finde, wir sollten direkt nach Estree fliegen. Vorausgesetzt, das Wetter lässt es zu.«

»Klingt vernünftig«, sagte Guy erleichtert. Er stand auf und griff nach unseren Gläsern. »Die Runde geht auf mich.«

Wir tranken bis in den späten Abend und aßen uns an Chips und Erdnüssen satt. Ingrid fielen die Augen zu. »Ich bin müde«, sagte sie lächelnd und ließ sich gegen Guys Schulter fallen. Er richtete sie wieder auf. Sie fiel wieder. Er richtete sie auf. Sie wartete ein paar Sekunden und fiel wieder. Er ließ ihren Kopf an seiner Schulter ruhen.

Es war ein unschuldiger, beschwipster Scherz, trotzdem ärgerte ich mich. Der Zweck dieser Reise war, dass Ingrid und ich uns näher kamen. Wie sollte das gehen, wenn sie an Guys Schulter lehnte? Und vor allem: Wie sollte es gehen, wenn sie so betrunken war? Ich wollte die Beziehung schließlich nicht damit beginnen, dass ich mit einer Besoffenen ins Bett ging, die nicht in der Lage war, es zu verhindern oder sich später daran zu erinnern.

Ich sah, wie Mel sich neben mir etwas aufrichtete. »Guy?«, sagte sie.

»Ja?«

»Wo bist du am Dienstag gewesen?«

»Dienstag? Weiß ich nicht. Warum?«

»Weil du gesagt hast, dass du am Dienstag zu mir kommst.«

»Hab ich? Kann ich mich nicht dran erinnern.« Guy war die Unschuld in Person. Eine theatralische, unglaubwürdige Unschuld. Man wäre nie auf den Gedanken gekommen, dass er Schauspieler war.

»Also, wo warst du?«

»Ich war mit Davo zusammen. Sag doch was, Davo!«

Ich erinnerte mich an den Dienstag. Wir waren in einer Bar in Chelsea gewesen. Guy hatte eine rothaarige Amerikanerin aufgegabelt. Ich war früh gegangen. Guy wusste, dass er sich auf mich verlassen konnte. Bei solchen Anlässen deckte ich ihn immer.

Das war vorbei.

»Nur am Anfang des Abends. Ich bin um halb acht gegangen.«

Guy blickte mich ungläubig an. »Das stimmt nicht. Das kann nicht stimmen.«

»Ich war zu den Neun-Uhr-Nachrichten zu Hause. Ich weiß es genau.«

Mel bekam genau mit, was hier lief. Sie war nicht dumm. Sie merkte, dass es einen Riss gab zwischen mir und Guy. Und sie trieb einen Keil hinein.

»Also, was hast du getan, nachdem David gegangen war?«

Guy zuckte mit den Achseln. »Nach Hause gegangen, nehme ich an. Wahrscheinlich habe ich mir auch die Neun-Uhr-Nachrichten angesehen.«

Mel hatte jetzt Tränen in den Augen. »Du warst mit einem Mädchen zusammen, nicht wahr?«

»Unsinn, natürlich nicht«, sagte Guy. »Da war kein Mädchen, Mel.« Er sprach langsam und ruhig und sah ihr offen in die Augen. Ich beobachtete ihn. Er war überzeugend. Vollkommen überzeugend. Sogar ich fragte mich schließlich, ob ich ihn an diesem Abend wirklich mit der Rothaarigen gesehen hatte. Vielleicht war er doch ein guter Schauspieler.

Mel zögerte, ihre Gewissheit war einen Augenblick lang erschüttert. Dann erneuerte sie ihren Angriff. »Ich habe dich angerufen. Du warst nicht da. Du warst mit einem Mädchen zusammen.« Sie wandte sich an mich. »Stimmt doch, David, oder?«

Ich zuckte mit den Achseln. Guy warf mir einen Blick zu, der so viel besagte wie: »Na, vielen Dank auch, Kumpel.« Aber er war nicht allzu beunruhigt. Schließlich wusste er, dass Mel es wusste.

Sie musste es schon eine ganze Zeit lang wissen. Trotzdem blieb sie bei ihm. Er spielte mit ihr.

»Und was war am Freitag davor?«

»Warte mal …«, sagte Guy.

»War es dasselbe Mädchen?«

Es war ein anderes Mädchen gewesen. Es war immer eine andere. Aber das konnte ich Mel nicht sagen.

»Ich weiß nicht, wovon du sprichst«, sagte er.

»Glaubst du, ich bin blöd? Glaubst du das wirklich?«

Sie starrte ihn an. Ingrid saß jetzt aufrecht und beobachtete sie.

Guy war etwas zu betrunken. Sein Mundwinkel zuckte. Nur um eine Winzigkeit. Gerade genug, um das Fass zum Überlaufen zu bringen.

Mel knallte ihr Glas auf den Tisch. »Du sitzt da und lachst mich aus? Behandelst mich wie irgendeine Tussi, die dir das Bett warm hält, falls du nichts Besseres findest? Hast du dich jemals gefragt, wie ich mich dabei fühle? Hast du eine Ahnung, wie es ist, zu Hause zu sitzen, darauf zu warten, dass du kommst, nie zu wissen, ob du geruhst vorbeizuschauen oder ob du irgendein Schulmädchen bei Burger King abschleppst?«

»Schulmädchen?«, fragte Guy, als habe sie ihn beschuldigt, es mit Minderjährigen zu treiben.

»Du bist genauso schlimm wie dein Vater!«, sagte Mel. »Schlimmer.«

»Das kannst du ja wohl beurteilen«, sagte Guy ruhig, gefährlich ruhig.

»Was soll das heißen?«

»Dass du mich mit meinem Vater vergleichen kannst.«

»Wie kannst du so etwas sagen?«

»Wie ich das sagen kann?« Guy wurde nun auch wütend. »Du sagst, dir gefällt es nicht, wie *ich* dich behandle. Aber ich hab deine Mutter nicht verführt. Du verlangst, dass ich dich mit Achtung behandle, aber wie soll ich dich achten nach dem, was du mit meinem Vater gemacht hast?«

»Das ist unfair«, sagte Mel. »Ich hab dir gesagt, wie Leid mir das tut.«

Guy zuckte mit den Achseln und griff nach seinem Glas.

»Apropos Frankreich, wie steht es mit dem, was *du* dort getan hast? Deine kleinen schmutzigen Geheimnisse? Deine Vertuschungsmanöver?«

Er starrte sie an. Sein Glas blieb zwei Zentimeter vor seinen Lippen in der Luft hängen.

»Tu nicht so unschuldig, Guy, ich weiß Bescheid.«

Er sah ganz und gar nicht unschuldig aus, sondern betroffen. Und besorgt. Er stellte sein Glas hin, ohne zu trinken.

»Wie gesagt, du bist schlimmer als dein Vater.« Eine Spur grausamen Triumphes klang in ihrer Stimme mit. Sie wusste, dass sie einen wunden Punkt erwischt hatte.

»Mel«, sagte Ingrid und streckte beunruhigt die Hand nach ihr aus.

»Du hältst dich da raus. Du hast dich eben ja richtig an ihn rangeschmissen. War ja kaum zu übersehen.«

»Wir haben doch nur rumgealbert«, sagte Ingrid.

»Du gierst ihn doch schon die ganze Zeit an, du Schlampe«, giftete Mel.

Ingrid zog ihre Hand zurück. Sie sah ehrlich verletzt aus.

»Das war nicht fair«, sagte ich zu Mel.

»Das ist mir scheißegal.« Sie stand auf. »Ich pack meine Sachen und schlaf heute Nacht woanders. Und morgen reise ich allein nach London zurück.«

Sie stürmte aus der Bar hinaus und die Treppe hoch.

Wir wechselten erstaunte Blicke. Ingrid schwankte auf ihrem Stuhl etwas hin und her und sah so aus, als würde sie gleich in Tränen ausbrechen. Guy grinste schief. Ich stand auf und folgte Mel.

Guy und Mel teilten sich ein Zimmer. Durch die offene Tür sah ich sie, wie sie den Reißverschluss ihrer Reisetasche zuzog.

»Wohin willst du?«, fragte ich.

»Ich weiß nicht. Irgendwohin.«

»Aber hier gibt es weit und breit nichts.«

»Ist mir egal. Wenn es sein muss, gehe ich die ganze Nacht spazieren. Auf jeden Fall muss ich weg von den beiden.«

»Du bildest dir da was ein«, sagte ich. »Zwischen Guy und Ingrid ist nichts.«

»Die einzigen Frauen, die nicht hinter Guy her sind, sind Lesben«, murmelte Mel.

»Das stimmt nicht.«

Sie richtete sich auf, eine einsame Träne lief über ihr Gesicht. »Ich hatte doch Recht, oder? Wegen letztem Freitag?«

Ihre Augen waren voller Schmerz und blickten mich unverwandt an. Ich konnte sie einfach nicht anlügen und nickte.

»Und all die anderen Male?«

Ich zuckte mit den Achseln. Es war nicht nötig, die Frage zu bejahen.

Sie packte ihre Tasche und schob sich an mir vorbei zur Treppe. Als sie an der Rezeption vorbeiging, rief ich hinter ihr her: »Warte einen Augenblick, Mel.«

Sie blieb stehen.

»Sie brauchen deinen Schlüssel.«

Sie gab ihn mir. Ich fragte den Mann an der Rezeption, ob es für Mel ein Bed and Breakfast in der Nähe gebe. Sie habe Streit mit ihrem Freund gehabt, aber das Zimmer würde trotzdem bezahlt. Er verstand und griff zum Telefon. Nach einem kurzen Gespräch mit einer gewissen Mrs. Campbell beschrieb er mir den Weg zu einem Haus etwa achthundert Meter die Straße hinunter.

»Ich begleite dich«, sagte ich zu Mel.

Ich drückte dem Hotelmanager den Schlüssel in die Hand, nahm ihre Reisetasche und ging mit ihr in die Dämmerung. Trotz der fortgeschrittenen Stunde war es in diesen Breiten noch nicht richtig dunkel. Lärmend bereiteten sich die Vögel auf ihren kurzen Schlaf vor. Auf der Straße fuhren keine Autos. Auf der einen Seite lag das Meer – jenseits des Sunds konnte man das schottische Festland deutlich erkennen –, auf der anderen ein Berg. Schweigend trotteten wir die Straße entlang, ein Schweigen, das nur gelegentlich von Mels Schluchzern unterbrochen wurde.

Sie murmelte etwas.

»Was?«

»Ich sagte, wahrscheinlich hab ich es verdient.«

»Ach, Quatsch«, sagte ich.

»Wegen Frankreich. Und seinem verdammten Vater. Wahrscheinlich verdiene ich es.«

Ich legte meinen Arm um sie und drückte sie. Sie brauchte Trost. »Deswegen bestimmt nicht«, sagte ich. »Deshalb auf keinen Fall. Das solltest du endlich einmal vergessen.«

»Ich versuche es ja aus meinem Gedächtnis zu streichen. Eine Zeit lang geht das auch. Aber eben nur eine Zeit lang.«

»Ich weiß«, sagte ich und dachte an Dominique. Ihren Körper. Den Sex mit ihr. Die lächerliche Euphorie danach. Dann die Nachricht von ihrem Tod. Und die Schuldgefühle. Die verdammten Schuldgefühle.

Diese Woche hatte bei uns allen Wunden hinterlassen: bei Mel, bei mir. Und bei Guy.

»Vorhin hast du eine komische Bemerkung gemacht«, sagte ich. »Über Guy und seine Geheimnisse. Und über irgendwelche Vertuschungsmanöver.«

»Vergiss es.«

»Komm schon«, sagte ich. »Da steckt mehr dahinter. Er hat höllisch Angst gekriegt.«

»Du hast Recht, es steckt mehr dahinter.« Wir gingen schweigend weiter, während Mel überlegte. »Weißt du, warum der Gärtner weggelaufen ist?«

»Klar. Er hat Dominique umgebracht. Er wollte nicht abwarten, bis er eingelocht wurde.«

»Nein.«

»Nein?«

»Nein. Er hat fürs Weglaufen Geld bekommen. Von Hoyle und Guy.«

»Was soll das heißen?«

»Ich habe gehört, wie sie darüber gesprochen haben. Sie waren im Esszimmer, und ich stand vor dem Fenster.«

»Ich erinnere mich«, sagte ich. »Ich hab dich da getroffen.«

»Hast du? Weiß ich gar nicht mehr. Aber ich weiß noch, was sie gesagt haben.«

»Was?«

»Dass sie dem Gärtner fünfhunderttausend Francs für sein Verschwinden zahlen wollten. Offenbar hatte Owen ihn beobachtet, wie er Sex mit Dominique hatte, und da kamen sie – kam Guy – auf die Idee, das der Polizei zu erzählen. Sobald er verschwunden sei, würde der Inspektor ihn bestimmt des Mordes verdächtigen. Vor allem, wenn Dominiques Schmuck fehlte.«

»Was für eine miese Nummer!«

»Natürlich war der Gärtner am Nachmittag verschwunden. Und die Polizei hat ihn nie gefunden.«

»Bis vor ein paar Wochen.«

»Was?«

»Ja. Hast du es nicht gewusst? Eigentlich kein Wunder, dass Guy es dir nicht erzählt hat. Sie haben ihn vor ein paar Wochen in einer Mülltonne in Marseille gefunden.«

»Wie schrecklich!«

»Der Gärtner war also der Sündenbock, der den Verdacht vom wirklichen Mörder lenken sollte?«

»Jedenfalls den Verdacht von jemand anderem, ja.«

»Was war mit der Schmuckkassette, die man in seinem Zimmer gefunden hat?«

»Die hat dort jemand hingelegt, um den Verdacht auf ihn zu lenken.«

»Hoyle?«

»Vermutlich. Oder er hat jemanden beauftragt.«

»Mein Gott!«

Die Straße war leer. Es wurde jetzt dunkel. Ein paar Meter von uns entfernt sammelte sich die Dämmerung über dem Wasser. Ich ließ mir durch den Kopf gehen, was Mel erzählt hatte. Es passte alles zusammen. Wiederholt hatte ich Hoyle den Namen des Gärtners nennen hören. Durchaus möglich, dass Mel den Rest gehört hatte. Ich erinnerte mich an Ingrids Kommentar, als wir *Les Sarrasins* verließen: Das Verschwinden des Gärtners passe den Jourdans in den Kram. Laut Mel war es Guys Idee gewesen, und Hoyle hatte sie ausgeführt. Das klang sehr plausibel.

»Dann haben sie also versucht, Tony zu decken? Den Verdacht der Polizei von ihm auf den Gärtner zu lenken?«

»Das habe ich angenommen«, sagte Mel. »Lange Zeit.«

»Lange Zeit?«

»Gelegentlich, in Augenblicken wie diesem, bin ich mir nicht mehr so sicher.«

»Wie meinst du das?«

»Manchmal frage ich mich, ob wirklich Tony seine Frau umgebracht hat. Ob Guy nicht versucht hat, jemand anders zu decken.«

»Sich selbst?«

»Wie gesagt, manchmal habe ich so meine Zweifel.«

»Das ist unmöglich«, sagte ich. Bei Tony konnte ich mir vorstellen, dass er Dominique umgebracht hatte. Aber nicht bei Guy. Bei Guy auf keinen Fall. »Du bist einfach sauer auf ihn.«

»Worauf du dich verlassen kannst«, sagte Mel.

»Hast du der Polizei nichts davon erzählt?«

»Nein. Guy hat versucht, seinen Vater zu decken. Warum sollte ich ihm einen Strich durch die Rechnung machen?«

»Was ist mit Guy? Hast du mit ihm darüber gesprochen?«

»Er weiß nicht, dass ich es weiß, der Scheißkerl.«

Wir näherten uns einigen Reihenhäusern, von denen eines ein diskretes B & B-Zeichen trug. Mrs. Campbell hieß Mel trotz der späten Stunde sehr liebenswürdig willkommen. Ich überließ Mel ihrer freundlichen Wirtin und schlenderte durch die rasch einfallende Dunkelheit zurück zum Hotel und dachte über die Dinge nach, die ich eben erfahren hatte.

War es denkbar, dass Guy tatsächlich Dominiques Mörder war?

Ich war mir sicher, dass Mel die Wahrheit gesagt hatte in Bezug auf das, was sie gehört hatte. Nur mit ihren Schlussfolgerungen war ich nicht einverstanden. Sie war natürlich sauer auf Guy. Es war doch lächerlich anzunehmen, er habe seine Stiefmutter umgebracht. Oder etwa nicht?

Ich kannte Guy seit vielen Jahren. Er war einer meiner Freunde. Als kaltblütigen Mörder konnte ich ihn mir einfach nicht vorstellen.

Oder war auch ich seinem Bann verfallen wie Mel und so viele Frauen vor ihr? Oder wie Torsten. Wie alle seine Freunde.

Ich dachte an den Flug vom Nachmittag. An die blinde Entschlossenheit, mit der er sich über alle meine Einwände hinweggesetzt und das Flugzeug diese Schlucht entlanggeflogen hatte, der sicheren Kollision mit dem Berg entgegen.

Kannte ich Guy wirklich?

Plötzlich fiel mir etwas ein. Der Fußabdruck vor Dominiques Fenster. Guys Fußabdruck. Im Gegensatz zu Mel, im Gegensatz zur französischen Polizei, wahrscheinlich sogar im Gegensatz zu Patrick Hoyle wusste ich, dass Guy ihn dort nicht auf dem Weg ins Bett hinterlassen hatte. Also wie, zum Teufel, war er dorthin gekommen?

Die Polizei hatte eine Theorie gehabt. Deshalb hatte sie Guy festgenommen. Und wenn diese Theorie nun stimmte?

Ich blieb stehen und blickte auf den Sund hinaus. Wenige Schritte vor mir hörte ich die Wellen an die Küste schlagen. Ein einsames Auto fuhr vorbei und erhellte kurz die geriffelte Wasseroberfläche, um sie gleich darauf in noch schwärzerer Finsternis versinken zu lassen. Den Motor vernahm ich noch eine Minute lang, nachdem das Auto an mir vorüber war.

Ich war Guys Bann verfallen. Ich hatte gewusst, dass es geschah: Mehr als das, ich ließ es glücklich geschehen. In den letzten zwei Monaten hatte ich mehr Spaß gehabt als in der ganzen Zeit, seit ich arbeitete. Das Trinken, die langen Nächte, die Mädchen. Man ist nur einmal jung, man muss es genießen, solange es geht – das war Guys Motto, und ich machte es mir nur zu gern zu Eigen. Sein Leben erschien so viel abwechslungsreicher als meines. Ich beneidete ihn.

Wirklich? Mir fiel die Rückreise aus Frankreich ein, im Bus, als mir klar wurde, dass das Leben von Menschen wie Guy durchaus nicht so ist, wie es erscheint. Ich hatte die Lektion vergessen. Guys Vater war ein Mistkerl, das wusste ich. Wurde auch Guy allmählich zum Mistkerl? Er mochte ja ignorieren, wie er Mel behandelte, oder vorgeben, sie verdiene es, doch das hieß noch lange nicht, dass ich es auch tun musste. Seine Laufbahn als Schauspieler führte nirgendwohin. Sein Leben führte nirgendwohin. Wollte ich ihn wirklich auf dieser Reise begleiten?

Als ich das Hotel erreichte, blickte ich in die Bar, aber sie war, vom Hotelmanager abgesehen, leer. Ich dankte ihm, dass er Mel eine Bleibe besorgt hatte, und machte mich auf den Weg in mein Zimmer.

Auf der Treppe warf ich einen Blick auf den Schlüssel. Zimmer 210. Tief in Gedanken ging ich den Flur entlang, steckte den Schlüssel ins Schloss und öffnete die Tür.

Drei Dinge fielen mir auf.

Erstens, Zimmer 210 war nicht mein Zimmer.

Zweitens, Guy lag auf dem Bett in Zimmer 210, in inniger Umarmung mit einem Mädchen.

Drittens, das Mädchen war Ingrid.

Ich war wie vor den Kopf geschlagen. Aus irgendeinem Grund beschäftigte mich vor allem die Frage, warum es nicht mein Zimmer war. Ich schaute auf den Schlüssel in meiner Hand. Irgendwie musste ich die Schlüssel vertauscht haben: Offenbar hatte ich meinen an der Rezeption abgegeben, als wir das Hotel verlassen hatten, und Mels behalten.

Dann blickte ich auf die beiden Gestalten auf dem Bett. Sie waren noch weitgehend angezogen. Ingrid setzte sich auf, zerzaust, mit übernächtigten Augen. Guy sah betroffen aus.

»Hör zu, Davo, das war nur Jux. Es ist nicht das Geringste passiert.«

Ich sah Ingrid an.

»Warum?«, fragte ich.

Ohne die Antwort abzuwarten, wandte ich mich um und verließ das Zimmer. Ich lief die Treppe hinunter und nahm meinen Schlüssel vom Brett hinter der Rezeption. Plötzlich konnte ich mich genau an die Nummer erinnern: 214. Ich stürmte die Treppe hoch und öffnete die Tür, obwohl meine Hände vor Wut so zitterten, dass ich den Schlüssel kaum ins Schloss bekam.

»Davo! Warte, Davo!«

Als ich mich umdrehte, sah ich Guy den Flur entlangkommen.

»Davo, es tut mir Leid, okay?«, sagte er und folgte mir in mein Zimmer.

»Verpiss dich, Guy!«

»Es war nichts. Es hat überhaupt nichts zu bedeuten.«

»Kann ich mir vorstellen, dass es dir nichts bedeutet.«

»Oder Ingrid«, sagte Guy.

»Ja. Pech, dass ich der Einzige bin, dem es was bedeutet.«

»Na, hör mal. Du bist schließlich nicht mit ihr zusammen. Und du hast gesagt, du bist dir noch nicht mal sicher, dass du es überhaupt versuchen willst.«

»Ach, und damit ist alles in Ordnung?«

»Nein, ist es nicht. Es tut mir Leid. Ich hab dir gesagt, dass es mir Leid tut.«

Er lächelte sein Guy-Lächeln. Einen winzigen Augenblick lang verspürte ich den Drang, zu sagen, dass alles in Ordnung sei. Aber nur einen Augenblick lang. Dann kam die Wut zurück. Dieses Mal wollte ich nicht zulassen, dass er sich wieder mit seinem Charme aus der Sache herauswand. Plötzlich verspürte ich den Wunsch, ihn festzunageln.

»Was ist in Frankreich geschehen, Guy?«

Er verzog das Gesicht. »Nicht schon wieder. Wir sollten diese ganze Geschichte endlich vergessen, Davo.«

»Das kann ich nicht. Mel hat mir von eurem Vertuschungsmanöver erzählt. Sie hat das Gespräch zwischen Patrick Hoyle und dir gehört, in dem ihr beschlossen habt, dem Gärtner Abdulatif Geld für sein Verschwinden zu geben.«

»Die Frau spinnt doch«, sagte Guy geringschätzig.

»Ich weiß, dass sie euch belauscht hat, weil ich sie dabei ertappt habe. Bis heute Nacht wusste ich nicht, worüber ihr gesprochen habt. Jetzt weiß ich es.«

Guy seufzte und schloss die Augen. »Du gibst einfach keine Ruhe, nicht wahr?«

»Nein«, sagte ich entschieden.

»Okay. Du hast Recht. Wir haben darüber gesprochen. Owen hat erzählt, dass er Dominique mit dem Gärtner gesehen hat. Wir fanden, das sollte man der Polizei berichten. Das würde ihn verdächtig machen. Dann dachte ich, noch besser wäre es, wenn er abhauen würde. Also hat Hoyle ihm Geld gegeben. Und der Bursche hat seine Sache gut gemacht. Er war wie vom Erdboden verschwunden.«

»Bis letzten Monat.«

»Bis letzten Monat.«

»Weißt du, wie er getötet wurde?«

»Du hast Owen gehört. Man hat ihn in einem Slum in Marseille in einer Mülltonne entdeckt. Mehr weiß ich nicht. Mehr will ich auch nicht wissen.«

»Warum hast du das damals getan?«

»Um Dad zu helfen«, sagte Guy. »Die Polizei hat ihn gewaltig unter Druck gesetzt. Klar, dass sie ihm den Mord anhängen wollten. Hoyle und ich dachten, das könnte ihn aus der Schusslinie bringen. Hat ja auch geklappt.«

»Glaubst du, dass er Dominique umgebracht hat?«

»Nein.« Guy schüttelte nachdrücklich den Kopf. »Natürlich nicht.«

»Warum nicht?«

»Er ist mein Dad. Er ist kein Mörder. Glaubst du, dein Vater ist ein Mörder?«

»Nein, aber meine Stiefmutter ist auch nicht ermordet worden.«

Guy starrte mich an. »Ich weiß, dass Dad es nicht getan hat«, sagte er schließlich voller Verachtung. »Er war damals bei einer Nutte. Die Polizei hat das überprüft.«

»Na gut, aber wenn dein Vater es nicht war und Abdulatif auch nicht, wer hat Dominique dann umgebracht?«

»Ich hab nicht die geringste Ahnung. Vielleicht war es ein Dieb, der von der Straße aus eingestiegen ist. Oder vielleicht war es doch Abdulatif.«

»Hm.« Ich ließ mir Guys Antwort durch den Kopf gehen. Sie klang ehrlich, aber konnte ich ihm trauen? »Was ist mit der Schmuckkassette, die man in seinem Zimmer entdeckt hat?«

»Wir haben sie aus Dominiques Zimmer genommen und ihm gegeben. Er hat sie dann in seinem Zimmer zurückgelassen.«

»Was ist mit dem Schmuck geschehen?«

»Er hat ihn behalten.«

Das klang alles plausibel. Aber eine Frage blieb noch. Eine wichtige Frage. »Und der Fußabdruck, den man vor Dominiques Fenster gefunden hat?«

»Mein Fußabdruck? Das hab ich dir doch gesagt. Ich hab in die Büsche gepinkelt.«

»Das ist eine Lüge, Guy. Ich weiß, dass es eine Lüge ist. Ich war dabei, erinnerst du dich?«

Guy versuchte es noch einmal mit seinem Lächeln. Doch dieses Mal fiel es etwas verlegener aus. »Hör schon auf, Davo. Wir sind beide viel zu besoffen für all diese Fragen. Suchen wir lieber den Manager, und schauen wir mal, ob er noch zwei Whisky rausrückt.«

»Das prallt alles von dir ab, nicht wahr?«

»Was meinst du?«

»Ich meine Frankreich und dein rücksichtsloses Verhalten gegenüber Mel. Ich meine, dass du versuchst, mit Ingrid zu schlafen, obwohl du weißt, dass ich sie mag.«

»Hör zu, ich hab gesagt, dass es mir Leid tut.«

»Du kapierst es einfach nicht. Hätte ich dir nicht den Steuerknüppel weggenommen, hättest du uns heute alle umgebracht.«

»Ja, vielen Dank dafür. Du hast schnell reagiert. Aber wir hatten Pech, dass uns das Gewitter erwischt hat. So was habe ich noch nie erlebt.«

»Wir hatten kein Pech! Du bist mitten hineingeflogen, Guy. Du bringst uns absichtlich in Lebensgefahr, und hinterher erwartest du, dass das alle vergessen, wie gewöhnlich.«

Bei dem Gedanken an den Flug platzte mir endgültig der Kragen. Die Anspannung und die Furcht dieser Minuten hatten sich in mir aufgestaut und brachen sich nun Bahn.

»Sieh den Tatsachen ins Gesicht, Guy. Du bist ein Loser. Ein reicher Loser. Du sagst, du bist ein Schauspieler. Tatsächlich aber hast du noch nie deinen Arsch hochgekriegt und dir einen Job gesucht. Musst du ja auch nicht. Daddy wird's schon richten. Er kauft dir ein Flugzeug, ein Auto. Eine Wohnung. Und dann lässt du dich wieder voll laufen und jammerst rum, dass du arbeiten musst wie die anderen.«

»Ach so, du möchtest also, dass ich so bin wie alle anderen«, höhnte Guy. Von seinem Charme war jetzt nichts mehr zu merken. »Die Sache ist nur, dass ich nicht wie alle anderen bin. Führ du nur dein jämmerliches kleines Leben, aber erwarte es nicht von mir.«

»Was ist jämmerlich daran, sich einen Job zu suchen?«

»Verschon mich mit dem Scheiß! Du wirst Wirtschaftsprüfer, heiratest, kriegst zwei Komma zwei Kinder, eine Hypothek und ein hübsches Wohnzimmer, genau wie deine Eltern.« Aus Guys Stimme triefte die Verachtung. »Das ist dein Schicksal, Davo. Klar, du kriegst hin und wieder Ausgang und darfst ein paar Bier mit mir trinken, aber du kannst deinem Schicksal nicht entkommen. Ich habe nicht die Absicht, so zu leben. Ganz bestimmt nicht.«

Irgendwo tief in meinem Inneren hakte etwas aus. Ich war wütend, ich war betrunken und wäre ein paar Stunden zuvor fast ums Leben gekommen. Und jetzt legte Guy auch noch den Finger auf eine wunde Stelle. Auf eine sehr wunde.

Ich holte aus und legte mein ganzes Gewicht hinein. Als meine Faust Guys Nase traf, gab es ein knirschendes Geräusch. Er fluchte. Plötzlich war überall Blut.

Guy beugte sich nach vorne und hielt sich die Nase. Blut lief auf den Teppich. Er richtete sich auf. Ich bereitete mich darauf vor, noch einmal zuzuschlagen.

»Was, zum Teufel, ist hier los?«, ertönte eine Stimme mit starkem schottischem Akzent. Es war der Hotelmanager, dicht gefolgt von Ingrid.

Ich schob Guy aus meinem Zimmer, schloss die Tür und verriegelte sie. Das Klopfen und die ärgerlichen Rufe draußen überhörte ich.

Am nächsten Morgen stand ich früh auf, zahlte mein Zimmer und ging die achthundert Meter zum Bed and Breakfast von Mrs. Campbell. Ich weckte Mel, bestellte ein Taxi und begab mich mit ihr auf die lange Rückreise nach London. In Glasgow unterbrachen wir die Fahrt eine Stunde lang, damit ich mir zwei Bücher über Buchhaltung kaufen konnte, in die ich mich während der restlichen Zeit vertiefte. Die letzten beiden Monate hatten meinem beruflichen Werdegang erhebliche Schäden zugefügt. Ich war fest entschlossen, Wirtschaftsprüfer zu werden. Und gegen eine anständige Anstellung in einer Bank hatte ich auch nichts einzuwenden.

Vor allem aber wollte ich den Rest meiner besten Jahre nicht mit Guy in einem Pub vergeuden.

TEIL DREI

24

September 1999, Notting Hill, London

Als ich endlich nach Hause kam, war es sehr spät. Doch ich war viel zu aufgedreht, um zu Bett zu gehen. Da die Suche nach Whisky erfolglos blieb, öffnete ich eine Flasche Wein. Ich ließ mich aufs Sofa fallen und dachte an Tony Jourdan.

Er hatte entsetzlich ausgesehen. Der Tod musste zwar augenblicklich eingetreten sein, aber das Ergebnis war grässlich. Nachdem sich der erste, lähmende Schock gelegt hatte, stellte sich bei mir ein Gefühl großen Unbehagens ein. Es dauerte eine Weile, bis ich begriff, dass es sich um Schuldgefühle handelte. Ich konnte Tony nicht ausstehen. Wenige Augenblicke, bevor er starb, war ich noch stinkwütend auf ihn gewesen. Wütend darüber, was er mit Guy machte, wütend, was er mit Ninetyminutes und mit mir machte. Einen Augenblick später war er tot. Natürlich wusste ich, dass ich ihn nicht umgebracht hatte. Ich hatte ihm noch nicht einmal den Tod gewünscht. Trotzdem: Die Ursache meiner gegenwärtigen Probleme war beseitigt, als hätte der Teufel persönlich seine Hand im Spiel.

Ich trank drei Viertel der Flasche Wein und ging zu Bett. Irgendwann in der Morgendämmerung schlief ich ein.

Am nächsten Morgen raffte ich mich früh auf und ging in die Firma. Ich berichtete dem Team, was geschehen war. Die Leute waren geschockt, aber auch erleichtert. Obwohl die Zukunft von Ninetyminutes noch immer ungewiss war, sahen die Dinge besser aus als vierundzwanzig Stunden zuvor.

Ingrid tauchte nicht auf. Auch Owen und Guy nicht. Ich versuchte, sie zu Hause anzurufen, aber ohne Erfolg. Doch am Vormittag trat die Polizei in Gestalt von Detective Sergeant Spedding in Erscheinung.

»Gibt es hier einen Raum, wo wir reden können?«, fragte er.

Ich führte ihn ins Vorstandszimmer, wo vor drei Tagen die dramatische Sitzung stattgefunden hatte. Spedding nahm mir gegenüber Platz und zog ein Notizbuch heraus. Er war etwa in meinem Alter, hatte rote Haare, und sein offenes, freundliches Gesicht war mit Sommersprossen übersät.

»Das ist also eines dieser *Dot-Com*-Unternehmen, von denen man jetzt so viel liest?«, sagte er und blickte neugierig durch die Glaswand des Vorstandszimmers auf das Durcheinander von Computern und jungen Leuten.

»Sieht nicht besonders eindrucksvoll aus, oder?«

»Ein Kollege auf der Dienststelle hat mir erzählt, dass er Ihre Website kennt. Er sagt, sie sei großartig.«

»Vielen Dank. Interessieren Sie sich für Fußball?«

»Bristol Rovers.« Ich meinte, einen leichten West-Country-Akzent herauszuhören. »Ich hab schon daran gedacht, mir zu Hause einen Internet-Anschluss zuzulegen, wo es den jetzt umsonst gibt. Berichten Sie auch über die Rovers?«

»Noch nicht. Bis jetzt berücksichtigen wir nur die Premier League. Aber wir hoffen, bis zum Ende der Saison auch die anderen Ligen aufzunehmen.«

»Na ja, sobald ich einen Anschluss habe, schau ich sie mir selbst an.« Wieder blickte er in das Büro hinaus. Zwar herrschte eine gewisse Geschäftigkeit, aber es war doch viel ruhiger als sonst. »Muss ein schwieriger Tag für Sie sein.«

Wohl wahr: Unser Vorstandsvorsitzender war tot und unser leitender Direktor verschwunden. »Glauben Sie, dass Tony Jourdan absichtlich überfahren wurde?«, fragte ich.

»Zumindest müssen wir mit der Möglichkeit rechnen. Ich weiß, dass Sie gestern Abend bei meinen Kollegen eine Aussage zu Protokoll gegeben haben. Trotzdem würde ich Ihnen gern noch einige weitere Fragen stellen.«

»Schießen Sie los.«

»Wenn ich recht informiert bin, gab es einen Streit zwischen Tony Jourdan und seinem Sohn wegen dieses Unternehmens?«

»Ja. Obwohl Guy Ninetyminutes gegründet hat, war Tony der

größte Aktionär. Am Montag fand eine Vorstandssitzung statt. Da hatten sie eine ziemliche Auseinandersetzung über die Strategie. Tony wollte ins Pornogeschäft einsteigen, und Guy weigerte sich. Schließlich hat Guy gekündigt.«

Der Kriminalbeamte stellte mir noch viele weitere Fragen über Guy, seinen Vater und Ninetyminutes, die ich ihm alle so ehrlich wie möglich beantwortete. Dann bat er mich zu berichten, wie die Unterredung mit Tony am Abend zuvor in dessen Wohnung verlaufen war. Er machte sich sorgfältig Notizen.

»Sie haben gestern Abend ausgesagt, Sie hätten vor Mr. Jourdans Wohnung ein Auto warten sehen«, sagte er. »Können Sie mir das Fahrzeug ein wenig genauer schildern?«

»Ich weiß nicht, will es aber gern versuchen.«

»Wissen Sie noch, was es für eine Marke war?«

»Nein«, erwiderte ich sofort.

»Sind Sie ganz sicher? Denken Sie nach.«

Ruhig lehnte Spedding sich in seinem Stuhl zurück, zuversichtlich, dass mir noch etwas einfallen würde. Gehorsam schloss ich die Augen und versuchte mir das Straßenschild zu vergegenwärtigen und das Auto, das davor gestanden hatte.

»Warten Sie. Es hatte eine Hecktür. Altmodisch. Ein Golf oder so was.«

»Farbe?«

»Weiß nicht. Dunkel. Schwarz? Blau vielleicht. Nein, es war schwarz.«

»Ich weiß, dass Sie zu Protokoll gegeben haben, Sie hätten sich das Nummernschild nicht gemerkt. Aber vielleicht einen Teil? Den ersten Buchstaben?«

»Hm … Ja. Ja, doch, ein N. Es war ein N.«

»Sehr schön. Was ist mit dem Fahrer? Wenigstens eine ungefähre Beschreibung?«

»Ich weiß nicht. Ich konnte ihn nicht deutlich erkennen und habe wirklich nicht auf ihn geachtet.«

»Aber es war ein Mann? Weiß? Schwarz? Jung? Alt?«

»Doch, es war ein Mann. Weiß. Trug irgendeine Jacke. Keinen Schlips. Dunkles Haar, das schon ein bisschen dünner wurde.

Über dreißig. Unter fünfzig. Mehr fällt mir beim besten Willen nicht ein.«

»Würden Sie ihn wieder erkennen?«

»Vielleicht. Ich weiß nicht.«

»Könnte es jemand sein, den Sie kennen?«

»Nein. Bestimmt nicht. Zumindest niemand, den ich gut kenne.«

»Sind Sie ganz sicher, dass Sie sich nicht an mehr erinnern?«

Das freundliche Gesicht des Polizisten weckte in mir den Wunsch, ihm zu helfen. Aber mir fiel beim besten Willen nichts mehr ein. »Tut mir Leid. Ich weiß, dass es wichtig ist, und ich wünschte wirklich, ich hätte auf mehr Einzelheiten geachtet, aber ich hatte ganz andere Dinge im Kopf. Ehrlich gesagt, wenn das Auto nicht vor dem Straßenschild gestanden hätte, hätte ich den Mann überhaupt nicht bemerkt.«

Spedding nickte. Er holte ein Blatt Papier hervor, auf dem die Straße aufgezeichnet war. »Können Sie mir zeigen, wo das Auto geparkt war?«

Ich kennzeichnete die Stelle durch ein »X«.

»Im Protokoll geben Sie an, Sie hätten gehört, wie der Wagen angelassen wurde. Wann war das?«

»Als Ingrid und ich um diese Ecke bogen, hier.« Ich zeigte auf die Zeichnung. »Und Tony kam aus diesem Haus hier.«

»Haben Sie den Wagen anfahren sehen?«

»Nein, aber als wir um die Ecke waren, hörte ich den Motor aufheulen, dann den dumpfen Schlag und den Schrei. Doch als ich wieder in die Straße kam, war der Wagen verschwunden.«

»Wir suchen nach ihm. Im Augenblick hoffen wir, dass sich noch ein anderer Zeuge meldet.«

»Tippen Sie auf Vorsatz?«

»Ich denke, es besteht die Möglichkeit, dass es ein Unfall war und der Fahrer sich einfach aus dem Staub gemacht hat – Fahrerflucht. Doch in einer so ruhigen, schmalen Straße ist das eher unwahrscheinlich. Eine Frage habe ich noch. Haben Sie etwas dagegen, wenn wir uns Ihr Auto ansehen?«

»Warum? Es stand zur Unfallzeit vor meiner Wohnung in Notting Hill. Ingrid und ich sind vom Büro aus mit der U-Bahn gefahren.«

»Sicher, aber es würde uns helfen, den Wagen aus unseren Untersuchungen auszuschließen. Dafür haben Sie doch sicherlich Verständnis.« Er nahm die Schlüssel entgegen, hörte sich an, wo ich geparkt hatte, und ging.

An diesem Tag schaffte kaum einer etwas. Gegen Mittag erschien Ingrid, bleich und angegriffen. Am Nachmittag rief Mel an.

»Hast du gehört, was passiert ist?«, fragte ich sie.

»Guy hat mich vor einer Stunde angerufen. Er ist auf dem Polizeirevier in der Savile Row. Ich soll ihm einen Anwalt besorgen.«

»Himmel! Nimmt die Polizei an, dass er Tony umgebracht hat?«

»Das ist noch nicht klar. Doch anscheinend wird er verdächtigt. Gott sei Dank war er klug genug, auf den Anwalt zu warten, bevor er mit ihnen redet. Ich habe einen guten bekommen. Der dürfte jetzt dort sein.«

»Heute Morgen war ein Kriminalbeamter hier. Er hat mich nach Guys Beziehung zu Tony gefragt. Leider habe ich ihm davon erzählt.«

»Mach dir keine Gedanken«, sagte Mel. »Das hätten sie ganz schnell herausgefunden. So was lässt sich nicht verheimlichen. Hättest du es versucht, wären sie nur misstrauisch geworden.«

»Kommt er wieder frei?«

»Bestimmt. Wenn sie keine handfesten Beweise gegen ihn haben, können sie ihn nicht dabehalten.«

»Ist es nicht schrecklich«, sagte ich, »die Sache mit Tony?«

»Ja«, sagte Mel. »Obwohl ich den Mann nie besonders gemocht habe, wenn ich ehrlich bin. Aber das weißt du ja.«

Ein etwas peinliches Schweigen entstand, als ich nach einer versöhnlichen Antwort auf dieses sehr ehrliche Bekenntnis suchte. Ich mochte nicht zugeben, dass es mir genauso gegangen war. »Lass mich wissen, wenn ich helfen kann«, sagte ich schließlich. »Und sag Guy, er soll mich anrufen, wenn sie ihn auf freien Fuß setzen.«

»Mach ich.«

Er wurde auf freien Fuß gesetzt und kam direkt ins Büro. Es war zwanzig Uhr, die meisten waren schon zu Hause. Er sah fertig aus, bleich, dunkle Ringe unter unsteten Augen.

»Haben sie dich endlich laufen lassen?«, fragte ich.

»Ja. Mel hat mir einen guten Anwalt besorgt. Wegen der gestörten Beziehung zu Dad hat mir die Polizei ziemlich zugesetzt. Da hielt ich es für eine gute Idee, nach einem Anwalt zu verlangen. Sie haben keine Beweise gegen mich, hielten mich aber für verdammt verdächtig.«

»Konntest du ihren Verdacht entkräften?«

»Ja, sie haben mich gefragt, wo ich gestern war. Zum Glück war ich mit Owen in einem Pub in Camden. Das müsste zu überprüfen sein. Damit bin ich wohl aus dem Schneider.«

»Haben sie dir erzählt, dass ich einen Mann in einem Auto vor Tonys Wohnung gesehen habe? Unmittelbar bevor er überfahren wurde?«

»Nein, das haben sie nicht. Hat man ihn gefunden?«

»Meine Beschreibung war nicht besonders gut. Aber auf jeden Fall war da jemand.«

»Wer könnte das gewesen sein?« Einen Augenblick lang überlegte Guy, hatte aber keine Idee. »Dann hätten sie mich doch in Ruhe lassen können. Allerdings war der Zeitpunkt des Unfalls denkbar ungünstig. Unmittelbar nach meinem Streit mit Dad. Ich kann schon verstehen, dass sie das verdammt verdächtig finden.«

»Macht dir das Ganze sehr zu schaffen?«

»Im Augenblick fühle ich mich leer, vollkommen leer. Seit Tagen habe ich nichts als Hass empfunden. Und dann kommt jemand und bringt ihn um ... Das macht mich ... das macht mich ungeheuer wütend.«

»Tut mir Leid.«

»Wütend auf ihn. Wütend auf mich. Wütend auf die Polizei, weil sie so verdammt dämlich ist. Aber ich weiß, dass ich es noch gar nicht richtig begriffen habe. Ich kann einfach nicht glauben, dass ich ihn nie wieder sehen werde.« Er biss sich auf die Lippen.

Als ich Guy so unter dem Eindruck seiner Gefühle sah, kamen mir meine eigenen Empfindungen lächerlich vor. Was waren meine Schuldgefühle im Vergleich zu dem, was ihn bewegte?

»Davo?« Er blinzelte mich aus seinen übernächtigten Augen an.

»Ja?«

»Kannst du in den nächsten Tagen bei Ninetyminutes nach dem Rechten sehen? Jemand muss entscheiden, was weiter geschehen soll, und ich fühle mich dazu im Augenblick nicht in der Lage.«

»Kein Problem. Du bleibst ein paar Tage zu Hause. Kümmer dich um die Angelegenheiten deines Vaters. Denk an ihn. Verbring ein bisschen Zeit mit Owen. Vielleicht hilft das. Ich kümmere mich um den Laden.«

Guy lächelte. Ich war gerührt von der Dankbarkeit in diesem Lächeln.

25

Ich tat, worum Guy mich gebeten hatte. Ich sah bei Ninetyminutes nach dem Rechten.

Die Mitarbeiter waren kein Problem. Wir hatten eine Krise, und sie bewährten sich in ihr. Nach dem ersten Schock bissen sie die Zähne zusammen und machten sich an die Arbeit. Ihnen war klar, dass Guy Zeit brauchte, aber sie trauten mir zu, dass ich den Laden solange schmiss.

Ich rief Henry an und und berichtete ihm von den Ereignissen. Ohne Beschönigung. Dass Tony gegen den Einstieg von Orchestra gewesen war, dass Guy mit seinem Rücktritt gedroht hatte und wie Tony ums Leben gekommen war. Doch Henrys Interesse hielt unvermindert an. Orchestra Ventures hatte seit drei Monaten keine Investition mehr gemacht und befürchtete nun, es könnte den Internet-Zug verpassen.

Es stellte sich heraus, das Hoyle jetzt der Schlüssel zum Deal war. Zwar verfügte nicht er über Tonys Anteile an *ninetyminutes.com*, sondern ein Offshore-Trust. Tonys Besitz war nämlich auf ein Geflecht von Trusts verteilt, die auf winzigen Inseln in der ganzen Welt beheimatet waren. Die Begünstigten waren letztlich Guy, Owen, Sabina und ihr Sohn Andreas zu unterschiedlichen Teilen. Den Besitz zu entflechten, würde ein albtraumhaftes Stück Arbeit werden. Hoyle wusste als Einziger, wo alles war und in welcher Beziehung die einzelnen Elemente zueinander standen. Er hatte auch als Einziger die Verfügungsgewalt über die Trusts.

Bisher hatte ich Hoyle nur als Tonys Sprachrohr kennen gelernt. Doch nun konnte Orchestra Ventures nur in Ninetyminutes investieren, wenn Hoyle es genehmigte. Fortan musste ich ihn also als unabhängig agierende und denkende Person betrachten.

Es gelang mir, mich zwei Tage nach Tonys Tod mit Hoyle zu verabreden. Wie sich herausstellte, war er durchaus zu selbstständigem Denken in der Lage. Wie sich ferner zeigte, teilte er Tonys Begeisterung fürs Internet keineswegs. Ich witterte eine Chance. Im Grunde hatte Hoyle zwei Möglichkeiten: Entweder, er setzte die Strategie seines verstorbenen Mandanten fort und blieb der Hauptaktionär einer kleinen, aber marginal gewinnträchtigen Fußball- und Porno-Site ohne Management, oder er konnte Geld einsacken, ziemlich viel Geld.

Hoyle war fürs Einsacken.

Noch konnte ich das Geschäft allerdings nicht perfekt machen. Orchestra musste nämlich zunächst nicht nur dazu gebracht werden, in die Expansion von Ninetyminutes zu investieren, sondern auch dazu, Tony Jourdans Trust auszuzahlen. Prinzipiell lehnen es Venture-Kapitalisten ab, vorhandene Investoren auszuzahlen, doch für das Geschäft, das ich vorschlug, sprachen mehrere Gesichtspunkte: Es sicherte dem Management genügend Aktien, sodass für den verlangten Anreiz gesorgt war, es befreite uns von einem möglicherweise lästigen Aktionär, und es erlaubte Orchestra, mehr Geld in den Internet-Boom zu investieren, bevor er vorbei war. Henry kam mit vielen Wenn und Aber und Vielleicht, aber schließlich war er einverstanden.

Ich erhielt noch einen weiteren Besuch von Detective Sergeant Spedding. Er war mit zwei Fotos bewaffnet. Eines zeigte einen Mann mittleren Alters, dessen spärliches Haar nach hinten gekämmt war.

»Erkennen Sie ihn wieder?«, fragte Spedding.

»Das ist er«, sagte ich. »Der Mann im Auto.«

»Sind Sie sicher?«

»Absolut.«

»Er fährt einen schwarzen Golf GL, erster Buchstabe der Autonummer ist N. Hier ist das Foto eines ähnlichen Fahrzeugs.« Er reichte mir einen Computerausdruck.

»Das war es, glaube ich. Natürlich bin ich mir bei dem Auto nicht so sicher wie bei dem Gesicht, aber es war mit Sicherheit etwas in der Art.«

»Wunderbar.«

»Wer ist er?«, fragte ich.

»Ein Privatdetektiv.«

»Echt? Hat er Tony beschattet?«

»Wir vermuten es. Wir haben noch nicht mit ihm gesprochen. Erst wollten wir die Bestätigung von Ihnen abwarten, dass es sich tatsächlich um den Mann handelte.«

»Verstehe. Wissen Sie, für wen er gearbeitet hat?«

Spedding nickte. »Sabina Jourdan.«

Ich ging durch die postmoderne Lobby des Hotels Sanderson's. Überall sah ich merkwürdige Objekte, am seltsamsten waren zwei riesige rote Lippen. Es war nicht zu entscheiden, ob man in ihnen oder auf ihnen sitzen sollte: Ich machte einen weiten Bogen um sie. Guy erblickte ich unter den anderen schönen Menschen in der minimalistischen Designerbar, eine Flasche Bier in der Hand. Ich verlangte ein Pint Tetley's, sah den missbilligenden Ausdruck auf dem Gesicht des Barkeepers und entschloss mich zu einem Asahi.

»Wie war die Beerdigung?«, fragte ich Guy.

»Grässlich.«

»Wer war da?«

»Kaum jemand, Gott sei Dank, nur die Familie – die richtige Trauerfeier haben wir auf später verschoben. Owen, Mom, Sabina, Patrick Hoyle, zwei Großtanten, der Vikar, das waren alle. Dad wurde auf dem Friedhof des Dorfes beigesetzt, in dem er aufgewachsen ist. Unter den gegebenen Umständen hat der Vikar seine Sache gut gemacht. Aber das schien niemanden zu interessieren. Außer Sabina. Die Tanten hatten Dad schon seit Jahrzehnten nicht mehr gesehen. Warum meine Mutter gekommen ist, weiß ich nicht, sie sah entsetzlich gelangweilt aus. Und Owen … na ja, du weißt ja, wie Owen ist.«

»Und wie ging es dir?«

»Ich weiß nicht. Während des Gottesdienstes habe ich nichts empfunden. Nur Kälte. Und Wut über alles, was Dad getan hat. Oder nicht getan hat. Die vielen Male, die er sich nicht um mich gekümmert, uns im Stich gelassen hat, was er Mel angetan hat, was er Ninetyminutes antun wollte. All das ging mir durch den Kopf. Ich habe es auf einem imaginären Punktezettel vermerkt. Er hat jede Runde verloren. Als dann der Sarg hinabgelassen wurde,

wurde ich plötzlich von meinen Gefühlen überwältigt. Mir wurde klar, dass ich ihn nie wieder sehen würde. Dass ich nie mehr die Chance haben würde, ihm zu zeigen, dass ich nicht der Loser bin, für den er mich hielt. Dass ich ihm nie wieder nahe sein würde. Dass wir uns nie so nahe waren, wie wir es eigentlich hätten sein müssen.«

Er goss einen kräftigen Schluck Bier hinunter.

»Weißt du, ich fand ihn unheimlich cool, Davo. Und das war er auch. Wir waren uns sehr ähnlich, er und ich. Aber aus irgendeinem Grund haben wir es nie geschafft, miteinander auszukommen, uns zu achten, wie es Vater und Sohn tun sollten. Und jetzt werden wir nie mehr Gelegenheit dazu bekommen.«

»Du hast dein Bestes getan«, sagte ich. »Es war nicht dein Fehler.«

»Hin und wieder ein freundliches Wort hätte schon genügt. Ein bisschen Ermutigung, ein bisschen Anerkennung, ein bisschen Stolz auf das, was ich erreicht hatte. Doch immer, wenn er mit etwas zu tun bekam, das ich tat, hat er versucht, es an sich zu reißen und zu beweisen, dass er es besser konnte als ich. Denk an Ninetyminutes. Oder an Mel.«

»Wie geht es deiner Mutter?«

»Gott, ich wünschte, sie wäre nicht gekommen. Sie ist stinksauer, weil ihre Unterhaltszahlungen mit Dads Tod enden. Sie brachte ihren Anwalt mit, damit er mit Patrick Hoyle spricht, aber Hoyle meint, sie hat keine Chance. Doch das macht gar nichts, dann heiratet sie eben noch mal.«

»Irgendjemand in Sicht?«

»Weiß nicht. Sie findet schon jemanden. Und sie war unmöglich zu Sabina. Als hätte Sabina kein Recht, dort zu sein. Dabei war sie die Einzige, die wirkliche Trauer zu empfinden schien.«

»Hast du mit ihr gesprochen?«

»Nur kurz. Sie ist nett. Und ich glaube, sie hat wirklich ihn und nicht sein Geld geliebt. Wahrscheinlich ist sie die beste von den dreien, die er geheiratet hat.«

»Was macht sie jetzt?«

»Sie geht zurück nach Deutschland. Sie sagt, sie möchte, dass ich mit ihr und Andreas in Kontakt bleibe. Das werde ich wohl auch tun.« Er blickte auf die Uhr. »Mom kommt in ein paar Minuten. Wir wollen bei Nobu essen. Man könnte meinen, sie macht zwei Tage Urlaub in London. Ein Glück, dass sie morgen nach LA zurückfliegt.«

»Hat die Polizei dich noch im Visier?«, fragte ich.

»Ich glaube, sie lässt mich in Ruhe. Ich habe sie wohl davon überzeugt, dass ich mit Owen zusammen war, als Dad überfahren wurde. Aber die Theorie, dass er ermordet wurde, haben sie noch nicht aufgegeben. Offenbar haben sie Sabina ganz schön in die Mangel genommen.«

»Hast du gehört, dass Sabina einen Privatdetektiv auf Tony angesetzt hatte?«, fragte ich.

»Nein!«

»Doch. Die Polizei hat mir ein Foto von ihm gezeigt und gefragt, ob er der Typ war, der im Auto vor der Wohnung deines Vaters gesessen hat. Ich bin mir ziemlich sicher.«

»Dann hat er Dad also beschattet?«

»Sieht so aus.«

»Das ist ja ein Ding! Kein Wunder, dass die Polizei sie ausgequetscht hat. Und sie erbt am meisten. Aber ich kann mir nicht vorstellen, dass sie ihn umgebracht hat.«

»Die Polizei wird es schon herausfinden«, sagte ich.

»Da wäre ich mir nicht so sicher. Das sind Schwachköpfe.« Er nahm noch einen Schluck Bier. »Egal. Erzähl mir, was bei Ninetyminutes läuft.«

Ich informierte ihn in allen Einzelheiten über den Stand der Verhandlungen mit Orchestra und Hoyle. Guy war lebhaft interessiert. Nachdem sein Vater beerdigt war, schien er sich wieder auf Ninetyminutes konzentrieren zu können. Ich war erleichtert.

»Darling!« Wir wurden von einer lauten amerikanischen Frauenstimme unterbrochen. Als ich mich umwandte, sah ich eine elegante Blondine irgendwo jenseits der vierzig auf Guy zueilen. Sie hatte hohe Wangenknochen, eine gepflegte Bräune, einen wohl geformten Körper und strahlend weiße Zähne. Eigentlich hätte sie eine gut aussehende Frau sein müssen, aber sie hatte etwas Hartes und Unliebenswürdiges an sich, das mich augenblicklich abstieß. Als Mutter konnte man sie sich überhaupt nicht vorstellen.

Guy machte mich mit ihr bekannt. »Mom, das ist mein Partner David Lane. Er ist mit mir zur Schule gegangen.«

»Partner?«, sagte sie. »Ich wusste nicht …«

»Geschäftspartner, Mom.«

Ihr Interesse an mir erlahmte. »Freut mich, Sie kennen zu lernen«, sagte sie wenig überzeugend. »Ich würde gern auf einen Drink bleiben, aber unser Tisch ist für halb neun reserviert, und wir sind spät dran.«

Ich ließ sie ohne Bedauern gehen.

Bevor sie ihren Sohn aus der Hotelhalle zog, flüsterte Guy mir noch zu: »Hast du gesehen, dass sie geliftet ist?«

Das war mir nicht aufgefallen.

Er lächelte. »Bis morgen«, sagte er und verschwand mit seiner Mutter.

Wie versprochen, erschien Guy am folgenden Tag im Büro. Alle freuten sich, ihn zu sehen, vor allem ich. Es gab viel zu tun. Ich hatte noch ein paar letzte Einzelheiten mit Patrick Hoyle zu klären, deshalb traf ich mich mit ihm in Mels Büro in der Nähe der Chancery Lane. Es dauerte nicht lange. Nach einer knappen Stunde verließen wir zusammen das Gebäude.

»Sie sehen aus, als wären Sie froh, Ninetyminutes los zu sein«, sagte ich, als wir auf dem Bürgersteig standen und auf ein Taxi warteten.

»Ich glaube nicht ans Internet«, murmelte Hoyle. »Und es war keine gute Idee von Tony, sich mit seinem Sohn einzulassen.«

»Für Guy war es auch keine gute Idee.«

Hoyle schnaubte verächtlich. »Er ist aber noch am Leben.«

Die Art, wie er das sagte, ließ mich aufhorchen. Aufmerksam sah ich ihn an. Er war ein intelligenter Mann. Offenbar hatte er einen Verdacht. »Haben Sie eine Vermutung, wer Tony umgebracht haben könnte? Oder warum er sterben musste?«

»Nein«, sagte er. »Aber einigen Leuten hat es verdammt gut in den Kram gepasst.«

»Zum Beispiel Guy?«

»Zum Beispiel.«

»Glauben Sie wirklich, er hat seinen Vater umgebracht? Es gibt nicht den geringsten Beweis.«

Hoyle zuckte mit den Achseln, als habe er keine Lust, dieses Gespräch fortzusetzen. Aber seine Formulierung, es hätte gewissen Leuten »in den Kram gepasst«, erinnerte mich an etwas. An etwas, das Ingrid zehn Jahre zuvor gesagt hatte.

»Ich weiß, was mit dem Gärtner in Frankreich passiert ist«, sagte ich.

»Ach ja?«, sagte Hoyle ausdruckslos.

»Ja. Sie haben ihn dafür bezahlt, nach Dominiques Tod zu verschwinden. Um Tony zu schützen.«

»Und wer hat Ihnen das erzählt?«

»Guy.«

Hoyle würdigte mich keines Blickes, sondern hatte nur Augen für die besetzten Taxis, die vorbeifuhren. »Heutzutage kriegt man noch nicht einmal ein beschissenes Taxi«, murmelte er. »Wir brauchen wieder eine Rezession.«

»Ich weiß, dass Abdulatif vor einigen Jahren ermordet wurde.«

»Aha, verstehe.« Immer noch dieser ausdruckslose Tonfall.

»Passte das nicht auch gut in den Kram?«

Jetzt endlich geruhte Hoyle seine Aufmerksamkeit dem Verkehr zu entziehen und mir zuzuwenden. »Das stimmt.«

»Haben Sie das arrangiert?«, fragte ich.

Hoyle blickte mich an. »Gehen wir eine Tasse Kaffee trinken«, schlug er vor und zeigte auf ein Café, das nur ein paar Schritte entfernt war.

Keiner von uns sagte ein Wort, bis wir uns mit zwei Tassen an einen etwas abseits stehenden Tisch setzten.

»Ich mag Sie, David«, sagte Hoyle.

Ich gab keine Antwort. Ich war mir nicht ganz sicher, ob ich von Hoyle gemocht werden wollte.

»Sie sind ein guter Unterhändler und Ihren Freunden gegenüber loyal. Loyalität ist eine Eigenschaft, die ich sehr schätze. Aber Sie müssen vorsichtig sein.«

»Wegen Guy?«

»Lassen Sie mich von Abdulatif erzählen. Ich nehme an, Sie kennen nur die halbe Geschichte.«

»Ich bin sicher, dass ich nur die halbe Geschichte kenne«, sagte ich. »Fangen Sie an.«

»Es stimmt, dass Guy mir erzählt hat, Owen habe Abdulatif mit Dominique gesehen. Er hat auch vorgeschlagen, dem Gärtner Geld zu geben, damit er verschwindet. Das hörte sich nach einer guten Idee an, da es Tony entlasten würde. Damals war ich von Tonys Unschuld absolut überzeugt. Er hatte gesagt, er sei bei einer Prostituierten gewesen, als Dominique umgebracht wurde, und Prostituierte können definitionsgemäß gekauft werden. Daher kümmerte ich mich um die Angelegenheit. Ich gab Abdulatif eine halbe Million Franc und sagte ihm, er solle sich rar machen. Guy hatte sich einen Teil von Dominiques Schmuck besorgt, den Abdulatif ebenfalls bekam.«

»Warum hat er das Geld genommen?«, fragte ich. »Er lief doch Gefahr, erwischt und wegen Mordes angeklagt zu werden.«

»Das habe ich mich damals auch gefragt. Es gibt eine ziemlich große nordafrikanische Volksgruppe in Südfrankreich. Da hat die Polizei es schwer, einen jungen Mann zu finden, der nicht gefunden werden will. Doch ich erfuhr schon bald, dass es noch einen anderen Grund gab.«

»Welchen?«

»Erpressung. Ich hatte angenommen, Abdulatif würde das Land verlassen. Aber er dachte gar nicht daran. Er ging nach Marseille und setzte sich nach einem Jahr wieder mit mir in Verbindung. Für sein weiteres Schweigen verlangte er zweihunderttausend Franc. Ich gab sie ihm. Ein Jahr darauf die nächste Forderung. Ein bisschen höher dieses Mal. Und so ging es weiter.

Ich wollte mir das Geld von Tony holen, aber Guy hatte Angst, sein Vater könnte herausfinden, was wir getan hatten. Also verlangte ich das Geld von Guy. Im Laufe der Jahre wurden die Forderungen immer höher. Für Guy wurde es schwieriger, das Geld aufzutreiben: Tony schränkte seine Großzügigkeit ihm gegenüber stark ein. Allmählich gelangte ich zu der Überzeugung, wir sollten auf Abdulatifs Erpressung nicht mehr eingehen. Ich war hundertprozentig von Tonys Unschuld überzeugt. Falls Abdulatif zur Polizei ging, musste er damit rechnen, genauso viele Schwierigkeiten zu bekommen wie wir. Trotzdem war es eine unangenehme Situation für Guy und mich. Die Bestechung eines Hauptzeugen in einer Morduntersuchung ist ein schwerwiegendes Verbrechen.«

»Und dann hat man Abdulatif in der Mülltonne gefunden?«

»Exakt. Wie gesagt, es passte wunderbar in den Kram.«

»Und Sie haben keine Idee, wie er dahin gekommen ist?«

»Sie meinen, ob ich das arrangiert habe?« Hoyle trank einen Schluck Kaffee. »Ich sollte Ihnen die Frage übel nehmen. Egal, nein, ich habe es nicht getan. Solche Dinge mache ich nicht, auch nicht für meinen besten Mandanten.«

»Glauben Sie, Guy hat es arrangiert?«

Hoyle zuckte mit den Achseln. »Was glauben Sie?«

Ich dachte nach. War mein Freund ein Mörder? Natürlich nicht. »Sie haben gesagt, anfangs hätten Sie gedacht, Tony könnte Dominique getötet haben. Doch dann haben Sie Ihre Meinung geändert?«

»Ja. Sie kamen nicht gut miteinander aus. Beide hielten nicht viel von ehelicher Treue, wie Sie ja wissen.«

Ich seufzte, eher ärgerlich als verlegen. Hoyle bemerkte es.

»Tut mir Leid. Sie waren jung, sie war schön, und sie hat Sie benutzt. Tony wusste es. Aber ich bin sicher, dass er sie nicht ermordet hat. Im Laufe der Jahre habe ich mit ihm oft über ihren Tod gesprochen. Zwar hätte er es sicherlich nicht zugegeben, wenn er es getan hätte, aber ich bin sicher, ich hätte es gemerkt.«

Nachdenklich schlürfte Hoyle seinen Kaffee. »Für mich war Tony Jourdan weit mehr als ein Mandant. Er war ein Freund. Wir haben uns im Studium kennen gelernt. Er war einer der Gründe, warum ich nach Monte Carlo gezogen bin. Im Laufe der Jahre haben wir vieles gemeinsam durchgemacht, Höhen und Tiefen. Ich war sehr betroffen, als er starb. Sehr betroffen.«

Er setzte seine Tasse ab. »Jetzt muss ich aber wirklich zusehen, dass ich ein Taxi finde.« Mühsam erhob er sich und ließ mich zurück, nachdenklich über meinen kalt gewordenen Kaffee gebeugt.

Das Geschäft mit Orchestra Ventures schlossen wir in Rekordzeit ab. Orchestra zahlte Tony Jourdans Trust mit vier Millionen Pfund aus, der doppelten Summe der ursprünglichen Investition, und brachte weitere zehn Millionen Pfund ein. Dafür bekam Orchestra siebzig Prozent des Unternehmens, sodass für Management und Mitarbeiter mehr als genug blieb. Natürlich veränderte sich der Vorstand. Orchestra setzte einen neuen Vorsitzenden ein, Derek Silverman, einen schlanken, grauhaarigen Geschäftsmann um die fünfzig, der schon mehrere Millionen Pfund durch ein Management-Buyout verdient hatte, die Übernahme eines Handelsunternehmens durch das eigene Management, eine Transaktion, die einer der Partner von Orchestra finanziert hatte. Wichtiger noch, er war Vorsitzender eines Premier-League-Vereins. Henry gehörte dem Vorstand als Vertreter von Orchestra an, und Patrick Hoyle schied aus.

Guy schlug Ingrid als dritte Direktorin vor. Mittlerweile war sie aus unserem Team nicht mehr wegzudenken, und Guy und ich lernten ihr Urteil immer mehr zu schätzen. Henry mochte sie, damit war sie im Vorstand. Schwierigkeiten hatte sie nur mit Mel. Zwar gingen sie sehr professionell miteinander um, aber kühl, und sie mieden einander nach Möglichkeit.

Nach Abschluss des Geschäfts und mit zehn Millionen auf der Bank waren wir nicht mehr zu bremsen. Und es gab reichlich Gelegenheit, Geld auszugeben. Für mehr Büroraum: Wir übernahmen das Stockwerk unter uns. Für mehr Mitarbeiter, vor allem Journalisten. Für Werbung. Für das Ankurbeln des Online-Verkaufs. Henry hatte nichts gegen diese Form der Verschwendungssucht. In der Achterbahn der Internet-Bewertungen galt die Regel: Je mehr du für deine Website ausgibst, desto mehr ist das Unternehmen wert. Also lautete die Devise: nicht kleckern, sondern klotzen.

Es klappte. Im Laufe der Saison stiegen die Besucherzahlen der Website steil an. Im Monat September verzeichneten wir mehr als vierhundert Besucher und fast drei Millionen Page Impressions, also tatsächliche Zugriffe auf einzelne Seiten. Zwar gab es noch andere Fußball-Sites, aber nach und nach jagten wir ihnen ihren

Marktanteil ab. Gaz' Inhalte waren einfach besser. Unsere Site sah besser aus. In der Bedienung war sie schnell, mühelos und abwechslungsreich. Guy begann, ein Netzwerk von Partnerschaften mit allen für uns wichtigen Marktteilnehmern zu knüpfen – von namhaften Suchmaschinen über Provider und Online-Zeitungen bis hin zu Sites mit besonderen Inhalten wie der unseren. Wir schlossen einen Vertrag mit Westbourne, einem der größten Buchmacher im Land, der unseren Besuchern die Möglichkeit zu Online-Fußballwetten eröffnete. Die erfreuten sich fast sofort großer Beliebtheit und brachten sogar Einnahmen.

Jeden Tag mussten wir Dutzende von Artikeln ins Netz stellen: Nachrichten über Transfers und Verletzungen, Klatsch, Kommentare und, natürlich, Spielberichte. Dazu brauchten wir eine wachsende Zahl von Journalisten, von denen jeder ein vielfältiges Netz von Beziehungen zu freien Mitarbeitern und den Vereinen unterhielt. Wir brachten Fernsehschirme an den Wänden an und, wichtiger noch, installierten Software, die den Journalisten ermöglichte, auf ihren Computern Videos zu sehen und Radiokommentare zu hören.

Gaz brachte einen Riesenknüller: den Einkauf eines brasilianischen Torjägers durch einen Premier-League-Verein für fünfundzwanzig Millionen Pfund. Der Verein bestritt es, und zwei Tage lang sah es so aus, als wären wir einer Ente aufgesessen. Die Boulevardblätter gossen Hohn und Spott über uns aus, aber Gaz ließ sich nicht ins Bockshorn jagen. Und tatsächlich, kurz darauf wurde die Meldung bestätigt. Später berichtete mir Gaz, seine Quelle sei der vierzehnjährige Sohn eines der Vereinsdirektoren gewesen. Der Junge sei ein begeisterter Fan unserer Site.

Bei all diesen Aktivitäten blieb kaum Zeit zum Nachdenken. Und wenn doch ein bisschen Zeit übrig war, galten meine Gedanken Ninetyminutes. Von der Polizei hörte ich nichts mehr, und auch mit Guy sprach ich nicht über Tonys Tod. Doch Patrick Hoyles Worte wollten mir einfach nicht aus dem Sinn. So sehr ich es auch versuchte.

Es passte einfach alles *zu gut* in den Kram.

Eines Morgens rief ich im Büro an und sagte, ich würde erst am

Nachmittag kommen. Guy wirkte ein bisschen überrascht, vor allem, als ich ihm erklärte, ich wollte fliegen. Er wusste, dass ich es nicht mehr getan hatte, seit wir vor fast einem halben Jahr mit Ninetyminutes begonnen hatten.

Es war ein sonniger Tag Anfang Oktober. Eine frische Brise vertrieb alle Reste von Herbstnebel und Londoner Smog. Ein schönes Gefühl, wieder einmal im Cockpit zu sitzen, allein ein paar Hundert Meter über der Erde. Wie ein Teppich aus grünen, goldenen und braunen Farben breitete sich England unter mir aus. Über das Hügelland von Hampshire flog ich einen meiner Lieblingsflugplätze an, Bembridge auf der Isle of Wight. Von dort ging ich ein oder zwei Kilometer einen steilen Hügel empor zu der Steilküste über der Whitecliff Bay.

Es war kühl und windig dort oben, aber still und weit entfernt von Ninetyminutes. Ich hoffte, die Entfernung würde mir helfen, klarer zu sehen.

Sie half.

Zum ersten Mal stellte ich mich der Frage, die ich bislang verdrängt hatte. Hatte Guy seinen Vater umgebracht?

Auf den ersten Blick schien es durchaus möglich zu sein. Ninetyminutes war alles für Guy, und sein Vater hatte angedroht, es ihm wegzunehmen. Tony hatte einen Einfluss auf seinen Sohn gehabt, den ich nur schwer begreifen konnte, der aber sehr stark gewesen war und von dem sich Guy, wie ich wusste, hatte frei machen wollen. Mit Sicherheit hatte die Polizei Guy in Verdacht gehabt. Owen hatte zu ihm gestanden und ihm ein Alibi gegeben. Was Wunder, Owen stand immer zu ihm.

Doch ich hatte am Tag des Begräbnisses mit Guy gesprochen. Er schien über den Tod seines Vaters ehrlich betroffen zu sein. So war das mit Guy und mir. Wir standen uns nahe. Deshalb konnte er mir seine Gefühle offen zeigen. In den letzten Monaten hatte ich ihn in guten und schlechten Momenten erlebt. Er zeigte mir seine Gefühle.

Andererseits war er gelernter Schauspieler. Konnte ich ihm vertrauen?

Ich erinnerte mich, dass ich mich schon einmal mit den gleichen

Zweifeln auf Mull herumgeschlagen hatte, als Mel mir erzählt hatte, wie Guy sich den Plan zu Abdulatifs Bestechung hatte einfallen lassen. Patrick Hoyle wie auch Mel schienen davon auszugehen, dass Guy es getan hatte, um sich zu schützen. Dass er Dominique umgebracht hatte.

Und es gab noch eine ungeklärte Frage. Den Fußabdruck, den Guy vor Dominiques Fenster in der Nacht ihres Todes hinterlassen hatte. Dafür hatte ich nie eine befriedigende Erklärung erhalten. Ich wusste, dass er nicht dort gewesen war, als wir ins Bett gegangen waren. Also wie war der Abdruck dorthin gelangt?

Dann war Abdulatif selbst umgebracht worden. Von Guy?

Hatte Guy in den letzten dreizehn Jahren wirklich drei Menschen getötet? Das widersprach einfach allem, was ich von ihm wusste, das passte nicht zu dem Vertrauen und der Freundschaft, die sich in den letzten sechs Monaten zwischen uns entwickelt hatte. Und es gefährdete Ninetyminutes und alles, was dieses Unternehmen für mich bedeutete. Wenn es mir nicht gelang, meine Zweifel in Bezug auf Guy abzulegen, würden sie alles vergiften.

Ich blickte aufs Meer hinaus. Eine riesige Fähre aus Frankreich hielt auf ein schlankes Kriegsschiff zu. Aus meiner Perspektive sah es aus, als würden sie kollidieren, aber sie glitten lautlos und unbeschadet aneinander vorbei: Erst als sie sich überlappten, erkannte ich, dass das Kriegsschiff einige Kilometer weit entfernt war.

Der Haken war, dass die Zweifel blieben.

Erst wenn ich sicher war, dass Guy nichts mit diesen Todesfällen zu tun hatte, konnte ich ihm wieder vertrauen. Wenn ich ihm nicht vertraute, konnten wir nicht zusammenarbeiten. Wenn wir nicht zusammenarbeiten konnten, würde Ninetyminutes den Bach runtergehen.

Doch hier ging es nicht nur um Ninetyminutes. Guys Freundschaft war von entscheidender Bedeutung für mich. Wenn es mir gelingen sollte, etwas Interessantes und Unkonventionelles aus meinem Leben zu machen, mehr zu werden als ein Erbsen zählender Buchhalter, würde es nur mit und durch Guy gehen.

Ich musste mich davon überzeugen, dass er unschuldig war.

26

Am Nachmittag traf ich im Büro ein, wo die übliche Hektik herrschte, dieses Durcheinander aus Wichtigem und Unwichtigem, das alles erledigt werden musste. Guy erwähnte meinen freien Vormittag mit keinem Wort, aber ich merkte, dass er neugierig war. Um vier Uhr hatte er ein Treffen außerhalb und kam nicht mehr in die Firma zurück.

Ich verließ das Büro relativ früh für meine Verhältnisse, was aber immer noch zwanzig Uhr dreißig hieß, und fuhr mit der U-Bahn nach Tower Hill. Wie üblich ging ich am Tower of London vorbei, der als dräuender Schatten in die Dunkelheit aufragte, und an den hellen Lichtern des St. Katherine's Dock zu Guys Wohnung in der Wapping High Street.

Er arbeitete an einer Präsentation.

»Was ist los, Davo?«, sagte er, als er meine Miene sah.

»Ich möchte mit dir sprechen. Ich muss mit dir sprechen.«

»Klar. Komm rein. Ein Bier?«

Ich nickte. Er holte zwei Flaschen aus dem Kühlschrank, gab mir eine und öffnete seine. »Was ist?«

Ich zögerte und suchte nach Worten. Ich wollte die Wahrheit wissen. Aber es sollte nicht so aussehen, als würde ich ihm misstrauen. Schließlich war ich hier, weil ich ihm vertrauen wollte und musste.

Schließlich blickte ich ihm in die Augen. »Hast du deinen Vater umgebracht?«

Guy wollte protestieren. Besann sich aber. Und erwiderte meinen Blick.

»Nein.«

So standen wir einige Augenblicke da. Seine blauen Augen blickten mich ruhig an. Er war ausgebildeter Schauspieler. Zu seinem Beruf gehörte es, die wirklichen Gefühle zu verbergen. Aber er war auch mein Freund. Wir hatten so vieles zusammen durchgemacht.

»Gut«, sagte ich schließlich. »Aber hast du etwas dagegen, wenn ich ein paar Fragen stelle? Heikle Fragen?«

»Muss das sein?«

»Ja«, sagte ich entschieden.

Guy seufzte. »Okay. Also los.«

»Wo warst du in der Nacht, als er starb?«, fragte ich und versuchte, die Frage möglichst nüchtern klingen zu lassen.

»Ich bin mit Owen was trinken gewesen.«

»Wo wart ihr?«

»Im Elephant's Head in Camden«, murmelte er mit allen Anzeichen der Ungeduld. »In der Nähe seiner Wohnung.«

»Wann seid ihr gegangen?«

»Was soll das?«, protestierte er. »Das habe ich doch der Polizei schon alles erzählt. Vertraust du mir nicht?«

»Ich will dir vertrauen. Aber Tonys Tod geht mir einfach nicht aus dem Kopf. Ich muss wissen, wer es getan hat.«

»Glaubst du, *ich* will das nicht wissen? Er war mein Vater!«

»Wenn ich dich von der Liste streichen könnte, ginge es mir schon sehr viel besser.«

Missmutig blickte Guy mich an. »Na gut, ich erzähl dir, was ich der Polizei gesagt habe. Und was die überprüft hat. Gegen sieben haben Owen und ich den Pub betreten. Etwa um neun sind wir gegangen. Ich hatte schon ziemlich viel getankt, Owen lange nicht so viel. Er ging nach Hause, ich ins Hydra, du weißt doch, diese Bar in Hatton Garden. Gegen elf war ich zu Hause.«

»Und dein Vater wurde um einundzwanzig Uhr fünfundzwanzig umgebracht, nicht wahr?«, sagte ich und erinnerte mich an das Gespräch mit Sergeant Spedding.

»Ich glaube schon.«

Owen und Guy hatten den Pub gegen neun verlassen. Es wäre noch genug Zeit für einen von ihnen gewesen, um nach Knightsbridge zu kommen, wenn er sich beeilte. Das war so offenkundig, dass ich nicht darauf hinzuweisen brauchte.

»Bevor du was sagst«, meinte Guy, »die Polizei hat sich im Elephant's Head und im Hydra erkundigt.«

»Was ist mit Owen?«

»Er hat sich auf dem Heimweg in einem Supermarkt was zu essen gekauft. Das Überwachungsvideo hat es festgehalten. Exakt um neun Uhr einundzwanzig. Könnte nicht besser sein.«

Wahrhaftig nicht.

»Was ist eigentlich mit dem Mann, den du im Auto gesehen hast?«, fuhr Guy fort. »Dem Privatdetektiv? Ist er nicht ein viel besserer Verdächtiger als ich?«

Ich nickte. »Das ist wahr.«

»Noch Fragen?«

Nun war ich schon so weit gegangen, da konnte ich auch reinen Tisch machen. »Ja. Da ist noch die Sache mit Dominique und dem Gärtner.«

Abermals wurde Guy ärgerlich. »Was soll denn das nun wieder? Das ist doch Jahre her!«

»Ich habe mit Patrick Hoyle gesprochen. Er ist davon überzeugt, dass dein Vater nicht der Mörder von Dominique war. Und er hat mir von Abdulatifs Erpressung erzählt.«

»Ich weiß nicht, wer Dominique umgebracht hat. Und es ist mir auch egal. Und was diesen verdammten Gärtner angeht: Es ist richtig, er hat versucht, uns zu erpressen. Ich hab doch erzählt, dass wir ihm Geld gegeben haben.«

»Aber von der Erpressung hast du nichts erzählt.«

»Nein. Weil es nicht wichtig war. Im Übrigen hat er Hoyle und nicht mich erpresst. Was ist, Davo?« In seiner Stimme mischten sich Hohn und Ärger. »Habe ich sie alle drei umgebracht? Falls du das glaubst, kannst du dich verpissen.«

»Nein, nein«, sagte ich. »Ich frage mich einfach, ob es eine Verbindung gibt. Vielleicht sollte ich es der Polizei sagen.«

»Bist du verrückt? Damit weckst du nur schlafende Hunde. Das ist alles auch so schon schlimm genug.« Guy bekam seinen Ärger langsam in den Griff. »Hör zu, Davo, es tut mir Leid, aber es ist schwer, ruhig zu bleiben, wenn dich ein Freund für einen Mörder hält. Du bist ein Kumpel, ein echter Kumpel. Wir sind zusammen in Frankreich gewesen. Wir sind das letzte halbe Jahr zusammen gewesen. Du solltest wissen, dass ich nicht herumlaufe und Menschen umbringe.«

»Ich weiß«, sagte ich. »Aber …«

»Aber was?«

Die Wahrheit war, dass ich das selbst nicht wusste. Es gab Indizien, die gegen ihn sprachen, daher war ein gewisser Verdacht gegen ihn natürlich. Aber er war mein Freund. Er hatte ein unumstößliches Alibi, das die Polizei gründlich überprüft hatte. So stand Patrick Hoyles Zweifel gegen Guys Wort.

Ich dachte daran, ihn wegen des Fußabdrucks zu fragen, aber ich wusste, er würde sagen, was er all die Jahre hindurch gesagt hatte: dass er in die Büsche gegangen sei, um zu pinkeln. Mehr als zehn Jahre danach würde ich ihn kaum dazu bekommen, diese Geschichte zu ändern, auch wenn ich wusste, dass sie falsch war.

Ich schüttelte den Kopf. »Tut mir Leid. Du hast absolut Recht. Aber ich musste alle diese Fragen stellen, um die Dinge für mich auf die Reihe zu kriegen. Ich sollte wohl gehen.«

»Quatsch. Trink noch ein Bier«, sagte Guy. Er holte noch zwei Flaschen aus dem Kühlschrank und gab mir meine mit einem Lächeln, das unsere Freundschaft wieder besiegelte. Mein Argwohn war mir vergeben. »Also, wie stellen wir das Münchener Büro in drei Monaten auf die Beine?«

Ungefähr eine halbe Stunde lang plauderten wir noch friedlich über Ninetyminutes, doch als ich im Taxi saß, das mich nach Westen in meine Wohnung brachte, war ich mir seiner Unschuld noch immer nicht hundertprozentig sicher. Die Frage war, ob ich mit neunzig Prozent leben konnte.

Am folgenden Nachmittag hatte ich ein Treffen mit den Leuten, die die Kreditkartenzahlungen abwickeln sollten, sobald unsere Kunden mit den Online-Käufen begannen. Für diese Firma hatten wir uns entschieden, weil sie uns versichert hatte, dass die Abwicklung ganz einfach sein würde. Das war keineswegs der Fall. Es war eine jener Besprechungen, bei denen mehr Probleme aufgeworfen als gelöst werden. Frustriert kehrte ich ins Büro zurück, schaltete meinen Computer an und checkte die E-Mails. Eine war von Owen. Ich öffnete sie und erwartete irgendwelches technisches Kauderwelsch wie üblich.

Du hast Guy einen Haufen Fragen gestellt, nicht? Über Dominique und unseren Vater.

Ich blickte hinüber. Nur wenige Schritte entfernt war sein massiger Oberkörper über die Maschine gebeugt. Was für ein Kretin! Ärgerlich tippte ich die Antwort.

Na und? Wenn du ein Problem damit hast, komm rüber und sprich mit mir. Noch besser, erzähl mir, was wirklich geschehen ist.

Ich blickte auf. Owens Finger flogen über die Tastatur. Ich konnte nicht erkennen, ob er meine Antwort gelesen hatte oder nicht.

Vergiss es. Vergiss Dominique. Vergiss unseren Vater. Siehe Anhang.

Ich öffnete die angehängte Datei. Mein Rechner grunzte, dann erschien eine Animation – ein Mann, der im Begriff war, einen Golfball zu schlagen. Nur dass der Ball ein Kopf war. Das Bild zoomte auf das Gesicht. Es war meines, von einem Foto auf jener Seite unserer Website kopiert, auf der die Firma und ihre Mitarbeiter vorgestellt wurden.

Der Schläger war ein Holzdriver. Er schwang zurück, schoss hinab, traf meinen Kopf und ließ ihn zu einer Masse aus Blut und Hirn explodieren, dazu ertönte das verstärkte Geräusch zerbrechender Eierschalen. Unwillkürlich zuckte ich zusammen. Es war zwar nur eine Animation, aber sie war widerlich. Wütend blickte ich zu Owen hinüber, der die Augen unverwandt auf seinen Rechner gerichtet hatte.

Ich blickte wieder auf den Bildschirm, wo die Mitteilung erschien:

Ein schwerer Ausnahmefehler ist aufgetreten. Drücken Sie die Tastenkombination CRTL+ALT+DEL, und starten Sie Ihren Computer neu. Nicht gespeicherte Informationen in allen geöffneten Programmen gehen verloren.

Ich fluchte, tat, wie mir geheißen wurde, und trommelte mit den Fingern eine geschlagene Minute ungeduldig auf die Schreibtischplatte, während mein Rechner herunter- und wieder hochgefahren wurde. Ich öffnete das E-Mail-Programm und hackte wütend auf die Tasten.

Das war überhaupt nicht komisch.

Die Antwort kam postwendend.

Sollte es auch nicht sein.

Angewidert schloss ich mein E-Mail-Programm. Der Typ war krank, völlig durchgeknallt.

Als ich die Firma verließ, arbeitete Owen noch. Ich blieb an seinem Schreibtisch stehen. Er beachtete mich nicht. Sanjay, der neben ihm arbeitete, blickte mich mit nervösem Lächeln an.

Ich beugte mich hinab. »Ich stelle so viele Fragen, wie ich will«, flüsterte ich.

Owen hielt einen Augenblick inne. Der ganze Bildschirm war voller Programmzeilen. Dann begann er mit der Maus zu hantieren.

»Keine Drohungen mehr«, sagte ich. »Keine lustigen kleinen E-Mails mehr. Wir gehen uns hübsch aus dem Weg, okay?«

Owen blickte zu mir hoch. Seine schwarzen Augen schienen mich zu durchbohren. Dann wandte er sich wieder dem Bildschirm zu.

Ich streckte mein Bein aus und legte mit der Schuhspitze einen Schalter um. Schlagartig war sein Bildschirm leer. Die ganze Arbeit verloren.

»Was, zum Teufel …?«, murmelte er.

»Hoppla«, sagte ich und überließ ihn seinem Schicksal.

Owens Drohung bestärkte mich nur in dem Entschluss, Fragen zu stellen. Am folgenden Tag saßen Mel und ich an meinem Schreibtisch und suchten nach einer Möglichkeit, Ninetyminutes-

Domain-Namen in Spanien und Italien zu schützen. Guy war in München und sprach mit jemandem, der möglicherweise unsere deutsche Niederlassung eröffnen konnte. Niemand war in Hörweite. Mel suchte gerade ihre Unterlagen zusammen, um zu gehen.

»Hast du eine Minute Zeit?«, fragte ich sie.

Sie bemerkte, wie ernst mein Tonfall war. »Was ist?«

»Ich möchte dich etwas über Frankreich fragen.«

Mel runzelte die Stirn. »Meinst du nicht, dass es besser wäre, wenn wir das alles endlich vergäßen?«

»Das würde ich ja gern. Aber leider kann ich es nicht. Ich habe nur eine einzige Frage. In der Nacht auf Mull, als wir zu dem Bed and Breakfast gingen, hast du gesagt, deiner Meinung nach könnte Guy der Mörder von Dominique sein. Glaubst du das wirklich?«

»Das meinst du nicht ernst, oder?«, sagte Mel.

»Vollkommen ernst«, sagte ich. »Die Frage geht mir nicht aus dem Kopf. Was teilweise an dir liegt und dem, was du in jener Nacht gesagt hast. Patrick Hoyle ist übrigens der gleichen Meinung.«

»Du solltest das alles wirklich vergessen. Ich war wütend auf Guy, und ich hatte Schuldgefühle wegen der Geschichte in Frankreich. Die Vorwürfe gegen ihn waren einfach der Versuch, ein bisschen Schuld auf ihn abzuwälzen. Ich habe das bestimmt nicht ernst gemeint. Ich weiß gar nicht mehr genau, was ich gesagt habe.«

Ich wusste es schon. »Du glaubst also nicht, dass Guy sich selbst decken wollte, als er Hoyle vorschlug, Abdulatif Geld zu geben, damit er verschwände?«

»Nein.«

»Verstehe.« Das war eindeutig.

Mel zögerte. »Ich habe auch eine Frage an dich. Genauso peinlich.«

»Und die wäre?«

Mel schluckte. »Glaubst du, da läuft irgendwas zwischen Guy und Ingrid?«

Ich blickte sie an. »Jetzt meinst *du* es nicht ernst, oder?«

»Sie scheinen viel Zeit miteinander zu verbringen.«

»Wir verbringen alle viel Zeit miteinander. Wenn du fünfzehn Stunden am Tag im selben Büro hockst, bleibt das nicht aus.«

»Du bist sicher, dass da nichts läuft?«

»Ganz sicher.«

Mel blickte mich zweifelnd an. »Ich traue der Frau nicht«, sagte sie und ging.

Ich blickte ihr nach. Obwohl ich ihre Frage ganz ehrlich beantwortet hatte, geisterte ihr Verdacht noch lange, nachdem sie gegangen war, durch meine Gedanken.

Als Nächstes wollte ich mehr über den Privatdetektiv herausfinden. Guy hatte Recht, er kam am ehesten als Fahrer des verhängnisvollen Wagens in Frage. Wenn er allerdings der Täter war, hatte ihn jemand anders für den Mord an Tony bezahlt. Sabina? Oder jemand anders? Ich rief Sergeant Spedding an. Er schien sich zu freuen, von mir zu hören.

»Ich würde gern wissen, welche Fortschritte Ihre Untersuchung macht«, sagte ich.

»Wir folgen noch immer einigen Spuren«, sagte Spedding, »haben aber nichts Handfestes. Warum? Haben Sie etwas für uns?«

Ich fühlte mich nicht wohl in meiner Haut. Keinesfalls wollte ich ihm von meinem Verdacht gegen Guy berichten. Oder Frankreich erwähnen.

»Nicht wirklich. Mich treibt die Neugier.«

Speddings Ton veränderte sich und wurde offiziell. »Wenn wir irgendetwas Konkretes in Erfahrung bringen, werden wir die Familie unterrichten.«

»Selbstverständlich. Ich frage mich nur, ob Sie den Privatdetektiv verhaftet haben. Da ich ihn möglicherweise vor Gericht identifizieren muss, haben Sie vielleicht Verständnis für meine Neugier.«

»Wir haben ihn als Verdächtigen ausgeschlossen, obwohl er ein nützlicher Zeuge sein könnte.« Er hielt inne. »Sonst noch etwas?« Speddings Stimme verriet, dass er vermutete, mich könnte doch etwas anderes als bloße Neugier antreiben.

»Nein, nichts«, sagte ich. »Danke.«

Ich legte auf. Noch nicht einmal den Namen des Privatdetektivs hatte ich erfahren.

Ich musste mit Sabina Jourdan sprechen. Sie war nach Deutschland zurückgekehrt, das wusste ich. Da ich Guy schlecht nach ihrer Adresse fragen konnte, rief ich Patrick Hoyle in seinem Büro in Monte Carlo an. Nach einigem Zögern rückte er mit ihrer Adresse in Stuttgart heraus.

Unsere Pläne, ein Büro in München zu eröffnen, nahmen konkrete Formen an, was bedeutete, dass Guy und ich häufig nach Deutschland reisten. Bei meinem nächsten Abstecher nach München sorgte ich dafür, dass eine Lücke in meinem Terminkalender blieb. Um drei Uhr war die Besprechung in Bayerns Metropole beendet. Wenig später war ich in einem Mietwagen auf der Autobahn in Richtung Westen unterwegs.

Anderthalb Stunden dauerte die Fahrt von München nach Stuttgart. Ein grauer Oktobernieselregen legte einen Schleier über die deutsche Landschaft. Als ich durch den Industriegürtel der Stadt fuhr, fragte ich mich, was jemanden dazu bewegen mochte, das heitere blaue Meer und den strahlenden Himmel von *Les Sarrasins* für das hier aufzugeben. Doch dann wichen die düsteren Fabriken Vorstadtstraßen mit Bäumen in goldbraunen Herbstfarben und sauberen, weitläufigen Häusern mit hohen deutschen Giebeln. Wohlstand, Ordnung, Ruhe, Sicherheit. Vielleicht war es doch kein schlechter Tausch für Sabina.

Schließlich fand ich die Adresse, die Hoyle mir gegeben hatte, und klingelte. Eine hoch gewachsene Frau mit grauem Haar und fein geschnittenen Gesichtszügen öffnete mir. Einen Augenblick befürchtete ich, mich in der Adresse geirrt zu haben, doch dann begriff ich, dass ich Sabinas Mutter vor mir hatte.

»Ist Frau Jourdan da?«, fragte ich langsam und hoffte, mein Deutsch sei auch für Deutsche verständlich.

»Ja«, erwiderte die Frau auf Englisch. »Wie ist Ihr Name?«

»David Lane. Ich bin ein Freund von Guy Jourdan, Tonys Sohn.«

»Einen Augenblick, bitte.«

Verständlicherweise war die Frau misstrauisch. Deshalb ließ sie mich an der Tür stehen und verschwand im Inneren des Hauses. Einen Augenblick später erschien Sabina. Sie trug ein Sweatshirt, das dunkle Haar fiel ihr lose auf die Schultern, die langen Beine steckten in verblichenen Jeans. Sie war barfuß und sehr schön.

Einen Augenblick runzelte sie die Stirn, dann erkannte sie mich wieder. »Ich erinnere mich. Sie sind Guys Partner bei Ninetyminutes. Haben Sie ihn nicht begleitet, als er uns in *Les Sarrasins* besucht hat?«

»Richtig. Hätten Sie wohl einen Augenblick Zeit für mich?«

»Natürlich. Kommen Sie herein.«

Sie führte mich durch eine große, blitzsaubere Küche. Auf dem Fußboden beschäftigte sich ein Baby mit einem Plastikspielzeug.

»Erinnern Sie sich an Andreas?«, fragte sie.

»Hi, Andreas«, sagte ich.

»Er spricht kein Englisch«, sagte Sabina ernst.

»Nein, natürlich nicht.« Ich hatte nicht den Eindruck, als beherrsche er schon irgendeine Sprache, behielt meine Zweifel aber lieber für mich.

»Möchten Sie eine Tasse Tee? Wir haben noch etwas Earl Grey. Tony mochte ihn so gern.«

»Ja, das wäre großartig.«

Sie setzte den Kessel auf. Ihre Mutter wechselte ein paar rasche Worte auf Deutsch mit ihr, nahm das Baby hoch und ließ uns allein.

»Ich hoffe doch nicht, dass Sie extra meinetwegen den langen Weg aus England gekommen sind.«

»Nein. Wir eröffnen ein Büro in München, und da es nicht allzu weit entfernt ist, bin ich hergekommen.«

»Wenn es um die Investitionen aus Tonys Vermögen geht, kann ich Ihnen leider nicht helfen. Das wird alles von Patrick Hoyle geregelt.«

»Nein, darum geht es nicht. Ich möchte mit Ihnen über den Tod Ihres Mannes sprechen.«

»Oh.« Sabina setzte sich an den Küchentisch. Sehr begeistert schien sie über das Thema nicht zu sein, aber durchaus bereit, darüber zu sprechen, noch jedenfalls.

»Ich habe Tony noch kurz vor seinem Tod besucht. Und ich

habe auch den Privatdetektiv gesehen, der vor seiner Wohnung wartete. Von der Polizei habe ich erfahren, dass er nicht angeklagt wurde. Aber ich frage mich schon, was er dort zu suchen hatte.«

»Ich habe ihn engagiert«, sagte sie.

»Warum?«

»Ich war um Tonys Sicherheit besorgt.«

»Wirklich?« Ich hob die Augenbrauen. »Er war also eine Art Bodyguard?«

»Genau.« Nervös spielte Sabina mit dem Teelöffel. »Ein Bodyguard.«

Ich glaubte ihr nicht. Wenn Tony einen Leibwächter gebraucht hätte, hätte er sich selbst einen besorgt. Zweifellos hatte Sabina den Privatdetektiv aus den Gründen engagiert, die immer dafür verantwortlich sind, wenn Ehefrauen ihre Männer beschatten lassen. Verständlicherweise wollte sie es nur nicht zugeben.

Das Wasser kochte. Sabina beschäftigte sich mit dem Tee.

»Wie lange waren Sie mit Tony verheiratet?«, fragte ich, als sie mir eine Tasse reichte.

»Drei Jahre im letzten April. Wir haben uns vor fünf Jahren auf einer Party in Cannes kennen gelernt. Ich habe für eine Filmgesellschaft gearbeitet. Es hat sofort gefunkt. Ich habe so was noch nie erlebt. Nach dem Filmfestival flog er nach Deutschland, um sich mit mir zu treffen. Damals arbeitete ich in München. Da haben wir uns verliebt.«

»Mein Beileid übrigens. Was ihm zugestoßen ist, tut mir sehr Leid.«

»Danke«, sagte sie und biss sich auf die Lippe.

»In diesem Sommer habe ich Sie beide nur einige Minuten lang gesehen. Aber Sie schienen einander sehr zugetan.«

»Das waren wir«, sagte sie. »Damals.« Zweifelnd blickte sie mich an. Sie war nicht viel älter als ich und wirkte plötzlich sehr jung und verletzlich. Offenbar wollte sie reden.

»Damals?«, fragte ich ruhig.

»Ja.« Sie holte tief Luft. »Bis ich herausfand, dass er eine Affäre hatte. Deshalb habe ich Leonard Donnelly engagiert. Ich hörte, wie Tony auf dem Handy mit einer Frau sprach. Heimlich habe ich später die Wahlwiederholung gedrückt und mir die Nummer notiert. Ein englischer Anschluss. In London. Deshalb setzte ich mich mit einem Detektivbüro in Verbindung und bat Mr. Donnelly, Tony das nächste Mal, wenn er in London wäre, zu observieren. Es war schrecklich, aber ich konnte den Gedanken nicht ertragen, dass da eine andere Frau war. Ich meine, warum genügte ich ihm nicht?«

Eine sehr gute Frage, dachte ich.

»Nach der Geburt von Andreas war ich überzeugt, dass er mich nicht mehr für attraktiv hielt. Ich wollte wissen, wer diese andere Frau war.«

»Haben Sie es herausgefunden?«

»Ja.« Eine steile Falte erschien zwischen ihren Augen. »Es war die Frau eines Freundes von Tony. Mr. Donnelly schätzte sie auf achtundvierzig. Ich fühlte mich gedemütigt und war sehr wütend. Und dann … dann wurde er getötet. Können Sie sich ausmalen, wie ich mich fühlte? Ich liebte ihn ja noch immer. Die ganze Wut kam nur daher, dass ich ihn noch liebte. Es zerriss mich fast. Und jetzt sehe ich immer ihn und sie vor mir, wenn ich an ihn denke. Ich wünschte, ich hätte das Telefongespräch nie gehört. Ich wünschte, ich hätte Mr. Donnelly nie engagiert.«

»Haben Sie irgendeine Idee, wer ihn umgebracht haben könnte?«

»Nein. Keine.«

»Was ist mit geschäftlichen Feinden? Ich erinnere mich, vor einigen Jahren gelesen zu haben, er hätte seinen Geschäftspartner aus der Firma gedrängt.«

»Das ist *viele* Jahre her. Der Mann ist im letzten Jahr gestorben. Krebs, glaube ich. Nein, Tonys Immobilienzeit war schon so lange vorbei. Er hat kaum noch davon geredet, und ich bin nie jemandem aus dieser Zeit begegnet.«

»Was ist mit Frankreich? Hatte er dort Feinde?«

»Aber nein, zumindest keine, von denen ich wusste. Nein, ich glaube nicht.«

»Also war Donnelly tatsächlich nicht zu seinem Schutz auf ihn angesetzt.«

»Nein. Sie können sich vorstellen, dass die Polizei mich über

Donnelly ausgefragt hat. Sie dachten, ich hätte ihn vielleicht für den Mord bezahlt. Aber er gehört nicht zu dieser Sorte. Und die Polizei weiß das. Auf jeden Fall habe ich ihnen aus freien Stücken von ihm berichtet.«

»Er muss doch gesehen haben, wer Tony überfahren hat.«

»Offenbar nicht.«

»Ich kann mir nicht vorstellen, dass es ihm entgangen sein sollte.«

»Die Einzelheiten kenne ich nicht. Ich will sie auch nicht kennen.« Sabina schauderte und schloss die Augen. »Warum stellen Sie all diese Fragen?«

»Tony starb unmittelbar vor seiner Haustür. Ich weiß nicht, ob es etwas mit Ninetyminutes zu tun hat, aber die Polizei scheint nicht weiterzukommen. Deshalb wollte ich mir selbst Klarheit verschaffen.«

»Die Polizei wird den Täter schon irgendwann erwischen.«

»Hoffentlich. Was werden Sie jetzt anfangen?«

»Ich weiß nicht. Ich werde jedenfalls nicht in *Les Sarrasins* wohnen. Erst einmal bleibe ich hier bei meinen Eltern, bis ich entschieden habe, was weiter geschehen soll. Patrick sagt, Tony habe gut für mich gesorgt. Und außerdem hat er mir ja auch Andreas hinterlassen.«

Ihre Augen füllten sich mit Tränen. Es war Zeit zu gehen.

27

Am nächsten Morgen nahm ich den ersten Flieger nach London und war um zehn Uhr im Büro. Guy wusste nicht, dass ich die Nacht in einem Hotel am Münchner Flughafen verbracht hatte, und es hätte ihn wohl auch nicht interessiert. Nach kurzer Internet-Recherche hatte ich Leonard Donnelly gefunden. Als ich seine Nummer wählte, sprach ich mit einem Mann, der mir mitteilte, er sei sein Partner. Ich ließ mir für den Nachmittag einen Termin bei Donnelly geben.

Das Detektivbüro befand sich in der Nähe der U-Bahn-Station Hammersmith. Neben einem Buchmacher verkündete ein Schild an der Haustür »AA Abacus Detective Agency«. Nicht sehr einfallsreich, aber es hatte genügt, um Sabinas Aufmerksamkeit zu erregen. AA Abacus befand sich im zweiten Stock, wo ich von Mr. Donnelly selbst in Empfang genommen wurde. Ich erkannte ihn wieder: von dem Foto, das mir Spedding gezeigt hatte, und von dem kurzen Blick, den ich auf ihn im Auto geworfen hatte. Ob er mich auch wieder erkannte?

Er führte mich in ein kleines Büro mit zwei Schreibtischen, zwei Computern und vielen Karteischränken. Beide Schreibtische waren leer. Sein Partner war unterwegs. Es roch merkwürdig in dem Raum. Schimmel oder Abfluss oder beides.

»Nehmen Sie Platz, Mr. Lane«, sagte er. »Was kann ich für Sie tun?« Er sprach schnell, mit einem verwaschenen irischen Akzent.

»Wir haben uns schon einmal getroffen«, sagte ich. »Oder wenn nicht getroffen, so doch gesehen.«

Donnelly nickte und lächelte dünn. Dabei entblößte er vorstehende Vorderzähne mit einer breiten Lücke. Schade, dass ich sie Sergeant Spedding nicht hatte beschreiben können.

»In der Nacht, als Tony Jourdan starb, habe ich Sie im Auto gesehen«, fuhr ich fort.

»Ich weiß.«

»Können Sie mir erzählen, was geschehen ist? Was Sie gesehen haben?«

»Das habe ich der Polizei schon gesagt.«

»Ich weiß. Könnten Sie es auch mir sagen?«

Wieder das dünne Lächeln. Wieder die Zähne und die Lücke. »Spielen wir ein bisschen Detektiv, Mr. Lane?«

»Möglich.«

»Was für ein Interesse könnte ich daran haben, Ihnen zu helfen?«

Die Frage hatte ich erwartet. Ich zog fünf Zwanzig-Pfund-Noten heraus. »Soweit ich weiß, verdienen Sie Ihren Lebensunterhalt damit, dass Sie Informationen gegen Honorar liefern. Hier ist Ihr Honorar.«

Donnelly blickte mich an. Ich hatte keine Ahnung, wie viel ich ihm bieten sollte. Das merkte er. Er merkte auch, wie groß mein Interesse an der Information war.

»Sie haben Recht«, sagte er. »Aber mein Honorar ist höher.«

»Wie viel?«

»Zweihundertfünfzig. Inklusive Mehrwertsteuer.«

Ich zählte noch einmal fünf Noten ab. »Zweihundert. Mehr gibt's nicht.«

Donnelly steckte das Geld ein.

»Was möchten Sie wissen? Ich muss Sie darauf hinweisen, dass ich keine Informationen weitergeben darf, die die Privatsphäre meiner Klienten betreffen. Das wäre ungesetzlich.«

»Natürlich«, sagte ich. »Erzählen Sie mir einfach, was Sie an diesem Abend gesehen haben.«

Aus einer Schreibtischschublade holte Donnelly ein abgegriffenes Notizbuch hervor und blätterte es durch, bis er den richtigen Tag gefunden hatte. Der Geruch schien schlimmer zu werden. Ich blickte zum Fenster. Geschlossen.

Donnelly bemerkte es. »Es muss leider zu bleiben. Schlimmer Straßenlärm hier. So laut, dass man sich selber nicht denken hören kann.« Er strich über die offenen Seiten. »Hier haben wir es. Nach Jourdans Ankunft in Heathrow am Sonntagmorgen habe ich ihn mit kurzen Unterbrechungen zwei Tage lang beschattet.«

»Haben Sie ihn mit einer Frau gesehen?«

»Das ist eine vertrauliche Information über meine Klientin.«

»Ich verstehe«, sagte ich. Es war wahrscheinlich nicht weiter wichtig.

»Um zwanzig Uhr achtundfünfzig sah ich Sie und Ms. Da Cunha Jourdans Wohnung betreten. Um einundzwanzig Uhr einundzwanzig sind Sie beide gegangen. Zwei Minuten später verließ auch Mr. Jourdan die Wohnung. Er wandte sich nach Süden, in Richtung der Old Brompton Road. Das war ein kleines Problem für mich, weil es dort nur Einbahnstraßen gibt.«

»Wieso?«

»Na ja, ich konnte ihm nicht mit dem Auto folgen. Die Einbahnstraße führt nach Norden. Daher musste ich nach Norden fahren, den Block umrunden und ihn in der Old Brompton Road erwarten, wo er sich wahrscheinlich ein Taxi nehmen wollte. Das hatte ich schon ein paarmal gemacht, daher dachte ich, es würde auch diesmal klappen.«

»Das tat es aber nicht.«

»Nein. Ich fuhr um den Block und wartete in der Hauptstraße. Keine Spur von ihm. Dann hörte ich die Sirenen. Als ich wieder in seiner Straße war, sah ich die Polizeiwagen eintreffen. Ich fuhr davon.«

»Warum haben Sie nicht angehalten und mit ihnen gesprochen?«

Donnelly lächelte. »In der Regel wären meine Klienten davon nicht begeistert. Meine Geschäfte lassen sich reibungsloser abwickeln, wenn ich die Polizei meide. Ich gebe allerdings zu, dass es in diesem Fall ein Fehler war. Meine Klientin hat die Polizei über mich informiert. Die war nicht gerade begeistert von meiner Diskretion.«

»Kann ich mir vorstellen. Sie haben der Polizei also mitgeteilt, was Sie gesehen haben?«

»Ich habe gar nichts gesehen. Außer Ihnen.«

»Das müssen Sie aber.«

»Nein. Es muss noch jemand in der Straße geparkt und Jourdans Wohnung beobachtet haben, aber ich habe ihn nicht entdeckt. Es war dunkel, ich konnte nicht erkennen, ob jemand in den geparkten Autos saß. Anscheinend ist der andere Wagen in dem Augenblick, als ich um die Ecke und außer Sicht war, angefahren und hat Jourdan erwischt.«

»Ist die Polizei auch dieser Ansicht?«, fragte ich.

»Mittlerweile ja. Eine Zeit lang nahmen sie wohl an, ich hätte ihn überfahren. Sie haben mein Auto und mich auseinander genommen, aber nichts gefunden.«

»Sie haben Sie laufen lassen?«

»Ja. Sie wissen, dass ich es nicht getan habe. Mrs. Jourdan hat mich aus dem Branchenverzeichnis herausgesucht. Die Polizei weiß, dass ich kein Profikiller bin. Schauen Sie sich dieses Loch an. Wäre ich ein Killer, könnte ich mir sicherlich was Besseres leisten. Außerdem, was wäre das für eine Methode – mit dem Auto überfahren. Ein Schuss ist viel sauberer und schneller. Die Polizei weiß, dass ich es nicht getan habe.«

Und Sie sollten sich endlich auch damit abfinden, wollte er wohl sagen.

Als ich mir den windigen Typen so ansah, konnte ich nicht umhin, ihm zuzustimmen. Er entsprach so gar nicht meiner Vorstellung von einem Auftragsmörder.

»Kennen Sie Guy Jourdan, Tonys Sohn?«

»Nein. Ich habe ihn mal gesehen, als ich Jourdan in Ihr Büro in Clerkenwell folgte. Aber ich habe nie mit ihm gesprochen.«

»Haben Sie irgendeine Theorie, wer Tony Jourdan umgebracht haben könnte?«

»Ich könnte es sicherlich herausfinden, wenn Sie mich beauftragen würden.«

»Auf keinen Fall.«

»Nein? Na gut, dann kriegen Sie meine Meinung umsonst. Das war kein Auftragsmord, sondern eine persönliche Sache, und persönlich bedeutet in der Regel Familie. Aber meine Klientin war es nicht. Ich habe schon eine Reihe eifersüchtiger Frauen gesehen, und alle waren viel eifersüchtiger als Mrs. Jourdan.«

»Also die Söhne?«

Donnelly zuckte mit den Achseln. »Mein Honorar beträgt fünfunddreißig Pfund pro Stunde plus Spesen. Ich finde es für Sie heraus.«

»Nein, danke, Mr. Donnelly. Und danke auch für die Informationen.«

»Dreißig? Und an Spesen würde nicht viel anfallen.«

»Auf Wiedersehen, Mr. Donnelly.«

Erleichtert trat ich auf den Bürgersteig hinaus und atmete die frische Luft von Hammersmith ein.

Guy stürzte sich auf mich, kaum dass ich wieder im Büro war.

»Da bist du ja, Davo. Ich habe überall nach dir gesucht. Du hast dein Handy ausgeschaltet.«

»Tatsächlich? Entschuldigung.«

»Wo warst du?«

»Howles Marriott, mit Mel«, erwiderte ich ein bisschen zu rasch.

Er blickte mich scharf an. »Nein. Ich habe sie dort vor einer halben Stunde angerufen.«

Ich sagte ihm nicht, wo ich gewesen war, und er fragte nicht, sondern blickte mich nur erstaunt an. Wir vertrauten einander und wussten, dass wir uns nicht vor der Arbeit drückten. Ich hatte ein schlechtes Gewissen, weil ich dieses Vertrauen missbraucht hatte.

»Macht nichts«, sagte er. »Ich möchte mit dir nur die Präsentation durchsprechen, die ich bei Westbourne halten soll. Ich kann morgen nicht, deshalb musst du hin.«

Ich verdrängte das Gespräch mit Donnelly aus meinen Gedanken und konzentrierte mich auf Ninetyminutes.

Die Sache kam ins Rollen. Ninetyminutes hatte jetzt das Image eines aufgehenden Sterns am Internet-Himmel. Jeder kannte unseren Namen. Das lag zum Teil an den Bemühungen unserer Werbeagentur und zum Teil an Tonys Tod, der uns eine unerwartete und unerwünschte Publicity in der Presse verschafft hatte. Vor allem aber lag es an Guy. Er konnte hervorragend mit Journalisten umgehen. Er hatte eine gute Geschichte und konnte sie gut erzählen. Seine Vision von der Aufgabe und Zukunft des Internets war eigenwillig und überzeugend. Er hatte eine interessante Vergangenheit und war fotogen. Die Novemberausgabe einer führenden Wirtschaftszeitung brachte sein Bild auf der Titelseite und ein Porträt von *ninetyminutes.com* als einer der Top-Ten-Internet-Firmen Europas, die es unbedingt im Auge zu behalten gelte. Infolgedessen waren wir jetzt besser bekannt als unsere Konkurrenten, die schon viel länger im Geschäft waren. Das war nicht nur gut fürs Ego, es war unabdingbar, wenn Ninetyminutes die unbestrittene Nummer eins in Europa werden sollte.

Derek Silverman war von großem Nutzen für uns. Er kannte viele Topleute aus der Wirtschaft, und, wichtiger noch, er schien einen guten Ruf bei ihnen zu genießen. Guy und er schlossen mit zahlreichen Klubs Verträge, in denen vereinbart wurde, dass sie ihre Besucher an uns weiterreichten, wenn diese an der Fußballwelt interessiert waren, die über die Site ihres Vereins hinausging, dafür vernetzten wir unseren Klub-Bereich mit ihrer Site. Das war nicht leicht zu bewerkstelligen, weil die Überschneidungen sorgfältig bedacht werden mussten, doch für uns war es außerordentlich vorteilhaft. Die eingefleischten Fans würden immer zuerst auf die Site ihres Vereins schauen. Auf diese Weise konnten wir wenigstens einen Teil ihrer Aufmerksamkeit gewinnen.

Es entstand noch mehr Arbeit.

Owen war ein Problem. Nicht, weil ihm die Technik Schwierigkeiten gemacht hätte. Die klappte hervorragend: Die Architektur der Site hatte sich als vollkommen skalierbar erwiesen – ein Ziel, das er von Anfang an im Auge gehabt hatte. Nein, das Problem bestand in seiner Unfähigkeit zur Kommunikation. Er bestand auf der Verständigung per E-Mail. Seine Nachrichten waren wortkarg, häufig beleidigend und nicht selten sinnlos. Als das Unternehmen wuchs, erwies sich das als hinderlich. Er stieß die Berater, die wir eingestellt hatten, um das E-Commerce-System einzurichten, so gründlich vor den Kopf, dass sie kündigten. Das warf uns um drei Wochen zurück. Guy war stinksauer, Amy dem Herzinfarkt nahe, aber Owen unantastbar. Er war Guys Bruder.

Unser Plan war, die Online-Verkaufs-Site Anfang Dezember ins Netz zu stellen. Die Frist war sehr eng gesetzt. Zu eng. Nach dem Zerwürfnis mit den E-Commerce-Beratern erklärte sich Guy bereit, sie um eine Woche zu verlängern, mehr nicht. Wir befürchteten alle, sie nicht einhalten zu können, und Owens Verhalten war nicht gerade ermutigend.

Ingrid dagegen machte ihre Sache hervorragend. Für jemanden, der so gut wie nichts vom Fußball verstand, arbeitete sie sich sehr schnell ein. Sie mischte sich nicht in den Inhalt dessen ein, was Gaz schrieb. Doch sie fragte sich und jeden, der es hören wollte, ständig, welche Gründe ein Besucher haben könnte, auf den Seiten der Site zu verweilen, und welche Wünsche und Erwartungen verschiedene Besucher an die Site haben könnten. An den »typischen« Besucher glaubte sie nicht. Jeder sei verschieden, jeder wolle etwas anderes, das war ihr Credo. Jedem wollte Ingrid so viel wie möglich so unauffällig wie möglich bieten. Wir wollten keine Marktnische besetzen, wir wollten *die* Fußball-Site für jeden sein. Das war nicht leicht.

Ich verbrachte viel Zeit mit ihr und genoss es. Es machte Spaß, mit ihr zusammenzuarbeiten. Sie regte sich nie auf, und in der Unruhe und Hektik, die den Alltag bei Ninetyminutes prägten, war sie wie ein Fels in der Brandung. Obwohl ich wusste, dass sie das Unternehmen ungeheuer ernst nahm, ließ sie es sich nie anmerken und war immer in der Lage, angespannte Situationen durch einen Scherz zu entschärfen. Wir vertrauten alle darauf, dass ihr die richtigen Lösungen für schwierige Probleme einfielen, und sie rechtfertigte dieses Vertrauen fast immer.

Ich stellte fest, dass sich meine Beziehung zu ihr langsam veränderte. Sie begann mir zu fehlen, wenn sie nicht in der Firma war. Ich fing an, Fragen mit ihr zu erörtern, die ich durchaus selbst hätte regeln können. Bei Besprechungen beobachtete ich sie. Und wenn ich am Abend allein oder wenn ich auf Reisen war, ertappte ich mich dabei, dass ich an sie dachte.

Das alles geschah unmerklich. Als ich schließlich bemerkte, was mit mir geschah, war ich beunruhigt. Ich wusste nicht, was ich tun sollte oder ob ich überhaupt etwas tun sollte.

Ich hatte gehofft, mein Gespräch mit Mel über Guy würde die Situation mit ihm klären, aber das war nicht geschehen. Die Dinge waren eher noch undurchsichtiger geworden. Ich war mir nicht sicher, wie Mel tatsächlich über Guy und Dominique dachte. Und obwohl ich der festen Meinung war, dass zwischen Guy und Ingrid nichts sei, hatte sich Mels Verdacht in mir festgesetzt. Er nagte an mir und ließ eine andere Frage wieder akut werden, auf die ich schon lange eine Antwort suchte.

Ingrid und ich saßen im Taxi, um zu unserer Werbeagentur in Soho zu fahren. Aber wir kamen nicht voran. Sie hatten High Holborn in eine einzige Baustelle verwandelt. Und so bewegte sich nur noch das Taxameter voran. Durch das Fenster beobachtete Ingrid die Fußgänger, die uns in gemächlichem Tempo überholten. Nach einem Blick auf die Uhr meinte sie: »Wir sollten lieber die U-Bahn nehmen.«

»Zu spät. Du hast gesagt, wir haben es eilig.«

»Siehst du den Mann dort? In der Barbour-Jacke? Ich wette um fünf Pfund, dass er vor uns an der nächsten Ampel ist.«

»Top.«

Drei Minuten später reichte ich ihr eine Fünf-Pfund-Note. Das Taxi rückte einige Meter vor.

Wir saßen hinten, die Scheibe zum Fahrer war geschlossen. Der Lärm der Druckluftbohrer schirmte uns von der Außenwelt ab.

»Ingrid?«

»Ja?«

»Erinnerst du dich an Mull?«

»Mull?«, fragte sie erstaunt.

»Ja, Mull.«

Sie war jetzt hellwach. »Was ist damit?«

Ich schluckte. Ich hatte Angst vor der Frage, aber ich wusste, dass ich sie irgendwann stellen musste, und dieser Augenblick war so gut oder schlecht wie jeder andere. »Warum ist das passiert?«

Ingrid blickte mich an. »Du hast mich das schon damals gefragt, aber ich habe dir nie eine Antwort darauf gegeben, nicht wahr?«

»Nein.«

»Ich glaube, ich bin dir eine schuldig.« Sie seufzte. »Ich könnte mich damit rausreden, dass ich betrunken war und dass Guy mich verführt hat. Und das würde auch stimmen. Wäre ich nüchtern gewesen, wäre ich bestimmt nicht mit ihm auf sein Zimmer gegangen. Aber ich wollte auch, dass er mich verführt. Und ich hatte nicht die Absicht, nein zu sagen.«

»Warum nicht? Vor allem nach seinem miesen Auftritt gegenüber Mel.«

»Wahrscheinlich wollte ich einfach sehen, wie es ist. Ich muss gestehen, ich fand ihn attraktiv. Die Gewissheit, dass sich daraus nichts entwickeln würde, machte die Sache noch aufregender. Eine Nacht lang sündigen und hinterher alles vergessen. Ich bin nicht stolz darauf, überhaupt nicht. Es war dumm. Ich habe eine Freundin verloren. Und ich habe dich verloren.«

Jetzt wusste ich es also. Aber die Gewissheit war eine Enttäuschung. Ich hatte gedacht, Ingrid wäre anders, aber sie war wie alle, die um Guys Gunst buhlten.

»Falls das irgendeine Rolle spielt«, sagte Ingrid, »es ging nicht weiter. Er ist am nächsten Tag zurückgeflogen, und ich habe die Fähre zum Festland genommen und einen späteren Zug, um dir und Mel nicht zu begegnen. Ich fühlte mich ziemlich beschissen.«

Ich blickte sie nicht an. Aber es spielte tatsächlich eine Rolle.

Zweiundzwanzig Uhr. Ich war müde. Zeit, nach Hause zu gehen. Ich ordnete die Papiere auf meinem Schreibtisch für den nächsten Tag, als mir ein juristisches Dokument in die Hände fiel. Verdammt! Guy flog gleich am nächsten Morgen nach Paris, um die Verhandlungen mit dem Mann, der dort unsere Filiale eröffnen sollte, unter Dach und Fach zu bringen. Und ich hatte vergessen, ihm den Vertrag zu geben.

Ich griff zum Telefon. Zu Hause meldete er sich nicht. Das Handy. Abgeschaltet. Verdammt, verdammt, verdammt. Hastig stopfte ich den Vertrag in einen Umschlag, ging ein Stück die Clerkenwell Road entlang, rief ein Taxi und ließ mich nach Wapping fahren.

Der Wagen wartete mit laufendem Taxameter, während ich hinüberging. Ich folgte einer Frau durch die Haustür in das Gebäude und fuhr mit dem Lift in den zweiten Stock zu Guys Wohnung. Ich klingelte.

Keine Antwort. Zum Teufel! Wie lautete Plan B? Sollte ich hier warten oder versuchen, Guy am folgenden Morgen in Heathrow zu erwischen? Was war, wenn er vom City Airport abflog? Ich klingelte erneut.

Dieses Mal hörte ich eine Stimme. »Schon gut, schon gut, ich komme ja schon.« Einen Augenblick später öffnete Guy die Tür. Er war im Morgenmantel. Offenbar war er überrascht, mich zu sehen.

»Tut mir Leid, dass ich dich geweckt habe«, sagte ich. »Ich habe vergessen, dir heute den Vertrag zu geben, bevor du gegangen bist. Ohne ihn kannst du nicht nach Paris fahren, deshalb bin ich mit dem Taxi hergekommen. Es wartet draußen.«

»Okay, okay«, sagte er ungeduldig. »Gib her.«

Ich war ein bisschen verstimmt. Schließlich war ich extra mit dem Taxi gekommen, um ihm dieses blöde Dokument zu bringen. Klar, ich hätte ihn an den Vertrag erinnern müssen, aber er hätte auch danach fragen können …

»Hi, David.«

Ich blickte auf. Es war Mel. Sie trug eines von Guys T-Shirts, das kaum lang genug war, um ihre Blöße zu bedecken. Ihr blondes Haar war zerzaust, sie lächelte.

Ich blickte Guy an. Auf seinem Gesicht lag ein Anflug von Gereiztheit. Augenscheinlich hatte er geschwitzt.

»Hallo, Mel«, sagte ich und erwiderte ihr Lächeln, als sei es die natürlichste Sache der Welt, sie hier anzutreffen.

»Du hast gesagt, dein Taxi wartet«, sagte Guy.

»Ja.« Ich trat zurück ins Treppenhaus.

»Danke für den Vertrag«, sagte er.

»Ciao, David«, rief Mel über seine Schulter.

»Ciao.«

»Davo«, flüsterte Guy, bevor er die Tür schloss. »Erzähl das niemandem. Sei ein Kumpel.«

Ich gab ihm keine Antwort. Ich wandte mich um und ging die Treppe hinunter zum Taxi.

Es war später Vormittag, noch keine zwölf, und der Elephant's Head Pub hatte gerade geöffnet. Während Guy in Paris war, wollte ich die Gelegenheit nutzen, seine Geschichte zu überprüfen. Aus irgendeinem Grund hatte mich der Anblick von Mel gestern Abend in seiner Wohnung in diesem Entschluss bestärkt.

Elephant's Head war ein dämmriger Laden in unmittelbarer

Nähe von Camden Lock. Zu dieser Tageszeit war es dort sehr ruhig. Bei der Frau hinter der Bar bestellte ich eine Cola.

»Haben Sie hier auch im September gearbeitet?«, fragte ich, als sie mir einschenkte. Sie war eine korpulente Blondine, die aussah, als hätte sie Haare auf den Zähnen.

»Ich bin schon fast ein Jahr hier«, erwiderte sie mit australischem Akzent. »Warum?«

»Erinnern Sie sich, dass die Polizei nach zwei Männern gefragt hat, die eines Abends hier gewesen sein sollen? Es müsste Dienstag, der einundzwanzigste, gewesen sein.«

»Kann sein.«

Das versprach, ein hartes Stück Arbeit zu werden. »Was hat die Polizei Sie gefragt? Was haben Sie gesagt?«

Die Australierin war misstrauisch. »Warum sollte ich Ihnen das erzählen?«

Ja, warum? Es gab nur einen Grund. Etwas verlegen zog ich zwei Zwanzig-Pfund-Noten aus der Hosentasche und legte sie auf die Bar. Zwei frühe Gäste waren an einem Tisch in ihr Gespräch vertieft. Sonst war niemand da, der uns hätte beobachten können.

»Es kann niemandem schaden«, sagte ich. »Sie haben es der Polizei schon erzählt. Ich will mich nur noch einmal davon überzeugen.«

Die Frau schien noch weitere Fragen stellen zu wollen, besann sich dann jedoch eines Besseren und steckte das Geld ein.

»Klingt vernünftig«, sagte sie. »Es waren zwei Kriminalbeamte. Sie sagten, sie untersuchen einen Mord. Haben uns die Bilder von zwei Kerlen gezeigt. Der eine war ein großer hässlicher Bursche mit weißem Haar, der andere kleiner. Sie waren an dem Abend da. Der Kleinere hatte schnell einen im Tee, der Große trank Red Bull und beobachtete ihn. Gegen neun sind sie gegangen.«

»Sind Sie sicher?«

»Es war ungefähr neun: Beim Hinausgehen stieß der Große mit einem unserer Kollegen zusammen, der zu spät kam. Er hat sich erinnert, wie viel er zu spät war.«

»Danke«, sagte ich. »Cheers.« Ich trank die Cola aus und verließ die Bar.

Ich trat hinaus auf die Camden High Street. Der Lebensmittelladen, den Owen aufgesucht hatte, war etwa vierhundert Meter entfernt. Als ich in den engen Gängen zwischen den Regalen umherging, entdeckte ich drei Kameras. Sie waren auf die Kasse und verschiedene Bereiche des Raums gerichtet, die für den Ladenbesitzer nicht einsehbar waren.

Zum Glück war nichts los. Ich nahm eine Packung Kekse und ging damit zur Kasse.

»He, ich bin im Fernsehen«, sagte ich und wies auf die Kameras.

Der Mann an der Kasse war ein missmutiger Asiate mittleren Alters, der an Spinner gewöhnt war. Schließlich befand sich der Laden in Camden. »Na toll, ein Filmstar«, sagte er.

»Funktionieren die Dinger?«, fragte ich.

»Natürlich.«

»Haben Sie damit schon Ganoven gefangen?«

»Vor einem Jahr hat jemand den Laden mit einer Kanone überfallen. Hat dreihundert Pfund erbeutet. Wir hatten sein Gesicht auf dem Video. Aber die Polizei hat nichts unternommen. Hat ihn nie gefunden. Schöner Mist.«

»Fragt die Polizei Sie manchmal nach Leuten, die hier reingekommen sind? Typen, die sie beschattet?«

»Aber ja. Vor einigen Wochen hat es einen Mord gegeben. Einer der Verdächtigen sagte, er sei zur Tatzeit hier gewesen. Die Bullen haben sich die Bänder angesehen, um seine Geschichte zu überprüfen.«

»Und, hat er gelogen?«, fragte ich in einem Ton, der sich, wie ich hoffte, nach harmloser Neugier anhörte.

»Nein. Das Videoband zeichnet Uhrzeit und Datum auf, daher wissen sie genau, wann er hier war.«

Ich schlüpfte wieder in die Rolle des harmlosen Spinners und schnitt eine Grimasse in die Kamera.

Der Ladenbesitzer hatte genug von mir. »Was kann ich für Sie tun?«, fragte er eine alte Dame, die geduldig hinter mir wartete.

Ich verließ den Laden und blickte auf die Uhr. Halb zwölf. Bisher hatte sich bestätigt, was Guy nach eigenem Bekunden der Polizei gesagt hatte. Hatte es überhaupt noch Sinn, das Hydra zu überprüfen? Im Büro wartete ein Riesenberg Arbeit auf mich. Ich zögerte, aber die Bar war nicht weit von der Britton Street entfernt, also beschloss ich, bei meinem ursprünglichen Plan zu bleiben.

Um die Mittagszeit war das Hydra gut besucht, aber es war nicht annähernd so voll wie um zehn Uhr abends. Die Bar war in blaues Neonlicht getaucht und eine der angesagtesten Kneipen in der Gegend. Ich war zweimal mit Guy da gewesen. Bestand die geringste Möglichkeit, dass sich die Barkeeper nach einem Monat an einen einsamen Trinker erinnerten? Wie sollte ich es in Erfahrung bringen, wenn ich nicht fragte?

Ich sprach einen von ihnen an. »Ich frage mich, ob Sie mir helfen können. Ich versuche herauszufinden, ob ein Freund von mir an einem Abend vor zwei Monaten bei Ihnen war. Am einundzwanzigsten September.«

»Warten Sie, ich hole den Geschäftsführer«, sagte der Barkeeper und verschwand durch eine Tür. Einen Augenblick später erschien ein tatkräftig aussehender Mann in schwarzem T-Shirt und Jackett.

»Kann ich Ihnen helfen?«, fragte er, und sein Tonfall ließ erkennen, dass er ein Nein für die einzig korrekte Antwort hielt.

»Ja, ich frage mich, ob die Polizei Sie nach jemandem gefragt hat, der in Ihrer Bar getrunken hat.«

»Und wenn es so wäre, was hätte ich für einen Grund, Ihnen das zu erzählen?«

»Er ist ein Freund von mir und wird vermisst. Wir glauben, dass er hier zum letzten Mal gesehen wurde.« Mit diesen Worten zog ich ein Foto von Guy aus der Tasche. Ich hatte die gleiche Quelle benutzt wie Owen – die Seite unserer Website, wo Firma und Mitarbeiter vorgestellt wurden.

Der Manager warf nur einen flüchtigen Blick darauf. »Haben Sie eine Ahnung, was hier abends los ist?«

»Ich weiß, dass es schwer ist. Aber ich wäre Ihnen wirklich dankbar, wenn Sie sich zu erinnern versuchten. Es muss vor etwa sechs Wochen gewesen sein. Am einundzwanzigsten September.«

»Tut mir Leid, Sir. Ich kann Ihnen nicht helfen.« Der Geschäftsführer gab mir das Bild zurück.

»Können Sie mir sagen, ob die Polizei nach ihm gefragt hat?«

»Nein, das geht auf keinen Fall.«

Er wollte es mir nicht sagen, und seine Miene hielt mich davon ab, in ihn zu dringen. Er war an den Umgang mit schwierigen Gästen gewöhnt. Bei ihm würde auch eine Zwanzig-Pfund-Note nichts ausrichten.

»Vielen Dank für Ihre Geduld«, sagte ich und wandte mich zum Gehen.

Ich hatte schon fast den Ausgang erreicht, als mich ein Ruf innehalten ließ. »He! Warten Sie einen Augenblick!«

Ich ging an die Bar zurück.

»Am einundzwanzigsten September, sagen Sie?«

»Stimmt.«

»In der Woche hatten wir geschlossen. Renovierung. Wenn Ihr Freund kein Tapezierer ist, dürfte er kaum hier gewesen sein.«

Bingo.

Ich ging zu Fuß in die Firma zurück. Guy hatte mich also angelogen. Ich wusste jetzt, dass er um neun Uhr an diesem Abend nicht im Hydra gewesen war, wie er mir und vermutlich auch der Polizei erzählt hatte.

Wo war er dann gewesen?

War er nach Knightsbridge gefahren, hatte er sich vor der Wohnung seines Vaters auf die Lauer gelegt und auf einen geeigneten Moment gewartet, um Tony zu überfahren? Vielleicht war es ja auch nicht vorsätzlich geschehen. Vielleicht hatte er beschlossen, noch einmal zu seinem Vater zu gehen und mit ihm über Ninetyminutes zu sprechen. Dann hatte er ihn auf der Straße gesehen, war in seinem angetrunkenen Zustand von plötzlichem Zorn übermannt worden und hatte das Gaspedal durchgetreten. Das klang wahrscheinlich. Beängstigend wahrscheinlich.

Der Gedanke bestürzte mich. Meine kurze Euphorie, dass meine Nachforschungen endlich ein Ergebnis gebracht hatten, verflüchtigte sich rasch. Mein Freund hatte mich angelogen. In einem Punkt von entscheidender Bedeutung angelogen.

Möglicherweise hatte er sogar einen Menschen umgebracht.

28

Sobald ich wieder im Büro war, rief ich Donnelly an und fragte ihn, ob er einen metallicblauen Porsche auf der Straße vor Tonys Wohnung gesehen hatte. Guys Wagen war so auffällig, dass Donnelly ihn vielleicht bemerkt hatte.

Einen Augenblick lang machte er Ausflüchte, bemüht, noch einmal Geld herauszuschlagen, aber ich weigerte mich. Schließlich beantwortete er meine Frage.

Nein.

Natürlich konnte Guy in einem anderen Auto da gewesen sein. Möglicherweise war der Porsche Donnelly auch nicht aufgefallen. Schließlich war die Gegend dort reichlich gesegnet mit dieser Marke.

Der Haken war nur, dass ich es nicht wusste.

Ich saß an meinem Schreibtisch und überlegte, was zu tun sei. Es war schwierig. Natürlich konnte ich Guy noch einmal zur Rede stellen, doch das erschien mir ziemlich sinnlos. Wenn er es getan hatte, würde er es wieder sehr überzeugend abstreiten. War er unschuldig, würde er tief gekränkt sein, dass ich hinter ihm hergeschnüffelt hatte. Er würde aus der Haut fahren. Und ein ernsthafter Streit war das Letzte, was Ninetyminutes im Augenblick brauchte.

Die Situation in der Firma spitzte sich nämlich zu. Der Besucherstrom wuchs stetig an, aber der vorgesehene Zeitpunkt für den Beginn des Online-Verkaufs rückte drohend näher. Es stand keineswegs fest, dass wir es schaffen würden.

Irgendwann würde ich mich der Frage stellen müssen, ob Guy es getan hatte oder nicht, das wusste ich. Doch im Augenblick beschloss ich, sie erst einmal zurückzustellen. Es gab so viel anderes zu tun.

Amy hatte großartige Arbeit geleistet: Wir hatten eine lange Liste von Produkten, die wir online vertreiben wollten. Da waren die Klassiker – Vereinstrikots und die Trikots der Nationalmannschaft – und dann unsere eigene Kollektion mit dem Logo, das Mandrill vor fünf Monaten entwickelt hatte. Amy hatte alles organisiert, Designer, Hersteller, Lagerhaltung und Vertrieb. Von daher konnte es jederzeit losgehen.

Die Technik war natürlich unsere größte Sorge. Der Betrieb einer Website, auf der Waren verkauft werden, verlangt einen weit größeren technischen Aufwand als eine Site, die sich die Besucher nur anschauen. Eigene Computer oder »Server« sind erforderlich für Produktinformationen und Preise, Informationen über Kunden und Transaktionen, finanzielle Daten und Kontenführung sowie zur Überprüfung der Kreditkarten. Zwischen diesen Rechnern und dem Kunden befindet sich ein Web-Server, der mit dem Computer des Kunden über das Internet kommuniziert und dafür sorgt, dass jede Anfrage in Echtzeit in alle anderen Systeme integriert wird. Firewalls, Proxy-Server und Routers sind erforderlich, um das ganze System zu schützen, sorgen für die Datensicherung und steuern den Web-Verkehr.

Am Anfang der Internet-Zeit musste ein Unternehmen, das seine Waren übers Netz verkaufen wollte, das alles selbst entwickeln. Das Problem bestand darin, die verschiedenen Systeme dazu zu bringen, miteinander zu reden. Glücklicherweise konnte man zu dem Zeitpunkt, als wir Ninetyminutes' E-Commerce einrichten wollten, schon alle erforderlichen Betriebssysteme fertig kaufen. Das ersparte uns Zeit und war seinen Preis wert, allerdings schränkte es die Möglichkeiten der Site etwas ein.

Das störte Owen. In Kalifornien hatte er an Online-Katalogen großer Einzelhändler gearbeitet und dabei einige interessante technische Fortschritte erzielt. Als er sie uns zeigte, waren wir alle sehr beeindruckt. Natürlich wollte er sie in die Site von Ninetyminutes einbauen. Und natürlich passten sie nicht.

Zunächst schlug Owen vor, den Start der Verkaufs-Site um einen Monat hinauszuschieben, damit er seine Programmteile dem Betriebssystem einpassen könne. Das wäre nach Weihnachten gewesen. Guy sagte nein. Ohne jemandem Bescheid zu sagen, begann Owen, ein Anwendungsprogramm zu schreiben, das als Schnittstelle zwischen seinen Programmkomponenten und unseren fertig gekauften Betriebssystemen dienen sollte.

Dcomsult, die neue Beratungsfirma, die wir beauftragt hatten, das System einzurichten, bemerkte es und war alles andere als begeistert. Aber Owen schaltete auf stur. Guy und mir blieb nicht verborgen, dass es Probleme zwischen Owen und Dcomsult gab, aber wir nahmen an, sie seien einfach wieder auf Owens sattsam bekannte Fähigkeit zurückzuführen, jeden auf die Palme zu bringen, mit dem er zusammenarbeitete. Guy neigte ihm gegenüber zur Nachsicht, und ich wollte mit ihm so wenig wie möglich zu tun haben.

Zwei Tage bevor die Site ins Netz ging, machten wir einen Probelauf, indem wir das System mit fiktiven Kleiderbestellungen bombardierten. Es funktionierte traumhaft. Und der Online-Katalog sah richtig gut aus.

Der Starttag kam. Wir hatten viel Geld aufgewendet, um ihn zu einer Jahreszeit anzukündigen, wo Werbung am kostspieligsten ist. Die Presse war gespannt. Die Modejournalistin einer großen Tageszeitung beabsichtigte, einige Käufe zu tätigen. Durch ihren Artikel konnten wir wunderbar jene Frauen erreichen, die sich den Kopf darüber zerbrachen, was sie ihren fußballverrückten Freunden oder Ehemännern zu Weihnachten schenken sollten.

Um zehn Uhr morgens eröffneten wir die Site. Sofort waren die ersten Besucher da. Der Verkehr nahm zu, und die Leute begannen zu bestellen. Das System brach nicht zusammen. Um siebzehn Uhr arbeitete es seit sieben Stunden fehlerlos, also begaben wir uns alle zu Smiths, einer Bar in einem alten Lagerhaus gegenüber von Smiths Fleischmarkt, einem Lokal, das sich beim Internet-Volk größter Beliebtheit erfreute. Guy bestellte Champagner. Nach etwa einer Stunde ging ich nach Hause und überließ es anderen, wieder in die Firma zurückzukehren und das System zu überprüfen.

Als ich am nächsten Morgen, etwas später als gewöhnlich, ins Büro kam, herrschte Chaos. Amy, Owen, Sanjay, Guy und die Leute von Dcomsult hatten sich die Nacht um die Ohren geschlagen. Die Stapeldatei mit allen Informationen über die Käufe des Tages war völlig verstümmelt bei unserem Großhändler eingetroffen. Mit anderen Worten, der Großhändler konnte nicht erkennen, welche Waren er wem liefern sollte. Amy schien nicht herausfinden zu können, warum die Datei beschädigt war. Owen wusste es offenbar, sagte aber, er sei zu beschäftigt, um es erklären zu können, und verbot Sanjay, irgendetwas anderes zu tun, als sich um das Problem zu kümmern.

Weitere Bestellungen gingen ein. Wir konnten sie nicht aufnehmen. Um zehn Uhr versammelte Guy ein paar von uns. Er fragte Owen, ob er garantieren könne, dass das Problem innerhalb der nächsten Stunde gelöst sei. Owen verneinte es. Daraufhin ordnete Guy an, den E-Commerce-Sektor der Site zu schließen.

Amy rief die Modejournalistin an, fragte sie, was sie bestellt habe, und versprach ihr, dass die Sachen umgehend geliefert würden. Die Redakteurin zeigte sich wenig beeindruckt, obwohl sie ihre Chance witterte. Am folgenden Tag kam *ninetyminutes.com* zum ersten Mal auf die Titelseite. »Bauen Sie für Ihre Weihnachtseinkäufe nicht aufs Internet«, lautete die Botschaft. Genau die Art von Werbung, die wir brauchten. Schlimmer noch, wir schädigten das Image der ganzen Branche.

Wir mussten den ganzen Tag und die folgende Nacht durcharbeiten, um von Hand zu ermitteln, wer was bestellt hatte, und unserem Großhändler diese Informationen per Kurier zukommen zu lassen. Die Ware wurde ausgeliefert, doch unsere Glaubwürdigkeit hatte beträchtlichen und möglicherweise irreparablen Schaden erlitten.

Es ging nicht nur um unsere Glaubwürdigkeit. Amy hatte versucht, die Produktlinie möglichst einfach zu halten, trotzdem hatten wir erhebliche Bestände bei unseren Herstellern ordern müssen. Kleidung, für die wir bezahlen mussten. Wenn wir sie nicht größtenteils vor Weihnachten verkaufen konnten, kam ein Riesenverlust auf uns zu.

Erst Guy fand heraus, was geschehen war. Der Fehler steckte in der API, der Anwendungsprogrammierschnittstelle, die Owen geschrieben hatte. Die Leute von Dcomsult wiesen natürlich wortreich darauf hin, dass sie es gleich gesagt hätten. Owen warf ihnen vor, sie hätten nicht begriffen, was er vorhatte. Guy versuchte, den gegenseitigen Schuldzuweisungen ein Ende zu setzen und alle dazu zu bringen, sich wieder auf die eigentliche Aufgabe zu konzentrieren – die Site wieder online zu schalten. Es war ein schwieriges Unterfangen. Owen war nicht bereit, seinen Fehler zuzugeben.

Schließlich bestand Dcomsult auf einer Besprechung. Wir saßen an einem Tisch: zwei von Dcomsult, Guy, ich, Amy, Ingrid und Owen. Der Leiter des Dcomsult-Teams kam aus Yorkshire und hieß Trevor. Er war untersetzt, kräftig und schien ständig auf dem Sprung zu sein. An seiner schnellen Sprechweise erkannte man den Technikfreak, aber er wusste sich auszudrücken, und was er sagte, war klar und verständlich.

»Wir haben herausgefunden, wo das Problem liegt«, begann er. »Es ist die API, die unseren Produktkatalog modifiziert ...«

»Das Problem ist Ihr E-Commerce-Paket, nicht die API«, unterbrach Owen ihn.

Trevor schwieg verärgert.

Guy hob die Hand. »Einen Augenblick, Owen. Ich möchte hören, was Trevor zu sagen hat, dann kannst du reden.«

Owen murrte, seine kleinen Augen glühten.

»Verstehen Sie mich nicht falsch«, sagte Trevor. »Die API ist genial. Wenn wir sie in den Rest der Lösung integrieren könnten, wäre das System sehr leistungsfähig. Aber das dauert seine Zeit. Es ist ganz allein Ihre Entscheidung.«

»Fahren Sie fort«, sagte Guy.

»Wir haben zwei Optionen«, sagte Trevor. »Erstens: Wir können an der API arbeiten, bis sie zuverlässig in das System integriert ist.«

»Wie lange wird das dauern?«

»Das lässt sich nicht sagen«, sagte Trevor. »Könnte eine Woche dauern, einen Monat oder noch länger.«

»Ist doch ein Kinderspiel«, murmelte Owen.

»Und die zweite Option?«

»Lassen Sie die API. Verwenden Sie die stinknormale Standardkatalogarchitektur, die zum Softwarepaket gehört. Zugegeben, sie ist nicht besonders elegant und nicht so schnell, dafür sind wir Ende der Woche fertig und online.«

»Sind Sie hundertprozentig sicher, dass das System zu diesem Zeitpunkt tatsächlich läuft, wenn wir uns für Option zwei entscheiden?«

»Nichts in diesem Geschäft ist hundertprozentig. Aber wir verwenden ein System, das sich schon Dutzende Male bewährt hat.«

»Verstehe.« Guy wandte sich seinem Bruder zu. »Owen?«

»Nur die zweitbeste Lösung, Mann«, knurrte er.

»Was meinst du?«

»Ich meine, du sagst, du willst die beste Fußball-Site im Internet haben. Mit meiner API haben wir sie. Und wir schaffen das in einer Woche, wenn mir diese Affen nicht reinpfuschen.«

Trevor wölbte die Lippen vor. Ich war beeindruckt von seiner Selbstbeherrschung.

Guy wandte sich Trevor zu. »Owen sagt, wir schaffen es in einer Woche.«

»Und ich sage, wir schaffen es nicht.«

Es war Zeit zum Eingreifen. Owen war Guys Schwachstelle. Wenn wir ihn ließen, ginge das hier noch stundenlang so weiter.

»Ich denke, die Antwort ist klar«, sagte ich.

»Ach ja«, sagte Guy.

»Ja, wenn die Site nicht nächste Woche steht, können wir das Weihnachtsgeschäft vergessen. Dann wird es schwer werden, unser Image wieder aufzupolieren. Und finanziell wird es verdammt eng. Wir müssen vorankommen, auch wenn wir dazu Kompromisse eingehen. Das haben wir auch schon in der Vergangenheit getan.«

»Amy?«, fragte Guy.

»Mir gefällt Owens Anwendung. Aber ich kann auch ohne sie leben. David hat Recht, wir müssen das Produkt wechseln. Wir haben keine Wahl.«

»Ingrid?«

»Wir haben keine andere Wahl.«

Guy nickte uns dreien zu. Wir schwiegen. Er zögerte. Für jemanden, der gewöhnlich so entscheidungsfreudig war, schwankte er ungewöhnlich lange. Owen hockte seinem Bruder gegenüber und starrte ihn an.

»Wir entscheiden uns für Option zwei, Trevor«, sagte ich. »Owen, du gibst den Leuten von Dcomsult alle Hilfe, die sie brauchen.«

Owen blickte seinen Bruder an. Der nickte unmerklich.

»Also los«, sagte ich.

Wir kehrten an unsere Schreibtische zurück, Guy etwas bedrückt. Ingrid tauchte an meinem auf. »Kaffee?«, flüsterte sie, sodass Guy es nicht hören konnte.

Ich folgte ihr in die Kaffeebar um die Ecke. Wir holten uns Cappuccinos und setzten uns.

»Er muss weg«, sagte Ingrid.

Ich antwortete nicht. Ich wäre Owen liebend gern losgeworden. Doch so leicht war das nicht.

»Er muss weg«, wiederholte sie.

»Ich weiß, aber wie?«

»Wir müssen es Guy sagen.«

»Aber er ist Guys Bruder!«

»Ja, und Guy sollte endlich einsehen, dass sein Bruder der Firma schadet.«

»Er sollte, aber er wird es nicht.«

»Ich verstehe die beiden nicht«, sagte Ingrid. »Ich meine, ich weiß, dass sie Brüder sind, aber ich kann mir kaum zwei unterschiedlichere Menschen vorstellen. Ihre Beziehung scheint viel enger zu sein als sonst bei Brüdern. Es ist merkwürdig, fast unnatürlich.«

»Es ist unnatürlich«, sagte ich. »Beide sind sie auf ihre Art kaputt und haben das Gefühl, sie können sich auf der großen weiten Welt nur aufeinander verlassen. So ist das schon immer gewesen. Irgendwann haben die anderen Jungs in der Schule begonnen, Owen zu hänseln. Klar, dass sie ihn ausgeguckt haben. Ich glaube, sie nannten ihn den ›Unglaublichen Hulk‹. Wortführer war ein gemeiner kleiner Bursche namens Wheeler. Einer von den Typen, die sich eine starke Stellung in der Gruppe verschaffen, indem sie sie gegen ein Mitglied aufhetzen.«

»Guy hat ihn zusammengeschlagen?«

»Schlimmer. Wheeler war ein Wochenende nach Hause gefahren. Am Abend ging Guy in den Schlafsaal und erklärte Wheelers Kumpels, dass Wheeler sie alle manipuliert, indem er die Gruppe nacheinander gegen jeden von ihnen aufhetzt. Guy war cool. Auf Guy hörte man. Als Wheeler in die Schule zurückkehrte, waren seine Sachen kaputt, und keiner sprach mehr mit ihm. Im nächsten Halbjahr verließ er Broadhill.«

»Mit anderen Worten, Guy beschützt seinen kleinen Bruder.«

»Immer.«

Nachdenklich trank Ingrid ihren Cappuccino. »Mag sein, aber Owen muss trotzdem weg. Wir können nicht zulassen, dass er Ninetyminutes ruiniert. Wenn Guy das Problem nicht objektiv sehen kann, wenden wir uns an Derek Silverman. Wir haben keine andere Wahl.«

»Du hast Recht.« Es hatte nichts mit meinen persönlichen Problemen mit Owen zu tun. Er gefährdete die Existenz der Firma. »Gehen wir zusammen hin?«

Ingrid nickte.

Wir wollten zuerst mit Guy über die Situation bei Ninetyminutes diskutieren. Es ging nicht um persönliche Dinge, sondern ums Geschäft, das wollten wir deutlich machen. Sobald wir wieder in der Firma waren, fragte ich ihn, ob wir uns hinter den geschlossenen Türen des Vorstandszimmers unterhalten könnten.

Owen sah uns hineingehen.

Ich teilte Guy unsere Ansicht mit. Wie erwartet protestierte er. »Wir können Owen nicht rausschmeißen! Er ist einer der Gründer. Am Anfang hat er das meiste Geld hineingebuttert. Vom ihm stammt die Technik der Site. Und er hat genauso viel gearbeitet wie jeder von uns. Ohne ihn gäbe es heute kein Ninetyminutes.«

»Ich weiß«, sagte ich. »Aber mit ihm wird es in Zukunft kein Ninetyminutes geben.«

»Ach, hör doch auf!«

»David hat Recht«, sagte Ingrid. »Diese Panne war ganz allein Owens Schuld. Möglicherweise erholen wir uns nie wieder davon. Und das ist kein einmaliger Vorfall. Es werden noch mehr kommen. Und irgendeiner wird uns den Rest geben.«

»Aber er ist der beste Tüftler, den ich kenne. Er kann den Dcomsult-Leuten jederzeit was vormachen.«

»Genau das ist der Punkt«, sagte Ingrid. »Er macht ihnen was vor. Tatsache ist, dass wir mit der Expansion der Firma ein Team brauchen, das für die Technik verantwortlich ist. Und da liegt der Hund begraben. Owen ist nicht teamfähig.«

»Ich kann ihm sagen, dass er ein bisschen umgänglicher sein soll«, sagte Guy.

»Das nützt gar nichts«, sagte ich. »Du kennst doch Owen.«

»Was ist, wenn ich nein sage?«

»Dann gehen wir zu Derek Silverman«, sagte Ingrid.

»Hinter meinem Rücken?«

»Nein. Schließlich sprechen wir zuerst mit dir«, sagte ich. »Das ist nicht mehr allein deine Firma, Guy. Wäre sie das noch, könntest du Owen behalten, und du wärst vollkommen im Recht. Doch jetzt gibt es zu viele Leute, die Anteile an der Firma haben. Und deswegen muss er gehen.«

»Verbündet ihr euch gegen mich?«, sagte Guy. »Ihr und euer alter Kumpel Henry Bufton-Tufton?«

»Nein«, sagte Ingrid. »Dir sind nur die Hände gebunden, weil er dein Bruder ist. Deshalb müssen wir zum Vorstandsvorsitzenden gehen.«

Guy holte tief Luft. »Ich bin der leitende Direktor dieser Gesellschaft, und ich treffe die Entscheidungen. Owen bleibt. Er war am Anfang dabei, und er wird am Ende dabei sein, egal, wann das ist. Und jetzt ist es Zeit, sich wieder an die Arbeit zu machen.«

Ich ging an Ingrids Schreibtisch und rief Derek Silvermans Sekretärin an. Als ich auflegte, hatte ich einen Termin bei Silverman. In zwei Tagen.

Wie üblich besorgte ich mir auf dem Rückweg zu meiner Wohnung in Notting Hill eine Mahlzeit zum Mitnehmen. Irgendwas Schnelles aus dem Imbiss. Manchmal machte ich mir auch zu Hause ein Fertiggericht warm. Zu mehr reichte die Zeit selten in diesen Tagen. Ich sah mich in meiner Wohnung um. Stellenweise sauber. Ich bezahlte eine Frau, die einmal in der Woche kam, um zu putzen. Doch das Gesamtbild war eher schlampig. Überall lagen Rechnungen und allerhand Kram herum. Die Küche musste dringend gestrichen werden. Der Wasserhahn im Badezimmer tropfte. Das Fenster im Wohnzimmer brauchte eine Reparatur. Mit der Steuererklärung war ich in Verzug. Und meine Eltern hatte ich seit drei Wochen nicht angerufen.

Es war nicht immer so gewesen. Bevor Ninetyminutes in mein Leben getreten war, hatte ich ein ziemlich geordnetes Dasein geführt. Doch das war vorbei.

Als ich mich an den Küchentisch setzte und meinen Döner Kebab auspackte, beschloss ich, mir darüber am Sonntag Gedanken zu machen, falls ich nicht den ganzen Tag im Büro verbrachte.

Es klingelte. Normalerweise mussten sich Besucher über die Gegensprechanlage an der Haustür anmelden, bevor sie ins Gebäude kamen. Also wahrscheinlich ein Nachbar, der sich über irgendwas beschweren wollte.

Ich öffnete die Tür

Es war kein Nachbar, sondern Owen.

Er drängte sich an mir vorbei ins Wohnzimmer. Sein massiger Körper schob mich einfach beiseite.

»Was willst du hier?«, fragte ich.

»Mir dir reden«, sagte er. Er war wütend. Seine kleinen dunklen Augen glühten unter den wulstigen Brauen.

Ich war zu müde, um mich mit ihm herumzuärgern. »Kann das nicht bis morgen warten?«

»Nein.« Er kam einen Schritt auf mich zu. Ich wich nicht zurück. Auf keinen Fall hatte ich die Absicht, mich in meiner eigenen Wohnung herumschubsen zu lassen.

Er stand wenige Zentimeter von mir entfernt. »Du hast heute versucht, mich rausschmeißen zu lassen.« Er war so nahe, dass ich seinen Atem riechen konnte: Pfefferminze, die einen schalen Geruch überlagerte.

»Ja.« Ich war entschlossen, mich nicht einschüchtern zu lassen.

»Warum?«

»Du bist sehr intelligent, Owen, aber du sprichst mit niemandem. Das ist ein Problem. Das führt zu Pannen, die wir uns nicht leisten können.«

Owen stieß mir einen Finger in die Brust. »Es war dieses Scheißsystem, das das Problem verursacht hat, nicht ich.«

»Deine Aufgabe war es, das Scheißsystem zum Laufen zu bringen. Das hast du nicht geschafft. Du hast alles vermasselt.«

»Ich bleibe in der Firma.«

»Das werden wir sehen.«

»Du hast vor, deswegen zu Silverman zu gehen?«

Ich zuckte mit keiner Wimper. »Stimmt.«

»Das wirst du hübsch bleiben lassen.«

»Ich tue, was ich für richtig halte.«

Owen machte einen Schritt zurück. »Hat das irgendwas mit Dads Tod zu tun?«

»Was meinst du damit?«

»Du stellst überall dämliche Fragen. Über Guy und Dad.«

»Ich lasse mir nicht gern drohen.«

»Ach, wirklich?« Er packte mich am Kragen und drückte mich an die Wand. Dabei berührten meine Füße kaum den Boden, so kräftig war er. Seine großen Fäuste, die meinen Kragen umklammert hielten, bohrten sich in meinen Hals, sodass ich Schwierigkeiten mit dem Atmen hatte.

»Keine dämlichen Fragen mehr zu Dads Tod. Wenn Guy wirklich dein Freund ist, vergiss die ganze Sache. Vergiss auch Dominique. Das ist alles lange vorbei. Hast du mich verstanden?«

Ich hätte ihn beruhigen sollen. Ja, Owen, nein, Owen, ist in Ordnung, Owen und ihn ziehen lassen. Aber ich war müde, ich hatte einen schlechten Tag gehabt, und es schmeckte mir nicht, dass jemand in meine Wohnung eindrang und mich herumschubste, auch wenn er viel größer als ich war.

Also riss ich mein Knie hoch und stieß es Owen in die Leistengegend. Sein Griff an meinem Kragen lockerte sich. Mit schmerzverzerrtem Gesicht beugte er sich nach vorn. Nachdem ich einmal angefangen hatte, musste ich die Sache auch zu Ende bringen. Also schickte ich einen Schlag auf sein Kinn hinterher. Verblüfft stolperte er zurück. Ich schlug ihm in den Magen. Als er sich zusammenkrümmte, packte ich ihn am Ärmel und zog ihn zur Tür.

»Raus hier, Owen«, sagte ich. »Und lass dich nie wieder blicken.«

Anfangs ließ er sich ziehen. Doch als ich die Tür erreichte und sie öffnete, straffte er sich. Er war wütend. Und ich hatte ein Problem.

Ich versuchte wieder, ihn zu treffen, doch dieses Mal prallte mein Schlag wirkungslos an seiner Schulter ab, ohne seinen Kiefer zu erwischen. Und dann griff er mich an. Er war groß, stark und überraschend schnell. Ich versuchte, mich zu wehren, aber nach wenigen Augenblicken hatte er mich an die Wand gedrückt. Dreimal schlug er mir in den Magen, ungeheuer hart. Die Luft wurde aus meinem Zwerchfell gepresst, und ich konnte sie beim besten Willen nicht ersetzen. Um Atem ringend sackte ich zu Boden. Dann begann er mich zu treten. Rippen, Kopf, Rücken. Einer der Tritte gegen den Schädel war wohl zu heftig, jedenfalls wurde plötzlich alles dunkel.

Als ich erwachte, bemühten sich zwei Sanitäter um mich. Alles tat weh. Ich sei nicht lange bewusstlos gewesen, sagten sie. Ein Nachbar hätte den Lärm gehört und den Rettungswagen gerufen. Auch zwei Polizisten waren da. Sie fragten, wer mich angegriffen habe. Ich bekam nicht genügend Ordnung in meine durchgeschüttelten Gedanken, um die Frage zu beantworten. Also schloss ich einfach die Augen, bis sie mich in Ruhe ließen.

Zwei Tage verbrachte ich zur Beobachtung und zu Röntgenaufnahmen im Krankenhaus. Erstaunlicherweise war nichts gebrochen. Ich hatte nur eine Menge blauer Flecken und Prellungen. Außerdem hatte ich eine unangenehme Gehirnerschütterung, die mir nicht nur Kopfschmerzen verursachte, sondern mich auch zweimal in hohem Bogen erbrechen ließ.

Zwei Besucher kamen. Zuerst Guy.

»Mein Gott, du siehst ja scheiße aus«, sagte er und betrachtete mich.

»Danke.«

Er setzte sich auf einen Stuhl neben das Bett. »Tut mir Leid wegen Owen.«

»Mir auch.«

»Das hätte er nie und nimmer tun dürfen.«

»Ein bisschen war ich selber Schuld. Er drängte sich rein und fing an, mich rumzuschubsen. Da hab ich ihm eine gedonnert. Er hat zurückgeschlagen.«

»Zeigst du ihn an?«

Ich schüttelte den Kopf. »Die Polizei wollte es, aber ich nicht. Er ist dein Bruder. Und ich habe zuerst zugeschlagen. Aber eins steht fest, Guy, einer von uns muss gehen. Entweder er oder ich.«

Guy blickte mich an und sah, dass es mir ernst war. Er schlug die Augen nieder. »Wir werden sehen.«

»Es muss eine Entscheidung her.«

»Dieser blöde Hund«, sagte er. »Glaub mir, es tut mir wirklich Leid.«

»Ich weiß. Mach dir keine Sorgen. Ich werde schon wieder. In zwei Tagen bin ich wieder in der Firma.«

Der andere Besuch war Ingrid. Ich hatte zwar gehofft, dass sie kommen würde, war aber doch überrascht, wie sehr ich mich freute, sie zu sehen. In dem Augenblick, als sie mein Zimmer betrat, fühlte ich mich besser. Sie war fassungslos über Owens Verhalten. Ich erzählte ihr von meinem Ultimatum gegenüber Guy, und sie war ganz auf meiner Seite. Die Stunde, die sie an meinem Bett verbrachte, war schnell vorüber.

Am nächsten Tag ging ich nach Hause, obwohl mir die Ärzte rieten, noch zu bleiben. Aber ich langweilte mich zu Tode, und bei Ninetyminutes gab es viel zu tun. Trotz anhaltender Kopfschmerzen ging ich am Nachmittag wieder ins Büro.

Alle freuten sich, mich zu sehen, alle bezeugten mir ihr Mitgefühl. Guy lächelte und schien froh zu sein, dass ich zurück war.

Owen packte seine Sachen.

»Geht er?«, fragte ich Guy.

»Ja«, sagte er. »Es war seine Entscheidung. Ich glaube, ihm ist klar, dass seine Stellung hier unhaltbar geworden ist.«

»Na, da bin ich froh«, sagte ich. »Wäre er geblieben, hättest du mich hier zum letzten Mal gesehen.«

»Ich weiß.«

Ich ließ es langsam angehen. Mein schmerzender Kopf schränkte die Konzentrationsfähigkeit ein, und ich konnte kaum länger als ein paar Minuten lesen. Nach zwei Stunden gab ich auf und ging nach Hause.

Im Flur kam ich an Owen vorbei.

»David.«

Ich blieb stehen. »Ja?«

Er musterte mein Gesicht. Die Spuren unserer letzten Begegnung konnten ihm kaum entgehen. »Ich verlasse die Firma wegen Guy. Das weißt du, nicht wahr?«

»Ja.«

»Es hat überhaupt nichts mit dir zu tun. Ninetyminutes ist alles für Guy, und ich will es ihm nicht vermasseln.«

»Okay«, sagte ich neutral.

»Du weißt, dass ich alles für meinen Bruder tun würde. Alles.« Er kam näher. Ich spannte die Muskeln an. Wenn er dieses Mal versuchen würde, mich anzurühren, würde ich das Weite suchen. »Wenn du ihm oder Ninetyminutes in irgendeiner Weise schadest, dann krieg ich dich. Ist das klar?«

Ich nickte. Ich würde Owen nie mehr widersprechen.

»Sehr schön.« Er ging an mir vorbei und kehrte zu seinem Schreibtisch zurück.

Auf dem Weg zur U-Bahn staunte ich über Owens Loyalität Guy gegenüber. Und ich hatte auch etwas Angst. Owen meinte, was er sagte, so viel war klar. Und ich hatte keine Vorstellung, wie weit er gehen würde, um seinen Bruder zu beschützen.

29

Der Mahlstrom von Ninetyminutes hatte mich bald wieder geschluckt. Guy und ich flogen nach München, um Einstellungsgespräche mit zwei Topleuten für unsere dortige Filiale zu führen, die jetzt aus zwei Männern, einer Frau, einem Büroraum und vielen Computern bestand. Der Tag war erfolgreich. Rolf, der Mann, den wir eingestellt hatten, um die Filiale aufzubauen, war gut. Er war tüchtig, kompetent und vor allem schnell. Im März würde Deutschland online sein.

Auf dem Rückflug schwieg ich und blickte hinab auf die Lichter anonymer deutscher Städte, die durch die Dunkelheit und Wolkenfetzen flimmerten. Guy saß neben mir und vertiefte sich in einige Unterlagen über die neue französische Niederlassung.

Der Zeitpunkt war gekommen. Der Zeitpunkt, wo ich mich ein für alle Mal von Guys Unschuld überzeugen musste. Es ließ sich nicht länger hinausschieben.

»Guy?«

»Ja?« Er legte seine Papiere zur Seite.

»Welche Verbindung besteht zwischen Frankreich und dem Tod deines Vaters?«

»Zum Teufel, Davo! Kannst du an nichts anderes denken? Konzentrier dich auf die wesentlichen Dinge! Bei Ninetyminutes läuft jetzt so vieles gleichzeitig. Wenn du dir weiterhin so viele Gedanken um diesen Mist machst, verpasst du was. Wir können uns keine Panne mehr leisten.«

Dieses Mal ließ ich mich nicht abspeisen. »Bevor Owen mich halb tot getreten hat, hat er mich aufgefordert, keine Fragen mehr zum Tod eures Vaters zu stellen. Und zu Dominique.«

»Na und?«

»Wenn es nichts zu verbergen gibt, warum regt er sich dann so auf?«

»Was weiß ich? Owen ist verrückt.«

»Ich habe mich im Hydra erkundigt. In der Nacht, als dein Vater starb, bist du nicht dort gewesen.«

»Klar war ich da. Das ist ein riesiger Laden. Die Leute, mit denen du gesprochen hast, haben mich nicht gesehen.«

»Das Hydra war in der Woche geschlossen. Renovierung.«

Guy schwieg.

Ich fuhr fort. »Wie ist der Fußabdruck unter Dominiques Fenster gekommen?« Guy wollte gegen die Frage protestieren, aber ich ließ ihn nicht zu Wort kommen. »Bevor du irgendwas sagst: Ich weiß, dass es zwölf Jahre her ist, und ich weiß, was du der Polizei erzählt hast. Aber diese Nacht hat sich genauso tief in mein Gedächtnis gegraben wie in deines. Ich kann mich an jede Einzelheit erinnern. Wir sind zusammen zum Gästehaus gegangen. Der Garten wurde am späten Nachmittag gesprengt. Mit anderen Worten: Dein Fußabdruck kann dort nur hingekommen sein zwischen der Zeit, als wir zu Bett gingen, und der Zeit, als die Polizei am nächsten Morgen überall herumzuschnüffeln begann.«

»Darf ich Ihnen etwas zu trinken bringen, Sir?«

Eine Stewardess mit dem Servierwagen. Guy war sichtlich erleichtert über die Unterbrechung. »Gin Tonic, bitte, einen großen.«

Ich wartete, während sie den Drink einschenkte. Er nahm einen gierigen Schluck.

»Noch etwas. Wann hast du die Schmuckkassette aus Dominiques Zimmer geholt? Die, die du Abdulatif gegeben hast? Die Polizei hat ihr Schlafzimmer abgesperrt, als sie eingetroffen ist. Du musst sie also vorher geholt haben. Wann?«

Guy trank noch einen Schluck Gin.

»Ich warte«, sagte ich.

Er wandte mir sein Gesicht zu. »Ich habe Dad nicht getötet. Und ich habe Dominique nicht getötet.«

»Wer war es dann?«

Guy schluckte. »Ich weiß es nicht.«

Er verbarg etwas. Er verbarg es gut, aber er tat es. »Ich glaube dir nicht.«

Er zuckte mit den Achseln.

»Guy, ich habe lange und intensiv darüber nachgedacht. Ich möchte nicht glauben, dass du Dominique umgebracht hast. Oder deinen Vater. Ich möchte es wirklich nicht. Aber irgendetwas liegt hier vor, von dem ich denke, dass du es weißt. Und wenn ich nicht weiß, was es ist, kann ich dir nicht vertrauen und nicht mit dir zusammenarbeiten. Wenn wir in London landen, steige ich aus dem Flugzeug aus und setze nie wieder einen Fuß in die Firma.«

Prüfend blickte Guy mich an. Ich wusste, dass er es mir nicht erzählen wollte. Mein Fortgang von Ninetyminutes würde zwar ein schwerer Schlag sein, aber kein unüberwindlicher. Doch er brauchte mich genauso wie ich ihn. Das wurde mir in diesem Augenblick klar. Und ihm auch, denke ich.

»In Ordnung«, sagte er. »Ich erzähle es dir. Aber nur, wenn du mir dein Wort gibst, dass du es es für dich behältst. Kein Wort an Mel, an Ingrid oder an die Polizei.«

Ich dachte nach, bevor ich antwortete. Ich hatte keine Ahnung, was er zugeben oder mir anvertrauen wollte. Was, wenn er seinen Vater ermordet hatte? Dann würde ich mit Sicherheit nicht mehr mit ihm zusammenarbeiten können. Und ich würde es der Polizei erzählen müssen.

Guy erahnte meine Zweifel. »Wenn du es irgendjemandem erzählst, bestreite ich es. Und es gibt keinen Beweis für das, was ich dir jetzt sagen werde. Also, gibst du mir dein Wort?«

Er wusste, dass ich mein Wort halten würde. Er hatte mich als braven Schulfreund kennen gelernt, und ich hatte mich seitdem nicht so stark verändert, wie ich es gern getan hätte.

»Okay«, antwortete ich.

Guy holte tief Luft. »In Ordnung. Erstens möchte ich sagen, dass ich meinen Vater nicht getötet und auch keine Ahnung habe, wer es getan hat. Nicht die geringste Ahnung.«

»Was ist mit dem Hydra? Du bist nicht dort gewesen.«

»Nein. Nachdem ich Elephant's Head verlassen hatte, bin ich mit dem Taxi zu Mel nach St. John's Wood gefahren.«

»Zu Mel?«

»Ja. Du hast sie letzten Monat bei mir gesehen. Wir treffen uns schon seit einiger Zeit hin und wieder.«

»Verstehe.«

»Die Polizei hat es überprüft. Bei Mel war eine Freundin zu Besuch, die mich auch gesehen hat. Ich mochte dir das nicht sagen, als du mich gefragt hast, weil … Na ja, du weißt schon, warum.«

»Ich glaube, ja.«

»Also, ich habe keine Ahnung, wer meinen Vater umgebracht hat oder warum.«

»Könnte es etwas mit Dominique zu tun haben?«

»Ach, Dominique«, sagte Guy.

Ich wartete.

»Ich habe Dominique nicht getötet.« Ich war absolut sicher, dass er dieses Mal die Wahrheit sagte. »Owen war es.«

»Owen? Aber er war erst fünfzehn.«

»Er war schon damals groß und kräftig für sein Alter«, sagte Guy.

»Aber warum?«

»Er hasste sie. Du weißt, er war vollkommen durcheinander, als unser Vater uns verließ. Er glaubte, Dominique sei dafür verantwortlich. Während der Zeit in Frankreich wurde sie zur Obsession für ihn. Je öfter er sie sah, desto stärker hasste er sie. Erinnerst du dich, dass er immer behauptete, er sitze an seinem Laptop?«

»Ja.«

»Das stimmte nicht. Tatsächlich war er meistens damit beschäftigt, sie zu beobachten.«

»Dabei hat er sie mit dem Gärtner gesehen.«

»Und mit dir.«

Ich seufzte. Auch nach all den Jahren machten mir die Folgen dieser halben Stunde noch zu schaffen.

»Das war zu viel für ihn«, sagte Guy. »Sie hatte uns nicht nur Dad weggenommen, sondern sie betrog ihn auch noch. Er war wütend und beobachtete sie weiter. Beobachtete, wie sie mit Dad stritt. Wie Dad das Haus verließ. Wie sie sich einen Schuss setzte. Wie sie trank. Beobachtete schließlich, wie sie einschlief.«

»Und dann?«

»Dann ging er in ihr Zimmer. Er versuchte, mit ihr zu reden. Ihr zu sagen, was er von ihr hielt. Ich weiß nicht, was er erwartete. Vielleicht dachte er ernsthaft, sie würde sich ruhig anhören, was er zu sagen hatte, und ihn dann gehen lassen. Doch als sie aufwachte und ihn sah, wollte sie schreien. Deshalb legte er ihr ein Kissen aufs Gesicht. Sie wehrte sich, aber er hielt das Kissen fest. Er hielt es lange fest.«

»Mein Gott.«

»Dann ging er wieder.«

»Schrecklich. Aber man hat deinen Fußabdruck gefunden und nicht Owens.«

»Owen wusste, dass er etwas Schlimmes angestellt hatte. Ich glaube nicht, dass er sie töten wollte. Ihm war sicher nicht bewusst, was er getan hatte. Ich weiß nicht, was in seinem Kopf vorging. Aber er wollte mit mir reden. Er weckte mich. Wir gingen in den Garten, und er erzählte mir von Dominique und dir, was für eine Schlampe und wie schlecht sie sei. Über die Geschichte mit dir und ihr war ich schockiert, aber ansonsten dachte ich, Owen wollte nur seiner Wut Luft machen, was ein bisschen überraschend war, weil er ja bekanntlich kein Freund vieler Worte ist.

Dann wurde mir klar, dass er sie mit dem Kissen erstickt hatte. Über den Balkon kletterte ich in ihr Zimmer. Dad war nicht da. Aber sie lag reglos auf dem Bett, das Gesicht noch immer unter dem Kissen.«

Guy atmete jetzt schwer. Auf seiner Oberlippe stand Schweiß.

»Ich versuchte, ihren Puls zu fühlen, spürte ihn aber nicht. Ich musste mich augenblicklich entscheiden. Entweder, ich überließ Owen seinem Schicksal, oder ich half ihm. Ich war schockiert darüber, was zwischen Dominique und dir geschehen war. Ich hasste sie ebenfalls. Und wenn Owen so außer sich war, dass er sie umgebracht hatte, war sie selbst schuld. Heute weiß ich, dass mein Vater für alles verantwortlich war, aber damals gab ich ihr die Schuld. Klar, Owen hatte etwas Schlimmes getan, aber er war mein Bruder, und niemand außer mir würde ihm beistehen.

Also schlich ich mich wieder hinaus. Ich fragte Owen, was genau er angefasst hatte. Dann kletterte ich wieder ins Zimmer und wischte alles mit einem Tuch ab. Es musste schnell gehen. Ich hatte keine Ahnung, wann mein Vater zurückkommen würde. Ich zog den Kissenbezug ab und nahm die Schmuckkassette mit, damit es nach einem Einbrecher aussah. Dann kletterte ich wieder über den Balkon hinaus und verwischte unsere Fußabdrücke, wobei ich den übersehen haben muss, den die Polizei entdeckt hat. Anschließend ging ich wieder ins Bett.«

»Ich habe davon nichts mitbekommen«, sagte ich.

»Du warst völlig hinüber und hast geschnarcht wie ein Weltmeister.«

»Erstaunlich, dass die Polizei nichts entdeckt hat.«

»Ich war vorsichtig«, sagte Guy. »Solange sie Dad verdächtigten, war ich sicher. Ich wusste, dass sich seine Unschuld bald herausstellen würde, deshalb musste ich ihnen jemand anders liefern, an dem sie sich festbeißen konnten. Da kam uns der Gärtner gerade recht. Er war für Geld bereit, sein Verschwinden zu inszenieren. Doch als sie meinen Fußabdruck entdeckten, bekam ich fürchterliche Angst. Ich werde dir ewig dankbar sein, dass du mich da rausgehauen hast. Allerdings habe ich nie ganz begriffen, warum du es getan hast.«

»Ich glaubte einfach nicht, dass du Dominique umgebracht hast«, sagte ich. »Wir waren fast noch Kinder. Ich half einem unschuldigen Freund gegen die Erwachsenenwelt und das Establishment. Oder zumindest bildete ich mir das ein.«

»Vielen Dank jedenfalls. Ohne deine Aussage wäre der Verdacht wohl kaum auf Abdulatif gefallen.«

Ziemlich fassungslos ließ ich mir durch den Kopf gehen, was Guy mir gerade erzählt hatte. Owen hatte Dominique umgebracht. Mit fünfzehn! Mir lief es kalt den Rücken hinunter. »Was ist mit Abdulatif geschehen?«

»Er ist auf den Straßen von Marseille gestorben. Das ist ein raues Pflaster.«

»Glaubst du nicht, dass Owen ihn umgebracht hat?«

»Nein, ich bin sicher, dass er es nicht war.«

»Sein Tod kam so gelegen. Genau zu der Zeit, als die Erpressung anfing, wehzutun.«

Guy zuckte mit den Achseln.

»Einen Moment«, sagte ich. »Ich weiß noch, wann Owen uns

erzählt hat, dass Abdulatif ermordet wurde. Es war kurz vor unserem Flug nach Mull. Er hatte deinen Vater in Frankreich besucht.«

»Hör auf, Davo«, sagte Guy mit einem Anflug von Ärger in der Stimme. »Ich habe dir jetzt die ganze Wahrheit gesagt. Es ist genauso wahr, wenn ich dir erkläre, dass Owen Abdulatif nicht umgebracht hat. Oder Dad. Ich glaube auch nicht, dass er Dominique wirklich töten wollte. Er war damals noch jung. Und völlig durcheinander. Jetzt ist er erwachsen. Weniger impulsiv. Er hat sich gefangen.«

»So, so.« Ich hatte nicht die Absicht, mich mit Guy über Owens seelische Verfassung zu streiten.

»Ich bin fest davon überzeugt. Er ist jetzt in Ordnung. Und ich möchte, dass du ihn in Ruhe lässt.«

»Ich soll ihn in Ruhe lassen?«

»Ja.« Guys Stimme klang jetzt sehr bestimmt. Es war ein Befehl, keine Bitte.

Wir schwiegen einige Minuten, während ich verarbeitete, was Guy mir erzählt hatte.

»So, nun weißt du Bescheid«, sagte er.

»Ja, nun weiß ich Bescheid.«

»Aber du erzählst Ingrid nichts davon, okay? Oder Mel?«

Ich hatte ihm mein Wort gegeben. Also schüttelte ich den Kopf.

»Oder der Polizei?«

Ich zögerte.

»Es würde keine große Rolle spielen, wenn du es tätest. Ich würde leugnen, dass dieses Gespräch je stattgefunden hat. Der Fall liegt lange zurück, hat im Ausland stattgefunden und ist zur allgemeinen Zufriedenheit abgeschlossen worden. Es würde nichts bringen.«

»Nein.« Ich schüttelte den Kopf.

»Also sehen wir uns morgen in der Firma?«

»Ich weiß noch nicht.«

In dieser Nacht lag ich im Bett und betrachtete das Schattenspiel, das die Straßenlaternen auf die Schlafzimmerdecke warfen. Ich konnte es nicht fassen. Owen war ein Mörder. Er hatte Dominique umgebracht, und ich war mir ziemlich sicher, dass er auch Abdulatif ermordet hatte. Und Guy hatte ihm geholfen, es zu vertuschen.

Guy hatte alle möglichen Entschuldigungen gefunden, warum Owen getan hatte, was er getan hatte. Keine konnte mich wirklich überzeugen. Dass Owen verstört war, wollte ich gern glauben, trotzdem war ich überzeugt, dass er die Verantwortung für seine Taten trug. Vielleicht war es richtig, wenn ein großer Bruder seinen kleinen Bruder deckte. Ich wusste es nicht. Meine Phantasie reichte nicht aus, um mir vorzustellen, wie es war, mit Owen verwandt zu sein. Nur eines wusste ich: Ich war unendlich froh, dass er nicht mehr für Ninetyminutes arbeitete. Aber was war mit mir? Was sollte ich tun? Sollte ich einfach ignorieren, was ich wusste?

Als guter Staatsbürger durfte ich es eigentlich nicht für mich behalten. Andererseits hatte ich Guy mein Wort gegeben. Nur deshalb war er überhaupt mit der Sprache herausgerückt.

Ich überlegte, wie es praktisch aussehen würde, Anzeige zu erstatten. An wen sollte ich mich wenden? Würde mir bei der britischen Polizei überhaupt jemand in einem Fall helfen, der dreizehn Jahre zurücklag? Sollte ich die Polizeidienststelle in Beaulieu anrufen? Oder dorthin fahren? Ich müsste mich an die französischen Behörden wenden, um herauszufinden, wer sich dafür interessierte, was ich zu berichten hatte. Ich müsste einen persönlichen Kreuzzug für die Gerechtigkeit beginnen.

Und was würde geschehen? Ich müsste bei Ninetyminutes aufhören. Guy würde Schwierigkeiten bekommen, sich weiterhin ausreichend um die Leitung der Firma zu kümmern, besonders, wenn sich die französische Polizei entschlösse, den Fall wieder aufzurollen. Und ich wäre an allem schuld. Natürlich würde ich mir einen neuen Job suchen müssen, wahrscheinlich als Banker oder, noch schlimmer, als Buchhalter. Und die Freundschaft mit Guy, die mir trotz allem, was Owen getan hatte, noch immer wichtig war, wäre dahin.

Ich beschloss, mein Wort zu halten.

Schließlich schlief ich ein. Am nächsten Morgen um halb neun saß ich an meinem Schreibtisch, offen für alles, was Ninetyminutes für mich bereithielt.

TEIL VIER

30

März 2000, drei Monate später, Clerkenwell, London

»Hundertachtzig Millionen! Sie glauben, Ninetyminutes ist hundertachtzig Millionen wert?«

Die Amerikanerin erwiderte Guys ungläubigen Blick ungerührt. »Absolut.«

»Pfund oder Dollar?«

»Pfund.«

»Wow.«

Ich teilte Guys Empfindungen. Wir saßen im Vorstandszimmer: außer Guy und mir noch Henry Broughton-Jones und zwei Vertreter von Bloomfield Weiss, einer großen amerikanischen Investmentbank, die sich in den Staaten auf dem Technologiemarkt engagierte und die dort gesammelten Erfahrungen nun in Europa nutzen wollte. Während der letzten zwei Monate waren wir von Bankern förmlich belagert worden. Alle wollten sie Ninetyminutes zum Börsengang bewegen. Dazu war die Zulassung unserer Aktien am London Stock Exchange und am Neuen Markt in Frankfurt erforderlich. Als Emissionsbank, unter deren Ägide unser Börsengang stattfinden sollte, hatten wir uns Bloomfield Weiss ausgesucht.

Die beiden Investmentbanker waren ungefähr so alt wie wir. Der eine, ein aalglatter Brite mit ölig zurückgekämmtem Haar und permanent gerunzelter Stirn, führte das Wort. Seine Begleiterin, eine gepflegte Amerikanerin mit ebenso dauerhaft gerunzelter Stirn, war Analystin. Sie stand in dem Ruf, in den Vereinigten Staaten New-Economy-Aktien sehr erfolgreich platziert zu haben, und schickte sich nun an, das Gleiche diesseits des Atlantiks zu tun.

»Wie kommen Sie auf diese Zahl?«, fragte ich. »Letzte Woche haben Sie noch von hundertdreißig Millionen gesprochen.«

»Der Markt ist heiß«, sagte die Analystin. »Die smarten US-Anleger, die in den letzten zwölf Monaten mit dem Internet in den Vereinigten Staaten Riesengewinne eingesackt haben, schauen sich jetzt bei Ihnen nach Investitionsmöglichkeiten um. Einzelne britische Anleger sind auch schon vom Internet-Fieber angesteckt, die Umsätze schießen in die Höhe, und überall gibt es heiße Tipps. In zwei Wochen geht *Lastminute.com* mit einer Bewertung von dreihundertfünfzig Millionen an die Börse. Alle schreien nach Aktien. Hundertachtzig Millionen für Ihr Unternehmen ist machbar. Durchaus machbar. Vielleicht ist noch mehr drin.«

»Und wie viel Geld können wir dadurch aufnehmen?«

»Ich denke, wir können vierzig Millionen kriegen. Einen Teil der Publikumsnachfrage wollen wir nicht befriedigen, damit die Aktie am ersten Tag nach oben geht. Es ist wichtig, dass wir einen Aufwärtstrend haben. Heutzutage kaufen Investoren Aktien, nur weil sie nach oben gehen. Das ist ein sich selbst verstärkender Kreislauf, den wir in Gang setzen müssen.«

»Aber keine meiner Prognosen lässt darauf schließen, dass wir je in der Lage sein werden, Gewinne einzufahren, die solche Zahlen rechtfertigen«, sagte ich.

»Macht nichts«, sagte der Banker. »Wir dürfen Ihre Prognosen den Investoren sowieso nicht zeigen. Machen Sie sich keine Sorgen. Diese Leute sind clever. Sie wissen, was sie tun.«

»Wirklich? Sehr clever klingt das Ganze für mich nicht.«

Das Stirnrunzeln des Bankers vertiefte sich. »Sie müssen eine großartige Geschichte erzählen, David. Und Sie werden sie oft erzählen. Deshalb müssen Sie an die Geschichte glauben. Entweder, Sie spielen das Spiel mit, oder Sie verlassen den Zug.«

»Komm schon, Davo, spiel mit!«, sagte Guy, indem er den britischen Banker, dem die amerikanischen Metaphern nur so von der Zunge purzelten, ein bisschen durch den Kakao zog.

»Wir sind hier die Anbieter, David«, sagte Henry. »Je höher der Preis, zu dem wir verkaufen, desto größer unser Gewinn. So einfach ist das.«

»Das stimmt«, sagte die Analystin, deren Stirnfalten jetzt genauso tief waren wie die ihres Kollegen. »Für diese Sache brauchen wir die volle Unterstützung des Managements. Im Laufe von drei

Wochen werden wir Sie mit Anlegern in ganz Europa zusammenbringen. Anleger haben eine feine Nase für Manager, die nicht hundertprozentig überzeugt sind.«

»Oh, ich stehe hundertprozentig hinter Ninetyminutes«, sagte ich gekränkt. »Ich stehe nur nicht so ganz hinter einer Bewertung von hundertachtzig Millionen Pfund.«

»Lass es gut sein, Davo«, sagte Guy. »Bloomfield Weiss kümmert sich um die Bewertung. Du und ich, wir kümmern uns um das Unternehmen.«

»In Ordnung«, sagte der Banker. »Im Augenblick gehen wir davon aus, dass wir am 20. März in Amsterdam beginnen, am 21. in Paris sind und am 22. in Frankfurt. Am folgenden Tag gehen wir nach Edinburgh und dann nach London ...«

Ninetyminutes hatte sich von seinem vorweihnachtlichen Tief erholt. Sanjay hatte Owens Stellung übernommen und zusammen mit Dcomsult die Verkaufssoftware in wenigen Tagen zum Laufen gebracht. Noch vor Weihnachten lieferten wir eine ordentliche Menge Kleidung aus. Die Jahrtausendwende kam, ohne unser Computersystem zum Absturz zu bringen. Die deutsche Site war Anfang März online, die französische folgte ihr Ende April. In Helsinki kauften wir ein kleines Unternehmen, das sich auf WAP – Kommunikationsprotokolle für drahtlose Anwendungen – spezialisiert hatte. Dies sollte es den Leuten ermöglichen, sich per Handy in unsere Site einzuloggen, um Fußballergebnisse und -nachrichten abzurufen. Und die Besucherzahlen kletterten unablässig. Das gefiel natürlich auch den Werbeagenturen, sodass wir keine Schwierigkeiten hatten, mit ihnen Verträge abzuschließen.

Doch all das reichte Guy nicht: Je mehr wir erreichten, desto mehr wollte er. Er plante eine noch raschere Expansion. Mehr Werbung, mehr Marketing, die Eröffnung weiterer europäischer Büros, eine gewaltige Aufstockung des Verkaufsbereichs. Für all das brauchten wir Geld. Doch das schien jetzt kein Problem mehr zu sein.

Der Börsengang versetzte alle in helle Aufregung. Die Leute von Orchestra Ventures waren natürlich begeistert von der Idee:

Obwohl sie nicht in der Lage waren, ihre Aktien sofort zu verkaufen, konnten sie den Kurs hinaufsetzen und einen riesigen Gewinn in ihren Büchern ausweisen. Bloomfield Weiss gefiel die Idee, weil sie allen Beteiligten saftige Gebühren aufdrücken konnten. Guy freute sich, weil er mehr Geld bekam, als er ausgeben konnte.

Und ich freute mich, weil mich der Börsengang zum Multimillionär machen würde.

Das war ein sehr merkwürdiges Gefühl. Natürlich hatte ich das ganze Abenteuer mit der vagen Hoffnung begonnen, dabei viel Geld verdienen zu können. Theoretisch war der Wert meines Anteils schon in dem Moment erheblich gestiegen, als Orchestra seine erste Investition tätigte. Doch in diesem Stadium hatte ich mir eigentlich nur Sorgen ums Überleben der Firma gemacht. Aber nun würden meine Anteile in wenigen Wochen einen Irrsinnswert darstellen. Natürlich würden die Gewinne zunächst nur auf dem Papier stehen, doch irgendwann in der Zukunft würde ich richtiges Geld bekommen. Was sollte ich damit anfangen? Mir eine eigene Cessna 182 kaufen? Ein Haus an der Corniche erwerben? Meine Kinder nach Broadhill schicken? Auf jeden Fall würde es mein Leben verändern. Ich wäre ein wohlhabender Mann, wie Tony Jourdan. Irgendwie konnte ich mir das, trotz meines Ehrgeizes, nicht vorstellen.

Mir wurde klar, dass mir das Geld wenig im Hinblick darauf bedeutete, was ich mir dafür kaufen konnte. Aber die Gewissheit, es verdient zu haben, war mir schon sehr wichtig.

Nicht nur mir. Auf allen Gesichtern lag ein Lächeln. Jeder hatte einen Anteil an der Firma, jeder würde verdienen. Aber es lag noch viel Arbeit vor uns, daher blieb keine Zeit zum Feiern. Angesichts der ganzen unterdrückten Erregung schien die Firma zu vibrieren. Wir arbeiteten sechzehn Stunden am Tag und schienen nie müde zu werden.

Zu meiner Erleichterung ließ sich Owen nicht blicken.

Der Börsengang verlangte ungeheuer viele Vorarbeiten, was insbesondere die Buchhaltungssysteme und die juristischen Unterlagen betraf. Es galt, einen Prospekt zu schreiben, zu überprüfen und nochmals zu überprüfen. Ein Großteil dieser Arbeit fiel in mein

Ressort. Dabei war mir Mel eine große Hilfe. Wir verbrachten lange Abende zusammen, an denen wir alle unklaren Punkte noch einmal durchgingen.

Mein Vater rief an und schlug ein Lunch bei Seetings vor. Die letzten beiden Male hatte ich ihn abgewimmelt, deshalb sagte ich dieses Mal zu. Und ich hatte ja auch frohe Kunde für ihn.

Das *Dot-Com*-Fieber hatte sich bis ins tiefste Northamptonshire herumgesprochen. Sogar der *Daily Telegraph* überschlug sich vor Begeisterung. Daher brannte mein Vater darauf, von mir zu hören, wie sich Ninetyminutes machte.

»Sieht so aus, als würden wir Ende des Monats an die Börse gehen«, sagte ich.

»Nein! Ihr seid doch erst ein Jahr im Geschäft.«

»Ich weiß. Es ist absurd, nicht wahr?«

»Mir war gar nicht klar, dass ihr schon in der Gewinnzone seid.«

»Sind wir auch nicht.«

Mein Vater schüttelte den Kopf. »Der Markt ist verrückt«, sagte er, während er sein in der Schale angerichtetes Krebsfleisch in Angriff nahm, konnte sich ein leises Lächeln aber nicht verkneifen.

»Er ist verrückt, aber ich beklage mich nicht.«

»Also … na ja, wie viel …?«

»… wie viel dein Anteil wert sein wird?«

»Äh, ja. Das würde mich interessieren.«

»Wenn die Aktien wirklich so bewertet werden, wie die Banker es annehmen, rund neunhunderttausend Pfund.«

Mein Vater verschluckte sich an einem Stück Krebsfleisch. Er hustete, bekam ein rotes Gesicht und nahm einen verzweifelten Schluck aus seinem Guinness-Krug. Schließlich erholte er sich wieder. »Habe ich richtig gehört?«

»Hast du.«

Ein breites Grinsen erschien auf seinem Gesicht. »Gut gemacht, David. Gut gemacht.«

Auch ich konnte mir jetzt ein Lächeln nicht verkneifen. Ich war stolz, mich des Vertrauens meines Vaters würdig erwiesen zu haben. Was ihn so begeisterte, war nicht nur das Geld, sondern die Tatsache, dass sein Sohn es für ihn verdient hatte. Ich erzählte ihm nicht, dass der Wert meines eigenen Anteils auf knapp zehn Millionen Pfund klettern würde.

»Vergiss nicht: Du kannst das Fell erst verteilen, wenn der Bär erlegt ist«, warnte ich ihn. »Geld hast du erst, wenn du die Aktien verkaufen kannst. Vor allem kannst du es erst dann ausgeben.«

»Natürlich«, sagte mein Vater. »Sehr schön. Nun ist es wohl an der Zeit, dass ich deiner Mutter reinen Wein einschenke.«

»Hast du ihr noch nichts gesagt?«

»Nein.« Er sah ein bisschen verlegen aus. »Sie wäre nicht einverstanden gewesen. Aber jetzt bleibt ihr wohl nichts anderes übrig, oder?«

»Vermutlich nicht.«

Als ich in die Firma zurückkam, herrschte allgemeine Panik. Offensichtlich war eine technische Panne aufgetreten. Alle hatten sich um Sanjays Schreibtisch versammelt und schauten ihm ängstlich auf die Finger, die hektisch über die Tastatur flogen, während er sich an den Umstehenden vorbei mit seinen Leuten zu verständigen versuchte.

»Was ist los?«, fragte ich Ingrid.

»Goaldigger ist von einem Virus befallen.«

Die *goaldigger.com*-Website war einer unserer größten Konkurrenten. Sie war schon ein Jahr länger online als wir und hatte mehr Besucher, aber wir holten rasch auf.

»Von was für einem Virus?«

»Es werden E-Mails an alle bei Goaldigger registrierten Benutzer gesendet. Hier.«

Sie gab mir den Ausdruck einer E-Mail. Es war an Gaz adressiert, der sich vermutlich über die Konkurrenz auf dem Laufenden hielt.

Viruswarnung
Wir möchten Sie darauf hinweisen, dass im System von goaldigger.com ein Virus entdeckt wurde. Möglicherweise ist er in der Lage, in die Rechner von registrierten Goaldigger-Benutzern einzudringen, private Informationen herunterzuladen oder sogar

die Festplatten der Kunden zu schädigen. Die Kunden werden gebeten, sich nicht in die Goaldigger-Website einzuloggen oder E-Mails von Goaldigger zu öffnen. Wir möchten uns bei allen Kunden entschuldigen, die durch diesen Virus wichtige persönliche Daten verloren haben.
Das Goaldigger-Team

»Klingt merkwürdig«, sagte ich.

»Ist es auch. Das ist ein Schwindel.«

»Du meinst, es gibt keinen Virus?«

»Doch, es gibt einen. Aber einen ganz einfachen. Er sendet diese E-Mails an alle Goaldigger-Kunden und schreckt sie von weiteren Besuchen der Site ab. Die Goaldigger-Leute werden Wochen brauchen, um diesen Imageschaden zu beseitigen, wenn es ihnen überhaupt jemals gelingt.«

»Was für ein Jammer!«, sagte ich ironisch. Die unbarmherzige Wahrheit war, dass schlechte Nachrichten für Goaldigger gute Nachrichten für Ninetyminutes waren.

Ingrid sah gar nicht belustigt aus. »Wenn das jemand mit Goaldigger angestellt hat, kann er das demnächst auch mit uns machen. Guy möchte sichergehen, dass wir nicht verwundbar sind.«

»Aber wir haben doch Firewalls, Virenschutzprogramme und das ganze Zeug?«

»Ja, aber das hatten die vermutlich auch.«

Sanjay war sich ziemlich sicher, dass wir gegen einen ähnlichen Angriff geschützt waren, aber er überprüfte unser System in den nächsten Tagen ständig. Goaldigger versuchte, seine Kunden davon zu überzeugen, dass es sich nur um einen Schwindel handelte, aber es konnte kein Zweifel daran bestehen, dass der Vorfall der Firma großen Schaden zugefügt hatte. Der Täter wurde nicht gefunden.

Guy, Ingrid und ich beschlossen, uns einen Abend freizunehmen und die *First-Tuesday*-Veranstaltung im März zu besuchen. Man hatte uns eingeladen. In der Internet-Welt waren wir schon eine Erfolgsstory, bevor wir unseren ersten Gewinn zu verzeichnen hatten. Die Veranstaltung fand im Zuschauerraum eines Theaters statt, das extra für dieses Ereignis angemietet worden war. Wir mussten Schlange stehen, um hineinzukommen, und wurden von einem Höllenlärm empfangen, als wir drin waren. Aber ich fühlte mich ganz anders als beim letzten Mal: sehr viel sicherer in Bezug auf uns und unser Tun. Wie letztes Mal waren Hunderte von eifrigen Unternehmern mit ihren Ideen erschienen. Doch jetzt waren noch mehr unausgegorene Ideen dabei. Totgeburten. Man sah auch eine neue Art von Venture-Kapitalisten durch den Raum schlendern: die »Inkubatoren«. Junge Männer und Frauen, die Geld aufgenommen hatten, um es in Internet-Firmen zu investieren, die sich noch in der frühesten Phase befanden – vergleichbar Ninetyminutes' Wapping-Stadium. Die Inkubatoren wirkten kaum gefestigter als die Unternehmen, in die sie investierten, aber irgendwie waren sie an viel Geld herangekommen und warfen nun damit um sich. Neben ihnen wirkte der dreißigjährige Henry Broughton-Jones wie ein Dinosaurier.

Jeder hatte die eine oder andere Erfolgsstory auf Lager, aber vor allem führten alle die Geschichte von *lastminute.com* im Mund. Chefin war die Frau, die ich bei meinem ersten *First Tuesday* getroffen hatte. Die Website vertrieb Last-Minute-Tickets für alles Mögliche – von Reisen über Theatervorstellungen bis zu Sportereignissen. Das Unternehmen befand sich mitten im Börsengang, und die Anleger rissen einander die Aktien aus den Händen. Der Ausgabekurs war schon wieder erhöht worden, sodass die Bewertung des Unternehmens jetzt bei fünfhundert Millionen Pfund lag. Jeder der Versammelten wollte genauso erfolgreich sein wie Lastminute, und die meisten glaubten, sie könnten es. Sogar ich, wie ich gestehen muss.

Nachdem wir uns das Gerede zwei Stunden lang angehört hatten, trafen wir uns wieder.

»Was für ein Affentheater«, sagte Ingrid.

»Hast du schon mal solche Idioten gesehen?«, fragte Guy.

»Genau da waren wir vor neun Monaten auch«, sagte ich. »Damals dachte ich nicht, dass die Firma eine Zukunft hätte. Hatte sie aber. Und sie ist gewachsen. Lastminute ist jetzt fünfhundert Millionen wert. Wir hundertachtzig Millionen. Das ist wirklich eine New Economy, ein Neuer Markt.«

»Hab ich dir damals doch gesagt, Davo, oder nicht?«, sagte Guy. »Du hättest mir vertrauen sollen!«

»Hab ich das nicht?«

»Doch, das hast du.« Guy lächelte mich an. Dann blickte er auf das Gewühl um sich herum. »Ich wünschte, Dad könnte das hier sehen.«

»Er wäre stolz auf dich«, sagte ich. Tatsächlich wäre er wohl eher neidisch, dachte ich, verkniff mir aber eine entsprechende Bemerkung. Ich wollte auch keine Fragen mehr zu seinem Tod stellen. Ich hatte genug Fragen gestellt und mehr herausgefunden, als mir lieb war. Obwohl ich noch immer nicht wusste, wer Tony umgebracht hatte, war ich von Guys Unschuld überzeugt. Owen war fort, und ich hatte mir vorgenommen, dass mir das genügen müsse. Wenn Guy seinem Vater gegenüber so freundliche Gefühle hegen konnte, war das ansonsten eine gute Sache.

Wir verließen das Gedränge und trennten uns. Ich bog in eine Seitenstraße und hielt nach einem Taxi Ausschau. Guy und Ingrid gingen in die andere Richtung. Nachdem ich an einer Ecke längere Zeit vergeblich gewartet hatte, ging ich zurück, in der Hoffnung, dort eher ein Taxi zu ergattern.

Sie standen zusammen auf dem Bürgersteig und warteten auch auf ein Taxi. Sie standen sehr dicht zusammen. Es sah aus, als hätte Guy einen Arm um Ingrids Taille gelegt. Ingrids Lachen drang bis zu mir in die Seitenstraße.

Ohne mich zu bewegen, beobachtete ich sie. Sie sahen mich nicht. Plötzlich fröstelte ich. Die angenehme Wärme, die der Internet-Erfolg in meinem Inneren verbreitet hatte, war verflogen.

Ich machte auf dem Absatz kehrt und ging den ganzen Weg nach Hause zu Fuß.

In dieser Nacht fand ich wenig Schlaf. Am nächsten Morgen fragte ich Ingrid, ob sie Lust habe, einen Kaffee mit mir zu trinken. Sie war einverstanden, und wir gingen in das Café um die Ecke.

»Ich frage mich, wie viele von den Leuten, die da gestern Abend waren, tatsächlich genügend Geld auftreiben«, sagte sie, als wir auf die Straße traten.

»Nicht allzu viele«, sagte ich mitleidslos.

»Ich habe einen Typen von QXL getroffen, diesem Online-Auktionshaus. Kennst du das?«

Ich grunzte, woraufhin Ingrid fortfuhr: »Eine erstaunliche Geschichte. Im Oktober sind sie mit einer Marktkapitalisierung von zweihundertfünfzig Millionen an die Börse gegangen, und jetzt sind sie fast zwei *Milliarden* wert. Kannst du dir das vorstellen? Ich wusste, dass sie gut verdienen. Aber so gut? Und nur damit, dass sie Krimskrams übers Internet verkaufen?«

Wieder grunzte ich. Wir betraten das Café und bestellten.

»Also los, raus mit der Sprache«, sagte sie, als wir uns mit unseren Cappuccinos setzten. »Irgendwas bedrückt dich, und du willst mit mir darüber reden. Nach deinem Aussehen zu urteilen, muss es dir ja ziemlich zu schaffen machen.«

»Ach, eigentlich ist nichts.«

»Komm schon, was ist los?«

Ich blickte ihr in die Augen. »Schläfst du mit Guy?«

Ingrid wirkte ehrlich betroffen. Sie setzte ihre Tasse ab. »Ob ich was tue?«

»Du hast mich genau verstanden.«

»Nein. Nein, tue ich nicht.«

»Es ist nur, weil ich dich gestern Abend gesehen habe.«

»Ich habe dich auch gesehen«, erwiderte sie verständnislos.

»Ich meine, ich habe euch gesehen. Zusammen. Wie ihr euch ein Taxi genommen habt. Zusammen.«

»Na und? Ich hab eins genommen und er ein anderes.«

»Aha«, sagte ich.

»Glaubst du mir nicht?« Sie klang drohend und gab mir damit zu verstehen, dass ich ihre Ehrlichkeit besser nicht in Frage stellte.

»Doch. Doch, natürlich. Es ist nur, weil er den Arm um dich gelegt hatte. Ihr schient euch so gut zu verstehen. Ich habe Guy schon mit vielen Frauen erlebt und weiß, was passiert.«

»Ich habe gesagt, wir sind mit verschiedenen Taxis nach Hause gefahren.« Sie wurde allmählich wütend.

»Okay, okay.« Ich hob beruhigend die Hände. »Es geht mich ja auch nichts an.«

»Wohl wahr«, murmelte Ingrid. Sie trank den Rest ihres Cappuccinos und blickte auf die Uhr. »Gut, wenn das alles war, sollten wir uns jetzt wieder an die Arbeit machen.«

Unser Börsengang rückte näher. Der Einführungskurs von Lastminute-Aktien lag bei dreihundertachtzig Pence. Am ersten Handelstag trieben verzweifelte Anleger den Preis auf fünfhundertfünfzig Pence hoch. Mit anderen Worten, Lastminute stieg auf einen Wert von mehr als achthundert Millionen Pfund.

Ich sprach mit Bloomfield Weiss. Sie sagten, eine Bewertung von zweihundert Millionen Pfund für Ninetyminutes sei jetzt absolut machbar, wenn der Boom anhalte. Wir würden klarer sehen, wenn in der nächsten Woche die Kampagne beginne.

Dann bekam Guy einen Anruf von Derek Silverman. Er habe gerade mit Jay Madden gesprochen, dem Leiter des Fernsehsenders Champion Starsat Sports. Madden wolle Guy am folgenden Tag treffen. Er habe ihm einen Vorschlag zu unterbreiten.

Das konnte nur eines bedeuten.

Wir trafen uns im Savoy zum Frühstück. Guy bestand darauf, dass ich mitkam, wofür ich ihm dankbar war. Jay Madden war ein vierzigjähriger Südafrikaner mit amerikanischem Akzent und ebensolchem Geschäftsgebaren. Zunächst plauderte er mit uns über Chelseas Abschneiden in der Premier League. Ein guter Schachzug. Er wollte uns zeigen, dass er sich im englischen Fußball auskannte, obwohl er Südafrikaner war. Dann kam er auf Champion Starsats Strategie zu sprechen. Im Prinzip wollten sie den Sport im Fernsehen beherrschen, besonders den Fußball. Was den Fernsehmarkt anging, waren sie damit schon weit gediehen, im Internet steckten sie jedoch noch in den Kinderschuhen. Das kümmerte Jay nicht: Er war sich sicher, dass er viel Zeit hatte. Er konnte entweder eine eigene Site aufbauen oder sich eine kaufen. Uns zum Beispiel.

Ich spürte, wie sich mein Puls beschleunigte. Hier ging es um echtes Geld, Big Money.

»Wie viel?«, fragte Guy einfach und biss in sein Croissant.

»Hundertfünfzig Millionen Pfund«, sagte Jay.

»Bar oder Aktien?«

»Aktien. Mit einer Sperrklausel. Wir wollen das Team zusammenhalten.«

»Nicht genug«, erwiderte Guy sofort. »Nächsten Monat beim Börsengang können wir zweihundertfünfzig Millionen kriegen.«

»Ich will heute morgen nicht mit Ihnen feilschen«, sagte Jay. »Das können wir nächste Woche machen. Was halten Sie grundsätzlich von der Idee?«

Guy aß sein Croissant. Biss noch einmal hinein. Eine wichtige Entscheidung. Dafür würde er vielleicht das ganze Croissant brauchen.

»Nein«, sagte er schließlich.

»Nein? Einfach so?« Madden sah enttäuscht aus.

»Ninetyminutes kommt in seiner gegenwärtigen Form sehr gut zurecht. Es gibt durchaus die Möglichkeit, den europäischen Markt mit einer unabhängigen Fußball-Site zu beherrschen. Das werden wir sein, und die Börse wird es zu honorieren wissen. Mit einem Wert, der sehr viel höher liegen wird als hundertfünfzig Millionen Pfund.«

»Aber wir können Ihnen alles geben, was Sie brauchen«, sagte Madden. »Geld für die Expansion, viele Werbeträger, Kontakte zu den Vereinen und Verbänden.«

»Klar, das wäre hervorragend«, sagte Guy. »Und ich habe auch keine Lust, Sie als Konkurrenten zu bekommen. Doch ich habe Ninetyminutes nicht gegründet, um für Champion Starsat zu arbeiten. Und Champion Starsat wäre für die Leute kein Grund, unsere Site zu besuchen.«

»Sind Sie sicher, dass es nicht einfach ums Geld geht?«, fragte Madden.

»Ganz sicher«, sagte Guy.

Madden ließ sich sein Würstchen schmecken. »Wir werden kein angenehmer Konkurrent für Sie sein.«

»Ich weiß«, sagte Guy und blickte ihn unverwandt an. Auf diese Weise versuchte er ihm zu signalisieren, dass er keine Angst vor ihm hatte.

»Wir könnten Sie sehr reich machen.«

»Ich habe vor, auch so sehr reich zu werden«, entgegnete Guy.

Er goss sich noch etwas Kaffee ein. »Glauben Sie, Arsenal wird United in der Liga noch abfangen?«

Bei Ninetyminutes wurden wir vom Vorstand erwartet: Derek Silverman, Henry Broughton-Jones und Ingrid. Guy berichtete ihnen von Jay Maddens Vorschlag.

»Donnerwetter«, sagte Henry.

»Du hast versucht, den Preis in die Höhe zu treiben, nicht wahr?«, fragte ich.

»Nein«, sagte Guy. »Ich habe genau das gemeint, was ich gesagt habe. Ich glaube, wir sollten unabhängig bleiben.«

»Aber hundertfünfzig Millionen!«, sagte ich. »Das können wir nicht ausschlagen.«

»Es wäre in Champion-Starsat-Aktien, vergessen Sie das nicht«, sagte Silverman.

»Besser als Ninetyminutes-Aktien, wenn ich ehrlich sein soll.«

»Alles, was wir tun, beruht auf dem Prinzip der Unabhängigkeit«, sagte Guy. »Unsere Beziehung zu den Vereinen, zu den Internet-Partnern, unsere redaktionelle Linie. Nur so können wir Erfolg haben. Natürlich wird Champion Starsat eine tolle Site haben, die vielen gefallen wird. Ebenso die BBC. Doch unsere wird besser sein.«

»Aber mit ihrem Geld könnten wir unsere Site noch besser machen«, sagte ich.

»Hör auf, den Wirtschaftsprüfer zu spielen, Davo.«

»Das ist nicht fair.«

»Ich will Ninetyminutes zur Nummer eins in Europa machen. Wir haben es schon fast geschafft. Und wenn wir es geschafft haben, Henry«, er blickte den Venture-Kapitalisten an, »sind wir viel mehr als hundertundfünfzig Millionen Pfund wert.«

»Das war das erste Angebot von Champion Starsat«, sagte ich. »Sie werden höher gehen.«

»Der Aktienmarkt auch. Erzähl uns, von welcher Bewertung Bloomfield Weiss ausgeht, Davo.«

»Zweihundert Millionen«, sagte ich widerwillig. »Vielleicht zweihundertfünfzig.«

»Und der Wert wird nach dem Börsengang in die Höhe schießen«, sagte Guy zuversichtlich. »Halten Sie durch, Henry, und ich sorge für richtiges Geld.«

»Hundertfünfzig Millionen Pfund sind richtiges Geld«, sagte ich. Ich wurde gerade ausmanövriert, und das gefiel mir nicht. Trotz des Hypes konnte ich noch immer nicht glauben, dass Ninetyminutes auch nur zwanzig Millionen Pfund wert sein könnte, von zweihundert gar nicht zu reden. Mich ärgerte, dass Guy Recht hatte: Ich war ein Wirtschaftsprüfer. Die Zahlen stimmten einfach nicht. Uns bot sich die großartige Gelegenheit, unter günstigsten Umständen auszusteigen.

»Schauen wir doch einmal, wie die Meinungen verteilt sind«, sagte Silverman in seiner Eigenschaft als Vorsitzender. »Wer ist dafür, dass wir mit Champion Starsat verhandeln? Ich nehme an, Sie sind dagegen, Guy?«

»Absolut richtig.«

»Und David?«

»Dafür.«

»Henry?«

Henry Broughton-Jones zögerte. Er lächelte. Man konnte die Gier in seinen Augen sehen. Er wollte mehr, ich erkannte, dass er mehr wollte, und Guy versprach es ihm

»Ich glaube, wir sollten nicht weiter verhandeln«, sagte er. »Ich habe ein sehr gutes Gefühl bei Ninetyminutes. Wir würden praktisch verkaufen, bevor das Unternehmen richtig abhebt.«

»Ingrid?«

Hoffnungsvoll sah ich Ingrid an. Ich wusste, dass sie über eine gute Portion gesunden Menschenverstand verfügte. Zwar war mir klar, dass ich in der Abstimmung den Kürzeren ziehen würde, aber es wäre nett gewesen, sie an meiner Seite zu wissen.

»Ich stimme Guy zu«, sagte sie. »Wenn wir unabhängig bleiben, kriegen wir unter Umständen eine höhere Bewertung. Im Übrigen gefällt mir das Unternehmen so, wie es ist. Ich habe keine Lust, für Champion Starsat zu arbeiten.«

Ich war enttäuscht. Warum unterstützte Ingrid Guy und nicht mich? Lag es daran, dass sie …? Schluss damit, ich machte mich sonst verrückt mit diesem Gedanken. Aber musste ich nicht damit rechnen, dass in Zukunft alle Meinungsverschiedenheiten so entschieden würden, wenn Ingrid tatsächlich mit Guy schlief?

»Gut«, sagte Silverman. »Ich für meinen Teil denke, es gibt einen Preis für alles, selbst für Ninetyminutes. Aber wenn der leitende Direktor und der wichtigste Kapitalgeber nicht verkaufen wollen, dann ist die Sache für mich klar. Ich sage Jay Bescheid.«

»Wenn sie eine Website starten, machen wir sie fertig«, sagte Guy und rieb sich die Hände.

Ich verließ den Raum mit einem unguten Gefühl.

31

Die Seifenblase platzte.

Wir merkten es nicht sofort. Zunächst sah es aus wie eine vorübergehende Korrektur, eine Atempause, in der der Markt neue Kräfte sammelte, um anschließend seinen Höhenflug fortzusetzen. Wenige Tage nach der Emission fielen die Lastminute-Aktien unter drei Pfund, weit unter den Ausgabekurs. Tausende von Anlegern saßen auf Verlusten. NASDAQ, die amerikanische Hightech-Börse, fiel im Laufe des Monats ununterbrochen.

Guy und ich bekamen davon nichts mit, und obwohl es den Leuten bei Bloomfield Weiss nicht entgangen sein dürfte, ließen sie uns im Unklaren. Zumindest anfangs. Wir begaben uns auf unsere PR-Rundreise. Amsterdam lief gut, Paris auch, und in Frankfurt prügelten sich die Fonds-Manager fast um uns. Mit unserer Werbeagentur hatten wir die Präsentationen bis zum Umfallen geübt. In seiner unnachahmlichen Weise beschwor Guy die strahlende Zukunft von Ninetyminutes herauf, während ich über meinen Schatten sprang und mich als der Zuverlässige, die ehrliche Haut, präsentierte. Sanjay stand für technische Informationen bereit. Aus den Fragen ging hervor, dass nicht alle potenziellen Anleger die komplizierten Verhältnisse des Internets verstanden, aber die meisten hatten Ahnung von Fußball. Und die meisten wussten – oder glaubten zu wissen –, dass man einfach Geld verdienen muss, wenn man Aktien in einem Markt kauft, der unablässig nach oben geht.

Müde, aber euphorisch trafen wir im kalten, grauen Edinburgh ein. Wir begannen, nicht nur unsere eigene Geschichte, sondern auch die von Bloomfield Weiss zu glauben.

In Schottland liefen die Dinge nicht mehr so glatt. Wir frühstückten im Caledonian Hotel mit einigen Großanlegern, die uns knallhart und ziemlich hämisch fragten, wann wir denn endlich gedächten, Gewinne zu machen. Im Laufe des Tages wurden die Fragen immer unangenehmer. Für mich war die Situation besonders heikel, weil ich die Fragen meist ziemlich berechtigt fand. Wie konnte ein Unternehmen, das es noch keine zwölf Monate gab und das kein Geld verdiente, zweihundert Millionen Pfund wert sein? Gute Frage.

Unser glatter Bloomfield-Weiss-Banker sah besorgt aus. Das hatte nicht nur eine Vertiefung der Stirnfalten zur Folge, sondern auch mutlos zusammengezogene Schultern und ein auffälliges Fluchtverhalten – er hatte die Tendenz, in jeder Pause hinauszuhuschen und einen Anruf auf dem Handy zu tätigen. Ich war erstaunt, wie sehr er dieses Verhalten während der wenigen Minuten seiner Präsentation ablegte und nichts als Zuversicht und Begeisterung bezüglich der Zukunft von Ninetyminutes auszustrahlen vermochte.

Sogar Guy bemerkte den Stimmungswechsel und zog den Banker nach der letzten Nachmittagssitzung beiseite. »Was geht hier vor?«, fragte er.

»Die Fonds-Manager in Edinburgh sind immer schwierig. Dafür sind sie bekannt. Sie versuchen einfach, ihrem Ruf als geizige Schotten gerecht zu werden.«

»Erzählen Sie keinen Quatsch. Da steckt mehr dahinter.« Der Banker seufzte. »Möglich. Der Markt kränkelt etwas. Lastminute ist gestern schon wieder um zwanzig Pence gefallen, und auch NASDAQ ist weiter in den Keller gerutscht. Haben Sie die *Financial Times* von gestern gelesen?«

»Nein.«

Der Banker reichte sie ihm. Lauter Artikel über Anleger, die durch den Kurssturz von Lastminute Verluste erlitten hatten. Über Fonds-Manager, die sich über die Gier der Investmentbanken ärgerten. Über Unternehmen, die eigentlich im April an die Börse gehen wollten, aber nun lieber abwarteten. Und am allerschlimmsten: ein Artikel über uns. Laut *Lex*, einer Kolumne auf der letzten Seite der *Financial Times*, waren wir ein viel versprechendes Unternehmen, das aber mit zweihundert Millionen Pfund viel zu hoch bewertet war.

Die Schotten hatten die Zeitung gelesen. Sie fanden keinen Gefallen mehr an uns.

»Warum haben Sie uns das nicht vorher gezeigt?«, fragte ich, ärgerlich, weil ich mir die *FT* am Morgen nicht selbst gekauft hatte.

»Ich wollte warten, bis Sie Ihre Präsentation absolviert haben«, sagte der Banker. »Um Ihr Selbstvertrauen nicht zu beeinträchtigen. Bei diesen Kampagnen ist Selbstvertrauen alles.«

»Also, was tun wir jetzt?«

Die Falten gruben sich noch tiefer in die Stirn des Bankers. »Wir machen weiter. Wir kriegen sie noch rum, Sie werden sehen.«

Als wir ins Hotel zurückkamen, legten Guy und ich einen kurzen Halt an der Bar ein. Der Banker eilte davon, um weitere Anrufe zu erledigen. Die Euphorie der letzten Tage hatte sich verflüchtigt: Wir waren müde und besorgt.

Der Banker kam zurück. »Leider schlechte Nachrichten.«

»Was für welche?«, fragte Guy finster.

»Ich habe gerade mit der Zentrale in London gesprochen. Sie meinen, dass sie die Emission nicht durchführen können.«

»Was soll das heißen?«

»Wir blasen das Ganze ab.«

»Das ist nicht Ihr Ernst. Das können Sie doch nicht machen!«

»Wenn wir keine Aktien verkaufen können, ist das Ganze sinnlos.«

»Aber wir brauchen das Geld! Sie haben uns Geld versprochen. Sie haben uns zugesagt, dass wir vierzig Millionen Pfund bekommen.«

»Diese Prognose war zu dem Zeitpunkt gerechtfertigt, als wir sie abgegeben haben. Doch die Marktbedingungen haben sich geändert. Wenn wir das Geschäft jetzt durchziehen, wird es ein öffentlicher Flop. Und das wäre schlecht für uns alle.«

»Aber die Deutschen haben uns aus der Hand gefressen.«

»Ich habe mit Frankfurt telefoniert. Sie haben kalte Füße bekommen. Und das Problem mit den Deutschen ist, dass sie immer alle zusammen kalte Füße bekommen.«

»Was tun wir jetzt?«, fragte ich.

»Wir warten ab. Das ist nur eine vorübergehende Schwächeperiode. Jeder Hausse-Markt legt mal eine Atempause ein. In der Rückschau wird man erkennen, dass es eine große Kaufchance war.

Im April sieht die Sache schon wieder ganz anders aus, glauben Sie mir.«

»Das schmeckt mir nicht«, sagte Guy. »Das schmeckt mir überhaupt nicht.«

»Mir auch nicht«, sagte der Banker.

»Haben wir eine Wahl?«, fragte ich.

»Leider nicht.«

Guy blickte mich an. Dann wandte er sich an den Barkeeper. »Zwei Bier«, sagte er.

Der Banker überließ uns unseren Bieren.

Wir mussten alles vertagen, bis wir wussten, was aus dem Börsengang wurde. Die Ungewissheit war von großem Nachteil für das Geschäft und für Guys Gemütsverfassung. Wir verfolgten gebannt den Aktienmarkt. Im April sah tatsächlich alles anders aus: Aus dem Abrutschen des NASDAQ war freier Fall geworden. Am vierzehnten April verlor er an einem Tag zehn Prozent und lag damit um vierunddreißig Prozent unter dem Stand vom März, der inzwischen als historisches Hoch galt. Die Aktien von Lastminute waren jetzt unter zwei Pfund gefallen. Wichtiger noch: Die Gründer hatten sich in einem Monat von Helden zu Hassfiguren gewandelt. Die Spekulanten, die sich fast umgebracht hatten, um sich mit Lastminute-Aktien einzudecken, würden sich mit unseren Papieren sicher nicht noch einmal die Finger verbrennen wollen.

Plötzlich waren die B2C-Websites aus der Mode; jeder wollte B2B. B2C hieß Business-to-Consumer, also direkte Online-Geschäftsbeziehungen zwischen Firmen und Endverbrauchern, B2B war Business-to-Business, also Online-Geschäftsbeziehungen zwischen Firmen oder Händlern. Ninetyminutes war B2C.

Am folgenden Montag riet uns Bloomfield Weiss, den Börsengang noch zwei Monate aufzuschieben, bis die Märkte sich erholt hätten. Es handelte sich um einen Ratschlag jener Art, bei der man keine andere Wahl hat als anzunehmen.

Damit hatten wir ein Problem. Wir hatten große Pläne, aber kein Geld, um sie zu finanzieren. Guy und Owen konnten ein bisschen helfen. Durch die Auflösung des väterlichen Vermögens hatte jeder von ihnen eine Million Pfund erhalten, aber das reichte nicht weit, wir hatten mit vierzig gerechnet. Also suchten Guy und ich Henry auf.

Er begüßte uns freundlich in seinem Büro in Mayfair. Doch trotz seines Lächelns stand eine steile Falte auf seiner Stirn. Er war nervös. Kein gutes Zeichen.

Henry hatte an den Verhandlungen mit Bloomfield Weiss über die Verschiebung des Börsengangs teilgenommen und wusste, dass wir Geld brauchten. Trotzdem legte ich ihm unsere finanzielle Situation in allen Einzelheiten dar und berichtete ihm von dem Rat, den wir von Bloomfield Weiss erhalten hatten. Ich erläuterte ihm die Prognosen für die nächsten sechs Monate, die schon die Einsparungen berücksichtigten, die ich Guy abgerungen hatte. Wir brauchten zehn Millionen, um über den Oktober zu kommen. Dann war der Börsengang vorgesehen.

Henry hörte aufmerksam zu. Als ich fertig war, fuhr er sich durchs schüttere Haar. »Leider habe ich eine schlechte Nachricht«, sagte er. »Die Antwort lautet nein.«

»Was?«, rief Guy aus.

»Ich sollte das wohl erklären.«

»Das sollten Sie in der Tat.«

»Wir hatten gestern eine Besprechung, auf der wir die neuesten Markttrends erörtert haben. Wir glauben, es hat ein grundlegender Wandel stattgefunden. In schlechten Zeiten wie diesen neigen Venture-Kapital-Gesellschaften dazu, gutes Geld schlechtem hinterherzuwerfen. Den Fehler wollen wir vermeiden. Die Botschaft an alle Unternehmen, an denen wir beteiligt sind, lautet also: Haltet euer Geld zusammen. Von uns bekommt ihr keines mehr.«

»Aber das ist absurd! Wenn Sie uns keine Mittel geben, sind wir bankrott. Und wenn Sie uns welche geben, verdienen Sie mindestens hundert Millionen Pfund.«

»Und wenn sich der Aktienmarkt im Laufe des Sommers nicht erholt? Was ist dann? Sollen wir dann noch mal zehn Millionen hineinbuttern?«

Guy zwang sich zur Ruhe. »Das Geschäft läuft genau so, wie wir prophezeit haben. Besser sogar. Unsere Sites in Deutschland und

Frankreich sind ein Renner. Ich würde mich nicht wundern, wenn Deutschland im nächsten Jahr Großbritannien überholen würde. Die Besucherzahlen steigen nach wie vor, letzten Monat sind wir über die Vierzig-Millionen-Grenze gesprungen. Der Verkauf ist noch ein Verlustgeschäft, aber unsere eigene Marke läuft gut. Gehen Sie irgendwo in England eine Straße entlang, und Sie sehen Leute T-Shirts und Sweatshirts mit dem *ninetyminutes.com*-Logo tragen. Unsere Marke wird zum Begriff, Henry. Und gute Marken, die viele hundert Millionen wert sind, kann man nur mit Geld aufbauen.«

»Ich weiß, aber ich kann Ihnen nichts geben. Firmenpolitik, sorry.« Henry blickte mich an. »Tut mir wirklich Leid, David. Ich verstehe das alles. Ich habe mich für euch eingesetzt, glaub mir. Doch wir sind eine Partnerschaft, und ich muss mich an die Entscheidungen der Partnerschaft halten. Kein Geld mehr.«

»Lassen Sie mich mit Ihren Partnern sprechen«, sagte Guy. »Ich überzeuge sie.«

»Sinnlos«, sagte Henry, und seine Stimme kühlte sich merklich ab.

»Geben Sie mir die Möglichkeit, am Telefon mit ihnen zu reden.«

Ich legte Guy die Hand auf den Arm, um ihn zu beruhigen. Henry war unser Verbündeter bei Orchestra. Wenn wir ihn übergingen, hatten wir nicht die geringste Chance, das zu bekommen, was wir haben wollten. »Also, was schlägst du vor?«, fragte ich ihn.

Henry hob die Hände. »Was soll ich sagen? Die Welt hat sich verändert. Leichtes Geld gibt es nicht mehr. Schnallt den Gürtel enger. Spart Geld. Macht Gewinne.«

»Aber das heißt, dass wir in dem Augenblick in die Bremsen gehen, wo wir im Begriff sind, die Führung zu übernehmen«, sagte Guy. »Das hier ist ein Rennen. Wenn wir abbremsen, verlieren wir.«

Wir hatten also ein echtes Problem, daher setzten Guy und ich uns hin, um nach einem Ausweg zu suchen. Im Grunde gab es keine andere Möglichkeit, als kleinere Brötchen zu backen. Die Werbekampagne sofort abzubrechen. Alle Personaleinstellungen zu beenden. Die Entwicklung des WAP-Unternehmens in Helsinki einzuschränken. Die Pläne für die Büros in Barcelona, Mailand und Stockholm aufzuschieben. Und zu versuchen, den Verkaufsexpress zu verlangsamen, der mit Volldampf unterwegs war und uns das Geld waggonweise entführte.

Wir informierten das Team. Sie hatten schon so viel erlebt, dass sie auch dieser Schlag nicht erschüttern konnte. Um neunzehn Uhr verzogen sich alle, um bei Smiths eine »Schlechte-Zeiten-Party« zu feiern.

Guy steckte es nicht so gut weg. Im März hatte er sich in absoluter Hochstimmung befunden. Als er sah, wie gut sich Lastminute machte, hatte er die feste Überzeugung gewonnen, Ninetyminutes könne noch besser abschneiden. Unserer Meinung nach war Ninetyminutes bereits die beste Fußball-Site im Internet. Diese Tatsache sollte in wenigen Wochen zu Buche schlagen und uns Geld in rauen Mengen bringen. Guy nahm das als gegebene Tatsache hin und dachte bereits darüber nach, wie er es ausgeben wollte. Jetzt musste er nicht nur die Ziele niedriger stecken, sondern seine Einstellung von Grund auf ändern. Eine Kehrtwendung um 180 Grad: von der Expansion zur Effizienz, von der Wachstumsinvestition zur Kostendämpfung, vom Griff nach den Sternen zur Überlebensstrategie.

Lange nachdem die anderen zu Smiths verschwunden waren, gingen er und ich auf ein Bier hinüber ins Jerusalem.

»Wir schaffen es schon«, sagte ich. »Wir haben es bisher immer geschafft.«

»Ich denke auch. Wenn wir uns beschränken, wie du vorschlägst, kommen wir schon irgendwie zurecht«, sagte Guy. »Aber das ist ja gerade das Schlimme.«

»Wie meinst du das?«

Er zuckte mit den Achseln. »Ich wollte immer entweder einen Riesenerfolg landen oder eine spektakuläre Pleite hinlegen. Mühsam zurechtkommen, bis uns ganz allmählich das Licht ausgeht, ist das Schlimmste, was ich mir vorstellen kann. Es ist wie der Tod im Altenheim.«

»Wir müssen weitermachen.«

»Ach, hör auf, Davo. Du weißt so gut wie ich, dass alles vorbei ist, wenn wir nicht mehr wachsen. Die Konkurrenz wird davonziehen. Champion Starsat macht eine eigene Site auf und überholt uns lässig. Wir werden auf den hinteren Rängen landen.«

Mit Guys Optimismus kam man schon schwer zurecht, mit seinem Pessimismus konnte ich überhaupt nicht umgehen.

»Das kann man nie wissen«, sagte ich. »Vielleicht müssen sich die anderen auch einschränken. Vielleicht zieht der Aktienmarkt wieder an, und Bloomfield Weiss klopft erneut an unsere Tür. Wir müssen einfach weitermachen, Guy.«

»Ehrlich gesagt weiß ich nicht, ob ich muss. Du und Ingrid, ihr könntet den Laden sicherlich schmeißen. Vielleicht sollte ich einfach aufhören.«

»Das ist absurd.«

»Das hier wird wieder wie alles andere, was ich in meinem Leben versucht habe. Anfangs läuft alles wie geschmiert, aber dann entgleitet es mir. In der Schauspielschule haben sie mich für ein großes Talent gehalten. Ich sah gut aus. Nach zwei Jahren hätte ich eigentlich hervorragende Angebote bekommen müssen. Bekam ich aber nicht. Stattdessen richtete ich mich beinahe selbst zugrunde.«

»Das hier ist etwas anderes.«

»Wirklich?« Guy blickte mich zweifelnd an. »Ninetyminutes war eine großartige Idee. Ich dachte bis jetzt, ich hätte meine Sache richtig gut gemacht. Ich dachte, wir seien auf dem Weg nach oben. Und was geschieht? Ich fahre es gegen die Wand, wie alles.«

»Jedes erfolgreiche Unternehmen macht schwierige Zeiten durch«, sagte ich.

»Nicht so schwierige.«

»Ja, es ist nicht leicht. Aber glaubst du, dein Vater hätte nie solche Probleme gehabt? Und glaubst du, er hätte aufgegeben?«

»Vergleich mich nicht mit meinem Vater.«

»Warum nicht? Du tust es doch auch.«

Guy antwortete nicht.

»Er war kein Übermensch«, fuhr ich fort. »Er war einfach ein erfolgreicher Immobilienspekulant. Es gibt viele von seiner Sorte.

Natürlich hatte er eine gute Nase. Aber er war auch entschlossen. Er schmiss nicht jedes Mal alles hin, wenn die Immobilienpreise einbrachen, oder? Das konnte er nicht, denn sonst hätte er nicht überlebt.«

»Vielleicht hatte er einfach Glück.«

»Glück?« Ich schnaubte höhnisch. »Für sein Glück ist man selbst verantwortlich.«

»Na ja, es sieht jedenfalls so aus, als ob ich meins nicht in den Griff kriege.« Guy starrte in sein Bier. Ich starrte Guy an.

Schließlich hob er den Kopf und blickte mich an. Seine Augen, die gewöhnlich so strahlend und ruhig waren, wirkten unstet und zögernd. »Ich weiß nicht, was ich tue, wenn Ninetyminutes es nicht schafft.«

In diesem Augenblick begriff ich. Begriff, welch verwundbaren Kern Guy hatte. In den vielen Jahren, die wir uns kannten, hatte ich es hin und wieder geahnt. Trotz des Erfolgs, trotz der Freunde, der Beliebtheit, der Frauen, der sportlichen Fähigkeiten und des Geldes glaubte Guy nicht an sich. Ninetyminutes war sein letzter Versuch, eine feste Schutzmauer um diesen Kern zu bauen. Rund ein Jahr lang hatte es geklappt, doch nun fing die Mauer an zu bröckeln. Guy war wieder weich, verwundbar und ungeschützt.

Er konnte nur überleben, wenn Ninetyminutes Erfolg hatte.

Guy sah mich an. Er wusste, dass ich es wusste.

Als ich nach Hause kam, öffnete ich noch eine Bierflasche und ließ mich in einen Sessel fallen. Ich hatte Mühe, mich nicht von Guys Verzweiflung anstecken zu lassen.

Meine Augen ruhten auf dem Telefon. Eine unangenehme Aufgabe wartete an diesem Abend noch auf mich. Es war eine jener Aufgaben, die immer schwieriger werden, je länger man sie aufschiebt, daher beschloss ich, sie sofort hinter mich zu bringen. Ich rief meine Eltern an.

Zum Glück meldete sich mein Vater. Er klang erwartungsvoll.

»Hast du es Mum erzählt?«, fragte ich.

»Ja«, antwortete er. »Um die Wahrheit zu sagen, sie war ein bisschen verschnupft. Ich weiß nicht, warum. Sie glaubt wohl, ich wäre ein zu großes Risiko eingegangen. Sie meinte, auch wenn es am Ende gut ausgegangen ist, hätte ich es nicht tun dürfen. Wir zeigen es ihr, nicht wahr?«

»Vielleicht nicht, Dad.«

»Was soll das heißen?«

»Du hast sicher gelesen, dass der Börsengang verschoben worden ist.«

»Ja, aber doch nur um eine Woche, oder? In der Zeitung stand, es handle sich nur um eine kleine Korrektur. Der Markt werde bald wieder loslegen.«

»Na, dann soll er sich beeilen«, sagte ich. »Denn vorher findet kein Börsengang statt.«

»Oh«, sagte mein Vater und vergegenwärtigte sich die Konsequenzen. »Und was bedeutet das für Ninetyminutes?«

»Große Geldknappheit«, sagte ich. »Ich glaube zwar nicht, dass wir Pleite gehen, jedenfalls nicht in den nächsten Monaten, aber es bedeutet doch, dass wir keine Mittel mehr haben, um in das Unternehmen zu investieren. Alles, was wir tun können, ist, auf bessere Zeiten zu hoffen.«

»Das wird deiner Mutter nicht gefallen.«

»Stimmt. Du solltest es ihr trotzdem sagen, Dad.«

»Vielleicht warte ich damit lieber zwei Wochen. Man weiß nie, was passiert.«

»Sag es ihr, Dad.«

Mein Vater klang ziemlich mutlos. »Okay«, sagte er. »Und viel Glück.«

32

Ich arbeitete lange. Guy war schon fort. Ich wusste nicht, ob er noch ein Treffen hatte oder nach Hause gegangen war. Meine Aufmerksamkeit wurde vollständig von einer Tabellenkalkulation in Anspruch genommen, mit deren Hilfe ich herausfinden wollte, wie viel Geld Amy für den Online-Verkauf im Laufe des Sommers benötigen würde. Plötzlich fühlte ich mich beobachtet. Als ich aufsah, erblickte ich Ingrid, die auf Guys Stuhl saß und mit einer Strähne ihres haselnussbraunen Haars spielte.

»Störe ich?«, fragte sie.

»Nein.« Ich blickte auf die Papiere vor mir, die für viele Stunden unerledigter Arbeit standen, Arbeit, die sich in der Hektik der normalen Bürozeiten nicht erledigen ließ. »Das heißt, eigentlich schon, aber ich lasse mich gerne stören.«

»Gestresst?«

Ich lächelte. »Ja. Ich bin gestresst. Und müde. Komisch, die Arbeit hat mir überhaupt nichts ausgemacht, solange ich dachte, wir stünden direkt vor dem Börsengang. Aber jetzt, wo's ums Überleben geht, ist es viel schwieriger.«

»Wie steht's mit dem Börsengang?«

»Er kommt im Sommer«, sagte ich. »Wir müssen nur die beiden nächsten Monate überstehen. Bloomfield Weiss glaubt, wir haben gute Aussichten, und die Site läuft hervorragend.«

Ingrids blassblaue Augen blickten mich unverwandt an. »Ist das deine ehrliche Meinung?«

Ich seufzte. »Ich weiß nicht, was meine ehrliche Meinung ist. Alles ist möglich. Es könnte so laufen. Bloomfield Weiss könnte sich aber auch gründlich irren, und wir kriegen nie unseren Börsengang. Vielleicht gibt uns niemand mehr einen einzigen Penny. Champion Starsat könnte morgen kommen und uns kaufen. Die Site könnte baden gehen. Die Online-Verkäufe könnten unsere kühnsten Träume übertreffen. Die Leute könnten sich vom Internet abwenden. Die Erde könnte aufhören, sich zu drehen. In diesem Job habe ich aufgehört, auch nur einen Tag vorauszuplanen. Wir müssen einfach weitermachen und hoffen.«

»Ich weiß, was du meinst«, sagte Ingrid. »Aber Guy scheint besorgt zu sein.«

»Stimmt«, sagte ich.

»Ich glaube, er verliert die Nerven.«

»Wirklich?«

»Glaubst du nicht?« Sie blickte mich scharf an.

»Doch«, gab ich zu.

»Wenn er sich nicht zusammenreißt, geht hier alles den Bach runter, bevor wir überhaupt die Chance zum Börsengang bekommen.«

»Kannst du nicht mal mit ihm reden?«, fragte ich.

»Ich glaube nicht. Unsere Beziehung ist nicht so eng.«

Ich konnte mir nicht verkneifen, eine Augenbraue hochzuziehen. Ingrid tat so, als bemerke sie es nicht.

»Was ist mit dir?«, fragte ich sie. »Machst du dir Sorgen? Du wirkst immer so souverän.«

»Tatsächlich? Ich fühle mich durchaus nicht souverän. Ja, ich mache mir Sorgen. Natürlich war bei Ninetyminutes schon immer alles ungewiss. Damit habe ich gerechnet, als ich eingestiegen bin. Es war ganz anders als bei den Großunternehmen, an die ich gewöhnt war, mit ihren ausgefeilten Prognosen und Budgets. Und in den letzten neun Monaten hat mich die Sache richtig gepackt. Nach dem Börsengang hätte mein Anteil drei Millionen Pfund betragen. Das ist richtiges Geld. Und das ist der eigentliche Grund, warum ich zu Ninetyminutes gekommen bin. Aber es ist ziemlich frustrierend, so viel Geld so dicht vor der Nase zu haben, und plötzlich ist alles weg. So eine Chance bekomme ich vielleicht nie wieder.«

»Wahrscheinlich keiner von uns.«

»Ich will nicht darauf verzichten, David. Wir sind so nahe dran.« Sie musste die Überraschung in meinem Gesicht gesehen haben. »Was ist? Du siehst schockiert aus.«

»Oh, tut mir Leid. Ich wusste nicht, dass Geld für dich so wichtig ist.«

»Für dich nicht? Und für Guy?«

»Schon«, sagte ich. »Aber von Guy wusste ich es. Und von mir auch. Ich dachte, dir ginge es eher um das Abenteuer. Ich dachte, du brauchtest dir um Geld keine Gedanken zu machen.«

»Weil ich wohlhabende Eltern habe?«

»Ja,«, sagte ich.

»Reiche Eltern lösen nicht alle Probleme. Frag Guy.«

»Ich glaube, das wird mir allmählich klar.«

»Der Job macht Spaß, das stimmt. Und ich werde auch nicht verhungern. Aber von meinem Vater würde ich nie mehr als ein Taschengeld bekommen. Und ich will auch nicht mehr. Ich muss es aus eigener Kraft schaffen und finde das völlig okay.

Bisher bin ich auch gut zurechtgekommen. Ich habe einen prima Ruf in der Branche. Jede große Zeitschrift hier oder woanders würde mich mit Kusshand nehmen. Gutes Gehalt, gute Aussichten. Im Zeitschriftengewerbe kannst du es als Frau weit bringen. Aber als reiche Frau kannst du es eben noch weiter bringen.«

»Was hast du vor, wenn du deine drei Millionen bei Ninetyminutes kriegst? Dich in Südfrankreich zur Ruhe zu setzen?«

»Auf keinen Fall. Ich würde bei Ninetyminutes so lange wie nötig bleiben, aber dann wahrscheinlich meine eigene Zeitschrift gründen. Vielleicht auch eine Website. Mit meinem eigenen Geld statt mit dem eines anderen.«

Das leuchtete mir ein. Ingrid hatte auf mich immer den Eindruck gemacht, sie nehme das Leben nicht besonders ernst, aber es gab keinen Grund, warum sie nicht auch auf die Millionen hoffen sollte, genau wie Guy und ich. Und sie hatte dafür viel handfestere Gründe als wir. Für Ingrid war Ninetyminutes eine rationale, wenn auch riskante Karriereentscheidung gewesen, ein Weg zu einem klaren Ziel, das sie sich gesetzt hatte. Sie wusste, wer sie war und was sie wollte. Guy und ich mussten es beide noch herausfinden.

»Hoffen wir, dass du deine Chance bekommst«, sagte ich. »In der Zwischenzeit können wir nur abwarten und beten.«

»Sag das Guy.«

Eine Woche einschneidender Maßnahmen. Budgets kürzen, die Filialleiter unterrichten, Amy beruhigen. Den größten Teil dieser Aufgaben erledigte ich. Guys Begeisterung schien vollkommen verflogen. Er wirkte kraft- und mutlos. Zwar kam er jeden Tag ins Büro, war aber kaum von Nutzen. Seine plötzliche Lethargie lähmte das ganze Team. Wir hatten uns alle daran gewöhnt, auf seine Zuversicht und Ermutigung zu bauen und uns von ihm zu scheinbar unmöglichen Aufgaben motivieren zu lassen. Ohne ihn schienen die Wege steiler und die Berge höher geworden zu sein.

Ehrlich gesagt ärgerte mich das. Es war ein denkbar schlechter Zeitpunkt, um aufzugeben. Ich hatte nicht die Absicht, die Hände in den Schoß zu legen und beleidigt auf das Ende zu warten. Ich hatte ein Jahr meines Lebens, fünfzigtausend Pfund und die Sicherheitsrücklage meines Vaters in dieses Unternehmen gesteckt und war nicht bereit, das alles einfach abzuschreiben. Also versuchte ich, Guys Energie durch meine eigene zu ersetzen. Es war nicht ganz dasselbe, aber das Team war mir dankbar.

Am folgenden Dienstag erhielt ich einen Anruf von Henry.

»Wie geht's dir?«, fragte ich. In Gegensatz zu Guy lastete ich ihm die Tatsache, dass uns Orchestra keine weiteren Mittel gewährte, nicht persönlich an. Ich glaubte ihm, dass er sich bei seinen Partnern für uns eingesetzt hatte. Außerdem mochte ich ihn.

»Ich habe dir etwas mitzuteilen«, sagte er. Seine Stimme klang kalt, kälter, als ich sie je gehört hatte.

»Ja?«

»Erstens: Orchestra Ventures ist bereit, weitere zehn Millionen Pfund in Ninetyminutes zu investieren. Über die Bedingungen ist zu verhandeln.«

»Eine wunderbare Nachricht«, sagte ich etwas zögernd. Sein Ton passte eigentlich nicht dazu.

Er überging meinen Einwurf. »Zweitens: Vom heutigen Tag an liegt die Verantwortung für die Orchestra-Investition in *ninetyminutes.com* bei Clare Douglas. Sie wird sich demnächst mit euch in Verbindung setzen. Ich scheide aus dem Vorstand aus, und sie übernimmt meinen Platz.«

»Haben wir dabei überhaupt kein Mitspracherecht?«, fragte ich. »Du wirst uns fehlen.«

»Nein«, sagte Henry. »Und drittens: Ab morgen bin ich mit meiner Familie zwei Wochen in Urlaub.«

»Oh.« Ihm einen schönen Urlaub zu wünschen, schien mir angesichts seines Verhaltens nicht angebracht. Warum er mir die dritte Nachricht überhaupt mitgeteilt hatte, war mir ein Rätsel. »Warum der plötzliche Sinneswandel bei Orchestra?«

»Das weißt du nicht?«, sagte Henry bitter.

»Nein«, sagte ich mit wachsendem Argwohn. »Nein, das weiß ich nicht.«

Henry seufzte. »Das hatte ich gehofft. Frag deinen Partner, er kann es dir erklären. Mit allen Fragen, die du sonst noch hast, wende dich bitte an Clare.«

Ich legte auf. Waren das gute Nachrichten? Eigentlich hätten es sehr gute Nachrichten sein müssen. Aber es wollte keine rechte Freude aufkommen.

Ich blickte zu Guy hinüber, der die neuesten Nachrichten auf der Site durchsah. »Das war Henry.«

»Ach ja?«

»Orchestra bewilligt weitere zehn Millionen Pfund.«

Guy saß plötzlich senkrecht in seinem Stuhl und blickte mich strahlend an. »Machst du Witze?«

»Nein. Aber Henry scheidet aus dem Vorstand aus. Clare Douglas tritt an seine Stelle.«

»Mir ist völlig egal, wer in dem Scheißvorstand sitzt, solange wir die Millionen auf der Bank haben.« Er stieß einen Jubelschrei aus. »He, Leute, wir sind wieder im Geschäft.«

Alle umdrängten uns, und Guy erzählte ihnen die Neuigkeit. Als sie sich wieder an ihre Schreibtische zurückgezogen hatten, bemerkte Guy meine Miene. »Was ist los? Bist du sauer, weil du keine Ausgaben mehr streichen darfst?«

»Ich weiß nicht. Irgendwas stimmt da nicht. Henry wirkte sehr distanziert. Er konnte das Gespräch gar nicht schnell genug beenden. Und warum hat er uns an Clare Douglas weitergereicht?«

»Ich weiß nicht«, sagte Guy. »Er ist dein Freund.«

»Er wollte mir nicht sagen, warum er seine Meinung geändert hat. Er sagte, du wüsstest es.«

»Er hat seine Meinung geändert, weil ihm endlich klar geworden ist, was für ein tolles Geschäft das ist«, sagte Guy. »Gerade noch rechtzeitig.«

»Es hatte fast den Anschein, als würde ihn jemand unter Druck setzen, ihn oder Orchestra. Weißt du was darüber?«

»Nein, Davo. Ich habe keine Ahnung, wovon du sprichst. Womit sollte ich Orchestra unter Druck setzen? Komm schon. Wir haben das Geld. Jetzt geht die Post ab.«

Doch als Guy seinen Schreibtisch verließ, um die Truppe wieder anzuspornen, griff ich zum Telefonhörer und rief Henry zurück. »Hör zu, Henry, ich begreife das alles nicht. Irgendwas stimmt da nicht.«

Henry seufzte. »Hast du mit Guy gesprochen?«

»Ja. Er sagt, er wisse von nichts. Ich solle mir keine Gedanken machen.«

»Wahrscheinlich hat er Recht.«

»Wollen wir nicht in Ruhe irgendwo ein Glas trinken? Nur wir zwei, und du erzählst, was da vor sich geht?«

»Hör zu, David. Es geht nichts vor. Nicht das Geringste. Und ich habe nicht die Absicht, mit dir oder sonst jemandem von Ninetyminutes jemals wieder ein Glas zu trinken. Morgen fahre ich in Urlaub. Wenn ich zurückkomme, hoffe ich, nie wieder etwas mit dir oder mit irgendeinem von euch zu tun haben.«

Wir nahmen den Fuß wieder von der Bremse und traten das Gaspedal bis zum Anschlag durch. Mir war nicht recht wohl bei der Sache: Was war, wenn es mit dem Börsengang auch im Sommer nicht klappte? Dann würden wir wieder mit leeren Taschen dastehen. Als ich diese Befürchtungen Guy gegenüber äußerte, wusste ich im Voraus, was er antworten würde. Wenn wir nicht richtig durchstarteten, würden wir nicht erreichen, was wir uns vorgenommen hätten. Falls wir dafür Risiken eingehen müssten, helfe es eben nichts. Ich wusste, dass er Recht hatte.

In einem Internet-Start-up ist man gezwungen, nach vorn zu blicken. Die Dinge entwickeln sich so rasch, dass keine Zeit bleibt, zurückzublicken, vergangene Fehler zu beweinen, verpassten Chancen nachzutrauern. Wenn man einen Fehler macht, korrigiert man ihn, so gut es geht, und wendet sich der nächsten Aufgabe zu. Das galt in besonderem Maße auch für Ninetyminutes.

Aber meine Gedanken wanderten in letzter Zeit immer wieder zurück. Ich musste daran denken, wie praktisch der Tod von Tony Jourdan und der Zeitpunkt dieses Todes für uns gewesen waren. Wie viel Glück wir hatten, dass Henry plötzlich seine Investitionspläne für Ninetyminutes geändert hatte. Und welch glücklicher Zufall auch dafür gesorgt hatte, dass unser größter Rivale plötzlich von einem rätselhaften Computervirus befallen wurde.

Wieder einmal passte alles viel zu gut zusammen.

Irgendjemand unternahm große Anstrengungen, Ninetyminutes alle Hindernisse aus dem Weg zu räumen. Für mich kam da nur einer in Frage: Owen.

Gewiss, ich hatte keine Ahnung, wie er es angestellt haben sollte, Tony zu töten. Aber selbst nachdem er Ninetyminutes verlassen hatte, konnte ich mir vorstellen, dass er alles tat, um das Überleben der Firma zu sichern, wenn nicht für seinen immer noch erheblichen eigenen Anteil, dann für seinen Bruder.

Wenn Henry nicht mit mir reden wollte, dann würde ich eben mit ihm reden.

Ich wusste, dass er im Urlaub war, also rief ich seine Sekretärin an, fragte nach seiner Adresse und behauptete, ich hätte ihm dringende Dokumente zuzustellen. Sie rückte jedoch nicht mit der Anschrift heraus, sondern forderte mich auf, ihr die Dokumente zu schicken, damit sie sie weiterleiten könne. Offenbar hatte Henry ihr eingeschärft, die Adresse auf keinen Fall preiszugeben.

Bei unserem Treffen auf der *First-Tuesday*-Veranstaltung hatte Henry mir erzählt, er habe vor, sich in Gloucestershire ein Haus zu kaufen. Es bestand eine gewisse Wahrscheinlichkeit, dass er dorthin gefahren war. Aber wie sollte ich die Anschrift herauskriegen?

Ich rief Fiona Hartington an, eine Frau, die mit uns in der Ausbildung gewesen war und die immer noch für die alte Wirtschafsprüfungsgesellschaft arbeitete. Henry und sie hatten in denselben Kreisen verkehrt. Ich nahm an, dass sie es noch immer taten. Ich erzählte ihr, dass ich an diesem Wochenende durch Gloucestershire käme und überlegte, ob ich nicht einmal beim alten Henry vorbeischauen solle. Ob sie zufällig die Adresse habe?

Sie hatte sie.

Das Haus lag am anderen Ufer des Severn, nach Ledbury zu. Es war ein renovierungsbedürftiges Gebäude am Rande eines stillen Dorfes. Als ich langsam vorbeifuhr, sah ich vor dem Haus einen Landrover Discovery parken. Genau die Art Fahrzeug, die Henry brauchte, um seine Kinder durch die unwegsame Wildnis Südlondons in die Schule zu kutschieren. Ein Stück weiter wendete ich, fuhr den schmalen Weg zurück und bog in die Einfahrt ein. Ich fühlte mich wie ein unbefugter Eindringling. Im Heck des Landrovers fiel mir eine Beule auf.

Aus dem Nichts tauchte ein blonder zweijähriger Junge auf, drehte sich um, lief zum Haus und schrie »Daddy!« Einen Augenblick später erschien Henry in einem alten karierten Hemd und Jeans. Er sah verschwitzt und grimmig aus: Offenbar hatte er im Garten gearbeitet. Mein Kommen schien ihm wenig Freude zu bereiten.

»Hallo, Henry«, sagte ich fröhlich.

»Was, zum Teufel, hast du hier zu suchen?«

»Ich möchte mit dir reden.«

»Aber ich nicht mit dir, also hau ab!« Nervös blickte er über die Schulter in die Richtung, in die sein Kind verschwunden war. Ich nahm an, er hatte keine Lust, seiner Frau meine Anwesenheit zu erklären.

»Ein kleiner Spaziergang, Henry?«

»Nein. Ich hab gesagt, hau ab!«

»Henry, ich bin zweihundertfünfzig Kilometer gefahren, um dich zu sehen. Ich mache jetzt nicht einfach kehrt und verschwinde. Rede mit mir, und du bist mich los.«

»Ich habe getan, was du verlangt hast.«

»Ich habe gar nichts von dir verlangt«, sagte ich. »Das weißt du. Aber irgendjemand hat es. Ich möchte wissen, wer es war und was er von dir verlangt hat.«

Henry sah mich an, blickte über die Schulter und sagte: »Okay, aber wir müssen uns beeilen.«

Er führte mich ein kurzes Stück den Weg entlang, dann überquerten wir den Zaun an einem Übertritt und befanden uns auf dem Feld.

»Irgendjemand hat dich zu Tode erschreckt«, sagte ich. »Wer war es?«

Henry schwieg einen Augenblick und dachte über seine Antwort nach. Wir gingen quer über eine Weide, auf der Schafe grasten, und hielten auf den Kamm eines kleinen Hügels zu. Die Kletterei war ziemlich anstrengend, sodass mir in der Frühlingssonne rasch warm wurde. Von gelegentlichem Vogelgesang und Henrys schwerem Atem abgesehen, herrschte Stille.

»Es begann zwei Tage nachdem ich dir und Guy mitgeteilt hatte, Orchestra würde kein Geld mehr in Ninetyminutes stecken. Meine Frau fuhr mit den Kindern vom Supermarkt nach Hause. Sie ließ sie aussteigen, und die Kinder liefen zur Haustür. Dort fanden sie die Katze meiner Tochter. Sie war ... zerstückelt. Die beiden begannen zu schreien. Meine Frau musste die Reste beseitigen und sie beruhigen. Dann rief sie mich im Büro an. Ich sagte ihr, sie solle es der Polizei melden, was sie auch tat. Zwei Beamte kamen vorbei und nahmen ein Protokoll auf. Offenbar hatte es solche Übergriffe bei uns in der Gegend bisher noch nicht gegeben.

Wie du dir vorstellen kannst, war die ganze Familie ziemlich durch den Wind. Am nächsten Tag fuhr meine Frau die Kinder irgendwohin, als sie ein großer Van von hinten rammte. Sie hatte an einer Kreuzung gehalten, und der Aufprall stieß sie mitten hinein in den lebhaften Verkehr. Ein Wunder, dass ihnen nichts passiert ist. Sie hätten umkommen können. Alle drei.«

Henrys Mund war nur noch ein grimmiger Strich. Er ging so rasch, dass ich kaum mit ihm Schritt halten konnte.

»Was geschah mit dem Van?«

»Er wendete rasch und verschwand um eine Ecke.«

»Hat deine Frau den Fahrer gesehen?«

»Nur im Rückspiegel. Sie sagt, es sei ein Mann gewesen. Ein ziemlich großer Mann, aber sie habe sein Gesicht nicht richtig erkennen können.«

»Jung? Alt? Dunkles Haar? Weißes Haar?«

»Sie hat es nicht gesehen. Sie war völlig fertig. Ich bin früher nach Hause gekommen und habe versucht, sie zu trösten. Am nächsten Morgen lag ein schlichter Umschlag mit meinem Namen auf der Fußmatte. Ich öffnete ihn und fand eine Nachricht. Schlicht und ergreifend: ›Gib ihnen das Geld. Keine Polizei.‹«

»Mit der Hand geschrieben?«

»Nein, Standardcomputerschrift. Ich nahm den Zettel mit zur Arbeit und dachte darüber. Die Botschaft war klar. Ich war sicher, dass sie sich auf Ninetyminutes bezog. Der Schreiber meinte es ernst, schließlich hatte er am Tag zuvor fast meine Frau und meine Kinder umgebracht. Das war zu viel für mich. Schließlich geht es um Orchestras Geld, nicht um meins. Und es ist nur ein Job, ein guter Job, aber ich kann jederzeit einen neuen kriegen. Meine Familie ist unersetzlich.«

»Himmel«, sagte ich. »Ich schwöre dir, Henry, ich hatte nicht die geringste Ahnung davon.«

Er blickte mich an. »Ich glaube dir, aber ich beschloss, mich nie wieder mit Ninetyminutes abzugeben. Oder mit dir. Das schien mir am sichersten zu sein.«

»Wie hast du die Sache bei Orchestra durchgekriegt?«

»Es war schwierig. Ich musste alle möglichen Tricks anwenden. Und als ich sie so weit hatte, sagte ich, ich wolle aus dem Vorstand ausscheiden. Sie haben das nicht begriffen. Doch zum Glück waren wir auf der Suche nach einem guten Unternehmen für Clare Douglas. Sie ist sehr ehrgeizig und möchte mehr Verantwortung übernehmen. Da sie an der ersten Investition bei Ninetyminutes mitgearbeitet hatte und entschieden für den Deal war, hat sie sich darauf eingelassen. Aber ich bin weiß Gott nicht stolz auf mich.«

»Das glaube ich dir.«

»Wenn wir das Geld verlieren, und ich bin mir ziemlich sicher, dass wir das tun werden, werde ich mir selbst zuwider sein. Ich schulde den Leuten bei Orchestra Ventures eine Menge. Ein Loch von zehn Millionen wird in ihrer Leistungsbilanz schlecht aussehen. Aber ich hatte doch keine Wahl, oder?«

Er blickte mich fragend an, während wir bergauf keuchten. Das war keine rhetorische Frage. Er hatte die schwierige Entscheidung ganz allein getroffen, und er brauchte jetzt jemanden, der ihm bestätigte, dass er sich richtig verhalten hatte.

Was hätte ich getan, wenn ich Frau und Kinder gehabt hätte? Ich wusste es nicht. Aber das konnte ich ihm nicht sagen.

»Nein, Henry, du hattest keine andere Wahl.«

Auf der Hügelkuppe blieben wir stehen und blickten über das Dorf hinweg zu den Malvern Hills. Es war ein hübscher Fleck Erde. Ninetyminutes und seine Probleme schienen in weiter Ferne zu liegen.

»So, nun weißt du es«, sagte Henry. »Was gedenkst du zu tun?«

»Der Sache ein Ende machen«, sagte ich, ohne zu zögern.

Er blickte mich zweifelnd an. »Viel Glück. Aber sag bitte niemandem, dass ich dir von der Sache erzählt habe. Und egal, was du jetzt vorhast, bitte kein Wort zur Polizei. Ich habe mit dem Geld anderer Leute – mit zehn Millionen Pfund – für die Sicherheit meiner Familie bezahlt. Bring sie bitte nicht wieder in Gefahr.«

»Nein«, sagte ich und meinte es ernst.

Ich war ungeheuer wütend, als ich nach London zurückfuhr. Ich hatte keinen Zweifel, dass Owen hinter der Geschichte steckte. Doch irgendwie fühlte ich mich mitschuldig. Ninetyminutes hatte überlebt, weil Owen die Familie eines anständigen Mannes zu Tode erschreckt hatte. Falls das Unternehmen Erfolg hatte, würde ich nie das Bewusstsein loswerden, dass es Owens Brutalität zu verdanken war und nicht der guten Arbeit, die wir alle geleistet hatten. Ich hatte Henry gesagt, ich würde der Sache ein Ende bereiten, und das Versprechen gedachte ich unter allen Umständen einzulösen.

Ich fuhr direkt zu Owens Wohnung in Camden. Als ich die Klingel für seine Wohnung im ersten Stock drückte, meldete sich niemand. Ich blickte hinauf, die Vorhänge waren zugezogen. Vielleicht war er fort. Seinen schwarzen japanischen Geländewagen entdeckte ich ein Stück weiter die Straße hinauf. Vielleicht war er im Ausland.

Den Rest des Wochenendes brütete ich vor mich hin.

Als am Montagmorgen im Büro ein Augenblick relativer Ruhe eintrat, nutzte ich die Gelegenheit, Guy zu fragen.

»Hast du Owen in letzter Zeit gesehen?«

»Schon länger nicht mehr«, sagte Guy. »Er ist in Frankreich.«

»Frankreich?«

»Ja. Er wohnt in *Les Sarrasins*. Da Sabina nach Deutschland zurückgekehrt ist, wollte Owen sich ein bisschen um das Anwesen kümmern. Vielleicht verkaufen wir es, aber das ist noch nicht ganz klar.«

»Also ist er jetzt dort?«

»Ja«, sagte Guy. Über sein Gesicht huschte ein Schatten von Argwohn. »Warum?«

»Ich werde Owen nie verstehen«, sagte ich und schüttelte den Kopf, als gäbe es keinen anderen Grund für meine Fragen als den neugierigen Wunsch, die dunklen Motive seines Handelns zu begreifen.

Doch Guy starrte mich noch immer an, als ich meine Aufmerksamkeit schon längst wieder dem Stapel Papiere auf meinem Schreibtisch zugewandt hatte. »Lass ihn in Ruhe, Davo«, sagte er. »Lass ihn in Ruhe.«

33

Am folgenden Tag sollte ich nach München fliegen. Stattdessen fuhr ich zum Flughafen Luton und nahm von dort einen billigen Flug nach Nizza. Am Flughafen mietete ich ein Auto, durchquerte die Stadt und fuhr an der Küste entlang nach Monte Carlo. *Les Sarrasins* ließ ich über mir liegen, ohne auf die Zufahrtsstraße einzubiegen. Bevor ich mit Owen sprach, musste ich etwas anderes herausfinden.

Ich parkte an einer Stelle, die wie eine Höhle im Berg aussah, und stieg durch die steilen Gassen von Monte Carlo zu der Straße empor, in der Patrick Hoyles Büro lag. Ein Bürogebäude, in dem Rechtsanwälte, Steuerberater und Investmentgesellschaften ihrem Gewerbe nachgingen. Hoyles Räume befanden sich im fünften Stock. Als ich den Fahrstuhl verließ, empfingen mich dicke Teppiche, helle Holzpaneele und eine hoheitsvolle junge Sekretärin mit hüftlangem Haar und Adlernase. Ich hatte keinen Termin, was einen missbilligenden Ausdruck auf ihr Gesicht rief. Doch sobald sie Hoyle meine Anwesenheit mitgeteilt hatte, wurde ich in sein Büro geleitet.

Aus den großen Fenstern, durch die man auf den Hafen hinausblickte, fiel das mediterrane Licht in einen großzügig geschnittenen Raum. Hoyle thronte in einem großen Lederdrehstuhl hinter einem schweren Holzschreibtisch. Als ich mich in dem Büro umblickte, bemerkte ich, dass alles darin groß und ausladend war, als wäre es nach dem Bilde des Besitzers gefertigt worden.

Hoyle forderte mich auf, Platz zu nehmen.

»Ich bin überrascht, Sie hier zu sehen«, sagte er. »Ich kann mir nicht vorstellen, was Ninetyminutes in Monaco zu tun hat. Oder sind Sie gekommen, um Ihre Geldreserven im Kasino auf Rot zu setzen?«

»Nicht wirklich«, sagte ich.

»Das haben schon viele gemacht«, sagte Hoyle. »Manchmal scheint es der letzte Ausweg zu sein. Doch die Logik ist falsch. Gewiss, bei doppelt oder nichts gibt es eine fünfzigprozentige Gewinnchance. Aber die Psychologie sagt uns, dass verzweifelte Leute spielen, bis sie alles verloren haben.«

»Nein, deshalb bin ich wirklich nicht hier. Ich komme, um Owen aufzusuchen.«

»Wirklich?« Hoyle hob die Augenbrauen.

»Hält er sich nicht gegenwärtig in *Les Sarrasins* auf?«

Hoyle bestätigte es nicht. »Und da haben Sie sich gedacht, Sie schauen auf dem Weg dorthin bei mir vorbei?«

»Ja.«

»Warum?«

»Ninetyminutes hat zwei weitere Glücksfälle erlebt. Glücksfälle wie Tony Jourdans Tod.«

»Was meinen Sie damit?«

»Unseren härtesten Konkurrenten hat ein Computervirus heimgesucht. Und als sich unser wichtigster Kapitalgeber weigerte, noch mehr Geld zu investieren, wurde seine Familie so lange bedroht, bis er seine Meinung änderte.«

»Verstehe«, sagte Hoyle. »Und deshalb wollen Sie jetzt Owen aufsuchen. Sie halten ihn für verantwortlich?«

»Ja. Ich habe keinen Beweis, aber ich bin mir ziemlich sicher, dass er dahinter steckt. Allerdings weiß ich noch immer nicht, wer Tony umgebracht hat.«

»Die Polizei auch nicht.«

»Den Eindruck habe ich auch. Noch nicht einmal die Coroner-Untersuchung hat bisher stattgefunden. Ich habe Owen und Guy überprüft. Beide haben wasserdichte Alibis. Aber ich kann mir nicht helfen: Ich bin davon überzeugt, dass Owen seinen Vater umgebracht hat.«

Ich wartete auf eine Reaktion von Hoyle. Vergebens.

»Was meinen Sie?«

»Ich meine, Sie reden hier über den Sohn eines Mandanten von mir.«

»Der auch der Mörder Ihres Mandanten sein könnte.«

Hoyle zuckte mit den massigen Schultern. Nach dem Gespräch, das wir in der Chancery Lane geführt hatten, als er auf ein Taxi wartete, hatte ich eigentlich mit etwas mehr Entgegenkommen gerechnet. Aber immerhin warf er mich nicht hinaus. Ich hatte den Eindruck, er wollte wissen, was ich herausgefunden hatte.

»Ich habe nicht damit gerechnet, dass Sie mir bei der Aufklärung von Tonys Tod helfen können«, sagte ich. »Aber ich habe eine Frage zu dem Gärtner.«

»Ich habe Ihnen schon gesagt, dass ich damit nichts zu tun hatte«, sagte Hoyle.

»Ich weiß.« Ich hielt inne. Draußen flog ein Hubschrauber dicht über ein Kreuzfahrtschiff hinweg, das in dem engen Hafen manövrierte. »Wussten Sie, dass Owen Dominique getötet hat?«

Hoyles Brauen schossen nach oben, und seine fleischigen Lippen blieben offen stehen. »Owen war es?« Dann schloss er den Mund wieder und dachte einen Augenblick nach. »Ich dachte, Guy wäre es gewesen.« Immerhin äußerte er endlich einmal eine Vermutung.

»Nein, es war Owen.« Ich erzählte Hoyle, was mir Guy über jene Nacht berichtet hatte. Er lauschte aufmerksam. »Und ich denke, Owen könnte auch den Gärtner umgebracht haben. Etwa zu der Zeit, als Abdulatifs Leiche gefunden wurde, war Owen in Frankreich und hat Tony besucht. Wissen Sie noch, ob Sie mit ihm über Abdulatif gesprochen haben?«

Der beleibte Anwalt zögerte.

»Hören Sie, Mr. Hoyle. Wir sind auf derselben Seite. Schließlich wollen wir beide wissen, wer Tony Jourdan getötet hat. Was Dominique und dem Gärtner zugestoßen ist, dürfte damit in Zusammenhang stehen.«

Hoyle ließ sich das durch den Kopf gehen. »Ja«, sagte er schließlich. »Ich erinnere mich, dass ich mit Owen gesprochen habe. Er suchte mich in meinem Büro auf. Er brachte einen Teil des Geldes vorbei, das der Gärtner forderte.«

»Haben Sie ihm Abdulatifs Adresse gegeben?«

»Die kannte ich nicht.«

»Haben Sie ihm etwas über Abdulatif erzählt?«

»Ich glaube nicht. Aber ich hatte vor, dem Gärtner eine Geldsumme auszuhändigen, während Owen in Frankreich war. Er wusste das: Deshalb hatte er mir ja das Geld vorbeigebracht.«

»Wo fand die Übergabe statt?«

»Vor einer Bar in einem verrufenen Stadtteil von Marseille.«

»Wusste Owen, um welche Bar es sich handelte?«

»Nein. Aber ich denke, er wusste, wann die Übergabe stattfinden sollte. Er hätte mir folgen können.«

»Haben Sie Abdulatif das Geld direkt ausgehändigt?«

»Ja.«

»Ist es möglich, dass Owen erst Ihnen und dann ihm gefolgt ist? Ihm gefolgt ist und ihn umgebracht hat?«

»Ich denke schon. Ich habe ihn nicht gesehen. Aber ich habe auch nicht darauf geachtet. Es ist möglich. Abdulatifs Leiche wurde nur zwei Tage später gefunden. Man hatte ihn erdolcht.«

»Haben Sie Owen nicht verdächtigt?«

»Ich hatte einen Verdacht. Aber nicht gegen Owen. Für mich war er immer noch ein Kind, obwohl er damals, warten Sie … um die zwanzig gewesen sein muss. Aber ich dachte, er sei zu jung, ein Computerfreak. Mein Verdacht galt Guy.«

»Was tat die französische Polizei?«

»Sie statteten Tony einen Besuch ab, aber ich glaube, es geschah eher aus Höflichkeit. Um ihm mitzuteilen, was mit dem Mann geschehen war, der als Mörder seiner Frau galt. Der Mord wurde noch nicht einmal in den Zeitungen erwähnt. Ich habe in *Le Provençal* nachgesehen.«

»Und was war mit Tony?«

»Er hatte auch keinen Verdacht.« Er hielt inne und blickte mich nachdenklich an. »Damals.«

»Was meinen Sie damit?«

Lange Zeit schwieg Hoyle. Er starrte mich durch seine rosa gefärbte Brille an, den riesigen Kopf in die Mehrfachkinne gebettet, und wog das Für und Wider ab. Obwohl es mir schwer fiel, blieb ich ruhig und ließ ihn nachdenken.

»Ich glaube«, sagte er schließlich, »ich habe Ihnen gesagt, dass Guy mich gebeten hatte, Tony nichts von unserer Abmachung mit Abdulatif zu erzählen.«

»Ja.«

»Nun, ich habe mich daran gehalten. Ich war nicht sehr glücklich darüber, und ich gewann zunehmend die Überzeugung, dass die Zahlungen überflüssig waren, weil Tony unschuldig war. Aber da ich es ihm von Anfang an verschwiegen hatte, wurde es immer schwieriger, ihm reinen Wein einzuschenken.

Obwohl Guy in gewisser Weise mein Mitverschwörer war, hatte diese ganze Angelegenheit mein Misstrauen gegen ihn geweckt. Ich war nicht sehr angetan, als Tony beschloss, ihn bei seinen Plänen mit Ninetyminutes zu unterstützen – Sie kennen meine Ansichten über das Internet. Es überraschte mich nicht, als die beiden aneinander gerieten. Auf jeden Fall war Tony davon überzeugt, dass Guy die Sache völlig falsch anfing. Tony war immer ein großer Anhänger des Cash-Flow, und er machte sich Sorgen, weil Ninetyminutes keinen produzierte. Wahrscheinlich war auch eine gewisse Rivalität im Spiel. Er wollte Guy zeigen, wer der bessere Geschäftsmann war.«

»Das glaube ich gern.«

»Nach der dramatischen Vorstandssitzung, auf der Guy seinen Rücktritt erklärte, gingen Tony und ich zum Abendessen. Er sprach über Guy und äußerte seine Überzeugung, dass der es nie zum richtigen Geschäftsmann bringen werde. Er fragte mich, was ich von ihm hielte. Normalerweise mieden wir das Thema. Tony hatte mir manchmal erzählt, wie stolz er auf Guy sei oder wie enttäuscht, aber er hatte mich noch nie nach meiner Meinung über ihn gefragt.«

»Was haben Sie geantwortet?«

»Ich sagte, ich würde ihm misstrauen, und Tony wusste, dass ich so etwas nicht grundlos äußerte. Er drang in mich. Es war spät, wir hatten beide eine Menge getrunken, und er war ein alter Freund. Ich fand es nicht gut, dass ich ihm mein Wissen so lange vorenthalten hatte. Also erzählte ich ihm von Guys Vorschlag, Abdulatif für sein Verschwinden zu bezahlen.

Tony stürzte sich förmlich auf diese Information. Er war sofort überzeugt, Guy habe versucht, die Aufmerksamkeit vom wirklichen Mörder abzulenken – sich selbst. Und wenige Sekunden später verdächtigte er Owen, Abdulatif umgebracht zu haben. Ich war mir nicht im Entferntesten so sicher, aber wenn Tony sich einmal eine Meinung gebildet hatte, war er nicht mehr davon abzubringen.«

»Wie reagierte er auf den Gedanken, dass seine beiden Söhne Mörder waren?«

»Merkwürdig«, sagte Hoyle. »Er war nicht entsetzt. Eher aufgeregt. Damals hatte ihm nicht mehr viel an Dominique gelegen, und Abdulatif war ihm völlig egal. Irgendwie hatte ich den Eindruck, als hätte er Guy schon die ganze Zeit verdächtigt und als hätte ich ihm endlich den Beweis geliefert, nach dem er schon lange gesucht hatte.«

»Hat er gesagt, er wolle mit Guy darüber sprechen?«

»Nein, aber er dachte fieberhaft nach, als wir das Restaurant verließen. Sein Gehirn arbeitete auf Hochtouren. Ich hatte ihn schon oft so erlebt. Er schmiedete Pläne. Ich wäre überhaupt nicht überrascht gewesen, wenn er mit Guy gesprochen hätte. Aber nach diesem Abend habe ich ihn nie wieder gesehen, daher weiß ich es nicht.«

»Ich weiß es auch nicht. Guy hat nichts erwähnt.«

»Sind Sie sicher, dass Owen und nicht Guy Dominique umgebracht hat?«, fragte Hoyle.

»Ich glaube schon«, sagte ich. »Guy wirkte sehr überzeugend, obwohl ich mir nicht sicher bin, welchen Wert ich dem beimessen soll. Zweifellos fühlten sich beide Brüder vom Vater im Stich gelassen, aber ich glaube nicht, dass Guy seelisch so kaputt war, den Wunsch zu verspüren, seine Stiefmutter umzubringen, nur weil er sie beim Sex mit jemand anderem beobachtet hatte. Dagegen Owen? Wer weiß schon, was in ihm vorgeht. Er steckt voller Gewalttätigkeit und hat eine höchst verquere Weltsicht. Durchaus möglich, dass er seine Wut auf Tony auf Dominique übertragen hat und noch wütender wurde, als er sah, dass sie Tony betrog. Vielleicht hat Guy ja Recht und Owen hatte gar nicht die Absicht, sie umzubringen. Doch sobald Guy klar war, was sein Bruder getan hatte, entsprach der Versuch, ihn zu schützen, vollkommen seinem Charakter.«

»Achten Sie auf Guy, David. Er ist der Schauspieler, der Drahtzieher, der Manipulator.«

»Keine netten Worte, die Sie da für Ihren Mandanten finden.«

»Genau genommen ist nicht er mein Mandant, sondern das Vermögen. Und wie gesagt, Tony war mein Freund.«

»Noch eine letzte Frage. Seit wann ist Owen in *Les Sarrasins*?«

»Erst seit ein paar Tagen. Guy hat mich Mitte letzter Woche angerufen und mir mitgeteilt, dass er kommt.«

Das war kurz nachdem Henry seine Meinung über die Investition für Ninetyminutes geändert hatte. Daraus folgte, dass Owen sich in England aufgehalten hatte, als Henrys Familie bedroht worden war. Daraus folgte außerdem, dass Guy gewusst haben konnte, was Owen tat, und ihn erst fortgeschickt hatte, nachdem Henry kapituliert hatte. Ein unangenehmer Gedanke.

Ich stand auf, um zu gehen. »Vielen Dank, Mr. Hoyle.«

»Keine Ursache.« Hoyle wuchtete sich hoch. »Haben Sie vor, jetzt nach *Les Sarrasins* zu fahren?«

»Das habe ich vor.«

»Seien Sie vorsichtig.«

Als ich die gewundene Straße im zweiten Gang hochfuhr, unter mir die strahlend blaue Fläche des Mittelmeers, über mir der Maquis, der struppig den Hang hinaufkroch, war ich ziemlich nervös. Bisher hatte mich die Überzeugung vorangetrieben, ich müsse etwas tun, um Owen aufzuhalten. Bisher war es mir auch gelungen, jeden Gedanken an die damit verbundenen Risiken aus meinem Bewusstsein auszublenden, doch jetzt, da ich mich *Les Sarrasins* näherte, konnte ich die Gefahr, in die ich mich begab, nicht mehr verdrängen. Owen würde sich sicherlich nicht geduldig anhören, was ich ihm zu sagen hatte. Owen war größer und kräftiger als ich. Das hatten wir bereits geklärt. Solange er sich rational verhielt, war ich sicher. Aber wie konnte ich darauf bauen, dass sich Owen rational verhalten würde?

Fast wäre ich wieder umgekehrt. Doch der Gedanke, dass Owen im Namen von Ninetyminutes noch mehr Unheil im Leben anderer Menschen anrichten könnte, ließ mich weiterfahren. Ich musste dem ein Ende setzen.

Ich parkte draußen vor dem großen Tor und drückte den Knopf der Gegensprechanlage. Das Tor öffnete sich. Ich ließ den Wagen am Straßenrand stehen und betrat den Hofplatz vor dem Haus. Das Anwesen wirkte noch genauso gepflegt wie früher, offenbar wurde es instand gehalten. Ich drückte auf eine weitere Klingel an der Haustür.

Ich wartete und betätigte die Klingel erneut. Schließlich rührte sich etwas im Haus, und die Tür wurde geöffnet.

Es war Owen, in einem grauen Ninetyminutes-T-Shirt und Shorts, das borstige weiße Haar kaum gebändigt von einer Ninetyminutes-Baseballmütze. Er war barfuß.

»Was, zum Teufel, suchst du hier?«

»Ich bin gekommen, um mit dir zu reden.« Ich drängte mich an ihm vorbei und ging ins Wohnzimmer. Obwohl Owen laut Hoyle erst ein paar Tage da war, sah der Raum wie ein Schweinestall aus. Überall lagen Hamburger-Verpackungen, Pappbecher und Pizzakartons herum. Über eine abstrakte Plastik war ein Sweatshirt drapiert. Auf einem Schreibtisch, inmitten der größten Müllkonzentration, summte ein Laptop. Deutlich konnte ich das *ninetyminutes.com*-Logo auf dem Bildschirm erkennen. Owen schaute in unsere Website.

Er lachte zufrieden, als ich zu dem Rechner ging. »Du siehst, einen guten Mann kann man nicht aus der Firma aussperren.«

»Versuchst du, dich in unsere Site einzuhacken?«

»In sie einhacken? Ich gehe hinein wie jeden Tag. Sanjay hat es euch vielleicht nicht gesagt, aber ich beobachte die Vorgänge bei Ninetyminutes genau.«

Ich wandte mich verblüfft um und blickte ihn an. Wie töricht wir gewesen waren! Nachdem Owen gegangen war, hatten wir keinerlei Vorkehrungen getroffen, um das System vor ihm zu schützen. Er hätte jede Menge Unheil anrichten können. Das hatte er wahrscheinlich auch getan.

»Guck nicht so erschreckt«, sagte Owen mit selbstgefälligem Grinsen. Er genoss die Situation. »Ich habe Ninetyminutes nicht geschadet. Tatsächlich war ich in den letzten beiden Monaten eine große Hilfe für Sanjay.«

»Weiß Guy davon?«

»Wahrscheinlich. Wir haben nicht direkt darüber gesprochen, aber er kennt mich. Ihr habt gedacht, ihr seid mich los, aber ich kann die Dinge auch von hier aus steuern.«

Mein Gott! Aber ich glaubte Owen, wenn er sagte, er habe keinen Schaden angerichtet. Wahrscheinlich hatte er uns sogar genützt. Plötzlich packte mich die Wut auf Guy. Er wusste, was Owen tat. Ich war mir verdammt sicher, dass er es wusste.

Owen ging in den Küchenbereich und stolperte über eine Pizzaschachtel. Ein angebissenes Stück Pizza rutschte über den Fußboden.

»Wo ist Miguel?«, fragte ich.

»Ihm gefiel das Haus nicht in diesem Zustand, da hab ich ihm gesagt, er soll wegbleiben. Ich find's ganz gemütlich so.«

Er öffnete eine Dose 7 Up und ging in den Garten. Ich folgte ihm. Trotz eines strahlenden Himmels wehte eine kühle Brise von der See her. Er setzte sich an einen Tisch nahe der Marmorbrüstung, von wo aus man Cap Ferrat überblickte, und ich folgte seinem Beispiel. Auch am Fuß des Lavendelbeetes lagen Verpackungen und Dosen. Owen behandelte das Haus seines Vaters mit der Verachtung, die er stets für seinen Besitzer empfunden hatte. Seine Selbstgefälligkeit ging mir auf die Nerven, was wohl in seiner Absicht lag.

»Ich weiß, was du getan hast«, sagte ich.

Owen nahm einen Schluck aus der Dose und blickte mit zusammengekniffenen Augen aufs Meer hinaus, ohne auf meine Bemerkung zu reagieren.

»Du hast Henry Broughton-Jones bedroht. Du hast seine Familie so erschreckt, dass er Ninetyminutes zehn Millionen Pfund bewilligt hat.«

»Tatsächlich? Woher willst du das wissen?«

»Keine Sorge: Er hat mir nichts erzählt. Aber es ist offenkundig, dass er eine Heidenangst hat. Und genauso klar ist, wer ihm diese Angst eingejagt hat.« Ich wollte verhindern, dass Henry noch einmal von Owen aufs Korn genommen wurde.

»Also hat Orchestra investiert?«, fragte Owen.

»Außerdem hast du Goaldigger den Virus geschickt.«

»Technisch gesehen war es kein Virus, sondern ein Wurm.«

»Ist mir egal, was es technisch gesehen war«, sagte ich. Ich gab mir Mühe, mich zu beherrschen. »Es war Sabotage.«

»Wie schrecklich«, sagte Owen. »Ich hoffe, man kriegt den Kerl, wer immer es war.«

»Ich weiß, dass du Dominique umgebracht hast. Und ich halte es für sehr wahrscheinlich, dass du auch Abdulatif getötet hast.«

»Abdulatif?«

»Den Gärtner, der dich und Guy erpresst hat.«

»Ach so, du meinst den Typ, der nach Meinung der Polizei meine Stiefmutter um die Ecke gebracht hat.«

»Genau den. Du wusstest, dass Patrick Hoyle ihm das Schweigegeld übergeben wollte. Du bist Hoyle zum Treffpunkt gefolgt und hast die Übergabe beobachtet. Dann bist du hinter Abdulatif her und hast ihn erstochen.«

»Mann, was hast du für eine kranke Phantasie.«

»Und ich bin überzeugt, dass du deinen Vater hast umbringen lassen. Ich weiß nicht, wie, aber ich bin sicher, dass du dafür gesorgt hast.«

»Hast du was geraucht?«

Ich blickte hinaus aufs Meer, auf die Flotte der weißen Segelschiffe, die sich rund um Cap Ferrat tummelten.

»Du hast nicht den geringsten Beweis«, sagte Owen schließlich.

»Nein. Aber genug, um die Polizei dazu zu bringen, unangenehme Fragen zu stellen.«

»Das glaube ich nicht. Du hast nichts, was mich mit einer dieser Sachen in Verbindung bringt. Die Hälfte liegt sowieso schon Jahre zurück.«

»Ich will, dass du damit aufhörst«, sagte ich.

»Womit?«

»Leute zu bedrohen. Leute zu verletzen. Leute umzubringen.«

»Ogottogott«, sagte Owen ironisch.

»Ich weiß, dass du das alles für Ninetyminutes tust. Ich weiß, dass du glaubst, du hilfst damit deinem Bruder. Aber Ninetyminutes kann sehr gut ohne deine Hilfe auskommen.«

»Kann es das? Ich glaube nicht. Du weißt genau, wie nah Ninetyminutes am Abgrund war. Nur mit viel Glück ist es so weit gekommen. Ich denke, es braucht schon von Zeit zu Zeit ein bisschen Hilfe.«

»Mir ist es lieber, Ninetyminutes geht den Bach runter, als dass es mit deiner Art von Hilfe überlebt.«

»Weißt du was? Ich scheiß auf deine Meinung.« Owens Schnoddrigkeit war wie weggeblasen. Er war jetzt todernst. »Ninetyminutes bedeutet meinem Bruder alles. Es ist seine letzte Chance und seine beste. Wenn es klappt, wird er genauso reich wie Dad, wahrscheinlich reicher. Geht es in die Hose, ist es nicht bloß eine Enttäuschung für ihn, dann macht es ihn völlig kaputt. Ich kann dich nicht leiden, aber ich weiß, dass du ihn magst. Du weißt, dass ich Recht habe.«

Owen versuchte, mich dazu zu bringen, die Sache aus seiner Sicht zu sehen. Zum ersten Mal. Und was Guy anging, hatte er Recht. Ich erinnerte mich an das Gespräch mit Guy in der Jerusalem Tavern an dem Abend, als Henry unsere Bitte abgelehnt hatte. Ninetyminutes' Untergang würde auch Guys Untergang bedeuten.

Aber.

»Guy ist mein Freund. Ich weiß, dass du versuchst, ihm zu helfen. Aber hör mir zu. Hör mir gut zu.« Ich beugte mich vor. »Lieber sorge ich dafür, dass Ninetyminutes morgen in Konkurs geht, als dass es durch Terror oder Mord überlebt. Ganz egal, was das für Guy oder den Rest des Teams bedeutet. Also, wenn ich sehe, dass du mit deinen Drohungen und Erpressungen weitermachst, dass irgendjemandem Schaden zugefügt wird, ziehe ich die Notbremse. Ich informiere die Polizei, ich informiere die Presse, ich informiere jeden, der es hören will. Das wird Guy fertig machen. Das wird vielleicht auch Ninetyminutes fertig machen, aber ich bin entschlossen, es zu tun.«

Einen Augenblick sah Owen mich an. Dann brach er in Gelächter aus. »Du bist doch kein Stück besser als Guy oder ich, weißt du das? Du wünschst dir heftig, dass Ninetyminutes Erfolg hat. Die ganze Zeit über hast du beide Augen zugemacht, warum soll ich glauben, dass du plötzlich ein braver Bürger geworden bist? Du und ich, wir sind gar nicht so unterschiedlich. Nur dass ich den Mut hab, etwas für Ninetyminutes' Überleben zu tun, und du zu viel Schiss hast. Klar, du sackst die Millionen vom Börsengang ein, aber die Hände willst du dir nicht schmutzig machen. Das überlässt du anderen. Leuten wie mir.«

In Owens Worten war ein unangenehmes Körnchen Wahrheit, zumindest, was die Vergangenheit betraf. Aber nicht die Zukunft – dafür wollte ich sorgen.

»Weißt du«, sagte Owen, »seit ich gesehen habe, wie dein nackter Arsch auf meiner Stiefmutter herumhüpfte, kann ich dich nicht mehr ausstehen.«

Statt einer Antwort stand ich auf und wandte mich zum Gehen.

Plötzlich nahm ich eine Bewegung hinter mir wahr. Ich spürte sie mehr, als dass ich sie sah. Als ich herumwirbelte, packte mich Owen an den Schultern und zog mich zur Brüstung. Um nicht hinübergestoßen zu werden, stemmte ich ein Bein gegen die Brüstung und versuchte, die Hebelwirkung auszunutzen. Er lehnte sich gegen mich und drückte. Er war kräftiger und schwerer als ich. Als ich spürte, wie mein Fuß abrutschte, warf ich einen raschen Blick über die Schulter. Da war nichts, nur Luft und weit, weit unten das Meer.

Owen stemmte sich erneut gegen mich. Mein Fuß verlor den Halt, aber es gelang mir, mich zu drehen, sodass Owen vom eigenen Schwung gegen die Brüstung taumelte. Den Bruchteil einer Sekunde hatte ich die Möglichkeit, ihm den kleinen Extrastoß zu versetzen, der ihn hinabbefördert hätte. Aber ich tat es nicht. Ich konnte es nicht.

Owen bemerkte mein Zögern. Triumphierend leuchteten seine Augen auf. Die Beine nun weit auseinander gestellt, sodass er einen sicheren Halt hatte, packte er mich erneut an den Schultern und zog mich an die Brüstung. Mit der Brust auf der harten Marmorkante, starrte ich hinab auf die Wellen, die sich gemächlich auf den schmalen Sandstreifen ergossen, dreihundert Meter unter mir. Es war ein langer, langer Weg nach unten. Mir wurde schwindelig, Panik erfasste mich, mit aller Kraft versuchte ich mich zurückzuwerfen, aber es war hoffnungslos. Ich konnte mich nicht rühren.

»Weißt du, was mit dem letzten Typen passiert ist, der versucht hat, uns zu drohen?«, knurrte er.

Ich wusste es nicht und schwieg.

»Egal, klären wir auf der Stelle, wer wem droht«, sagte er. »Wenn Ninetyminutes meine Hilfe braucht, und ich denke, das ist der Fall, dann wirst du mir hier und jetzt versprechen, dass du mir nicht in die Quere kommst. Hast du verstanden?«

Ich gab keine Antwort.

Owen zog mich hoch. Den Bruchteil einer Sekunde glaubte ich, nun würde er mich über die Brüstung stoßen, doch er hielt mich eisern fest. Mein Gesicht krachte gegen den Marmor. »Ich habe dich gefragt, ob du mich verstanden hast.«

»Ja«, sagte ich und kämpfte mit der Panik.

Ich vernahm ein Grunzen. Er zog mich von der Brüstung zurück. Ich sackte zusammen wie ein Häuflein Elend. Als ich mir an die Wange fasste, hatte ich Blut an der Hand.

»So, und nun verpiss dich.«

34

»Wo, zum Teufel, warst du?«

Ich blickte von meinem Schreibtisch auf. »Morgen, Guy.«

»Himmel! Was ist denn mit dir passiert?« Aus dem Ärger in seiner Miene wurde Erstaunen, als er mein Gesicht sah.

»Jemand hat versucht, mich von einer Klippe zu stoßen.«

»So sieht es auch aus. Ich wusste gar nicht, dass es in München Klippen gibt.«

»Ich bin nicht in München gewesen.«

»Ich weiß. Ich habe gestern versucht, dich zu erreichen. Dein Handy war ausgeschaltet. Sie haben dich dort im Büro nicht zu Gesicht bekommen. Wo warst du?«

»In Frankreich.«

»Wenn du sagst, dass jemand versucht hat, dich von einer Klippe zu stoßen, meinst du doch nicht etwa *Les Sarrasins*?«

Ich nickte.

»Bist du bei Owen gewesen? Hast du Streit mit ihm angefangen?« Sein Ärger kehrte zurück.

»Nein, ich habe ihm gesagt, er soll die Finger von Ninetyminutes lassen. Er soll aufhören, Leute wie Henry und mich zu bedrohen, und er soll aufhören, Computerviren zu verschicken.«

»Er hat nichts dergleichen getan«, sagte Guy kalt.

»Doch. Ich weiß es.«

»Klar, du weißt es!«

»Guy! Er hat mich fast umgebracht!« Guys Weigerung, die Fakten zur Kenntnis zu nehmen, machte mich rasend.

»Mein Bruder ist ein Hitzkopf. Das weißt du. Wenn du ihm mit deinen Fragen auf die Nerven gegangen bist, brauchst du dich nicht zu wundern, dass du Prügel bezogen hast. Lass ihn doch einfach in Ruhe.«

»Du sagst ihm gefälligst, dass er uns in Ruhe lässt.«

»Was, zum Teufel, denkst du, was er in *Les Sarrasins* macht? Ich habe ihm gesagt, er soll dahin fahren. Du bist der Unruhestifter, Davo!« Er brüllte jetzt. Alle blickten uns an.

»Eines Tages bringt er jemanden um«, sagte ich und konnte angesichts so vieler mithörender Ohren gerade noch das Wort »wieder« herunterschlucken.

»Lass ihn einfach in Ruhe!« Guy funkelte mich an.

Vor Wut kochend, stand ich auf und verließ meinen Schreibtisch. Alle Augen waren auf uns gerichtet. Guy und ich waren häufig unterschiedlicher Meinung, aber wir schrien uns nie an, auf jeden Fall nicht im Büro. Das war eine Premiere, und alle hatten sie mitbekommen.

Als ich auf die Straße trat, hörte ich Schritte hinter mir. Es war Ingrid.

»David, warte!«

Ich wartete. Sie blickte mir ins Gesicht und berührte meine verschorfte Wange. »Das sieht ja schlimm aus.«

»Es tut auch weh.«

»Owen?«

»Ja, er hat versucht, mich einzuschüchtern. Ist ihm auch gelungen. Vorübergehend zumindest.«

»Mein Gott.« Sie passte sich meinem Schritt an. »Was ist passiert?«

Ich erzählte ihr von Henry und von meiner Theorie, dass der Goaldigger-Virus auf Owens Konto ging. Dass Owen Dominique und Abdulatif umgebracht hatte, erwähnte ich nicht. Hoyle hatte ich es zwar erzählt, aber Guy hatte Ingrid ausdrücklich genannt, als er mir das Versprechen abgenommen hatte, darüber zu schweigen. Daran wollte ich mich halten, zumindest vorläufig. Sie hörte mit einer Mischung aus Entsetzen und Mitgefühl zu.

»Ich wusste, dass Owen krank ist, aber so krank …«, sagte sie, als ich fertig war.

»Er ist es.«

»Ziemlich mutig von dir, hinzufahren und mit ihm zu reden.«

»Oder dumm. Aber es musste sein. Ich muss ihn aufhalten.«

»Glaubst du, du schaffst es?«

»Wahrscheinlich nicht. Aber ich muss es versuchen. Ich kann

nicht tatenlos zuschauen, wie er herumläuft und Menschen terrorisiert.«

»Was hast du ihm gesagt?«

»Ich habe ihm gesagt, dass ich Ninetyminutes ruiniere, wenn er weiteres Unheil anrichtet. Dass ich mit der Polizei spreche und mit der Presse.«

»Würdest du das wirklich tun?«

Ich blieb stehen und sah sie an. »Ja.«

Sie wich meinem Blick aus. »Aha.«

»Was meinst du mit ›aha‹? Bist du anderer Meinung?«

»Na ja, Owen muss das Handwerk gelegt werden, da hast du sicherlich Recht. Ich billige nichts von dem, was er getan hat, ganz im Gegenteil, aber wenn er ohne unser Wissen und Zutun Amok läuft, ist das doch kein Grund, Ninetyminutes zu ruinieren.«

»Was?«

»Du hast es doch selbst zu Guy gesagt: Ninetyminutes bedeutet uns allen etwas. Es ist nicht nur ein Mittel für Guy, seinem Vater etwas zu beweisen. Und es ist nicht nur für deine Gewissenspflege da.«

Ich schüttelte den Kopf. »Egal, was Ninetyminutes ist, es ist auf keinen Fall das Leben eines Menschen wert.«

»Natürlich nicht«, sagte Ingrid. »Aber darum geht es ja gar nicht. Wir sind nicht daran schuld, dass Owen total durchgeknallt ist. Ninetyminutes darf nicht darunter leiden.«

»Aber begreifst du nicht? Diese Drohung ist die einzige Waffe, die wir haben, um ihm Einhalt zu gebieten.«

»Das wird ihn nicht aufhalten.«

»Es besteht immerhin die Möglichkeit. Das genügt mir.« Aber ich konnte sehen, dass es Ingrid nicht genügte. Sie hatte ein Jahr ihres Lebens für Ninetyminutes geopfert. Ich hatte zwar gewusst, dass ihr viel am Erfolg lag, aber wie viel, das wurde mir erst jetzt bewusst. Es machte mich traurig. Ohne ein weiteres Wort machte ich auf dem Absatz kehrt und ging davon. Dieses Mal folgte sie mir nicht.

Meine Reise nach Frankreich hatte keine Klärung gebracht. Die Zweifel, die ich vor Weihnachten gehabt hatte, Zweifel, von denen ich gemeint hatte, sie hätten sich erledigt, kamen nun stärker denn je zurück.

Ich hatte gedacht, die Situation sei geklärt. Owen sei zwar gefährlich, aber wir seien ihn ein für alle Mal los. Guys einzige Schuld an der Geschichte sei, dass er seinen Bruder gedeckt habe. Ich könnte Frankreich und Tonys Tod endlich vergessen und mich auf Ninetyminutes konzentrieren.

Jetzt war klar, dass ich mich getäuscht hatte. Wir waren Owen keineswegs los, und Tonys Tod konnten wir auch nicht vergessen. Mein Gespräch mit Hoyle hatte mehr Fragen aufgeworfen als beantwortet. Was hatte Tony mit dem Wissen angefangen, dass seine Söhne von Abdulatif erpresst worden waren und dass einer von ihnen den Erpresser wahrscheinlich umgebracht hatte? Nach allem, was ich von der Familie Jourdan wusste, erschien es mir höchst unwahrscheinlich, dass er ihnen einfach Trost und Hilfe angeboten hatte. Und ich erinnerte mich an etwas, das Owen gesagt hatte, als er mich gegen die Brüstung in *Les Sarrasins* gedrückt hatte. Ob ich wisse, was der letzten Person zugestoßen sei, die sie bedroht hätte.

Hatte er von seinem Vater gesprochen?

Ich musste Owens Warnungen ernst nehmen. Ich spürte, wie die eisigen Finger der Furcht nach mir griffen. Ich hatte Angst vor ihm.

Kein Zweifel, Owen hatte schon einmal gemordet. Warum sollte er es nicht wieder tun? Er mochte mich nicht, hatte mich wahrscheinlich noch nie gemocht, mich aber geduldet, weil ich auf Guys Seite war. Sobald ich anfing, Fragen zu stellen und in der Vergangenheit seines Bruders herumzuschnüffeln, würde sich das ändern. Er war stark, er war schlau, er war skrupellos. Am erschreckendsten aber war, dass sich sein Wertesystem von dem anderer Menschen grundsätzlich zu unterscheiden schien. Gewissensbisse waren ihm fremd. In der Schule hatte er einem anderen Jungen bei einem Rugby-Spiel ein Stück des einen Ohres abgebissen. Seine Stiefmutter hatte er umgebracht, weil sie Ehebruch begangen hatte. Mich würde er genauso beseitigen, wenn er der Meinung war, dass ich eine ernsthafte Gefahr für seinen Bruder darstellte.

Sollte ich also einfach die Augen schließen und mich damit so verhalten, wie ich mich laut Owen bisher verhalten hatte?

Die Versuchung war groß. Ninetyminutes würde keinen Schaden nehmen. Ich würde am Leben bleiben. Und vielleicht würde ich sogar etwas Geld verdienen.

Doch die Erinnerung an Owens höhnische Unterstellungen brachte mir zu Bewusstsein, dass ich dazu nicht fähig war. Ich konnte mich nicht im Windschatten von Verbrechen bereichern, und ich wollte es auch nicht können. Ich wollte herausfinden, was Tony zugestoßen war, und ich wollte dafür sorgen, dass nicht noch jemand getötet wurde.

Das Problem war, dass ich nicht genügend Zeit hatte.

Guys Optimismus war mit Macht zurückgekehrt. Ninetyminutes hatte zehn Millionen Pfund zur Verfügung, und Guy hatte genügend Ideen, wie man sie ausgeben könnte: neben den Büros in Paris und München neue in Mailand und Barcelona. Eine Site, die der Fußball-Europameisterschaft im Juni 2000 gewidmet war. Weiterer Personalausbau: Wir hatten jetzt vierzig Mitarbeiter, und die Zahl erhöhte sich von Woche zu Woche. Die Organisation dieser Entwicklungen nahm unser aller Kraft in Anspruch.

Dabei hatten wir das Geld noch gar nicht. Nach seinem Anruf hatte Henry uns einen Brief geschickt, in dem er uns die zehn Millionen Pfund zusagte, und zwar zu Bedingungen, über die man sich noch einigen müsse. Soweit es mich betraf, musste diese Einigung so rasch wie möglich stattfinden. Und das hieß, dass wir mit Clare Douglas sprechen mussten.

Clare war sorgfältig, Furcht erregend sorgfältig. Sie wollte Zahlen über alles: Website-Besucher, Online-Verkäufe, Kosten, Budgets, Cash-Flow, Werbeeinnahmen, Mitarbeiterzahl. Sie wollte diese Zahlen für Vergangenheit, Gegenwart und Zukunft. Und sie stellte Fragen, viele Fragen. Obwohl ich Verständnis für sie hatte, bedeutete das Ganze eine Menge zusätzlicher Arbeit für mich, und das in einer Situation, in der ich meine normale Arbeit kaum schaffte. Ich hatte nur noch einen Wunsch: die verdammte Gesellschaftervereinbarung zu unterzeichnen und wieder zu meinen alltäglichen Pflichten zurückzukehren.

Guy, Mel und ich trafen uns um acht Uhr morgens mit Clare im Vorstandszimmer von Ninetyminutes, um die Vereinbarung mit ihr zu erörtern. Eigentlich hätte es ganz leicht sein müssen, weil der vor uns liegende Vertragsentwurf auf dem ursprünglichen Investitionsdokument von Orchestra basierte. Der einzige schwierige Punkt war wie immer der Preis. Wie viel von unserer Firma würde Orchestra für seine zehn Millionen Pfund verlangen?

Clare war eine zierliche Person, die uns dreien ganz allein auf einer Seite des Tisches gegenübersaß. Sie war zwei Jahre jünger als wir, aber etwas in ihren Augen sagte: Versucht nicht, mich über den Tisch zu ziehen. Mir fiel auf, dass sie mit dem Bleistift spielte. Sie schien nervöser als sonst zu sein. Kein Wunder: Wir hatten uns auf eine harte Verhandlungsrunde vorbereitet.

Nicht vorbereitet waren wir auf das, was Clare uns dann eröffnete.

»Diese Investition macht mir Sorgen, Guy.«

»Was meinen Sie damit?«

»Ich bin mir nicht sicher, ob Ninetyminutes es schaffen wird.«

Wir starrten sie an.

»Ich verstehe nicht ganz«, sagte ich, obwohl ich sehr wohl verstanden hatte. »Mit diesem Geld kommen wir sicher in den Sommer, und dann gehen wir an die Börse.«

»Und wenn der Aktienmarkt schlechter statt besser wird?«

»In dem Fall ist es möglich, dass wir die Finanzierung nicht zu dem Preis bekommen, den wir ursprünglich vorgesehen hatten.«

»Vielleicht kriegen Sie überhaupt keine Finanzierung.«

»Das haben wir doch alles schon mit Henry durchgesprochen«, unterbrach Guy. »Die Entscheidung ist gefallen. Wir haben einen Brief von ihm, in dem er uns das Geld zusagt. Daran ist Orchestra gebunden, oder, Mel?«

»Hundertprozentig«, sagte Mel.

»Ist das Ihre Entscheidung?«, fragte Guy und starrte sie kalt an.

»Ja«, sagte Clare und starrte zurück.

»Und was sagt Henry dazu?«

»Henry ist noch im Urlaub.«

»Haben Sie noch nicht einmal mit ihm gesprochen?«

»Nein. Aber ich bin jetzt bei Orchestra für diese Investition verantwortlich. Und ich habe meine Entscheidung getroffen.«

»Und was werden Ihre Seniorpartner dazu sagen, wenn Sie von einem Vertrag zurücktreten?«

»Sie werden mich unterstützen.«

»Wenn das bekannt wird, und das wird es, darauf können Sie sich verlassen, ist Orchestras Ruf ruiniert.«

»Das ist er auch, wenn wir zehn Millionen Pfund investieren, die drei Monate später den Bach runtergehen.«

Clares Antworten waren klar und einleuchtend. Ich bewunderte sie: Sie leistete gute Arbeit unter schwierigen Umständen.

Mel hüstelte. »Clare, darf ich Ihre geschätzte Aufmerksamkeit auf den Brief lenken, den Henry uns geschickt hat? Dort heißt es unmissverständlich, Orchestra Ventures wolle uns die Mittel bereitstellen.«

»Unter Bedingungen, die noch zu vereinbaren sind«, erwiderte Clare.

»Und über die sollten wir jetzt reden.«

»Sehr schön. Wir nehmen die in dem Brief erwähnte Investition von zehn Millionen Pfund vor, wenn wir fünfundneunzig Prozent des Unternehmens und Stimmenmehrheit im Vorstand erhalten.«

»Das ist absurd!«, sagte Guy. »Das bringt den Wert des Unternehmens praktisch auf null.«

»Es ist praktisch bankrott«, sagte Clare.

»Bei Stimmenmehrheit können Sie in Liquidation gehen und Ihr Geld wieder herausziehen«, sagte ich.

Clare würdigte mich der kaum wahrnehmbaren Andeutung eines Lächelns. Genau daran hatte sie gedacht. »Tatsache ist, wie ich von vornherein gesagt habe, dass wir nicht investieren müssen, wenn wir nicht wollen. Doch jetzt muss ich leider gehen. Ich würde mich gern mit Ihnen darüber unterhalten, wie wir das Unternehmen wieder auf die Beine bringen können. Sie haben noch zweihunderttausend Pfund auf Ihrem Konto. Wir sollten ein andermal darüber sprechen, meinen Sie nicht?«

Mit diesen Worten raffte sie ihre Papiere zusammen und verließ den Raum.

»Verdammter Mist!«, stieß Guy hervor, als sich die Tür hinter ihr geschlossen hatte. »Kann sie das machen, Mel?«

»Ich weiß nicht. Wir können versuchen, dagegen vorzugehen, aber es wird schwierig werden. Henrys Brief lässt zu viele Fragen offen.«

»Erst Bloomfield Weiss und dann Orchestra Ventures! Da versprechen dir diese Typen aus der City Geld, und dann kommen sie nicht damit rüber. Ich informiere die Presse. Du wendest dich direkt an Henry, Davo, und sagst ihm, er soll die Sache klären.«

Ich schüttelte den Kopf. »Tut mir Leid, Guy.«

»Was soll das heißen? Ruf ihn an!«

Ich blickte Mel an, entschloss mich aber, kein Blatt vor den Mund zu nehmen. »Du weißt so gut wie ich, warum Henry seine Meinung geändert hat. Owen hat seine Familie bedroht.«

»Was soll das heißen?«

»Erst hat Owen die Katze der Tochter zerstückelt und dann den Wagen, in dem seine Frau und die Kinder saßen, mitten auf eine befahrene Straße geschoben.«

»Was ist denn das für ein Scheiß?«, sagte Guy.

Mel sah mich an, als hätte ich den Verstand verloren.

»Ich denke nicht daran, ihn noch stärker unter Druck zu setzen«, sagte ich.

»Gut, dann gib mir seine Nummer. Ich rufe ihn an.«

»Nein«, sagte ich. »Und noch eins. Wenn weiterhin Drohungen gegen Henry oder Clare geäußert werden, erzähle ich der Presse und der Polizei alles, was ich weiß. Und sieh zu, Guy, dass auch dein Bruder diese Nachricht bekommt.«

Mit diesen Worten verließ ich das Vorstandszimmer und kehrte an meinen Schreibtisch zurück. Mit Papier und Bleistift begann ich durchzurechnen, wie Ninetyminutes ohne Orchestras Geld überleben konnte.

Zehn Minuten später setzte sich Guy wieder an seinen Schreibtisch. Wir arbeiteten eine Weile schweigend und vermieden es, uns anzublicken. Dann ergriff Guy das Wort.

»Davo?«

»Ja.«

»Ganz ehrlich: Ich habe nicht gewusst, dass Henrys Familie bedroht wurde.«

Ich antwortete nicht.

»Und ich schwöre dir, dass weder Owen noch ich irgendwelchen Druck auf Clare oder Henry oder irgendjemand sonst bei Orchestra ausüben werden.«

Ich blickte auf. Guy schaute mich an. Es sah so aus, als meinte er es ehrlich. Klar doch.

»Aber ich werde alles, was legal ist, versuchen, um Ninetyminutes zu retten. Und das solltest du auch tun. Einverstanden?«

»Ich werde keine Anstrengungen unternehmen, um Orchestra zu irgendwas zu überreden, Guy.«

Er holte tief Luft. »Okay. Ich kümmere mich darum. Aber bist du einverstanden?«

War ich damit einverstanden? Sein Bruder hatte entsetzliche Dinge angestellt, um Ninetyminutes zu retten. Aber Guy hatte sich davon distanziert. Und natürlich waren da noch meine Ersparnisse und die meines Vaters. Auch ich wollte Ninetyminutes nicht einfach zugrunde gehen lassen. »Ich bin einverstanden.«

»Gut. Jetzt also zu den Arschlöchern von Orchestra.«

Ich hörte, wie Guy während der nächsten Stunde versuchte, die Arschlöcher von Orchestra zu überzeugen. Doch ich konnte dem Gespräch, das ich mitbekam, entnehmen, dass sie nicht wankten und wichen. Sie stellten sich hundertprozentig hinter Clare. Obwohl ihr Verhalten Ninetyminutes vermutlich in die schwierigste Lage brachte, die wir jemals durchgemacht hatten, konnte ich nicht umhin, sie zu bewundern. Eine mutige Frau.

Ich nahm an, sie wusste nicht, wie mutig.

Am Nachmittag suchte ich die Niederlassung von Bloomfield Weiss in Broadgate auf, um zu erörtern, ob die Möglichkeit eines Börsengangs zu veränderten Bedingungen bestand: zu einem niedrigeren Kurs und geringerer Kapitalaufnahme. Der Banker äußerte sich skeptisch. Die Talfahrt des NASDAQ hielt unvermindert an. Alle hochgepriesenen Internet-Aktien wurden weit unter ihren Emissionskursen gehandelt und gingen mit jedem Tag tiefer in den Keller. »Warten Sie bis zum Sommer«, sagte er. Wir hatten Mai. Ich fragte mich, wann bei ihm der Sommer begann. Noch nicht sehr bald, hatte ich das Gefühl.

Wieder im Büro, erzählte ich Guy von dem Ergebnis der Besprechung. Ungeduldig hörte er zu.

»Und, was wirst du jetzt tun?«, fragte er, als ich fertig war.

Ich holte tief Luft. »Ich denke, wir sollten zwei Dinge tun. Erstens sollten wir noch einmal mit Champion Starsat reden. Sie fragen, ob sie uns noch immer kaufen wollen.« Guy schnitt eine Grimasse. Ich fuhr unbeirrt fort. »Zweitens sollten wir unsere Ausgaben kürzen, damit das Geld, das wir haben, länger vorhält. Wenn wir genügend Einsparungen vornehmen, können wir bis Oktober durchhalten. Vielleicht können wir sogar kostendeckend arbeiten.«

»Na toll, Davo. Und was, glaubst du, wird Champion Starsat für uns zahlen? Bestimmt keine hundertfünfzig Millionen Pfund mehr. Wenn wir nicht verkauft haben, als der Markt ganz oben war, warum sollten wir es jetzt tun? Und was deine Einsparungen angeht, kann ich nur sagen, wir müssen mehr investieren, nicht weniger. Begreif das endlich!«

»Wir haben keine Wahl. Wenn wir weitermachen wie bisher, müssen wir in drei Wochen dichtmachen.«

»Hör zu, ich will Lösungen hören, keine Probleme. Die Finanzen fallen in deine Verantwortung, Davo, also übernimm auch die Verantwortung für sie. Wir sind in ganz Europa die Fußball-Site mit dem größten Wachstum; *ninetyminutes.com* ist eine Marke, die die Leute kennen. Wir sind dabei, es zu schaffen. Wir sind die Sieger. Und du versuchst mir einzureden, dass wir verloren haben. Ich begreife dich nicht, Davo. Früher waren wir doch ein Team. Aber jetzt habe ich das Gefühl, du läufst rum und suchst nur noch Probleme.«

»Ich brauche nicht nach ihnen zu suchen«, sagte ich. Mir kam die Galle hoch. »Sie liegen hier vor mir und blicken mich aus unseren Kontoauszügen an. Ich kann sie nicht wegzaubern.«

»Du solltest es verdammt noch mal versuchen«, sagte Guy.

»Ach ja? Und wie?«

»Schick Bloomfield Weiss in die Wüste. Such dir eine Emissionsbank, die sich etwas traut. Du musst doch noch Kumpels bei Leipziger Gurney Kroheim haben. Und was ist mit all den Typen, die sich im März fast umgebracht haben, um mit uns ins Geschäft zu kommen?«

»Es würde auf dem Markt verdammt schlecht aussehen, wenn wir Bloomfield Weiss den Laufpass gäben.«

»Ist mir egal, wie es aussieht. Alles, was ich will, ist ein Broker, der uns Geld besorgt.«

»So jemand dürfte schwer zu finden sein.«

»Wie, zum Teufel, willst du das wissen, bevor du es versucht hast?«

Ich verzichtete auf eine Antwort. Es hörte sich an, als hätte er Recht, aber ich wusste, dass er Unrecht hatte.

»Und mit den Leuten von Orchestra Ventures bin ich auch noch nicht fertig. Sie haben ihr Wort gebrochen, und sie wissen das. Wenn ich sie nicht dazu bringen kann, ihre Meinung zu ändern, wird Mel es schon schaffen.«

Ich schüttelte den Kopf. »Darauf würde ich mich nicht verlassen.«

Bei Smiths war es voll. Freitagabend herrschte Hauptkampfzeit, selbst im gegenwärtigen Börsenklima. Nach und nach verdrängten die Kündigungspartys die Einweihungsfeste der Websites, aber die *Dot-Commers* hatten noch immer genügend Geld zum Verjubeln. Guy hatte Geburtstag, den zweiunddreißigsten, und der Alkohol floss in Strömen.

Die Finanzierungssorgen hatten zu Spannungen im ganzen Team geführt, und es war, als wollten jetzt alle die augenblicklichen Sorgen vergessen und sich an den alten Teamgeist erinnern. Ich trank schnell, Guy noch schneller. Der Small Talk war hektisch, das Gelächter laut. Die Zeit verging wie im Fluge.

Gegen zehn hockte ich auf einem Sofa, neben mir ein freier Platz. Mel ließ sich darauf fallen.

»Hallo«, sagte ich.

»Hi.«

»Wie geht's?«

»Alles okay«, sagte sie.

»Wie läuft es so mit Guy?«, fragte ich, ohne nachzudenken. Während der letzten drei Monate, in denen ich so oft mit Mel zusammengearbeitet hatte, hatten wir das Thema nie berührt, obwohl ich sie doch bei Guy gesehen hatte.

Überrascht, dass ich darauf zu sprechen kam, blickte sie mich an. Dann antwortete sie: »Sehr frustrierend. Manchmal kommt er, manchmal nicht. Ich weiß nie, woran ich bin.«

»Manche Dinge ändern sich nie.«

Mel seufzte. »Nein, aber ich wünschte mir, sie täten es.«

Plötzlich fielen mir einige Fragen ein, die mich schon längere Zeit beschäftigten. Es schien mir der richtige Zeitpunkt zu sein, sie zu stellen.

»Als ich an dem Abend in Guys Wohnung auftauchte, warum hast du dich da gezeigt? Ich meine, du hättest doch nur im Bett bleiben müssen, und ich hätte nichts gemerkt.«

»Hätte ich«, sagte Mel. »Guy wollte das auch, aber ich hatte es satt, sein heimliches Betthäschen zu sein. Wenn ich gut genug zum Vögeln bin, dann bin ich auch gut genug, um mit seinen Freunden zu reden.«

Ich war verblüfft über die Bitterkeit in ihrer Stimme. »Natürlich bist du das«, meinte ich.

»Sag ihm das bitte.«

»Er würde nicht auf mich hören«, sagte ich. »Er hört in letzter Zeit selten auf mich.«

»Er steht unter Druck.«

»Wann seid ihr beiden eigentlich wieder zusammengekommen?«, fragte ich.

»Oh, es geht schon eine ganze Weile, mit Unterbrechungen. Begonnen hat es im vorigen Jahr, nachdem er diesen heftigen Streit mit seinem Vater hatte, als es darum ging, Ninetyminutes in eine Porno-Site zu verwandeln. Meistens taucht er bei mir auf, wenn er down ist. Natürlich ganz heimlich«, sagte sie bitter, »damit es niemand merkt.«

»Warum lässt du dir das gefallen?«

Mel blickte mich an. Sie hatte Tränen in den Augen. »Weil ich nichts dagegen tun kann. Ich kann einfach nichts dagegen tun. Ich weiß, dass ich ihm ein Ultimatum stellen müsste: zu meinen Bedingungen oder gar nicht. Aber die Wahrheit ist, dass ich ihn brauche. Wenn er nicht bei mir ist, fühle ich mich so elend, dass ich zu allem bereit bin, damit er zurückkommt. Das weiß er. Manchmal denke ich, er ist ein Riesenarschloch, aber dann lächelt er oder berührt mich, und dann, na ja, ist wieder alles zu spät.«

Ich holte neue Drinks für Mel und mich.

»Danke«, sagte sie, als ich ihr das Glas reichte. »Sieht nicht gut aus, nicht wahr?«

»Was meinst du?«

»Ninetyminutes.«

»Sieht nie besonders gut aus.«

»Ich kann nicht glauben, dass euch die blöde schottische Kuh das Geld nicht geben will.«

Ich seufzte. »Wahrscheinlich hat sie Recht.«

»Glaubst du, Ninetyminutes wird es schaffen?«

»Weiß nicht. Im Augenblick sieht es schlecht aus. Wir müssten Kosten sparen, aber Guy ist dazu nicht bereit.«

Mel sah mich von der Seite an. »Diese Sachen, die du über Owen erzählt hast. Dass er Henry Broughton-Jones bedroht hat und so. Stimmte das?«

»Ja«, sagte ich. »Alles wahr.«

»Wusste Guy davon?«

»Keine Ahnung. Aber ich habe es damit ernst gemeint, dass ich zur Polizei gehe, wenn Owen Clare bedroht.«

»Miststück«, murmelte Mel.

So saßen wir in trunkenem Weltschmerz auf unserem Sofa, kaum berührt von der Fröhlichkeit der Party um uns her. Guy stand nur ein paar Schritte entfernt und unterhielt sich mit Ingrid. Er hatte den Arm um ihre Taille gelegt.

Ich spürte, wie sich Mel neben mir straffte. »Noch so ein Miststück«, flüsterte sie. »Was will er von ihr, wenn er mich haben kann?«

Es war richtig, dass Mel im herkömmlichen Sinne hübscher war als Ingrid. Sie war größer und hatte die bessere Figur. Aber Ingrid hatte etwas an sich, für das Guy genauso empfänglich war wie ich. Doch das erklärte ich Mel lieber nicht.

Sie blickte mich an, zog ein Gesicht, weil ich ihr die Antwort verweigerte, auf die sie gehofft hatte, und kletterte dann umständlich auf die Füße. Ich hätte sie aufhalten müssen, war aber auch nicht besonders begeistert über den Arm, den Guy um Ingrid gelegt hatte.

So verfolgte ich das Geschehen untätig von meinem Beobachtungsposten auf dem Sofa. Hören konnte ich nichts, nur sehen. Es kam, wie es kommen musste. Mel schwankte auf Guy zu und hängte sich in seinen Arm. Sie wechselten ein paar Worte, freundlich zuerst, dann schärfer. Ingrid zog sich zurück. Dann sagte Guy irgendetwas Verletzendes, so leise, dass nur Mel es hören konnte. Es war, als hätte er sie ins Gesicht geschlagen. Sie machte auf dem Absatz kehrt und wandte sich zur Tür, nur mühsam die Tränen zurückhaltend.

Der Lärmpegel knickte etwas ein, als die Leute innehielten, um das Geschehen zu beobachten, erreichte aber bald wieder seine alte Höhe. Guy griff erneut nach Ingrids Taille. Sie stieß ihn fort und verschwand auf der Toilette.

Ich hatte mich an die Bar begeben, um mir noch etwas zu trinken zu holen, als ich eine leichte Berührung am Ellbogen spürte. Es war Ingrid. »Können wir einen Augenblick rausgehen?«

»Sicher.«

Die Mainacht war so kühl, dass ich mich tief in meine Jacke verkroch. Aber die frische Luft vertrieb einen Teil des Bierdunstes aus meinem Kopf. »Wohin willst du?«

»Ist mir egal«, sagte Ingrid. Also gingen wir nach Osten, vorbei an dem dunkel aufragenden Smithfield Market in Richtung Charterhouse Square.

»Hat Mel Streit mit dir gesucht?«, fragte ich.

Ingrid fröstelte. »Sie hat mir die Geschichte auf Mull nie verziehen. Das war saublöd, ich weiß, aber es ist lange her, und sie hat heute wirklich nichts mehr von mir zu befürchten.«

»Nein?«

Ingrid lachte und drückte meinen Arm. »Nein, es ist wahr, früher fand ich Guy faszinierend, aber er ist nicht mein Typ.«

»Ach, wirklich nicht?«

»Nein, wirklich nicht. Mein ganzes Leben war ich von kranken, kaputten Typen wie ihm und Mel umgeben. Irgendwie ist es mir gelungen, nicht wie sie zu werden. Ich kämpfe um meine Normalität.«

»Du bist total normal«, sagte ich.

»Das ist das netteste Kompliment, das ich je bekommen habe.« Wieder drückte sie meinen Arm.

»Wie traurig.«

Wir gingen und redeten. Vorbei an St. Paul's, deren Silhouette sich gegen das Licht des Dreiviertelmondes abzeichnete, vorbei an den Säulen von Mansion House und der Bank of England, durch die engen Gassen der City, wo totenstille Abschnitte mit lärmenden, erleuchteten wechselten, in denen die Menschen aus überfüllten Bars auf die Straße quollen. Schließlich landeten wir in der Nähe der Tower Bridge am Fluss, nicht weit von Guys Wohnung in Wapping.

Ingrid blieb stehen. »Ich glaube, das war genug«, sagte sie.

»Ja«, stimmte ich zu.

»Danke für den Spaziergang. Ich hatte ihn nötig.«

»Ich auch, glaube ich.«

Wir standen in einem der ruhigen Abschnitte. Überall waren Lichter, gelbe und orangefarbene, die den Tower neben uns und die Brücke vor uns beleuchteten und auf der raschen Strömung des Flusses tanzten. Ich verspürte den Impuls, sie zu küssen, zögerte aber. War Ingrid eine gute Freundin? Oder doch etwas anderes? Wollte ich, dass sie etwas anderes war? Wollte sie es?

Ingrid sah meine Verwirrung, und um ihre Lippen kräuselte sich ein Lächeln. »Bis morgen«, sagte sie, als sie sich hochreckte, um mir einen Kuss auf die Wange zu geben. Dann eilte sie die Steigung hinauf in Richtung der belebten Straße, um sich ein Taxi zu rufen.

In einem Zustand angenehmer Ratlosigkeit beobachtete ich sie auf ihrem Weg und fragte mich, was eigentlich – wenn überhaupt – an diesem Abend geschehen war. Dann rief ich selbst nach einem Taxi, doch als ich einsteigen wollte, bemerkte ich, dass ich meinen Aktenkoffer bei Smiths gelassen hatte. Es war schon spät, trotzdem wollte ich schauen, ob das Lokal noch offen war. Ich hatte Glück. Sie wollten gerade schließen. Ich nahm den Aktenkoffer und suchte die Toilette auf, bevor ich mich auf den Heimweg machte. Als ich an einem dunklen Flur vorbeikam, sah ich zwei dunkle Gestalten in enger Umarmung. Eine war Guy und die andere – ich blinzelte in die Dunkelheit – Michelle.

Arme Michelle.

35

Der nächste Tag war ein Samstag, für uns ein Arbeitstag. Es gab unzählige dringende Dinge zu erledigen, aber ich machte mir den Umstand zunutze, dass keine Besprechung auf mich wartete, und schob alle Aufgaben zwei Stunden lang beiseite, um mich noch einmal ganz auf Tonys Tod konzentrieren zu können. Während Guy mit den PR-Leuten seine öffentliche Rache an Orchestra plante, rief ich Detective Sergeant Spedding an. Er erinnerte sich sofort an mich und bat mich, ihn am Nachmittag aufzusuchen.

Er erwartete mich in einem kahlen Verhörraum der Polizeidienststelle in der Savile Row. Ein freundliches, sommersprossiges Gesicht unter roten Haaren. Nachdem er mir eine Tasse Kaffee geholt hatte, setzten wir uns.

»Ich bin ein großer Fan Ihrer Website geworden«, sagte er.

»Wunderbar.«

»Aber ich glaube nicht, dass die Rovers für die nächste Saison einen neuen Manager suchen.«

»Ich werd's weitergeben.«

»Was wir wirklich brauchen, ist ein guter Kopfballspieler in der Spitze.«

»Auch das werde ich weitergeben.«

»Danke.« Er rührte seinen Kaffee um und nahm einen Schluck. »So, nachdem wir die wirklich wichtigen Dinge abgehandelt haben, erzählen Sie mal, was Sie auf dem Herzen haben.« Er lächelte mir aufmunternd zu.

»Haben Sie irgendeine Ahnung, wer Tony Jourdan umgebracht haben könnte?«

»Wie kommt es eigentlich, dass immer, wenn wir miteinander sprechen, Sie die Fragen stellen und ich sie beantworte? Sollte es nicht eigentlich umgekehrt sein?«

»Sorry«, sagte ich.

Spedding lächelte. »Wir wissen nicht, wer ihn getötet hat. Einen

Auftragsmörder können wir ausschließen: Jemanden zu überfahren ist eine sehr unsichere Methode. Da kann alles Mögliche schief gehen. Daher ist es am wahrscheinlichsten, dass es jemand war, der Jourdan kannte.«

»Verstehe.«

»Was die nahen Angehörigen angeht, so war Sabina Jourdan zum Zeitpunkt der Tat in Frankreich, und ich bezweifle sehr, dass sie den Mann, den Sie gesehen haben – Donnelly -, dafür bezahlt hat. Aus den Gründen, die ich Ihnen eben genannt habe. Außerdem glaube ich nicht, dass er solche Aufträge annehmen würde. Die Alibis der beiden Söhne haben wir gründlich überprüft, die sind wasserdicht. Jourdan hatte alte Geschäftsfeinde, die Groll gegen ihn hegten. Vielleicht hatte einer von ihnen die Hand im Spiel, aber da gab es keine vernünftige Spur. Deshalb ist die offizielle Version gegenwärtig ›Unfall mit Fahrerflucht‹. Allerdings scheint mir das in einer so engen Straße auch nicht sehr plausibel zu sein.«

»Dann ist Owens Alibi also einwandfrei? Er kann nicht irgendwas mit dem Überwachungssystem getrickst haben oder so?«

»Nein, er ist ohne jeden Zweifel zwei Minuten, bevor sein Vater überfahren wurde, in dem Laden gewesen.«

»Und Guy?«

Spedding sah mich scharf an. »Was soll mit ihm sein?«

»War Guys Alibi auch wasserdicht?«

»Scheint so. Er ist mit seinem Bruder in einem Pub in Camden gewesen und hat dann eine Freundin in St. John's Wood besucht. Da war er um halb zehn, nur fünf Minuten nach der Tat.«

»Und sie hat das bestätigt?«

»Nicht nur sie. Sie hatte eine Freundin zu Besuch, die bei ihr übernachtete und Guy ebenfalls gesehen hat. Er hätte nicht genügend Zeit gehabt, vom Pub nach Knightsbridge zu fahren und von dort nach St. John's Wood. Außerdem behauptet er, er habe sein Auto an diesem Abend sowieso nicht mitgehabt. Wir haben es untersucht. Nichts.«

»Wissen Sie, ob er an diesem Tag seinen Vater getroffen hat?«

»Er hat ihn am Tag zuvor in Jourdans Wohnung in Knightsbridge besucht. Laut Guy war es ein ziemlich stürmisches Treffen.«

»Hat er gesagt, worum es ging?«

»Ja, um die Zukunft von Ninetyminutes. Er versuchte, seinen Vater umzustimmen.«

Ich zögerte, bevor ich meine nächste Frage stellte. »Haben sie noch über etwas anderes gesprochen?«

»Laut Guy nicht«, sagte Spedding. »Er und sein Vater waren allein in der Wohnung, und Tony Jourdan kann uns natürlich nichts mehr erzählen.«

»Natürlich nicht.«

»Was sollen die Fragen?«

»Ach, ich weiß nicht. Ich versuche mir nur ein Bild von den Ereignissen zu machen.«

»Haben Sie irgendwelche Informationen für mich?«

»Nein«, sagte ich.

»Ich bin Ihnen gegenüber sehr entgegenkommend gewesen. Wollen Sie sich nicht revanchieren?«

»Ich kann Ihnen beim besten Willen nichts erzählen.«

Spedding blickte mich lange an. »Dieser Fall stinkt zum Himmel. Sie wissen das, und ich weiß es. Ich glaube, an der Geschichte, die Guy Jourdan mir aufgetischt hat, ist etwas faul. Möglicherweise wissen Sie Näheres. Ich weiß nicht, ob Sie nur einen Verdacht oder einen konkreten Beweis haben, aber wenn das der Fall ist, dann sollten Sie es mir mitteilen. Ich weiß, Guy ist Ihr Freund und Geschäftspartner. Aber Mord ist eine ernste Angelegenheit, David. Genauso wie die Unterschlagung von Beweismaterial.«

Ich blickte Spedding an. »Ich weiß«, sagte ich. »Deshalb bin ich hier.«

Spedding nickte. »Okay. Wenn Sie wieder mit mir sprechen wollen, rufen Sie an. Jederzeit.« Er reichte mir seine Karte.

Meine Finger umklammerten sie fest, als ich das Polizeirevier verließ.

Um siebzehn Uhr verließ ich die Firma. Guy war noch im Büro, und ich war mir sicher, dass er mindestens noch eine weitere Stunde bleiben würde. Mit der U-Bahn fuhr ich nach St. John's Wood und ging durch Straßen, die voller Laub waren, zu Mel.

In Mels alter Wohnung in Earls Court war ich vor vielen Jahren zweimal gewesen, doch in dieser noch nie. Sie lag im ersten Stock eines engen dunklen Treppenhauses. Mel führte mich ins Wohnzimmer, das sehr ordentlich und ziemlich unpersönlich war: nüchtern gerahmte Poster und Drucke, kühle graue Wände, wenig Nippes, eine Reihe Bücher in einem Regal, eine winzige CD-Sammlung, ein einzelner Fotorahmen. Ich kam mir wie in einer Ferienwohnung vor.

»Schön, dich zu sehen, David«, sagte sie höflich.

»Hoffentlich nimmst du es mir nicht übel, dass ich dich so überfalle, aber ich habe mir ein bisschen Sorgen gemacht. Nach gestern Abend.«

»Richtig, gestern Abend. Tut mir Leid, ich war ein bisschen betrunken.«

»Waren wir doch alle.«

Wir standen in der Mitte des Wohnzimmers. Mel schloss die Augen und lehnte sich an meine Brust. Ich legte den Arm um sie. Sie begann zu schluchzen. Sanft strich ich ihr übers Haar.

Schließlich löste sie sich von mir. »Sorry«, sagte sie. »Es ist nur – ich glaube, jetzt habe ich ihn endgültig verloren.«

Was sollte ich ihr sagen? Dass sie ohne ihn viel besser dran sei? Dass sie sich keine Sorge machen solle, weil er wahrscheinlich bald wieder bei ihr aufkreuzen werde, wenn er bei einer anderen abgeblitzt und ihm nach einer schnellen Nummer sei? Ich berührte sie am Ärmel.

Sie lächelte unter Tränen. »Ich weiß, was du denkst«, sagte sie. »Und du hast sicherlich Recht. Nur … ich weiß nicht. Ich fühle mich so mies.«

»Was ist geschehen?«

»Er hat gesagt, ich soll abhauen und ihn in Ruhe lassen.«

»Du warst betrunken. Er war betrunken. Das hat nichts zu bedeuten.«

»Aber er stand da mit Ingrid.«

»Sie ist ein paar Minuten nach dir gegangen. Guy ist geblieben.« Michelle erwähnte ich nicht.

Ein Hoffnungsschimmer erschien in ihren Augen. Dann ordnete sie ihre Haare und versuchte sich zu fangen. »Tut mir Leid. Ich komm mir ziemlich blöd vor. Möchtest du was trinken? Ich glaube, nach gestern Abend mach ich erst mal eine Pause.«

»Nein, danke«, sagte ich und setzte mich auf ein Sofa. Auf dem Kaminsims neben mir stand ein Foto von Mel und Guy. Ich erkannte die Wohnung in der Gloucester Road, die Guy vor einigen Jahren bewohnt hatte. Offenbar war es vor dem denkwürdigen Ausflug nach Mull aufgenommen worden.

»Hübsches Bild«, sagte ich.

»Ja«, erwiderte sie. »Das waren noch Zeiten.«

Unauffällig sah ich mich im Zimmer um. Andere Fotos gab es nicht, weder von den Eltern noch von Haustieren.

Mel begann zu reden. Sie wollte reden. »Weißt du, ich hab mich auf den ersten Blick in ihn verknallt. Wir waren vierzehn. Vierzehn! Mein Gott, wie lange das her ist.« Sie lachte. »Ich war größer als er. Das war alles ganz harmlos. Ich bemerkte gerade, dass ich kein niedliches kleines Mädchen mehr war. Die Jungen nahmen Notiz von mir. Ältere Jungen. Ich ging mit vielen Typen aus, die sechzehn oder siebzehn waren.«

»Ich erinnere mich.« Nicht nur die älteren Jungen hatten von Mel Notiz genommen.

»Das fand ich toll. Ich schien Macht über sie zu haben. Und ich machte von ihr Gebrauch. Aber ich ließ sie nie sehr weit gehen. Die ganze Schulzeit über blieb ich Jungfrau. Ich genoss die Macht, nein zu sagen.«

»Aber mit Guy bist du nie ausgegangen?«

»Erst ganz zum Schluss. Ich war daran gewöhnt, dass die Jungs hinter mir her waren, nicht umgekehrt. Ich dachte mir, dass er irgendwann ankommen würde, und das tat er auch. Dann hielt ich ihn hin. Damals war ich eine richtige Expertin auf dem Gebiet. Aber er war der Richtige, der Einzige. Ich glaube, ich hab dir das damals schon in Frankreich gesagt. Als ich mit dem Scheißkerl Tony Jourdan schlief, hab ich alles vermasselt.«

»Bist du jemals darüber hinweggekommen?«

»Nicht wirklich. Es war natürlich keine Vergewaltigung oder dergleichen. Aber zu Hause machte ich eine wirklich schwierige

Zeit durch. Mein Vater hatte meine Mutter verlassen, und beide versuchten, mich gegen den jeweils anderen auszuspielen. Ich war immer Daddys kleines Mädchen gewesen und hatte ihn angebetet. Und dann machte er sich plötzlich mit irgendeiner Sekretärinnenschlampe vom Acker, die nur ein paar Jahre älter war als ich. Ein halbes Jahr später hüpfte ich mit jemandem ins Bett, der so alt war wie mein Vater, und verlor den Jungen, den ich liebte. Ich kam mir unendlich billig, wertlos und dumm vor.

Ich veränderte mich, wurde ein neuer Mensch an der Uni. Keine engen Jeans mehr, keine Männer. Ich hatte überhaupt wenig Bekannte. Meist war ich allein und depressiv. Eine schlimme Zeit. Bei dem Broadhill-Treffen habe ich dann Guy wieder getroffen. Den Rest kennst du.«

»Glaubst du, dass du ohne ihn zurechtkommst?«

Mel lächelte. »Ich sollte es wohl, aber ich bezweifle es. Ich weiß, dass er seit der Geschichte in Frankreich nichts mehr von mir hält, zu Recht. Was ich getan habe, ist unverzeihlich. Deshalb behandelt er mich so. Aber ich hoffe immer noch, dass er seine Meinung ändert, wenn er sieht, wie sehr ich ihn liebe. Das muss er einfach.« Ihre Stimme klang verzweifelt.

Ich versuchte ein tröstliches Lächeln. Ihre Hoffnung war vergebens. Je mehr sie sich bemühte, desto rücksichtsloser würde Guy sie ausnützen. Aber ich brachte es nicht übers Herz, ihr das zu sagen.

»Ich mache mir Sorgen um Ninetyminutes«, fuhr Mel fort. »Wenn die Firma Pleite macht, geht er daran kaputt. Selbst wenn er mich fallen lässt, kann ich ihm wenigstens damit helfen.«

»Gestern Abend hast du gesagt, kurz vor Tonys Tod hättet ihr wieder angefangen, euch zu sehen.«

»Richtig.« Sie lächelte. »Am Tag davor. Guy kam ziemlich spät vorbei. Er hatte getrunken. Ich machte mir keine Illusionen. Er besuchte mich, weil er vögeln wollte. Aber hinterher lag er in meinen Armen, und wir redeten. Er erzählte mir alles. All die Sorgen, die er sich machte, weil er befürchtete, sein Vater könnte Ninetyminutes ruinieren. Alles. Ich tröstete ihn.«

»Hat er dir von dem Gärtner in Frankreich erzählt? Und dass Tony es herausgefunden hatte?«

»Ja, das hat er.« Mel blickte mich etwas verwirrt an. »Aber er meinte, er hätte es sonst niemandem gesagt.«

»Hat er auch nicht«, sagte ich. »Zumindest damals nicht. Ich habe es später von Patrick Hoyle erfahren. Mit Guy habe ich vor ein paar Monaten darüber gesprochen. Wie üblich machte er sich wegen Owen Sorgen.«

»Tony wollte, dass Guy bei Ninetyminutes bleibt. Guy weigerte sich natürlich – er hatte keine Lust, Tonys Marionette zu sein. Doch Tony drohte ihm, der französischen Polizei alles über den Gärtner und Owens Rolle bei seinem Tod zu berichten.«

»Er wollte seinen eigenen Sohn anzeigen?«

»Guy wollte es auch nicht glauben. Er hielt es für einen Bluff, war sich aber nicht sicher. Ich glaube, er war genauso empört über die Tatsache, dass der eigene Vater so etwas seinem Bruder antun wollte, wie darüber, dass er aus der Firma gedrängt werden sollte.«

»Dann war Tonys Tod ja ein glücklicher Umstand für ihn.«

»Ein sehr glücklicher Umstand«, sagte Mel entschieden. »Es hätte Guy völlig kaputtgemacht.«

»Du sagst, er hat dir das alles in der Nacht *vor* Tonys Tod erzählt?«

»Richtig. Aber am nächsten Abend kam er wieder vorbei. Du weißt wahrscheinlich, dass er hier war, als es passierte.«

»Ja. Offenbar war noch eine Freundin von dir da.«

»Anne Glazier. Wir haben zusammen studiert. Sie arbeitet für eine große englische Kanzlei in Paris und war einen Tag in London.« Plötzlich wurde Mel misstrauisch. »Was sollen alle diese Fragen?«

»Ach, ich weiß nicht«, sagte ich obenhin. »Neugier vermutlich. Mich interessiert, wie das mit Tony Jourdan passiert ist.«

»Du glaubst doch nicht etwa, dass Guy etwas damit zu tun hat, oder?« Zornig funkelte sie mich an.

»Aber nein, natürlich nicht«, sagte ich rasch. »Ich weiß, dass er nichts damit zu tun hat. Ich will nur rauskriegen, wer es war, das ist alles.«

»Wenn du mich fragst, am besten, man vergisst das Ganze. Ich wollte, ich könnte Tony Jourdan vergessen, diesen Schweinehund.

Ich habe den Mann gehasst, hasse ihn immer noch, obwohl er tot ist.« Das Telefon klingelte. »Entschuldige«, sagte sie und nahm den Hörer ab.

Ihre Augen leuchteten auf, als sich der Anrufer meldete. Es folgte ein kurzes Gespräch mit einigen unterkühlten Jas und Neins. Dann sagte sie: »Gut, wenn du wirklich vorbeikommen willst, ist das okay ... Ungefähr in einer halben Stunde? ... Ich glaube, ich habe noch etwas im Kühlschrank. Soll ich was kochen? ... Gut, bis dann.«

Triumphierend legte sie auf.

»Guy?«, fragte ich.

Sie nickte.

»Dann sollte ich wohl besser gehen.«

Sie lächelte, ein strahlendes Lächeln. Ihr ganzes Elend war verflogen. »Ich muss noch was zum Dinner besorgen. Vielen Dank, dass du vorbeigeschaut hast, David. Du musst entschuldigen, dass ich dich mit meinem Kummer belämmert habe, aber es ist schön, mal mit jemandem reden zu können. Vermutlich bist du außer mir der einzige Mensch, der Guy nahe genug steht, um es zu verstehen. Natürlich abgesehen von Owen, aber mit dem möchte ich so wenig wie möglich zu tun haben.«

»Darf ich noch mal auf die Toilette, bevor ich gehe?«

»Natürlich. Am Ende des Flurs.«

Auf dem Rückweg kam ich an der offenen Tür zum Schlafzimmer vorbei. An der Wand hing ein großer Rahmen mit einer ganzen Sammlung von Fotos. Es mochten an die zwanzig sein. Zwanzig Bilder von Guy, die dem zynischen jungen Mann den Weg in das Bett einer verletzlichen Frau ebneten.

»Einen schönen Abend!«, sagte ich beim Fortgehen. Doch trotz des erfreulichen Stimmungsumschwungs bei Mel hoffte ich für sie, dass mein Wunsch nicht in Erfüllung gehen möge.

Ich kehrte in meine Wohnung zurück, ließ mich aufs Sofa fallen und schaltete den Fernseher ein. Ich war müde. Mel, Guy, Ninetyminutes, Tony und Owen wirbelten mir im Kopf herum. Ich wusste, ich hätte in dem Durcheinander ein bisschen Ordnung schaffen müssen, aber mein Gehirn verweigerte mir den Gehorsam.

Schließlich ging ich ins Bett.

Den Computer hatte ich im Schlafzimmer stehen. Ich wollte ihn nicht in den öffentlicheren Bereichen der Wohnung haben, dem Wohnzimmer etwa oder dem Gästezimmer. Seit ich bei Ninetyminutes war, benutzte ich ihn kaum noch. Den größten Teil meiner Arbeit für Ninetyminutes erledigte ich auf dem Laptop, und für mehr fand ich kaum noch Zeit. Seit zwei Wochen hatte ich den Computer gar nicht mehr eingeschaltet. Doch als ich die Schlafzimmertür öffnete, empfing mich ein lautes Summen und ein flackernder Schein.

Seltsam. Ich ging zu dem kleinen Schreibtisch aus Kiefernholz, auf dem der Computer stand. Alles schien noch genau so zu sein, wie ich es verlassen hatte. Ich griff zur Maus, um das Gerät herunterzufahren.

Die Festplatte surrte. Eine vertraute Animation flimmerte über den Bildschirm. Ein Golfer. Ein Golfschläger. Mein Kopf mit dem idiotischen Broschürenlächeln. Der Schlag. Blut, Hirn, das grässliche knirschende Geräusch. Eigentlich war es eine ziemlich plumpe Animation, aber sie kam so unerwartet, dass ich einen fürchterlichen Schreck bekam. Ich fuhr zurück und beobachtete, wie das Blut langsam am Bildschirm herunterlief und flimmernden orangefarbenen Buchstaben wich:

NUR UM SICHERZUGEHEN, DASS DU MICH NICHT VERGISST.

Ich zog den Stecker heraus. Das Bild erlosch, im Schlafzimmer wurde es dunkel.

Owen! In meiner Wohnung! Wie, zum Teufel, war er hereingekommen?

Ich schaltete das Licht an und blickte mich im Zimmer um. Nichts Ungewöhnliches. Ich überprüfte die anderen Zimmer, die Fenster, die Haustür. Nichts kaputt, nichts offen, alles an seinem Platz, kein Anzeichen für ein gewaltsames Eindringen.

Ich überlegte, ob er mir das kranke kleine Programm irgendwie über das Internet geschickt haben könnte. Doch das war unmöglich. Der Computer war eingeschaltet. Das konnte nur jemand getan haben, der in meiner Wohnung war. Owen wollte mir zeigen, dass er da gewesen war. Körperlich anwesend in diesem Zimmer.

Ich blickte zur Wohnungstür. Nur durch sie konnte er hereingekommen sein. Die Haustür war kein Hindernis. Aber die Wohnungstür? Er musste einen Schlüssel haben. Instinktiv zog ich den Schlüsselbund aus der Tasche und überzeugte mich davon, dass mein Wohnungsschlüssel noch dran war. Er musste einen Nachschlüssel angefertigt haben. Keine Schwierigkeit. In den Monaten unserer Zusammenarbeit hatte ich die Schlüssel sicherlich öfter mal unbeaufsichtigt auf dem Schreibtisch oder in der Jackentasche gelassen. Mir lief es kalt den Rücken hinunter. Gleich am Montagmorgen würde ich das Schloss auswechseln lassen. Und den Schlüssel von nun an immer in der Hosentasche bei mir tragen.

36

Am nächsten Morgen schleppte ich mich zur Arbeit. Es machte mir nichts aus, am Samstag zu arbeiten, aber ich hasste Sonntagsarbeit. Doch in der gegenwärtigen Krise von Ninetyminutes hatten wir keine Wahl.

»Also, was tun wir?«, fragte ich Guy.

»Wir holen uns das Geld von jemand anders.«

»Champion Starsat?«

»Vergiss dein verdammtes Champion Starsat.«

»Ich weiß, wir kriegen keine hundertfünfzig Millionen, auch nicht annähernd. Aber wir würden Gewinne auf unsere Einlagen erzielen, das wäre doch immerhin etwas.«

»Nein. Es wäre eine Katastrophe. Wir verlieren unsere Unabhängigkeit, und sie haben das Sagen. Es wäre nicht mehr unsere Site.«

»Gut, was schlägst du vor?«

»Hast du es bei anderen Brokern versucht?«

»Am Freitag habe ich mit zweien gesprochen. Mein Kontaktmann bei Gurney Kroheim hält es für ausgeschlossen, dass beim gegenwärtigen Markt jemand den Börsengang mit uns wagt, vor allem, wenn Bloomfield Weiss uns fallen lässt.«

»Ruf morgen andere an.«

Ich seufzte. »Okay. Orchestra ist also nicht umzustimmen?«

»Nein. Derek Silverman ist bei ihnen gewesen. Aber sie lassen nicht mit sich reden.«

»Dann müssen wir Einsparungen vornehmen.«

»Nein.«

»Wir müssen, Guy! Wenn wir uns an die jetzigen Ausgabenpläne halten, geht uns das Geld in drei Wochen aus. Bei entsprechenden Einschränkungen könnten wir den Sommer überstehen.«

»Nein.«

»Hast du einen anderen Vorschlag?«

»Ich fliege heute Nachmittag nach Hamburg.«

»Willst du Torsten treffen?«

Guy nickte.

»Das ist doch sinnlos.«

»Durchaus nicht«, sagte Guy. »Er klang ganz interessiert.«

Ironisch sagte ich: »Na gut, du fährst nach Hamburg, und ich arbeite einen Plan zur Kostendämpfung aus.«

Den ganzen Tag jonglierte ich mit den Zahlen. Ich musste die halbe Million Pfund, die wir noch hatten, so strecken, dass sie den Sommer hindurch und darüber hinaus reichte. Kürzen, kürzen, kürzen.

Der Verkauf musste gestrichen werden. Bis zur Gewinnzone war es noch ein zu weiter Weg. Je mehr Kleidung wir verkauften, desto mehr Geld verloren wir. Auch die europäischen Niederlassungen mussten wir schließen, sogar die in München. Keine Einstellungen mehr, stattdessen blieb uns nichts anderes übrig, als fünfzig Prozent unserer Journalisten zu entlassen. Das WAP-Unternehmen in Helsinki war nicht zu halten. Die allgemeine Nutzung WAP-fähiger Handys lag noch in zu weiter Zukunft. Übrig bleiben würde am Ende nur noch die ursprüngliche britische Site. Natürlich würden wir an Schwung verlieren, die Qualität der Site würde vermutlich leiden, aber das Geld würde bis ins folgende Jahr reichen.

Ninetyminutes würde überleben.

Am folgenden Morgen – Guy war noch immer in Hamburg – beschloss ich, mir eine Stunde freizunehmen, um Anne Glazier ausfindig zu machen, die Freundin von Mel, die in der Nacht, als Tony Jourdan starb, bei Mel übernachtet hatte. Mit jedem Tag verschlechterte sich die Situation von Ninetyminutes, genauso wie meine Beziehung zu Guy. Ich musste wissen, woran ich mit ihm war. Und das war erst möglich, wenn ich mir Klarheit darüber verschafft hatte, wie sein Vater ums Leben gekommen war.

Nach wenigen Minuten im Internet hatte ich die Namen und Telefonnummern der großen britischen Anwaltskanzleien ermittelt, die Büros in Paris hatten. Ich griff zum Telefon und arbeitete die Liste ab. Schon bei Nummer drei, Coward Turner, konnte die

Dame in der Telefonvermittlung etwas mit dem Namen Anne Glazier anfangen. Gespannt wartete ich, während ich durchgestellt wurde, aber es meldete sich nur ihre Englisch sprechende Sekretärin. Ms. Glazier sei auf Geschäftsreise und werde einige Tage fortbleiben. Erst in der nächsten Woche werde sie zurückerwartet.

Also wandte ich mich wieder meinen Zahlen zu.

Am Spätnachmittag erschien Guy wieder in der Firma. Er roch nach Alkohol.

»Wie ist es gelaufen?«, fragte ich.

»Gut«, sagte er. »Torsten macht es.«

»Echt? Wie viel?«

»Fünf Millionen, glaube ich.«

»Glaubst du?«

»Ja. Ich muss ihn noch auf die Einzelheiten festlegen, aber er sagt, er macht es.«

»Pfund oder Mark?«

»Pfund natürlich.«

Misstrauisch beäugte ich Guy. »Wann hat er gesagt, dass er es macht?«

»Gestern Abend, als wir aus waren. Ein toller Abend.«

»War er betrunken, als er es versprochen hat?«

»Na ja, vielleicht.«

»Hat er seinen Vater gefragt?«

»Noch nicht. Tut er aber. Er sagt, diesmal gibt er nicht klein bei.«

»Und wann genau hat er das gesagt?«

»Was soll das?«

»Wann hat Torsten gestern Abend gesagt, er würde dieses Mal nicht klein beigeben?«

»Gegen Mitternacht.«

»Vergiss es«, sagte ich. »Als er dir das letzte Mal Geld versprochen hat, boomte das Internet. Wenn er seinen Vater damals nicht überzeugen konnte, wird es ihm dieses Mal erst recht nicht gelingen.«

»Vertrau mir«, sagte Guy. »Er ist ein Kumpel.«

»Hast du getrunken?«

»Mein Gott! Ein bisschen Champagner auf dem Flug. Zur Feier des Tages. Ich glaube, ich gehe aus und fülle noch ein bisschen nach. Keine Lust mitzukommen?«

Ich überhörte den Sarkasmus. »Nein. Ich muss unbedingt ein paar Zahlen mit dir durchgehen. Ich glaube, wir könnten es bis zum nächsten Jahr schaffen. Vorausgesetzt, wir beginnen sofort mit den Einsparungen.«

Widerstrebend warf Guy einen Blick auf die Zahlen. Er brauchte zwei Minuten, um zu begreifen, was ich ihm vorschlug. Es war offensichtlich, dass sein Verstand nicht mit normaler Tourenzahl arbeitete. Schließlich schob er die Papiere zur Seite.

»Alles Mist«, sagte er.

»Wir haben keine Wahl«, entgegnete ich.

»Doch. Torsten.«

»Ach, hör schon auf. Wir können das Unternehmen nicht wieder von Torstens Launen abhängig machen. Denk dran, was letztes Mal passiert ist.«

Guy wollte heftig protestieren, unterbrach sich aber. Die Augen auf meine Zahlen gerichtet, schwieg er einen Augenblick. Als er schließlich sprach, klang seine Stimme ganz ruhig.

»Ninetyminutes bedeutet alles für mich«, sagte er.

»Ich weiß. Es bedeutet uns allen viel.«

Guy blickte mich mit seinen durchdringenden blauen Augen an. »Ich habe nicht ›viel‹ gesagt, sondern ›alles‹. Du kennst mich besser als jeder andere, Davo, mein Bruder vielleicht ausgenommen. Du hast erlebt, wie ich den Schauspieler gemimt habe. Und ich hab dir erzählt, wie ich in LA fast den Abgang gemacht habe. Du hast meinen Vater gekannt und weißt, wie ich zu ihm gestanden habe. Mein ganzes Leben war ich so nah am Absturz.« Er hielt Daumen und Zeigefinger hoch, um zu zeigen, wie nahe.

»Im letzten Jahr hatte ich zum ersten Mal das Gefühl, die Kurve gekriegt zu haben. Ich habe etwas zustande gebracht, das gut ist, besser als gut, etwas, das eines Tages zig Millionen Pfund wert sein wird, etwas, das Tausende von Menschen jeden Tag benutzen. Ein Team, das toll zusammenarbeitet. Etwas Einzigartiges. Und jetzt willst du alles kaputtmachen.« Die letzten Worte stieß er fast hasserfüllt hervor. »Wenn es mit Ninetyminutes aus ist, ist es auch mit mir aus.«

Mir war schon klar, dass Guy während der letzten Monate die angespannte Lage gespürt hatte, aber jetzt blickte er den Tatsachen zum ersten Mal ins Auge – zum ersten Mal seit jenem Abend in der Jerusalem Tavern, nachdem Henry uns eine Absage erteilt hatte. Seither hatte er das Offenkundige geleugnet, schlechte Nachrichten nicht zur Kenntnis genommen, sich in Wutanfälle geflüchtet, getrunken, Trost gesucht bei Mel oder Michelle oder Gott weiß wem. Doch jetzt, da er sich den Tatsachen stellte, gefielen sie ihm nicht.

»Genau das ist es«, sagte ich. »Wir müssen Ninetyminutes retten. Und Einsparungen sind die einzige Möglichkeit dazu.«

Guy schlug mit der flachen Hand auf den Schreibtisch. »Du willst das nicht in deinen verdammten Schädel kriegen, was? Ich rede nicht davon, dass Ninetyminutes als juristische Person überlebt, ich spreche von der Idee, der großen Idee. Dein Plan würde ihr das Lebenslicht ausblasen. Die Nummer eins könnten wir uns ein für alle Mal abschminken. Mit ein bisschen Glück könnten wir den Anlegern einen mickrigen Gewinn vorweisen. Und wir würden langsam und zäh vor uns hinsterben. Wenn wir das hier umsetzen würden«, er wedelte mit meinen Zahlen durch die Luft, »wäre es aus mit Ninetyminutes. Und mit mir wahrscheinlich auch.«

Mir war klar, worauf Guy hinauswollte. Aber er brauchte eine Dosis Realismus, und der Einzige, der sie ihm geben konnte, war ich.

»Wir haben keine andere Wahl.«

»Aber ja doch. Hör mal, Davo. Wir haben so vieles gemeinsam erlebt. Noch nie habe ich deine Hilfe so nötig gehabt wie jetzt. Die Firma ist das Ergebnis all der harten Arbeit, der guten und der schlechten Zeiten. Du kannst Ninetyminutes vernichten. Oder du kannst mir helfen, es zu retten. Doch wenn du versuchst, es zu vernichten, solltest du wissen, dass ich alles in meiner Macht Stehende tun werde, um dich daran zu hindern.«

Wir starrten uns an. Er beschwor die ganzen dreizehn Jahre unserer Freundschaft. Den größten Teil dieser Zeit war ich mir nicht sicher gewesen, ob er mich überhaupt als Freund betrachtete. Jetzt sagte er, ich könne alles entscheiden.

Das war keine kleine Versuchung für mich. Doch ich war unter anderem zu Ninetyminutes gegangen, um zu beweisen, dass ich mehr als ein Taschenträger und Jasager war. Dass ich durchaus fähig war, eigene Entscheidungen zu treffen. Ich hatte genau zwei Möglichkeiten: Ich konnte vor Guys Überredungskunst die Waffen strecken, oder ich konnte ihm sagen, was unbedingt geschehen musste.

Ich holte tief Luft. »Ich bestehe darauf, dass wir diese Einsparungen augenblicklich in Angriff nehmen.«

Grimmig blickte Guy mich an. Die Enttäuschung und der Ärger standen ihm deutlich ins Gesicht geschrieben. »Du bestehst darauf?«

»Ja, ich bestehe darauf.«

Er zwang sich zur Ruhe. »Okay. Ich bin der leitende Direktor. Und ich sage nein.«

»Wenn du dich weigerst, spreche ich mit Silverman«, sagte ich. »Und mit Clare Douglas.«

»Drohst du mir?«

»Ich sage dir nur, was passieren wird.«

»Gut, ich gehe heute Abend mit Silverman und Clare essen. Dann werde ich ihnen deinen Standpunkt darlegen.«

Ich fuhr hoch. »Du gehst mit ihnen essen? Warum erfahre ich nichts davon?«

»Wenn ich mich richtig erinnere, wolltest du auf keinen Fall beteiligt sein, wenn weiterer Druck auf Orchestra ausgeübt wird.«

»Ja, aber ich nehme an, ihr sprecht auch über andere Dinge.«

»Möglich.«

»Ich möchte dabei sein.«

»Du bist nicht eingeladen.«

Ich starrte Guy an. Er starrte zurück.

»Ich informiere dich morgen früh«, sagte er. »Jetzt gehe ich. Es gibt was zu feiern, und das gedenke ich woanders zu tun. Du bleibst besser hier und inventarisierst die Büroklammern. Ich glaube, Amy verbraucht viel zu viele.« Damit verließ er das Büro und kam nicht wieder.

Ungeduldig erwartete ich ihn am nächsten Morgen. Er tauchte erst um zehn Uhr auf – in einem äußerst mitgenommenen Zustand. Sein Gesicht war unrasiert und verquollen. Normalerweise konnte Guy anstrengende Nächte gut verkraften. Doch diese musste sehr anstrengend gewesen sein. Ich war sicher, dass er sich die Spuren, die sein Gesicht trug, nicht im Zusammensein mit Clare und Derek Silverman eingehandelt hatte: Er musste die Nacht noch lange fortgesetzt haben, nachdem die beiden verschwunden waren.

»Clare gibt nicht nach«, sagte Guy, während er seinen Computer einschaltete. »Aber sie waren erfreut, als sie von Torsten hörten.«

»Hat er sich mit dir in Verbindung gesetzt?«

»Noch nicht. Lass ihm Zeit.«

»Da bin ich gespannt.« Ich suchte die Papiere zusammen, an denen ich arbeitete. »Ich möchte noch einmal über die Kosteneinsparungen mit dir reden.«

Aus trüben Augen blickte er mich an. »Richtig, darüber wollte ich auch mit dir sprechen.«

»Ich habe das Ganze noch mal durchgerechnet, und …«

»Vergiss die Zahlen, und lass uns über die Strategie reden. Bist du noch immer entschlossen, die europäischen Niederlassungen zu schließen, Journalisten zu entlassen und den Verkauf einzustellen?«

»Ja.«

»Obwohl wir Ninetyminutes genau deshalb gegründet haben?«

»Ja«, sagte ich. »Es gibt keine andere Möglichkeit.«

»Und ich kann dich beim besten Willen nicht umstimmen?«

»Nein.«

»Du bist dir ganz sicher?«

»Ja.«

Guy schwieg. Einen Augenblick sah er unsicher aus, fast traurig. Dann schien er sich zu einem Entschluss durchzuringen.

»Du bist entlassen«, sagte er ruhig.

»Was bin ich?«

»Du bist entlassen«, sagte er etwas lauter.

»Was?« Ich blickte mich um. Niemand hatte es gehört. Das hektische Treiben von Ninetyminutes ging weiter, als wenn nichts passiert wäre. Ich wollte es nicht glauben. »Das kannst du gar nicht.«

»Natürlich kann ich das. Ich bin der leitende Direktor. Ich treffe die strategischen Entscheidungen. Du hast mir gerade mitgeteilt, dass du auf Maßnahmen bestehst, die meine Strategie zum Scheitern bringen müssen. Du lässt es dir nicht ausreden. Du bist entlassen.«

»Silverman wird nicht einverstanden sein.«

»Aber ja. Wir haben gestern Abend darüber gesprochen.«

»Und er hatte nichts dagegen? Clare auch nicht?«

Er schüttelte den Kopf. Er hatte mich ausgetrickst. Unglaublich, welche Überzeugungskraft Guy entfalten konnte.

»Wir müssen darüber reden.«

»Das haben wir schon getan.« Vorübergehend wurde seine Miene versöhnlicher. »Bist du bereit, deine Auffassung zu ändern?«

War ich das? Wenn ich dazu bereit war, behielt er mich wahrscheinlich, und wir blieben Freunde.

Aber ich war schon zu weit gegangen. Guy hatte Unrecht. Ich hatte ihm das oft genug gesagt und war felsenfest davon überzeugt. Ich konnte nicht mehr zurück.

Ich schüttelte den Kopf.

»Du bekommst ein Monatsgehalt«, sagte Guy. »Und ich bitte Mel, einen Eilbeschluss des Vorstands aufzusetzen, der dein Ausscheiden zum Inhalt hat. Doch ich würde dir vorschlagen, dass du schon heute gehst. Es hat nicht viel Zweck, dass du hier noch länger rumhängst.«

Er hatte Recht, es hatte wenig Zweck. Nichts wie raus hier. Noch nicht einmal verabschieden wollte ich mich von den anderen. Ich öffnete meinen Aktenkoffer und stopfte meine wenigen persönlichen Habseligkeiten hinein. Dann knallte ich ihn zu und wandte mich zum Ausgang.

Auf dem Weg hinaus kam ich an Ingrids Schreibtisch vorbei.

»David!«, rief sie. Ich verlangsamte meinen Schritt. Sie sprang auf und schloss sich mir an. »David, was hast du?«

»Ich bin entlassen worden.«

»*Was* bist du?«

»Guy hat mich gerade gefeuert.«

»Das kann er nicht.«

»Er hat es getan.« Ich blickte sie an. Ninetyminutes hatte ich an Guy verloren. Nun wollte ich wissen, ob ich auch Ingrid verloren hatte. »Kommst du mit?«

»Wie meinst du das?«

»Ich möchte wissen, ob du mitkommst. Mit mir.«

»Ich spreche mit Guy«, sagte Ingrid. »Er muss es zurücknehmen. Ihr könnt eure Streitigkeiten sicherlich irgendwie …«

Ich machte auf dem Absatz kehrt und ging zur Tür.

Ich fuhr nach Hause. Am Nachmittag eines Wochentages zu Hause zu sein, war ein merkwürdiges Gefühl. Ich war zornig. Ungeheuer zornig.

Ich widerstand der Versuchung, mich in meiner Wohnung voll laufen zu lassen, und ging stattdessen wieder fort. Ich hielt mich Richtung Kensington Gardens. Ich ging und dachte nach.

Ich erinnerte mich, wie ich Guys Unternehmensplan für Ninetyminutes gelesen und beschlossen hatte, alles aufzugeben und mitzumachen. An den köstlichen Augenblick, als ich bei Gurney Kroheim kündigte. An Guys Begeisterung, als er Gaz überredete, bei uns einzusteigen. Ich erinnerte mich an den ersten Tag in unserem neuen Büro in der Britton Street. Die Aufregung, als wir online gingen. Das Triumphgefühl, als der Erfolg kam. An den Stolz, dass wir so viel aus nichts gemacht hatten.

Der Nachmittag war warm, der wärmste bisher im Jahr. Ich setzte mich auf eine schattige Bank. Laut streitend kam eine vielköpfige italienische Familie vorbei. Sie verjagte ein Eichhörnchen, das eine alte Dame auf der Nachbarbank mit einem Stück Brot hatte anlocken wollen. Einen Augenblick lang sah sie enttäuscht aus, dann hielt sie das Stück Brot wieder hin und machte glucksende Geräusche. Sie hatte den ganzen Tag Zeit.

Wann war die Sache aus dem Ruder gelaufen? Natürlich hatte das wenig mit Guy oder mir zu tun. Es waren Umstände schuld, die sich unserem Einfluss entzogen. Unser Pech war gewesen, dass der Markt eingebrochen war, kurz bevor wir die vierzig Millionen aufnehmen konnten. Dass sich die Internet-Pleite als so schlimm und so hartnäckig erwiesen hatte. Doch wenn Guy und ich zusammengearbeitet hätten, wären wir wahrscheinlich damit fertig geworden. Und selbst wenn wir Schiffbruch erlitten hätten, wäre es nicht so schlimm gewesen, weil es unser gemeinsamer Schiffbruch gewesen wäre.

Ich musste an den Flug nach Skye denken. Ich hatte Guy in dem Gewitter vertraut, fast zu lange vertraut, als er die Schlucht entlanggeflogen war. In letzter Sekunde hatte ich ihm den Steuerknüppel aus der Hand gerissen. Dieses Mal hatte er ihn zu fest umklammert.

Ninetyminutes hatte mir viel bedeutet. Für mich war es die Möglichkeit gewesen, zu beweisen, dass ich mehr war als ein risikoscheuer Buchhalter. Aber war ich denn mehr? Als Unternehmer war ich gescheitert. In letzter Minute hatte der Buchhalter in mir versucht, den Karren aus dem Dreck zu ziehen, aber es war zu spät gewesen. Ich hatte in der falschen Liga gespielt, damit musste ich mich abfinden. Ich war kein strahlender Held.

Ninetyminutes würde mit Sicherheit Pleite gehen. Ich würde meine Einlage verlieren. Damit konnte ich leben. Ich würde mir eine neue Stellung suchen müssen, wahrscheinlich in einer großen Bank. Das war eine echte Niederlage. Und dann musste ich meinem Vater sagen, dass sein Vertrauen in mich nicht gerechtfertigt gewesen war. Dass es dumm von ihm gewesen war, alles, was er hatte, auf mich zu setzen. Und dass er nun nichts mehr hatte.

Ich verließ die Bank und die alte Dame, die sich inzwischen mit dem Eichhörnchen angefreundet hatte, und lief noch etwa eine Stunde umher. Als ich in die Wohnung zurückkam, schaltete ich den Fernseher ein und sah mir Blödsinn an. Ich öffnete ein Bier, aber nur eins.

Es klingelte.

Ingrid.

Sie stand in der Tür. »Hi«, sagte sie.

»Hi.«

»Ich kündige bei Ninetyminutes.«

Mein Herz machte einen Sprung. Ich lächelte.

Wir fielen uns in die Arme und verharrten einen Augenblick in dieser Stellung.

»Warum?«

Sie ließ sich auf mein Sofa fallen. »Hast du ein Glas Wein oder was anderes?«

Ich öffnete eine Flasche und goss uns beiden etwas ein.

Eifrig ergriff sie das Glas und nahm einen kräftigen Schluck. »Ah, das tut gut.« Dann beantwortete sie meine Frage. »Als du mich aufgefordert hast, mit dir zu kommen, und ich dir keine Antwort gegeben habe, hatte ich die Absicht, mich mit Guy zu arrangieren. Aber als du fort warst, wusste ich, dass ich falsch lag. Mir war klar, dass ich mich vor der Wahrheit drückte.

Du weißt, wie sehr ich auf einen Erfolg von Ninetyminutes gehofft habe. Ich war stolz auf das, was ich geleistet hatte. Für mich war Ninetyminutes wohl so etwas wie ein Test. Als wir unter Druck gerieten, war es für mich unheimlich wichtig, mich noch mehr reinzuhängen und nicht aufzugeben. Und Guy zu unterstützen. Dann habe ich gesehen, wie du weggegangen bist, weil du überzeugt warst, dass Guy auf dem Holzweg ist, und plötzlich war alles anders. Ich weiß, dass Ninetyminutes in großen Schwierigkeiten steckt und dass Guy auf dem besten Weg ist, uns gegen die Wand zu fahren. Und, na ja …«

»Und?«

Sie sah verlegen aus. »Ich dachte, ich sollte mich endlich einmal an dich halten und nicht an Guy.« Sie warf mir ein scheues Lächeln zu. Dann fuhr sie sich durch ihr kastanienbraunes Haar. »Ich weiß nicht. Vielleicht tue ich das Falsche.« Sie lächelte wieder. »Aber ich habe das Gefühl, dass es das Richtige ist.«

»Ich glaube, es ist das Richtige.«

»Ich sag's ihm morgen.«

»Hast du es ihm noch nicht gesagt?«

»Nein. Ich bin früh gegangen. Entschieden habe ich mich erst auf dem Heimweg. Aber da bin ich lieber hergekommen.«

»Wie schön.«

Schweigend tranken wir unseren Wein.

»Noch ein bisschen?«, fragte ich sie.

»Aber sicher«, sagte sie und hielt mir ihr Glas hin. »Weißt du, ich bin mir nicht sicher, dass Ninetyminutes jemals richtig in Gang gekommen wäre.«

»Wie meinst du das?«

»Na ja, Guy ist doch ziemlich nahe an seinem Ziel. Noch ein paar Monate Expansion, dann wäre Ninetyminutes die Nummer eins der Fußball-Sites in Europa. Mittlerweile kennen die meisten Menschen den Markennamen. Viele kaufen die Kleidung und die Fanartikel.«

»Richtig.«

»Also, wo liegt das Problem?«

»Das Problem liegt darin, dass wir kein Geld mehr haben und in naher Zukunft wohl auch keins kriegen.«

»Exakt«, sagte Ingrid. »Und das ist entscheidend. Jetzt. Vor einem Jahr schien das noch keine Rolle zu spielen. Da herrschte Goldgräberstimmung im Internet. Sobald die Leute auf deine Site kamen, rollte der Rubel. Werbung, E-Commerce – keiner wusste so recht, wie es funktionieren sollte, aber alle waren sich einig, dass es funktionieren würde. Hätte Ninetyminutes damals schon das Stadium erreicht, in dem wir uns heute befinden, hätten wir alle zig Millionen.«

»Stimmt.«

»Aber die Welt hat sich verändert. Es zeigt sich, dass sich mit dem Internet kaum Geld verdienen lässt. Die Leute erwarten, dass es kostenlos ist. Die Sachen, die sie über das Internet kaufen, sollen billiger sein als im Laden. Werbetreibende wollen greifbare Resultate und machen keine Riesenbudgets locker für ein Medium, das seinen Nutzen noch nicht unter Beweis gestellt hat. Die Hoffnung auf das große Geld hat sich nicht erfüllt. Ninetyminutes ist praktisch gar nichts wert. Das begreift Guy nicht.«

»Worauf willst du hinaus?«

»Dass wir das erreicht haben, was wir uns vorgenommen haben. Wir verdienen nur nicht die Millionen, die wir uns erhofft haben. Ich denke, wenn wir schlau gewesen wären, hätten wir es schon damals begriffen. Du hast es wenigstens jetzt erkannt. Trotzdem finde ich, dass wir stolz sein können auf das, was wir erreicht haben. Wir alle: du, ich, Guy, Amy, Gaz, alle. Im Grunde ist es nicht unsere Schuld, dass sich das alles nicht so rechnet, wie wir gedacht haben.«

Ich begriff, was sie meinte. So gesehen war es durchaus keine Zeitverschwendung gewesen. Ganz und gar keine Katastrophe.

Ingrid hob ihr Glas. »Auf Ninetyminutes.«

»Auf Ninetyminutes.«

Wir tranken.

»Was fängst du jetzt an?«, fragte sie.

»Weiß nicht. Alle meine Ersparnisse stecken in Ninetyminutes. Die von meinem Vater auch. Ehrlich gesagt möchte ich nicht tatenlos zusehen, wie sie den Bach runtergehen.«

»Es geht dir nicht nur ums Geld, nicht wahr?«

»Wieso?«

»Ich glaube, es geht dir auch um Guy.«

»Ja, das stimmt.« Ich versuchte, es ihr zu erklären. »Als Guy mir seine Pläne für Ninetyminutes erläuterte, war das für mich nicht nur ein interessanter Job oder eine gute Anlagemöglichkeit, sondern die Aussicht auf ein neues Leben. Ein Leben, nach dem ich mich immer gesehnt hatte, aber zu dem ich nie den Mut gehabt hatte. Er sprach davon, etwas Neues zu schaffen, etwas Aufregendes, Risiken einzugehen, die ausgefahrenen Gleise zu verlassen, den neuen Markt zu erobern. Er riss mich mit. Er gab mir den Glauben, dass ich ein neuer Mensch werden könnte. Und dann …, dann hat er mich einfach fallen gelassen.«

»Aber wir haben doch gerade gesagt, dass der Absturz von Ninetyminutes nicht seine Schuld war.«

»Das ist es nicht. Wenn Guy und ich Ninetyminutes gemeinsam in einen spektakulären Untergang geführt hätten, wäre es nicht so schlimm gewesen. Klar, ich hätte ein bisschen Geld verloren, und für meinen Vater wäre es eine richtige Katastrophe gewesen, aber ich hätte das Gefühl gehabt, etwas geleistet zu haben. Ein anderer Mensch geworden zu sein, einer, mit dem ich hätte einverstanden sein können. Aber so …«

»Aber so? Ich verstehe nicht.«

Ich blickte Ingrid an. Das Versprechen, das ich Guy gegeben hatte, zählte nicht mehr. »Du weißt da ein paar Dinge nicht, die Guy betreffen.«

Dann erzählte ich ihr alles, was ich über Owen, Dominique und

Abdulatif wusste – und über Guys Versuche, das alles zu vertuschen. Und ich sagte ihr, dass ich immer noch nicht wisse, ob Guy seinen Vater umgebracht hätte.

Gebannt hörte sie zu, zunächst ungläubig, dann verblüfft, schließlich ängstlich.

»Du siehst also, ich habe keine Ahnung, wer Guy ist«, sagte ich, als ich fertig war. »Ich weiß, dass er ein Lügner ist. Ich weiß, dass sein Bruder Menschen umbringt. Aber ich weiß nicht, ob auch Guy ein Mörder ist. Ich weiß nicht, ob Ninetyminutes möglicherweise nur deshalb so lange durchgehalten hat, weil Guy seinen Vater ermordet hat.«

Nachdenklich nippte Ingrid an ihrem Wein. »Vielleicht hast du ja Recht mit Owen, aber Guy?«

»Ich weiß. Das habe ich auch gedacht. Aber vergiss nicht, er ist ein Schauspieler, ein guter noch dazu. Und wenn sein Bruder oder Ninetyminutes in der Klemme stecken, wer weiß, wozu er dann fähig ist?«

»Wahnsinn!« Ingrid schüttelte den Kopf. »Ich kann es einfach nicht glauben.«

»Ich muss Klarheit haben. In Bezug auf Guy. Was für ein Mensch er ist. Ob all das, was ich im letzten Jahr getan habe, die geringste Bedeutung hat.«

»Und was tun wir? Wir können das Ganze ja nicht einfach auf sich beruhen lassen.«

»Du schon«, sagte ich. »Ich würde es dir sogar raten.«

»Ich denke nicht daran«, sagte Ingrid. »Das klären wir zusammen.«

Seit Wochen waren meine Gefühle in Aufruhr: Hoffnung, Verzweiflung, Ärger, Frust. Seit Wochen lebte ich auf Kriegsfuß mit diesen Gefühlen und versuchte, sie unter Kontrolle zu halten, versuchte, Ninetyminutes unter Kontrolle zu halten. Ich hatte diesen Kampf allein ausgefochten und gedacht, ich hätte ihn verloren. Doch jetzt, da ich Ingrid an meiner Seite wusste, keimte die Hoffnung wieder auf, ich könnte ihn doch noch gewinnen. Wir gaben uns gegenseitig Trost, Kraft und, in einer noch unklaren Weise, Hoffnung.

Wir gingen in einem kleinen italienischen Restaurant um die Ecke essen. Wir tranken noch mehr Wein und überlegten, wie wir Ninetyminutes retten und uns ein für alle Mal über Guy Klarheit verschaffen könnten. Doch mit fortschreitendem Abend kamen wir auf andere Dinge zu sprechen, auf uns selbst und auf das Leben außerhalb von Ninetyminutes.

Als wir das Restaurant verließen, hakte sich Ingrid bei mir ein. »Was dagegen, wenn ich mit zu dir komme?«, fragte sie.

»Nein«, sagte ich. »Der Gedanke gefällt mir. Er gefällt mir sogar sehr.«

37

Mich weckte eine Hand, die auf meinen Schenkel lag. Es war halb sieben. Ingrid lag neben mir im Bett, und ich war arbeitslos.

Ich drehte mich auf die Seite. Das Sonnenlicht sickerte durch die dünnen Vorhänge meines Schlafzimmers und malte blassgoldene Streifen auf Ingrids Haut. Eindeutig gehörte sie zu den Frauen, die am Morgen danach besser aussehen.

»Guten Morgen«, sagte sie mit trägem Lächeln.

»Guten Morgen.«

Ihre Hand bewegte sich aufwärts.

Eine halbe Stunde später ging ich in die Küche, um Kaffee aufzusetzen. Um diese Zeit stand ich gewöhnlich unter der Dusche. Aber nicht heute.

»Gehst du gleich zu Ninetyminutes?«, fragte ich, als ich mit zwei Kaffeebechern in der Hand ins Schlafzimmer zurückkehrte.

»Das hat keine Eile. In letzter Zeit kommt Guy immer ziemlich spät. Abgesehen davon gefällt es mir hier.« Sie nahm ihren Becher, setzte sich auf. Kaum hatte sie einen Schluck genommen, zog sie eine Grimasse. »Igitt! Ist der scheußlich. Wenn du Wert darauf legst, dass ich dich wieder mal besuche, sorgst du besser für anständigen Kaffee.«

»Was soll das heißen? Das ist anständiger Kaffee.«

»Unsäglich ist der. Ich bin Brasilianerin. Ich weiß, wovon ich rede.«

»Ich hätte lieber Tee kochen sollen«, murmelte ich.

Trotz ihres Murrens nahm Ingrid noch einen Schluck. »Was wirst du heute tun?«

Was ich tun würde? Die Versuchung war groß, meinen ersten Tag der Freiheit von Ninetyminutes mit Ingrid im Bett zu verbringen, aber das ging nicht.

»Zunächst einmal Derek Silverman aufsuchen. Und dann Clare. Ich muss ihnen klar machen, dass Guy auf dem falschen Weg ist.

Dann werde ich noch einmal versuchen, Anne Glazier zu erwischen. Sie wird heute in ihrem Büro zurückerwartet.«

»Ich begleite dich zu Silverman«, sagte Ingrid. »Sobald ich bei Guy gekündigt habe.«

»Danke, ich kann jede Unterstützung gebrauchen.«

»Es wird ziemlich frustrierend werden«, sagte Ingrid.

»Was denn?«

»Die Hände in den Schoß zu legen und zuzuschauen, wie Ninetyminutes den Bach runtergeht.«

»Na ja, ich hoffe noch, dass wir was dagegen unternehmen können. Aber sie werden ohne dich kaum zurechtkommen.«

»Gaz wird es schon machen.«

»Da bin ich mir nicht so sicher.« Gaz würde den Inhalt auf dem Laufenden halten, Ingrids editorische und publizistische Linie würde aber verloren gehen. Vor allem, wenn es notwendig wurde, einzusparen und umzuorganisieren. »Vielleicht solltest du doch nicht kündigen.«

»Wieso denn? Ich habe dir doch erklärt, warum ich das will.«

»Ja, und das macht auch Sinn. Glaub mir, ich weiß deine Solidarität zu schätzen. Aber du könntest nützlicher sein, wenn du weiter für Ninetyminutes arbeitest. Es wird, auch ohne dass du kündigst, schwierig genug sein. Außerdem müssen wir wissen, was im Unternehmen vor sich geht. Wenn wir Ninetyminutes retten wollen, müssen wir es zusammen tun. Ich draußen und du drinnen.«

»Du erwartest doch wohl nicht von mir, dass ich Guys Strategie unterstütze?«

»Doch. Im Augenblick ja. Bis wir Silverman von unserer Auffassung überzeugt haben.«

Ingrid schlürfte ihren Kaffee. »Du hast Recht. Vielleicht sollte ich bleiben«, sagte sie. Dann verfinsterte sich ihr Gesicht.

»Was hast du?«

»Das bedeutet, dass ich jetzt zur Arbeit muss.«

»Leider.«

Sie stellte ihren Kaffeebecher ab und beugte sich herüber, um mich zu küssen.

»Na gut«, sagte ich. »Vielleicht nicht sofort.«

Nachdem Ingrid fort war, ging ich unter die Dusche, zog einen Anzug an und suchte Derek Silverman in seinem Stadthaus in Chelsea auf. Er führte mich in sein Arbeitszimmer, das im hinteren Teil des Hauses lag und einen Ausblick auf eine herrliche, im Sonnenlicht blühende Staudenrabatte bot. Er war sehr höflich und brachte mir eine Tasse Kaffee. Ich erklärte ihm, dass Ninetyminutes meiner Meinung nach keine andere Möglichkeit habe, als Einsparungen vorzunehmen, und dass Guy im Unrecht gewesen sei, als er mich entlassen habe. Silverman war höflich, hörte zu und schien Verständnis für meinen Standpunkt zu haben. Aber er war sehr bestimmt.

»Guy ist zuversichtlich, dass er weitere Mittel aufnehmen kann. Er ist der leitende Direktor. Ich gehöre nicht zu den Leuten, die den leitenden Direktor bei der ersten Schwierigkeit fallen lassen. Sie bringen mich in eine Situation, in der ich zwischen ihm und Ihnen wählen muss. Ich habe keine andere Wahl, ich muss mich für ihn entscheiden.«

»Aber wir sind schon einmal in Schwierigkeiten gekommen, als wir uns auf Torsten Schollenberg verlassen haben«, wandte ich ein.

»Guy und ich haben bei unserem Essen am Montagabend darüber gesprochen. Er sagt, die Sache sei zu neunzig Prozent sicher.«

»Er irrt sich.«

»Mag sein, dass er sich irrt. Doch aus meiner Sicht scheint mir das die beste Chance zu sein, die wir haben.

»Aber …« Ich zögerte, doch dann fuhr ich fort. »Ninetyminutes ist schon einmal in einer ähnlichen Situation gewesen. Im letzten Jahr, als Guy den Streit mit seinem Vater hatte und kündigte.«

»Und?«

»Nun, ein paar Tage später wurde Tony Jourdan getötet.«

»War das nicht ein Unfall mit Fahrerflucht?«, fragte Silverman.

»Vielleicht. Die Polizei weiß nicht, wer es war.«

»Worauf wollen Sie hinaus, David?«

Genau, worauf wollte ich eigentlich hinaus? Wollte ich Guy beschuldigen, seinen Vater ermordet zu haben? Sobald ich Silverman gegenüber diese Behauptung aufgestellt hatte, gab es kein Zurück mehr. Doch ich hatte keinen Beweis, noch nicht. Selbst wenn ich Guy beschuldigte – was erwartete ich von Silverman? Dass er sich auf meine Seite schlug? Guy entließ, weil er möglicherweise ein Mörder war? Nein. Das war unfair. Nicht nur unfair, sondern Unrecht.

»Nichts, Derek. Gar nichts. Vielen Dank, dass Sie mir Ihre Zeit geschenkt haben.«

Silverman brachte mich zur Tür. »Es tut mir Leid, dass es zu dieser Kündigung gekommen ist. Die Arbeit, die Sie im letzten Jahr für Ninetyminutes geleistet haben, hat mich sehr beeindruckt. Es ist sehr traurig, wenn gute Teams unter Druck zerfallen.«

Ich wollte widersprechen, darauf hinweisen, dass ich keineswegs hatte gehen wollen, dass es Guy und nicht ich sei, der dem Druck nicht standgehalten habe, doch ich begriff, dass es keinen Sinn hatte. Guy hatte ihn eingewickelt. Also ging ich.

Sobald ich wieder auf der Straße stand, holte ich das Handy heraus und wählte die Nummer von Orchestra. Widerstrebend erklärte sich Clare Douglas bereit, mich eine Stunde später in ihrem Büro zu empfangen. Aber sie erklärte, sie habe nur zehn Minuten zwischen zwei Besprechungen.

Ich wurde in einen Konferenzraum geführt, wo ich eine halbe Stunde auf das Eintreffen von Clare wartete. Sie wirkte nervös.

»Sie müssen entschuldigen«, sagte sie. »Schlechte Zeiten für Venture-Kapitalisten. Kaum habe ich ein Feuer ausgetreten, flammt schon das nächste auf.« Sie blickte auf die Uhr. »Ich bin schon zu spät dran für die nächste Besprechung. Fünf Minuten, mehr Zeit habe ich nicht.«

»Okay«, sagte ich. »Sie haben gehört, dass ich Ninetyminutes verlassen habe?«

»Ja, Guy hat mir alles erklärt.«

»Hat er Ihnen gesagt, warum?«

»Er hat gesagt, Sie wollten drastische Einsparungen vornehmen. Er habe aber einen anderen Kapitalgeber gefunden, mit dessen Geld eine weitere Expansion möglich sei.«

»Hat er nicht«, sagte ich.

»Nun, er sagt, er hat. Ich muss ihm glauben.«

»Es handelt sich um einen Schulkameraden von uns, der uns schon einmal hängen ließ. Das wird er wieder tun.«

Zweifelnd blickte Clare mich an. An diesem Morgen bröckelte ihre kühle schottische Fassade. Sie runzelte die Stirn. »Guy hat uns etwas anderes erzählt.«

»Ich weiß.«

Clare zögerte. »Hören Sie. Ich habe mit dem Aufsichtsratsvorsitzenden gesprochen. Ich bedaure, dass wir Sie verlieren, aber ich vertraue Derek Silverman. Bei Orchestra arbeitet man schon lange mit ihm zusammen, und wenn er an Guy festhält, tue ich es auch.«

»Wollen Sie das nicht noch einmal überdenken?«

Die alte Entschlossenheit kehrte in Clares Miene zurück. »Wir haben unsere Entscheidung getroffen. Jetzt muss ich aber wirklich. Finden Sie selbst hinaus?«

Wieder stand ich auf der Straße.

Zu Hause angekommen, rief ich Anne Glazier in Paris an. Sie war von ihrer Reise zurück. Ich war zu der Überzeugung gelangt, dass ich mich direkt mit ihr unterhalten müsse. Wenn sie Entscheidendes über Guy und die Nacht von Tonys Tod wusste, würde ich es niemals am Telefon erfahren. Ich war bereit, nach Paris zu fliegen, um mich mit ihr zu unterhalten, aber sie hatte in der folgenden Woche eine Besprechung in London und erklärte sich einverstanden, mich eine halbe Stunde vorher zu treffen.

Der nächste Anruf war sehr viel schwieriger. Mein Vater war bei der Arbeit, im Büro der Baugenossenschaft am Market Place. Nach dem Austausch einiger belangloser Bemerkungen stellte er die Frage, die ich fürchtete.

»Wie macht sich Ninetyminutes?«

»Ich habe schlechte Nachrichten«, sagte ich.

»Nicht schon wieder! Das ist ja die reinste Achterbahn! Aber du findest schon einen Ausweg, nicht wahr?«

»Dieses Mal nicht, Dad.«

»Oh.«

»Guy und ich haben uns getrennt. Er hat mich entlassen.«

»Großer Gott. Kann er das überhaupt?«

»Leider ja.«

»O Gott, das tut mir Leid. Wie schrecklich für dich.«

»Das ist es.« Ich wusste die Anteilnahme meines Vaters zu schätzen. Aber darum ging es jetzt nicht. »Ich fürchte, es ist schrecklich für uns alle. Ninetyminutes geht das Geld aus, und ich wollte etwas dagegen unternehmen. Guy nimmt es nicht zur Kenntnis. Ich fürchte, das Unternehmen wird es nicht mehr lange machen.«

»Oh!«

Schweigen. Ich wusste, dass mein Vater nach den richtigen Worten suchte. Ich kam ihm zu Hilfe. »Ich halte es für ziemlich wahrscheinlich, dass du deine ganze Einlage verlierst. Das werden wir alle.«

»O Gott«, flüsterte er.

»Es tut mir so Leid, Dad, unendlich Leid.«

Am anderen Ende der Leitung hörte ich schweres Atmen. »Das ist schon okay, David. Es war ganz allein meine Entscheidung. Mach dir keine Vorwürfe.«

»Okay«, sagte ich. Obwohl ich mir natürlich welche machte. Er hatte mir sein Vertrauen geschenkt, und ich hatte es enttäuscht. Er würde es mir nie vorhalten, aber ich würde es nicht vergessen. Es war meine Schuld.

»Ich hätte mehr Hoffnung, wenn du noch im Unternehmen wärst.«

»Glaub mir, ich auch.«

»Nun ja. Ich muss jetzt Schluss machen.« Es hörte sich an, als bräche seine Stimme, als sei er den Tränen nahe. Ich hatte noch nie erlebt, dass mein Vater weinte.

»Ciao, Dad.«

»Auf Wiedersehen.« Als er aufgelegt hatte, war ich zornig, traurig und hatte ein unendlich schlechtes Gewissen.

Abends traf ich mich mit Ingrid in einem Pub in der Nähe meiner Wohnung. Sie lächelte strahlend, als sie mich sah, und gab mir einen raschen Kuss.

Ich blickte auf die Uhr. Viertel vor sechs. »Du kommst spät, gehst früh. Was werden die Leute sagen?«

»Sie werden ratlos sein. Egal, es ist mir gleich. Ich wollte dich sehen.«

»Du sprichst mir aus dem Herzen«, sagte ich.

»Und …«, sie griff in ihre Tasche und holte ein kleines braunes Päckchen heraus, »… ich habe Kaffee gekauft.«

Ich lächelte. Wenn ich die Beleidigung meines Kaffees ertragen musste, damit Ingrid noch eine Nacht blieb, wollte ich den Preis gern bezahlen.

»Hast du es über dich gebracht, nicht zu kündigen?«, fragte ich.

»Ja. Ich habe den ganzen Tag kaum mit Guy gesprochen. Er schien ziemlich beschäftigt zu sein.«

»Überrascht mich nicht. Keine Nachrichten von Torsten?«

»Nicht, dass ich wüsste. Aber Owen ist im Büro aufgetaucht.«

»Du machst Witze!«

»Nein. Er hat den größten Teil des Tages an seinem Computer verbracht. Aber er hat sich auch ein bisschen mit Guy unterhalten.«

»Sieh dich vor, Ingrid. Du weißt, wie gefährlich er ist.«

»Keine Angst, ich gehe ihm aus dem Weg.«

»Bitte, pass auf dich auf.« Überrascht registrierte ich, wie besorgt ich plötzlich war. Seit einem halben Jahr lebte ich mit der ständigen Bedrohung durch Owens Gewalttätigkeit. Doch dass Ingrid nun auch in Gefahr geraten könnte, machte mir weit mehr zu schaffen.

»Mach ich.« Sie lächelte, von meiner Besorgnis gerührt. »Mel war auch da.«

»Mel?«

»Ja. Ich dachte, Guy hätte genug von ihr. Aber offensichtlich nicht. Sie schien nicht sehr erfreut, mich zu sehen.«

»War sie bestimmt nicht. Was hat sie gemacht?«

»Ich weiß nicht. Jedenfalls hat sie an deinem Schreibtisch gearbeitet. Das war schon sehr eigenartig.«

»Kann ich mir vorstellen.« Die Vorstellung, dass Mel an meinem Schreibtisch saß, war mir unangenehm. Aber es leuchtete ein. Sicherlich war sie so gut oder so schlecht wie jeder andere in der Lage, meine Arbeit fortzuführen. Bestimmt hatte sie noch andere

Mandanten bei Howles Marriott, doch wenn Guy sagte ›Spring‹, dann sprang sie.

»Also kein Glück mit Silverman oder Orchestra gehabt?«, fragte Ingrid.

»Nein. Guy hat Silverman eingewickelt. Und Clare steht unter Stress. Die ist froh, dass sie Silverman folgen kann.«

»Oh.«

»Aber nächste Woche treffe ich mich mit Anne Glazier.«

»Glaubst du, sie kann dir was sagen?«

»Wahrscheinlich nicht. Aber ich muss es versuchen.« Ich trank mein Bier und hatte das Gefühl, dass die Enttäuschungen langsam überhand nahmen. »Was jetzt?«

»Ich habe keine Lust, einfach aufzugeben«, sagte Ingrid. »Die Hände in den Schoß zu legen und zuzusehen, wie Guy alles kaputtmacht.«

»Ich auch nicht. Aber wenn weder Silverman noch Clare auf uns hören wollen, weiß ich ehrlich gesagt nicht, wie wir Guy dazu bringen können, Kosten einzusparen.«

»Und du bist ganz sicher, dass Torsten nicht mit dem Geld rüberkommt?«

»Absolut. Klar, Guy ist überzeugend, aber das heißt gar nichts. Wenn Guy etwas glauben will, kann er es auch anderen Menschen einreden. Du kennst ihn. Torsten macht einen Rückzieher, und Ninetyminutes ist am Ende.«

»Was ist mit Champion Starsat?«, fragte Ingrid.

»Ich dachte, du bist dagegen, an sie zu verkaufen?«

»Damals ja. Heute ist das anders. Ich glaube, wir haben keine andere Wahl.«

»Guy wird fuchsteufelswild, wenn ich hinter seinem Rücken mit ihnen rede.«

»Guy hat dich gestern entlassen.«

Ich holte tief Atem. »Du hast Recht. Ich rufe sie morgen an.«

Dieses Mal traf ich mich mit Jay Madden nicht im Savoy, sondern in seinem Eckbüro auf der South Bank mit Blick auf den Fluss.

Madden thronte hinter einem imponierenden Schreibtisch. Ich saß ihm gegenüber.

»Nun, David«, sagte Madden mit freundlichem Lächeln. »Was kann ich für Sie tun?«

»Zunächst einmal muss ich Ihnen mitteilen, dass ich Ninetyminutes verlassen habe. Guy Jourdan und ich hatten eine Meinungsverschiedenheit über die Strategie.«

Erstaunt blickte Madden mich an. »Hat diese Meinungsverschiedenheit irgendetwas mit Champion Starsat zu tun?«

»In der Tat.«

»Sie wissen, dass sich der Markt seit unserem letzten Gespräch verändert hat. Das gilt auch für unsere Pläne. Wir haben jetzt eine eigene Site und brauchen Ninetyminutes nicht mehr.«

»Ninetyminutes hat die beste Site im Internet.« Überrascht stellte ich fest, mit welchem Stolz ich das verkündete. Ganz gleich, welche Probleme Ninetyminutes hatte, das war die Wahrheit, und Madden konnte sie nicht leugnen.

Er versuchte es auch gar nicht. »Ihnen geht das Geld aus, nicht wahr?«

»Wenn Ninetyminutes das Beste aus seinen Möglichkeiten machen soll, braucht es Kapital. Sie könnten es liefern, der Markt nicht.«

Madden dachte einen Augenblick nach. »Gewiss, Sie haben eine ausgezeichnete Site, die wahrscheinlich besser ist als unsere. Aber wie Sie ganz richtig gesagt haben: Wir haben Geld und Sie nicht. Das heißt, wir werden den Markt beherrschen. Sie sind bald am Ende. Goaldigger hat etwas mehr Mittel als Sie, also wird es länger durchhalten. Aber am Ende werden wir gewinnen. Sie wissen das.« Er stellte das ganz nüchtern fest, ohne jede Aggressivität, was seine Worte nur noch überzeugender machte.

»Vielleicht haben Sie Recht. Doch für einen angemessenen Preis könnten Sie unsere Site in Ihre integrieren, das wäre auch für Sie von Nutzen.«

Madden lächelte. »Ich nehme an, Guy Jourdan weiß nicht, dass Sie hier sind.«

»Nein, ich denke nicht.«

»Wollen Sie dadurch Ihren Job zurückhaben?«

»Nein, ganz bestimmt nicht. Aber ich denke, es wäre gut für Ninetyminutes. Ich bin immer noch Anteilseigner.«

Madden nahm einen Bleistift vom Schreibtisch und tippte damit nachdenklich gegen sein Kinn. »Warum sollte Jourdan akzeptieren, wenn wir Ihnen ein Angebot machen würden?«

»Vielleicht hätte er keine Wahl.«

»Meinen Sie, ich sollte ihn anrufen?«

»Nein, rufen Sie Derek Silverman an. Und bitte, erwähnen Sie meinen Namen nicht.«

»In Ordnung«, sagte Madden. »Ich lasse mir die Sache durch den Kopf gehen.«

»Danke«, sagte ich und verließ ihn mit einem höllisch schlechten Gewissen.

38

Ohne Ingrid wäre das Wochenende unerträglich gewesen. Mit Ingrid war es außerordentlich erträglich. Am Samstag arbeitete sie, doch am Abend gingen wir ins Kino. Den Sonntagmorgen verbrachten wir im Bett und lernten uns besser kennen, dann schlenderten wir durch die Straßen, aßen in einem Bistro bei mir in der Gegend zu Mittag und gingen am Nachmittag durch den Hyde Park. Der Sommer hatte sich früh eingestellt, die Luft war heiß und drückend, das Gras einladend. Dann kehrte Ingrid in ihre Wohnung zurück, um dort nach dem Rechten zu sehen.

Ich sah sie erst am folgenden Abend wieder. Sie kam direkt von der Arbeit zu mir. Ungeduldig wartete ich auf Neuigkeiten aus der Firma: Wir hatten vereinbart, nicht miteinander zu telefonieren, solange sie im Büro war. Seit Owen wieder dort war, erschien uns das zu gefährlich.

Natürlich konnte ich es auch nicht abwarten, sie wieder zu sehen. In der gegenwärtigen Phase unserer Beziehung war ein Tag ein langer Zeitraum, zumal ich nichts anderes zu tun hatte, als zu warten.

Sie küsste mich, setzte sich zu mir aufs Sofa und schmiegte sich in meinen Arm.

»Und?«, fragte ich.

»Es war ein interessanter Tag.«

»Erzähl!«

»Guy war heute Morgen in schlechterer Stimmung als sonst. Er hat mich überhaupt nicht beachtet, aber ich glaube, er hat niemanden beachtet. Trotzdem habe ich ihn nach Torsten gefragt. Er sah stocksauer aus und sagte, er habe alles im Griff. Ich bestand auf einer Auskunft und wollte wissen, ob Torsten das Geld schon angewiesen habe. Immerhin bin ich noch Direktorin. Guy musste zugeben, dass das noch nicht der Fall sei.«

»Was habe ich dir gesagt? Hat Torstens Vater abgelehnt?«

»Das wird Torsten sicherlich nicht zugeben, aber Guy nimmt es wohl an. Er war fürchterlich wütend. Ich dachte, er springt in das nächste Flugzeug nach Hamburg und bringt ihn um.«

»Sag das bloß nicht!«

»Wieso?«

»Na ja, Tony Jourdan ist ums Leben gekommen. Ich bin im Krankenhaus gelandet. Henrys Familie wurde massiv bedroht. Es ist gefährlich, Ninetyminutes in die Quere zu kommen.«

Ingrid schauderte. »Du hast ja Recht. Entschuldige. Jedenfalls ist Guy nicht ins Flugzeug gesprungen, und um deiner nächsten Frage zuvorzukommen: Owen war auch den ganzen Tag in der Firma.«

»Hat Madden Silverman angerufen?«

»Das hat er wohl. Silverman kam gegen Mittag vorbei und verschwand mit Guy zwei Stunden lang im Vorstandszimmer.«

»Hat Guy dir erzählt, worüber die beiden gesprochen haben?«

»Nein, ich habe ihn gefragt, ob es irgendetwas gäbe, das ich wissen müsse. Er sagte, morgen früh werde eine Vorstandssitzung stattfinden. Offenbar ist Clare heute in Leeds oder irgendwo dort in der Gegend. Er sagte, es gehe um dein Ausscheiden aus dem Vorstand. Aber da ist wohl noch mehr im Busch, fürchte ich.«

»Madden hat ein Angebot unterbreitet.«

»Sieht so aus.«

»Ich bin gespannt, was der Vorstand sagt.«

Der Dienstagmorgen zog sich endlos hin. Mit jedem Tag wurde die Warterei schwieriger. Stundenlang hatte ich mich mit der Frage beschäftigt, wer Tony Jourdan überfahren haben könnte – ohne großen Erfolg. Nach allem, was ich wusste, hätte es Guy sein können. Die größte Aussicht auf eine Klärung versprach mein bevorstehendes Treffen mit Anne Glazier, doch bis dahin waren es noch vierundzwanzig Stunden. Ingrid und ich hatten uns zum Lunch verabredet. Dabei wollte sie mir vom Vorstandstreffen berichten, aber schon um neun Uhr fiel mir die Decke auf den Kopf. Ich war im Begriff, die Wohnung zu verlassen und ein bisschen spazieren zu gehen, als das Telefon läutete. Es war Michelle.

»Hi, Michelle. Wie geht's dir?«

»Gut«, sagte sie, klang aber verkrampft. Es musste schon einiges passieren, bevor Michelle so wirkte. »Ich habe eine Nachricht von Guy.«

»Wirklich?«

»Ja. Er würde heute Morgen gern mit dir sprechen. Um zehn, wenn du es einrichten kannst.«

»Okay«, sagte ich. Ich war neugierig. Außerdem freute ich mich, dass endlich etwas passierte. »Ich komme gleich vorbei.«

»Er würde dich gern bei Howles Marriott treffen.«

Das war eine Überraschung, aber ich nahm an, dass Guy mich in seiner augenblicklichen Stimmung von der Britton Street fern halten wollte.

»In Ordnung. Ich werde da sein.«

Die Büroräume von Howles Marriott lagen in einem Gewirr von engen Gassen und Plätzen in der Nähe der Chancery Lane und der Fleet Street. Es war jenes Straßenlabyrinth, das einst Charles Dickens geschildert hat, nur dass die überfüllten Wohnblocks längst von Fliegerbomben und Bulldozern dem Erdboden gleichgemacht und durch Gebäude aus roten Ziegeln, Glas und Steinfliesen ersetzt worden waren. Ich fand diese unbewohnte Stille mitten in London ziemlich unheimlich.

Ich wartete in der Empfangshalle. Dutzende von Malen war ich schon hier gewesen, und meist war Mel heruntergekommen, um mich zu begrüßen. Doch dieses Mal wurde ich von ihrer Sekretärin in ihr Büro geführt.

Mel erwartete mich mit Guy. Ich lächelte sie an. Ein Fehler.

»Nimm bitte Platz«, sagte sie ungewohnt abweisend.

Ich setzte mich an ihren kleinen Konferenztisch, auf dem sich in der Vergangenheit so oft unsere Papiere ausgebreitet hatten. Sie saß mir gegenüber, neben mir Guy.

Guy blickte mich kühl an. In den letzten Tagen schien er gealtert zu sein. Die Linien hatten sich tiefer in sein Gesicht gegraben, Sorgenfalten furchten seine Stirn, und unter seinen Augen lagen tiefe Ringe.

Meine Bemühungen zeigten endlich Wirkung.

»Hallo, Guy«, sagte ich.

Keine Antwort.

»Wir möchten uns mit dir über die Rolle unterhalten, die du bei dem unverlangten Angebot gespielt hast, das Ninetyminutes gerade von Champion Starsat erhalten hat«, sagte Mel.

»Verstehe.«

»Streitest du ab, dass du mit ihnen gesprochen hast?« Mels Stimme war neutral und klar, ganz die Stimme der toughen Anwältin.

»Nein«, sagte ich einfach.

Guy lachte verächtlich. »Was hast du dir dabei gedacht? Du weißt, dass die Leute bei Champion Starsat die letzten sind, an die ich Ninetyminutes verkaufen würde. Darüber haben wir vor zwei Monaten gesprochen. Der Vorstand hat entschieden, dass sie sich zum Teufel scheren sollen.«

»Ich bin als unabhängiger Anteilseigner hingegangen.«

»Du bist immer noch ein Direktor des Unternehmens«, sagte Mel. »Du warst an die Entscheidung des Vorstands gebunden.«

»Guy hat mich letzte Woche entlassen.«

»Offiziell bleibst du Direktor, bis du durch den Beschluss einer Vorstandssitzung von deinen Pflichten entbunden wirst. Diese Vorstandssitzung hat noch nicht stattgefunden. Sie ist erst für den späten Vormittag vorgesehen.«

»Egal. Es ist die einzige Möglichkeit für Ninetyminutes. Wie viel hat Champion Starsat geboten?«

»Achtzehn Millionen Pfund«, sagte Guy.

Achtzehn Millionen. Ich rechnete es rasch im Kopf durch. Damit würden wir alle heil aus der Sache herauskommen – Orchestra, ich, Guy, Owen, Ingrid, mein Vater. Wir würden sogar noch einen kleinen Gewinn machen.

»Nicht schlecht.«

»Nicht schlecht? Es ist eine Frechheit! Vor zwei Monaten war das Unternehmen noch zweihundert Millionen wert. Seither ist es weiter gewachsen, und jetzt soll es nur noch beschissene achtzehn wert sein? Ich weiß nicht, wie ich jemals auf die Idee gekommen bin, dich als Finanzdirektor einzustellen, Davo. Du hast wirklich keine Ahnung vom Rechnen.«

»Ich kann ganz gut rechnen«, sagte ich. »In zwei Wochen wird der Wert von Ninetyminutes genau bei null angelangt sein. Achtzehn Millionen Pfund, das macht exakt achtzehn Millionen mehr als null.«

Guy machte eine resignierte Handbewegung. »Du machst mich krank. Ich habe dich als Partner ausgesucht, weil ich dachte, ich könnte mich auf dich verlassen. Weil ich dachte, du wärest jemand, dem man vertrauen könnte. Ich dachte, du hättest begriffen, worum es mir geht. Stattdessen bist du genauso wie alle anderen. Schlimmer noch. Du hast mich verraten, Davo. Das werde ich nicht vergessen.«

Damit hatte er einen wunden Punkt berührt, aber ich war entschlossen, mir nicht wehtun zu lassen. Auf keinen Fall würde ich es ihm zeigen.

»Man braucht mehr als Phantasie und Ideen, um ein erfolgreicher Unternehmer zu werden, Guy«, sagte ich. »Du musst sehen, was um dich herum vorgeht. Die Welt hat sich in den letzten Monaten verändert. Mit dem Internet lässt sich kein Geld verdienen. Ich sehe das. Die cleveren Anleger auch. Wenn du es nicht siehst, ist das dein Problem.«

»Himmelherrgott noch mal! Red du mit ihm, Mel, ich kann es nicht«, sagte Guy.

Mel tat, wie ihr geheißen. »Ich möchte dich hiermit davon in Kenntnis setzen, David, dass du verpflichtet bist, deine Anteile an Ninetyminutes dem Unternehmen zum Nennwert zu verkaufen.«

»Sie verkaufen? Warum?«

»Weil du aus ›begründetem Anlass‹ entlassen worden bist.«

»Was heißt das?«

»Es heißt, dass du vertrauliche Informationen an ein anderes Unternehmen weitergegeben hast, Informationen, die anschließend gegen Ninetyminutes verwendet wurden. Damit hatte Guy allen Grund, dich zu entlassen. Unter diesen Umständen kann Ninetyminutes verlangen, dass du deine Anteile zum Nennwert veräußerst. Der übrigens einen Penny beträgt.«

»Einen Penny?«

»Das heißt, du bekommst fünfzigtausend Pence«, sagte Guy mit hässlichem Lächeln.

»Das ist lächerlich. Ich habe erst mit Champion Starsat gesprochen, als Guy mich schon entlassen hatte.«

»Du hast dir vertrauliche Informationen beschafft, während du bei Ninetyminutes gearbeitet hast, mit der Absicht, sie gegen das Unternehmen zu verwenden.«

»Unsinn. Das kannst du nicht beweisen.«

»Ach, wirklich nicht?«, sagte Mel.

»Nein, ich nehme mir einen Anwalt.«

»Ich kann dir nur raten, einen guten zu suchen, einen sehr guten.«

»Das werde ich.« Ich stand auf. »Du richtest Ninetyminutes zugrunde, Guy. Wenn du mir eins auswischst, wird das die Firma nicht retten.«

Kochend vor Wut verließ ich das Gebäude. Guy konnte sich meine Einlage von fünfzigtausend Pfund nicht für fünfhundert unter den Nagel reißen. Das war schreiendes Unrecht.

Je länger ich darüber nachdachte, desto klarer wurde mir, dass Mel und Guy so gut wie nichts gegen mich in der Hand hatten. Sie versuchten nur, mich einzuschüchtern oder auf die Palme zu bringen oder beides. Trotzdem würde ich einen Anwalt aufsuchen.

Mel hatte das Ganze offensichtlich genossen. Sie saß da, wo sie schon immer hatte sitzen wollen – an Guys Seite. Ingrid hatte Recht: Mel hatte meine Rolle übernommen, die des vertrauten Ratgebers, und sie war überglücklich damit. Früher waren Mel und ich auf derselben Seite gewesen. Ich bedauerte, dass sie jetzt meine Gegnerin war. Aber wenn ich Guys Feind war, war ich auch der ihre. Das leuchtete mir ein.

Zum Lunch traf ich mich mit Ingrid in einem Bistro in der Nähe der Baker Street, zwei U-Bahn-Stationen von Farrington entfernt. Wir wollten unbedingt vermeiden, irgendjemandem aus der Firma zu begegnen. Ich erzählte ihr von Mel und Guy und fragte sie, wie die Vorstandssitzung verlaufen sei.

»Sehr angespannt«, sagte Ingrid. »Guy war sauer nach der Begegnung mit dir. Wir fingen an mit dem Beschluss, dich aus dem

Vorstand zu entfernen. Eigentlich sollte es nur eine Formalität sein, doch Guy hat sich fürchterlich aufgeregt und endlose Monologe darüber gehalten, was du für ein Verräter seist. Silverman musste ihn beruhigen, damit wir uns auf das Angebot von Champion Starsat konzentrieren konnten.«

»War Clare dabei?«

»Aber ja, wir waren zu viert: Guy, Silverman, Clare und ich. Und Mel war als Justitiarin des Unternehmens dabei.«

»Und, was ist passiert?«

»Silverman unterrichtete uns über das Angebot. Champion Starsat ist bereit, nach Überprüfung der wirtschaftlichen Verhältnisse für das ganze Unternehmen achtzehn Millionen Pfund zu zahlen. Guy kann bleiben, wenn er möchte, aber Champion Starsat hat die Absicht, *ninetyminutes.com* in ihre vorhandenen Internet-Dienste zu integrieren. Das Angebot gilt bis Donnerstag um Mitternacht.«

»Donnerstag um Mitternacht? Aber das sind ja nur zwei Tage.«

»Genau. Madden will uns kräftig unter Druck setzen.«

»Hat sich der Vorstand dafür entschieden?«

»Guy hat ein leidenschaftliches Plädoyer für die Unabhängigkeit gehalten. Du kennst das ja, aber er war wirklich sehr überzeugend. Dann versuchte Mel, Fallen in dem Angebot von Champion Starsat aufzudecken. Doch davon wollte Clare nichts hören. Sie sagte, der Vorschlag sei absolut ehrlich, und es gebe überhaupt keinen Grund, an ihm zu zweifeln. Sie und Mel sind sich regelrecht in die Haare geraten. Silverman musste eingreifen. Trotzdem, Clare hat gewonnen. Mel musste den Mund halten.«

»Also will Orchestra verkaufen.«

»Ja.«

»Super! Und Silverman?«

»Du weißt doch, wie die Gesellschaftervereinbarung mit Orchestra ist. In Zeiten wie diesen hat Orchestra das Sagen. Silverman weiß das und schlug sich auf Clares Seite.«

»Und du?«

»Ich habe mich der Stimme enthalten«, grinste Ingrid. »Das schien mir unter den gegebenen Umständen das Beste zu sein.«

»Dann haben sie das Angebot also angenommen?«

»Noch nicht. Sie haben Guy eine Frist bis Donnerstag eingeräumt. Wenn er bis dahin einen Kapitalgeber findet und ein verbindliches, bedingungsloses Angebot schwarz auf weiß vorlegen kann, wollen sie sich die Sache noch einmal überlegen. Sonst akzeptieren sie.«

»Das wird ihm doch niemals gelingen, oder?«

Ingrid zuckte die Achseln. »Unterschätze Guy nicht! Er will heute Nachmittag zu Mercia Metro TV in Birmingham. Nach seiner Meinung wäre der Sender der ideale Partner für Ninetyminutes.«

Ingrid hatte Recht, man durfte Guy nicht unterschätzen. Doch ich spürte, wie mich eine Woge der Erleichterung überkam. Es sah so aus, als sei meine Einlage gerettet. Noch wichtiger, mein Vater würde kein Geld verlieren. Und meine Ansicht hatte sich durchgesetzt. Guy würde natürlich am Boden zerstört sein, aber nach unserem Treffen am Morgen kümmerte mich das nicht mehr allzu sehr. Ehrlich gesagt, es freute mich sogar. Es freute mich auch für das Team, besonders für Gaz, dessen Website erhalten bleiben würde.

Als wir das Bistro verließen, gingen wir in Richtung der U-Bahn-Station Baker Street. Wir blieben stehen, um die Straße zu überqueren; Ingrid schaute, ob ein Auto kam, und krallte sich plötzlich in meinen Arm.

»Um Gottes willen!«

»Was?«

»Da!«

Suchend blickte ich mich um. Zwanzig Schritte hinter uns kam eine massige Gestalt in Ninetyminutes-T-Shirt und mit Baseballmütze leicht watschelnd auf uns zu: Owen.

Er blieb vor uns stehen und blickte uns ausdruckslos an. In diesem Augenblick bog ein unbesetztes Taxi in die Marylebone Road ein. Ich riss den Arm hoch, das Taxi kam mit quietschenden Bremsen zum Stehen, und ich stieß Ingrid hinein.

Dann fuhr ich herum, um nach Owen zu sehen.

Er war fort.

39

Anne Glazier war eine zierliche, viel beschäftigte Frau von ungefähr dreißig Jahren, die ein englisches Kostüm und einen Hermès-Schal trug. Das rasche Klackern ihrer Absätze auf dem Steinfußboden hallte hohl durch das Foyer von Coward Tuners neuem Bürogebäude, als sie auf mich zukam, einen gewichtigen Aktenkoffer in der Hand. Unbequem hockten wir uns auf die lederbezogenen Scheiben, die als Sitzgelegenheiten für die Besucher der riesigen Kanzlei gedacht waren.

»Vielen Dank, dass Sie sich Zeit für mich genommen haben«, sagte ich.

»Keine Ursache«, sagte sie energisch. »Ein Mord ist eine ernste Angelegenheit.«

»In der Tat.«

»Ich nehme an, die Polizei hat noch nicht herausgefunden, wer Tony Jourdan getötet hat.«

»Nein.«

»Sie wissen, dass ich damals lange vernommen wurde.«

»Ja. Aber wie ich Ihnen am Telefon gesagt habe, bin ich Guy Jourdans Partner. Die Ungewissheit, in die diese ganze Angelegenheit gehüllt ist, wirkt sich nachteilig auf unsere Firma aus, deshalb versuche ich, der Sache selbst auf den Grund zu gehen. Ich wollte persönlich mit Ihnen sprechen. Ich denke, Sie wissen, wie wichtig es ist, dass über die Einzelheiten Klarheit herrscht.«

Einen Augenblick runzelte sie die Stirn, doch dann nickte sie. Sie sah aus wie jemand, dem sehr daran gelegen ist, dass über alle Einzelheiten Klarheit herrscht.

»Können Sie mir erzählen, was an jenem Abend geschah?«

»Na gut. Mel ist eine alte Freundin aus Manchester. Wir haben zusammen Jura studiert. Hin und wieder, wenn ich in London bin, übernachte ich bei ihr. Sie macht dasselbe in Paris. Wir sehen uns vielleicht zweimal im Jahr. Jedenfalls schaute ich an diesem Nachmittag bei ihr im Büro vorbei und holte mir den Schlüssel für ihre Wohnung ab. Sie sagte, sie käme später nach. Außerdem sagte sie, ihr Freund sei vielleicht dort.«

Ich meinte, einen Anflug von Missbilligung in Annes Stimme zu hören. »Sie waren nicht davon angetan?«

»Nicht besonders. Vor allem, als ich hörte, wer es war. Ich erinnerte mich, Guy einige Jahre zuvor kennen gelernt zu haben. Das war keine gute Nachricht. Ich weiß, er ist ein Freund von Ihnen, aber ich bin sicher, Sie verstehen, was ich meine.«

Ich nickte.

»Außerdem hätte ich den Abend gern mit Mel allein verbracht. Schließlich war das der Grund meines Besuchs. Aber Mel war so aus dem Häuschen, dass es geradezu peinlich wirkte. Sie kennen sie, normalerweise ist sie sehr beherrscht. Offenbar hatte Guy die Nacht zuvor bei ihr verbracht, und sie war augenscheinlich der Meinung, es sei der Beginn einer ernsten Beziehung.«

Aus Annes Ton schloss ich, dass sie davon weniger überzeugt war.

»Dann waren Sie also den ganzen Abend in Mels Wohnung?«

»Ja, so etwa ab sieben Uhr. Ich ließ meine Sachen dort und ging spazieren. Gegen sieben kam ich zurück.«

»Und dann tauchte Guy auf.«

»Ja.«

»Wann war das?«

»Ich weiß nicht mehr genau. Das habe ich auch der Polizei gesagt. Es war ziemlich spät.«

Mein Interesse erwachte. »Sie sind also nicht sicher, wann es war?«

»Jetzt nicht mehr. Schließlich ist es ein halbes Jahr her. Aber damals habe ich sicherlich die genaue Zeit genannt.«

»Halb zehn?«, fragte ich in Erinnerung an mein Gespräch mit Spedding.

»Ja, ich glaube.«

»Woher wussten Sie so genau, wie spät es war?«

Anne machte ein etwas unwirsches Gesicht, als missfalle ihr die

Andeutung, es könnte Augenblicke in ihrem Leben geben, wo ihre Genauigkeit zu wünschen übrig lasse.

»Ich habe auf die Uhr gesehen. Mel war noch bei der Arbeit. Das ärgerte mich. Wie gesagt, ich war ihretwegen gekommen. Ich dachte, wir würden ausgehen, zum Essen oder so.«

»Also war sie nicht da, als Guy auftauchte?«

»Nein, ich habe ihn hereingelassen.«

»Wie war er?«

»Betrunken. Nicht nur betrunken, sondern völlig weggetreten. Er hat kaum etwas gesagt, nur ›Hallo‹ und ›Wo ist Mel?‹. Dann hat er die Wohnung nach Alkohol durchsucht, eine Flasche Wein entdeckt, sie geöffnet, sich aufs Sofa geworfen und auf sie gewartet.«

»Was geschah, als Mel zurückkam?«

»Sie war nicht viel besser drauf. Ich meine, sie hat ein paar Worte mit mir gewechselt und sich dann nur noch um Guy gekümmert. Ihn getröstet und ihm noch mehr zu trinken gegeben. Sie hat mich überhaupt nicht beachtet. Ich ließ die beiden allein und zog mich in mein Zimmer zurück. Als ich auf dem Weg zum Flughafen war, rief Mel mich auf meinem Handy an und sagte, Guys Vater sei getötet worden. Die Polizei wolle mit mir reden.«

»Wissen Sie, worüber Mel und Guy gesprochen haben?«

»Nein, ich sollte es nicht hören.«

»Könnte es etwas mit Tony Jourdans Tod zu tun gehabt haben?«

»Nein, sie wussten es zu dem Zeitpunkt noch nicht.« Annie sah mich offen an. »Wie Sie sich vorstellen können, habe ich nicht gerade einen Narren an Guy Jourdan gefressen und, um ganz ehrlich zu sein, auch an Mel nicht, wenn sie mit ihm zusammen ist, aber nichts, was sie gesagt oder getan haben, lässt darauf schließen, dass er etwas mit dem Tod seines Vaters zu tun hatte. Laut der Polizei hätte er es ja auch gar nicht sein können. Der Zeitpunkt, zu dem er in Mels Wohnung erschien, schließt das aus.«

»Das stimmt«, sagte ich.

»Ich hoffe, ich konnte Ihnen ein bisschen helfen«, sagte Anne und blickte auf die Uhr. »Ich muss jetzt nach oben und mich auf meine Besprechung vorbereiten.«

Ich sah ihr nach, wie sie auf die Liftreihe zuging. Ihre Hacken schlugen einen harten Rhythmus dazu, während sich meine Gedanken damit beschäftigten, was sie mir erzählt hatte.

Es wurde unwahrscheinlicher, dass Guy seinen Vater umgebracht hatte. Weder hatte er die Zeit gehabt, es selbst zu tun, noch sah es so aus, als hätte er jemanden damit beauftragt – wenn Sergeant Spedding Recht mit seiner Annahme hatte, dass Tonys Tod unmöglich das Werk eines professionellen Killers sein konnte.

Das war zumindest eine gute Nachricht. Oder hätte es eigentlich sein müssen. Doch meine Gefühle gegenüber Guy wurden immer verworrener, besonders nach dem Vorwurf, ich hätte ihn verraten, und dem Versuch, mich um meinen Anteil an Ninetyminutes zu bringen. War er der Freund, den ich immer in ihm gesehen hatte? Oder war er jemand ganz anderes? Hatte ich tatsächlich ein Jahr meines Lebens vergeudet und meine Karriere ruiniert, indem ich auf ihn gehört hatte?

Und wenn weder Guy noch Owen ihren Vater umgebracht hatten, wer, zum Teufel, hatte es dann getan?

Ich wollte Ingrid nicht wieder zu Ninetyminutes lassen, nachdem Owen uns zusammen gesehen hatte, aber sie war nicht davon abzubringen. Sie wollte sehen, was vor sich ging.

Und das war Folgendes: Guy versuchte verzweifelt, Mercia Metro TV für Ninetyminutes zu interessieren. Am Mittwoch nahm er Ingrid, Gaz, Amy und Mel mit nach Birmingham. Er habe eine vorzügliche Präsentation geboten, sagte Ingrid, und Mercia Metro zweifellos für sich eingenommen. Zwei leitende Angestellte des Unternehmens hätten sich bereit erklärt, am folgenden Tag in die Britton Street zu kommen, obwohl sie sich ziemlich sicher gewesen seien, dass sie bis zur Frist um Mitternacht kein bedingungsloses Angebot unterbreiten könnten.

Von Owen nichts Neues. Ingrid sagte, er sei im Büro gewesen, habe aber nicht erkennen lassen, dass er uns am Tag zuvor gesehen habe. Das hatte nichts zu bedeuten. Ich machte mir Sorgen um sie. Guy stand mit dem Rücken zur Wand. Immer, wenn das in der Vergangenheit der Fall gewesen war, war es irgendjemandem schlecht ergangen. Ich betete, dass es dieses Mal nicht Ingrid sein würde.

Den folgenden Tag, Donnerstag, den Tag, an dem die Frist ablief, verbrachte ich zu Hause, und ich hätte vor lauter Ungeduld die Wände hochgehen können. Um acht Uhr abends rief Ingrid an.

»Ich gehe jetzt.«

»Was tust du? Ich dachte, du würdest bis Mitternacht bleiben. Hat Guy aufgegeben?«

»Nein, aber er schickt uns alle nach Hause.«

»Was ist passiert?«

»Ich werde es dir erklären.«

Das tat sie, als sie eine halbe Stunde später eintraf.

»Die Leute von Mercia Metro TV sind am Morgen bei uns erschienen: der leitende Direktor und der Finanzdirektor. Guy hat sie herumgeführt. Offensichtlich waren sie scharf auf uns. Es ging um Synergien, Internet-Zonen und den ganzen Kram. Doch dann setzten wir uns zusammen und redeten übers Geschäft. Die Chance, dass sie innerhalb der gesetzten Frist ein bedingungsloses Angebot unterbreiten könnten, schienen sie selbst für sehr gering zu halten. Da ist einfach noch zu viel zu erledigen: Buchprüfung, Vorstandssitzung und Gott weiß was noch. Guy redete eine Zeit lang hin und her, und dann schlug Mel ein bedingtes Angebot vor. Schließlich mache auch Champion Starsat sein Angebot abhängig von einer genaueren Prüfung. Wenn Mercia Metro ein besseres Angebot unter derselben Bedingung unterbreite, müsse der Vorstand von Ninetyminutes es berücksichtigen.«

»Von welchem Preis war die Rede?«

»Die Bewertung beläuft sich auf zweiundzwanzig Millionen Pfund. Doch Mercia Metro würde nicht das ganze Unternehmen kaufen. Die Überlegung geht dahin, dass Mercia Metro acht Millionen Pfund einbringt und sich mit einer Minderheitsbeteiligung zufrieden gibt. Guy würde die Leitung behalten. Die Strategie wäre weiterhin bedingungslose Expansion.«

»Wird Mercia Metro darauf eingehen?«

»Ich glaube nicht. Der leitende Direktor fand zwar Gefallen an der Firma, aber der Finanzdirektor war skeptisch, und er hatte verdammt gute Argumente. Außerdem nehme ich an, dass sie eine eigene Vorstandssitzung brauchen, um ein Angebot abgeben zu können. Und ihnen dürfte kaum genügend Zeit bleiben, um eine einzuberufen.«

»Dann ist jetzt alles vorbei?«

»Nicht, soweit es Guy angeht. Er glaubt immer noch, sie lassen sich darauf ein. Er hat eine Besprechung mit Clare Douglas und Derek Silverman einberufen, auf der er ihnen vorgeschlagen hat, auf ein bedingtes Angebot einzugehen. Ich war dabei.«

»Waren sie bereit?«

»Mit einem Wort: nein. Silverman sagte, es wäre ein Fehler, ein solides Geschäft für ein unsicheres sausen zu lassen. Und Clare war eisern: Entweder bedingungslos oder gar nicht.«

»Braves Mädchen.«

»Ja, aber sie sah gar nicht glücklich dabei aus.«

»Wie meinst du das?«

»Du kennst ja Clare. Sie ist immer so beherrscht und souverän. Heute wirkte sie verkrampft. Sehr verunsichert und ängstlich.«

»Tatsächlich? Vielleicht laufen bei Orchestra noch andere Sachen schief. Als ich sie das letzte Mal sah, wirkte sie sehr gestresst. Erzählte mir was von Feuern, die sie austreten müsse.«

»Vielleicht muss sie das. Aber was es auch sei, sie wird ihre Meinung auf keinen Fall ändern.«

»Und du? Was sagst du?«

»Ich habe für Guy gestimmt.«

»Um den Schein zu wahren?«

»Teilweise. Aber ich muss zugeben, dass ich es nett fände, wenn wir Mercia Metro TV mit einer Minderheitsbeteiligung im Boot hätten und weiter expandieren könnten.«

»Das wäre in der Tat sehr schön«, sage ich. »Aber es wird nicht klappen. Du hast es selbst gesagt: Mit dem Internet lässt sich kein Geld verdienen. Dies hier ist unsere Chance, heil aus der Sache herauszukommen. Eine zweite kriegen wir nicht.«

Ingrid seufzte. »Du hast natürlich Recht. Aber ich kann mir nicht helfen: Guy tut mir Leid. Er ist tapfer. Er kämpft bis zum bitteren Ende.«

»Und was geschieht nun?«

»Wir warten. Guy hat alle nach Hause geschickt. Es sei sinnlos, noch weiterzuarbeiten. Die Leute wollten bleiben, aber er hat darauf bestanden. Es war, als wollte er um Mitternacht mit Ninetyminutes allein sein.«

»Seltsam.«

»Ja.«

»Wie hält er sich? Kommt er einigermaßen klar?«

»Noch ja. Solange Hoffnung besteht. Aber er steht enorm unter Strom.«

»Und wenn keine mehr besteht?«

Ingrid schüttelte nachdenklich den Kopf. »Wer weiß?«

Die Türklingel ging. Ich öffnete. Es war Clare. Eine verstörte Clare. Ihre Haare waren ungekämmt, ihre Augen, diese grauen Augen, die gewöhnlich so kühl blickten, flackerten, das Gesicht war gerötet.

Ich führte sie ins Wohnzimmer. Als sie Ingrid erblickte, erschrak sie sichtlich.

»Keine Sorge, Ingrid und ich sind zusammen«, sagte ich, ohne weiter darüber nachzudenken. Es war einfach die Wahrheit.

Clare blickte von einem zum anderen. Ingrid lächelte beruhigend.

»Okay«, sagte Clare und fand sich mit den Tatsachen ab. »Ich muss mit Ihnen sprechen.« Sie zitterte am ganzen Körper.

»Nehmen Sie Platz. Möchten Sie was trinken? Eine Tasse Tee? Einen Whisky?«

Clare ließ sich aufs Sofa sinken. »Nein, es ist schon in Ordnung«, sagte sie. Dann lächelte sie ein wenig. »Ehrlich gesagt, ein winziger Whisky wäre keine schlechte Idee.«

Ich holte ihr einen. Viel Whisky, wenig Wasser.

Sie nahm einen kräftigen Schluck. »Danke.« Als ihr die Flüssigkeit die Kehle hinunterlief, verzog sie das Gesicht. Ihre Hände zitterten noch immer. »Ich brauche Ihre Hilfe. Henry hat vorgeschlagen, ich solle mit Ihnen reden.«

»Henry?« Ich fragte mich, worüber sie mit mir reden wollte. Dann wusste ich es. »Haben Sie eine Drohung bekommen?«

Clare nickte. »Zwei.«

»Was ist geschehen?«

»Gestern erhielt ich das hier.« Sie händigte mir ein DIN-A4-Blatt aus, dreimal gefaltet, damit es in einen normalen Briefumschlag passte. Ich las:

Wie Sie wissen, hat Ninetyminutes ein unverlangtes Angebot von Champion Starsat erhalten, in dem es um den Kauf des Unternehmens geht. Sie sollten dieses Angebot ablehnen und stattdessen die Gespräche mit anderen potenziellen Anlegern aufnehmen. Außerdem sollten Sie Ninetyminutes einen Überbrückungskredit von einer Million Pfund zugänglich machen, bis ein anderer Kapitalgeber gefunden ist. Wenn Sie das Angebot von Champion Starsat bis Donnerstag um Mitternacht nicht abgelehnt haben, werden Sie sterben. Ihr Kollege Henry Broughton-Jones hat im April eine ähnliche Drohung erhalten. Er hat die richtige Entscheidung getroffen. Sie sollten das auch. Wenn Sie sich an die Polizei oder an jemand anders wenden, sind Sie ebenfalls tot.

Die Notiz war nicht unterzeichnet. Natürlich handelte es sich um einen Computerausdruck, doch die Schrift war etwas anders als auf dem Brief, den Henry erhalten hatte.

Ingrid sah mir über die Schulter und las mit. »Oh, mein Gott!«, flüsterte sie.

»Haben Sie das Henry gezeigt?«

»Ja«, sagte Clare. »Der Scheißkerl hat mir erzählt, was ihm und seiner Familie zugestoßen ist. Ich kann es nicht fassen, dass er mir Ninetyminutes überlassen hat, ohne mich zu warnen. Dieser Feigling!«

»Er hat sich Sorgen um seine Familie gemacht«, sagte ich.

»Und was ist mit mir? Er hat mir nichts erzählt. Und Sie? Warum haben Sie mir nicht gesagt, was da läuft?«

»Es tut mir wirklich Leid, aber ich hatte es Henry versprochen. Ich habe versucht, dem ein Ende zu machen, indem ich nach Frankreich geflogen bin, um Owen von weiteren Gewalttaten abzuhalten.« Ich berührte meine Wange, auf der sich immer noch eine kleine Narbe befand. »Offensichtlich hat es nicht gewirkt.«

»Offensichtlich«, sagte Clare.

»Waren Sie deshalb heute Nachmittag so verstört?«, fragte Ingrid.

»Vollkommen richtig. Ich hatte beschlossen, mich nicht einschüchtern zu lassen, aber ich war durcheinander. Und dann erhielt ich diese E-Mail hier.«

Sie haben noch acht Stunden. Sagen Sie nein zum Angebot von Champion Starsat, oder Sie sterben. Ich meine es ernst.

Ich versuchte, die Hieroglyphen zu entziffern, die über die Internet-Route Auskunft gaben. Die E-Mail war an Clare bei Orchestra adressiert. Woher sie kam, war unmöglich zu erkennen. Ich kannte keine der verzeichneten Adressen.

»Lässt sich das zurückverfolgen?«, fragte ich.

»Das bezweifle ich«, sagte Clare. »Wenn man sich ein bisschen auskennt, kann man mühelos anonyme E-Mails verschicken.«

»Anonym«, sagte ich und lachte bitter. »Ich weiß gar nicht, warum Owen sich so viel Mühe gibt.«

»Glaubst du, dass Owen dahinter steckt?«, fragte Ingrid.

Ich nickte. »Ich bin sicher, dass es Owen ist. Das ist ein letzter, verzweifelter Versuch, Guy zu beschützen.«

Clare schüttelte sich. »Bei dem Gedanken an diesen Mann kriege ich eine Gänsehaut.«

»Zu Recht«, sagte ich.

»Was wollen Sie tun?«, fragte Ingrid Clare.

»Ich weiß nur eins, ich lasse mich nicht einschüchtern. Ich gebe nicht nach«, sagte Clare, obwohl ihre Hände immer noch zitterten.

»Henry hat nachgegeben«, sagte Ingrid.

»Ich weiß, aber ich werde es nicht tun. Sonst verliert Orchestra Ventures Millionen. Dafür will ich nicht verantwortlich sein.«

»Es wäre durchaus verständlich, wenn Sie einen Rückzieher machen würden«, sagte ich. »Sie sollten wissen, dass Owen fähig ist, seine Drohungen wahr zu machen. Ich weiß allein von zwei Menschen, die er umgebracht hat.«

Mit großen Augen sah Clare mich an. »Mein Gott, ich habe

wirklich schon mit zwielichtigen Gestalten zu tun gehabt, aber noch nie mit einem Mörder.« Dann wurden ihre Augen wieder schmal. »Er wird mich nicht einschüchtern. So leicht lasse ich mich nicht rumschubsen.«

Ich wechselte einen Blick mit Ingrid. Eine tapfere Frau, diese Clare, kein Zweifel.

»Okay«, sagte ich. »Dann bleiben Ihnen genau drei Möglichkeiten. Sie können gar nichts sagen und einfach nur hoffen, Sie können zur Polizei gehen. Oder ich könnte Owen aufsuchen.«

»Das letzte Mal hat er dich fast umgebracht«, sagte Ingrid.

»Ich weiß. Aber Clare hat Recht, irgendjemand muss ihm das Handwerk legen.«

»Was halten Sie davon, zur Polizei zu gehen?«, fragte Ingrid.

»Ich weiß nicht. Der Gedanke macht mich nervös. Die Drohung war in diesem Punkt ziemlich eindeutig. Was meinen Sie, David?«

Ich überlegte. »So, wie ich Owen kenne, ist es sehr gut möglich, dass er seine Drohung wahr macht, wenn Sie sich an die Polizei wenden.«

»Aber wenn *du* mit Owen redest«, sagte Ingrid zu mir, »bringt er erst dich um und dann Clare.« Ganz offensichtlich behagte ihr diese Option noch weniger.

»Und wenn ich mit Guy rede? Guy könnte Owen doch vielleicht dazu bringen, Clare in Ruhe zu lassen.«

»Er könnte«, sagte Ingrid. »Aber du und er, ihr seid im Augenblick nicht gerade die besten Freunde, oder? Er macht dir die ganze Situation zum Vorwurf. Und er ist nicht gerade in der stabilsten Gemütsverfassung.«

»Ich glaube, er hört auf mich.«

»Bist du sicher?«

»Jedenfalls bin ich bereit, das Risiko einzugehen. Abgesehen davon, dass Clare Silverman anruft, um ihm zu sagen, dass sie den Deal mit Champion Starsat ablehnt, wüsste ich nicht, was wir sonst noch tun könnten.« Ingrid und ich wandten uns Clare zu. »Nun?«

Sie dachte einen Augenblick nach. »Wenn Sie bereit sind, mit Guy und Owen zu sprechen, dann tun Sie es«, sagte sie schließlich.

»In Ordnung«, sagte ich, »gehen wir es an. Du sagst, Guy ist in der Firma?«

»Er hat gesagt, er ist den ganzen Abend da«, antwortete Ingrid. »Und ich komme mit.«

»O nein, das wirst du schön bleiben lassen«, sagte ich. »Es könnte gefährlich werden.«

»Natürlich ist es gefährlich«, sagte Ingrid. »Aber wenn ihr zwei euer Leben riskiert, sehe ich nicht ein, warum ich es nicht tun darf.«

Es war offenkundig, dass es keinen Zweck hatte, mit ihr zu diskutieren. »Okay. Wo werden Sie sein?«, fragte ich Clare.

»Mel möchte, dass ich zu ihr in die Kanzlei komme. Wenn wir von Mercia Metro TV vor Mitternacht nichts hören, schickt Silverman Champion Starsat ein Fax, in dem er auf deren Angebot eingeht. Wir haben es bereits aufgesetzt. Als Justitiarin von Ninetyminutes möchte Mel beteiligt sein. Da sie tut, was Guy verlangt, sind weder Silverman noch ich sehr glücklich damit. Ich glaube, sie hofft, dass wir sofort alle erforderlichen Papiere aufsetzen können, wenn doch noch ein Angebot von Mercia Metro kommt. Ich weiß nicht. Sie war ziemlich beharrlich.«

»Keine schlechte Idee«, sagte ich. »Große Anwaltskanzleien treffen sogar nachts erhebliche Sicherheitsvorkehrungen. Da dürften Sie vor Owen sicher sein. Wir kommen vorbei und holen Sie ab, wenn wir mit Guy geredet haben. Je nachdem, was er gesagt hat, können wir uns eine sichere Lösung für Sie überlegen.«

»Okay«, sagte Clare und goss den Rest ihres Whiskys hinunter. »Worauf warten wir noch?«

Clare nahm das erste Taxi, das vorbeikam, und fuhr zur Kanzlei Howles Marriott in der Nähe der Chancery Lane. Ingrid und ich nahmen das zweite.

»Bist du sicher, dass Guy da ist?«, fragte ich sie.

»Ich denke doch. Warte, ich schau mal.«

Sie zog ihr Handy heraus und wählte eine Nummer. »Hallo Guy, ich bin's … Irgendwas Neues? … Nichts? Okay, ich wollte es nur mal wissen. Ciao.«

»Er ist da?«

»Ja.«

»Wie klingt er?«

»Angespannt.«

»Glaubst du, Owen ist bei ihm?«

»Ich weiß nicht. Er ist mit uns allen gegangen. Er könnte natürlich zurückgekehrt sein. Aber ich konnte Guy schlecht danach fragen, oder?«

»Nein.«

Schweigend überlegten wir, wie wahrscheinlich es wohl sein mochte, dass Owen sich bei Guy im Büro aufhielt. Es war ein Risiko, das wir eingehen mussten.

Aber das Risiko war wahrlich nicht gering. Menschen waren ums Leben gekommen. Weitere konnten sterben. Möglicherweise auch Ingrid und ich.

Ich versuchte mir darüber klar zu werden, wie vernünftig unser Vorhaben war. Es sprach einiges dafür – aber auch vieles dagegen.

Ich bildete mir ein, Guy zu verstehen. Seine Nerven mussten zum Zerreißen gespannt sein. Ninetyminutes bedeutete ihm alles, das wusste ich. Aber ich wusste auch, dass ihm unsere Freundschaft nicht gleichgültig war. Er würde mich nicht kaltblütig umbringen. Oder Ingrid. Genauso wenig würde er tatenlos zusehen, wie Owen uns etwas antat. Dessen war ich mir ziemlich sicher. Oder?

Ich musste ihm einfach trauen.

Das Taxi bog von der Clerkenwell Road nach rechts in die ruhigere Britton Street ab. Wir hielten vor dem vertrauten Gebäude, und ich bezahlte den Fahrer. Er verschwand und ließ Ingrid und mich allein vor dem leeren Bürohaus zurück. Beklommen schauten wir zum Stockwerk hinauf, wo Guy saß – allein, wie wir hofften.

Ich blickte Ingrid an. Ihr Gesicht sah angespannt aus. Sie war genauso nervös wie ich.

»Du musst wirklich nicht mitkommen«, sagte ich. »Ich kann da sehr gut allein hochgehen.«

»Ich weiß.«

»Es könnte verdammt gefährlich werden. Was ist, wenn du verletzt wirst?«

Sie wandte sich mir zu und lächelte, ein kleines, nervöses Lächeln. »Das könnte dir doch auch passieren, oder? Ich komme mit.«

»Okay«, sagte ich. »Dann los.«

Wir gingen die Treppe zum vierten Stock hoch. Dort stießen wir die Tür auf, die das *ninetyminutes.com*-Logo trug, und betraten das Großraumbüro.

Guy saß vor seinem Computer und starrte auf den Bildschirm, auf dem ein halb fertiges Minesweeper-Spiel zu sehen war.

Er war allein.

Wir gingen auf ihn zu. Er wandte sich um. Er sah schlimmer aus, als ich ihn je erlebt hatte, und ich hatte Guy schon in ziemlich schlimmen Verfassungen gesehen. Die Augen waren tief umschattet, das strahlende Blau war stumpf geworden. Stoppeln sprossen auf seinem Kinn, die Wangen waren bleich und aufgedunsen. Das strohblonde Haar war fettig und ungekämmt.

»Hi«, sagte er mit flacher, leerer Stimme.

»Hallo, Guy.« Ich ging auf ihn zu.

»Setz dich.« Mit einer fahrigen Bewegung wies er auf meinen Schreibtisch. Ich setzte mich auf meinen alten Stuhl. Ingrid hockte sich neben mir auf den Schreibtisch.

»Irgendwas gehört?«, fragte ich.

»Nein.« Er blickte auf die Uhr. »Zehn nach zehn. Da kommt auch nichts mehr. Wenn Mercia Metro interessiert wäre, hätten sie sich schon lange gemeldet.«

»Die wollten das Geschäft nie machen, Guy«, sagte ich.

Er sah mich abwesend an, den Blick in weite Ferne gerichtet. »Nein«, sagte er ruhig. Dann blickte er Ingrid an. »Seid ihr beiden ...?«

Ich nickte.

»Seit wann?«

»Noch nicht lange. Seit du mich entlassen hast«, sagte ich.

Er lächelte. Ein Lächeln, das eher für ihn selbst als für uns bestimmt war. »Wollt ihr mit mir warten?«

»Vielleicht.«

»Eigentlich wollte ich hier allein sein. Um Mitternacht.«

Etwas in der Art, wie er das sagte, erschreckte mich. »Warum?«, fragte ich. »Warum möchtest du allein sein?«

Guy gab keine Antwort. Er starrte auf den Bildschirm. Er klickte mit der Maus. Wir ließen ihn spielen. Dann fluchte er, als er auf eine Mine klickte.

Frustriert stieß er die Maus von sich. »Ninetyminutes ist am Ende, nicht wahr, Davo?«

Ich nickte.

»Die ganze Arbeit. All die Stunden. All die Sorgen, die Streitereien, die Triumphe, all das löst sich in nichts auf.«

»Die Site wird weiterleben.«

»Ja, aber dazu haben wir Ninetyminutes nicht gegründet«, sagte Guy. »Du und ich, wir wollten uns neu erfinden. Wir wollten bessere Menschen werden. Und eine Zeit lang habe ich gedacht, wir hätten es geschafft. Eine lange Zeit lang. Ich war der Unternehmer, dem alles gelang, was er anfasste. Du warst die rechte Hand, die dafür sorgte, dass das, was gelang, nicht wieder auseinander fiel. Wir waren gut, Davo. Richtig gut. Es hätte nicht schief gehen dürfen.«

»Das ist wahr.«

»Aber es ist schief gegangen. Heute Nacht verkaufen wir. Und morgen? Morgen ist nichts mehr.«

»Was wirst du machen?«, fragte Ingrid.

Zunächst schien es so, als hätte Guy ihre Frage nicht gehört. Dann huschte ein kleines Lächeln über sein Gesicht. Er beugte sich vor und öffnete eine Schublade unten in seinem Schreibtisch. Als er sich wieder aufrichtete, hatte er eine Waffe in der Hand.

Es war eine silberfarbene Pistole, die mir ziemlich groß für eine Handfeuerwaffe erschien, obwohl ich keine Ahnung von Waffen hatte. Es war eine jener Pistolen, die ein Magazin im Griff haben. Er wog sie in der Hand. Sie schien ziemlich schwer zu sein.

»Woher hast du die denn?«, fragte ich.

»Owen hat sie mir besorgt«, sagte Guy. Er kicherte. »Schon erstaunlich, was man heutzutage alles über das Internet kaufen kann. *Shootsomeone.com*. Warum haben wir es nicht damit versucht? Oder *www.blowyourbrainout.co.uk*. Allerdings kaum Dauerkunden. Dabei dreht sich doch alles um Dauerkunden.«

»Was willst du mit dem Ding?«

»Ausprobieren«, sagte Guy. »An mir. Keine Angst, ich nehm dich nicht mit oder so. Ich wollte bis zwölf warten. Aber wenn ihr mich dazu zwingt, kann ich's auch gleich tun.«

Ingrid stieß ein leises Stöhnen aus.

»Lass uns bis zwölf warten«, sagte ich. »Das sind noch zwei Stunden.«

Guy betrachtete die Pistole in seiner Hand. »Ich weiß nicht. Zwei Stunden sind eine lange Zeit, wenn ihr mich dabei anstarrt.«

Er hob die Waffe.

»Weißt du, du warst ein beschissener Geschäftsmann«, sagte ich. Ich musste irgendetwas sagen.

Einen Augenblick lang leuchtete ein Funken Ärger in Guys Augen auf. Doch dann erlosch er wieder. »Ich weiß.«

»Nicht annähernd so gut wie dein Vater.«

Er senkte die Waffe. Ich hatte seine Aufmerksamkeit erregt. »Da hast du Recht.«

»Du verstehst dich auf die großen Entwürfe, die Visionen und das Zeug. Aber du hast nie begriffen, dass es nur ums Geld geht. Ich schon, doch du hast mich eingewickelt.«

In Guys Miene zeigte sich Zorn.

»Dein Vater kannte sich aus mit Profiten. Seien wir doch ehrlich: Wenn wir getan hätten, was er vorgeschlagen hat, und Links zu einer Porno-Site eingerichtet hätten, würde jetzt der Rubel rollen. Sex und Fußball. Die Gazetten würden Schlange stehen, um uns zu kaufen. Und der Absturz des NASDAQ würde uns am Arsch vorbeigehen.«

»Eine solche Site hätte ich nie machen können«, sagte Guy.

»Ich auch nicht. Du, Ingrid?« Sie schüttelte den Kopf. »Genau das ist unser Problem. Du hast nie im Immobiliengeschäft gearbeitet, nicht wahr?«

»Wieso?«

»Ich erinnere mich an einen Artikel über deinen Vater in *Private Eye*. Da stand, dass er einen Stadtrat geschmiert hat, um die Baugenehmigung für ein Einkaufszentrum im Norden zu bekommen. Und dass er seinen Geschäftspartner in den siebziger Jahren reingelegt hat.«

»Das waren Verleumdungen«, protestierte Guy. »*Private Eye* hat sich außergerichtlich verglichen. Die Zeitschrift hat Dad eine stattliche Summe gezahlt und eine Richtigstellung gedruckt.«

»Klar doch. Genau wie bei dem Verleger Robert Maxwell. Ich hätte mit deinem Vater auch nicht vor Gericht zu tun haben wollen.«

Guy seufzte. »Also, worauf willst du hinaus?«

»Du hast etwas viel Besseres aufgebaut. Etwas, das dein Vater nie geschafft hätte. Ninetyminutes war ein Wahnsinnserfolg. Vielleicht nicht finanziell. Aber ich kenne niemanden sonst, der aus dem Nichts die beste Fußball-Website in Europa hätte schaffen können.«

»Ja, toll.«

»Ja, *wirklich* toll. Es hat mich unheimlich beeindruckt. Und Ingrid. Und Gaz. Und Michelle. Und jeden, der für dich gearbeitet hat.« Ich beugte mich vor. »Guy, du hast mich schon immer unheimlich beeindruckt. Eine Zeit lang habe ich gedacht, du wärst ein großer Unternehmer. Das bist du nicht. Na und? Ich bin trotzdem beeindruckt.«

»Das sagst du nur, weil ich die Pistole in der Hand halte.«

»Das stimmt nicht, und das weißt du. Ich habe deinen Vater gekannt. Ich kenne dich. Glaub mir, Guy, du bist der bessere Mann. Das musst du weder dir noch mir beweisen.«

Abermals betrachtete er die Waffe. Ganz langsam legte er sie auf den Schreibtisch neben sich. Noch langsamer stand ich auf und griff über den Tisch.

Blitzschnell packte Guy die Pistole wieder und richtete sie unbestimmt auf den leeren Raum zwischen sich und mich. »Ich weiß noch nicht, was ich mit dem Ding anfange, also dräng mich nicht.«

Ich ließ mich in meinen Stuhl zurückfallen. »Okay«, sagte ich.

Jetzt schwiegen wir alle drei. Aber ich dachte an eine vierte Person – Clare.

Langsam zog ich die Nachricht, die sie erhalten hatte, aus meiner Jackentasche und reichte sie Guy.

»Was ist das?«

»Clare hat sie gestern bekommen. Sie ist von Owen. Lies.«

Stirnrunzelnd las Guy sie. »Und du glaubst, Owen hat das geschrieben?«, fragte er, als er fertig war.

»Ich weiß, dass Owen es war. Außerdem hat er Clare heute eine E-Mail geschickt, in der er ihr versichert, dass er es ernst meint.«

Stumm starrte Guy auf den Brief. Schließlich sagte er: »Ich glaube nicht, dass der von Owen ist.«

»Natürlich ist er von ihm«, sagte ich. »Dein Bruder hat auch Henry bedroht. Und Owen war es, der den Computervirus in das System von Goaldigger eingeschleust hat. Er hat mich bedroht. Und er hat, wie du weißt, Dominique umgebracht. Ich denke, er hat auch Abdulatif getötet. Und jetzt wird er Clare ermorden, wenn du ihn nicht aufhältst.«

Guy sah verwirrt aus, verunsichert, als wisse er nicht mehr, was er von sich und seinem Bruder zu halten habe.

»Du bist der Einzige, der ihn aufhalten kann«, sagte ich.

In diesem Augenblick wurde die Tür zum Büro heftig aufgestoßen. Wir fuhren herum.

Owen.

Mit einer flachen braunen Pappschachtel in der Hand schob er sich durch die Tür. »He, Guy!«, rief er. »Guy? Ich hab Pizza. Peperoni extra.«

Dann sah er uns.

»Was machen die denn hier?«, fragte er, legte die Pizza auf einen Nebentisch und trat zu seinem Bruder. »Ich dachte, du wolltest allein sein.«

»Hier, darüber wollten sie mit mir reden.« Guy gab ihm Clares Brief. »Sie sagen, du hast das geschrieben. Stimmt das?«

Owen las den Brief und lachte leise in sich hinein.

»Stimmt das?«, fragte Guy noch einmal.

Owen zuckte mit den Achseln. »Vielleicht.«

Guys Augen wurden schmal. Er warf einen Blick auf Ingrid und mich. »Falls du das geschrieben hast, Owen, war es ziemlich dumm. Wenn Ninetyminutes verkauft wird, kannst du das nicht dadurch ändern, dass du Clare umbringst.«

»Ist sie eingeknickt?«, fragte Owen.

»Nein«, sagte Guy. »Wir haben nichts von ihr gehört. Oder von Mercia Metro TV.«

»Schätze, dann war es ziemlich dumm«, sagte Owen.

»Jetzt hat es keinen Sinn mehr, Clare noch etwas anzutun«, sagte ich. »Ninetyminutes wird an Champion Starsat verkauft, egal, was du oder irgendjemand anders tut.«

Owen starrte mich an. In seinen kleinen schwarzen Augen glomm die Wut. Er wollte etwas erwidern, doch dann entdeckte er die Pistole auf Guys Schreibtisch. Er ergriff sie.

Ich erstarrte. Owen allein war schon gefährlich genug. Owen mit einer Pistole war tödlich.

»Dann hast du also doch noch eine Verwendung dafür gefunden«, sagte er zu Guy. »Ich hatte Angst, du würdest dich damit umbringen.«

Guy antwortete nicht.

»Du wolltest dich *tatsächlich* umbringen.« Owen zog einen Stuhl heran und ließ sich darauf nieder. »Deshalb wolltest du heute Nacht allein sein. Dann haben dich diese beiden Deppen gestört. Wusste ich doch, dass ich dich nicht hätte allein lassen dürfen.«

»Was ist mit Clare?«, fragte ich.

Ein Riesenfehler. Owen ging in die Luft. »Zum Teufel mit Clare! Ist mir doch scheißegal, was mit ihr passiert. Sie hat Ninetyminutes verkauft.« Er deutete mit der Pistole auf mich, wobei er sie als eine Art Finger und nicht als Waffe zu benutzen schien. »Und zum Teufel auch mit dir. Siehst du, was du mit meinem Bruder gemacht hast? Deinetwegen ist Ninetyminutes jetzt total im Arsch. Wenn du nicht wärst, wäre er fein raus und würde nicht hier hocken, um sich eine Kugel in den Schädel zu jagen.«

»Gib mir die Pistole«, sagte Guy ruhig.

»Damit du dich umlegen kannst? Vergiss es! Ich denke, ich werde lieber diesen Scheißkerl hier umlegen.«

Er hob die Waffe und richtete sie auf mich. Jetzt deutete er nicht mehr, sondern zielte.

»Warte, Owen!«, rief Guy.

»Nein, dieser Wichser hat es verdient. Ich leg ihn um.«

Ingrid stieß einen leisen Schrei aus.

»Dich auch, Baby. Erst ihn, dann dich.«

»Lass das, Owen. Das ist doch Unsinn.«

»Überhaupt kein Unsinn. Wenn ich nicht vorbeigekommen wäre, hättest du dich erschossen. Und das alles wegen ihm.« Owen starrte mich über den Pistolenlauf an, wütend, aber nicht außer sich. Er hatte sich durchaus im Griff. Bestimmt wusste er, was er tat, und war entschlossen, es zu Ende zu bringen.

»Hör zu, Owen, gib mir die Pistole.«

Guy sprach mit großer Autorität, aber Owen hörte nicht auf ihn. Ich hörte das Klicken der Sicherung. Sein Finger krümmte sich um den Abzug.

»Okay, okay.« Guy fuhr sich durchs Haar. Seine Miene veränderte sich. Unsicherheit und Verwirrung waren wie weggeblasen. Stattdessen erschien Zorn auf seinem Gesicht. »Du hast ja Recht, Owen«, sagte er. »Dieser Scheißkerl David ist an allem schuld. Aber lass mich nachdenken. Es hat keinen Sinn, ihn zu erschießen und auf die Polizei zu warten.«

Ich starrte Guy an. War er verrückt geworden? Er sah vollkommen normal aus. Zornig, aber normal.

Auch Owen starrte seinen Bruder an.

»Guy?«, sagte ich.

»Halt die Fresse!«

»Guy, du kannst doch Owen nicht einfach so gewähren lassen.«

»Ich hab gesagt, halt die Fresse!«, schrie Guy. »Owen hat vollkommen Recht. Ich hätte dich nie einstellen dürfen, ich hätte mir dein Gelaber über Owen und Henry und meinen Vater nicht anhören dürfen, und ich hätte dich schon vor Monaten rausschmeißen müssen.« Er sprang auf und beugte sich vor, so dass sein Gesicht nur noch wenige Zentimeter von meinem entfernt war. Es war voller Hass. So hatte ich ihn noch nie gesehen, noch nicht einmal in seinen schlimmsten Momenten.

Guy war durchgeknallt.

»Du bist ein Stück Scheiße, Davo, und du wirst sterben. Und ich werde es genießen.« Er trat zurück und wandte sich an seinen Bruder. »Aber wir müssen uns das gut überlegen, Owen. Lass dir Zeit.

Wir legen die beiden um und gehen ins Ausland, bevor jemand was merkt.«

Owen nickte. Obwohl er nicht wirklich lächelte, sah man, wie sehr ihm diese Vorstellung gefiel. Sein großer Bruder war auf seiner Seite. Zusammen würden sie abhauen, nur sie beide, und aufeinander aufpassen, wie sie es die ganze Zeit über hätten tun sollen.

»Ich knall den Wichser ab«, sagte Owen, nur um es noch einmal klarzustellen.

»Klar doch. Aber nicht hier und jetzt. Wir müssen sie irgendwo anders hinbringen.«

»Wir können sie umlegen und die Leichen wegschaffen.«

»Würdest du das Denken bitte mir überlassen!«, fuhr Guy ihn an. »Ich habe damals die Sache mit Dominique in Ordnung gebracht, und ich werde auch das hier hinkriegen. Es fällt doch auf, wenn wir die Leichen durch die Gegend schleppen. Ich gehe jetzt dein Auto holen, und dann fahren wir sie irgendwohin, wo wir ungestörter sind. Vielleicht auf dem Weg nach Dover. Gib mir deine Schlüssel.«

Owen dachte einen Augenblick nach, dann griff er in die Tasche und warf Guy einen Schlüsselbund zu.

»Ich bringe deinen Pass gleich mit, und meinen lege ich auch schon bereit«, sagte Guy, griff in die Tasche neben seinem Schreibtisch, holte seinen Pass heraus und zeigte ihn Owen. »Es dauert nicht lange. Halt sie in Schach. Und wenn sie Dummheiten machen, leg sie um. Dann wird es zwar schwieriger, aber zusammen kriegen wir es schon irgendwie hin.«

Und fort war er.

40

Ingrid und ich waren Owen und seiner Pistole ausgeliefert.

Wie lange würde Guy fort bleiben? Owen wohnte in Camden, nicht allzu weit entfernt. Guy würde nicht lange brauchen, um das Auto zu holen, wenn er mit dem Taxi hinfuhr. Zwanzig Minuten vielleicht? Es würden lange zwanzig Minuten werden.

Ingrid hockte noch immer auf dem Schreibtisch neben mir. Sie berührte meine Hand mit der ihren. Ich umfasste sie.

»Wie süß«, sagte Owen. Der Pistolenlauf veränderte seine Richtung ein wenig, sodass er nicht mehr auf meinen Kopf, sondern auf unsere Hände zeigte. »Loslassen, oder ich schieß euch die Finger ab.«

Wir ließen los.

Ich fluchte auf mich selbst, dass ich ihr gestattet hatte mitzukommen, obwohl es mir kaum gelungen wäre, sie davon abzuhalten. Mich wollte Owen umbringen. Ingrid war ihm egal, aber nun sollte sie ebenfalls sterben.

Noch immer konnte ich nicht begreifen, welche Verwandlung mit Guy vor sich gegangen war. Erst war er vollkommen verstört gewesen, ein potenzieller Selbstmörder, dann hatte er plötzlich höchst entschlossen gewirkt, zum Morden bereit. Irgendetwas war ausgehakt. Das war ein Guy, den ich nicht kannte, der mir fremd war.

Ich fragte mich, wohin sie uns bringen würden. Wahrscheinlich irgendwo in einen Wald in Kent. Dort würden sie uns erschießen, aus dem Auto werfen und mit der Fähre auf den Kontinent fahren. Würden sie entkommen? Zu zweit waren sie wahrscheinlich ziemlich findig. Gut möglich, dass sie es schafften.

Ich dachte an den Tod. An meine Eltern. Wie verzweifelt sie sein würden. An das, was ich im Leben erreicht hatte. Überrascht stellte ich fest, dass mir dabei als Erstes Ninetyminutes in den Sinn kam. Etwas Gutes immerhin. Dann wurde mir bewusst, dass das alles vorbei sein würde. Irgendwann im Laufe der nächsten Stunde würde alles vorbei sein.

Ich blickte Owen an. Er sah die Furcht in meinen Augen. Lächelte.

Ich versuchte, mich in den Griff zu bekommen. Die Freude wollte ich dem Scheißkerl nicht machen.

Lange Zeit saßen wir so da. Es erschien mir länger als zwanzig Minuten, aber ich verkniff es mir, auf die Uhr zu blicken, um Owen nicht zu provozieren. Er saß vollkommen unbeweglich da. Wenn er ungeduldig und nervös war, ließ er es jedenfalls nicht erkennen. Unverwandt ruhten seine Augen auf mir. Die Andeutung eines Lächelns lag auf seinem Gesicht, eines zufriedenen, selbstgefälligen Lächelns. Es gefiel ihm, dass ich vor ihm saß und Angst hatte. Er genoss es.

Dann ergriff Ingrid das Wort. »Owen«, sagte sie freundlich. »Weißt du, du könntest uns laufen lassen. Ihr könntet euch leicht in Sicherheit bringen, ihr beiden. Wir würden die Polizei erst morgen früh verständigen.«

»Schnauze«, sagte er. »Versuch bloß nicht, mich einzuwickeln.«

»Hör mal, Owen ...«

»Ich hab gesagt, Schnauze!« Er hob die Waffe.

In diesem Augenblick hörte ich Guy auf der Treppe. Er nahm zwei Stufen auf einmal. Dann stieß er die Tür auf.

»Du hast dir Zeit gelassen«, sagte Owen.

»Komm«, sagte Guy, »gehen wir. Gib mir die Kanone. Ich halte sie in Schach.«

»Nein. Ich behalte sie.«

Guy griff nach der Waffe.

Owen zog sie weg. »Ich habe gesagt, ich behalte sie. Wenn jemand diese Arschlöcher umlegt, dann bin ich das.«

Einen Augenblick lang maßen sie sich mit Blicken. Owen dachte nicht daran nachzugeben. Guy zuckte mit den Achseln. »Von mir aus. Der Wagen steht draußen. Gehen wir.«

Owen winkte Ingrid und mir mit der Pistole. Wiederstrebend folgten wir Guy in den Flur hinaus und die Treppe hinunter. Owen immer zwei Schritte hinter uns.

Guy trat als Erster durch die Haustür auf die Straße. Alles war still. Ich blickte mich nach Owens schwarzem japanischen Geländewagen um, konnte ihn aber nicht entdecken.

»Wo ist das Auto?«, fragte Owen.

»Gleich um die Ecke«, erwiderte Guy und deutete zur anderen Straßenseite hinüber.

Dann geschahen mehrere Dinge gleichzeitig. Zunächst explodierte die Welt in blendend weißer Helligkeit. Guy schrie »Runter!«. Er warf sich zu Boden und zog Ingrid mit sich. Als ich mich ebenfalls fallen ließ und mein Gesicht auf den rauen Straßenbelag presste, hörte ich den peitschenden Knall zweier Schüsse, dann einen Schmerzensschrei von Owen hinter mir und das Klappern der Pistole, als sie auf den Asphalt fiel.

Ich rollte mich auf die andere Seite und sah Owen auf der Fahrbahn liegen, die Hand nach der Pistole ausgestreckt. Sie war nur wenige Zentimeter von seinen Fingerspitzen entfernt. Rasch robbte ich hin und schnappte sie ihm weg. Von allen Seiten hörte ich schnelle Schritte näher kommen.

Die Pistole immer noch in der Hand, erhob ich mich und blickte auf Owen hinab, der in grellem Scheinwerferlicht lag. Das Blut strömte offenbar aus zwei Wunden, die eine in der Schulter, die andere in der Seite. Polizisten mit Gewehren, Pistolen und kugelsicheren Westen beugten sich über ihn. Rasch schwoll das Heulen einer Sirene an, als ein Rettungswagen auf uns zuhielt.

Ich wandte mich zu Ingrid um. Sie schien unverletzt zu sein, zitterte aber am ganzen Körper. Mit verstörter Miene wankte sie auf mich zu. Ich nahm sie in die Arme, und sie klammerte sich ganz fest an mich.

Guy stand hinter der Gruppe von Polizisten, die seinen Bruder umringten, und beobachtete, wie sie die Blutung zu stillen versuchten. Einen von ihnen erkannte ich: Detective Sergeant Spedding. Sekunden später kamen ihnen Sanitäter in grünen Overalls zu Hilfe. Nach wenigen Augenblicken lag Owen auf einer Trage und wurde in den Rettungswagen gehoben.

»Kommt er durch?«, fragte Guy Spedding, dessen Hände mit Owens Blut verschmiert waren.

»Er lebt noch. Zwar blutet er stark, aber er ist groß und stark. Er hat eine reelle Chance.«

Guy wollte zu Owen in den Rettungswagen, aber Spedding hielt ihn zurück. Es gab noch Fragen zu beantworten.

Ich ging zu Guy, dem die Tränen übers Gesicht liefen. Spedding entfernte sich ein paar Schritte.

»Danke, Guy«, sagte ich.

Er versuchte zu lächeln. »Hab ich dich zum Narren gehalten?«

»Das hast du gründlich. Ich habe immer gewusst, dass du ein guter Schauspieler bist.«

»Ich musste Owen täuschen.« Er schaute dem Rettungswagen nach, der mit heulenden Sirenen verschwand. »Hoffentlich überlebt er.«

Das hoffte ich auch. Um Guys willen.

»Mir blieb keine andere Wahl, Davo. Als ich sah, dass er euch wirklich töten wollte, dass noch nicht einmal ich es ihm ausreden konnte, wurde mir plötzlich alles klar. Er mag mein Bruder sein, aber er ist böse. Ich hab mein ganzes Leben lang versucht, davor die Augen zu verschließen. Hab meinen Eltern die Schuld dafür gegeben, allen möglichen Menschen, nur Owen nicht. Deshalb musste ich ihn aufhalten.«

»Mir ist nur aufgefallen, dass du verdächtig lange fort warst.«

»Ich habe Spedding angerufen. Unter den gegebenen Umständen war er unheimlich schnell. Ich wusste, dass ich Owen nicht länger warten lassen konnte.« Er schüttelte den Kopf und blickte die Straße entlang, auf der die Ambulanz längst nicht mehr zu sehen war. »Hätte er mir doch die Pistole gegeben!«

Spedding trat zu uns. »Tut mir Leid, Guy, aber ich habe noch ein paar Fragen an Sie.« Er zog ihn ein paar Schritte zur Seite und begann, sie zu stellen. Andere Polizeibeamte unterhielten sich mit Ingrid und mir. Nach etwa einer halben Stunde ließen sie uns gehen.

»Ich fahre jetzt ins Krankenhaus«, sagte Guy. »Nach Owen schauen.«

Ich warf Ingrid einen Blick zu. »Wir kommen mit«, sagte ich. Mir war es vollkommen egal, was mit Owen war. Ich wollte Guy helfen. Er brauchte jetzt jede Unterstützung.

»Danke«, sagte er und ging zu der kleinen Gruppe von Polizeibeamten, die noch eifrig auf der Straße beschäftigt waren. Spedding war schon fort, daher fragte Guy einen der uniformierten Beamten.

Einen Augenblick später kam er zurück. »Owen ist im St. Thoma's Hospital. Der Bulle sagt, sie könnten uns hinfahren, aber wir müssten noch ein paar Minuten warten. Lasst uns ein Taxi nehmen.«

Er eilte in Richtung Farrington Road davon. Wir folgten ihm und hielten nach schwarzen Wagen mit orangefarbenen Schildern Ausschau. Vergebens.

»Mist!«, sagte Guy. Er wurde ungeduldig und wandte sich in Richtung Smithfield. Ein leeres Taxi mit ausgeschaltetem Schild kam vorbei, reagierte aber nicht auf Guys Winken. Ich musste an Hoyles Wunsch nach einer Rezession denken.

An einer Kreuzung blieben wir stehen. Plötzlich fiel Guy etwas ein. Nachdenklich drehte er sich zu mir um. »Du hast dich übrigens getäuscht, Davo.«

»Inwiefern?«

»In Bezug auf Owen. Und die Nachricht an Clare.«

»Wieso? Er hat doch zugegeben, dass er sie geschrieben hat.«

»Nein. Als ich ihn gefragt habe, hat er gesagt: ›Vielleicht.‹ Er wollte die Sache nur mystifizieren. So eine Art Privatscherz.«

Guy sah meine Skepsis. »Denk doch mal nach. Der Wortlaut der Nachricht: ›unverlangtes Angebot‹, ›Veräußerung des Unternehmens‹, ›die Gespräche mit anderen potenziellen Anlegern aufnehmen‹. Das ist doch nicht Owen.«

Da hatte er Recht. Das klang ganz und gar nicht nach Owens Sprache.

»Hast du die Notiz gesehen, die Henry erhalten hat?«, fragte Guy.

»Ja.«

»Klang die auch so?«

»Nein. Die bestand nur aus zwei Zeilen. An den genauen Wortlauf kann ich mich nicht erinnern. Aber es war so etwas wie: ›Gib Ninetyminutes das Geld, oder …‹«

»Noch eins. Ich weiß, dass Owen meinen Vater nicht getötet

hat.« Ich wollte ihm widersprechen, aber Guy ließ mich nicht zu Wort kommen. »Ich weiß nicht nur, dass er zur fraglichen Zeit mit mir zusammen war, ich weiß auch, dass er niemanden dafür angeheuert hat. Er war ehrlich überrascht, als er hörte, was geschehen war. Aber irgendjemand hat Dad ermordet, hat ihn vorsätzlich überfahren. Und jemand hat diese Nachricht geschrieben.«

Aus den Augenwinkeln sah ich ein freies Taxi an uns vorbeifahren, aber ich war zu verblüfft über das, was Guy mir berichtete, um zu reagieren.

Eine steile Falte erschien auf Guys Stirn. »Wo ist Mel?«

»Sie sitzt mit Clare bei Howles Marriott«, sagte Ingrid.

»Um Himmels willen!«, sagte ich. Plötzlich war mir alles klar. Guy hatte Recht. Natürlich hätte Owen niemals einen solchen Brief geschrieben: Das war der Brief eines Rechtsanwalts. Einer Rechtsanwältin, die alles tun würde, um Guy zu helfen. Alles.

»Wie spät ist es?«, fragte Guy.

Ich blickte auf die Uhr. »Zehn vor zwölf.«

»Verdammt!« Verzweifelt blickte er die Straße hinauf und hinab. Keine Spur von einem freien Taxi. Inzwischen waren wir viel zu weit von der Britton Street und den Polizeibeamten entfernt. »Los, wir laufen! Es ist nur ein knapper Kilometer bis zu Mels Büro.«

Guy übernahm die Führung, Ingrid und ich folgten, so gut wir konnten. Wir liefen durch die Charterhouse Street, quer über den Holborn Circus, die Shoe Lane hinunter und durch das Gewirr der Gassen und Plätze zwischen Fleet Street und Chancery Lane. Guy lief schnell, und ich hatte Mühe, ihm zu folgen. Ich war nicht mehr so gut in Form wie früher. Mein Herz pochte, und ich schnappte nach Luft. Aber ich blieb dran. Ingrid war nicht weit hinter uns.

Dann erreichten wir den Eingang von Howles Marriott. Verblüfft musterte uns ein Sicherheitsbeamter, der hinter einem Tisch saß.

»Haben Sie Melanie Dean gesehen?«, fragte Guy keuchend.

»Sie ist gerade gegangen.«

»Allein?«

»Nein, mit einer Dame.«

»Scheiße!«, sagte Guy. »Hören Sie zu. Rufen Sie die Polizei an.

Sagen Sie, dass möglicherweise ein Mord geplant ist. Dass da draußen eine Frau rumläuft, die mit Sicherheit bewaffnet und gefährlich ist.«

Dem Sicherheitsbeamten blieb der Mund offen stehen. Er rührte sich nicht.

»Ich meine es ernst! Beeilen Sie sich!«

Guy und ich stürzten zum Ausgang. Nach Atem ringend, traf Ingrid ein.

»Wo lang?«, fragte ich.

»Weiß der Teufel«, sagte Guy. »Sie könnte überall hin sein.«

»Ich glaube, ich habe unterwegs zwei Gestalten gesehen«, sagte Ingrid und deutete auf die Gasse, durch sie gekommen war. »Nicht weit von hier.«

»Okay, zeig uns, wo.«

Ingrid lief wieder los, und wir folgten ihr. Sie bog in einen Gang ein, der unter einem Bürogebäude hindurch auf einen winzigen, mit Steinfliesen gepflasterten Platz führte. Die roten Ziegelgebäude der Anwaltskanzleien, die ihn umgaben, waren geisterhaft still. Kein Verkehr. Keine Menschen. Nur Mel und Clare im gelben Licht einer Straßenlaterne.

»Mel!«, rief Guy.

Beim Klang seiner Stimme blieb sie stehen und wandte sich um. Clare, die neben ihr ging, sah sehr verängstigt aus. In der Hand hielt Mel eine Pistole.

Ingrid und ich blieben stehen. Guy ging langsam auf die beiden Frauen zu.

»Okay, Mel, lass sie gehen«, sagte er ruhig.

»Nein«, sagte Mel. »Ich habe sie gewarnt, dass sie stirbt, wenn sie das Angebot von Champion Starsat nicht ablehnt. Derek Silverman hat sein Einverständnis vor zehn Minuten durchgefaxt.«

»Ich bitte dich, lass sie gehen«, sagte Guy und trat noch einen Schritt näher.

»Bleib, wo du bist!«, rief Mel. Ihr Blick flackerte. Sie war völlig überreizt. Kurz vorm Durchdrehen.

Guy blieb stehen.

»Ich tue das für dich. Begreifst du das nicht?«, sagte Mel.

Guy nickte. »Ich weiß.«

»Ach ja? Ich glaube, du hast keine Ahnung. Ich hab dir deinen Vater vom Hals geschafft. Wusstest du das? Erinnerst du dich an den Abend, als du vorbeigekommen bist, nachdem du den Streit mit ihm hattest? Nachdem er verlangt hatte, dass Ninetyminutes eine Porno-Site wird. Erinnerst du dich daran, Guy?«

»Ja.«

»Ich bekam einen wahnsinnigen Hass auf deinen Vater. Deinetwegen. Ich wollte dir helfen. Da habe ich beschlossen, ihn zu zwingen, dich zu behalten, dich Ninetyminutes so führen zu lassen, wie du es wolltest. Ich habe vor seiner Wohnung im Auto auf ihn gewartet. Ich wollte ihm sagen, dass ich ihn bezichtigen würde, mich in Frankreich vergewaltigt zu haben, wenn er nicht tue, was ich verlangte.

Dann sah ich ihn. Er trat aus dem Haus in der engen Straße. Ich dachte, wie einfach es sei, das Gaspedal durchzutreten und ihn zu erledigen. Ich dachte daran, was er mir in Frankreich angetan, was er aus meinem Leben gemacht hatte. Jetzt wollte er dein Leben kaputtmachen. Da habe ich den Fuß nach unten gedrückt.«

Ich erinnerte mich an den Bericht von Anne Glazier: Mel sei an dem Abend *nach* Guy in der Wohnung eingetroffen. Sie war direkt nach Hause gefahren, nachdem sie Tony überfahren hatte. Kein Wunder, dass sie so aufgeregt gewirkt hatte.

Ich konnte Guys Gesicht nicht erkennen, aber Mel sah es. »Mach nicht so ein schockiertes Gesicht. Owen hat Dominique umgebracht. Und du hast ihm geholfen. Okay, ich habe Tony getötet. Für dich.«

»Es gibt keinen Grund, noch jemanden umzubringen«, sagte Guy. »Lass Clare gehen. Meinetwegen.«

Mel packte Clare am Arm und richtete die Pistole auf ihren Kopf. »Nein. Sie hat Ninetyminutes zugrunde gerichtet.«

Clare wimmerte. Sie hatte Todesangst.

»Weiß Owen davon?«, fragte Guy.

»Er hat den Plan ausgearbeitet. Er ist schlau, dein Bruder. Und ich wusste, dass er ebenfalls versuchte, dir zu helfen. Wir haben beide unser Bestes getan.«

»Hast du die Pistole von ihm?«

»Ja, er kam vor ein paar Tagen bei mir vorbei und sagte, er habe dir eine besorgt und ob ich nicht auch eine wolle. Ich glaube, er wusste, wofür ich sie brauchte.«

Eine Sirene ertönte. Panisch blickte sich Mel auf dem Platz um. Die Polizei. Wenn sie den Abzug noch drücken wollte, dann musste sie es jetzt tun.

Guy machte noch einen Schritt vorwärts.

»Ich bringe sie um! Das ist mein Ernst!«

Noch mehr Sirenen, noch lauter. Guy machte einen weiteren Schritt. »Lass sie laufen.«

»Ich habe gesagt, ich bringe sie um!«

Noch ein Schritt.

Von Clares Kopf richtete sich die Pistole auf Guy. Clare riss sich los. Guy sprang vorwärts. Ein Schuss löste sich, und Guy stieß einen Schrei aus. Er sackte zu Boden, während Mel zurücksprang. Clare lief zur Seite. Ich stürzte vorwärts. Mel drehte sich um und lief den Gang entlang.

Ich verfolgte sie. Klar, sie hatte eine Waffe, aber ich war ungeheuer wütend und wollte sie aufhalten. Ich bog um eine Ecke. Sie wandte sich um und schoss. Sie war mir zwar nur wenige Schritte voraus, aber ihre Hand war unruhig, und die Kugel pfiff harmlos über mich hinweg. Ich duckte mich zur Seite.

Mel lief weiter, und ich setzte meine Verfolgung fort. Sie war keine gute Schützin, und im Augenblick war mir die eigene Sicherheit ziemlich egal. Trotzdem musste ich mir überlegen, wie ich nahe genug an sie herankam, um sie zu entwaffnen. Wie viele Kugeln hatte sie noch im Magazin? Ich hatte keine Ahnung.

Noch eine Biegung, noch ein Gang. Doch dieses Mal wartete am anderen Ende die Fleet Street mit ihrem Verkehr und den vielen Passanten, auch zu dieser nächtlichen Stunde. Mel blieb stehen und drehte sich zu mir um. Sie hob die Waffe. Ich war ihr jetzt so nahe, dass sie mich kaum verfehlen konnte.

Ich überlegte, ob ich zur Ecke zurücklaufen sollte. Dann würde sie mit Sicherheit schießen. Und mich möglicherweise treffen.

Also ging ich weiter.

»Ich schieße!«, sagte sie. Die Hysterie in ihrer Stimme war unüberhörbar.

»Lass es, Mel! Nimm die Waffe runter.«

»Nein.« Sie umklammerte die Pistole so fest, dass sie zitterte. Trotzdem zeigte der Lauf den größten Teil der Zeit direkt auf mich.

»Es hat doch keinen Sinn, Mel. Du hast Guy niedergeschossen. Er liegt da hinten in seinem Blut. Er kann nicht mehr mitkommen.«

Mel biss sich auf die Lippe. Ihre Schultern bebten, während sie versuchte, sich zu beherrschen und die Waffe auf mich gerichtet zu halten. »Ist er tot?« Es war kaum mehr als ein heiseres Flüstern.

»Vielleicht«, sagte ich. »Ich weiß es nicht. Gib mir die Waffe.« Ich machte noch einen Schritt vorwärts.

Noch einmal straffte sich Mel und starrte mich über den Pistolenlauf an. Dann sackte sie nach hinten gegen die Mauer. Der Arm mit der Waffe fiel herab.

Ich sprang vorwärts und nahm ihr die Pistole aus den Fingern. Der Lauf war noch warm. Mel glitt zu Boden, legte den Arm vors Gesicht und schluchzte.

Schwer atmend traf ein Polizeibeamter ein. Ich ließ Mel und die Waffe in seiner Obhut und eilte zu dem kleinen Platz zurück.

Guy lag noch dort, wo er gefallen war. Ingrid kniete neben ihm, zusammen mit drei oder vier bewaffneten Polizisten.

Ich drängte mich hindurch. Er hatte eine einzige Wunde in der Brust. Stoßweise strömte das Blut heraus. Er hatte Schwierigkeiten zu atmen, aber seine Augen waren offen. Die Haut unter den Bartstoppeln war bleich, schrecklich bleich.

Er sah mich an.

»Davo.«

Ich kniete mich neben ihn.

»Mit Clare alles okay?«, fragte er.

Ich blickte auf. Sie stand ein paar Schritte entfernt, weiß im Gesicht und die Hand vor dem Mund.

»Ja, du hast ihr das Leben gerettet.«

»Und Owen? Was ist mit Owen?«

»Ich weiß nicht.«

Er versuchte zu sprechen, konnte aber nur husten. Ein dünner Blutfaden lief ihm aus dem Mundwinkel.

»Ruhig«, sagte ich. »Der Rettungswagen ist gleich hier.«

»Finde es heraus. Wie es Owen geht.« Ich konnte ihn kaum verstehen.

Als ich aufblickte, sah ich Spedding neben uns. Er rang nach Atem. Ich hob die Augenbrauen. Er trat ein paar Schritte zur Seite und sprach ins Funkgerät. Nach ein paar Sekunden suchte er meinen Blick und schüttelte unmerklich den Kopf.

Ich blickte wieder auf Guy hinab. Er hatte Spedding nicht gesehen.

»Er ist okay«, sagte ich. »Er kommt durch.«

Guy lächelte. Oder versuchte zu lächeln. Er hustete. Noch mehr Blut. Noch einmal hustete er, dann regte er sich nicht mehr.

Ingrid weinte stumm. Ich nahm sie in den Arm und hielt sie fest. Während ich zusah, wie die Sanitäter seinen Körper mit einem Tuch bedeckten und auf eine Trage hoben, wurde mir klar, dass ich Guy am Ende doch vertraut hatte.

Und er hatte mich nicht im Stich gelassen.

41

November 2000, sechs Monate später, Mayfair, London

Der sechsundzwanzigjährige Ex-Investmentbanker beendete seine PowerPoint-Präsentation mit einer platten Floskel, setzte sich und blickte uns erwartungsvoll an. Ich warf Clare einen Blick zu. Das war der dritte WAP-Unternehmensplan, der uns in diesem Monat vorgestellt wurde, und bei weitem der schlechteste. Durch ein unmerkliches Zucken der rechten Augenbraue signalisierte sie mir, dass sie mit meinem Urteil übereinstimmte. Aus reiner Höflichkeit stellten wir dem Zwei-Mann-Team noch einige Fragen und warfen es dann hinaus.

»So schlecht sind wir doch nie gewesen, oder?«, fragte ich Clare, als wir wieder in das kleine Büro zurückkehrten, das wir uns teilten.

Sie lachte. »Nicht ganz. Aber diese Typen waren noch Gold im Vergleich zu einigen der Zombies, die wir hier vor einem Jahr sitzen hatten.«

Die *Dot-Com*-Seifenblase mochte geplatzt sein, aber der Weizen der Venture-Kapitalisten blühte wie eh und je. Ich war jetzt einer der ihren. Der Job gefiel mir: Endlich hatte ich eine Arbeit gefunden, bei der ich meine analytischen Fähigkeiten zum Einsatz bringen und hin und wieder auch ein Risiko eingehen konnte. Orchestra Ventures war ziemlich erfolgreich, nicht zuletzt durch eines von Henrys Geschäften, eine Kette von Kaffeebars, die von einem multinationalen Konzern für zehn Millionen Pfund gekauft worden war. So war Henry noch immer mein Partner. Es ist schon erstaunlich, was Venture-Kapitalisten einem Menschen, der ihnen Geld bringt, alles verzeihen können.

Ich saß an meinem Schreibtisch und blickte auf meinen Computerbildschirm, in Gedanken bei der Präsentation, die wir einst bei Orchestra gehalten hatten. Ich ging ins Internet und gab *www.ninetyminutes.com* ein. Das altbekannte Blasen-Design erschien, obwohl in einer der Blasen jetzt stand: *Die europäische Fußball-Site Nummer eins*. Ich lächelte. Mit dem Geld von Champion Starsat, Gaz' Artikeln und Ingrids editorischen Fähigkeiten hatte Ninetyminutes alle Konkurrenz weggefegt. Gewiss, der Verkauf von Fanartikeln war fallen gelassen worden, und überall auf der Site waren unübersehbare Links zu Champion-Starsat-Diensten, trotzdem wäre Guy zufrieden gewesen. Ich war froh, dass es Madden gelungen war, Ingrid zum Bleiben zu überreden. Wir sahen uns häufig. Auch darüber war ich froh.

Mels Prozess rückte näher. Eigentlich wollte ich nicht hingehen, nahm aber an, dass ich als Zeuge erscheinen müsste, was mir gar nicht lieb war. Mel hatte sich den größten Teil ihres erwachsenen Lebens schuldig gefühlt. Hoffentlich plädierte sie jetzt auf schuldig.

Guy lag neben seinem Vater und seinem Bruder auf dem kleinen Dorffriedhof, aber mir schien, dass er sich zum Schluss doch noch von ihnen gelöst hatte. Die zweiunddreißig Jahre seines irdischen Daseins hatte er mit sich selbst im Krieg gelebt, um sich zu beweisen, dass er etwas aus seinem Leben machen konnte. Und das hatte er: Ich hatte es auf dem Bildschirm vor Augen. Zum hundertsten Mal seit seinem Tod überkam mich eine Welle der Traurigkeit.

Dann hörte ich eine leise Stimme in meinem Ohr: »Mach weiter, Davo!«

Ich lächelte in mich hinein. Mit zwei Mausklicks verließ ich die Ninetyminutes-Site. Und machte weiter.

Danksagung

Alle Personen in diesem Buch sind frei erfunden. Die stürmische Gründerzeit der letzten Jahre, in denen neue Internet-Unternehmen wie Pilze aus dem Boden schossen, ließ es fast aussichtslos erscheinen, den Namen eines Unternehmens zu finden, der einerseits plausibel und andererseits noch nicht besetzt war. Obwohl einige real existierende Unternehmen eine marginale Rolle in diesem Buch spielen, sind Ninetyminutes, Goaldigger, Babyloves, Lastrest, Sick As A Parrot, Orchestra Ventures, Bloomfield Weiss, Howles Marriott, Coward Turner, Leipziger Gurney Kroheim, Champion Starsat und Mercia Metro TV reine Fiktion.

Viele Menschen haben mir bei diesem Buch geholfen. Mein besonderer Dank gilt Will Muirhead von Sportev, Sheona Southern und ihren Kollegen bei Teamtalk, Eldar Tuvey von Mailround, Anne Glover und ihren Kollegen bei Amadeus, Toby Wyles, Peter Morris, Tim Botterill, Troels Henriksen, Saul Cambridge, Douglas Marston, Jonathan Cape, Richard Horwood, Simon Petherick, meiner Agentin Carole Blake und meinen Lektoren Beverly Cousins und Tom Weldon.

Gewidmet ist dieses Buch Hugh Paton, einem erfahrenen und sicheren Piloten. Er wird mir fehlen.

Michael Ridpath
London
September 2002